全本全注全译丛书

中华经典名著

张启成 徐达 等◎译注

文选 六

中华书局

目 录

第六册

论一

贾谊

见卷第十三《鵩鸟赋》作者介绍。

过秦论一首

【题解】

《过秦论》旧分上、中、下三篇,《文选》所载属上篇。贾谊的《新书》与班固的《汉书》,均称此文为《过秦》,《三国志·吴书·阚泽传》始称为论,《文选》沿袭而称。此文重在总结秦朝所以灭亡的历史教训,分析秦朝所犯的主要错误,故题名为《过秦》或《过秦论》。贾谊写这篇文章,主要是为西汉前期的汉文帝提供历史借鉴的经验。他认为"仁义不施,而攻守之势异也",是秦朝覆灭的主要原因;这也就是提醒汉文帝,攻夺天下与统治天下是绝不相同的,攻夺天下可以靠权术与武力,而统治天下则靠施行仁义。《过秦论》开创了我国古代散文中"史论"体裁的先河,由于其文气势豪迈,分析深刻,对后世有很大的影响。但文章中所举的事例也偶与史实有所出入。

秦孝公据殽函之固①，拥雍州之地②，君臣固守，以窥周室③，有席卷天下④，包举宇内⑤，囊括四海之意⑥，并吞八荒之心⑦。当是时也，商君佐之⑧，内立法度，务耕织，修守战之具，外连衡而斗诸侯⑨。于是秦人拱手而取西河之外⑩。

【注释】

①秦孝公：名渠梁，在位二十四年（前 361—前 338）。殽（xiáo）函：殽山、函谷关。殽山，也作"崤山"，在今河南洛宁北。函谷关，关在西崤山谷中，深险如函，故名；其地在今河南灵宝西南。

②雍州：古代九州之一。约在今陕西大部、甘肃全省和青海的部分地区。

③窥：暗中察看而有所图谋。周室：这里指衰弱的东周王朝。

④席卷：像卷席子一样，形容全部占有。

⑤包举：像打包裹一样全部包了进去。宇内：天下。

⑥囊括：像装口袋一样全部装了进去。四海：天下。

⑦八荒：四方及四隅称为八荒，指八方的荒远之地，义同天下。

⑧商君：即商鞅，对秦国的变法改革有很大的贡献。佐：辅助。

⑨连衡：即连横，指西方的秦国与东方的齐国或楚国结成联盟，以打击其他诸侯之国的一种策略。这是战国时期著名的政治外交策略之一。

⑩拱手：两手相合以表示敬意。这里指轻易不费力。西河之外：指黄河以西的魏国的大片土地。

【译文】

秦孝公依靠殽山、函谷关的险要形势，拥有雍州的土地，君臣们牢固地加以防守，而暗中图谋东周王朝的政权，意欲像卷席似的卷收天下，像打包似的裹取宇内，像装袋似的套装四海，像吞吃似的吞没八荒。正当这个时候，商鞅辅助秦孝公，对内建立法令制度，尽力于耕种纺织，修治进攻与防守的器具,对外采用连横的策略,使诸侯各国自相斗争。于是秦人像两手相合一般轻易地取得了黄河以西的大片土地。

　　孝公既没,惠文、武、昭①,蒙故业②,因遗策③,南取汉中④,西举巴蜀⑤,东割膏腴之地,收要害之郡⑥。诸侯恐惧,会盟而谋弱秦⑦,不爱珍器重宝肥饶之地,以致天下之士,合从缔交⑧,相与为一。当此之时,齐有孟尝,赵有平原,楚有春申,魏有信陵,此四君者⑨,皆明智而忠信,宽厚而爱人,尊贤而重士,约从离横,兼韩、魏、燕、楚、齐、赵、宋、卫、中山之众⑩。于是六国之士,有宁越、徐尚、苏秦、杜赫之属为之谋⑪;齐明、周最、陈轸、召滑、楼缓、翟景、苏厉、乐毅之徒通其意⑫;吴起、孙膑、带佗、儿良、王廖、田忌、廉颇、赵奢之伦制其兵⑬。尝以十倍之地,百万之众,叩关而攻秦⑭。秦人开关而延敌⑮,九国之师遁逃而不敢进⑯。秦无亡矢遗镞之费⑰,而天下诸侯已困矣。于是从散约解,争割地而赂秦。秦有余力而制其弊,追亡逐北⑱,伏尸百万,流血漂橹⑲;因利乘便,宰割天下,分裂河山,强国请伏,弱国入朝。施及孝文王、庄襄王⑳,享国之日浅,国家无事。

【注释】

①惠文:秦惠文王,也即秦惠王,在位二十七年(前337—前311)。武:秦武王,在位四年(前310—前307)。昭:《新书》作"昭襄",秦昭襄王,在位五十六年(前306—前251)。

②蒙:继承。故业:指秦孝公所开创的业绩。

③因:因袭,继承。这里指遵循。

④南取汉中:《史记·秦本纪》载,秦惠王后元十三年(前312),"攻楚汉中,取地六百里"。汉中,今陕西汉中一带。

⑤西举巴蜀:《史记·秦本纪》载,秦惠王后元九年(前316),"司马错伐蜀,灭之"。举,攻占。巴、蜀,古国名。约在今四川地区。

⑥收要害之郡:《新书》作"北收要害之郡",《史记》《汉书》均无"北"字。要害之郡,或以为指成皋(在今河南荥阳),或以为指上郡(在今陕西榆林一带)。

⑦会盟:指缔结合纵抗秦盟约的仪式。弱:削弱。

⑧合从:与"连横"针锋相对的政治外交策略,指东方六国由北到南联合起来,共同对付西方的秦国。从,即纵,南北为纵。

⑨四君:即孟尝君田文、平原君赵胜、春申君黄歇、信陵君魏无忌。以上四位是战国时期著名的四公子,以招贤纳士著称,都曾在战国的政治舞台上起过重要作用。

⑩楚、齐:原无,据《史记·秦始皇本纪》补。按,下文有"六国之士"句,六国指齐、楚、韩、魏、燕、赵;而文章的末段又提及"齐、楚、燕、赵、韩、魏、宋、卫、中山"九国,故应补上。

⑪甯越:赵人。徐尚:宋人。苏秦:东周洛阳人,战国时期最著名的谋臣之一,是合纵策略的制订者。杜赫:周人。

⑫齐明:东周臣。周最:东周成君之子。陈轸:曾出仕楚、秦两国。召滑:楚臣。楼缓:魏相。翟景:魏人。苏厉:苏秦之弟,齐臣。乐(yuè)毅:燕国名将。

⑬吴起:曾出仕魏、楚。孙膑:孙武之后,齐国名将。带佗:楚将。兒(ní)良、王廖:都是战国时的兵家。田忌:齐将。廉颇、赵奢:都是赵国的名将。

⑭叩关:攻打函谷关。

⑮延:迎。

⑯九国:为夸张之辞,实际只有楚、赵、魏、韩、燕五国。遁逃:《新

书》作"遂巡"，《史记·秦始皇本纪》作"遂巡遁逃"，《汉书·陈胜项籍传》作"遁巡"；《史记·陈涉世家》作"遁逃"，与《文选》同。

⑰镞：以金属制造的箭头。

⑱北：败。这里指败逃的士兵。

⑲橹(lǔ)：大的盾牌。

⑳孝文王：前250年在位，即位三天就死了。庄襄王：继位三年就死了。

【译文】

秦孝公死后，惠文王、武王、昭襄王，继承了原有的基业，遵循秦孝公遗留的策略，向南攻取汉中，向西占领巴、蜀，向东割据了肥沃的土地，收取了险要的地区。诸侯各国惊惶恐惧，会集结盟以谋求削弱秦国，各国不惜用珍贵的器具、重要的宝物与富饶的土地，来招纳天下的人才，采用合纵的策略，缔结盟约，互相援助，成为一体。正当这个时候，齐国有孟尝君，赵国有平原君，楚国有春申君，魏国有信陵君，这四位尊贵的人物，都聪慧明达而忠诚信义，对人宽容厚道而爱护备至，尊敬贤人而器重才士，他们以合纵的策略破坏秦国的连横策略，兼有韩、魏、燕、楚、齐、赵、宋、卫、中山的众多力量。于是六国的才士，有宁越、徐尚、苏秦、杜赫这些人为他们出谋划策；有齐明、周最、陈轸、召滑、楼缓、翟景、苏厉、乐毅这些人沟通他们的意见；有吴起、孙膑、带佗、兒良、王廖、田忌、廉颇、赵奢这些人统率他们的军队。诸侯各国曾凭借比秦国大十倍的土地和百万大军，攻打函谷关而进袭秦国。秦军开关迎敌，九国的军队畏缩退却而不敢前进。秦国没有耗费一点箭镞，但天下诸侯均已陷入了困境。于是合纵的盟约分崩离析，诸侯各国争着割让土地以贿赂秦国。这样秦国就有余力利用诸侯的弱点来制服他们，追赶溃败逃跑的部队，杀得他们横尸百万，流淌的鲜血可以飘浮起大的盾牌；秦国趁着这便利的形势，宰割天下的土地，分裂诸侯的河山，于是强国请求归服，弱国入秦朝拜。一直到孝文王、庄襄王，他们在位享国的时间很短,国家平静无事。

　　及至始皇,奋六世之余烈^①,振长策而御宇内^②,吞二周而亡诸侯^③,履至尊而制六合^④,执敲扑以鞭笞天下^⑤,威振四海。南取百越之地^⑥,以为桂林、象郡^⑦;百越之君,俯首系颈^⑧,委命下吏。乃使蒙恬北筑长城而守蕃篱^⑨,却匈奴七百余里,胡人不敢南下而牧马,士不敢弯弓而报怨^⑩。于是废先王之道,燔百家之言^⑪,以愚黔首^⑫。隳名城^⑬,杀豪俊^⑭,收天下之兵^⑮,聚之咸阳^⑯,销锋镝^⑰,铸以为金人十二^⑱,以弱天下之民。然后践华为城^⑲,因河为池,据亿丈之城,临不测之溪以为固^⑳。良将劲弩,守要害之处;信臣精卒,陈利兵而谁何^㉑。天下已定,始皇之心,自以为关中之固,金城千里,子孙帝王万世之业。

【注释】

①六世:指秦孝公、惠文王、武王、昭襄王、孝文王、庄襄王。烈:功业。

②策:鞭。御:驾驭。

③二周:西周君和东周君。东周末年,周王室所辖地区一分为二,分别被周天子属下的两个大贵族控制,一个以巩县(今河南巩义)为中心,称"东周君",一个以王城(今河南洛阳)为中心,称"西周君"。西周君灭亡于前255年,为秦昭王时。东周君灭亡于前249年,为庄襄王时。此皆系于秦始皇时,不确。

④至尊:天子。六合:天地四方。与宇内、天下义同。

⑤敲扑:都是木杖之类的刑具,短的叫敲,长的叫扑。这里喻指秦朝之严刑峻法。鞭笞:鞭打。这里指秦朝奴役天下。

⑥百越：古代越族种类繁多，故称百越。古越族散居于浙江、福建、广东、广西等地。

⑦桂林：郡名。治所在今广西桂平。象郡：郡名。治所在今广西崇左。

⑧系颈：颈上系绳，表示投降屈服。

⑨蒙恬(tián)：秦国名将。蕃篱：篱笆。这里指边疆的屏障。蕃，通"藩"。《新书》《史记》《汉书》均作"藩"。

⑩士：指胡人的士卒。

⑪燔(fán)：焚烧。《新书》《史记·秦始皇本纪》《汉书》作"焚"。百家之言：指诸子百家各种学派的著作。

⑫黔首：百姓。

⑬隳(huī)：毁坏。《新书》《史记》《汉书》均作"堕"。

⑭豪俊：豪杰之士。《新书》作"豪杰"。

⑮兵：兵器。

⑯咸阳：秦的故都，在今陕西咸阳。

⑰锒(dí)：通"镝"，箭头。《新书》作"镝"。

⑱金人：即铜人。

⑲华：指西岳华山，以险峻著称。

⑳溪：此指黄河。《新书》作"渊"，《汉书》作"川"。

㉑何：问。《史记·秦始皇本纪·集解》："如淳曰：'何，犹问也。'"

【译文】

到了秦始皇，大大发展了六代祖先遗留下来的功业，挥动长鞭来驾驭天下，吞并了东周和西周，消灭了各国诸侯，登上了天子的宝座，控制着整个天下，用严刑峻法奴役天下的人民，威势震慑四海。向南夺取了百越许多部落的土地，来改设为桂林郡和象郡；百越部落的首领，低着头用绳索套在脖子上表示降服，把性命交给秦朝的下级官吏掌握。秦始皇又派遣蒙恬在北方修筑长城作为防守边疆的屏障，把匈奴驱退了七百多里,致使胡人不敢南下放牧马群,胡兵也不敢张弓搭箭来报仇雪恨。于是秦始皇又废弃了古代明王的治国之道,焚烧了诸子百家的著作,以此使老百姓愚昧无知。毁坏名城,杀戮豪杰,收集天下的兵器,集中到咸阳,熔化刀剑和箭头,铸成十二个巨大的铜人,用来削弱天下人民的反抗力量。然后据守华山作为城墙,凭借黄河作为护城河,据守华山这座亿丈之高的城墙,下临黄河这条深不可测的护城河,以此作为守卫帝都的险固。良将手持强劲的机弩,防守要害的地方;忠信的大臣率领精兵,摆列着锋利的武器盘问过往行人。天下已经平定,在秦始皇的心目中,自以为关中的坚固,如千里铜铸的城墙,将是子子孙孙万世称帝的基业。

　　始皇既没,余威震于殊俗①。然而陈涉瓮牖绳枢之子②,甿隶之人③,而迁徙之徒也④。材能不及中庸⑤,非有仲尼、墨翟之贤,陶朱、猗顿之富⑥,蹑足行伍之间⑦,俯起阡陌之中⑧,率罢散之卒⑨,将数百之众,转而攻秦。斩木为兵,揭竿为旗⑩,天下云集而响应⑪,赢粮而景从⑫,山东豪俊遂并起而亡秦族矣⑬。

【注释】

①殊俗:指有特殊风俗习惯的少数民族地区。此泛指边远之地。

②陈涉:秦末著名的农民起义领袖。瓮牖(yǒu):以破瓦罐的圆口当作窗户。绳枢:用绳子拴着门板。

③甿(méng):种田之民。《史记·陈涉世家》:"陈涉少时,尝与人佣耕。"五臣本、《新书》作"氓"。隶:贱者之称。

④迁徙之徒:被征发服役的人。陈涉曾被征发去戍守渔阳(今北京密云)。详见《史记·陈涉世家》。

⑤中庸:中等的平庸之人。《新书》《史记》均作"中人"。按,似以"中人"为是。孔子把人的智力大体划分为三类,即"上智""下愚"以及两者之间中等资质的人。

⑥陶朱:即范蠡,本是越国的谋臣,后去陶地(今山东定陶)经商致富,号陶朱公。猗(yī)顿:战国时大富商,以经营盐业致富。一说,猗顿本鲁人,陶朱公教以畜牧之术,他到猗氏(今山西临猗南)大畜牛羊,成为巨富,故称"猗顿"。

⑦蹑(niè)足:用脚踏地,行走奔跑之意。行伍:军队基层组织的名称。

⑧俯起:《新书》作"俯起",《史记·秦始皇本纪》作"倔起",《史记·陈涉世家》作"俯仰",《汉书》作"免起"。俯起,意同"俯仰",当是指在田间劳作,如抢锄之类,即需俯仰交替进行。阡陌:田间纵横的小路。这里泛指田野。阡陌,《史记·秦始皇本纪》作"什伯",指十人之长,百人之长,义亦通。

⑨罢(pí)散:疲惫散漫。《新书》作"疲弊"。

⑩揭:高举。竿:竹竿。

⑪云集:像云一样的会集。集,《新书》《汉书》作"合",《史记·陈涉世家》作"会"。按,集、合、会均是同义词。响应:像回声似的相应。

⑫赢:《新书》《史记》《汉书》均作"赢",担负之意。景:通"影"。

⑬山东:指崤山以东的地区,泛指秦朝东部的诸侯之国。俊:《新书》作"杰"。

【译文】

秦始皇死后,他的余威还震慑着边远地区。然而,陈涉是一个用破瓮当作窗户、用绳索拴着门板的穷人子弟,是被人雇佣种田的人,是被征发服役的人。才能不及中等资质的人,既没有孔子、墨子的贤德,也没有陶朱、猗顿的财富,在队伍里行走奔跑,在田野间俯仰劳作,带领着疲惫松散的士兵,统率着几百人的队伍,由征发服役转而攻打秦国。砍伐树木作为兵器,高举竹竿作为旗帜,天下的人们像浮云似的会合屯集,像回声似的应声而起,携带粮食像影子似的紧跟着他,殽山以东的豪杰也共同奋起,推翻了秦王朝的统治。

　　且夫天下非小弱也,雍州之地、殽函之固,自若也①。陈涉之位,非尊于齐、楚、燕、赵、韩、魏、宋、卫、中山之君也;锄耰棘矜②,非铦于钩戟长铩也③;谪戍之众④,非抗于九国之师也⑤;深谋远虑,行军用兵之道,非及曩时之士也⑥。然而成败异变,功业相反。试使山东之国,与陈涉度长絜大⑦,比权量力,则不可同年而语矣⑧。然秦以区区之地,致万乘之权⑨,招八州而朝同列⑩,百有余年矣。然后以六合为家,殽函为宫。一夫作难而七庙隳⑪,身死人手⑫,为天下笑者,何也?仁义不施,而攻守之势异也⑬。

【注释】

①自若:依然同以前一样。

②耰(yōu):碎土的农具。棘矜(jīn):用棘木做的矛柄。矜,矛。

③铦(xiān):锋利。钩戟:有钩的戟。长铩(shā):长矛。

④谪(zhé)戍之众:跟随陈涉起义的都是被罚去守边的人。《史记·陈涉世家》:"二世元年七月,发闾左適戍渔阳。"谪,责罚。戍,守卫。

⑤抗:《新书》《汉书》作"亢",作高亢解。引申为强盛。《史记·陈涉世家》作"侔"。

⑥曩(nǎng):以前,往昔。《新书》《史记》作"乡"。

⑦度(duó)长:量量长短。絜(xié)大:比比大小。

⑧同年而语:与"同日而语"义同,指相提并论。

⑨万乘(shèng)：古代以战车的多少衡量国家的大小，以"千乘"指诸侯，以"万乘"指天子。权：《新书》作"势"。

⑩招：《汉书》颜师古注引邓展曰："招，举也。"即攻占。此字《新书》作"序"，《史记·陈涉世家》作"抑"。同列：秦与九国本来都是周王朝的诸侯之国，故称同列，意指地位相同的国家。

⑪七庙：古时天子的宗庙奉祀七代祖先。《礼记·礼器》："天子七庙。"

⑫身死人手：指秦王子婴为项羽所杀。高步瀛据《史记·秦始皇本纪》认为"此当兼赵高杀二世言之"。

⑬攻守之势异也：意谓攻取天下与守护天下所面临的形势是不同的，攻取天下可以依靠武力与诈术，而守护天下则必须依靠施行仁义。《过秦论》中篇说："夫并兼者高诈力，安定者贵顺权，此言取与守不同术也。"即此意。

【译文】

　　且说那秦朝的一统天下并没有缩小与衰弱，雍州的地形，殽山、函谷关的险固，也依然一如既往。陈涉的地位，并不比齐、楚、燕、赵、韩、魏、宋、卫、中山的国君尊贵；锄头铁耙、棘木的矛柄，并不比钩戟长矛锋利；被征发服役的壮丁，并不比九国的军队强盛；深谋远虑、行军用兵的技巧，也不如过去的谋臣与名将。但是，成功与失败却有异常的变化，功业的成就也恰恰相反。如果拿殽山以东的诸侯之国，与陈涉较量一下长短与大小，比较一下权势与力量，那么确实是不能相提并论的。然而，秦国以很小的地盘，终于获得万乘大国的权势，攻占八州的土地而使同列的诸侯来朝拜，已有一百多年了。然后把整个天下合为一家，以殽山与函谷关作为宫室。可是陈涉一人发难而秦国的七代宗庙变成废墟，秦王子婴死在他人手中，被普天下的人们所讥笑，这是为什么呢？这是因为不以仁义施政，攻取天下与守护天下面临的形势是不相同的。

东方曼倩

见卷第四十五《答客难》作者介绍。

非有先生论一首

【题解】

　　非有先生是一个假托的人名，"非有"就是没有，与司马相如《子虚》《上林》赋中的人物"子虚""乌有"相同。战国末期的《韩非子》中有《说难》一文，着重论述分析了臣下向君王进言的种种难处，辨析深刻，素来为后人所称道。本文显然是受了韩非《说难》一文的影响，作者假托非有先生进谏吴王，着重论述了"谈何容易"的种种道理，目的是托古讽今，希望汉武帝能广开言路，纳谏用贤，施行仁义，恩泽万民，达到天下大治。本文通过非有先生与吴王的一问一答贯串全文，使文章的宗旨逐层显现，在文章的结构形式方面，也颇受司马相如《子虚》《上林》的影响。

　　非有先生仕于吴[1]，进不能称往古以广主意[2]，退不能扬君美以显其功[3]，默然无言者三年矣。吴王怪而问之，曰："寡人获先人之功，寄于众贤之上[4]，夙兴夜寐[5]，未尝敢怠也。今先生率然高举[6]，远集吴地[7]，将以辅治寡人，诚窃嘉之[8]；体不安席，食不甘味，目不视靡曼之色，耳不听钟鼓之音[9]，虚心定志欲闻流议者三年于兹矣[10]。今先生进无以辅治，退不扬主誉，窃为先生不取也。盖怀能而不见[11]，是不忠也;见而不行⑫,主不明也。意者寡人殆不明乎⑬?"非有先生伏而唯唯⑭。

【注释】

①仕:做官。吴:指春秋时期的吴国。

②进:进入。这里指进入朝廷。往古:指往古明君的美政。广:开拓。主意:君主的心胸。

③退:退离。这里指退离朝廷。

④寄:暂居。

⑤夙兴夜寐:早起晚睡。《诗经·卫风·氓》:"夙兴夜寐,靡有朝矣。"

⑥率然:李善注:"率然,轻举之貌。"《汉书》颜师古注:"率然犹飒(sà)然。"二义皆可通,然以颜师古注为善。飒,风声,有轻快之意。

⑦集:止息。

⑧窃:谦辞,有私下、暗自之意。

⑨"体不"几句:《吕氏春秋·顺民》:"越王苦会稽之耻,欲深得民心,以致必死于吴,身不安枕席,口不甘厚味,目不视靡曼,耳不听钟鼓。"甘,美。靡曼,华丽柔美。

⑩虚、静。流议:李善注引《吕氏春秋》高诱注:"流议,犹余论也。"《汉书》颜师古注:"流,末流也,犹言余论也。"

⑪见:通"现",显现。

⑫行:指实行,施行。

⑬殆(dài):大概,恐怕。

⑭伏:同"俯"。唯唯:《汉书》颜师古注:"唯唯,恭应也。"

【译文】

非有先生在吴国出任官职,进入朝廷不能称道往古明君的美政以开拓君主的心胸,退朝而居不能宣扬君主的美誉以显示他的功绩,默默无言已有三年了。吴王感到奇怪而问他,说:"我获得了先君留下的功业,因而能暂时高居在众位贤者之上,早起晚睡,从来不敢怠慢政事。而今先生像大鸟一样轻快地高飞千里,远道而来栖息于我吴国之地,准备来辅助我治理国家,对此我私下真诚地表示赞赏;我身不安席,饮食不香,眼不看华丽柔美的女色,耳不听钟鼓交响的音乐,静心安意想听先生的余论至今已有三年了。现在先生上朝不辅助以治国之道,退居不宣扬君主的美誉,我私下认为先生的这种行为是不可取的。内怀才能而不显现出来,这是对君主的不忠;才能显现出来而不能施行,这是君主的不明。料想起来也许你认为我是一个不英明的君主吧!"非有先生低头俯首恭敬地应诺。

吴王曰:"可以谈矣,寡人将竦意而听焉①。"先生曰:"於戏②!可乎哉?可乎哉?谈何容易③!夫谈者有悖于目而佛于耳④,谬于心而便于身者⑤,或有说于目、顺于耳、快于心而毁于行者⑥,非有明王圣主,孰能听之矣?"吴王曰:"何为其然也?中人以上,可以语上也⑦,先生试言,寡人将览焉⑧。"先生对曰:"昔关龙逢深谏于桀⑨,而王子比干直言于纣⑩,此二臣者,皆极虑尽忠,闵主泽不下流⑪,而万民骚动,故直言其失,切谏其邪者,将以为君之荣,除主之祸也。今则不然,反以为诽谤君之行,无人臣之礼,果纷然伤于身⑫,蒙不辜之名⑬,戮及先人⑭,为天下笑,故曰谈何容易!是以辅弼之臣瓦解⑮,而邪谄之人并进⑯,遂及飞廉、恶来、革等⑰,三人皆诈伪,巧言利口以进其身,阴奉雕琢刻镂之好,以纳其心⑱。务快耳目之欲,以苟容为度⑲。遂往不戒,身没被戮⑳,宗庙崩弛㉑，国家为墟。杀戮贤臣，亲近谗夫。《诗》不云乎？'谗人罔极，交乱四国'㉒，此之谓也。故卑身贱体，说色微辞，愉愉煦煦㉓，终无益于主上之治，即志士仁人不忍为也。将俨然作矜庄之色㉔，深言直谏，上以拂人主之邪㉕，下以损百姓之害㉖，则忤于邪主之心㉗，历于衰世之法㉘，故养寿命之士莫肯进也；遂居深山之间，积土为室，编蓬为户，弹琴其中，以咏先王之风，亦可以乐而忘死矣。是以伯夷、叔齐避周，饿于首阳之下，后世称其仁㉙。如是，邪主之行固足畏也，故曰谈何容易！"

【注释】

①竦意：打起精神，集中注意力。焉：代词。这里指非有先生的意见。

②於戏：叹词，即呜呼。

③谈何容易：李善注："言谈论之道，何容轻易乎！"又《汉书》颜师古注："不见宽容，则事不易，故曰何容易也。"意即向君主进言不可轻易从事。按，《汉书·东方朔传》："戒其子以上容。"颜师古注："容身避害也。"可知"谈何容易"是因为臣下既要向君王进言，而又想能够容身避害，那是很难做到的。

④悖(bèi)：违背，违反。悖于目，即反目，亦即怒目。佛：《汉书》作"拂"，颜师古注："拂，违戾也。"拂于耳，即逆耳。

⑤谬：差错。谬于心，即不合于心，不适于心。

⑥说：同"悦"。

⑦"中人"二句：语出《论语·雍也》。中人，指资质中等的人。上，指高深的道理。

⑧览：《汉书》作"听"。据上文"竦意而听"之语，当以《汉书》作"听"

为是。

⑨关龙逢:也作"关龙逄",夏朝末期的贤臣。桀:夏朝末期的暴君。

⑩比干:商朝末期的贤臣。纣:商朝末期的暴君。

⑪闵:担心。《汉书》颜师古注:"闵,病也。"

⑫果:结局,结果。纷:杂乱。伤于身:指身体被伤害。指关龙逢被
　　杀,比干被剖心而死。

⑬辜:罪,犯罪。

⑭戮:羞辱。

⑮弼(bì):辅佐。瓦解:制瓦时先把陶土制成圆筒形,分解成四,即
　　成瓦。此为瓦解本义,后以喻分裂、分离。这里指离散。

⑯谄(chǎn):谄媚,巴结奉承。

⑰飞廉、恶来、革:三人均为纣王时奸臣。《史记·秦本纪》:"蜚廉
　　生恶来,恶来有力,蜚廉善走,父子俱以材力事殷纣。"《说苑·杂
　　言》:"昔者,费仲、恶来、革,长鼻决耳,崇侯虎顺纣之心,欲以合
　　于意。武王伐纣,四子身死牧之野。"

⑱纳:缔结。

⑲苟容:苟合取容。

⑳戮:杀。

㉑弛:《汉书》作"阤(tuó)",颜师古注:"阤,颓也。"颓,倒塌。

㉒"谗人"二句:语出《诗经·小雅·青蝇》,大意为谗人说话无准
　　则,四方各国都搅乱。罔,无。极,终极,准则。交,俱。

㉓愉愉煦煦(xǔ):《汉书》颜师古注:"愉愉,颜色和也。呴呴,言语
　　顺也。煦,同"呴"。

㉔俨(yǎn):恭敬庄重。矜庄:敬重端庄。

㉕拂:纠正。

㉖损:减少。

㉗忤(wǔ):违逆,抵触。

㉘历：经历，遭遇。

㉙"是以"几句：伯夷、叔齐认为周武王以武力推翻殷王朝，是以暴力对抗暴力，所以不愿意做周朝的臣民，饿死在首阳山。《论语·述而》载孔子称赞其"求仁而得仁"，又《论语·季氏》："伯夷、叔齐，饿于首阳之下，民到于今称之。"

【译文】

吴王说："先生可以发表意见了，我将集中精力专心听取您的意见。"先生说："呜呼！能进言吗？能进言吗？进言岂可轻易从事呢！进谏之言，有听之使人怒目相视而觉得逆耳的，有使人心头不适却对己身有利的，有听之使人眉开眼笑、悦耳顺心却败坏事情的，不是英明圣贤的君主，谁能听取逆耳的忠言呢？"吴王说："为什么是那样的情况呢？中等资质以上的人，可以与他谈论高深的道理，先生请尝试一言，我将听取您的高见。"先生对答说："过去关龙逢对夏桀深切进谏，而王子比干对殷纣率直进言，这二位臣子，都是尽心尽忠，担忧君王的恩惠不能下达百姓，因而导致万民的骚动，所以率直进言指出他们的过失，恳切地批评他们邪僻的行为，其目的是要以此为君王增添荣誉，消除君主的祸难。当今的看法却不是这样，反以为关龙逢、比干是诽谤君王的行为，没有人臣的礼节，结果终于被混杂地杀伤了身体，他们无罪而蒙受了不敬被杀的名声，羞辱上及祖先，被天下人所讥笑，所以说进言岂可轻易从事呢！因此辅佐的贤臣分散离去，而邪僻谄媚的人并起竞进，于是就来了飞廉、恶来、革等，三人都是狡诈虚伪之徒，他们以花言巧语、伶牙俐齿作为进身的手段，以私下奉献精雕细刻的玩好来讨取纣王的欢心。他们勉力从事以满足纣王耳目快活的欲望，以苟且迎合求取宽容恩宠作为处世的法则。长此以往，纣王毫不戒备，终于被杀身死，宗庙崩塌，国家变成废墟。纣王的过失就在于，杀害贤明的大臣，亲近进谏的小人。《诗经》不是说过吗？'谗人说话无准则，四方各国都搅乱'，就是对此而言的。所以卑躬屈膝，和颜悦色，花言巧语，顺从之貌，奉承

之辞,终究不利于君主治理国家,也是志士仁人不忍心做的。如果准备
严正地显示出敬重端庄的神色,深切进言率直谏议,对上以纠正君主的
邪僻,对下以减少百姓的祸害,那么就要与邪僻君主的心意相抵触,遭
受衰世之法的祸害,所以养寿惜命的人士谁也不肯进取;于是他们隐居
深山之间,累土为室,编织蓬草为屋,在陋室中弹琴,以吟咏古代明王的
高风,也可以自得其乐而忘掉死亡了。因此伯夷、叔齐躲避周朝,饿死
在首阳山之下,后世称颂他们的仁爱之心。由此可见,邪僻君主的乱行
确是可怕的,所以说进言岂可轻易从事呢!"

　　于是吴王懬然易容①,捐荐去几②,危坐而听③。先生
曰:"接舆避世④,箕子被发佯狂⑤,此二子者,皆避浊世以全
其身者也。使遇明王圣主,得赐清宴之闲⑥,宽和之色,发愤
毕诚⑦,图画安危⑧,揆度得失⑨,上以安主体,下以便万民,
则五帝三王之道⑩,可几而见也。故伊尹蒙耻辱、负鼎俎、和
五味以干汤⑪,太公钓于渭之阳以见文王⑫。心合意同,谋无
不成,计无不从,诚得其君也。深念远虑,引义以正其身,推
恩以广其下⑬,本仁祖谊⑭,褒有德⑮,禄贤能⑯,诛恶乱⑰,总
远方⑱,壹统类⑲,美风俗,此帝王所由昌也。上不变天性⑳,
下不夺人伦㉑,则天地和洽㉒,远方怀之,故号圣王。臣子之
职既加矣,于是裂地定封㉓,爵为公侯,传国子孙,名显后世,
民到于今称之,以遇汤与文王也。太公、伊尹以如此,龙逢、
比干独如彼,岂不哀哉! 故曰谈何容易。"

【注释】

①懬(jué):李善注:"懬,敬貌也。"易容:改变脸色。

②荐:垫席。几:矮桌,古人用以倚凭身体。

③危坐:端坐。

④接舆:楚国的隐士,曾以歌规劝孔子归隐。事见《论语·微子》。

⑤箕子:殷末的贤臣,因见比干被杀,假装发疯以保全自身。

⑥宴:安乐,逸乐。

⑦愤:通"奋"。毕:尽。

⑧图画:谋划。

⑨揆(kuí)度:度量。

⑩五帝:指黄帝、颛顼、帝喾、尧、舜。三王:指夏禹、商汤、周文王或周武王。

⑪伊尹:夏末商初著名人物。他足智多谋,辅佐成汤立商灭夏,是商王朝的开国功臣。相传他一开始以厨子的烹调本领取得了成汤的信任,然后才转向在政治上辅佐成汤。李善注引《鲁连子》:"伊尹负鼎佩刀以干汤。"鼎:古代烹煮食物用的炊器。俎(zǔ):古代割肉所用的砧板。五味:指甜、酸、苦、辣、咸五种味道。干:干谒,求见。汤:商朝的开国君王。

⑫太公:即姜太公,殷末周初的著名人物。他辅佐文王、武王建周灭殷,是周朝的开国功臣。周武王立国之后,分封于齐国。相传他曾长期在渭水钓鱼,以等待明王的来临,后来果然遇到了贤明的周文王。渭之阳:渭水之北。文王:周文王,殷末西方诸侯的首领,称西伯,武王灭殷,称之为文王。

⑬推恩:《孟子·梁惠王》:"推恩足以保四海。"下:指下民,即百姓。

⑭本仁祖谊:以仁义为本。《战国策·齐策》载苏代说齐王曰:"祖仁者王,立义者伯。"谊,《汉书》作"义",《说文解字》段玉裁注:"谊、义古今字,周时作谊,汉时作义。"

⑮褒:奖励。

⑯禄:俸禄。这里作动词用,有"给……以高官厚禄"之意。

⑰诛:杀。

⑱总:聚束。引申为控制。

⑲统类:指治理天下的纲纪法式。

⑳天性:指自然的本性。

㉑夺:这里指强行改变。人伦:人与人之间关系的准则。

㉒洽:协和。

㉓裂地:划分土地。封:古代帝王把爵位或土地赐给臣子。

【译文】

　　于是吴王敬畏地改变了脸色,去掉垫席与凭几,端坐而听。先生说:"接舆躲避乱世,箕子披头散发假装疯狂,这二位先生,都是以躲避混浊的世道来保全自身的。假使他们能遇到英明圣贤的君主,得到清静安逸的闲暇,受到主上和颜悦色的恩遇,就一定会发奋尽忠,谋划国家的安危,考量政治的得失,对上足以保证君主的安宁,对下足以使万民得利,那么五帝三王的治道,也许可以见到了。所以伊尹甘愿蒙受耻辱,带着铜鼎、砧板,亲自调和五味以求取成汤的信任,姜太公在渭水北岸长期钓鱼,以便有机会见到文王。双方心合意同,谋略无不成功,计策无不听从,伊尹、太公确实遇到了他们的明君。深思远虑,引用义理来端正自身,推广恩惠下达万民,以仁义为根本,奖励有德的人,给贤士能人以高官厚禄,诛杀恶夫乱臣,控制边远之地,统一纲纪法制,使风俗淳美,这就是帝王所以昌盛的缘由。对上不改变天道的自然法则,对下不强行改变人与人之间关系的社会准则,那么天地就会和顺协调,边远之地就会诚心怀归,所以号称圣王。臣子的职位既已有所加封,于是划地确定分封,赐以公侯的爵位,传国给子孙后代,名声显扬后世,百姓至今称颂他们,因为他们遇到了成汤与文王。太公、伊尹因得明君而这样显赫,而关龙逢、比干却独遭杀戮,难道能不哀痛么! 所以说进言岂可轻易从事呢!"

于是吴王穆然①，俯而深惟②，仰而泣下交颐③，曰："嗟乎！余国之不亡也，绵绵连连④，殆哉！世之不绝也。"于是正明堂之朝⑤，齐君臣之位，举贤才，布德惠，施仁义，赏有功；躬亲节俭⑥，减后宫之费⑦，损车马之用，放郑声，远佞人⑧，省庖厨，去侈靡，卑宫馆，坏苑囿⑨，填池堑⑩，以与贫民无产业者；开内藏⑪，振贫穷⑫，存耆老⑬，恤孤独⑭，薄赋敛，省刑罚。行此三年，海内晏然⑮，天下大洽，阴阳和调，万物咸得其宜⑯；国无灾害之变，民无饥寒之色，家给人足，畜积有余⑰，囹圄空虚⑱；凤皇来集，麒麟在郊⑲，甘露既降，朱草荫芽⑳；远方异俗之人，向风慕义，各奉其职而来朝贺。

【注释】

①穆然：李善注："穆犹默，静思貌也。"

②惟：思考。

③颐(yí)：下巴。

④绵绵连连：李善注："《说文》：'绵联，微也。'"这里指吴国政权的微弱。

⑤正：端正。这里有整顿之义，如"正本清源"之"正"，与下句之"齐"，均可理解为整治。明堂：古代天子宣明政教的地方。凡朝会、庆赏、选士等大典，均在其中进行。

⑥躬：身体。引申为自身、亲自。亲：亲自。

⑦后宫：古时君王妃嫔所居的宫室。

⑧"放郑声"二句：语出《论语·卫灵公》。郑声，指郑国新兴的音乐，因其不同于严肃正统的古乐，故被斥责。佞人，指谄媚进谗的小人。

⑨苑囿(yòu)：古代帝王畜养禽兽的园林，供观赏与打猎之用。

⑩池堑(qiàn):护城河。

⑪内藏:官内库房中的收藏。

⑫振:救济。

⑬存:慰问,问候。耆(qí):古称六十岁为耆。

⑭孤独:《孟子·梁惠王》:"老而无子曰独,幼而无父曰孤。"

⑮晏:安,平静。

⑯咸:都,皆。宜:合适。

⑰畜积:即蓄积。

⑱囹圄(yǔ):牢狱。

⑲"凤皇"二句:凤凰、麒麟,都是古代吉祥的鸟兽,它们的来临,象征着政治清明,国泰民和。凤皇,同"凤凰"。

⑳"甘露"二句:都是太平盛世的反映。

【译文】

于是吴王默然无言,低头深思,仰面而眼泪交流至下巴,说:"可叹啊! 我国虽然没有灭亡,但却处于如此微弱的状态,多么危险啊! 这种世代不绝的微弱处境。"于是吴王整顿明堂的朝会,整治君臣的位置序列,选拔贤才,广布德惠,施行仁义,奖赏有功之臣;亲自带头节俭,减少后宫的费用,减省车马的费用,废弃郑国的音乐,疏远谄媚的奸臣,降低饮食标准,禁绝奢侈浪费,降低宫馆的建筑标准,拆毁打猎、观赏的园林,填平护城河,把这些赐给没有产业的贫民;打开宫内收藏的库房,救济贫穷的百姓,慰问六十岁以上的老人,抚恤孤儿与没有子孙的老者,减轻赋税,省减刑罚。这些措施实行了三年,四海之内平静安宁,天下大治,阴阳和顺协调,万物都得其所宜;国家没有灾害的变异,人民没有饥寒的脸色,家家富裕人人丰足,蓄积有多盈余,牢狱空空荡荡;凤凰飞来止息,麒麟游栖近郊,甘露自天而降,朱草破土而出;边远地区不同习俗的人们,都向往这里美好的政治风气,羡慕这里的仁义之治,各自秉奉他们的职责而来朝拜祝贺。

　　故治乱之道,存亡之端①,若此易见,而君人者莫肯为也,臣愚窃以为过。故《诗》曰:"王国克生,惟周之贞;济济多士,文王以宁②。"此之谓也。

【注释】

①端:端由,缘由。

②"王国"几句:语出《诗经·大雅·文王》。克,能。贞:《汉书》作"桢",《诗经》亦作"桢"。贞,通"桢",桢干,犹言栋梁。

【译文】

　　所以治乱的道理,存亡的缘由,如此容易认识,而主宰百姓的人却不肯有所作为,愚臣私下认为这是一种过错。因而《诗经》说:"王国能出众贤士,都是周朝栋梁臣;济济一堂人才多,文王因之得安宁。"这就是说任用贤才的重要。

王子渊

　　见卷第十七《洞箫赋》作者介绍。

四子讲德论一首　并序

【题解】

　　四子,指微斯文学、虚仪夫子、浮游先生、陈丘子四人。微斯,即无此;虚仪,即虚拟,可知这四位人物都是作者假托的人物。夫子、先生、子均为同义词,都是敬称之辞。文学,本是古时教授贵族子弟的学科之一。据《论语·先进》所载,孔子传授学生,分德行、言语、政事、文学四科,"文学"指古代文献,即指孔子所传授的《诗》《书》《礼》《乐》等,所以

"文学"可理解为博学之士,与"先生""夫子"同义。《四子讲德论》的要旨,据李善所引如淳之言,是"言王政中和,在官者乐其职",所以该文主要是颂扬当代明君的美德。《孙批文选》评论本文说:"无新奇之论,而故为跌宕之词,要不免寿陵之步耳。"颇为中肯。

　　褒既为益州刺史王襄作《中和》《乐职》《宣布》之诗①,又作传,名曰《四子讲德》,以明其意焉。

【注释】

①褒既为益州刺史王襄作《中和》《乐职》《宣布》之诗:《汉书·王褒传》:"益州刺史王襄欲宣风化于众庶,闻王褒有俊材,请与相见,使褒作《中和》《乐职》《宣布》诗,选好事者令依《鹿鸣》之声习而歌之。"又曰:"褒既为刺史作颂,又作其传。"益州,地名。主要指四川一带。《中和》《乐职》《宣布》,《汉书》颜师古注:"中和者,言政事和平也。乐职者,言百官各得其职也。宣布者,风化普洽,无所不被。"

【译文】

　　王褒既为益州刺史王襄作《中和》《乐职》《宣布》等诗,又作传,题名叫《四子讲德》,以此表明他写诗的用意。

　　微斯文学问于虚仪夫子曰:"盖闻国有道,贫且贱焉,耻也①。今夫子闭门距跃②,专精趋学有日矣。幸遭圣主平世,而久怀宝③,是伯牙去锺期④,而舜禹遁帝尧也⑤。于是欲显名号,建功业,不亦难乎?"夫子曰:"然,有是言也。夫蚊虻终日经营⑥,不能越阶序⑦,附骥尾则涉千里⑧,攀鸿翮则翔四海⑨。仆虽嚚顽⑩,愿从足下。虽然,何由而自达哉?"文学曰:"陈恳诚于本朝之上^⑪,行话谈于公卿之门。"夫子曰:"无介绍之道^⑫,安从行乎公卿?"文学曰:"何为其然也? 昔甯戚商歌以干齐桓^⑬,越石负刍而寤晏婴^⑭,非有积素累旧之欢,皆涂觐卒遇而以为亲者也^⑮。故毛嫱、西施^⑯,善毁者不能蔽其好;嫫姆、倭傀^⑰,善誉者不能掩其丑。苟有至道^⑱,何必介绍?"夫子曰:"咨^⑲! 夫特达而相知者^⑳,千载之一遇也;招贤而处友者,众士之常路也。是以空柯无刃^㉑,公输不能以斫^㉒;但悬曼矰^㉓,蒲苴不能以射^㉔。故膺腾撇波而济水^㉕,不如乘舟之逸也;冲蒙涉田而能致远^㉖,未若遵涂之疾也。才蔽于无人,行衰于寡党^㉗,此古今之患,唯文学虑之。"文学曰:"唯唯,敬闻命矣^㉘!"

【注释】

①"盖闻"几句:《论语·泰伯》:"邦有道,贫且贱焉,耻也。"

②距跃:李善注:"距跃,不行也。"

③久怀宝:《论语·阳货》载阳货谓孔子曰:"怀其宝而迷其邦,可谓仁乎?"宝,此处喻指才能,本领。

④伯牙:俞伯牙,古代著名音乐家,擅长奏琴。锺期:锺子期,古代著名的音乐鉴赏家,与伯牙同时。相传凡伯牙所演奏的琴声,只有锺子期能正确领略其旨趣。因而锺子期死后,伯牙感叹世上已无知音。

⑤舜禹遁帝尧:相传虞舜、夏禹均为帝尧的贤臣,靠帝尧的举贤才得以施展才能,所以如果他们逃避帝尧,便一事无成。

⑥蚊:即蚊子,蚊虫,雌蚊吸血。虻(méng):成虫形似蝇而稍大,雌虫刺吸牛等牲畜的血液,故又称牛虻。经营:《后汉书·冯衍传》:"经营五山。"李贤注:"经营,犹往来。"

⑦阶：台阶。序：中堂的东西墙。《尔雅·释宫》："东西墙谓之序。"

⑧骥（jì）：千里马。涉：到，至。

⑨鸿翮（hé）：鸿雁的翅膀。

⑩嚚（yín）：愚顽。

⑪陈恳诚于本朝之上：向朝廷表达忠心。李善注："《春秋说题辞》："秉懿诚之义，思至忠之功。'高诱《淮南子》注："本朝，国朝也。'"

⑫介绍：《礼记·聘义》："介绍而传命。"指古代行礼时，主宾之间通过辅助人员传话。宾方的辅助人员为介，有上介、次介、末介；主方的接宾人员为摈，有上摈、承摈、绍摈。这里指无人引见。

⑬甯戚商歌以干齐桓：指甯戚通过唱歌来求见齐桓公。《淮南子·道应训》："甯越饭牛车下，望见桓公而悲，击牛角而疾商歌。桓公闻之，抚其仆之手曰："异哉！歌者非常人也。'命后车载之。"商歌，悲歌。商声悲切，故称。

⑭越石负刍而寤晏婴：指越石父背着柴草在路边休息时被晏婴看中。《晏子春秋·内篇杂上》："晏子之晋，至中牟，睹弊冠反裘负刍息于涂侧者，以为君子也，使人问焉，曰："子何为者也？'对曰："我越石父也。'晏子曰："何为至此？'曰："吾为人臣仆于中牟，见使将归。'晏子曰："何为为仆？'对曰："不免冻饿之切吾身，是以为仆也。'……晏子曰："可得赎乎？'对曰："可。'遂解左骖以赎之，因载而与之俱归。"

⑮涂：同"途"。覯（gòu）：遇见。卒：同"猝"，突然。

⑯毛嫱、西施：都是古代著名的绝色美女。李善注引《慎子》："毛嫱、先施，天下之姣也。"先施即西施。

⑰嫫姆：即嫫母，古代著名的丑女，相传为黄帝四妃之一。《路史后纪》卷五："次妃嫫母，儿恶德充。"倭傀：李善注："倭傀，丑女。未详所见。"

⑱至道：最高的道。

⑲咨:嗟叹声。

⑳特达:《礼记·聘义》:"圭璋特达。"孔疏:"聘享之礼,有圭、璋、璧、琮。璧、琮则有束帛加之乃得达;圭、璋则不用束帛,故云特达。"后引申为特出,特殊。这里指不通过媒介而相知的特殊方式。

㉑柯:指斧柄。刃:指斧及斧刃。

㉒公输:即公输盘,或称公输般,是春秋时期鲁国著名的能工巧匠,俗称鲁班。

㉓曼矰(zēng):系有长丝绳的箭,用来射鸟。曼,长。矰,系有绳子的短箭。

㉔蒲苴(jǔ):古代的善射者。《列子·汤问》:"蒲苴子之弋也,弱弓纤缴,乘风振之,连双鸧于青云之际。"

㉕膺:胸。撇波:击破波浪。撇,击。

㉖蒙:草丛。

㉗党:朋辈。

㉘命:命令。这里指教导。

【译文】

微斯文学问虚仪夫子说:"听说国家政治清明,君子贫穷而且低贱,就是一种耻辱。而今夫子闭门不行,专一精神研究学问,已颇有一段时间了。有幸遇上圣明君主与太平盛世,却长久地怀才不露,这就像是伯牙离开锺期,舜禹逃离帝尧一般。想因此而显耀名号,建立功业,不也是难事吗?"夫子说:"是的,有这样的说法。那蚊虻整天往来飞舞,不能超越中堂的台阶、两边墙壁之间,但一旦攀附在千里马的尾巴之上,就能到达千里之外;攀附在鸿雁的翅膀之上,就能翱翔四海。在下虽然愚蠢顽固,却希望能跟从您飞黄腾达。虽然如此,通过什么途径才能让自己显达呢?"文学说:"在国君面前陈述自己诚恳效忠的心意,在公卿之门通过言谈显露自己的才能。"夫子说:"没有介绍人的引见,又何从通达公卿之门呢?"文学说:"为什么一定是那样的呢? 以前宵戚以一曲悲歌,求得齐桓公的赏识;越石父背负柴草,而使晏婴对自己的才能志向有所感悟,他们之间并没有素来交往的欢爱之情,都是路途之上偶然相遇,而彼此认为是亲近的人。所以毛嫱、西施,善于谗毁的人不能掩蔽她们的美丽;嫫母、倭傀,善于赞誉的人不能掩蔽她们的丑陋。只要有至高无上的明道,又何必通过介绍人呢?”夫子说:“唉! 那些通过特殊的方式而彼此相知的人,是一千年才能碰上一次的;通过招贤的方式而友好相处的,是很多士人显达的常路。因此空有斧柄而没有斧刃,巧匠公输般也不能用来砍削木料;只悬挂有丝弦而没有飞箭,神射蒲苴子也不能用来射中飞鸟。因而靠胸膛腾跃击波而渡水的,不如乘舟渡水那般轻快;冲过草丛、越过水田也能到达远方,但不如沿着大道奔驰那样快速。才能因无人介绍而被遮蔽,做事因缺乏朋辈的帮助而衰败,这是古今之人共同的忧患,希望文学能思考这个问题。”文学说:“是的,是的,恭敬地听从您的教导。”

于是相与结侣,携手俱游,求贤索友,历于西州。有二人焉,乘辂而歌①;倚輗而听之②,咏叹中雅③,转运中律④,啴缓舒绎⑤,曲折不失节⑥。问歌者为谁? 则所谓浮游先生、陈丘子者也。于是以士相见之礼友焉⑦。

【注释】

①辂(lù):殷车叫大辂。《论语·卫灵公》:“乘殷之辂。”

②輗(ní):古代驾车要把牲口套在车辕之前的横木上,牛车上的横木叫做輗,輗的两头都有关键(活销),輗就是輗的关键。

③中:符合。雅:指雅乐。

④律:指乐律,音律。

⑤啴(chǎn)缓:和缓。《史记·乐书》:“啴缓慢易繁文简节之音作,

　　而民康乐。"

⑥节：节拍。

⑦士相见之礼：《仪礼·士相见礼》："士相见之礼，挚，冬用雉，夏用
　　腒，左头奉之。"意谓士人拜访士人，夏天用野鸡为见面礼，冬天
　　干野鸡为见面视，献礼时鸡头朝左，双手捧着。

【译文】

　　于是互相结成伴侣，携手同游，共同寻找贤人与朋友，遍历西州之
地。一天见有二位先生，乘坐在辂车上吟唱；文学、夫子靠着车輗倾听
他们的吟唱，咏叹的音调符合古代的雅乐，歌声的运转符合古乐的音
律，歌声和缓舒徐，曲折而不失节拍。询问歌唱的人是谁？就是所谓的
浮游先生与陈丘子。于是彼此以士人相见的礼节结交为友。

　　礼文既集①，文学、夫子降席而称曰②："俚人不识③，寡
见鲜闻④，曩从末路⑤，望听玉音⑥，窃动心焉。敢问所歌何
诗？请闻其说。"浮游先生、陈丘子曰："所谓《中和》《乐职》
《宣布》之诗，益州刺史之所作也。刺史见太上圣明⑦，股肱
竭力⑧，德泽洪茂，黎庶和睦，天人并应⑨，屡降瑞福⑩，故作
三篇之诗，以歌咏之也。"文学曰："君子动作有应⑪，从容得
度。南容三复白珪，孔子睹其慎戒⑫；太子击诵《晨风》，文侯
谕其指意⑬。今吾子何乐此诗而咏之也⑭？"先生曰："夫乐者
感人密深，而风移俗易⑮，吾所以咏歌之者，美其君术明而臣
道得也。君者中心，臣者外体⑯，外体作然后知心之好恶，臣
下动然后知君之节趋。好恶不形，则是非不分；节趋不立，
则功名不宣。故美玉蕴于碔砆⑰，凡人视之怢焉⑱，良工砥
之⑲，然后知其和宝也⑳；精练藏于矿朴㉑，庸人视之忽焉，巧

冶铸之，然后知其干也⑫。况乎圣德巍巍荡荡，民氓所不能命哉㉓！是以刺史推而咏之，扬君德美，深乎洋洋，冈不覆载，纷纭天地，寂寥宇宙㉔。明君之惠显，忠臣之节究㉕，皇唐之世㉖，何以加兹！是以每歌之，不知老之将至也㉗。"

【注释】

①礼文：即礼节仪式。文，指文饰。集：成，定。这里指完毕。

②降席：从座席上退下来，以表示对客人的敬意。

③俚（lǐ）人：粗俗之人。此为谦称。

④鲜（xiǎn）：少。

⑤曩（nǎng）：以往，从前。

⑥玉音：李善注引《尚书大传》："天下诸侯，莫不玉音金声。"

⑦太上：李善注引如淳《汉书》注："太上，天子也。"

⑧股肱（gōng）：李善注引《尚书大传》："股肱，臣也。"股，指双腿。肱，指双臂。代指辅佐之臣。

⑨应：感应。

⑩瑞：祥瑞。

⑪应：当。这里指得当。

⑫"南容"二句：《论语·先进》："南容三复白圭，孔子以其兄之子妻之。"《论语集解》引孔安国曰："《诗》曰：'白圭之玷，尚可磨也；斯言之玷，不可为也。'南容读《诗》至此，三反复之，是其心慎言也。"南容，南宫括，字子容，是孔子的学生。所引诗见《诗经·大雅·抑》。

⑬"太子击"二句：《韩诗外传》："魏文侯有子曰击，次曰诉。诉少而立之以为嗣，封击于中山，三年莫往来。其傅赵苍唐谏曰：'父忘子，子不可忘父，何不遣使乎？'击曰：'愿之，而未有所使也。'苍唐曰：'臣请使。'击曰：'诺。'于是乃问君之所好与所嗜，曰：'君

好北犬,嗜晨雁。'遂求北犬晨雁赍行。苍唐至,曰:'北蕃中山之君,有北犬晨雁,使苍唐再拜献之。'文侯曰:'嘻!击知吾好北犬,嗜晨雁也。'即见使者……文侯曰:'中山之君亦何好乎?'对曰:'好《诗》。'文侯曰:'于《诗》何好?'曰:'好《黍离》与《晨风》。'……文侯曰:'《晨风》谓何?'对曰:'《诗》云:"鴥彼晨风,郁彼北林。未见君子,忧心钦钦。如何如何,忘我实多。"此自以忘我者也。'于是文侯大悦,曰:'……欲知其君,视其所使;中山君不贤,恶能得贤?'遂废太子䜣,召中山君以为嗣。"

⑭吾子:敬称,相当于"您"。

⑮"夫乐"二句:《礼记·乐记》:"乐也者,圣人之所乐也,而可以善民心,其感人深,其移风易俗,故先王著其教焉。"谓音乐深入人心,可以移风易俗。

⑯"君者"二句:李善注引《子思子》:"民以君为心,君以民为体,心正则体修,心肃则身敬也。"

⑰碔砆(wǔ fū):似玉的美石。

⑱怢(tū):忽视,不注意。

⑲砥:磨。

⑳和宝:卞和的宝玉。

㉑精练:这里指纯金属。

㉒干:李周翰注:"干,体也。"即本体,指去除杂质后的纯金属。

㉓"况乎"二句:《论语·泰伯》:"子曰:'大哉尧之为君也,巍巍乎唯天为大,唯尧则之,荡荡乎民无能名焉。'"命,名,表述,描述。

㉔"周不"几句:李善注:"言所覆者广也。纷纭,众多之貌也。寂寥,旷远之貌也。"

㉕究:《尔雅·释言》:"究,穷也。"郭璞注:"皆穷尽也。"

㉖皇:伟大。唐:指唐尧之世。

㉗不知老之将至也:《论语·述而》:"发愤忘食,乐以忘忧,不知老

之将至也。"

【译文】

礼节仪式既已完毕,文学、夫子从座席上退下来称道说:"鄙人没有见识,见闻很少,刚才从道路的末端,仰闻美玉般的声音,私下暗暗为之动心。冒昧地请问所歌咏的是什么诗歌? 请求能听到有关的解说。"浮游先生、陈丘子说:"所谓的《中和》《乐职》《宣布》之诗,是益州刺史所作的诗歌。刺史见天子圣明,臣下尽力,天子的恩泽洪大茂盛,百姓和睦,天人共同感应,屡次降下祥瑞福禄,所以作诗三篇,来歌咏天子的圣明。"文学说:"君子的举动要得当,宜从容不迫得其适度。南容三次重复诵读'白珪'那句诗,孔子从而发现他有敬慎戒言的心意;魏太子击诵读《晨风》一诗,魏文侯明了他诵诗所指的意思。而今先生为什么喜爱这些诗歌而吟咏它们呢?"先生说:"那音乐感动人心密切而深刻,因而能移风易俗,我之所以吟唱这些诗歌,是赞美君道昭明而臣道有得。君上是人体居中部位的心脏,臣下是人的外体,通过外体的所作所为,然后才知道内心的所好所恶,通过臣下的所作所为,然后才知道君上的法度趋向。所好所恶不显露,是非就不能区分;法度趋向不确立,功名就不能宣扬。因而美玉蕴藏在似玉的美石之中,一般的人会忽视它,经过良工的磨砺加工,然后才知道它是和氏的宝玉;纯金属蕴藏在矿石之中,平常的人会忽视它,经过巧匠的熔化提炼,然后才知道矿石中含有金属的本体。更何况是圣君的盛德,巍巍乎像高山,荡荡乎像江河,老百姓不知道怎样称颂他! 因此刺史推扬而歌咏圣上,宣扬君主的盛德之美,深广博大,没有什么不能覆盖承载,囊括天地万物,遍及辽阔宇宙。明君显扬恩德,忠臣竭尽节操,即使伟大的唐尧时代,也没有什么可以超过当今! 所以每当吟唱这些诗歌的时候,乐而忘忧,不知道老年即将来临。"

文学曰:"《书》云:'迪一人,使四方若卜筮[①]。'夫忠贤之臣,导主志,承君惠,摅盛德而化洪②,天下安澜③,比屋可封④,何必歌咏诗赋可以扬君哉? 愚窃惑焉。"浮游先生色勃眦溢曰⑤:"是何言与⑥! 昔周公咏文王之德而作《清庙》,建为《颂》首⑦;吉甫叹宣王穆如清风,列于《大雅》⑧。夫世衰道微,伪臣虚称者,殆也;世平道明,臣子不宣者,鄙也。鄙殆之累,伤乎王道。故自刺史之来也,宣布诏书,劳来不怠⑨,令百姓遍晓圣德,莫不沾濡,庬眉耇耈之老⑩,咸爱惜朝夕,愿济须臾⑪,且观大化之淳流⑫。于是皇泽丰沛,主恩满溢,百姓欢欣,中和感发⑬,是以作歌而咏之也。传曰:'诗人感而后思,思而后积,积而后满,满而后作。言之不足,故嗟叹之;嗟叹之不足,故咏歌之;咏歌之不厌,不知手之舞之、足之蹈之也⑭。'此臣子于君父之常义,古今一也。今子执分寸而罔亿度⑮,处把握而却寥廓⑯,乃欲图大人之枢机⑰,道方伯之失得⑱,不亦远乎?"

【注释】

①"迪一人"二句:《尚书·君奭》:"故一人有事于四方,若卜筮,罔不是孚。"孔传:"一人,天子也。君臣务德,故有事于四方而天下化服,如卜筮无不是而信之。"意谓君主修德,能使四方百姓像信任占卜一样信任君主。迪,语助词。

②摅(shū):舒散,舒发。

③安澜:李善注:"澜,水波。安澜,以喻太平也。"

④比屋可封:李善注引《尚书大传》:"周民可比屋而封。"指人人皆贤,家家都有可受封爵之德行。

⑤色勃:发怒变色。眦(zì):眼眶。溢:水满外流,泛指满。这里指

眼睛睁得很大。

⑥与:同"欤"。

⑦"昔周公"二句:《清庙》是《诗经·周颂》的第一首。《诗经·周颂·清庙》之毛序:"《清庙》,祀文王也。周公既成洛邑,朝诸侯,率以祀文王焉。"

⑧"吉甫"二句:《诗经·大雅·烝民》之毛序:"《烝民》,尹吉甫美宣王也。"《诗经·大雅·烝民》:"吉甫作诵,穆如清风。"穆,淳和。

⑨劳来:慰问、劝勉民众。

⑩庬(máng)眉:同"尨眉",指眉毛花白。李善注:"庬,杂也。谓眉有白黑杂色。"耆耇(qí gǒu):老寿。这里指长寿。

⑪济:渡过。须臾:片刻,短时间。

⑫淳流:淳正和顺的洪流。

⑬感发:李善注:"感发,谓情感于中,发言为诗也。"

⑭"传曰"一段:李善注:"《乐动声仪》文也。"又《毛诗序》:"情动于中而形于言,言之不足,故嗟叹之;嗟叹之不足,故永歌之;永歌之不足,不知手之舞之、足之蹈之也。"

⑮执分寸而罔亿度:李善注:"亿度之言无限也。《韩子》曰:'有尺寸而无亿度。'"

⑯把握:指一手所握的小范围。

⑰大人:李善注:"大人,谓天子也。"枢机:此处指国家要务。

⑱方伯:殷周时期,一方诸侯之长称方伯。其后,州长亦称方伯,汉代的刺史亦可称方伯。这里指益州刺史王襄。

【译文】

文学说:"《尚书》说:'君王务德,有事于四方,如同卜筮一样,没有人不相信。'忠贞贤能的臣子,引导君主的志意,承受君主的恩惠,舒发君主的盛德而演化洪大,天下太平,人人皆贤,家家都有可受封爵的德行,为什么定要吟唱诗赋才能宣扬君王的美德呢?鄙人暗自对此感到疑惑不解。"浮游先生发怒变色睁大眼睛说:"这是什么话! 从前周公歌咏文王之德而作《清庙》,立为《颂》诗之首;尹吉甫咏叹周宣王的美德像清风一样淳和,列在《大雅》之中。在世道衰微的时代,虚伪的臣子妄加称颂,是危险的;太平盛世政治清明,臣子不宣扬美德,是卑鄙的。卑鄙与危险的害处,都会伤害王道。所以自从刺史来上任,宣布君王的诏书,慰问劝勉百姓不敢懈怠,使百姓普遍明晓圣上的恩德,无人不沾圣恩,连眉毛花白长寿的老人,都爱惜一朝一夕的光阴,希望经过很短的时间,等着亲自看到圣德大化淳厚的风尚。于是皇帝的恩泽丰盛而充沛,君主的恩惠盛极而满溢,百姓欢欣鼓舞,内心和畅感激不已,因此作诗来歌咏圣德。古书中说:'诗人有感受然后有思念,有思念然后有感情的蓄积,有蓄积然后达到感情的丰满,感情丰满然后有创作诗歌的欲望。感到语言不足以表达,因而用感叹来表达;感到感叹不足以表达,因而用歌咏来表达;感到歌咏也不能满足表达的欲望,就不知不觉地用手舞足蹈来表现自己的满腔激情了。'这是臣子对君父的常道,古往今来是一致的。现在您只知道一分一寸,却不知道无限是什么,处在手掌之中,而不知道高远广阔的宇宙,还想为天子谋划机要,评论刺史的得失,不是差得太远了吗?"

　　陈丘子见先生言切,恐二客惭,膝步而前曰①:"先生详之,行潦暴集②,江海不以为多;鳅鳝并逃③,九罭不以为虚④。是以许由匿尧而深隐⑤,唐氏不以衰⑥;夷齐耻周而远饿⑦,文武不以卑⑧。夫青蝇不能秽垂棘⑨,邪论不能惑孔墨⑩。今刺史质敏以流惠⑪,舒化以扬名,采诗以显至德,歌咏以董其文⑫。受命如丝,明之如缟⑬,《甘棠》之风⑭,可倚而俟也⑮。二客虽窒计沮议⑯,何伤!"顾谓文学、夫子曰:"先生微矜于谈道⑰,又不让乎当仁⑱,亦未巨过也。愿二子措意焉⑲。"夫子曰:"否,夫雷霆必发,而潜底震动⑳;枹鼓铿锵㉑,而介士奋竦㉒。故物不震不发,士不激不勇。今文学之言,欲以议愚感敌㉓,舒先生之愤,愿二生亦勿疑。"

【注释】

①膝步:即膝行,跪着前进,表示恭敬。

②行潦(lǎo):李善注引《春秋左传》杜预注:"行潦,流潦也。"潦,雨后的地面积水。

③鳅(qiū):泥鳅。鳝:黄鳝。

④九罭(yù):渔网。罭,捕捉小鱼的细眼网。

⑤许由:唐尧时期的高士,因不愿接受帝尧的君位而藏匿深隐。

⑥唐氏:即唐尧。以:因。

⑦夷齐:伯夷、叔齐因不满周武王以暴力推翻殷王朝,耻食周粟,远去首阳山挨饿绝食而死。

⑧文武:周文王、周武王。

⑨青蝇不能秽垂棘:谓青蝇不能污染美玉。青蝇,《诗经·小雅·青蝇》:"营营青蝇,止于樊。"郑笺:"蝇之为虫,污白使黑,污黑使白。"垂棘,春秋晋地名。此指美玉。《春秋左传·僖公二年》:"晋荀息请以屈产之乘与垂棘之璧假道于虞,以伐虢。"

⑩孔墨:孔子、墨子,均为先秦思想家。

⑪质敏:诚信奋勉。流惠:传布君王的恩惠。

⑫董:正。文:这里指文化,即文治与教化。

⑬"受命"二句:《礼记·缁衣》:"王言如丝,其出如纶。"郑玄注:"言出弥大也。"缗(mín),绳子。

⑭《甘棠》:《诗经·召南》中的一篇,相传是周民怀念贤臣召公而作。

⑮俟(sì):等待。

⑯窒（zhì）：阻塞。沮（jǔ）：阻止。

⑰矜（jīn）：矜持。指竭力保持端庄严肃的态度。

⑱不让乎当仁：《论语·卫灵公》："子曰：'当仁不让于师。'"指以仁为己任，即使对老师也不谦让。

⑲措意：留意，注意。

⑳"夫雷霆"二句：《吕氏春秋·开春论》："开春始雷，则蛰虫动矣。"必发（bō），象声词，同"蹼啪"。潜底，此指潜伏在土下的虫子。

㉑枹（fú）：同"桴"，鼓槌。铿锵（kēng qiāng）：象声词。这里指鼓声。

㉒介士：武士。介，披甲。

㉓议愚感敌：李善注："言议前敌之愚，以感动之。"敌，这里指辩论的对方、对手。

【译文】

陈丘子见先生言论过于峻切，恐怕二位客人羞愧难当，跪着行进到前面说："先生知道，流荡的地面积水暴涨汇集，而江海并不因而满溢；泥鳅黄鳝一起逃逸，而捕捉小鱼的细眼网并不因而虚空。因此许由躲避帝尧而深自隐藏，唐尧并不因此而衰落；伯夷叔齐耻食周粟而远避挨饿，文王武王并不因之而衰下。苍蝇不能污秽垂棘的美玉，邪论不能迷惑孔子与墨子。而今刺史诚信奋勉地来传布君王的恩惠，以推广教化来宣扬君王的美名，以采录诗歌来显扬君王至高无上的盛德，以咏唱诗歌来将文治与教化引入正道。接受君王的命令犹如细丝，宣扬光大君王的命令犹如组合的丝绳，像《甘棠》那样歌颂贤臣教化的美好风尚，可以确有把握地等待而至。二位客人虽然阻挡非难您的议论，那又有什么关系呢！"回头又对文学、夫子说："先生在谈论王道的时候，态度稍微过于严肃了一些，又以仁义为己任，即使对师长也不谦让，这也不算很大的过错。希望二位尊客对此有所留意。"夫子曰："不，雷霆蹼啪，而潜伏在地下的蛰虫就会蠢动；击鼓铿锵，而披甲的兵士就会振奋肃立。所以物类不震动就不萌发，士兵不激励就不勇敢。而今文学的言论，只是想通过议论对方的不足来刺激论辩的对手,借此舒发先生的愤激之情,希望二位也不要多疑。"

　　于是文绎复集①,乃始讲德。文学、夫子曰:"昔成康之世②,君之德与? 臣之力也③?"先生曰:"非有圣智之君,恶有《甘棠》之臣? 故虎啸而风寥戾,龙起而致云气④,蟋蟀俟秋吟,蜉蝣出以阴⑤。《易》曰:'飞龙在天,利见大人⑥。'鸣声相应,仇偶相从⑦,人由意合⑧,物以类同⑨。是以圣主不遍窥望,而视以明⑩;不殚倾耳⑪,而听以聪。何则? 淑人君子⑫,人就者众也。故千金之裘⑬,非一狐之腋⑭;大厦之材,非一丘之木;太平之功,非一人之略也。盖君为元首,臣为股肱⑮,明其一体,相待而成,有君而无臣,《春秋》刺焉⑯。三代以上,皆有师傅;五伯以下,各自取友⑰。齐桓有管、鲍、隰、甯⑱,九合诸侯⑲,一匡天下⑳;晋文公有咎犯、赵衰㉑,取威定霸㉒,以尊天子;秦穆有王、由、五羖㉓,攘却西戎,始开帝绪㉔;楚庄有叔孙、子反㉕,兼定江淮㉖,威震诸夏㉗;勾践有种、蠡、渫庸㉘,克灭强吴,雪会稽之耻㉙;魏文有段干、田、翟㉚,秦人寝兵㉛,折冲万里㉜;燕昭有郭隗、乐毅,夷破强齐,困闵于莒㉝。夫以诸侯之细,功名犹尚若此,而况帝王选于四海㉞,羽翼百姓哉㉟! 故有贤圣之君,必有明智之臣。欲以积德,则天下不足平也;欲以立威,则百蛮不足攘也㊱。

【注释】

①文:这里指文化,即文治教化。绎:本义指抽丝。引申为寻究事理。集:这里指会合。引申为交会。

②成康之世：指周成王、周康王时期。这一时期是西周最兴盛的时期。

③"君之"二句：《韩非子·难二》："不识臣之力也？君之力也？"与，同"欤"，表疑问语气。也，这里表疑问。

④"故虎啸"二句：《周易·乾》："云从龙，风从虎。"寥戾，形容声音凄清。

⑤蜉蝣：也作"蜉蝤"，《汉书·王褒传》颜师古注："蜉蝤，甲虫也，好丛聚而生也，朝生而夕死。"

⑥"飞龙"二句：《汉书·王褒传》颜师古注："《乾卦》九五爻辞也。言王者居正阳之位，贤才见之，则利用也。"

⑦"鸣声"二句：《周易·乾》："同声相应，同气相求。"仇(qiú)，匹配，配偶。

⑧意合：指意气相投而合。

⑨类同：指类别一致而同。

⑩以：同"已"。

⑪殚(dān)：竭尽。倾耳：侧耳细心静听。

⑫淑人君子：《诗经·曹风·鸤鸠》："淑人君子，其仪一兮。"淑，善。

⑬裘：皮衣。

⑭腋(yè)：胳肢窝。这里指兽腋下的毛皮。

⑮"盖君"二句：《尚书·皋陶谟》："元首明哉！股肱良哉！"元首，指头部。股肱，指双腿与双臂。

⑯"有君"二句：《春秋公羊传·僖公二十二年》："宋公与楚人期，战于泓之阳……宋师大败。故君子大其不鼓不成列，临大事而不忘大礼。有君而无臣。以为虽文王之战，亦不过此也。"何休注："有君而无臣，惜其有王德而无王佐也。"

⑰"三代"几句：《说苑·君道》载郭隗曰："帝者之臣，其名，臣也；其实，师也。王者之臣，其名，臣也；其实，友也。霸者之臣，其名，

臣也;其实,宾也。"三代,指夏、商、周。五伯,又称"五霸"。此指下文中之齐桓公、晋文公、秦穆公、楚庄王与越王勾践。

⑱齐桓:齐桓公。管、鲍、隰、宁:指辅佐齐桓公的重要大臣管仲、鲍叔牙、隰朋、宁戚。

⑲九合诸侯:《论语·宪问》:"子曰:'桓公九合诸侯,不以兵车,管仲之力也。'"

⑳一匡天下:《论语·宪问》:"子曰'管仲相桓公,霸诸侯,一匡天下,民到于今受其赐。'"

㉑谷犯:晋文公的舅父,字子犯。赵衰(cuī):晋大夫,字子馀。子犯、赵衰,都曾跟随晋文公在外流亡十九年,对晋文公返回晋国,确立君位与称霸诸侯,均曾起过重要的作用。

㉒取威定霸:树立威信,确定霸业。《春秋左传·僖公二十七年》:"报施救患,取威定霸,于是乎在矣。"

㉓王:王廖。秦穆公的谋臣,穆公用其计,得到了贤臣由余。由:由余。本为西戎之臣,穆公用由余之谋,并国十二,称霸西戎。五羖(gǔ):即百里奚。据说百里奚曾为楚人所获,秦穆公闻其贤,用五张黑羊皮将他赎买出来,故百里奚又称五羖大夫。

㉔绪:业。

㉕叔孙:楚国大臣孙叔敖,辅楚庄王称霸。《韩诗外传》:"叔敖治楚三年而楚国霸。"子反:楚国名将,在晋楚郊之战中,曾大败晋军。

㉖江淮:指长江、淮河一带。

㉗诸夏:指周代王室所分封的中原诸国。

㉘种、蠡(lǐ)、渫(xiè)庸:指文种、范蠡、渫庸,都是越王勾践的谋臣。

㉙雪:这里指洗刷。会(kuài)稽:这里指浙江绍兴郊外的会稽山。《史记·越王勾践世家》:"吴王闻之,悉发精兵击越,败之夫椒,越王乃以余兵五千人保栖于会稽。"《集解》引杜预曰:"上会稽山也。"

㉚魏文：魏文侯，战国前期魏国的君主。段干、田、翟：段干木、田子方、翟璜。段、田是当时的名人贤士，魏文侯敬之如师友。翟璜是魏国的宰相。

㉛秦人寝兵：《吕氏春秋·期贤》："秦兴兵欲攻魏，而司马唐谏秦君曰：'段干木贤者，而魏礼之，天下莫不闻，无乃不可加兵乎？'秦君以为然，乃按兵辍不敢攻之。"

㉜折冲：退兵。

㉝"燕昭"几句：据《史记·燕召公世家》等记载，燕昭王通过礼敬郭隗而招纳贤才，后得名将乐毅。乐毅率军伐齐，占领齐国大部分城邑，将齐闵王（《史记》作"湣王"）围困在莒（jǔ）城。莒，齐邑名。在今山东莒县。

㉞选：推举。

㉟羽翼：这里指辅佐。

㊱百蛮：泛指众多的少数民族。攘（rǎng）：侵夺，攻伐。

【译文】

于是文治教化的寻究探讨再一次交会，才开始讲论王德。文学、夫子说："以前周成王、周康王的大治时代，是依靠君王的美德呢？还是依靠臣子的力量呢？"先生说："没有圣明的君王，哪有《甘棠》所咏的贤臣！所以猛虎长啸而寒风凛凛，蛟龙兴起而云气弥漫，蟋蟀须等到秋天才吟唱，蜉蝣须在阴湿之地才出生。《周易》说："飞龙在天的景象，对贤臣晋见君王有利。"鸟儿鸣叫的声音互相应和，情侣配偶互相依从，人由意气相投而合，物因类别一致而同。因此圣主不必到处窥视观望，而明察万物；不必竭尽精神侧耳细听，而听闻天下。为什么能这样呢？这是因为善人君子，人们愿意归从他的很多。所以价值千金的皮衣，不是只靠一只狐狸腋下的皮毛；高楼大厦的材料，不是只靠一座山的木料；太平盛世的功劳，不只是靠一个人的谋略。君王是人体的首脑，臣子是人体的四肢，明白君臣是一个总体，只有互相依靠才能相辅相成，因而君王有德而臣子无功，《春秋》对此加以讥刺。夏、商、周三代以上，帝王都有师傅；五霸以下，君王各自求取朋友。齐桓公有管仲、鲍叔牙、隰朋、宵戚，多次会合诸侯，统一匡正天下；晋文公有咎犯、赵衰，取得威望确定霸主的地位，并因而尊奉周天子；秦穆公有王廖、由余、五羖大夫，攻伐打退西戎，开始创立帝业；楚庄王有孙叔敖、子反，兼并平定长江、淮河一带，威力震动周王室分封的中原诸国；越王勾践有文种、范蠡、渫庸，攻克消灭强大的吴国，洗刷了退居会稽山的耻辱；魏文侯有段干木、田子方、翟璜，秦人为之停止进兵，其尚德礼贤的威力可以折冲万里；燕昭王有郭隗、乐毅，削平攻破强大的齐国，使齐闵王被围困在莒城。以诸侯地位的细微，尚且有这样的功名，更何况是被四海之众推举的帝王，有百姓万民的爱戴辅助呢！所以有贤能圣明的君主，一定会有贤明机智的臣子。如果想以积久的德行来治理天下，那么天下不难治理安定；如果要以建立的威势来征服天下，那么百蛮不难征服。

　　"今圣主冠道德，履纯仁①，被六艺②，佩礼文；屡下明诏，举贤良，求术士③，招异伦④，拔俊茂。是以海内欢慕，莫不风驰雨集⑤，袭杂并至⑥，填庭溢阙。含淳咏德之声盈耳，登降揖让之礼极目⑦。进者乐其条畅，怠者欲罢不能。偃息匍匐乎《诗》《书》之门⑧，游观乎道德之域，咸絜身修思，吐情素而披心腹⑨，各悉精锐，以贡忠诚；允愿推主上，弘风俗而骋太平。济济乎多士，文王所以宁也⑩。若乃美政所施，洪恩所润，不可究陈。举孝以笃行，崇能以招贤，去烦蠲苛⑪，以绥百姓⑫，禄勤增奉⑬，以厉贞廉⑭。减膳食，卑宫观⑮，省田官⑯，损诸苑⑰，疏繇役⑱，振乏困，恤民灾害，不遑游宴⑲；闵耄老之逢辜⑳，怜缧绁之服事㉑，恻隐身死之腐人㉒，凄怆子弟之缧匮㉓。恩及飞鸟，惠加走兽，胎卵得以成育㉔，草木遂其零茂㉕。'恺悌君子,民之父母'㉖,岂不然哉?

【注释】

①履(lǚ):鞋。纯:善。这里指善良。

②六艺:这里指《六经》,即《诗》《书》《礼》《乐》《易》《春秋》。

③术士:这里指儒生。

④异伦:才能超群的贤士。

⑤风驰:像风一样地奔驰而来。雨集:像雨点一样地汇集。

⑥袭杂:犹"杂袭"。指杂乱的样子。

⑦揖(yī)让:古代宾主相见的礼节。指互相作揖谦让。揖,拱手为礼。极目:与"盈耳"相对,犹"满目"。

⑧偃息匍匐(fú):指任意卧息。偃息,仰卧。匍匐,伏地。门:门庭。

⑨情素:本心,真情实意。

⑩"济济"两句:《诗经·大雅·文王》:"济济多士,文王以宁。"济济,庄严恭敬貌。

⑪蠲(juān):通"捐",除去,减免。

⑫绥(suí):这里指安,安抚。

⑬奉:通"俸",俸禄,即薪水。

⑭厉:通"励",劝勉。

⑮观(guàn):楼台。

⑯田官:农官。

⑰苑:畜养禽兽并种植林木的园地,供帝王及贵族打猎或游观。

⑱疏:指稀疏,减少。繇:通"徭",征役。

⑲遑:闲暇。

⑳闵:同"悯",怜念。耄(mào):高龄的老人。《礼记·曲礼》:"八十、九十曰耄。"《盐铁论·孝养》:"七十曰耄。"辜:罪。

㉑缞(cuī):古时丧服,用粗麻布制成。绖(dié):古时丧服中的

麻带。

㉒恻隐:同情,怜悯。身死之腐人:吕延济注:"谓经栲掠或饥寒死
　　狱中者。"

㉓缧:古时拘系犯人的大索。引申为囚禁。匿:隐藏。这里指知情
　　不报的罪过。《汉书·宣帝纪》:"自今子首匿父母,妻匿夫,孙匿
　　大父母,皆勿坐。"

㉔胎:哺乳动物孕而未生的幼体。卵(luǎn):这里指"蛋"与昆虫产
　　下的"卵"。

㉕零茂:偏义复词,指茂盛。

㉖"恺悌"二句:语出《诗经·大雅·泂酌》。恺悌,《诗经》作"岂
　　弟",和易近人。

【译文】

"当今圣明的君主以道德为冠冕,以善良仁爱为鞋子,以《六经》为
服装,以礼仪为佩饰;多次下达英明的诏书,推举贤良,征求儒生,招揽
出众之士,选拔俊茂之才。因此四海之内的士人欢欣仰慕,无不像风一
样奔驰而来,像雨一样汇集而至,鱼龙混杂纷至沓来,连朝廷与宫阙都
容纳不下。韵味淳厚的咏德之声充满耳朵,升降作揖谦让的礼仪令人
目不暇接。奋进者因前程的通畅而欢欣鼓舞,懈怠者即使想知难而退
也欲罢不能。在《诗经》《尚书》的门庭之内任意卧息,在道德的领域之
内游玩观赏,都洁身自好,修养情思,吐露胸怀而推心置腹,各人都竭精
尽锐地贡献自己的忠诚之心;都诚心诚意地甘愿推广主上的明德,弘扬
美风佳俗而在太平盛世充分发挥自己的才能。人才众多,而且都庄严
而恭敬,这就是周文王之所以能得到安宁的缘故啊。至于美政所施行
的,大恩所滋润的,不能一一完全陈述。略述其要,推举孝道以促使行
为诚笃,崇尚才能以招揽贤士,免除苛捐杂税,以此安抚百姓,奖励勤劳
的官吏增加他们的薪水,以此勉励贞洁清廉的官吏。减少饮食的费用,
降低宫殿修建的标准,减省管理农事的官员,缩小众多苑囿的规模,减

少征役的次数,救济贫乏困苦的民众,怜恤人民的灾害,没有闲暇来游乐宴会;惦念高龄老人遭罪,免除身穿孝服者的劳役之事,同情身亡狱中的罪人,哀怜因替父母隐瞒罪责而被囚禁的子弟。真可谓恩德遍及于飞鸟,德惠加于走兽,兽胎和禽卵都得以成长发育,草木也顺其本性茁壮成长。《诗经》上说:'和易近人的君子啊,是百姓的父母。'当今的圣君难道不正是这样的么?

　　"先生独不闻秦之时耶?违三王①,背五帝②,灭《诗》《书》,坏礼义。信任群小,憎恶仁智,诈伪者进达,佞谄者容入③。宰相刻峭④,大理峻法⑤。处位而任政者⑥,皆短于仁义,长于酷虐,狼挚虎攫⑦,怀残秉贼⑧。其所临莅⑨,莫不肌栗慑伏⑩,吹毛求疵⑪,并施螫毒⑫。百姓征彶⑬,无所措其手足⑭,嗷嗷愁怨⑮,遂亡秦族。是以养鸡者不畜狸⑯,牧兽者不育豺,树木者忧其蠹⑰,保民者除其贼⑱。故大汉之为政也,崇简易,尚宽柔,进淳仁,举贤才,上下无怨,民用和睦⑲。今海内乐业,朝廷淑清⑳,天符既章㉑,人瑞又明㉒。品物咸亨㉓,山川降灵,神光耀晖,洪洞朗天㉔。凤皇来仪㉕,翼翼邕邕㉖,群鸟并从,舞德垂容㉗。神雀仍集,麒麟自至㉘,甘露滋液,嘉禾柸比㉙。大化隆洽㉚,男女条畅㉛,家给年丰㉜,咸则三壤㉝,岂不盛哉!昔文王应九尾狐而东夷归周㉞,武王获白鱼而诸侯同辞㉟,周公受秬鬯而鬼方臣㊱,宣王得白狼而夷狄宾㊲。夫名自正而事自定也。今南郡获白虎㊳,亦偃武兴文之应也㊴。获之者张武㊵,武张而猛服也㊶,是以北狄宾洽㊷,边不恤寇㊸,甲士寝而旌旗仆也㊹。"

【注释】

①三王：夏禹、商汤、周文王或周武王。

②五帝：黄帝、颛顼、帝喾、帝尧、帝舜。

③佞（nìng）谄（chǎn）：用花言巧语讨好人。容入：这里指被接纳
　　进入。

④刻峭（qiào）：严苛峻急。

⑤大理：官名。掌刑法之事。

⑥处：居。

⑦狼挚（zhì）虎攫（jué）：像虎狼般地夺取。

⑧秉：同"怀"。贼：伤害。

⑨莅（lì）：到，临。

⑩栗：此指吓得发抖。

⑪疵：小毛病。

⑫螫（shì）：蜂、蝎等刺人。

⑬征伀（zhōng）：同"怔忪"，恐惧的样子。

⑭无所措其手足：《论语·子路》："刑罚不中，则民无所错手足。"
　　措，置。

⑮嗷嗷（áo）：哀号声。

⑯狸：野猫。

⑰蠹（dù）：蛀虫。

⑱贼：指残害百姓的人。

⑲用：因。

⑳淑：美好。

㉑符：符瑞。章：通"彰"。明显。

㉒瑞：祥瑞。

㉓品物咸亨：《周易·坤·象》："含弘光大，品物咸亨。"品，众。亨，
　　通达顺利。

㉔洪洞:同"鸿洞",弥漫无际的样子。

㉕凤凰来仪:《尚书·皋陶谟》:"《箫韶》九成,凤凰来仪。"来仪,来归。

㉖翼翼:恭敬谨慎的样子。邕邕(yōng):鸟和鸣声。

㉗垂:流。容:仪容。

㉘"神雀"二句:神雀、麒麟都是古代神话传说中的吉祥鸟兽,它们出现于有德之国,是洪福来临的吉兆。

㉙"甘露"二句:甘露、嘉禾也是瑞祥的吉兆。栉(zhì)比,像梳齿那样密密地排列着。形容茂密众多。

㉚大化:这里指阴阳变化的生气。隆洽:隆盛周遍。

㉛条畅:通顺和畅。

㉜给:这里指富裕。

㉝咸则三壤:《尚书·禹贡》:"咸则三壤,成赋中邦。"张铣注:"咸则三壤,谓上、中、下田皆有法则也。"

㉞文王应九尾狐:李善注引《春秋元命苞》:"天命文王,以九尾狐。"九尾狐,古代神话传说中的祥瑞之物。东夷:东方的夷族。

㉟武王获白鱼而诸侯同辞:李善注引《尚书琁玑钤》:"武王得兵钤,谋东观,白鱼入舟,俯取以燎,八百诸侯顺同不谋。"

㊱周公受秬鬯(jù chàng)而鬼方臣:李善注:"周公受秬鬯,未详。郑玄《诗笺》曰:'鬼方,远方也。'"秬,黑黍。鬯,古时祭祀降神用的酒,用郁金草酿黑黍而成。

㊲宣王得白狼:李善注:"《史记》曰:穆王征犬戎,得四白狼以归。今云宣王,未详。"宾:归服。

㊳白虎:白色老虎。古代又为星宿名。指二十八宿中西方七宿。《山海经·大荒西经》:"有神,人面虎身,有文有尾,皆白。"就是西方白虎星象的形象描绘。白虎星象征武力与刑杀,所以擒获白虎,是偃武兴文的象征。

㊴偃武兴文:停止武备振兴文治。

㊵张武:人名。吕延济注:"张武,南郡太守也。"

㊶武张而猛服:《春秋左传·宣公十二年》记载,楚庄王说"止戈为武",故"武"字有偃武兴文的含意,故张扬偃武兴文之武德,可使凶猛者归服。

㊷北狄:此谓匈奴。宾洽:归顺和协。

㊸恤:忧虑。

㊹寝:息。仆:放倒在地。

【译文】

"先生唯独没有听说秦朝时期的情况吗? 违弃三王,背离五帝,灭绝《诗经》《尚书》,毁坏礼义。信任成群的小人,憎恶仁智的贤士,欺诈虚伪的人仕途通达,用花言巧语迷惑君主的人被接纳进入朝廷。宰相刻薄严酷,大理执法严峻。身居官位而执政的人,都仁义不足,而残酷暴虐有余,他们像虎狼一般张牙舞爪地夺取,怀有残害之心。凡他们所到之处,人们无不肌肤战栗,恐惧拜伏,他们吹毛求疵,像蜂蝎似的刺毒并施。百姓惶恐窘急,连手足都不知道该放在什么地方,纷纷发出痛苦的哀号声,愁怨交集,这样就导致了秦朝的灭亡。因此养鸡的人不养野猫,放牧牛羊的人不养豺狼,栽种树木的人担忧蛀虫,保护民众的人清除害民的盗贼。因此汉朝治理政事,崇尚简易,注重宽柔,进用淳厚仁爱之士,举用贤明之才,上下没有怨恨,民众因而和睦。当今四海之内的人们各乐其业,朝廷美好清宁,天降的符瑞既已昭彰,人间的祥瑞也非常鲜明。万物都通达顺利,山川降下神灵,神光耀辉,弥漫无际,亮彻天空。凤凰来归,飞翔的姿态安详而恭敬,鸣叫的声音和雅而动听,百鸟一起跟从凤凰飞舞,舞姿翩翩,仪容万千。神雀频频飞集,麒麟自动到来,甘露润泽浓郁,嘉禾茂密生长。阴阳变化的生气隆盛而周遍,男女之间通顺和畅,家家富裕年年丰足,上、中、下田的税收都有一定的法则,这难道不是盛世的景象吗? 从前周文王感应了九尾狐的吉兆,东方的夷人因而归顺了周朝；周武王获得了白鱼，八百诸侯因而同声相应；周公旦接受了黑黍酿成的祭酒，鬼方因而称臣；周宣王得到了白狼，夷狄因而宾服。古人说名正则言顺，言顺则事成。而今在南郡抓获了白虎，也就是停止武备振兴文治的感应。擒获白虎者名叫张武，武德张扬而凶猛者归服，因此匈奴宾服和协，边境不再忧虑进犯的盗寇，披甲的士兵得以安息而旌旗放倒在地。"

文学、夫子曰："天符既闻命矣，敢问人瑞？"先生曰："夫匈奴者[1]，百蛮之最强者也，天性骄蹇[2]，习俗杰暴[3]，贱老贵壮[4]，气力相高，业在攻伐，事在猎射[5]，儿能骑羊，走箭飞镞[6]。逐水随畜，都无常处[7]，鸟集兽散[8]，往来驰骛[9]，周流旷野，以济嗜欲[10]。其耒耜则弓矢鞍马[11]，播种则扞弦掌拊[12]，收秋则奔狐驰兔，获刈则颠倒殪仆[13]。追之则奔遁，释之则为寇。是以三王不能怀，五伯不能绥，惊边扤士[14]，屡犯刍荛[15]，诗人所歌，自古患之[16]。今圣德隆盛，威灵外覆[17]，日逐举国而归德[18]，单于称臣而朝贺[19]。乾坤之所开[20]，阴阳之所接[21]，编结沮颜[22]，燋齿枭瞯[23]，剪发黥首[24]，文身裸袒之国[25]，靡不奔走贡献[26]，欢忻来附[27]，婆娑呕吟[28]，鼓掖而笑[29]。夫鸿均之世[30]，何物不乐？飞鸟翕翼[31]，泉鱼奋跃[32]。是以刺史感懑[33]，舒音而咏至德。鄙人黥浅[34]，不能究识，敬遵所闻，未克殚焉[35]。"于是二客醉于仁义，饱于盛德，终日仰叹，怡怿而悦服[36]。

【注释】

①匈奴：古族名。其族由来已久，匈奴之称始于战国。其族原散居

于今甘肃、陕西、山西一带,后渐北徙。在西汉前期,是汉王朝最强劲的对手。

②骄蹇(jiǎn):傲慢,不顺从。《汉书·淮南厉王传》:"骄蹇,数不奉法。"

③杰暴:凶猛暴烈。

④贱老贵壮:言匈奴风俗鄙视老弱,重视健壮者。《史记·匈奴列传》言匈奴"贵壮健,贱老弱"。

⑤"业在"二句:《史记·匈奴列传》载匈奴"因射猎禽兽为生业,急则习战攻以侵伐,其天性也"。

⑥"儿能"二句:《史记·匈奴列传》载匈奴"儿能骑羊,引弓射鸟鼠"。镞,箭头。

⑦"逐水"二句:《史记·匈奴列传》载匈奴"逐水草迁徙,毋城郭常处耕田之业"。都,指都城。

⑧鸟集兽散:像飞鸟一样地会集,像野兽一样地散开。

⑨骛(wù):乱驰,交驰。

⑩济:成。这里引申为满足。嗜(shì):爱好。

⑪耒(lěi)耜(sì):古代耕地翻土的工具。耜是铲,耒是柄。

⑫扞:张开,拉开。拊(fǔ):李善注引郑玄《礼记》注:"拊,弓把也。"

⑬获刈(yì):收割。殪(yì):死。

⑭扤(wù):摇。这里指骚扰。

⑮刍荛(chú ráo):割草打柴的人。《诗经·大雅·板》:"先民有言,询于刍荛。"后泛指草野之人。

⑯"诗人"二句:指《诗经》中有记载忧虑匈奴入侵之事。《诗经·小雅·六月》:"六月栖栖,戎车既饬。四牡骙骙,载是常服。猃狁孔炽,我是用急。"周人称匈奴为"猃狁"。

⑰威灵:神威。灵,神。外覆:覆盖外域。

⑱日逐举国而归德:指匈奴日逐王降汉事。《汉书·宣帝纪》:"匈

奴日逐王先贤掸将人众万余来降。"

⑲单(chán)于称臣而朝贺:指匈奴呼邀累单于降汉并遣使朝贺事。《汉书·宣帝纪》:"单于称臣,使弟奉珍朝贺正月。"单于,匈奴最高首领的称号。

⑳乾坤:古代八卦中,乾指天,坤指地。

㉑接:交接。按,古人认为天地相配,阴阳交接,即能化生万物。

㉒编结:李善注:"编结,编发也。"指编结发辫。沮(jū)颜:以刀刻面,古代某些少数民族的风俗。

㉓樵(jiāo)齿:即黑齿。樵,通"焦",指黑色。《山海经·大荒东经》:"有黑齿之国。"又《三国志·魏书·东夷传》:"又有裸国、黑齿国,复在其东南。"枭(xiāo)䁖(jiàn):像枭鸟一样眼睛深陷的人。

㉔黥(qíng)首:在额头上刺花纹。

㉕文身:即纹身。裸袒:赤身裸体。

㉖走:跑。

㉗忻:同"欣"。附:归附。

㉘婆娑:舞蹈。讴(ōu):通"讴",歌唱。

㉙鼓掖:吕延济注:"鼓掖,鼓腹之类也。"拍打腋窝,大约是手舞足蹈的意思。掖,通"腋"。

㉚鸿均:指天下太平。鸿,大。均,平。

㉛翕(xī)翼:敛缩翅膀。

㉜泉鱼奋跃:李善注引《韩诗》:"鱼跃于泉。"又引薛君曰:"鱼喜乐则踊跃于泉中。"

㉝懑(mèn):愤,激。

㉞黭(yǎn):昏暗貌。

㉟克:能。殚:竭尽。

㊱怡怿(yì):愉快喜悦。

【译文】

文学、夫子说:"天降的符瑞既已敬闻教诲,冒昧请问人间的祥瑞又是什么?"先生说:"匈奴是百蛮之中最强大的部族,天性傲慢不驯,习俗凶猛暴烈,鄙视老弱,贵重壮健,崇尚气力,把攻伐、射猎作为事业,小儿即能骑羊,飞箭射物。他们追逐水草,随着畜群迁徙,没有经常居住的都城,像飞鸟一样会集,像野兽一般地散开,骑马往来,交错奔驰,在旷野之中四处游荡,以满足他们的爱好欲望。他们耕种的工具就是弓箭鞍马,播种的方式就是张弓射箭,秋天的收成就是奔跑的狐狸兔子,割取的庄稼就是倒毙的野兽。追赶他们就奔驰逃跑,释放他们就为盗作乱。因此三王不能怀柔,五霸不能安抚,惊动边关骚扰士卒,多次侵犯以劳动为生的平民,周代的诗人为此而悲歌,匈奴是自古以来的祸患。当今圣上的美德兴隆盛大,神威覆盖外域,日逐王举国慕德归顺,匈奴首领自称臣下而遣使朝拜祝贺。凡天地开创、阴阳交接而化生的异族,诸如结辫刻面,黑齿深目,光头雕额,纹身裸体的国家,无不奔跑而来进贡献礼,高高兴兴地前来归附,婆娑起舞,咏吟歌唱,手舞足蹈地欢笑。在这样的太平盛世,还有什么东西不快乐呢? 飞鸟敛翅自在安闲,水中鱼儿欢欣跳跃。因而刺史感激不已,舒发心声而歌咏明君的至高美德。鄙人昏暗不明浅薄无知,不能尽识其义,只是遵奉所听说的敬告一二,未能尽意。"于是二位客人被仁义所陶醉,为盛德所满足,整日仰天感叹,满心欢畅而心悦诚服。

卷第五十二

论二

班叔皮

见卷第九《北征赋》作者介绍。

王命论一首

【题解】

　　《王命论》是一篇论述帝王如何受命的文章。作者写这篇文章时，正值王莽刚败，三辅大乱，光武在冀州即位。作者避难于天水，依附隗嚣。隗嚣有据地称王之意，班彪因此写了《王命论》企图说服他。文中历数汉高祖如何承尧祚、受天命、积功德、应祥瑞，并列举其知人善任、宽明仁恕、从谏如流、豁达大度、终成帝王的种种事例，集中到一点，即说明帝王并非一般人可比，乃是天命所归。以此告诫隗嚣要知天命，不可有非分之想，做出越轨之事，以致身败名裂。文中充满了迷信色彩。从中可以窥见汉代自董仲舒之后"天人感应""君权神授"等天命观的泛滥。当然，班彪也强调人的禀赋和才智，"穷达有命，吉祸由人"正是这方面思想的体现。文章组织严密，笔势恣肆，说理性甚强，有慑服人心的力量。

　　昔在帝尧之禅曰①:"咨！尔舜②！天之历数在尔躬③！"舜亦以命禹④。暨于稷、契⑤,咸佐唐、虞⑥,光济四海,奕世载德⑦,至于汤、武⑧,而有天下。虽其遭遇异时⑨,禅代不同,至于应天顺人,其揆一焉⑩。

【注释】

①尧:古帝名。即唐尧。以子丹朱不肖,传位于舜。禅(shàn):亦称禅位,即以帝王之位传授于贤者。

②舜:上古帝王名。即虞舜。尧命他摄政三十年,天下大治,后来接受尧的禅让继位为帝。

③历数:指朝代更替之次序,亦指天道。《尚书·大禹谟》曰:"天之历数在汝躬,汝总陟元后。"疏:"历数谓天历运之数,帝王易姓而兴,故言历数谓天道。"

④命:李善注引《尔雅》曰:"命,告也。""咨尔舜"至"舜亦以命禹"一段话,出自《论语·尧曰》。

⑤暨:至。稷:后稷,周族始祖。为舜的农官,封于邰(今陕西武功西南),号后稷,别姓姬氏。契(xiè):传说中商族始祖,虞舜之臣,舜时助禹治水有功,任为司徒。赐姓子氏,封于商。

⑥佐:辅助。唐、虞:即陶唐氏和有虞氏。他们以揖让有天下,古史称唐、虞,并以唐、虞时为太平盛世。《论语·泰伯》曰:"唐、虞之际,于斯为盛。"

⑦奕世:累世。《国语·周语》曰:"奕世载德,不忝前人。"载:行。

⑧汤、武:商汤和周武王。指商汤灭夏桀,周武王灭殷纣之变革。《周易·革》曰:"汤、武革命,顺乎天而应乎人。"

⑨遭遇:遭逢。泛指生活中的经历。

⑩揆(kuí):尺度,准则。张铣注:"揆,理也。"《孟子·离娄》曰:"先圣后圣,其揆一也。"

【译文】

从前尧帝在传位给舜帝的时候说:"啊,舜啊! 上天的大命落到你身上了。"舜帝在传位给禹帝的时候,也以这样的话告命于他。到后稷和契,都尽力辅佐尧、舜二帝,他们的圣洁之光遍及天下,贤明的厚德代代相传。到了商汤灭夏桀,武王灭殷纣,才据帝位,拥有天下。从尧舜到汤武,虽然所逢时势不一样,帝王传授接替的方式也不同,可是应合天的意志顺从人民的愿望,这个道理都是一样的。

是故刘氏承尧之祚①,氏族之世②,著于《春秋》③。唐据火德④,而汉绍之⑤,始起沛泽⑥,则神母夜号⑦,以彰赤帝之符⑧。由是言之,帝王之祚⑨,必有明圣显懿之德⑩,丰功厚利积累之业⑪,然后精诚通于神明⑫,流泽加于生民⑬,故能为鬼神所福飨⑭,天下所归往⑮。未见运世无本⑯,功德不纪⑰,而得倔起在此位者也⑱。

【注释】

①祚:福。

②氏族:姓氏与族系。指以血统关系联系起来的集体。

③著于《春秋》:《汉书·高帝纪赞》曰:"《春秋》晋史蔡墨有言,陶唐氏既衰,其后有刘累,学扰龙,事孔甲……是以颂高祖云:'汉帝本系,出自唐帝。降及于周,在秦作刘。'"所以传说刘邦是刘累的后代。著,显。

④唐据火德:古代方士有"五德"之说,以帝王受命正值五行中的火运,称为火德。相传炎帝神农氏始为火德王。唐尧亦为火德。

⑤绍:继承。

⑥沛泽:古代沛邑的大泽,相传为刘邦斩白蛇起义处。

⑦神母夜号：刘邦斩白蛇，当夜有人见一老妪在斩蛇处哭泣，云己
　　子为白帝子，化为蛇，被赤帝子所杀。神母，即神妪。

⑧以彰赤帝之符：《汉书·高帝纪赞》曰："汉承尧运，德祚已盛，断
　　蛇著符，旗帜上赤，协于火德，自然之应，得天统矣。"彰，显，明。
　　符，祥瑞的征兆。

⑨祚：皇位。

⑩懿：美。

⑪积累：积善累德。

⑫精诚：真诚。《庄子·渔父》曰："真者，精诚之至也。不精不诚，
　　不能动人。"神明：即神祇，天地之神。

⑬流泽：散布的恩泽。生民：人民。

⑭福飨：指祭祀的酒肉为鬼神所享用。福，祭神的酒肉。

⑮归往：向往归附。李善注引《韩诗外传》曰："王者往也，天下往
　　之，谓之王也。"

⑯运世：李善注："世运，五行更运，相次之世也。"秦汉方士以金、
　　木、水、火、土五行相生相克的道理来附会王朝的命运，以此为朝
　　代世事盛衰的变化。

⑰功德：功业和德行。《礼记·王制》曰："有功德于民者，加地进
　　律。"不纪：不为人所记。

⑱倔起：崛起，特起。倔，同"崛"。

【译文】

　　本来汉朝刘姓皇帝是承受唐尧的福祚，他们氏族的发展世系，在
《春秋》上明显有所记载。唐尧以火德王，汉承继了唐尧的火德运，以火
德称帝。高祖起初在沛邑大泽斩白蛇起义时，就有神妪夜间号哭，以此
显现高祖是赤帝子的瑞兆。由此说起来，帝王的皇位，一定要有圣明光
洁之美德，丰功厚利积善累德创下的大业，真诚上感于神明，恩泽广施
于百姓，这样，主持祭祀祭品才能为鬼神所享用，天下百姓才会人心归

附。没有看到五行世运没有根据，功德不为人们所记的人，能够突然占据帝王这个大位。

　　世俗见高祖兴于布衣①，不达其故②，以为适遭暴乱③，得奋其剑④。游说之士⑤，至比天下于逐鹿⑥，幸捷而得之。不知神器有命⑦，不可以智力求。悲夫！此世之所以多乱臣贼子者也⑧。若然者⑨，岂徒暗于天道哉⑩？又不睹之于人事矣⑪。夫饿馑流隶⑫，饥寒道路⑬，思有短褐之袭⑭，檐石之蓄⑮，所愿不过一金⑯，终于转死沟壑⑰。何则？贫穷亦有命也⑱。况乎天子之贵，四海之富，神明之祚，可得而妄处哉⑲！

【注释】

①世俗：指当时一般平常凡庸之人。布衣：指平民。《汉书·高帝纪》高祖曰："吾以布衣提三尺取天下，此非天命乎？"

②达：通。

③适：李善注："适，犹遇。"

④奋：挥动。

⑤游说之士：指战国时周游各国的策士，以言辞向君主陈说自己的政治主张。

⑥逐鹿：李善注引太公《六韬》曰："取天下若逐野鹿，得鹿，天下共分其肉。"《史记·淮阴侯列传》蒯通曰："秦失其鹿，天下共逐之，于是高材疾足者先得焉。"

⑦神器：指帝位。命：指天命。

⑧乱臣贼子：从内部反叛朝廷的人被称为乱臣贼子。《孟子·滕文公》曰："孔子成《春秋》，而乱臣贼子惧。"

⑨若然：像这样。指前面所说的这些人。

⑩暗:不明。天道:古人认为天道是支配人类命运的天神意志。《尚书·汤诰》曰:"天道福善祸淫,降灾于夏。"

⑪人事:指人世间各种事情。

⑫馑(jǐn):饿死。流隶:谓逃流贱隶之人。

⑬饥寒道路:《荀子·天论》曰:"籴贵民饥,道路有死人。"

⑭短褐:古代平民所穿的粗布衣。短,"裋"之借字。袭:衣一套叫一袭,包括衣与裳。一说包括单衣和夹衣。

⑮儋石之蓄:儋,当作"擔"。张铣注:"擔谓一担之重;石谓一斛之数。蓄,积也。言思有担石之粮以积也。"

⑯一金:李善注引韦昭曰:"一斤为一金。"吕延济注:"一金谓一斤之金也。"金,古代铜质货币的通称。斤,同"釿",古代一种货币单位,重一两多。

⑰转死沟壑:指死而弃尸沟谷。《孟子·梁惠王》曰:"凶年饥岁,君之民老弱转乎沟壑,壮者散而之四方者,几千人矣。"

⑱命:天命。李善注引《墨子》曰:"贫富治乱,固有天命,不可损益也。"

⑲妄处:李周翰注:"言不可妄处也。"

【译文】

世上一般人看见高祖出身平民而成一代君王,不明白其中道理,以为适逢秦末天下大乱,能以挥动三尺剑夺取天下。一些游说之士,以至于将争取天下比作追逐野鹿,侥幸跑得快就可得到它。不知天子的帝位有天命所定,不可用诈术强求所能得到。可悲呵!这就是世上为什么有许多想夺取帝位的乱臣贼子啊。像这样的人,岂止不明白天命的道理?也不明了人世间的一些事情。那些饥饿逃难、沦为奴仆、冻死在路上的人,只是想身上有一套粗布短衣,家里有一担一斛粮米,所希望的不过是一两多铜币,可是都不可得,终于辗转冻死饿死,弃尸于山沟溪谷。为什么这样呢?贫穷的人也是有命运所决定的啊。何况天子地位之尊贵,据有四海之财富,神明赐予的皇位,能够轻易得到而非分地占据它吗!

故虽遭罹厄会^①,窃其权柄^②,勇如信、布^③,强如梁、籍^④,成如王莽^⑤,然卒润镬伏锧^⑥,烹醢分裂^⑦。又况么麽不及数子^⑧,而欲暗干天位者也^⑨。是故驽蹇之乘^⑩,不骋千里之涂^⑪;燕雀之畴^⑫,不奋六翮之用^⑬;窦杌之材^⑭,不荷栋梁之任;斗筲之子^⑮,不秉帝王之重^⑯。《易》曰"鼎折足,覆公𫗧"^⑰,不胜其任也。

【注释】

①罹:遭受。厄会:危难之时。厄,灾难。

②权柄:犹权力。《淮南子·要略》曰:"六国诸侯,溪异谷别,水绝山隔,各自治其境内,宁其分地,握其权柄,擅其政令。"

③勇如信、布:信,指韩信。初从项羽,后归刘邦,拜为大将,封楚王。有人告发韩信谋反,高祖即将其降为淮阴侯。后为吕后所杀。布,指英布,曾犯法被黥面,故又称黥布,初附项羽,后归汉,封淮南王。韩信、彭越被杀,英布发兵反,被高祖击败,为番阳人所杀。

④强如梁、籍:梁,指武信君项梁。楚将项燕之子,项羽叔父。与羽起兵,败死定陶。籍,指西楚霸王项籍,字羽。与刘邦争天下,被困于垓下,至乌江自刎死。

⑤王莽:西汉末权臣,篡汉自立为帝,国号"新"。后为义军所杀。

⑥卒:终于。润镬:受烹刑。伏锧:腰斩。锧,亦作"质"。秦汉时死刑有腰斩,犯者裸体伏于质上受刑,称为伏质。《汉书·王诉传》曰:"(暴)胜之过被阳,欲斩诉,诉已解衣伏质。"注:"质,锧也。

欲斩人,皆伏于锧上。"

⑦烹醢(hǎi):古代酷刑。烹,煮。醢,剁成肉酱。分裂:吕向注:"分裂,谓断其支体也。"

⑧么(yāo)麽:微小。指微不足道的人。《鹖冠子·道端》曰:"无道之君,任用么麽,动即烦浊。"注:"么,细人;俊雄之反。"么,同"幺"。数子:指韩信、英布、项梁、项籍等人。

⑨暗干:犹窃取。干,求。天位:王位,帝位。

⑩驽蹇(jiǎn):指能力低下的马,劣马。蹇,跛,行动迟缓。乘:坐骑。

⑪千里之涂:指日行千里路。涂,道路。

⑫燕雀:皆小鸟。常用以比喻地位卑微不足轻重的人物。《史记·陈涉世家》曰:"嗟乎,燕雀安知鸿鹄之志哉!"畴:通"俦",同类。

⑬六翮(hé):指鸿鹄的翅膀。翮为羽翅中硬管,鸿鹄翅膀有六根大羽毛。李善注引《韩诗外传》曰:"鸿鹄一举千里,所恃者六翮耳。"

⑭榱桷(jié zhuó):比喻小才。榱,为柱上承梁的短木,即斗拱。桷,是梁上短柱。

⑮斗筲(shāo):皆容量很小的量器。用以比喻才识短浅、器量狭小之人。

⑯秉:持,掌握。

⑰"鼎折足"二句:语见《周易·鼎》。鼎,作为器物有二义,一指烹任器,一指古代象征帝王权力的法器。鼎三足,折一足即倾覆。馂(sù),食物。李鼎祚《周易集解》引《九家易》曰:"鼎者三足一体,犹三公承天子也。三公谓调阴阳,鼎谓调五味。足折馂覆,犹三公不胜其任,倾败天子之美,故曰覆馂也。"此处引用此话,意指鼎为帝王权力的象征。

【译文】

故而虽在国家遭遇危难之际,有人趁机窃取了国家的权柄,勇者如韩信、英布,强者如项梁、项籍,成功的如王莽,可是最终还是要遭受烹刑、腰斩,被剁成肉酱,以及五马分尸。更何况那种卑微者还不及这几个人,就妄想窃取帝王大位吗!所以驽马这种坐骑,一天跑不到一千里路;燕雀之辈,不能奋起羽翼高飞;斗拱短柱等微材,不能承受栋梁之负担;才识浅薄的人,不能秉持帝王之重任。《周易·鼎》上说:"鼎器难承重荷鼎足断折,王公的美食全被倾覆。"意思是说,无帝王之资,不能胜其重任。

当秦之末,豪桀共推陈婴而王之①。婴母止之曰:"自吾为子家妇,而世贫贱,卒富贵不祥②,不如以兵属人③,事成,少受其利;不成,祸有所归④。"婴从其言,而陈氏以宁。王陵之母⑤,亦见项氏之必亡,而刘氏之将兴也。是时陵为汉将,而母获于楚。有汉使来,陵母见之,谓曰:"愿告吾子,汉王长者⑥,必得天下,子谨事之,无有二心。"遂对汉使伏剑而死⑦,以固勉陵⑧。其后果定于汉,陵为宰相封侯⑨。夫以匹妇之明⑩,犹能推事理之致⑪,探祸福之机⑫,全宗祀于无穷⑬,垂册书于春秋⑭,而况大丈夫之事乎⑮!是故穷达有命⑯,吉凶由人⑰。婴母知废⑱,陵母知兴,审此二者⑲,帝王之分决矣⑳。

【注释】

①豪桀:才智出众的人。《孟子·尽心》曰:"若夫豪杰之士,虽无文王犹兴。"共推陈婴而王之:《史记·项羽本纪》记载,项羽与项梁起义之初,陈婴为东阳县的书吏,忠厚老诚。少年杀县令,相聚数千人,欲推主管,无适当人选,乃请陈婴为之。陈婴辞谢,强立

陈婴为长。县中得两万人,又欲立陈婴为王,这时陈婴母亲进行
阻止,说了下面所引的这段话。桀,杰出的人才。

②卒:犹"猝",突然。

③属人:依附别人。

④祸有所归:指不带头,祸不归己。

⑤王陵:《汉书·王陵传》谓陵沛人,高祖微时以兄事陵。高祖入咸
　阳,陵聚众数千人于南阳,不肯从高祖。及高祖还兵击项羽,陵乃
　以兵属汉。项羽取陵母,欲招降之,陵母伏剑而死,即此文所引。

⑥长者:指宽厚之人。《史记·高祖本纪》曰:"今项羽僄悍,今不可
　遣。独沛公素宽大长者,可遣。"

⑦伏剑:以剑自杀。

⑧固勉:坚持勉励。

⑨为宰相封侯:高祖定天下,封陵为安国侯,任右丞相。惠帝死,吕
　后欲封诸吕,陵以为不可,吕后不悦,迁为太傅。

⑩匹妇:平民妇女。《论语·宪问》曰:"岂若匹夫匹妇之为谅也,自
　经于沟渎而莫之知也。"

⑪推:推论。致:尽,极。

⑫探:寻求,探究。机:指事物变化之所由。《庄子·至乐》曰:"万
　物皆出于机,皆入于机。"疏:"机者,发动,所谓造化也。"

⑬全宗祀:保全对祖宗的祭祀。宗祀,祭祀祖宗。

⑭垂:留传。《尚书·微子之命》曰:"功加于时,德垂后裔。"册书:
　史册。春秋:史书之通名。

⑮大丈夫:《孟子·滕文公》曰:"富贵不能淫,贫贱不能移,威武不
　能屈,此之谓大丈夫。"

⑯穷达:穷困和显达。命:命运,天命。《周易·乾》曰:"乾道变化,
　各正性命。"注:"命者,人所禀受,若贵贱夭寿之属。"

⑰由人:取决于人。

⑱废：衰败。《孟子·离娄》曰："国之所以废兴存亡者亦然。"

⑲审：仔细观察，研究。

⑳分(fèn)：名分，职分。决：判。

【译文】

当秦末天下大乱之际，众豪杰共推陈婴为王。陈婴的母亲阻止他说："自从我到你们家为妇，世代贫穷微贱，突然富贵起来不是一件好事，不如将兵众依附别人，将来事成，少得些好处，要是失败，灾祸也不归己。"陈婴听从他母亲的话，陈氏一家才得以平安无事。王陵的母亲，也看出项羽必败，刘氏将会胜利。楚汉相争之际，王陵为汉将，他的母亲被项羽捉到楚营，使之招降王陵。汉有使臣至楚，陵母见到汉使后对他说："希望告诉我的儿子，汉王是宽厚长者，必定能得天下，要他谨慎辅佐汉王，不要三心二意。"说罢就当着汉使的面，引剑自刎，以此坚持勉励王陵。后来果然是汉王平定天下，王陵为右丞相，封安国侯。以一个普通妇女的聪明，尚能推断事情很深的道理，探究福祸变化的原因，而保全宗祀不断烟火，美名留传在春秋史册上，何况大丈夫从事的事业呢！所以穷困显达是由命定，而吉凶祸福却取决于人。陈婴的母亲预知衰败，王陵的母亲预知兴旺，仔细考察盛衰兴亡这二者的原因，对帝王之名分就会判断清楚了。

　　盖在高祖，其兴也有五：一曰帝尧之苗裔①，二曰体貌多奇异②，三曰神武有征应③，四曰宽明而仁恕④，五曰知人善任使⑤。加之以信诚好谋⑥，达于听受⑦，见善如不及⑧，用人如由己，从谏如顺流⑨，趣时如响起⑩。

【注释】

①苗裔：后代子孙。《楚辞·离骚》曰："帝高阳之苗裔兮。"朱熹《楚

辞集注》曰："苗者,草之茎叶,根所生也;裔者,衣裾之末,衣之余也。故以为远末子孙之称也。"

②体貌多奇异:《史记·高祖本纪》曰:"高祖为人,隆准而龙颜,美须髯,左股有七十二黑子,仁而爱人。喜施,意豁如也。"

③神武:神明而威武。《汉书·刑法志》曰:"汉兴,高祖躬神武之材,行宽仁之厚,总揽英雄,以诛秦、项。"征应:应验的吉祥征兆。指下文所说的瑞祥之征兆。

④宽明:宽大明察。仁恕:指仁而爱人,意豁如也。

⑤知人:能识别人的贤愚善恶。李善注:"高祖任张良之运筹,委萧何以关内,是也。"

⑥好谋:善于思考。

⑦达于听受:吕延济注:"达听受,谓不信谗谮也。"

⑧见善如不及:指见到合理的事立即学习。《论语·季氏》曰:"孔子曰:'见善如不及,见不善如探汤。'"

⑨从谏如顺流:指随时能听取批评意见。《春秋左传·昭公十三年》叔向曰:"齐桓公从善如流。"

⑩趣时:指顺应时势,随时势变化而转移。趣,同"趋"。李周翰注:"趣时,谓见时利也。响起,言疾如响起应声也。"

【译文】

在汉高祖来说,其所以成功,有五个方面的原因:一是古帝唐尧的后裔,二是身体形貌有许多奇特之处,三是神明威武有不少应验的征兆,四是宽厚贤明仁爱忠恕,五是善于识别人才使用人才。再加上他的诚信好谋,明达是非,善于采纳正确意见,见到合理的事学习唯恐不及,对待他人就像对待自己,听从直言规劝如顺流水之快速,顺应时势如回响应声音之疾起。

当食吐哺,纳子房之策①;拔足挥洗,揖郦生之说②;悟戍卒之言，断怀土之情③；高四皓之名，割肌肤之爱④；举韩信于行阵⑤，收陈平于亡命⑥。英雄陈力⑦，群策毕举⑧。此高祖之大略⑨，所以成帝业也。

【注释】

①"当食"二句：《史记·留侯世家》载汉王与郦其食谋挠楚权，食其曰："陛下诚能复立六国后世……其君臣百姓，必皆戴陛下之德……楚必敛衽而朝。"汉王曰："善。"趣刻印。张良从外来，汉王具以告。张良对曰："谁为陛下划此计者？陛下事去矣。"汉王辍食吐哺，骂曰："竖儒，几败而公事。"令趣销印。吐哺，口中吐出的食物。相传周公热心接待来客，甚至一沐三握发，一饭三吐哺，停下洗发和吃饭来招呼客人。

②"拔足"二句：《史记·郦生列传》载："沛公至高阳传舍，郦生入谒，沛公方倨床，使两女子洗足。郦生入，则长揖不拜，曰：'必聚徒合义兵诛无道秦，不宜倨见长者。'于是沛公起，摄衣，延郦生上坐谢之。"张铣注："拔足挥洗，谓止洗足也。"挥，抛洒，甩出。揖，揖让，古代拱手礼。

③"悟戍卒"二句：戍卒，守边的士兵。指娄敬。李周翰注："高祖既定天下，以家在关东，意欲都洛阳，纳戍卒娄敬说言，遂迁都长安。故言断怀土之情也。"《史记·刘敬列传》娄敬说曰："秦地被山带河，四塞以为固……陛下入关而都之，山东虽乱，秦之固地可全而有也。"刘邦即日车驾西都关中。

④"高四皓"二句：四皓，即商山四皓，汉初商山四个隐士，名东园公、绮里季、夏黄公、甪里先生。四人须眉皆白，故称四皓。高祖召，不应。高祖欲废太子，立戚夫人子赵王如意。吕后用留侯计，迎四皓，使辅太子。一日四皓侍太子见高祖，高祖惊曰："彼四人辅之，羽翼已成，难动矣。"竟不易太子。事见《史记·留侯

世家》《汉书·张良传》。肌肤，亲密，亲近之意。

⑤举韩信于行阵：李善注引《汉书》曰："萧何荐韩信于汉王，于是汉王斋戒设坛场，拜信为大将。"举，举拔。行阵，军旅之间。

⑥收陈平于亡命：《史记·陈丞相世家》载，殷王叛楚，被击败投降，后又叛归汉，项王将诛定殷者将吏，陈平惧诛，乃间行杖剑亡渡河，遂至修武，降汉。于是汉王与语而悦之。问曰："子之居楚何官？"曰："为都尉。"是日乃拜平为都尉。亡命，逃亡的人。

⑦英雄：指识见非凡的人。陈力：施展才力。《论语·季氏》孔子曰："求，周任有言曰：'陈力就列，不能者止。'"

⑧群策：集合众人的智慧。毕举：完全发挥。

⑨大略：大法，远大的谋略。《广雅》曰："略，法也。"《史记·郦生列传》曰："吾闻沛公慢而易人，多大略。"

【译文】

在吃饭时，为采纳张良的良策，急忙将饭吐出来；在洗足时，听到郦生的高论，急忙停止洗足而揖让郦生；边防士卒娄敬之言使他醒悟，立即迁都长安，断绝留恋乡土之情；崇敬四皓大名，割舍最亲爱的戚夫人之子，不立为太子；在行军中举拜韩信为大将，在陈平逃亡之时将他收用。在高祖麾下，智能之士得以施展才力，众人的好办法都能被采纳。这就是高祖的雄才大略，所以能创一代帝王的基业。

　　若乃灵瑞符应①，又可略闻矣②。初刘媪妊高祖，而梦与神遇③，震电晦冥④，有龙蛇之怪⑤。及长而多灵⑥，有异于众。是以王、武感物而折契⑦；吕公睹形而进女⑧；秦皇东游以厌其气；吕后望云而知所处⑨。始受命则白蛇分，西入关则五星聚⑩。故淮阴、留侯谓之天授，非人力也⑪。

【注释】

①若乃：至于。灵瑞：灵验的祥瑞。符应：指天降祥瑞与人事相应。亦为"瑞应"。与"灵瑞"同义。《史记·封禅书》曰："天瑞下，宜立祠上帝，以合符应。"

②略：粗略。

③"初刘媪"二句：刘媪，高祖刘邦之母。《史记·高祖本纪》曰："父曰太公，母曰刘媪。其先刘媪尝息大泽之陂，梦与神遇，是时雷电晦冥。太公往视，则见蛟龙于其上，已而有身，遂产高祖。"妊，娠，怀孕。遇，会合。

④震：雷击。晦冥：昏暗。

⑤龙蛇：即蛟龙。

⑥灵：灵异。

⑦王、武感物而折契：《史记·高祖本纪》曰："（高祖）常从王媪、武负贳酒，醉卧，武负、王媪见其上常有龙，怪之。高祖每酤留饮，酒雠数倍，及见怪，岁竟，此两家常折券弃责（债）。"物，指龙。折契，即撕毁债券，不取其债。契，契券，指贳欠酒钱的债券。

⑧吕公睹形而进女：《史记·高祖本纪》："（吕公）见高祖状貌，因重敬之……曰：'臣少好相人，相人多矣，无如季相，愿季自爱。臣有息女，愿为季箕帚妾。'"吕公女即吕后。

⑨"秦皇"二句：《史记·高祖本纪》载，秦始皇帝常曰"东南有天子气"，于是因东游以厌（yā）之。高祖即自疑，亡匿，隐于芒、砀山泽岩石之间。吕后与人俱求，常得之。高祖怪问之，吕后曰："季所居上常有云气，故从往，常得季。"厌，镇压，抑制。李善注引《说文解字》曰："厌，塞也。"

⑩"始受命"二句：受命，古帝王自称受命于天，即接受天命为帝。《诗经·大雅·皇矣》曰："天立厥配，受命既固。"分，断。五星聚，李善注引《汉书》曰："元年冬十月，五星聚于东井。沛公至霸

上。"五星,指金、木、水、火、土五大行星。《史记·天官书》曰:"天有五星,地有五行。"白蛇分,五星聚,皆言高祖受之命符应。

⑪"故淮阴"二句:《史记·淮阴侯列传》载信曰:"陛下所谓天授,非人力也。"留侯,张良封为留侯。《史记·留侯世家》载张良曾曰"沛公殆天授",故遂从之。天授,天之所授与。人力,指人的能力。

【译文】

至于灵验的祥瑞吉兆,也可粗略地说来听一下。起初,当刘媪怀高祖时,梦到与天神遇合,雷电交加,天色昏暗,有蛟龙缠身的怪现象。高祖长大之后特别聪敏,有许多奇异之处和一般人不同。因此,王媪、武负常看到高祖上空有龙而感到奇怪,将契券撕毁,不收其酒债;吕公看到高祖相貌奇特,便将女儿许配给他;秦始皇因见东南有天子气,才行东巡以作镇压;吕后看到高祖上空的云气,就知道他躲藏的地方。高祖开始受命起义,白蛇就被斩为两段;西入关至霸上,即有五星聚于东井。所以淮阴侯韩信和留侯张良都说,是上天所授予高祖的一切,不是人力所能办到的。

历古今之得失①,验行事之成败②,稽帝王之世运③,考五者之所谓④,取舍不厌斯位⑤,符瑞不同斯度⑥,而苟昧权利⑦,越次妄据⑧,外不量力,内不知命⑨,则必丧保家之主⑩,失天年之寿⑪,遇折足之凶⑫,伏斧钺之诛⑬。英雄诚知觉寤⑭,畏若祸戒⑮,超然远览⑯,渊然深识⑰。收陵、婴之明分⑱,绝信、布之觊觎⑲,距逐鹿之瞽说⑳,审神器之有授,贪不可冀㉑,无为二母之所笑。则福祚流于子孙㉒,天禄其永终矣㉓。

【注释】

①历:经过,遍览。

②验:考察。行事:往事。

③稽:考察。世运:指世事盛衰治乱的交迭变化。

④考:与"验""稽"同义。五者:李周翰注:"五者,谓五行相承也。"

⑤取舍:进退。《汉书·王吉传》曰:"世称'王阳在位,贡公弹冠',言其取舍同也。"注:"取,进趣也;舍,止息也。"厌(yàn):合。斯:其。

⑥符瑞:祥瑞的征兆,即吉兆。度:数。

⑦昧:昏,愚。

⑧越次:逾越次序。《汉书·王莽传》曰:"臣以外属,越次备位,未能奉称。"妄:非分,越轨。

⑨知命:认识天命。《周易·系辞》曰:"旁行而不流,乐天知命,故不忧。"

⑩保家之主:《春秋左传·襄公二十七年》赵孟曰:"保家之主也。"

⑪天年:自然的寿数。《庄子·山木》曰:"山中之木,以不材得终其天年。"

⑫折足之凶:指前所引鼎折足,是凶险的象征。

⑬斧钺(yuè):斧与钺。刑戮之具。斧,铡刀。钺,大斧。

⑭英雄:指隗嚣。诚:如果。觉寤:醒悟。寤,通"悟"。

⑮畏若祸戒:李周翰注:"畏如此斧钺之祸以自警戒。"

⑯超然:超脱的样子。

⑰渊然:沉静不动的样子。

⑱明分:懂得本分。

⑲觊觎(jì yú):非分的希望和企图。《春秋左传·桓公二年》:"下无觊觎。"杜注:"下不敢望上位也。"

⑳距:通"拒"。瞽说:不合理的谬论,无知之说。

㉑冀:希望。

㉒福祚:福。

㉓天禄:天赐的福分禄位。《尚书·大禹谟》曰:"四海穷困,天禄永终。"

【译文】

　　遍览古今的得失,检察以往事业的成败,考察帝王盛衰更迭的变化,了解五行德运之所以相承,进退不合其位,祥瑞的征兆不具备周数,而只醉心于权利,僭越位次非分占据王位,外面不衡量一下力量,心里也不知天命,这样做必然葬送保全家族之主,丧失自然天年的寿命,就会遭到鼎折一足、美食倾覆的凶灾,受杀头斩首之祸。英雄诚能觉悟,知其天命,像惧怕杀头之祸一样警惕自己,超然权利之外远远地观看,安分宁静深知其中道理,汲取王陵、陈婴的事例以为明鉴之分,断绝韩信、英布那种非分不轨的企图,不相信逐鹿取天下那种无知谬论,明白帝王皇位是有天命所授,贪图帝位终不可希冀,徒为王陵、陈婴二母所耻笑。这样就会福及子孙,天赐福禄永远终其一生。

魏文帝

见卷第二十二《芙蓉池作》作者介绍。

典论·论文一首

【题解】

　　《典论》一书为魏文帝曹丕所作。据《三国志·魏书·文帝纪》:"初,帝好文学,以著述为务,自所勒成垂百篇。"又,裴松之《三国志》注引《魏书》载文帝《与王朗书》:"生有七尺之形,死唯一棺之土,唯立德扬名,可以不朽,其次莫如著篇籍。疫疠数起,士人凋落,余独何人,能全其寿?"故论撰所著《典论》、诗赋,盖百余篇,集诸儒于肃城门内,讲论大义,侃侃无倦。又引胡冲《吴历》云:"帝以素书所著《典论》及诗赋饷孙权,又以纸写一通与张昭。"可见是他的心爱之作。明帝太和四年(230),曾将《典论》刻石六碑。全书约在宋代亡佚。所存《论文》一篇,借《文选》而得以保留。吕向曰:"文帝《典论》二十篇。"

　　《典论·论文》是我国文学批评史上较早的一篇专论。文中提出了文学的价值、作家的个性、作品的风格、文体和文学批评的态度等问题,对后世产生了深远的影响。

　　文人相轻,自古而然,傅毅之于班固①,伯仲之间耳②,而固小之③。与弟超书曰:"武仲以能属文,为兰台令史,下笔不能自休④。"夫人善于自见,而文非一体,鲜能备善⑤,是以各以所长,相轻所短。里语曰:"家有弊帚,享之千金。"斯不自见之患也。

【注释】

①傅毅:字武仲,东汉文学家。班固:字孟坚,东汉史学家兼文学家。

②伯仲之间:古代以伯、仲、叔、季表示兄弟之间的顺序。伯仲之间,表示兄弟之间,难分上下。

③小之:小看之,看不起他。

④"与弟"几句:刘勰《文心雕龙·知音》:"至于班固、傅毅,文在伯仲,而固嗤毅云:'下笔不能自休。'"超,指班固的弟弟班超,字令升,班彪的少子。书,书信。属文,作文。属,缀辑,组字成文。兰台,汉代官中藏书之处,由御史中丞兼管。后复置兰台令史六

人,典校图籍,管理劾奏文书档案。下笔不能自休,盖指责傅毅
　　文字汗漫无统。休,止。
⑤鲜能备善:谓文章体裁甚多,少有能全会者。鲜,少。备,全。

【译文】

　　文人互相轻视,自古以来就如此。傅毅和班固,两人本来不分高
下;但是班固就是小看傅毅。在给他弟弟班超的信中说:"傅毅只是会
写点文章,就出任了兰台令史的官职,可是他的文字汗漫无统得很呢!"
人往往只看自己的长处,而文章并非只有一种体裁,很少有人样样都
会,所以就以自己的长处来贬斥别人的短处。谚语说:"自己家里破扫
帚,竟然也能值千金。"这就是没有自知之明的错误了。

　　今之文人,鲁国孔融文举①,广陵陈琳孔璋②,山阳王粲
仲宣③,北海徐幹伟长④,陈留阮瑀元瑜⑤,汝南应玚德琏⑥,
东平刘桢公幹⑦,斯七子者⑧,于学无所遗⑨,于辞无所假⑩,
咸以自骋骥骥于千里⑪,仰齐足而并驰⑫。以此相服,亦良难
矣。盖君子审己以度人,故能免于斯累而作论文⑬。

【注释】

①孔融:字文举。"建安七子"之一。《后汉书·孔融传》:"魏文帝
　　深好融文辞,每叹曰:'扬、班俦也。'募天下有上融文章者,辄赏
　　以金帛。"

②陈琳:字孔璋。"建字七子"之一。张溥《汉魏六朝百三家集题
　　辞》称:"孔璋赋诗,非时所推,《武军》之赋,久乃见许于葛稚川;
　　今亦不全,他赋绝无空群之目。诗则《饮马》《游览》诸篇,稍见寄
　　托,然在建安诸子中篇最寥寂。"曹丕《与吴质书》云:"孔璋章表
　　殊健,微为繁富。"

③王粲：字仲宣。"建安七子"之一。曹丕《与吴质书》："仲宣独自善于词赋，惜其体弱，不足起其文；至于所善，古人无以远过。"

④徐幹：字伟长，北海人。官至五官中郎将文学。"建安七子"之一。许学夷《诗源辩体》卷四曰："七子之中，徐幹、陈琳、阮瑀五言，既无天成之妙，又少作用之功，此虽其才力不逮，亦是各有所长耳。按文帝《典论》称徐幹之赋……可见七子之名，非皆以其诗也。"

⑤阮瑀：字元瑜。"建安七子"之一。张溥称："读其诸诗，每使人愁。"

⑥应场：字德琏。"建安七子"之一。张溥曰："德琏善赋，篇目颇多，取方弟书，文藻不敌。诗虽比肩，亦觉《百一》为长。"

⑦刘桢：字公幹。"建安七子"之一。曹丕《与吴质书》称："公幹有逸气，但未遒耳。其五言诗之善者，妙绝时人。"

⑧七子：后代所谓"建安七子"即源于此。

⑨于学无所遗：犹言无所不学。遗，余留。

⑩于辞无所假：犹言能自创新词。假，借。

⑪骥騄：千里马。

⑫仰：恃。齐足：犹言并驾齐驱。

⑬"盖君子"二句：唯君子能审察自己，推度别人，故能免除"文人相轻之病累"。骆鸿凯曰："故能免于斯累而作论文为一句，李注本误于累字绝。"

【译文】

当前的文学之士，鲁国的孔融，广陵的陈琳，山阳的王粲，北海的徐幹，陈留的阮瑀，汝南的应场，东平的刘桢，这七位先生，无所不学，善创新词。各人都驾驭着千里良马，驰骋在千里平原之上，各恃所能，并驾齐驱。但要他们彼此相服也难得很啊！只有德行高尚的君子，才能严格地审视自己，客观地评价别人，这样，方能免除文人相轻的恶习——为此我才写这篇《论文》。

　　王粲长于辞赋，徐幹时有齐气①，然粲之匹也②。如粲之《初征》《登楼》《槐赋》《征思》，幹之《玄猿》《漏卮》《团扇》《橘赋》，虽张、蔡不过也③。然而他文，未能称是。琳、瑀之章、表、书、记，今之隽也④。应玚和而不壮⑤，刘桢壮而不密⑥。孔融体气高妙⑦，有过人者，然不能持论⑧。理不胜词，以至乎杂以嘲戏⑨。及其所善，扬、班俦也⑩。

【注释】

①齐气：李善注："言齐俗文体舒缓，而徐幹亦有斯累。《汉书·地理志》曰：'故《齐诗》曰："子之营兮，遭我虖峱之间兮。"此亦其舒缓之体也。'"李周翰注："齐俗文体舒缓，言徐幹文章时有缓气。"郭绍虞《中国历代文论选》注引《春秋左传》吴公子季札观齐乐，《汉书·朱博传》颜师古注，王充《论衡·率性》以证，说明舒缓为齐地风俗习惯，由于环境影响，遂形成作家个性及作品风格。

②粲之匹：言徐幹虽有齐气，然仍可与王粲匹敌。

③张、蔡：指汉代辞赋家张衡和蔡邕。不过：不敌。

④"琳、瑀"二句：曹丕《与吴质书》："孔璋章表殊健，微为繁富。""元瑜书记翩翩，致足乐也。"隽，俊，杰出。

⑤和而不壮：据郭绍虞《文气的辨析》一文分析，所谓文气是指行文之气势，行文气势可分为气禀、气习、气质和气象四个方面。气禀指先天禀赋，又可分为才气和体气，才气分高下，体气别阴阳。气习指后天不自觉的熏染，又分为气运和风气。气运随时代而转移，风气因风土而不同。气质指后天自觉的修养，即所谓养气。气象合气禀、气习、气质三者而言之，义近风格。此处"应玚和而不壮"，及下文"刘桢壮而不密"，皆就作品风格而言之，是气禀、气习、气质的综合表现，指作品风格和协而缺少雄奇之气。

⑥壮而不密：许学夷《诗源辩体》卷四："公幹、仲宣，一时未易优劣……予尝为二家品评，公幹气胜于才，仲宣才优于气。"气胜于才，故壮而不密。

⑦体气高妙：《文心雕龙·风骨》："孔氏卓卓，信含异气，笔墨之性，殆不可胜？"体气属气禀，由先天决定，非人力所能为。按《后汉书·孔融传》记孔融生性刚直，戏谑笑傲，侮慢其上，为曹操所杀，亦不窗肉喂馁虎。甚至性高妙，体现于文字之间，故谓体性高妙。

⑧持论：立论，提出自己的主张。

⑨杂以嘲戏：《后汉书·孔融传》："曹操攻屠邺城，袁氏妇子，多见侵略，而操子丕私纳袁熙妻甄氏。融乃与操书称武王伐纣，以妲己赐周公。操不悟，后问出何经典，对曰：'以今度之，想当然耳。'"颇近近世所谓幽默。

⑩扬、班俦也：与扬雄、班固为伴。因为扬雄有《解嘲》、班固有《答宾戏》的缘故。

【译文】

　　王粲擅长写辞赋，徐幹常常带有齐地的舒缓之气，不过仍然可与王粲比美。像王粲的《初征》《登楼》《槐赋》《征思》，徐幹的《玄猿》《漏卮》《团扇》《橘赋》等作，即使张衡、蔡邕也难以超过。但对其他文体的写作，也不过尔尔。陈琳、阮瑀所作的章、表、书、记，在当代已是手屈一指了。应场和协而不雄奇，刘桢雄奇而不完善。孔融的气质禀赋出类拔萃，不同一般，只是所论往往缺少主张。词胜过于理，甚至出现游戏笔墨。但他的佳作，与扬雄、班固有一比！

　　常人贵远贱近①，向声背实②。又患暗于自见，谓己为贤③。

【注释】

①贵远贱近：以远处文章为贵，以近处文章为贱，信耳不信眼。

②向声背实：相信道听途说而不问实际情形。

③谓己为贤：认为自己的文章好。

【译文】

平常人总是以远处的东西为好东西，近处的东西不稀奇，崇尚虚名而不重实际。又苦于看不到自身的不足，总以为自己胜过别人。

夫文本同而末异①。盖奏议宜雅②，书论宜理③，铭诔尚实④，诗赋欲丽⑤。此四科不同，故能之者偏也⑥；唯通才能备其体⑦。

【注释】

①本同而末异：本，一切文章的共同性；末，不同文体的特殊性。

②奏议宜雅：陆机《文赋》："奏平彻以闲雅。"《文心雕龙·定势》："章表奏议，准的乎典雅。"皆本此。

③书论宜理：《文选序》："论则析理精微。"

④铭诔尚实：铭诔记事，故曰尚实。

⑤诗赋欲丽：《文心雕龙·定势》："赋诵歌诗，则羽仪乎清丽。"

⑥偏：不全面，偏于一端。

⑦通才：全才。

【译文】

文章有其共同性，文体有其特殊性。奏议类文体务须雅正，书论类文体重在说理，铭诔类文体强调纪实，诗赋类文体崇尚华丽。这四类文体各不相同，所以能写文章的人，也只是偏长于一个方面，只有"通才"才会写所有的文体。

文以气为主①，气之清浊有体②，不可力强而致。譬诸音乐，曲度虽均，节奏同检③，至于引气不齐④，巧拙有素⑤，虽在父兄，不能以移子弟⑥。

【注释】

①文以气为主：在曹丕以前，孟子有养气说，张衡有元气说，而与文章大致无关。曹丕首倡文气之说，属文学范畴。文气者何，郭绍虞《文气的辨析》说："文气之说，不过指行文之气势言耳。"

②气之清浊有体：气分清浊，义近《文心雕龙·体性》所说气有刚柔，刚近于清，柔近于浊。《风骨》说："翚翟备色，而翾翥百步，肌丰而力沉也。"是指气的重浊柔弱。又说："鹰隼乏彩，而翰飞戾天，骨劲而气猛也。"是指气的清新刚健。上文所说齐气，当属柔浊一类。

③节奏同检：音调缓急为节，更端为奏。检，法度。

④引气：运气。不齐：不同。指气之强弱、长短不同。

⑤巧拙有素：人的聪明和愚钝生来就如此。

⑥"虽在"二句：李善注引《桓子新论》曰："惟人心之所独晓，父不能以禅子，兄不能以教弟也。"

【译文】

写文章主要依靠文气，文气有清、浊二体，不能够用强力去改变它。譬如音乐，曲调是同一曲调，节奏也是同一节奏，因为运气的长短、强弱不同，加上聪颖和愚钝生来就如此，所以即使是父亲也不能传给儿子，哥哥也不能教给弟弟。

盖文章经国之大业①，不朽之盛事②。年寿有时而尽，荣乐止乎其身，二者必至之常期③，未若文章之无穷。是以古之作者,寄身于翰墨,见意于篇籍,不假良史之辞,不托飞驰之势,而声名自传于后。故西伯幽而演《易》④,周旦显而制礼⑤,不以隐约而弗务⑥,不以康乐而加思⑦。夫然则古人贱尺璧而重寸阴,惧乎时之过已⑧。而人多不强力,贫贱则慑于饥寒⑨,富贵则流于逸乐⑩。遂营目前之务,而遗千载之功⑪。日月逝于上,体貌衰于下,忽然与万物迁化⑫,斯志士之大痛也。

　　融等已逝,唯幹著论⑬,成一家言。

【注释】

①经国:治理国家。

②不朽之盛事:《春秋左传·襄公二十四年》:"太上有立德,其次有立功,其次有立言,虽久不废,此之谓不朽。"文章属立言,亦云不朽。

③二者:指上文年寿和荣乐。常期:定数,规律。

④西伯:西方诸侯之长,指周文王。幽:拘囚。《史记·太史公自序》:"昔西伯拘羑里,演《周易》。"

⑤周旦:周公名旦。显:显达。礼:指礼经。《春秋左传·隐公七年》注:"周公所制礼经也。"

⑥隐约:穷困。弗务:不努力。

⑦加思:转移著述之志。加,移。

⑧已:助词。无义。

⑨慑:恐惧。

⑩流:放纵。

⑪千载之功:指著书立说。

⑫迁化:死去。

⑬唯幹著论:徐幹著《中论》二十卷。

【译文】

文章是治理国家的大业，留芳百世的盛事。一个人年寿总有尽头，荣华富贵也终于自身，这两样是带有必然性的规律，不像文章可以千秋万代流传下去。所以，古代的作者宁肯投身于笔墨之中，寄意于篇章文字，不借史官的溢美之词，不凭权贵的显赫之势，而声名自然流传于后世。因此，文王被囚禁而演绎《周易》，周公显达而制定礼；不因处境窘迫而放弃努力，也不因沉湎逸乐而改变志向。正因为这点，所以古人看轻璧玉而珍视光阴，就是担心白白浪费时间。但是，一般人多不努力，贫穷时害怕饥寒，富贵时恣意享乐。于是追求眼前物质利益，而忘了著书立说这个千秋大业。光阴在流逝，身体在衰老，转眼之间将与万物同逝，这真是有志之士的最大哀痛啊！

孔融等人已先我而去，只有徐幹撰写了一部《中论》，算成了一家之言。

曹元首

曹冏，生卒年不详，字元首，沛国谯（今安徽亳州）人。三国魏政论家。魏齐王芳族祖，中常侍腾兄叔兴之后。官至弘农太守。齐王年少时，由曹爽与司马懿辅政，然实权全归司马氏父子之手。冏乃于正始四年（243）撰《六代论》，以夏、殷、周、秦、汉、魏六代兴亡事，感悟曹爽，爽不能纳。事见《三国志·魏书·武文世王公传》注及《文选》李善注引《魏氏春秋》。

六代论—首

【题解】

本文主旨在于针对魏室外姓擅政，王权衰落，主张分封宗室子弟及贤臣，授以军政大权，抑制异姓突起，维护曹魏统治。《三国志·魏书·武文世王公传》注引《魏氏春秋》曰："宗室曹冏上书曰：臣闻古之王者，必建同姓以明亲亲，必树异姓以明贤贤……先圣知其然也，故博求亲疏，而并用之。"因之，《六代论》历述夏、殷、周、秦、汉、魏各代封建之得失，论述分封体制对维护王权统治的重要性。始言周封建之得，次言秦废封建之失，再言汉之祸乱乃封建逾制并非封建之制不善，又论武帝之后封建之衰，遂有王莽篡逆，以及后汉不重封建及魏之封建虚设造成之失，最后提出救危之计。文章有事实，有引鉴，有比喻，层层深入，议论充分，言辞激切，一气呵成。何焯曰："其才不减《过秦》。"高步瀛曰："此当与陆士衡《五等论》、柳子厚《封建论》参看。"（《魏晋文举要》）

　　昔夏、殷、周之历世数十①，而秦二世而亡。何则？三代之君②，与天下共其民③，故天下同其忧；秦王独制其民④，故倾危而莫救⑤。夫与人共其乐者，人必忧其忧；与人同其安者，人必拯其危。先王知独治之不能久也⑥，故与人共治之；知独守之不能固也，故与人共守之⑦。兼亲疏而两用⑧，参同异而并进⑨。是以轻重足以相镇⑩，亲疏足以相卫，并兼路塞⑪，逆节不生⑫。及其衰也⑬，桓、文帅礼⑭。苞茅不贡，齐师伐楚⑮；宋不城周，晋戮其宰⑯。王纲弛而复张⑰，诸侯傲而复肃⑱。二霸之后⑲，寖以陵迟⑳。吴、楚凭江，负固方城㉑，虽心希九鼎㉒，而畏迫宗姬㉓，奸情散于胸怀㉔，逆谋消于唇吻㉕。斯岂非信重亲戚㉖，任用贤能，枝叶硕茂㉗，本根赖之与㉘？

【注释】

①历世数十：李善注："《纪年》曰：'凡夏自禹以至于桀，十七王。殷

自成汤灭夏以至于受,二十九王。'《大戴礼》曰:'殷为天子二十余世,而周受之。周为天子三十余世,而秦受之。秦为天子二世而亡。何? 殷、周有道而长,秦无道而暴也。'"世,一代帝王为一世。

②三代:即夏、商、周。

③与天下共其民:吕延济注:"谓建立诸侯与之共理,同有其利也,故天下有难,则诸侯同忧。"天下,古籍以家、国、天下连称,指积家成国,积国成天下,故三代有诸国,称有天下。

④制:治理。

⑤莫救:李周翰注:"秦不封诸侯,故莫有救者。"

⑥先王:古代的贤王。

⑦与人共守之:李善注:"班固《汉书》赞曰:'昔周盛,则周召相,其治致刑措。衰,则五伯扶其弱,与共守之。'"

⑧亲:指天子之宗属。疏:指宗族以外之异族。两用:指并封为诸侯兼而用之。

⑨参:合。

⑩轻重:李周翰注:"轻重,谓大小之国也。"镇:重,压。

⑪并兼:兼并。李周翰注:"并兼路塞,谓不相侵劫也。"

⑫逆节:李周翰注:"谓不遵王命也。"

⑬衰:指周室衰微。

⑭桓、文帅礼:指齐桓公、晋文公帅礼伐不义。

⑮"苞茅"二句:《春秋左传·僖公四年》载齐侯伐楚,楚子使与师言曰:"不虞君之涉吾地也,何故?"管仲对曰:"尔贡包茅不入,王祭不共,无以缩酒,寡人是征。"苞茅,亦作"包茅"。古代祭祀时,用以滤酒去滓的束成捆的茅草。不贡,指楚国不贡苞茅。

⑯"宋不"二句:张铣注:"定王时,晋帅诸侯筑王城,宋宰仲几不受命,晋文公戮之也。"城周,筑周城。

⑰王纲:指朝廷纲纪。扬雄《剧秦美新》曰:"是以帝典阙而不补,王
　　纲弛而未张。"弛:废。张:兴。

⑱傲:傲慢。肃:敬。

⑲二霸:又称二伯。此指齐桓公、晋文公。

⑳陵迟:衰落。

㉑负:依靠。李周翰注:"负,恃也。"方城:李周翰注:"方城,山名。"
　　春秋时为楚地。在今河南叶县南。《春秋左传·僖公四年》:"楚
　　国方城以为城。"

㉒九鼎:古代象征国家政权的传国宝器。《史记·孝武本纪》曰:
　　"禹收九牧之金,铸九鼎,象九州。"战国时,秦、楚皆有兴师到周
　　求鼎之事。

㉓宗姬:姬姓诸侯,与周同姓,故称宗姬。

㉔奸情:邪恶不正之心。

㉕逆谋:篡逆的谋画。吕向注:"散,消也,惧同姓之国,不敢为奸
　　逆也。"

㉖信重:信任重用。亲戚:内外亲属,指同姓之亲。《春秋左传·僖
　　公二十四年》:"昔周公吊二叔之不咸,故封建亲戚,以藩屏国。"
　　即指叔伯子弟。

㉗硕:大。

㉘赖:张铣注:"言枝叶大茂,能荫本根,故云赖。"与:通"欤"。

【译文】

　　从前夏、商、周三代都经历过数十代帝王,而秦只经过两代帝王就
灭亡了。什么原因呢? 因为夏、商、周三代的君王,封建诸侯,与诸侯共
同管理百姓,所以天下有难,则诸侯共同烦忧;秦朝的君王独自管理天
下百姓,所以天下有难,没有人前来帮助拯救。与别人共同分享快乐
者,别人必然分担他的烦忧;与别人共享安逸的,别人必然拯救他的危
难。古代贤王都知道一个人治理天下不能长久,所以与别人共同治理

天下；知道独自守卫国家不能使国家坚固，所以与别人共同守卫国家。他们亲疏相兼皆封诸侯而任用，同姓异姓掺合一起行进。这样，大小诸侯国就可以互相镇服，亲疏异姓也可以互相防卫，彼此侵犯吞并的路子被阻塞，违抗王命之事就不会发生。到周室衰微之时，就有齐桓公、晋文公率礼义之师以伐不义之国。楚不向周王贡献苞茅，齐桓公率师讨伐楚国；宋国不奉王命修筑周城，晋文公就将宋国宰相仲几杀戮。自此周王朝纲纪由松弛而又加强，诸侯由傲慢而恢复敬重。齐桓公、晋文公二伯以后，周室才逐渐衰落。吴国、楚国凭借大江之险，依仗方城山之牢固，虽然欲得九鼎，怀有篡夺周室之心，而惧怕并迫于周室同姓诸侯的威力，邪恶之念只得从心里消散，篡逆谋画的言辞只得从口中消失。这岂不是重视同姓亲属，任用贤能之人，如同大树枝叶繁茂，树阴能遮蔽树干树根吗？

　　自此之后，转相攻伐。吴并于越①，晋分为三②，鲁灭于楚③，郑兼于韩④。暨乎战国⑤，诸姬微矣⑥，唯燕、卫独存⑦。然皆弱小，西迫强秦，南畏齐、楚，救于灭亡⑧，匪遑相恤⑨。至于王赧⑩，降为庶人⑪，犹枝干相持，得居虚位。海内无主，四十余年。秦据势胜之地⑫，骋谲诈之术⑬，征伐关东⑭，蚕食九国⑮。至于始皇，乃定天位。旷日若彼，用力若此⑯，岂非深根固蒂，不拔之道乎？《易》曰："其亡其亡，系于苞桑⑰。"周德其可谓当之矣。

【注释】

①吴并于越：李善注引《史记》曰："越王勾践自会稽归，拊循其士民，伐吴，大破之。吴王自杀。"

②晋分为三：李善注引《史记》曰："魏武侯、韩哀侯、赵敬侯，灭晋

后，而三分其地。"

③鲁灭于楚：楚考烈王伐灭鲁。

④郑兼于韩：韩哀侯灭郑，并其国。

⑤暨：及，至。

⑥诸姬：指周同姓诸侯国。

⑦燕、卫：也是周的同姓诸侯国。

⑧救：指自救。

⑨遑：及。恤：体恤，周济。

⑩王赧（nǎn）：周赧王。

⑪庶人：平民。

⑫势胜：地势优胜。

⑬骋：施展。谲诈：欺诈。

⑭关东：指函谷关以东地区。

⑮蚕食：如蚕食桑叶，比喻逐渐吞食。九国：指韩、魏、燕、赵、齐、楚、宋、卫、中山。

⑯"旷日"二句：吕延济注："旷日，谓积德而祚长也。若彼，谓周也。用力若此，谓秦也，言秦虽欲强取周室，然为枝叶广大难以为拔，至始皇方定天位也。"

⑰"其亡"二句：《周易·否》之言。苞桑，指丛生的桑树，谓根深而相连，取其固也。苞，指草木丛生。这句的大意，李善注引王弼言："心存将亡，乃得固也。"

【译文】

从此之后，各国转为相互攻伐。吴被越吞并，晋为韩、魏、赵三国瓜分，鲁国被楚国消灭，郑国被韩国兼并。到了战国时期，一些周室同姓国家衰微了，只有燕、卫独自存在。可是都很弱小，西面受强大秦国的逼迫，南面惧怕齐国和楚国等大国，忙于自救以免灭亡，来不及相互关照接济。直到周赧王被降为一般平民，这段时期周室还有赖于枝叶的相互依持,得以居其虚设的王位。天下没有君主,已有四十多年。秦国占据优越的地理条件,施展欺诈的手段,征伐函谷关以东的国家,逐渐将九国吞并。到秦始皇时,才统一天下,确定皇帝大位。像周朝历代帝王积德时间之长,像秦取代周朝统一天下用力之大,岂不是因为周室根深蒂固不容易被拔除这个道理吗?《周易·否》卦上说:"将要灭亡,将要灭亡,就可以像系结于丛生的桑树一样久长。"以此比喻周室积德之深远,可以说是很恰当的。

　　秦观周之弊①,将以为以弱见夺②。于是废五等之爵③,立郡县之官④,弃礼乐之教⑤,任苛刻之政⑥。子弟无尺寸之封⑦,功臣无立锥之土⑧。内无宗子以自毗辅⑨,外无诸侯以为蕃卫⑩。仁心不加于亲戚⑪,惠泽不流于枝叶⑫。譬犹芟刈股肱⑬,独任胸腹⑭;浮舟江海,捐弃楫棹⑮。观者为之寒心⑯,而始皇晏然⑰。自以为关中之固⑱,金城千里⑲,子孙帝王万世之业也。岂不悖哉⑳?是时淳于越谏曰㉑:"臣闻殷、周之王㉒,封子弟功臣,千有余岁。今陛下君有海内㉓,而子弟为匹夫㉔。卒有田常、六卿之臣㉕,而无辅弼㉖,何以相救?事不师古而能长久者㉗,非所闻也㉘。"始皇听李斯偏说,而绌其义㉙。至身死之日,无所寄付㉚,委天下之重于凡夫之手,托废立之命于奸臣之口㉛。至令赵高之徒,诛锄宗室㉜。胡亥少习克薄之教㉝,长遵凶父之业,不能改制易法㉞,宠任兄弟,而乃师谟申、商㉟,谘谋赵高㊱,自幽深宫,委政谗贼㊲,身残望夷,求为黔首㊳,岂可得哉!遂乃郡国离心㊴,众庶溃叛㊵。胜、广唱之于前㊶,刘、项毙之于后㊷。向使始皇纳淳于之策,抑李斯之论,割裂州国㊸,分王子弟,封三代之后,报功臣之劳。土有常君,民有定主^㊹,枝叶相扶,首尾为用^㊺,虽使子孙有失道之行^㊻,时人无汤、武之贤,奸谋未发,而身已屠戮。何区区之陈、项^㊼,而复得措其手足哉^㊽!

【注释】

①弊:衰败。

②以弱见夺:指周因势弱而诸侯夺其国。

③废:除。五等之爵:古代五等侯爵。即公、侯、伯、子、男五等诸侯。《尚书·武成》曰:“列爵惟五。”传曰:“爵五等,公、侯、伯、子、男。”

④郡县之官:秦始皇分天下为三十六郡,置郡县官吏。

⑤教:教化。

⑥任:实行。苛刻:烦琐刻薄。

⑦尺寸:指土地。封:古代帝王将土地分给诸侯,或把爵位赐给臣子,皆曰封。

⑧立锥:比喻极小之地。《吕氏春秋·离俗览》曰:“无立锥之地,至贫也。”

⑨宗子:皇族子弟。毗:佐。

⑩蕃(fān):通“藩”,屏障。《诗经·大雅·崧高》曰:“四国于蕃,四方于宣。”笺曰:“四国有难,则往扞御之,为之蕃屏。”

⑪仁心:仁爱之心。

⑫惠泽:恩泽,德泽。枝叶:刘良注:“枝叶,谓子弟也。”

⑬芟刈:铲除,割掉。芟,除草。刈,割取。股肱:大腿和胳膊。

⑭任:留。

⑮捐:弃。楫棹(zhào):船桨。

⑯寒心:失望,痛心。

⑰晏然:安逸。《庄子·山木》曰:“圣人晏然体逝而终矣。”

⑱关中:古地域名。泛指函谷关以西战国末秦国故地。又特指今陕西渭河流域一带。《史记·项羽本纪》曰:"人或说项王曰:'关中阻山河四塞,地肥饶,可都以霸。'"《集解》引徐广曰:"东函谷,南武关,西散关,北萧关。"一说东自函谷,西至陇关,二关之间谓之关中。

⑲金城:谓城之坚固如金铸成。贾谊《过秦论》曰:"天下已定,始皇之心,以为关中之固,金城千里,子孙帝王万世之业也。"

⑳悖:违反,谬误。

㉑淳于越:秦博士,齐人,复姓淳于。谏:规劝。

㉒王:治理天下。

㉓海内:指全国领土。

㉔匹夫:平民。

㉕卒:同"猝"。田常:春秋时齐国大夫。曾弑齐简公,立齐平公。后来田氏终于篡夺了齐国王位。六卿:指春秋末期晋国的范氏、中行氏、智氏、赵氏、韩氏、魏氏等六卿,他们势力强大,凌驾晋室,互相并吞,范氏、中行、智氏三卿先亡,剩下三家,最后终于瓜分了晋国,成了赵、韩、魏三国。

㉖辅弼(bì):辅助。

㉗师古:效法古代。

㉘非所闻:从未听见过。

㉙绌(chù)其义:指黜退不采纳淳于越的意见。绌,通"黜"。

㉚寄付:委托,托付。

㉛托:假。废立之命:李善注引《史记》曰:"始皇崩,赵高乃与胡亥、丞相李斯阴破去始皇所封书赐公子扶苏者,而更诈为丞相受始皇遗诏,立子胡亥为太子,更为书赐公子扶苏死。"奸臣:指赵高、李斯等人。

㉜诛锄宗室:杀戮铲除皇族子弟。《史记·李斯列传》曰:"二世然

高之言,乃更为法律,于是群臣、诸公子有罪,辄下高,令鞫治
之……公子十二人僇死咸阳市,十公主矺死于杜……相连坐者
不可胜数。"

㉝克薄之教:李善注引《史记》曰:"赵高故常教胡亥书,及狱律令法
事。"克薄,苛刻冷酷。

㉞改制易法:改变制度和法令。

㉟师谟:即师模。师表,师范。申、商:申,申不害;商,商鞅。皆战
国时法家,专刑法之术。《史记·李斯列传》李斯上书二世曰:
"能明申韩之术,而修商君之法,法修术明,而天下乱者,未之
闻也。"

㊱谘谋:商议。

㊲"自幽"二句:《史记·李斯列传》曰:"二世用其(赵高)计,乃不坐
朝廷见大臣,居禁中。赵高常侍中用事,事皆决于赵高。"谗贼:
指赵高。

㊳"身残"二句:《史记·李斯列传》载,赵高诱逼二世居望夷宫,阴
使咸阳令阎乐帅千余人杀二世。二世乞为王,乐不许;又愿与妻
子为黔首,终不许。遂自杀于望夷宫。残,杀,死。望夷,秦代别
宫名。

㊴郡国:秦之郡县,至汉才分为郡与国,郡直辖于朝廷;国分封于诸
侯王。

㊵溃叛:离散叛乱。

㊶胜、广:陈胜、吴广。唱:通"倡"。

㊷刘、项:刘邦、项羽。毙:指杀死秦王子婴。

㊸割裂:分割。州国:泛指国土。

㊹"土有"二句:土,胡克家《文选考异》:"袁本、茶陵本'土'作'士',
是也。《魏志》注亦是'士'字。"常君、定主,吕延济注:"常君、定
主,谓有五等诸侯,代代相继也。"

㊺"枝叶"二句：吕延济注："枝叶相扶，则诸侯之于帝室也，如木枝叶相扶持，覆荫也。首尾为用，谓首有难则尾救之，尾有祸则首救之。"

㊻失道：无道。

㊼区区：微小的样子。

㊽措：施展。

【译文】

　　秦朝看到周室衰败，就以为周是因为自身势力削弱，而被诸侯夺其国。于是废除公、侯、伯、子、男五等侯爵，设置郡县官吏，废除礼乐教化，实行苛刻严酷的政治。宗室子弟没有尺寸土地分封，有功大臣也无立锥之地。内无皇族子弟自相辅佐，外无诸侯作为屏障进行保卫。皇帝没有仁爱之心给予亲戚，恩惠德泽也不施于诸侯和子弟。就像一个人被砍去四肢，只留下一个胸腹；也像航船飘浮在江海，失去了船桨无所凭依。看到这种情形的人都为之痛心，而秦始皇却安然不知醒悟，自以为关中地区的险固，像有千里长的铜打城墙防护着，是子子孙孙称帝称王的万世基业，这岂不是大错特错吗？当时淳于越规劝秦始皇说："我听说殷、周他们治理天下，分封子弟和功臣有一千多年。如今陛下统治全国领土，而子弟却是一无所有的平民。要是突然有春秋时齐国田常、晋国六卿那般作乱的臣子，没有诸侯屏藩辅助，怎么能拯救败乱呢？治理国家不效法古人而能保持长久的，是从来没听见过的。"秦始皇听从李斯的片面之词，不采纳淳于越的意见。以至于临死亡的时候，没有可信赖的人托付后事。把天下大事委托给宦官之手，将废立太子的遗命托付给奸臣口授，以致使得赵高这种坏人，杀戮铲除皇室子弟。胡亥小时候就跟着赵高受到刻薄冷酷的教育，长大之后又遵循其凶暴父亲的事业，不能改变既定的制度和法令，宠信任用亲属兄弟，而是以申不害和商鞅等法家为师表，和赵高商议天下大事。自己被幽居深宫，将朝政交给奸臣赵高处理。当他在望夷宫被迫自杀时，要求当个黎民百姓，难道能得到吗？终于各地郡县离心，百姓逃散叛乱。陈胜、吴广首先发起抗秦起义，刘邦、项羽继后将秦王子婴杀死。先前假使秦始皇采纳淳于越的策略，抑制屏退李斯的意见，割裂国土，分封子弟为王，也分封夏商周三代后裔，以分封酬报功臣为国之劳，使士人常有侍奉的君侯，每处百姓有固定的君主，这样，皇帝和诸侯就如大树那样枝叶相互扶持，首尾相互照应，一方有难八方相救。虽然个别子孙出现无道行为，当时的人不可能有商汤与周武王的贤能，可是要想作乱，当其阴谋尚未暴发时，作乱者就会被杀死，何况一个小小的陈胜、项羽，又怎么能得以施展身手呢！

　　故汉祖奋三尺之剑①，驱乌集之众②，五年之中，而成帝业③。自开辟以来④，其兴功立勋，未有若汉祖之易者也。夫伐深根者难为功，摧枯朽者易为力⑤，理势然也⑥。

【注释】

①奋：举起，挥动。

②驱：指挥，率领。乌集之众：即乌合之众。仓促集合起来的人。谓如乌之忽集忽散。

③"五年"二句：《汉书·高帝纪》载高祖五年，斩羽东城，即帝位于氾水之阳。

④开辟：指天地初开。《汉书·异姓诸侯王表序》曰："是以汉无尺土之阶，由一剑之任，五载而成帝业，书传所记，未尝有焉。何则？古世相革，皆承圣王之烈，今汉独收孤秦之弊。镂金石者难为功，摧枯朽者易为力，其势然也。"

⑤摧枯朽：摧折枯枝朽木，比喻极容易做到。

⑥理势然也：道理事势如此。

【译文】

所以汉高祖奋起三尺宝剑，指挥一群乌合之众，经过五年的时间，便打下帝王的基业。自从开天辟地以来，就建立帝王的功勋来说，没有像汉高祖这样容易的。砍伐根深叶茂的大树难以成功，折断枯萎腐朽的树木就容易得力，其道理事势就是这样的。

汉鉴秦之失①，封植子弟②。及诸吕擅权③，图危刘氏④，而天下所以不能倾动⑤，百姓所以不易心者⑥，徒以诸侯强大，盘石胶固⑦，东牟、朱虚授命于内⑧，齐、代、吴、楚作卫于外故也⑨。向使高祖踵亡秦之法⑩，忽先王之制⑪，则天下已传⑫，非刘氏有也。然高祖封建⑬，地过古制，大者跨州兼域⑭，小者连城数十，上下无别⑮，权侔京室⑯，故有吴、楚七国之患⑰。贾谊曰⑱："诸侯强盛，长乱起奸⑲。夫欲天下之治安⑳，莫若众建诸侯而少其力㉑，令海内之势㉒，若身之使臂，臂之使指㉓。则下无背叛之心，上无诛伐之事。"文帝不从㉔。至于孝景㉕，猥用朝错之计㉖，削黜诸侯㉗。亲者怨恨，疏者震恐，吴、楚唱谋，五国从风㉘。兆发高祖，衅成文、景㉙，由宽之过制，急之不渐故也㉚。所谓末大必折㉛，尾大难掉㉜。尾同于体，犹或不从，况乎非体之尾，其可掉哉！

【注释】

①鉴：借鉴。

②封植：封立，树立。《国语·吴语》曰："今天王既封植越国，以明闻于天下。"注："封植，以草木自喻。壅木曰封。植，立也。"

③诸吕：众吕氏。擅权：专权，弄权。

④图危刘氏:篡夺的图谋危及刘氏政权。

⑤倾动:颠覆动摇。

⑥易心:变心。

⑦盘石:大石。《史记·孝文本纪》曰:"高帝封王子弟,地犬牙相制,此所谓盘石之宗也。"固:坚固。王符《潜夫论》曰:"器以便事为善,以胶固为上。"

⑧东牟:县名。汉置,属东莱郡,即今山东牟平。汉初,哀王四年,吕后封刘兴居为东牟侯。朱虚:古县名。西汉属琅琊郡,治今山东临朐,汉初吕后封刘章为朱虚侯。《史记·吕后本纪》曰:"朱虚侯刘章有气力,东牟侯兴居其弟也。"

⑨齐、代、吴、楚:皆古国名。以这些地区分封子弟。《史记·高祖本纪》曰:"(高祖)弟交为楚王,王淮西。子肥为齐王,王七十余城,民能齐言者皆属齐。"又曰:"立子恒为代王,都晋阳。""拜沛侯刘濞为吴王。"《史记·孝文本纪》曰:"宋昌曰:方今内有朱虚、东牟之亲,外畏吴、楚、淮南、琅琊、齐、代之强。"

⑩踵:继。

⑪忽:忽略。制:制度。

⑫传:谓传于他人。

⑬封建:古代帝王把爵位、土地赐给诸侯,在封定的区域内建立邦国。旧史相传此制从黄帝开始。

⑭兼城:《史记·汉兴以来诸侯王年表序》曰:"高祖子弟同姓为王者九国……而功臣侯者百有余人……大者或五六郡,连城数十,置百官宫观,僭于天子。"

⑮上下:指天子与诸侯王。

⑯权侔(móu)京室:吕延济注:"谓权势之盛同于天子也。"侔,相等。

⑰吴、楚七国之患:《史记·孝景本纪》曰:"(景帝)三年正月……吴王濞、楚王戊、赵王遂、胶西王卬、济南王辟光、菑川王贤、胶东王

雄渠反,发兵西乡。"

⑱贾谊曰:贾谊这段话见《陈政事疏》。

⑲长:滋长。

⑳治安:指政治清明,国家安定。贾谊曾向汉文帝上《治安策》,陈
　　述时弊及使国家长治久安的方略。

㉑众建诸侯而少其力:谓多立诸侯,少封其地,使其力量有所减少。

㉒令:使。海内:犹国内。

㉓使:使用,支配。

㉔不从:不听从贾谊之策。

㉕孝景:汉景帝。

㉖猲:李善注:"猲,曲。"高步瀛《魏晋文举要》曰:"发语词。"朝错:
　　即晁错。西汉政治家、政论家。景帝时任御史大夫,力主改革政
　　治,削夺诸侯王国部分封地,遭到诸侯及贵族的反对。"吴楚七
　　国之乱"即借口诛晁错而起兵反叛,后晁错为景帝所杀。

㉗削黜:削弱。

㉘"吴、楚"二句:《史记·晁错列传》载,晁错为太子家令,得幸太
　　子,数从容言吴过可削。数上书说孝文帝,文帝宽,不忍罚,以此
　　吴日益横。及孝景帝即位,错为御史大夫,说上曰:"今吴王……
　　即山铸钱,煮海水为盐,诱天下亡人,谋作乱。今削之亦反,不削
　　之亦反。削之,其反亟,祸小,不削,反迟,祸大。"吴王濞恐削地
　　无已,因以此发谋举事。吴王先起兵,胶西诛汉吏二千石以下,
　　胶东、菑川、济南、楚、赵亦然,遂发兵西。唱谋,倡导叛乱。从
　　风,跟着起事。

㉙"兆发"二句:谓七国之反,萌兆发于高祖,瑕衅成于文、景。衅,
　　破绽,冲动。

㉚渐:逐渐。

㉛末大必折:末,树梢。《春秋左传·昭公十一年》:"末大必折。"疏

曰：“以树方喻也。”折，折其本。吕延济注：“比诸侯地广而强，帝
室弱而见侵，如末大根小必折也。”

㉜尾大难掉：吕延济注：“尾大身小难掉也。尾在于身者也，欲掉之
尚犹不从其心，况诸侯强盛，且非己体之尾，何掉哉？”掉，摇动。
《春秋左传·昭公十一年》：“末大必折，尾大不掉。”

【译文】

汉朝鉴于秦朝的失败，分封树立宗室子弟。到众吕氏专权、篡位的
阴谋危及刘氏政权，天下所以没有倾覆动摇，老百姓所以没有变心，就
是因为诸侯势力强大，刘氏宗室如盘石般坚固，东牟侯、朱虚侯接受诛
杀诸吕的命令于宫廷之内，齐王、代王、吴王、楚王防卫在外的缘故。先
前假使汉高祖继承已亡秦国的办法，忽视古代贤王的分封制度，这时天
下就已经传于他人，不再归刘氏所有了。然而，汉高祖封建诸侯，封地
超过古代贤王的体制，大国跨州兼郡，小国数十处城池相连，形成诸侯
与天子没有差别，诸侯权势等同于天子的局面，因此发生吴、楚七国叛
乱的祸患。贾谊上书说：“诸侯势力强盛，容易滋长叛乱萌发不轨之心，
要想使天下长治久安，不如多立诸侯少封其地，减少其力量。使天子与
诸侯的局势，像身体支使手臂，手臂支使手指那样主次分明。这样，下
面诸侯不生叛逆之心，上面朝廷也无诛杀征伐的事情。”文帝没有听从
贾谊的意见。到汉景帝的时候，采用晁错的计策，削弱诸侯的权力，结
果同姓诸侯怨恨，异姓诸侯恐惧。吴王、楚王首先发难，胶西、胶东、济
南、菑川、赵等国也跟着起兵反叛。诸侯反叛的萌兆生发在高祖时，在
文帝、景帝之际就暴发了这场祸乱。这是由于从高祖时起，诸侯封地太
宽超过古制，要想急于削除不是一下子就能改变得了的原因。正如所
说树大根小树干必然要折断，尾大身小难以摇动尾巴。尾与身子同体
有的还难以摇动，何况诸侯强盛，已非同体之尾，能够摇动得了吗？

武帝从主父之策①，下推恩之命②。自是之后，齐分为

七,赵分为六,淮南三割,梁代五分③。遂以陵迟④,子孙微弱,衣食租税,不豫政事⑤。或以酎金免削⑥,或以无后国除⑦。

【注释】

①武帝:汉武帝刘彻。主父:即主父偃。主父为复姓。西汉临淄(今属山东)人。初习纵横家言,后乃学《易》《春秋》,百家之说。武帝元光初上书言事,官至中大夫。提出削弱诸侯的"推恩法"。《史记·主父偃列传》曰:"偃说上曰:'……愿陛下令诸侯,得推恩分子弟以地侯之。彼人人喜得所愿,上以德施,实分其国,不削而削弱矣。'于是上从其计。"

②推恩:施恩惠于他人。《孟子·梁惠王》曰:"故推恩足以保四海,不推恩无以保妻子。"

③"齐分"几句:《汉书·异姓诸侯王表序》曰:"武帝施主父之册,下推恩之令,使诸侯王得分户邑,以封子弟,不行黜陟,而藩国自析。自此以来,齐分为七,赵分为六,梁分为五,淮南分为三。"颜师古注曰:"齐分为七,谓齐、城阳、济北、济南、淄川、胶西、胶东也。""赵分为六,谓赵、平原、真定、中山、广川、河间也。""梁分为五,谓梁、济川、济东、山阳、济阴也。""淮南分为三,谓淮南、衡山、庐江。"

④陵迟:衰败,衰落。

⑤不豫政事:吕向注:"言分其土地,遂至陵迟,资费薄,故租税不得输于国家也。不豫,犹不输也。政事,谓国家也。"豫,通"与",参与。

⑥酎(zhòu)金:宗庙祭祀时,诸侯助祭所献金称为酎金。张铣注:"酎,酒也。汉诸侯助祭饮酎献金。金不如斤两,色恶者,王则削县,侯则免国。"

⑦无后:指无子。

【译文】

　　汉武帝听从主父偃的策略,下达推恩的法令。从此以后,齐国分为七个部分,赵国分为六个部分,淮南分割成三部分,梁代分割成五部分。这样诸侯就衰落了,宗室子孙势力微弱,平时租税惟得衣食,不能输送给国家。有的因为助天子祭祀献金成色不佳,被削去爵位;有的因为无后代而被除掉封国。

　　至于成帝①,王氏擅朝②,刘向谏曰③:"臣闻公族者④,国之枝叶,枝叶落,则本根无所庇荫⑤。方今同姓疏远,母党专政⑥,排摈宗室⑦,孤弱公族,非所以保守社稷⑧,安固国嗣也⑨。"其言深切,多所称引⑩。成帝虽悲伤叹息,而不能用。至乎哀、平⑪,异姓秉权⑫,假周公之事,而为田常之乱⑬,高拱而窃天位⑭,一朝而臣四海⑮。汉宗室王侯,解印释绶⑯,贡奉社稷⑰,犹惧不得为臣妾⑱,或乃为之符命⑲,颂莽恩德,岂不哀哉! 由斯言之,非宗子独忠孝于惠、文之间⑳,而叛逆于哀、平之际也,徒以权轻势弱㉑,不能有定耳㉒。

【注释】

①成帝:汉成帝刘骜。

②王氏擅朝:成帝舅王凤,为大司马将军,领尚书事,益封五千户,执政专权。成帝命其兄弟七人皆封列侯。

③刘向:西汉经学家、目录学家、文学家。本名更生,汉皇族楚元王刘交四世孙,刘歆父。成帝时为光禄大夫。时外戚王氏擅权,他多次上书极谏,言辞痛切。此处所引谏词,见《汉书·刘向传》。

④公族:天子宗族兄弟。

⑤庇荫:覆盖,保护。

⑥母党:母方的亲戚。《汉书·刘向传》曰:"方今同姓疏远,母党专政,禄去公室,权在外家。"

⑦排摈:排斥,摈除。

⑧社稷:国家政权。

⑨国嗣:国君继承人。

⑩称引:引证。

⑪哀、平:汉哀帝刘欣和汉平帝刘衍。

⑫秉权:把持朝政。

⑬"假周公"二句:假,借。周公,姬旦,周文王子。辅助武王灭纣,建立周王朝。武王死后,成王年幼,周公摄政。张铣注:"异姓谓王莽为相,鸩杀平帝,立中山王子婴为少主,自比周公摄政,实为齐田常杀简公之乱也。"哀帝时王莽尚未成谋。

⑭高拱而窃天位:指拱手而盗取天子位。

⑮一朝:一旦。

⑯解印释绶:指主动解除权位。绶,系印的丝带。

⑰贡奉社稷:指将国家贡奉给王莽。意谓惧怕杀头。

⑱臣妾:奴隶。男曰臣,女曰妾。《周易·遁》曰:"畜臣妾吉,不可大事也。"

⑲乃:甚至于。符命:叙述祥瑞征兆为帝王歌功颂德。李善注:"《汉书》曰:王莽废汉藩王,广陵王嘉献符命,封扶策侯。又曰:郡乡侯闵以莽篡位,献神书言莽,得封列侯。"

⑳宗子:皇族子弟。

㉑徒:但,只。

㉒定:指平定王莽之乱。

【译文】

到汉成帝的时候,王凤执政专权,光禄大夫刘向上书规劝成帝说:

"臣闻宗族兄弟是国家这棵大树上的枝叶,枝叶衰落了,树干和树根没有荫覆保护的了。现在同姓亲属都被搁置在一边,母方的亲戚把持朝政,排斥宗族兄弟,宗族子弟势单力薄,这不是保住国家、使帝统安全牢固地接替下去的长策。"他的话深刻痛切,多方面引证事例。汉成帝听了以后,虽然悲伤叹息,可是不能采用他的意见。到哀帝和平帝的时候,异姓之人掌握大权,假借效法周公摄政的事例,实际上施行春秋时齐国田常杀死简公的阴谋篡夺,结果拱手窃取皇帝宝座,一个早上而四海称臣。汉室宗族一些王公侯伯,主动交出印绶,解除官职,他们想把整个国家奉献给王莽,还恐怕做奴隶而不可得。有的甚至于进献叙述祥瑞征兆,歌颂王莽篡汉的恩德。这岂不是很悲哀吗!就这件事情来说,不是宗室子弟唯独在惠帝、文帝时才忠孝,而在哀帝、平帝时就背叛了,只是因为权轻势弱,没有平定篡逆的力量啊。

　　赖光武皇帝挺不世之姿①,禽王莽于已成②,绍汉祀于既绝③,斯岂非宗子之力耶④?而曾不鉴秦之失策⑤,袭周之旧制,踵亡国之法⑥,而侥幸无疆之期⑦。至于桓、灵⑧,奄竖执衡⑨,朝无死难之臣⑩,外无同忧之国。君孤立于上⑪,臣弄权于下⑫,本末不能相御,身手不能相使⑬。由是天下鼎沸⑭,奸凶并争⑮,宗庙焚为灰烬⑯,宫室变为蓁薮⑰。居九州之地⑱,而身无所安处,悲夫!

【注释】
①挺:出。不世:稀世。姿:质。
②禽:同"擒",捉,逮住。已成:已成篡逆。
③绍:继。汉祀:汉朝的宗庙祭祀。
④宗子:光武帝刘秀乃高祖九世孙。

⑤失策：指秦不分封子弟。

⑥踵(zhǒng)：因袭，继承，重蹈。亡国之法：指光武帝不封建子弟，
因袭秦朝亡国之法。

⑦侥幸：指意外获得成功。无疆：无穷，指帝位传于无穷。

⑧桓、灵：汉末桓帝刘志、灵帝刘宏。

⑨奄竖：宦官。奄，同"阉"。执衡：掌握权柄。衡，李善注引《尚书》
注："称上曰衡。"

⑩死难：死于国难。桓宽《盐铁论·忧边》曰："夫守节死难者，人臣
之职也。"

⑪孤立：孤单无助。贾谊《过秦论》曰："子婴孤立无亲，危弱无辅。"

⑫弄权：玩弄权势。

⑬"本末"二句：张铣注："本末，谓君臣也。御，制也。身手，犹亲
戚也。"

⑭鼎沸：以水势沸腾汹涌比喻形势纷扰动乱。

⑮奸凶：指奸恶凶暴之人。

⑯宗庙：天子诸侯祭祀祖先的处所。

⑰蓁薮(zhēn sǒu)：荒芜之地。

⑱九州：泛指中国。

【译文】

　　有赖于光武皇帝表现出稀世的资质，在王莽篡汉称帝已成事实的
时候将他捉住，将汉朝已经断绝了的宗庙祭祀又延续下来了，这岂不是
宗室子弟的力量吗？可是光武皇帝不曾借鉴秦朝失败的政策，因袭周
朝的旧体制，重蹈秦不分封子弟的亡国之法，而侥幸帝位能传于无穷之
期。到桓帝、灵帝之际，宦官把持权柄，朝廷里面没有为国死难的大臣，
朝廷外面也无可共患难的邦国，天子在上孤单无助，臣子在下玩弄权
势。国君不能驾驭臣子，臣子也不保护国君。国君和宗室亲属的关系，
也像身子不能支使手臂一样失去相互依存的作用。因此，天下大乱，群

雄并起,争夺王位。汉室宗庙被烧成灰烬,汉朝宫廷变成一片荒芜之地。汉室天子和宗族子弟,身居九州之大的中国,此时竟无一处安身之地,实在可悲啊!

　　魏太祖武皇帝躬圣明之资①,兼神武之略②,耻王纲之废绝,愍汉室之倾覆③。龙飞谯、沛,凤翔兖、豫④,扫除凶逆⑤,剪灭鲸鲵⑥。迎帝西京⑦,定都颍邑⑧,德动天地⑨,义感人神。

【注释】

①魏太祖武皇帝:即曹操。封魏王。曹丕代汉称帝后,追尊曹操为太祖武皇帝。圣明:旧时称颂皇帝的套词,言英明无所不知。资:天资,资质。李善注引晋灼《汉书》注:"资,材量。"

②略:谋略。

③愍:同情。

④"龙飞"二句:龙飞、凤翔,比喻皇帝的兴起和即位。谯、沛、兖、豫,皆地名。《三国志·魏书·武帝纪》曰:"太祖武皇帝,沛国谯人也……兴平二年,天子拜太祖兖州牧。"李善注:"后太祖迁都于许,许属豫州。"

⑤凶逆:指奸逆。

⑥剪灭:消灭。鲸鲵:鲸鱼,雄曰鲸,雌曰鲵。以喻凶恶之人。李周翰注:"鲸鲵,大鱼吞小鱼者,以喻不义人也。"

⑦西京:长安。

⑧定都颍邑:李善注引《魏志》曰:"天子东迁,败于曹阳,太祖乃遣曹洪将兵,西迎天子还洛。董昭劝太祖都许。"许昌属颍川郡。

⑨动:感动,震动。

【译文】

　　魏太祖武皇帝身具英明睿智的天赋,兼有神明威武的才略,为国家纲纪的废绝而羞耻,为汉室的衰败倾覆而痛心。太祖真龙诞生于沛国谯地,腾起在豫州的兖邑,带兵扫除群凶叛逆,消灭一些不义之徒,将汉献帝从西京长安迎接过来,定都在颍川郡的许昌。他的恩德震天动地,他的恩义深入人心感动鬼神!

　　汉氏奉天[①],禅位大魏[②]。大魏之兴[③],于今二十有四年矣[④]。观五代之存亡[⑤],而不用其长策[⑥];睹前车之倾覆,而不改其辙迹[⑦]。子弟王空虚之地[⑧],君有不使之民[⑨];宗室窜于间阎[⑩],不闻邦国之政[⑪]。权均匹夫[⑫],势齐凡庶[⑬]。内无深根不拔之固,外无盘石宗盟之助[⑭]。非所以安社稷,为万代之业也。且今之州牧郡守[⑮],古之方伯诸侯[⑯],皆跨有千里之土,兼军武之任[⑰]。或比国数人[⑱],或兄弟并据[⑲]。而宗室子弟,曾无一人间厕其间[⑳],与相维持[㉑],非所以强干弱枝[㉒],备万一之虑也。今之用贤,或超为名都之主,或为偏师之帅[㉓]。而宗室有文者[㉔],必限以小县之宰[㉕];有武者,必置于百人之上[㉖]。使夫廉高之士[㉗],毕志于衡轭之内[㉘];才能之人,耻与非类为伍[㉙]。非所以劝进贤能,褒异宗族之礼也[㉚]。

【注释】

①汉氏:指汉献帝。奉天:奉天之命。《尚书·泰誓》曰:"惟天惠民,惟辟奉天。"

②禅位大魏:指汉献帝让位于曹丕。《三国志·魏书·文帝纪》曰:"改建安二十五年为延康元年……汉帝以众望在魏,乃召群公卿士,告祠高庙,使兼御史大夫张音,持节奉玺绶禅位。"

③兴:兴建,建国。

④有:又。

⑤五代:谓夏、商、周、秦、汉。

⑥长策:良策。

⑦不改其辙迹:张铣注:"谓魏亦不封子弟也。"辙迹,车轮的行迹。

⑧子弟王:子弟封为王。空虚之地:刘良注:"空虚,谓有其封名,实无其地也。"

⑨不使之民:刘良注:"谓不使其理人也。"

⑩窜:致。间阎:犹里巷。泛指民间。

⑪邦国:泛指国家。

⑫均:等同。

⑬凡庶:平凡百姓。

⑭宗盟:吕延济注:"谓同姓诸侯盟会也。"

⑮州牧:朝廷委派的州郡长官称州牧。武帝元封五年(前106)置郡刺史,成帝绥和元年(前8)罢刺史,置州牧,秩二千石,东汉灵帝时又选列卿尚书为州牧,握军政大权,治理一方。郡守:秦废封建,设郡县,郡设守,为一郡之长官。汉景帝时更名太守。此州牧郡守,泛指地方长官。

⑯方伯:殷周时一方诸侯之长。《礼记·王制》曰:"千里之外设方伯。"后来泛指地方长官为方伯。

⑰军武:指军队训练之事。

⑱比国:邻国。

⑲据:据守。

⑳间厕:参与。

㉑维持:连接。

㉒强干弱枝:李周翰注:"天子为干,诸侯为枝,所以备万一危难之事以相荫庇也。"

㉓"或超为"二句：吕向注："谓大州刺史也。偏师，谓佐于大军也。帅，将也。"偏师，指全军的一部分，以别于主力。《春秋左传·宣公十二年》："韩献子(厥)谓桓子(荀林父)曰：'彘子(先縠)以偏师陷，子罪大矣。'"

㉔文：文才。

㉕宰：官吏。

㉖百人之上：张铣注："百夫之长也。"

㉗廉高：清廉高洁。

㉘毕志于衡轭之内：李善注："衡轭，车之衡轭也。言王者之御君臣，犹人之御牛马，故以衡轭喻焉。毕志其内，未得骋其骏足也。"衡，车辕前端横木；轭，车前架在马头的横木。衡轭，比喻骏马驾在车上，不得纵横驰骋。

㉙非类：不同族类。伍：行列。

㉚褒异：嘉奖器重。

【译文】

汉献帝奉行天命，将帝位禅让给大魏皇帝。大魏王朝的建立，至今已有二十四年了。可是观察到夏、商、周、秦、汉这五代的存亡得失，而不采用他们那些好的政策；看到前车倾覆的教训，而不改变行车轨迹。子弟封王不封领地，国君有不使其管理百姓的王侯；宗室子弟埋没在民间，不闻不问国家政治，权力等同于平民，势力与平凡百姓一样。朝廷没有大树般根深蒂固不可动摇的力量，外面也没有坚如盘石般诸侯联盟的辅助。这局面不是能够使国家安定，成为千秋万代帝王的基业。再说如今的州牧郡守等地方长官，相当于古代一方诸侯之长，都是跨有千里的领土，兼理军队武装的任务，有的邻近国家几个人管理，有的兄弟共同据守一地。而宗室子弟没有一个人参杂其间，与他们相互维持连接。这不是能够使大树强干弱枝，防备万一危难之时以相荫庇的考虑。如今任用贤才，有的官职高到大州刺史，有的提拔为辅佐大军的将帅,可是宗室子弟有文才的,必限定在小县邑当县官;有武略的,必安置为百夫之长。即使那些清廉高洁之士,也被限制在有如驾车的小范围之内;宗室有才能之人,耻与那些不同族类的异姓之人在一起。这不是用来劝贤进能、嘉奖器重宗族子弟的大礼啊。

　　夫泉竭则流涸①,根朽则叶枯。枝繁者荫根,条落者本孤②。故语曰③:"百足之虫④,至死不僵,扶之者众也。"此言虽小,可以譬大。且墉基不可仓卒而成⑤,威名不可一朝而立⑥。皆为之有渐⑦,建之有素⑧。譬之种树,久则深固其根本,茂盛其枝叶。若造次徙于山林之中⑨,植于宫阙之下,虽壅之以黑坟⑩,暖之以春日,犹不救于枯槁,何暇繁育哉? 夫树犹亲戚,土犹士民⑪,建置不久⑫,则轻下慢上⑬,平居犹惧其离叛⑭,危急将如之何? 是圣王安而不逸⑮,以虑危也;存而设备⑯,以惧亡也。故疾风卒至⑰,而无摧拔之忧;天下有变,而无倾危之患矣。

【注释】

①涸:水干竭。

②条:细长的树枝,枝条。

③故语:旧话。

④百足之虫:李周翰注:"虫所以喻帝室也,足所以喻诸侯也。"

⑤墉(yōng):城墙。李善注引文子曰:"人主之有人,犹城之有基,木之有根,根深则本固,基厚则上安也。"仓卒:匆促。亦作"仓猝"。

⑥威名:声威。

⑦渐:逐渐。

⑧素:平素,平时。

⑨造次:仓猝,急剧。《论语·里仁》曰:"君子无终食之间违仁,造次必于是,颠沛必于是。"徙:迁移,移植。

⑩壅(yōng):培土。即用土壤或肥料培在植物根部。黑坟:张铣注:"肥土也。"

⑪犹:相似,相同。士民:士子和庶民。

⑫建置:扶助。

⑬轻下慢上:对下轻视,对上傲慢。

⑭平居:平常。

⑮圣王:圣明的君王。

⑯设备:指设军队以备制敌。一说指设立诸侯。李周翰注:"设备,立诸侯也。"

⑰疾风:暴风,狂风。卒:通"猝",突然。

【译文】

　　源泉枯竭水流就会干涸,树根腐烂树叶就会枯落。枝繁叶茂才能覆盖荫庇树根,枝条断落树干就会孤立。所以俗话说:"百足之虫,至死不会僵硬,因为扶持身子的足很多。"这话说的虽是小事,但可以比喻大事。而且城墙地基不是仓促之间一下子就建成的,一个人的威望名声也不会在一个早上就树立起来。皆因打基础要一步步进行,建立威望要靠平时积累。譬如种树,种植时间长久,树根就会深入坚固,枝叶就会繁茂。要是随便将它从山林中移植出来,栽到宫殿的下面,虽然培上充足的肥料,有春日的阳光温暖着它,还是要枯死无法成活,哪里还有机会繁育成长呢? 树好比亲戚,土好比士民,对亲戚扶助培植时间不久,他们就会对下轻视对上傲慢,平常尚担心其离心背叛,危难紧急之时将怎么办呢? 所以英明的君主,身居安乐而不敢耽于安逸,这是因为虑及可能发生的危险;身居安泰而设置防备的措施,这是因为警惧亡国的灾难。这样,风暴突然袭来,就没有被摧折拔除的忧虑;天下一旦发生变乱,也无倾覆危险的祸患了。

韦弘嗣

　　韦昭(204—273),字弘嗣,吴郡云阳(今江苏丹阳)人。三国吴史学家、文学家。本名昭,晋人避司马昭讳,改称曜。孙权时,历任尚书郎、太子中庶子等职。孙亮即位,昭任太史令。孙休时,为中书郎等。孙皓即位,封高陵亭侯,官至侍中,领左国史。孙皓荒淫暴虐,昭守正不阿。孙皓欲为父作纪,昭认为皓父未登帝位,应立传,多次触怒孙皓,遂于凤皇二年(273)下狱。华覈上书拯救无效,于同年被杀害。

　　昭博贯经史,工诗能文,有吴国司马迁的称誉。曾撰《吴书》,未竟而遇害。又撰《汉书音义》,已佚。然颜师古《汉书》注多有称引。《隋书·经籍志》著录有集二卷,已佚。现存《吴鼓吹曲》十二篇,及《博弈论》《因狱吏上辞》等文。《三国志·吴书》有传。

博弈论一首

【题解】

　　韦昭为太子中庶子时,蔡颖亦在东宫,性好博弈,太子以为无益,遂令昭著文论之,因此他写下这篇《博弈论》。文章的中心即论证博弈无益,浪费时间,消耗精力。其“变诈”和“劫杀”,不顾“廉耻”徒增“忿戾”,均非君子立身之本,亦非正道。作者多从正面阐述才德之士应该建功立业,为国家效力,并从时代的高度,提出士人的历史使命,指出一个人应该有高尚的追求目标,不可沉迷在一木棋盘的方格争夺之间,玩物丧志。文章多方引证,论述深刻有力,很富有教育意义和现实意义。

　　盖君子耻当年而功不立①，疾没世而名不称②。故曰："学如不及，犹恐失之③。"是以古之志士④，悼年齿之流迈⑤，而惧名称之不建也⑥。勉精厉操⑦，晨兴夜寐⑧，不遑宁息⑨，经之以岁月⑩，累之以日力⑪，若甯越之勤⑫，董生之笃⑬，渐渍德义之渊⑭，栖迟道艺之域⑮。且以西伯之圣⑯，姬公之才⑰，犹有日昃、待旦之劳⑱，故能隆兴周道⑲，垂名亿载⑳。况在臣庶㉑，而可以已乎㉒？

【注释】

①君子：泛指有才德的人。当年：壮年。《晏子春秋·外篇不合经术者》曰："当年不能究其礼，积财不能赡其乐。"注："当年，壮年也。"

②疾：忧患，苦恼。没世：终身。不称：不为人称述。《论语·卫灵公》曰："君子疾没世而名不称焉。"

③"学如"二句：语出《论语·泰伯》。谓学习的迫切心情，好像追赶什么，总怕赶不上，赶上了还怕被甩掉。

④志士：有远大志向的人。

⑤悼：痛惜，难过。年齿：年岁，年龄。流迈：指时间的消逝。张铣注："悼，伤。迈，过也。"

⑥名称：声望。《后汉书·符融传》曰："太守冯岱有名称，到官，请融相见。"不建：没有建立。

⑦勉：尽力。厉操：厉志，专心。操，志。

⑧晨兴夜寐：早起晚睡。

⑨不遑：来不及，没有空闲。宁息：安歇，休息。

⑩岁月：犹言年月。指时间。

⑪日力：指一天的力量。也泛指时间、光阴。《孟子·公孙丑》曰："去则穷日之力而后宿哉？"累之以日力，刘良注："谓以积日

力也。'"

⑫甯越:战国时赵国人,曾为周威王的老师。李善注引《吕氏春秋》曰:"甯越,中牟之鄙人也。苦耕稼之劳,谓其友曰:'何为而可以免此苦也?'其友曰:'莫如学,学三十岁,则可达矣。'甯越曰:'请以十五岁,人将休,吾将不敢休;人将卧,吾将不敢卧。'十五岁而周威王师之。"

⑬董生:汉董仲舒。《汉书·董仲舒传》曰:"董仲舒,广川人也。少治《春秋》,孝景时为博士。下帷讲诵,弟子传以久次相授业,或莫见其面。盖三年不窥园,其精如此。"笃:专心。

⑭渐渍:浸润。

⑮栖迟:游息。吕延济注:"栖迟,谓优游也。"道艺:学问和技能。《周礼·官正》曰:"会其什五而教之道艺。"注引郑司农曰:"道谓先王所以教道民者;艺谓礼、乐、射、御、书、数。"

⑯西伯:周文王。《尚书·无逸》曰:"文王卑服……自朝至于日中昃,不遑暇食,用咸和万民。"圣:聪明。

⑰姬公:周公姬旦,周文王子。《孟子·离娄》曰:"周公思兼三王,以施四事,其有不合者,仰而思之,夜以继日;幸而得之,坐以待旦。"

⑱日昃(zè):太阳开始偏西,即下午两点左右。也作"日仄""日侧"。待旦:等到天明。

⑲隆兴:本传作"兴隆"。昌盛。诸葛亮《出师表》曰:"亲贤臣,远小人,此先汉所以兴隆也。"周道:周王朝的治国之道。《荀子·解蔽》曰:"一家得周道,举而用之,不蔽于成积也。"

⑳垂名:留名。亿载:犹言万万年。

㉑臣庶:群臣和百姓。

㉒已:停止。

【译文】

有才德的人以壮年时期没有立下功名为羞耻,以终身名声不被别人称道为苦恼。因此说:"学习就像追赶什么一样,总怕赶不上,赶上了还怕被甩掉。"所以古代有远大志向的人,总是痛惜年岁像流水一样迅速流逝,惧怕自己的名声不曾建立,于是尽心尽力、专心致志地学习,早起晚睡,没有空闲休息。经过年复一年的努力,日复一日的积累,像宵越那样勤奋,像董仲舒那样专心,才逐渐进入道德义理的深区,漫步在学问和技艺的领域。况且以周文王的圣明,周公姬旦的才能,还有从早晨一直工作到下午,从晚上一直思索到天明那样的辛劳,因此才能使周王朝的治国之道繁荣昌盛,青史留名千年万代,何况一般臣子、百姓,可以止步不前吗?

历观古今功名之士,皆有积累殊异之迹①。劳神苦体,契阔勤思②。平居不惰其业③,穷困不易其素④。是以卜式立志于耕牧⑤,而黄霸受道于囹圄⑥,终有荣显之福⑦,以成不朽之名⑧。故山甫勤于夙夜⑨,而吴汉不离公门⑩,岂有游惰哉⑪?

【注释】

①殊异:特别出众,杰出。

②契阔:《诗经·邶风·击鼓》曰:"生死契阔,与子成说。"毛传曰:"契阔,勤苦也。"

③平居:平常。

④素:通"愫",诚心,真情。张铣注:"素,犹心也。"

⑤卜式:汉河南人,以田畜为事,入山牧羊,十余年羊致千余头,以此致富。

⑥黄霸:汉淮阳阳夏人,字次公。宣帝时为廷尉正,与夏侯胜一起下狱。在狱中欲从胜受《尚书》,胜辞以罪死。黄霸曰:"朝闻道,夕死可矣。"胜以其言为贤,遂授之。后霸官至御史大夫,封建成

侯。图圄：牢狱。

⑦荣显：荣耀显贵。

⑧不朽：永不磨灭。

⑨山甫：仲山甫，周樊侯，鲁献公次子。宣王时为卿士。亦作"仲山父""中山父"。《诗经·大雅·烝民》歌颂仲山甫曰："肃肃王命，仲山甫将之……夙夜匪解，以事一人。"

⑩吴汉：东汉光武帝时偏将军，常勤勤不离公门。后为大司马，封广平侯。

⑪游惰：游荡懒惰。

【译文】

遍观古今建立功名的人，都有累积起来的一些特别出众的事迹。他们劳神苦体，专注勤思，平常对事业从不懈怠，穷困时也不改变其志向。像卜式决心从事耕作和放牧，黄霸在牢狱中还向别人学习经学之道一样。他们终于享有荣耀显贵的福分，留下不可磨灭的美名。至于仲山甫接受王命，从早到晚忙于工作，吴汉作为偏将，每时每刻不离公门，他们哪有游荡懒惰的时候呢？

今世之人，多不务经术①，好玩博弈②。废事弃业③，忘寝与食，穷日尽明④，继以脂烛⑤。当其临局交争⑥，雌雄未决⑦，专精锐意⑧，神迷体倦，人事旷而不修⑨，宾旅阙而不接⑩，虽有太牢之馔⑪，《韶》《夏》之乐⑫，不暇存也⑬。至或赌及衣物，徙棋易行⑭，廉耻之意弛⑮，而忿戾之色发⑯。然其所志不出一枰之上，所务不过方罫之间⑰。

【注释】

①经术：犹经学。儒家典范的书称为经，研究经书，或发挥经中义

理之学，称为经术、经学。自汉武帝罢黜百家独尊儒术以来，儒家经学成为历代封建王朝强调的学习科目。

②博弈：六博和围棋。《汉书·陈遵传》曰："宣帝微时与有故，相随博弈。"注："博，六博；弈，围棋也。"六博为古代一种博戏，共十二棋，六黑六白，两人相博。亦称局戏。

③废事：荒废事业。

④穷日：一整天，尽一日。尽明：从早到晚。

⑤脂烛：蜡烛。

⑥局：棋局。

⑦雌雄：胜负，高低。

⑧专精：精力集中，专心一志。锐意：专心致志。

⑨人事：指人世间的各种事情。旷：荒废，耽误。《吕氏春秋·无义》曰："以义动，则无旷事矣。"修：整治。

⑩宾旅：宾客。阙：空。

⑪太牢：古代盛牲的食器称牢，大的叫太牢。太牢盛三牲，因之把宴会或祭祀时并用牛、羊、豕三牲，叫太牢。此指宴会。馔：食品。

⑫《韶》《夏》：皆神圣的雅乐。《韶》，传说为舜所作的乐曲名。《夏》，即《大夏》，相传为夏禹乐名。

⑬存：省视，光顾。指饮食与听乐。李周翰注："不暇存者，言不暇食而听也。"

⑭徙棋：移动棋子。易行（háng）：改变棋子走法，谓悔棋。

⑮廉耻：廉洁与知耻。弛：松弛，淡忘。

⑯忿戾：火气大，蛮横不讲理。

⑰"然其"二句：志，志向。枰（píng），博局，棋盘。罫（guǎi），棋盘上的方格。张铣注："枰，棋局线道也；罫，线之间方目也。"

【译文】

现在世上的人，大多不钻研经学，喜欢玩弄博戏和围棋。抛弃正事不做,废寝忘食,从早到晚,晚上点起蜡烛继续玩。当他们面对着棋局交战争夺时,双方胜负未决,都集中精力,思想专注,神志昏迷,身体倦怠,世上各种事情都被搁置在一边而不管,宾客临门也不接待,虽有宴会的丰盛美食,神圣高雅的《韶》《夏》乐曲,也无暇顾及。至于有的把衣服和东西都赌进去,棋子已移动又悔棋另走,廉耻之心全忘,而争斗的火气大发。然而他们所用的心思不超出一个棋盘之上,所争斗的地方也不超过棋盘上的方格之间。

　　胜敌无封爵之赏①,获地无兼土之实②。技非六艺③,用非经国④。立身者不阶其术⑤,征选者不由其道⑥。求之于战阵⑦,则非孙、吴之伦也⑧;考之于道艺⑨,则非孔氏之门也⑩。以变诈为务⑪,则非忠信之事也;以劫杀为名⑫,则非仁者之意也。而空妨日废业⑬,终无补益。是何异设木而击之,置石而投之哉⑭?且君子之居室也⑮,勤身以致养⑯,其在朝也⑰,竭命以纳忠⑱。临事且犹旰食⑲,而何暇博弈之足耽⑳。夫然㉑,故孝友之行立㉒,贞纯之名章也㉓。

【注释】

①封爵:封建帝王将爵位赐给臣子。

②兼土:兼并土地。

③六艺:即古代礼、乐、射、御、书、数六种学习科目。汉以后指儒家的六经为六艺,即《诗》《书》《礼》《乐》《易》《春秋》。

④经国:治理国家。《春秋左传·隐公十一年》:“礼,经国家,定社稷,序民人,利后嗣者也。”

⑤立身:树立己身。《孝经·开宗明义章》曰:“立身行道,扬名于后世,以显父母,孝之终也。”阶:凭借。

⑥征选:谓选贤良。

⑦战阵:作战的阵法。

⑧孙、吴:孙武和吴起,战国时军事理论家,善兵法。伦:同类。

⑨道艺:儒家学问与技艺。

⑩孔氏:孔子。门:家门。《论语·先进》曰:"由之瑟,奚为于丘之门?"亦指自成门户之宗派、集团。

⑪变诈:机变欺诈。务:事务。

⑫劫杀:指博弈中之打劫围杀,吃掉对方。

⑬妨日:浪费时间。妨,损害。

⑭"是何异"二句:吕向注:"击木,投石,童子戏也。"

⑮居室:住宅。此谓住在家里。

⑯勤身:辛勤劳作。致养:张铣注:"致养父母也。"

⑰朝:朝廷,帝王受朝议事之处。也指政事。

⑱竭命:竭尽性命。纳忠:尽忠。纳,贡献。

⑲临事:指当朝处理国事、政事。旰(gàn)食:晚食。指事务忙不能按时吃饭。

⑳足(jù)耽:过分浪费时间。耽,沉溺,玩乐。

㉑夫然:如此。

㉒孝友:孝顺父母及友爱兄弟。《诗经·小雅·六月》曰:"侯谁在矣,张仲孝友。"行:品行,行为。

㉓贞纯:贞正美好。纯,美,善。章:显著。

【译文】

就是胜过对方,也没有分封爵位的赏赐,多占几个方格地盘,也没有兼并土地的实际。技能不属于六艺,也没有兴邦治国的用处。立身行道的人不依靠这种手段,选拔贤良的人也不经过这种门道。以它学习作战的阵法,它并不属于孙武与吴起一类;以它考查学问和技艺,它不属于孔子的家门。它是以机变欺诈为本务,并不是忠诚信义的事情;

它是以劫持吃掉对方为名义,也不是仁爱之人的思想。而且白白浪费时间,荒废学业,最终没有一点好处。与儿童放条木棒而敲打它,安块石块去投掷它有什么不同呢?再说有才德的人当他在家里的时候,辛勤劳作以敬养父母;当他在朝廷效力的时候,竭尽性命以贡献自己的忠心。当他处理国事的时候,经常忙得连饭都顾不上吃,又哪有空闲去博戏围棋这样耽误时间呢?像有才德的君子这样,孝敬父母热爱兄弟的品行就会树立,贞正美好的名誉声望就会显扬。

　　方今大吴受命①,海内未平。圣朝乾乾②,务在得人③。勇略之士,则受熊虎之任;儒雅之徒,则处龙凤之署④。百行兼苞⑤,文武并弩⑥。博选良才⑦,旌简髦俊⑧。设程试之科⑨,垂金爵之赏⑩。诚千载之嘉会⑪,百世之良遇也。当世之士,宜勉思至道⑫,爱功惜力,以佐明时⑬,使名书史籍,勋在盟府⑭,乃君子之上务⑮,当今之先急也⑯。夫一木之枰,孰与方国之封⑰?枯棋三百⑱,孰与万人之将⑲?衮龙之服,金石之乐⑳,足以兼棋局而贸博弈矣㉑!

【注释】

①受命:受天之命以治理国家。

②圣朝:封建时代称当代王朝为圣朝,与称"大吴"一样,均为歌颂之词。乾乾:自强不息之貌。《周易·乾》曰:"君子终日乾乾,夕惕若厉,无咎。"

③务:致力。

④"勇略"几句:勇略,勇武而有谋略。熊虎,比喻武将。儒雅,博学的文士。《尚书序》曰:"汉室龙兴,开设学校,旁求儒雅,以阐大猷。"龙凤,一说喻贤才。苏武《答李陵书》曰:"其于学人,皆如龙

如凤。"一说喻文章。吕向注:"熊虎,喻猛也。龙凤,喻文章也。署,谓文学之司也。"

⑤百行:多方面的品行。《诗经·卫风·氓》曰:"士之耽兮,犹可说也。"笺曰:"士有百行,可以功过相除。"此处指多方面的行为和本领。兼苞:兼容并包,广泛采纳。苞,纳。

⑥骛:驰。

⑦博选:广泛征选。

⑧旌:表彰。简:选择。髦俊:才俊之士。

⑨程试:按规定的程式考试。

⑩金爵:谓佩以金印紫绶之爵位。

⑪嘉会:指国运昌盛的际会。

⑫勉:勤勉。思:指追求。至道:最高尚的道德。

⑬明时:指政治清明的时代。

⑭盟府:掌管保存盟书的官府。《春秋左传·僖公二十六年》:"昔周公、太公股肱周室,夹辅成王,成王劳之而赐之盟,曰:'世世子孙,毋相害也。'载在盟府,大师职之。"

⑮上务:头等任务。

⑯先急:最急于要办的事。

⑰孰:疑问代词。谁,哪个。方国:四方诸侯之国。《诗经·大雅·大明》曰:"厥德不回,以受方国。"后来泛指州、郡为方国。

⑱枯棋三百:围棋共三百枚棋子。李善注引邯郸淳《艺经》曰:"棋局纵横,各十七道,合二百八十九道。白黑棋子,各一百五十枚。"枯棋,指棋子。

⑲万人之将:统率万人的将帅。

⑳"衮龙"二句:吕向注:"衮龙,诸侯服饰也。金石,乐也。"金石之乐,钟磬类乐器。《礼记·乐记》曰:"金石丝竹,乐之器也。"此指金石类乐器奏出的音乐。

㉑兼:并。贸:换。

【译文】

当今,我大吴皇上受天之命治理国家,天下尚未平定。朝廷自强不息,日夜操劳,致力于求得贤良之人。勇武而有谋略的人,被交予武将的重任;学问渊博的文人学士,则被安排在从事文学的官署。各种能力的人都吸收进来,文士武将并驾齐驱。朝廷大量选拔优秀人才,表彰挑选才俊出众之士。设立按一定程式的考试科目,向选拔出来的人颁发金印紫绶的爵位奖赏。这实在是千载难逢的盛会,百年不遇的大好时机。现今世上的读书人,应该勤奋勉励,追求最高尚的道德,热爱功名,珍惜力量,用以辅佐这个政治清明的时代,使青史留名,功勋铭刻在盟府。这才是有道德的人的头等任务,是当前最急于要办理的事。那个一方木板的小棋盘,与州郡领地的封赏相比,哪个重要?那三百个小棋子,与统领万人的将帅相比,哪个更重大?诸侯的衮龙服饰,钟磬的动听音乐,完全可以代替棋局替换博戏围棋的享受了。

假令世士移博弈之力,用之于诗书,是有颜、闵之志也①;用之于智计②,是有良、平之思也③;用之于资货④,是有猗顿之富也⑤;用之于射御⑥,是有将帅之备也⑦。如此,则功名立而鄙贱远矣⑧。

【注释】

①颜、闵:颜回和闵子骞,孔子弟子。皆有德行,好问不倦。颜回安贫乐道,一箪食,一瓢饮,不改其乐。闵子骞少时受后母虐待,冬衣以芦花。其父知道后欲出后母,子骞止之曰:"母在一子单,母去四子寒。"后母悔,待诸子如一。

②智计:智巧计谋。

③良、平：张良和陈平，以智谋计策辅佐汉高祖。

④资货：经营财货。资，积蓄，经营。

⑤猗（yī）顿：春秋鲁人，经营畜牧及盐业，十年之间，富比王侯。因发家于猗氏，故名猗顿。世称陶朱猗顿之富。

⑥射御：射箭与驾车。古代六艺中射与御为一类科目，都是尚武的重要技艺。

⑦备：具备。

⑧鄙贱远：李周翰注："行此者，则功名立于后世，而鄙贱之困亦远于身也。"

【译文】

　　假使世上的人，将博戏围棋的精力转移在别的方面，用在对诗书的学习上，就会有颜回和闵子骞那样好学的志向；用在智巧的计谋上，就会有张良和陈平那样的思维能力；用在经营财物上，就会有猗顿那样的巨富；用在射箭和驾车的技艺上，就会有大将和统帅所具备的条件。如果是这样，那么，一个人的功名就会建立起来，而鄙贱的穷困就会远离自己而遁去了。

论三

嵇叔夜

见卷第十八《琴赋》作者介绍。

养生论一首

【题解】

　　《养生论》从道家立场出发，辨析有关养生的道理。《三国志·魏书·嵇康传》裴松之注："喜（按，嵇喜为嵇康之兄）为康传曰……长而好老、庄之业，恬静无欲。性好服食，尝采御上药。善属文论，弹琴咏诗，自足于怀抱之中。以为神仙者，禀之自然，非积学所致。至于导养得理，以尽性命，若安期、彭祖之伦，可以善求而得也；著《养生篇》。知自厚者所以丧其所生，其求益者必失其性，超然独达，遂放世事，纵意于尘埃之表。"又《晋书·阮种传》："弱冠有殊操，为嵇康所重。康著《养生论》，所称阮生，即种也。"按本文并未言及阮生，因此何焯疑嵇康所著《养生论》"殆不止一篇"（《义门读书记》）。本文在正面论养生可致长寿的同时，批判了怀着"躁竞之心"的"养生"之道，针砭了士族中人"声色是耽"的纵欲生活。在流露消极避世思想的同时，表达了对于世事的不满情绪。"形恃神以立,神须形以存",阐述精神与物质的关系,闪烁着朴素唯物论的思想光彩,也颇值得重视。文章析理绵密,笔锋犀利,有着强烈的论辩色彩,颇能代表嵇康论辩散文的特色。杨慎评曰:"微言旨论,展析隽永,其局致尤为独操"(《汉魏别解》引)。刘师培说:"嵇文长于辨难,文如剥茧,无不尽之意"(《中国中古文学史》)。所言均有见地。

　　世或有谓神仙可以学得,不死可以力致者。或云:"上寿百二十①,古今所同,过此以往,莫非妖妄者②。"此皆两失其情③。请试粗论之④。

【注释】

①上寿:最高的寿命。

②妖妄:不真实。李善注引《养生经》:"黄帝问天老曰:'人生上寿一百二十年,中寿百年,下寿八十年,而竟不然者,皆夭耳。'"

③失其情:谓不合于实际情况。情,实情,实际情况。

④粗:粗略,大约。

【译文】

　　世上有人说神仙可以学成,可以通过努力达到不死成仙的目的。也有人说:"最高的寿命是一百二十岁,古今莫不如此,凡是超过了这个岁数的,都是不真实的。"这两种说法都不符合实际情况。请让我简略地论述一下这个问题。

　　夫神仙虽不目见,然记籍所载①,前史所传,较而论之②,其有必矣。似特受异气③,禀之自然④,非积学所能致也⑤。至于导养得理⑥,以尽性命⑦,上获千余岁,下可数百年,可有之耳。而世皆不精⑧，故莫能得之。何以言之？夫服药求汗，或有弗获⑨；而愧情一集⑩，涣然流离⑪。终朝未餐⑫，则嚣然思食⑬；而曾子衔哀⑭，七日不饥。夜分而坐⑮，则低迷思寝；内怀殷忧⑯，则达旦不瞑⑰。劲刷理鬓⑱，醇醴发颜⑲，仅乃得之⑳；壮士之怒，赫然殊观㉑，植发冲冠㉒。由此言之，精神之于形骸，犹国之有君也。神躁于中，而形丧于外，犹君昏于上，国乱于下也㉓。

【注释】

①记籍：犹言载籍，指书籍。记，记载。

②较：明。

③气：指天地自然之气。

④禀：承受。

⑤积学：谓不断地学习。张铣注："言神仙非学之所能成也。"

⑥导养：导引摄养。导引为人们所奉行的一种养生术，通过呼吸俯仰，屈伸手足，使血气流通，达到健身的目的。得理：合理。

⑦性命：《周易·乾》："乾道变化，各正性命。"疏："性者天生之质，若刚柔迟速之别；命者人所禀受，若贵贱夭寿之属是也。"后统称人的生命。

⑧精：谓精于导引摄养之道。

⑨弗：不。

⑩集：聚集。

⑪涣然：汗流貌。流离：犹淋漓，亦汗流貌。

⑫终朝：整个早上。《诗经·小雅·采绿》："终朝采绿，不盈一匊。"

⑬嚣然：饥忧貌。

⑭曾子：孔子弟子，名参，字子舆。衔哀：怀着悲痛。《礼记·檀

弓》:"曾子谓子思曰:伋,吾执亲之丧也,水浆不于口者七日。"

⑮夜分:半夜。

⑯殷忧:深切的忧虑。李善注引《韩诗》:"耿耿不寐,如有殷忧。"

⑰瞑:通"眠"。李善注引《汉书》:"刘向曰:夜观星宿,或不寐达旦。"

⑱劲刷:硬梳。理鬓:谓使鬓发劲挺上竖。

⑲醇醴(lǐ):味厚的美酒。泛指酒。发颜:谓使脸色发红。

⑳仅:少。

㉑赫然:怒貌。殊观:脸色不同一般。

㉒植:竖。《淮南子·泰族训》:"荆轲西刺秦王,高渐离、宋意为击筑而歌于易水之上,闻者莫不瞋目裂眦,发植穿冠。"

㉓"神躁"几句:张铣注:"精神急躁于腹中,形貌失色于外,如君暗而国乱也。"丧,谓失色。

【译文】

　　神仙虽不曾亲眼见过,但从书籍中所记载的和前代史籍中所留传的情形看来,可以明白地说,神仙是肯定存在的。可能是特别得到了天地间奇异之气的滋养,受之自然,不是人为的不断学习所能达到目的的。至于导引摄养合理,以尽量延长寿命,最长的活到一千多岁,少的可活到几百岁,这种情形是可以出现的。而世人都不精于此道,所以没有一个能得到这样的长寿。为什么这样说呢?服药求汗,有人达不到目的;而羞愧之情一旦聚集在心中,汗却一股脑儿涌了出来。一个早上没有进食,就像饿得不得了似的想要进食;而曾子在居丧期间心怀悲痛,七天汤水不进也不觉得饥饿。坐到半夜时分,就低下头来迷迷糊糊地想要睡觉;而内心怀着深切的忧虑,却可以直到天亮也不闭眼。用硬梳梳理鬓发使之劲挺上竖,喝酒使脸色发红,不过能稍微达到一点目的;壮士发怒的时候,脸色完全不同于常人,鬓发上竖可以把帽子顶起来。这样说来,精神对于形体说来,就像一个国家有君主一样。精神急躁于胸中,形体就会失色于外表,就像国君昏暗于上,国家就会混乱于下一样。

　　夫为稼于汤之世①,偏有一溉之功者②,虽终归燋烂③,必一溉者后枯,然则一溉之益,固不可诬也④。而世常谓一怒不足以侵性⑤,一哀不足以伤身,轻而肆之⑥,是犹不识一溉之益,而望嘉谷于旱苗者也⑦。是以君子知形恃神以立⑧,神须形以存;悟生理之易失⑨,知一过之害生⑩。故修性以保神⑪,安心以全身。爱憎不栖于情⑫,忧喜不留于意。泊然无感⑬,而体气和平⑭。又呼吸吐纳⑮,服食养身⑯,使形神相亲,表里俱济也⑰。

【注释】

①稼:种植谷物。汤:商汤,商王朝的建立者。传说商汤时曾大旱七年。

②溉:浇灌。功:事工。

③燋(jiāo):通"焦"。

④诬:轻视,小看。

⑤侵:损。性:性命。李善注引《养生要》:"彭祖曰:忧恚悲哀伤人,喜乐过差伤人。"

⑥肆:放纵。

⑦嘉谷:古以粟(小米)为嘉谷,后总称五谷。

⑧形:形骸。恃:依靠。神:精神。

⑨生理:养生之理。

⑩过:过喜或过悲。《淮南子·原道训》:"形者,生之舍也。气者,生之元也。神者,生之制也。一失位,则二者伤矣。"

⑪修性:即养性,涵养本性。《淮南子·俶真训》:"静漠恬澹,所以养性也。"

⑫爱憎不栖于情:即无爱憎之情。栖,居,存留。

⑬泊然:恬淡无为貌。《老子》二十章:"我独泊兮其未兆,如婴儿之未孩。"无感:张铣注:"谓哀乐不能在怀也。"

⑭体气:气质,心理。和平:心平气和。

⑮吐纳:即呼吸。道家养生之术,口吐浊气,鼻引清气,以为可以去病。《庄子·刻意》:"吹呴呼吸,吐故纳新,熊经鸟申,为寿而已矣。"也即所谓"服气"。《晋书·张忠传》:"恬静寡欲,清虚服气,餐芝饵石,修导养之法。"

⑯服食:此指吞食丹药。

⑰"使形神"二句:李周翰注:"形在外,神在内,不以忧喜乱之,则相亲而济于长年也。"济,成功。

【译文】

在商汤王时代种植谷物,禾苗被浇过一次水的,虽然最终仍免不了焦烂,但肯定会比别的禾苗后枯,那么浇过一次水的好处,就是不能小看的了。而世人常常认为生一次气不足以损害性命,悲伤一次也不足以损伤身体,不加以重视而放纵自己,这就像看不到给禾苗浇灌一次的好处,却希望遭旱的禾苗长成五谷一样。所以君子知道形体要依靠精神才能树立,精神也须依靠形体才能存在;明白养生之理很容易丧失,知道一次过分的悲喜也会损害生命。所以注意涵养本性以保护精神,注意安定内心以保全身体。爱憎不存留于感情之中,忧喜不存留于心意之内。恬淡无为没有哀乐之感,而气质心理也因此变得心平气和。又实行呼吸吐纳之法,吞食丹药以保养身心,使形体与精神互相亲近,这样表里就可以达到长存的目的了。

夫田种者①,一田十斛②,谓之良田,此天下之通称也③。

不知区种④，可百余斛。田种一也，至于树养不同⑤，则功收相悬⑥。谓商无十倍之价，农无百斛之望，此守常而不变者也⑦。且豆令人重⑧，榆令人瞑⑨，合欢蠲忿⑩，萱草忘忧⑪，愚智所共知也。薰辛害目⑫，豚鱼不养⑬，常世所识也。虱处头而黑⑭，麝食柏而香⑮，颈处险而瘿⑯，齿居晋而黄⑰。推此而言，凡所食之气，蒸性染身⑱，莫不相应，岂惟蒸之使重而无使轻⑲，害之使暗而无使明⑳，薰之使黄而无使坚㉑，芬之使香而无使延哉㉒！

【注释】

①田种：耕种。田，同"佃"。

②斛（hú）：古量器名。也是容量单位。初以十斗为一斛，至南宋末年改为五斗一斛。

③通称：一般的说法。

④区种：分区耕种的田地，这样有利于蓄水以保持土壤湿度，满足作物对水分的需要。贾思勰《齐民要术·种谷》："《氾胜之书·区种法》曰：'汤有旱灾，伊尹作为区田，教民粪种，负水浇稼。'"又李善注引氾胜之《田农书》："上农区田，大区方深各六寸，相去七寸，一亩三千七百区，丁男女治十亩，至秋收区三升粟，亩得百斛也。"

⑤树养：种植。此指种植的方法。

⑥功收：收成。相悬：谓一亩收获一斛和百斛的差距。

⑦守常：恪守常规。不变：不知变通。吕向注："亦如人之在生，但见目前所欲，不识养生之理可致长年也。"

⑧豆令人重：吃大豆让人体重增加。李善注："《经方小品》：仓公对黄帝曰：'大豆多食，令人身重。'《博物志》云：'食豆三年，则身

重,行止难。'"

⑨榆:木名。其叶、果可食。瞑:通"眠"。《博物志·食忌》:"啖榆则眠,不欲觉也。"

⑩合欢:植物名。叶似槐叶,至晚即合。古代常以合欢赠人,以为可以消怨合好。蠲(juān):除去。李善注引《神农本草》:"合欢蠲忿,萱草忘忧。"

⑪萱(xuān)草:草名。古人以为此草可以忘忧,故又名忘忧草。今名黄花菜、金针菜。

⑫薰辛:指葱、姜、蒜等菜。薰,有气味的。辛,有辣味的。李善注引《养生要》:"大蒜勿食,荤辛害目。"

⑬豚:小猪,猪。不养:谓不养身体。李善注:"《神农》曰:'猪肉虚人,不可久食。'又曰:'豚肉损人。'"《说文解字》:"豚鱼无血,食之皆不利人也。"

⑭虱处头而黑:李善注:"《抱朴子》曰:'今头虱著身,皆稍变而白,身虱处头,皆渐化而黑。则是玄素果无定质,移易存乎所渐。'"

⑮麝:兽名。又名射父、香獐。形似鹿而小,无角,毛黑褐色或灰褐色。腹部有腺囊,能分泌麝香,可入药。李善注引《本草》:"名医云:麝香形似獐,常食柏叶,五月得香。又夏月食蛇多,至寒香满。"

⑯瘿(yǐng):颈部的囊状瘤子。李善注:"《淮南子》曰:'险阻之气多瘿。'谓人居于山险,树木瘤临其水上,饮此水则患瘿。"

⑰齿居晋而黄:李善注:"齿黄,未详。"《文选旁证》:"《埤雅》四云:'啖枣令人齿黄。'《尔雅翼》:'晋人尤好食枣,久之齿皆黄。'"

⑱蒸:蒸熏,影响。性:性命。

⑲岂惟蒸之使重而无使轻:照应"豆令人重"句。

⑳害之使暗而无使明:照应"薰辛害目"。李周翰注:"岂唯所食之气害之使重、暗者,亦有能变之使轻、明者也。"

㉑薰之使黄而无使坚：照应"齿居晋而黄"。张铣注："薰之使黄则必脆，亦能变之使坚也。"

㉒芬之使香而无使延：照应"麝食柏而香"。芬，即薰。延，长，指延长寿命。《论衡·道虚》："道家或以服食药物，轻身益气，延年度世，此又虚也。"吕延济注："言能薰之使黄、使坚、使香，则亦能使人延长明矣。"

【译文】

种田的人，一亩能收十斛，就说它是良田，天下的人一般都是这么说的。不知采用分区耕种的办法，一亩可以收获百多斛。同样是种田，至于种植的方法不同，那彼此的收成就有了很悬殊的差别。认为商人不会得到十倍的价钱，农民不会有收获百斛的希望，这是恪守常规而不知道变通的人。再说大豆吃多了让人体重增加，吃了榆叶榆果使人老想睡觉，合欢让人消除怨恨，萱草让人忘掉忧愁，这是愚笨的和聪明的人都知道的。有气味的辛辣蔬菜吃多了损害眼睛，猪肉鱼腥吃多了不养人，这也是世上一般人都知道的。虱子在头上就变成黑色，麝常吃柏叶就有了香气，人居山险脖子容易长瘤，人居晋地牙齿容易变黄。根据这些情况推广来说，凡所进的食物之气，影响性命熏染身心，没有不产生相应的变化的，岂止是对人产生影响，使身体变重而不使身体变轻，损害眼睛使之变暗而不使之变明，薰之使牙齿变黄而不使之变得坚固，薰之使麝变香而不使人延年呢？

故神农曰①："上药养命，中药养性"者②，诚知性命之理，因辅养以通也③。而世人不察④，惟五谷是见⑤，声色是耽⑥。目惑玄黄⑦，耳务淫哇⑧。滋味煎其府藏⑨，醴醪煮其肠胃⑩。香芳腐其骨髓，喜怒悖其正气⑪。思虑销其精神，哀乐殃其平粹⑫。夫以蕞尔之躯⑬，攻之者非一涂⑭；易竭之身，而外内受敌⑮。身非木石,其能久乎?

【注释】

①神农:传说中古帝名。最早教民耕种,并尝百草为医药以治疾病。《淮南子·修务训》:"神农尝百草之滋味,一日而遇七十毒。"

②"上药"二句:李善注引《本草》:"上药一百二十种为君,主养命以应天,无毒,久服不伤人,轻身益气,不老延年。中药一百二十种为臣,主养性以应人。"又引《养生经》:"上药养命,五石练形,六芝延年,中药养性。"

③辅养:辅助摄养。

④不察:刘良注:"不察服食之理以养性也。"

⑤五谷:五种谷物。泛指上面所提到的各种不利养生的食物。

⑥声色:音乐美色。耽:沉溺。

⑦玄黄:指彩色的丝帛。代指美色。

⑧淫哇:放荡的歌曲。

⑨滋味:美味的食物。府藏:五脏六腑。李善注引《庄子》:"声色滋味之于人心,不待学而乐之。"

⑩醴(lǐ):甜酒。醪(láo):浊酒。泛指美酒。煮:《周礼·盐人》:"凡齐事,煮盐以待戒令。"郑玄注:"煮盐,谓练化之。"

⑪悖:乱。正气:指人体内的元气。与邪气相对。《素问》:"正气存内,邪不可干。"李善注引《文子》:"循理而动者正气。"

⑫殃:伤。平粹:谓纯和之性。李善注:"《文子》曰:'人之性欲乎?'又曰:'真人纯粹。'"

⑬蕞(zuì)尔:小貌。

⑭攻之者非一涂:刘良注:"非一涂,谓声色、玄黄、滋味、芳香、喜怒、思虑、哀乐之事共攻于人身也。"

⑮"易竭"二句：吕向注："以百年易尽之身，而喜怒形于外，思虑攻
　　于内，所谓受敌也。且非木石之坚，必不可久，言将死也。"
　　竭，尽。

【译文】

　　所以神农说："上等药物是保养性命的，中等药物是涵养本性的"，
确实知道了性命的道理，是靠了辅助摄养来通达的。而世人不明白这
个道理，只是一味盯着五谷，一味沉溺于声色。双眼迷惑于五彩玄黄，
两耳只顾听放荡的歌曲。美味的食物煎熬其脏腑，甘甜的美酒烹煮其
肠胃。芳香美味腐败其骨髓，喜怒之情淆乱其元气。思虑消散其精神，
哀乐损伤其纯性。以一个小小的身躯，承受着来自四面八方的攻击；以
百年易尽的身体，而外面里面同时受敌。身体并没有木头、石块那么坚
硬，这样下去哪能维持多久呢？

　　其自用甚者①，饮食不节，以生百病；好色不倦，以致乏
绝②。风寒所灾，百毒所伤，中道夭于众难③。世皆知笑
悼④，谓之不善持生也。至于措身失理⑤，亡之于微⑥，积微
成损，积损成衰，从衰得白⑦，从白得老，从老得终⑧，闷若无
端⑨。中智以下⑩，谓之自然。纵少觉悟⑪，咸叹恨于所遇之
初⑫，而不知慎众险于未兆⑬。是由桓侯抱将死之疾⑭，而怒
扁鹊之先见，以觉痛之日，为受病之始也。害成于微，而救
之于著⑮，故有无功之治。

【注释】

①自用：吕延济注："言自用其性，不依摄养之术也。"
②乏绝：李周翰注："谓形神之气乏绝也。"
③中道：中途。夭：夭折，早亡。众难：指"饮食不节"等。

④笑悼：李善注："谓笑其不善养生，而又哀其促龄也。"

⑤措身：养身。措，置。

⑥亡：失。微：细微之事，指日常饮食起居。

⑦白：白发。

⑧终：谓死。

⑨闷：沉默貌。李周翰注："言死者闷然不知其端绪之所由也。"

⑩中智：中等才智的人。《春秋穀梁传·僖公二年》："臣料虞君中知（智）以下也。"吕延济注："言中人之小智以下，谓渐然至死，为自然也。"

⑪觉悟：谓觉悟养生之事。

⑫所遇之初：谓初遇众险的时候。张铣注："众险则喜怒哀乐之流也。"

⑬兆：事情发生前所出现的征候或迹象。

⑭桓侯：即蔡桓公，春秋时蔡国国君，名封人。《韩非子·喻老》载，有一次名医扁鹊去见桓公，看出桓公在皮肤和肌肉之间有病，劝他赶快医治，桓公否认自己有病。十天后，扁鹊再见桓公，说病已到了肌肉里面，再不医治会更厉害，桓公仍不理睬。又过了十天，扁鹊再见桓公，说病已经侵入肠里，桓公不仅不相信，心里还老大不高兴。又过了十天，扁鹊一望见桓公掉头就走，认为他的病已经深入骨髓，无法医治了。五天后，桓公果然觉得全身疼痛，派人去请扁鹊，扁鹊已经逃到秦国，桓公不久便死了。这是一个虚构的故事，意在说明"慎易以避难"的道理。

⑮著：显明。

【译文】

那些自用其性厉害的人，饮食不加节制，以致生出百病；好色不知厌倦，以致形神之气乏绝。风寒所造成的灾祸，百毒所造成的伤害，最终使人在众多灾难的袭击下中途丧命。世人都知道讥笑和哀悼，认为这样的人是不善于养生的。至于养身失去道理的人,总是失之于细微之间,细微的事情积累起来就造成了损害,损害积累起来就造成了衰弱,从衰弱发展到长出白发,从长出白发发展到老迈,从老迈最终走向死亡,却稀里糊涂地好像并不知道这是怎么开头的。中等才智以下的人,认为这样逐渐地老死是自然的。纵然有稍稍明白养生之事的人,也都只是叹恨最初遇到众多的危险时不够谨慎,而不知在众多的危险还没有露出迹象时就采取慎重的态度。这就像蔡桓侯已经患上致死的疾病,却因扁鹊早早地发现了疾病而生气,等到病重感觉到了疼痛时,才认为是刚刚得了疾病一样。损害形成于细微的时候,等到已经明显了才来抢救,所以有治病治不好的时候。

　　驰骋常人之域①,故有一切之寿②,仰观俯察,莫不皆然。以多自证③,以同自慰,谓天地之理,尽此而已矣。纵闻养生之事,则断以所见④,谓之不然。其次狐疑,虽少庶几⑤,莫知所由。其次自力服药⑥,半年一年,劳而未验,志以厌衰,中路复废。或益之以畎浍⑦,而泄之以尾闾⑧,欲坐望显报者⑨。或抑情忍欲,割弃荣愿⑩,而嗜好常在耳目之前,所希在数十年之后⑪,又恐两失⑫,内怀犹豫,心战于内⑬,物诱于外,交赊相倾⑭,如此复败者。夫至物微妙⑮,可以理知,难以目识,譬犹豫章生七年,然后可觉耳⑯。今以躁竞之心⑰,涉希静之途⑱,意速而事迟,望近而应远,故莫能相终。夫悠悠者既以未效不求⑲,而求者以不专丧业⑳,偏恃者以不兼无功㉑,追术者以小道自溺㉒。凡若此类,故欲之者万无一能成也。

【注释】

①驰骋:吕延济注:"犹历观也。"即遍观之意。

②一切：吕延济注："犹一时也。言历观常人之间，故有一时苟且之寿，皆不晓养生长年之理。"

③证：验证。刘良注："有疾不先医者，皆以为疾状多同，递相证验，以自宽慰，轻于摄养，谓言天地之理，皆如此也。"

④所见：指自己所见的并不完全或并不正确的所谓养生之理。吕向注："中智之人纵知养生之事，则自断于所见，苟随其欲，谓养生之理不如此也。"

⑤庶几：相近，差不多。谓大体知道一些养生之理。

⑥自力：自己努力。

⑦益：增，进。畎浍（quǎn kuài）：田间的水沟。这里指畎浍中的细流。

⑧尾闾：传说中排泄海水的地方。因动物排泄处多在尾部，故拟称"尾闾"。《庄子·秋水》："天下之水，莫大于海，万川归之，不知何时止而不盈；尾闾泄之，不知何时已而不虚。"

⑨显报：谓收长生之效。李周翰注："言人之服药所益如细流之进，而乃多泄其精如尾闾之泄，其必难及。而服药不慎，难求长年之如是矣。"

⑩荣愿：指安乐。

⑪所希：所希望达到的长生的药效。李善注引《春秋穀梁传》："荀息曰：且夫玩好在耳目之前，而患在一国之后。"

⑫两失：谓目前放弃了嗜欲，而数十年之后又得不到长生的药效。

⑬战：争。谓内心矛盾斗争。

⑭交赊（shē）相倾：实指"交"倾"赊"。吕向注："以情欲为交乐，以服食为赊应，二者相倾，复有败摄生之事者。"交，交接，指与嗜好交接。赊，久远，指服食养生之事。相倾，彼此倾覆。

⑮至物：不同于寻常的事物。指养生之理。

⑯"譬犹"二句：吕向注："豫章……初生与林木同类，至七年，柯条

乃觉殊也。养生之理初与众人同道，道成然后可觉殊矣。"豫章，木名。樟类。《淮南子·修务训》："豫章之生也，七年而后知，故可以为棺舟。"

⑰躁竞：浮躁争进，急于求成。

⑱希静：虚寂微妙。《老子》十四章："听之不闻，名曰希。"

⑲悠悠者：谓众人。《史记·孔子世家》："悠悠者天下皆是也。"效：效验。

⑳求者：求养生者。指上述"自力服药"者。丧业：失业，谓中途放弃养生之事。

㉑偏恃者：有所偏执的人。指上述"益之以畎浍，而泄之以尾闾，欲坐望显报者"。不兼：谓不能全而兼顾养生之事。

㉒追术者：李周翰注："追法术苟从名誉者。"指上述"心战于内，物诱于外，交赊相倾，如此复败者"。小道：小技艺，是对"苟从名誉"的"法术"的贬称。自溺：谓自溺其心而不能成就养生之道。

【译文】

　　遍观一般人中间，之所以都只能有短暂的寿命，上下观察，没有一个不是这样的。于是大家都以情况与我相同的人很多为由而自我验证，自我慰藉，以为天地之间的理数，全都如此罢了。即使知道一些养生事理的人，也以自己所见到的一些情况妄下断言，认为养生的道理不应该是这样的。其次还有心怀狐疑的人，虽然多少知道一些养生之理，但完全不了解它的来由。其次也还有自己勉力服药，过了半年一年，费了功夫而得不到效验，意志因产生厌倦而逐渐衰退，于是又半途停止服药的。还有从服药得到的好处就像从水沟中流进的细流，而身心的消耗却像从尾闾中排泄的海水，却还在那里妄想取得明显效验的人。还有抑制隐忍情欲，割舍抛弃安乐，而声色美味等嗜好却常在耳目之前，所希望达到的长生的效验又要在数十年之后才能看到，既害怕失去眼前的嗜好，又害怕失去长远的效验，内心怀着犹豫，矛盾相争于心内，嗜好之物引诱于心外，两种考虑互相倾覆，就这样养生之事终归失败的。不同寻常的事物是十分微妙的，其道理可以弄明白，却难以亲眼看到，就像豫章树要长到七年之后，然后才能加以分辨一样。现在以浮躁争进、急于求成的心理，步入虚静无为之途，心中想快点而事情进展迟缓，希望近期达到目的而效应却很遥远，所以没有一个人能够坚持到底。众多的人既因一时未见到效果而不再去追求，而追求养生之道的人又因不能专心致志而中途将养生之事放弃；有所偏执的人因不能全面兼顾养生之事而毫无功效，追求物欲法术的人则因执着于小小的技艺而自我沉溺。凡是像上面所提到的这些人，所以想要得到长生的一万人中也是不可能有一人获得成功的。

　　善养生者，则不然矣。清虚静泰①，少私寡欲②。知名位之伤德③，故忽而不营④，非欲而强禁也⑤。识厚味之害性⑥，故弃而弗顾，非贪而后抑也⑦。外物以累心不存⑦，神气以醇白独著⑧。旷然无忧患⑨，寂然无思虑⑩。又守之以一⑪，养之以和⑫，和理日济⑬，同乎大顺⑭。然后蒸以灵芝⑮，润以醴泉⑯，晞以朝阳，绥以五弦⑰，无为自得⑱，体妙心玄⑲，忘欢而后乐足，遗生而后身存⑳。若此以往，恕可与羡门比寿㉑，王乔争年㉒，何为其无有哉㉓？

【注释】

①清虚：清净虚无。《汉书·叙传》："若夫严子者，绝圣弃智，修生保真，清虚澹泊，归之自然，独师友造化，而不为世俗所役者也。"

　　静泰：宁静安泰。李善注引《庄子》："广成子谓黄帝曰：'必静必清，无劳汝形，无摇汝精，乃可以长生。'"

②少私：少私欲。《老子》十九章："见素抱朴，少私寡欲。"《孟子·

尽心》：“养心莫善于寡欲。”

③名位：名号地位，即官职。《春秋左传·庄公十八年》：“名位不
　　同，礼亦异数。”

④忽：忽略，不经意。

⑤非欲而强禁也：张铣注：“不是心中实欲而强自禁止，盖真不欲
　　之，故能养生也。”

⑥厚味：滋味，美味。

⑦外物：身外的事物。指声色之类。李善注：“《慎子》曰：‘夫德，精
　　微而不见，聪明而不发，是故外物不累其内。’”

⑧神气：指精神。醇白：即纯白，谓不受世俗沾染的纯净空明的心
　　境。《庄子·天地》：“机心存于心中则纯白不备。”著：显明。李
　　善注：“向秀曰：‘虚其心，则纯白独著。’”

⑨旷然：胸怀开阔貌。

⑩寂然：安静貌。《庄子·刻意》：“平易恬淡，则忧患不能入，邪气
　　不能袭，故其德全而神不亏。故曰……不思虑，不豫谋。”

⑪一：即道。道家谓道生于一，称精思固守为抱一。抱一，即守一
　　之意。《老子》二十二章：“圣人抱一为天下式。”

⑫养之以和：调养自然的和气，即保养身心。李善注引《文子》：“古
　　之为道者，养以和，持以适。”和，自然的和气。

⑬和理：《庄子·缮性》：“古之治道者，以恬养知；知生而无以知为
　　也，谓之以知养恬。知与恬交相养，而和理出其性。夫德，和也；
　　道，理也。”这里“和”指自然的和气，“理”则指“一”，也即道。济：
　　成功。指获得长生。

⑭大顺：最大的通顺，也即自然。李善注：“《老子》曰：‘玄德深矣，
　　远矣，与物反矣，乃至大顺。’河上公曰：‘大顺者，天理也。’锺会
　　曰：‘反俗以入道，然乃至于大顺也。’”李周翰注：“道生一，故守
　　之而不乱其心，不乱其心故养和其神，和其神理长年可济，故同

乎天地之大理也。"

⑮蒸:薰,即服用。灵芝:菌类植物,古代认为是瑞草。

⑯醴泉:李善注引《白虎通》:"美泉也,状如醴酒也。"

⑰"晞以"二句:李周翰注:"晞于朝阳所以养和于物也,安以五弦之琴以歌《南风》,所以养群生也。此皆谓得生性之理也。"晞,晒。绥,安。五弦,琴名。相传舜曾弹五弦之琴,歌《南风》之诗。其辞云:"南风之薰兮,可以解吾民之愠兮。南风之时兮,可以阜吾民之财兮。"

⑱无为:道家指顺应自然,不求有所作为。《老子》二章:"是以圣人处无为之事,行不言之教。"

⑲体、心:皆领悟、体会的意思。妙、玄:皆神妙、深微之义。《老子》一章:"玄之又玄,众妙之门。"

⑳遗生:忘掉生命。李善注:"《庄子》曰:'天下有至乐,无有哉?曰:至乐无乐。'郭象曰:'忘欢而后乐足,乐足而后身存。'《庄子》曰:'弃事则形不劳,遗生则精不亏。夫形全精复,与天为一。'"

㉑恕:通"庶",差不多。羡门:传说中仙人名。《史记·秦始皇本纪》:"三十二年,始皇之碣石,使燕人卢生求羡门、高誓。"

㉒王乔:传说中仙人名。一作"王子乔"。《古诗十九首》:"仙人王子乔,难可与等期。"

㉓无有:谓没有长寿。

【译文】

善于养生的人,就不是这样了。他们清静虚无,宁静安泰,很少有个人的情欲。知道名号地位损害德行,所以毫不经意决不追求,不是心中想要追求而勉强抑制自己。知道美味损害本性所以毅然放弃不予顾念,不是心中贪恋而后抑制自己。外物因为它们累心而不予存念,精神因纯净空明而独自显明。心中空阔没有忧患存在,神情安静没有任何思虑。又守之以道,养之以自然的和气,和气与道一天天趋向成功,与天理自然实现同一。然后用灵芝来蒸熏,用美泉来滋润,沐浴在朝阳之中,安闲地弹起五弦琴,不求有为,悠然自得,体悟神妙深微的意境,忘掉了欢乐而后得到充足的欢乐,忘掉了生命而后获得生命的长存。像这样下去,差不多就可以同羡门比寿命,同王乔争年岁了,为什么还担心没有长寿呢?

李萧远

李康,生卒年不详,字萧远,中山(今河北定州一带)人。三国魏文学家。性耿介,不合流俗。曾作《游山九吟》(已佚),得到魏明帝赏识,被任命为寻阳长,有政绩。病卒。《隋书·经籍志》著录有集二卷,已佚。

运命论一首

【题解】

本文运用史实证明:"治乱,运也;穷达,命也,贵贱,时也。"认为社会的动乱、国家的兴亡、个人的穷达贵贱,都是由命运和时机所决定的,因而主张"乐天知命",主张"既明且哲,以保其身",甚至要"贻厥孙谋,以燕翼子"。作者生当魏晋易代之际,社会隐伏着深刻的危机,个人又心怀不遇明时、穷达无常的感慨,因而发为此论,可以说是有其深刻的社会根源的。文中表示"其身可抑而道不可屈,其位可排而名不可夺",要"不乱于浊""不伤于清",表现了处于乱世中的正直知识分子所特具的人格和骨气,而对"希世苟合之士"的阿谀逢迎则进行了无情的揭露和鞭挞。文章以散带骈,多用排句,汪洋恣肆,气势磅礴。锤炼出不少名句,如"木秀于林,风必摧之;堆出于岸,流必湍之;行高于人,众必非之"等。文章命意同王充《论衡》中宣扬命定论的《逢遇》《累害》等篇相同,但文采气势则有过之而无不及,故《文心雕龙·论说》有"李康《运命》,同《论衡》而过之"之评。

夫治乱①,运也②;穷达③,命也;贵贱,时也④。故运之将隆,必生圣明之君⑤;圣明之君,必有忠贤之臣。其所以相遇也,不求而自合;其所以相亲也,不介而自亲⑥。唱之而必和,谋之而必从。道德玄同⑦,曲折合符⑧。得失不能疑其志,谗构不能离其交⑨,然后得成功也⑩。其所以得然者,岂徒人事哉⑪?授之者天也,告之者神也,成之者运也。

【注释】

①治:政治安定清明。乱:政治动荡不定。

②运:命运,天命。下"命"字同。李善注:"《墨子》曰:'贫富治乱,固有天命,不可损益。'《王命论》曰:'穷达有命,吉凶由人。'《庄子》:'北海若曰:贵贱有时,未可以为常也。'"

③穷达:困厄与显达。

④时:时机。

⑤圣明:谓英明无所不知。

⑥不介而自亲:李周翰注:"谓不因媒而相亲,盖道合也。"介,媒介,介绍。

⑦玄同:混同齐一。《老子》五十六章:"和其光,同其尘,是谓'玄同'。"《庄子·胠箧》:"削曾、史之行,钳杨、墨之口,攘弃仁义,而天下之德始玄同矣。"

⑧符:符契,为古代朝廷用作凭证的信物。以竹、木或金属为之,上书文字,剖分为二,各执其一,用时以两半相合为验。《三国名臣序赞》:"君臣相体,若合符契,则燕昭、乐毅,古之流也。"

⑨谗构:以谗言挑拨。

⑩成功:谓取得君臣之道的成功。

⑪人事:人力所能办到的事情。

【译文】

治乱,是由命运决定的;穷达,是由天命决定的;贵贱,是由时机决定的。所以命运将要隆盛的时候,必定产生圣明的君主;有了圣明的君主,必定会有忠贤的臣子。他们彼此的相遇,不是互相访求而是自然地走到一块来的;他们彼此的相亲,不是有人介绍而是自然地亲密起来的。一人吟唱而另一人必定应和,一人谋划而另一人必定听从。彼此道德混同齐一,辗转相合有如符契。无论得失都不会怀疑彼此的志向,谗言挑拨也不能离间他们之间的交情,这样然后才取得了君臣之道的成功。他们能够取得这样的成功,哪里仅仅是人为的呢?给予的是天,告知的是神,玉成的是命运啊。

夫黄河清而圣人生①,里社鸣而圣人出②,群龙见而圣人用③。故伊尹④,有莘氏之媵臣也⑤,而阿衡于商⑥。太公⑦,渭滨之贱老也,而尚父于周⑧。百里奚在虞而虞亡⑨,在秦而秦霸,非不才于虞而才于秦也。张良受黄石之符⑩,诵《三略》之说⑪,以游于群雄,其言也,如以水投石,莫之受也。及其遭汉祖⑫,其言也,如以石投水,莫之逆也⑬。非张良之拙说于陈、项⑭,而巧言于沛公也⑮。然则张良之言一也,不识其所以合离⑯,合离之由,神明之道也。故彼四贤者⑰,名载于箓图⑱,事应乎天人⑲,其可格之贤愚哉⑳!孔子曰:"清明在躬㉑,气志如神。嗜欲将至㉒,有开必先。天降时雨㉓,山川出云。"《诗》云㉔:"惟岳降神㉕,生甫及申㉖。惟申及甫,惟周之翰㉗。"运命之谓也。

【注释】

①黄河清而圣人生：李周翰注："黄河千年一清，清则圣人生于时也。"黄河清，黄河水本来浑浊，古人以黄河水清为祥瑞的征兆。

②里社鸣而圣人出：李善注："《春秋潜潭巴》曰：里社明（鸣），此里有圣人出。"里社，里（民户居处）中祭祀土地神的地方。

③群龙见而圣人用：《周易·乾》："用九，见群龙无首，吉……云从龙，风从虎，圣人作而万物睹。"吕延济注："龙潜之时，道不用也，喻君未升位也。龙既见矣，故用于时，喻君功成于天下也。"用，用世。

④伊尹：商汤臣，名挚。原为汤妻（有莘氏之女）陪嫁的奴隶，后得汤赏识，予以擢用；佐汤灭夏，综理国事，被尊为阿衡。

⑤有莘（shēn）：古国名。《史记正义》引《括地志》："古莘国，在汴州陈留县东五里故莘城是也。"即今河南陈留东北。媵（yìng）臣：诸侯嫁女时陪嫁的人。《史记·殷本纪》："伊尹名阿衡。阿衡欲干汤而无由，乃为有莘氏媵臣，负鼎俎，以滋味说汤，至于王道。"

⑥阿衡：商代官名。相当于后来的宰相。《尚书·太甲》："惟嗣王不惠于阿衡。"疏："阿，倚；衡，平也。伊尹，汤倚而取平，故以为官名。"这里用作动词，辅佐之意。

⑦太公：即姜太公。周初人，相传钓于渭水（在今陕西境内），周文王出猎相遇，同载而归，立为师，武王即位，尊为师尚父。辅佐武王灭殷，封于齐，为齐国始祖。

⑧尚父：意为可尊尚的父辈。《诗经·大雅·大明》："维师尚父，时维鹰扬。"

⑨百里奚：春秋时秦穆公的贤相。原为虞国大夫，晋献公灭虞后被俘。后得穆公赏识，委以国政，奚遂与蹇叔、由余等共助穆公建成霸业。《吕氏春秋·处方》："百里奚处乎虞而虞亡，处乎秦而秦霸。百里奚之处乎虞，智非愚也；其处于秦也，智非加益也。

有其本也。其本也者,定分之谓也。"

⑩张良:西汉初大臣。字子房,祖先五代相韩,为韩贵族。秦灭韩,良结交刺客,椎击秦始皇于博浪沙,未遂,易名逃匿下邳,遇隐士黄石公,黄石公授以《太公兵法》,云:"读此则为王者师矣。后十年兴。"后佐刘邦灭秦、楚,建立汉朝,因功封留侯。事见《史记·留侯世家》。符:本为古代朝廷用来传令调兵的凭证。这里代指黄石公所授予的兵书。

⑪《三略》:李善注:"《黄石公记序》曰:'黄石者,神人也。有上略、中略、下略。'"《隋书·经籍志》著录有黄石公《三略》三卷。

⑫遭:遇。汉祖:即刘邦。

⑬"其言"几句:李周翰注:"以坚投柔,其势必入,故不逆也。"《汉书·张良传》:"良数以《太公兵法》说沛公,沛公喜,常用其策。良为它人言,皆不省。"逆,拒。

⑭陈、项:陈,陈涉,也名陈胜,秦末农民起义领袖。陈涉起义后,张良聚众百余人响应。项,项梁,项羽叔父。李善注:"《汉书》:'张良乃说项梁,立韩成为韩王。'而《汉书》张良无说陈涉,今此言之,未详其本也。"梁章钜《文选旁证》:"陈涉已起大泽乡,良居下邳,地不甚远,当日报韩心切,或有干说之事,而史不能详矣。"

⑮沛公:即刘邦。秦二世元年(前209)刘邦起兵于沛(今江苏沛县),响应陈涉起义,被众人立为沛公。

⑯"然则"二句:吕延济注:"张良之说前后一也,盖前人不识离合之道也。离合之道,若神明之相应合也。"合,谓与刘邦合。离,谓与陈、项离。

⑰四贤:指伊尹、太公、百里奚、张良。

⑱篆(lù)图:簿册图书,指历史记载。

⑲应乎天人:谓其君臣之道应乎天事,合于人心。

⑳格:李善注:"《苍颉篇》曰:'格,量度之也。'"

㉑清明:指神志清静明朗。躬:身。

㉒嗜欲:嗜好与欲望。

㉓时雨:应时之雨。孔子这段话引自《礼记·孔子闲居》。李善注:
"《礼记》文也。郑玄曰:'清明在躬,气志如神',谓圣人也。'嗜
欲将至',谓其王天下之期将至也。神有以开之。必先为之生贤
智之辅佐,若天将降时雨,山川为之出云也。"

㉔《诗》:引文出自《诗经·大雅·崧高》。《礼记·孔子闲居》也引
了这一段话。

㉕惟:发语词。岳:指中岳嵩山。

㉖甫:读作"吕",国名。其地在今河南南阳西。这里指吕侯。申:
国名。其地在今河南南阳北。这里指申伯。

㉗翰:鸟羽。引申为辅佐之意。

【译文】

　　黄河水清就有圣人诞生,神祠鸣响就有圣人出现,群龙出现就有圣人君临天下。所以伊尹,原是有莘氏陪嫁的奴隶,却辅佐商汤做了阿衡。太公,原是在渭水边上钓鱼的微贱老人,却辅佐周朝做了尚父。百里奚在虞国而虞国灭亡了,到秦国后秦国却成了霸主,不是百里奚在虞国没有才能而到秦国后就有才能了。张良接受黄石公授予的兵书,诵读《三略》书籍,然后用所掌握的学问游说群雄,他说的话,却像用水泼向石头一样,没有一个人接受。等到他碰上汉高祖,他说的话,就像将石头投向水中一样,没有一次受到抗拒。不是张良在劝说陈涉、项梁时就笨口拙舌,而在劝说沛公时就能说会道。那么张良说话的技巧前后是一样的,有人不明白前后结果不同的原因是不明白君臣所以合离的道理,君臣合离的原因,就像神明之道一样。所以前面提到的四位贤人,姓名被史籍记载,事迹应乎天事合于人心,这哪能用贤明愚昧来加以量度呢!孔子说:"圣人清明在身,气度志向如神。君临天下的欲望将要来到的时候,神灵在为之开路的同时必先为之预备好辅佐的贤臣。

就像天将降落及时雨时，山川为之出云一样。"《诗经》说："中岳嵩山降下神灵，生下了吕侯和申伯。就是吕侯和申伯，辅佐周朝成了中坚。"这里说的就都是命运啊。

　　岂惟兴主①，乱亡者亦如之焉。幽王之惑褒女也②，祅始于夏庭③；曹伯阳之获公孙强也④，征发于社宫⑤；叔孙豹之昵竖牛也⑥，祸成于庚宗⑦。吉凶成败，各以数至⑧，咸皆不求而自合、不介而自亲矣。昔者圣人受命《河》《洛》⑨，曰：以文命者⑩，七九而衰⑪；以武兴者⑫，六八而谋⑬。及成王定鼎于郏鄏⑭，卜世三十，卜年七百，天所命也。

【注释】

①兴主：振兴主人的人。李善注："《吕氏春秋》曰：世有兴主之
　士也。"

②幽王：指周幽王。宣王之子，前781—前771年在位。宠爱褒姒，
　生子伯服，废申后及太子宜臼，另立褒姒为后，伯服为太子。申
　后之父申侯怒，联合犬戎攻杀幽王于骊山之下，西周灭亡。

③祅（yāo）始于夏庭：《史记·周本纪》载，夏朝末年有两条神龙出
　现在宫廷，自称是褒的两个先君。夏帝占卜，杀、去、留都不吉
　利，只有将龙的吐沫藏起来才吉利。夏帝即将龙的吐沫用木匣
　封存起来，一直传到周代，没有谁敢打开木匣。周厉王时，木匣
　被打开，吐沫流出，化成黑鼋，使后宫一幼年宫女怀孕。宫女无
　夫而生一女子，惧而弃之，"弃女子出于褒，是为褒姒"。祅，地面
　出现的反常怪异现象。

④曹伯阳：春秋时曹国国君，鲁定公九年（前501）即位，哀公八年
　（前487）宋灭曹，被杀。公孙强：曹臣。

⑤征发于社宫:《春秋左传·哀公七年》载,曹国灭亡之前,曾经有人梦见一伙君子站在社宫外商量灭亡曹国。曹叔振铎要求等一下公孙强,大家同意了。天亮后起来寻找,曹国并没有公孙强这个人。做梦的人告诫其子说:"我死后,你听到公孙强执政,一定要离开曹国。"曹伯阳即位后,喜欢打猎射鸟,曹国边境上有一个叫公孙强的人也喜欢射鸟,打了一只白雁献给曹伯阳,并向曹伯阳谈论打猎射鸟的技艺,曹伯阳很喜欢他,让他做了司城,执掌朝政。做梦人的儿子于是离开了曹国,曹国不久被宋国灭掉,曹伯阳和公孙强均被俘杀。征,迹象,预兆。社宫,古代帝王、诸侯祭土地神的地方。

⑥叔孙豹:春秋末鲁臣,又名叔孙穆子。昵:亲近。竖牛:鲁人,叔孙豹近侍,为人阴险狡诈。

⑦祸成于庚宗:据《春秋左传·昭公四年》载,叔孙豹曾私离鲁国逃往齐国,到达庚宗,同一个女人私通。到齐国后,娶妻生下孟丙、仲壬。一次叔孙豹梦见天塌下来压着了自己,要顶不住了,回头看见一个人,肤色黝黑,肩颈部向前弯曲,深眼睛,猪嘴巴,就喊道:"牛!来帮我!"这才把天顶住了。早上醒来查找手下人中没有谁像梦中所见到的那个人。后来叔孙豹被鲁国召回,立为卿,曾在庚宗同他私通的女人来见他。叔孙豹问起儿子的情况,召与相见,就像梦中所见到的那个人,于是也不问他的名字,就喊他"牛",让他做了小臣(即竖)。竖牛受到宠信,大了以后主持家务。为了搅乱叔孙豹的家室并加以占有,竖牛以两面行间的方式,让叔孙豹杀死了孟丙,赶走了仲壬。后来叔孙豹病危,竖牛不让进食,叔孙豹终于病饿而死。庚宗,鲁国地名。当在今山东泗水县东。

⑧数:命运。李善注:"《春秋考异邮》曰:'吉凶有效,存亡出象。'"

⑨《河》《洛》:《河图》《洛书》。相传伏羲见龙马负图出河,便根据其

文字画八卦,谓之《河图》;夏禹治水,洛水出神龟,背负文,有数至九,禹因以成九畴,谓之《洛书》。汉郑玄认为是帝王圣人受命之瑞。《周易·系辞》:"河出图,洛出书,圣人则之。"

⑩以文命者:以文德受命者。指周文王。

⑪七九:李善注:"言以文德受命者,或七世九世而渐衰微。"

⑫以武兴者:指周武王。武,武功。

⑬六八:李善注:"言以武功而起者,或六世八世而谋也。"

⑭定鼎:固定九鼎。传说夏禹铸九鼎以象九州,后历商至周,都作为传国重器置于国都,后因称定都或建立王朝为定鼎。郏鄏(jiá rǔ):地名。周都邑名。故址在今河南洛阳。周文王时国都在丰(在今陕西西安鄠邑区),周武王时迁到镐京(在今陕西西安西南)。至成王时,打算居住在洛邑,委派召公加以营建。后平王东迁,自平王以下十二王皆都于此。《春秋左传·宣公三年》:"成王定鼎于郏鄏,卜世三十,卜年七百,天所命也。"

【译文】

　　岂止是振兴主人的人,导致乱亡的人也是这样。周幽王被褒姒惑乱,其反常怪异开始出现在夏朝宫廷;曹伯阳得到公孙强,迹象最初出现在社宫;叔孙豹宠信竖牛,祸乱在庚宗时就已造成。吉凶成败,各按命运所安排的到来,都是不用寻求而自己就走到了一块、不用媒介而自己就亲密了。以前圣人受命于《河图》《洛书》,说:以文德受命的人,七世九世后就要衰微;以武功兴起的人,六世八世后就要重新谋划振兴之策。到成王将九鼎固定在郏鄏,占卜的结果是传世三十代,享国七百年,这是上天所命令的。

　　　故自幽、厉之间①,周道大坏②;二霸之后③,礼乐陵迟④;文薄之弊⑤,渐于灵、景⑥;辩诈之伪⑦,成于七国⑧;酷烈之极⑨,积于亡秦⑩;文章之贵,弃于汉祖⑪。虽仲尼至圣⑫,颜、冉大贤[13]，揖让于规矩之内[14]，闿闿于洙、泗之上[15]，不能遏其端[16]；孟轲、孙卿[17]，体二希圣[18]，从容正道[19]，不能维其末。天下卒至于溺[20]，而不可援[21]。

【注释】

①幽、厉：周幽王、周厉王。皆西周末年暴君。

②周道：周王朝的治国之道。李善注："言自成王至于厉王，凡有八世，即应七而衰也。"

③二霸：指齐桓公和晋文公，二人为春秋时五霸之首。

④礼乐：礼和乐，代指教化、文明。陵迟：衰落。《诗经·王风·大车》毛序："礼义陵迟，男女淫奔。"李善注："自厉王至于二霸之卒，凡有九世，即应九而衰也。"

⑤文薄：文德浇薄，社会风气浮薄。

⑥灵、景：周灵王、周景王。皆春秋后期国王。李善注："自二霸之卒，至于景王，凡有六世，即应六而谋也。"

⑦辩诈：刘良注："谓游说之士也。"伪：欺诈。

⑧七国：指齐、楚、燕、赵、韩、魏、秦七国。李善注："自景王至于七国，凡有八世，即应八而谋也。"

⑨酷烈：残暴。《荀子·议兵》："秦人，其使民也酷烈。"扬雄《解嘲》："甫刑靡敝，秦法酷烈。"

⑩亡秦：指秦朝，因为汉所灭，故称。

⑪汉祖：汉高祖刘邦。《汉书·陆贾传》："贾时时前说称《诗》《书》。高帝骂之曰：'乃公居马上得之，安事《诗》《书》！'"仲长统《昌言》："汉祖轻文学而简礼义。"

⑫仲尼：孔子字仲尼。至圣：道德最高尚的人。《史记·孔子世家赞》："自天子王侯，中国言六艺者折中于夫子，可谓至圣矣。"

⑬颜：颜回，字子渊，春秋鲁人。孔子最得意的学生，在孔门中以德

行著称,后世儒家尊为"复圣"。冉:冉有,也称冉求,字子有,春秋鲁人。孔子学生,以长于政事著名。又擅长理财,孔子曾赞为治赋能手。后为季孙氏家臣,致力田赋改革,又遭孔子反对,斥为聚敛之臣。

⑭揖让:本为宾主相见时的礼仪。此喻施行、推广文德。规矩:礼法。《荀子·乐论》:"故乐者,出所以征诛也,入所以揖让也……入所以揖让,则莫不从服。"

⑮訚訚(yín):和颜悦色而持正不阿的样子。《论语·乡党》:"(孔子)与上大夫言,訚訚如也。"洙、泗:二水名。流经今山东曲阜北,春秋时为鲁国地,孔子在洙、泗之间教授弟子。《礼记·檀弓》:"吾与女事夫子于洙、泗之间。"

⑯端:开头。指浇薄之端。桓谭《新论》:"遏绝其端,其命在天。"

⑰孟轲:即孟子,战国邹(今山东邹城)人。继承孔子学说,后被尊为"亚圣"。孙卿:即荀卿、荀子,因避汉宣帝刘询讳,改荀为孙。战国赵人。师承孔子学说,为儒家学派的又一代表人物。

⑱体:体法,效法。二:指颜回、冉有。希:仰慕。圣:指孔子。

⑲从容:安闲貌。

⑳卒:终于。溺:刘良注:"谓大道沉溺也。"

㉑援:救援。《孟子·离娄》:"孟子曰:'天下溺,援之以道。'"

【译文】

所以在幽王、厉王之间,周王朝的治国之道就大大败坏;齐桓、晋文二霸之后,礼乐就衰落下来;文德浮薄的弊病,渐渐地在灵王、景王时产生;巧辩欺诈的风气,在七国时形成;极端的残暴,累积于终于灭亡的秦朝;看重文章的风尚,在汉高祖刘邦时被抛弃。即使是仲尼这样道德最高尚的人,即使是颜回、冉有这样的大贤,以礼法为准绳大力推行文德,在洙水、泗水之间和颜悦色地教学,也不能阻止浮薄风气的产生;孟轲、孙卿,那样效法颜回、冉有和仰慕至圣孔子,从容奉行正道,也不能在末世发挥应有的维系作用。天下终于发展到大道沉溺的地步,而无法再加以援救。

　　夫以仲尼之才也,而器不周于鲁、卫①;以仲尼之辩也,而言不行于定、哀②;以仲尼之谦也,而见忌于子西③;以仲尼之仁也,而取仇于桓魋④;以仲尼之智也,而屈厄于陈、蔡⑤;以仲尼之行也,而招毁于叔孙⑥。夫道足以济天下⑦,而不得贵于人;言足以经万世⑧,而不见信于时;行足以应神明,而不能弥纶于俗⑨。应聘七十国,而不一获其主。驱骤于蛮夏之域⑩,屈辱于公卿之门⑪,其不遇也如此。及其孙子思⑫,希圣备体而未之至⑬,封己养高⑭,势动人主。其所游历诸侯,莫不结驷而造门⑮;虽造门,犹有不得宾者焉。其徒子夏⑯,升堂而未入于室者也⑰,退老于家,魏文侯师之,西河之人⑱,肃然归德⑲,比之于夫子⑳,而莫敢间其言㉑。故曰:治乱,运也;穷达,命也;贵贱,时也。而后之君子,区区于一主㉒,叹息于一朝,屈原以沉湘㉓,贾谊以之发愤㉔,不亦过乎?

【注释】

①“夫以”二句:据《史记·孔子世家》,孔子五十六岁时,被任命为大司寇,参与国政。不久,季桓子接受齐国送来的女乐,三日不听政,孔子便离鲁去卫。不久,有人在卫灵公面前说孔子的坏话,孔子害怕获罪,又离开了卫国。器,才能,本领。周,合。
②“以仲尼之辩”二句:孔子离开鲁国十四年后又回到鲁国,其时鲁哀公当政,曾问政于孔子,“然鲁终不能用孔子,孔子亦不求仕”

（《史记·孔子世家》）。定、哀，鲁定公和鲁哀公。

③"以仲尼之谦"二句：孔子在楚国时，楚昭王"将以书社地七百里封孔子"，遭到子西反对，未能实现。子西，楚国令尹。

④"以仲尼之仁"二句：孔子在宋国时，与弟子在大树下习礼，桓魋（tuí）欲杀孔子，拔其树。弟子劝孔子赶紧离开，孔子说："天生德于予，桓魋其如予何！"桓魋，宋国司马。

⑤"以仲尼之智"二句：《孔子家语·在厄》："楚昭王聘孔子，孔子往拜礼焉。路出于陈、蔡，陈、蔡大夫相与谋曰：'孔子圣贤，其所刺讥，皆中诸侯之病。若用于楚，则陈、蔡危矣。'遂使徒兵距孔子。孔子不得行，绝粮七日，外无所通，藜羹不充，从者皆病。"陆贾《新语》："夫子陈、蔡之厄，豆饭菜羹不足以接馁……倥偬屈厄，自处甚矣。"屈厄，委屈困厄。

⑥叔孙：指叔孙武叔，鲁国大夫。《论语·子张》："叔孙武叔毁仲尼。子贡曰：'无以为也！仲尼不可毁也。他人之贤者，丘陵也，犹可逾也；仲尼，日月也，无得而逾焉。人虽欲自绝，其何伤于日月乎？多见其不知量也。'"

⑦道：思想，学说。济：救助。《周易·系辞》："知周乎万物，而道济天下。"

⑧经：治理。《列子·仲尼》："曩吾修《诗》《书》，正礼乐，将以治天下，遗来世，非但修一身、治鲁国而已。而鲁之君臣日失其序，仁义益衰，情性益薄。此道不行一国与当年，其如天下与来世矣？"

⑨弥纶：包罗，推广。《周易·系辞》："《易》与天地准，故能弥纶天地之道。"

⑩驱骤：急奔。蛮：本指少数民族居住的地区。夏：本指中国。《尚书·武成》："华夏蛮貊，罔不率俾。"这里泛指孔子所游历的各国。李善注："蛮，谓蔡、楚也。《毛诗》曰：'蠢尔蛮荆。'夏，谓宋、卫也。"

⑪屈辱:李周翰注:"屈谓受屈于季氏,辱谓见辱于阳虎,并鲁之公卿也。"

⑫子思:名伋(jí),孔子之孙。曾为鲁缪公师,著有《子思子》二十三篇。

⑬希圣:谓仰慕先圣之道。备体:谓具备了圣人的长处。《孟子·公孙丑》:"子夏、子游、子张皆有圣人之一体,冉有、闵子、颜渊则具体而微。"

⑭封己:厚己。《国语·晋语》:"引党以封己,利己而忘君,别也。"注:"封,厚也。"养高:谓养其高名。

⑮结驷:用四马并辔驾一车。造门:登门拜访。

⑯子夏:名卜商,字子夏,春秋卫人。孔子得意门人,以熟悉古代文献见称。

⑰升堂:进入正厅,比喻学问已经达到了不错的水平。未入于室:比喻学问还未达到精深的地步。室,内室。《论语·先进》:"由也升堂矣,未入于室也。"

⑱西河:地区名。战国魏地,今陕西东部黄河西岸地区。《史记·仲尼弟子列传》:"孔子既没,子夏居西河教授,为魏文侯师。"

⑲肃然:恭谨貌。归德:归附其德。

⑳夫子:孔子学生对孔子的尊称。《礼记·檀弓》:"吾与女事夫子于洙、泗之间,退而老于西河之上,使西河之民,疑女于夫子。"

㉑莫敢间(jiàn)其言:吕向注:"比道于孔子,而人不敢非其言其道不如孔子,而人乃信之。"间,干犯,非议。

㉒区区:拘束貌。

㉓沉湘:自沉于湘水。湘,湘水,长江支流,在今湖南境内。

㉔贾谊:汉初有名的政论家和辞赋家。在朝中受到排挤,被外调为长沙王太傅。《汉书·贾谊传》:"谊既以谪去,意不自得,及渡湘水,为赋以吊屈原。屈原,楚贤臣也。被谗放逐,作《离骚赋》,其

终篇曰:'已矣!国亡人,莫我知也。'遂自投江而死。谊追伤之,
因以自喻。"

【译文】

　　像仲尼这样有才能的人,其才能却不合于鲁国、卫国的需要;像仲
尼这样有口才的人,其言论主张在鲁定公、鲁哀公那里却得不到施行;
像仲尼这样谦逊的人,却被子西所妒忌;像仲尼这样仁爱的人,却同桓
魋结下了仇恨;像仲尼这样有智慧的人,却在陈国、蔡国受到了委屈困
厄;像仲尼这样有德行的人,却从叔孙武叔那里招来了谤毁。其思想足
以救助天下,却不能比别人更尊贵一些;言论主张足以治理万世,却不
被当时的国君信用;德行足以应合神明,却不能在世俗间得到推广。先
后应聘于七十个国家,却没有碰上一个合适的君主。在各国之间到处
奔走,在公卿之门遭受屈辱,仲尼就是这样得不到君主的赏识。到了他
的孙子子思,仰慕先圣之道、具备先圣长处但还没有达到完美的地步,
却厚遇自己培养高名,其声势倾动了国君。他所游历过的诸侯国,没有
哪一个诸侯不驾着四马大车登门拜访;即使是登门拜访的人,也还有不
能坐上宾客位置的。仲尼的弟子子夏,是一个学问登上了正厅但还没
有进入内室的人,隐退告老在家,魏文侯拜他为师,西河地区的人们,恭
恭敬敬地向其德行归附,把他同夫子相提并论,而没有一个人敢对他的
言论妄加非议。所以说:治乱,是由命运决定的;穷达,是由天命决定
的;贵贱,是由时机决定的。而后来的君子,固守着一个国君,叹息于一
个朝廷,屈原因此而自沉湘水,贾谊因此而悲哀发愤,不是太过分了吗?

　　然则圣人所以为圣者,盖在乎乐天知命矣①。故遇之而
不怨②,居之而不疑也③。其身可抑,而道不可屈④;其位可
排,而名不可夺⑤。譬如水也,通之斯为川焉⑥,塞之斯为渊
焉。升之于云则雨施⑦,沉之于地则土润。体清以洗物,不

乱于浊[8]；受浊以济物[9]，不伤于清。是以圣人处穷达如一也。

【注释】

①乐天知命：安于天命而自得其乐。《周易·系辞》："乐天知命，故不忧。"

②遇：谓遇到穷厄时。

③居：谓居高位时。疑：谓疑心不能保住高位。

④道：思想，学说。屈：损害。

⑤夺：失。

⑥斯：则，就。川：江河。《管子·度地》："水之出于地，流于大水及海者，命曰川水。出地而不流者，命曰渊水。"

⑦施：布。《周易·乾》："云行雨施，品物流形。"《庄子·天道》："天德而出宁，日月照而四时行，若昼夜之有经，云行而雨施矣。"《淮南子·原道训》："天下之物，莫柔弱于水，然而大不可极，深不可测……上天则为雨露，下地则为润泽。"

⑧"体物"二句：李善注引《晏子春秋》："景公问晏子曰：'廉正而长久，其行何也？'晏子对曰：'其行水也。美哉水乎！清，其浊无不寀涂，其清无不洒除，是以长久也。'"

⑨济物：救助万物。

【译文】

如此说来圣人之所以成为圣人，就在于他们能够安于天命而自得其乐了。所以他们遇到困厄时并不生怨，居于高位时并不生疑。其身可以受到压抑，而其思想却不能受到损害；其地位可以受到排挤，而其名誉却不能够丢失。就像水，疏通它就成了江河，堵塞它就成了深渊。升到云上去就变成雨落下，沉到地下去就使土壤润泽。本体清纯用之洗涤万物，不会被污浊淆乱；在受到污浊包围的情形下救助万物，其清纯不会受到损伤。所以圣人身处困厄和显达就像没有区别一样。

　　夫忠直之迕于主①，独立之负于俗②，理势然也。故木秀于林③，风必摧之；堆出于岸④，流必湍之⑤；行高于人，众必非之⑥。前监不远⑦，覆车继轨⑧。然而志士仁人，犹蹈之而弗悔⑨，操之而弗失，何哉？将以遂志而成名也⑩。求遂其志，而冒风波于险途⑪；求成其名，而历谤议于当时⑫。彼所以处之，盖有算矣⑬。子夏曰："死生有命，富贵在天⑭。"故道之将行也，命之将贵也，则伊尹、吕尚之兴于商、周，百里、子房之用于秦、汉，不求而自得，不徼而自遇矣⑮。道之将废也，命之将贱也，岂独君子耻之而弗为乎⑯？盖亦知为之而弗得矣。

【注释】

①迕（wǔ）：违背，触犯。

②负：违背，不合。

③秀：茂盛，特出。

④堆：土堆。

⑤湍（tuān）：急冲。王充《论衡·累害》："风冲之物不得育，水湍之岸不得峭。"

⑥"行高"二句：吕向注："德行高远，出乎群伦，故众人嫉妒，共为非斥，亦如木秀先折、堆出流冲也。"《史记·商君列传》："且夫有高人之行者，固见非于世。"非，诽谤。

⑦前监：即前车之鉴。监，同"鉴"，镜子。刘良注："前鉴谓行高、忠直之心皆见非斥以成罪，累如车之既覆，后来者复继其迹。"《诗经·大雅·荡》："殷鉴不远，在夏后之世。"

⑧继轨:谓继续翻覆在前车翻覆的路上。《韩诗外传》:"鄙语……或曰:前车覆而后车不诫,是以后车覆也。"

⑨蹈:踩,踏。

⑩遂:成功,实现。

⑪险途:张铣注:"言冲君之威以进忠直,如涉风波之险道,恐坠落而死矣。"

⑫历:遭受。谤议:诽谤非议。司马迁《报任安书》:"且负下未易居,下流多谤议。"

⑬"彼所"二句:李周翰注:"言忠直之人冒险道、历谤议于当时,所以身处危亡之地,盖有善计而进于君矣。"算,考虑。

⑭在天:谓由天意安排。《论语·颜渊》:"子夏曰:'商闻之矣:死生有命,富贵在天。'"

⑮徼(yāo):求。

⑯为:指为政,出仕。

【译文】

忠直的言行触犯君主,独立的操守不合世俗,事理之势就是如此。所以树木高出树林,风肯定会把它吹断;土堆突出河岸,急流肯定会把它冲掉;德行高于众人,众人肯定会对他进行诽谤。前车之鉴不远,后来的车也继续翻覆在前车翻覆的路上。然而志士仁人,还要踏着忠直之路行进而不后悔,还要坚持独立的操守而不肯失掉,这是为什么呢?目的是要以此实现自己的志向,成就自己的声名。为求得自己志向的实现,而在险恶的仕途上经受着风波;为求得自己声名的成功,而经受着时人的诽谤议论。他们之所以身处这样的境地,是有着自己的考虑的。子夏说:"死生是由命定的,富贵是由天安排的。"所以思想将要得到推行的时候,生命将要显贵起来的时候,就像伊尹、吕尚在商代、周代兴起,百里奚、张子房在秦国、汉朝被任用,是不用追求而自然就会得到,不用追求而自然就能遇上的。在思想将要废弃不用的时候,生命将要变得微贱的时候,难道只是君子为之感到羞耻而不肯有所作为吗?也是因为他们知道即使干也是不会有什么收获的。

凡希世苟合之士①,蘧蒢戚施之人②,俯仰尊贵之颜③,逶迤势利之间④。意无是非,赞之如流;言无可否,应之如响。以窥看为精神⑤,以向背为变通⑥。势之所集,从之如归市⑦;势之所去,弃之如脱遗⑧。其言曰:"名与身孰亲也⑨?得与失孰贤也⑩?荣与辱孰珍也⑪?"故遂洁其衣服⑫,矜其车徒⑬,冒其货贿⑭,淫其声色⑮,脉脉然自以为得矣⑯。盖见龙逢、比干之亡其身⑰,而不惟飞廉、恶来之灭其族也⑱。盖知伍子胥之属镂于吴⑲,而不戒费无忌之诛夷于楚也⑳。盖讥汲黯之白首于主爵㉑,而不惩张汤牛车之祸也㉒。盖笑萧望之跋踬于前㉓,而不惧石显之绞缢于后也㉔。故夫达者之算也㉕,亦各有尽矣。

【注释】

①希世:迎合世俗。《庄子·让王》:"原宪笑曰:'夫希世而行,比周而友……宪不忍为也。'"苟合:苟且迎合。《周易·序卦》:"物不可以苟合而已,故受之以贲。"

②蘧蒢(qú chú):谄佞的人。也作"籧篨"。戚施:驼背。也指谄谀献媚的人。《诗经·邶风·新台》:"燕婉之求,籧篨不鲜。"又:"燕婉之求,得此戚施。"《论衡·累害》:"戚施弥妒,蘧蒢多佞。"

③俯仰:低头抬头。

④逶迤(yǐ):曲折进行貌。

⑤窥看:谓窥看人事的兴衰变化。

⑥向背:谓盛者向而附之,衰者背而去之。

⑦归：趋向。市：市集。《孟子·梁惠王》："去邠，逾梁山，邑于岐山之下居焉……从之者如归市。"

⑧脱遗：李周翰注："如人脱屣（鞋）而遗之也。"遗，抛弃。《诗经·小雅·谷风》："将安将乐，弃予如遗。"

⑨名：指忠直之名。身：生命。吕向注："名与身孰亲，言身可亲也，忠直之名不可近也。"《老子》四十四章："名与身孰亲？身与货孰多？得与亡孰病？"

⑩得：指得到名利。失：指失去名利。贤：多，胜过。吕向注："言得者贤也。"

⑪珍：重。吕向注："言荣者重也。"

⑫洁：刘良注："谓装饰使其鲜洁。"

⑬矜：夸耀。车徒：车马侍从。

⑭冒：贪求。货贿：《周礼·大宰》："六曰商贾，阜通货贿。"注："金玉曰货，布帛曰贿。"

⑮淫：沉溺。声色：音乐美色。

⑯脉脉：李善注："郭璞曰：'脉脉，谓相视貌也。'"张铣注："骄诈貌。"当是一种看看别人以自我炫耀的表情和神气。

⑰龙逢：即关龙逢，夏桀时的贤臣。桀为酒池糟丘，龙逢极谏，被囚禁杀害。比干：商纣王的叔伯父（一说庶兄），官至少师。纣淫虐无度，比干以死力谏，纣将其剖心而死。

⑱惟：思。飞廉：商纣王的谄谀之臣。一作"蜚廉"。周武王灭商，将其赶到海滨处死。恶来：商纣王的谄谀之臣，飞廉之子。周武王灭商，与纣同时被杀。

⑲伍子胥：即伍员，字子胥，春秋末吴国大臣。原为楚人，因其父伍奢、其兄伍尚俱被楚平王杀害，避难奔吴。吴王夫差打败越国，越请和，子胥主张不与越和，夫差不听，后信谗迫令子胥自杀。属镂：剑名。吴王夫差赐子胥属镂令其自刎。

⑳费无忌：春秋时楚臣，一作"费无极"。奸而善谀。原为令尹子常近臣，后受平王宠信，谗害太子建，株连其傅伍奢一家。后被子常处死。夷：灭。

㉑汲黯：西汉大臣。初为荥阳令，因耻为令，托病回乡。武帝闻之，召拜为中大夫，迁东海太守，又召为主爵都尉，列于九卿。黯"好直谏，数犯主之颜色"（《史记》本传），曾因犯小法被免官。而黯位列九卿时，还是小吏的公孙弘和张汤，不久却位至丞相和御史大夫。黯后为淮阳太守，七年后卒。主爵：指主爵都尉。

㉒惩：警戒。张汤：西汉大臣。武帝时，历任太中大夫、廷尉、御史大夫等职。治狱严峻。后遭朱买臣等诬陷，武帝"果以汤怀诈面欺"，数使人责汤，汤自杀。死后，"昆弟诸子欲厚葬汤，汤母曰：'汤为天子大臣，被污恶言而死，何厚葬乎！'载以牛车，有棺无椁"（《史记·酷吏列传》）。

㉓萧望之：西汉大臣。宣帝时累官至御史大夫，又左迁太子太傅。元帝即位，以师傅见重。后遭宦官弘恭、石显等排挤，被迫自杀。跋踬(zhì)：刘良注："谓折挫也。"本为脚踩之意。

㉔石显：西汉宦官。为人外巧慧而内阴险，好施阴谋诡计，元帝时先后谮杀萧望之、京房、贾捐之等。成帝即位，渐失势，又经丞相、御史等揭发旧恶，被免官徙归故郡，途中忧懑不食，病卒。绞缢：上吊。刘良注："石显病死，而言绞缢者，误也。"

㉕达者：通达知命的人。是对希世苟合之士的讽刺。算：谋虑。

【译文】

　　凡苟且迎合世俗的人，喜欢谄谀献媚的人，按照贵人的脸色俯仰行事，在势利之间曲折前行。贵人的意见不管对与不对，赞美之声都像水在流淌；贵人的言论不管可行与否，应对之言都如响之应声。以窥看盛衰作为精神，以或向或背算作变通。权势集于某人时，前往追随就像赶集一样踊跃；某人失去权势时，背弃而去就像脱鞋扔掉。他们说过这样的话:"声名和生命哪一个更亲切? 获得和丧失哪一个更有利? 荣耀和屈辱哪一个更重要?"所以便鲜洁其衣服穿戴,夸耀其车马侍从,贪求其金玉布帛,沉溺其音乐美色,左顾右盼自以为是得到好处了。只看见龙逢、比干失去了生命,而不想想飞廉、恶来也被灭掉了家族。只知道伍子胥在吴国被迫用属镂剑自刎,而不警戒费无忌在楚国也被诛灭。只讥笑汲黯做主爵都尉直到白头,而不警戒张汤后来遇到了以牛车安葬的灾祸。只笑话萧望之被迫自杀受挫于前,而不害怕石显被免官自缢于后。所以这些通达知命者的谋虑,各人都是没有留下余地的。

曰:凡人之所以奔竞于富贵①,何为者哉? 若夫立德必须贵乎②? 则幽、厉之为天子,不如仲尼之为陪臣也③。必须势乎④? 则王莽、董贤之为三公⑤,不如杨雄、仲舒之阒其门也⑥。必须富乎? 则齐景之千驷⑦,不如颜回、原宪之约其身也⑧。其为实乎⑨? 则执勺而饮河者⑩,不过满腹,弃室而洒雨者,不过濡身⑪,过此以往,弗能受也。其为名乎? 则善恶书于史册,毁誉流于千载⑫,赏罚悬于天道⑬,吉凶灼乎鬼神⑭,固可畏也。将以娱耳目乐心意乎? 譬命驾而游五都之市⑮,则天下之货毕陈矣;褰裳而涉汶阳之丘⑯,则天下之稼如云矣;椎绀而守敖庚、海陵之仓⑰,则山坻之积在前矣⑱;扱衽而登钟山、蓝田之上⑲,则夜光、玙璠之珍可观矣⑳。夫如是也,为物甚众,为己甚寡㉑;不爱其身㉒,而啬其神㉓;风惊尘起,散而不止㉔;六疾待其前㉕,五刑随其后㉖;利害生其左,攻夺出其右;而自以为见身名之亲疏、分荣辱之客主哉㉗!

【注释】

①奔竞：奔走竞争。

②立德：树立圣人的德行。《春秋左传·襄公二十四年》："太上有立德，其次有立功，其次有立言，虽久不废，此之谓不朽。"

③"则幽、厉"二句：李周翰注："言人立身在于有道，不在富贵也。周幽王、厉王之无道，虽为天子，不如仲尼有道而为陪臣也。"陪臣，诸侯之大夫，对天子自称陪臣；大夫之家臣也称陪臣。

④势：权势。

⑤王莽：西汉元帝皇后之侄。平帝时拜大司马，总揽朝政。平帝死，立孺子婴为帝，自称摄皇帝。不久称帝，改国号为新。董贤：西汉大臣。哀帝时为黄门郎、驸马都尉侍中。善媚上，倍受宠幸，贵震朝廷。官至大司马卫将军，封高安侯。哀帝卒，被王莽劾，自杀。三公：西汉时以大司马、大司徒、大司空为三公。

⑥杨雄：即扬雄，西汉著名辞赋家、哲学家。其人"清静无为，少嗜欲，不汲汲于富贵，不戚戚于贫贱，不修廉隅以徼名当世"，"家素贫，嗜酒，人希至其门"（《汉书》本传）。仲舒：即董仲舒，西汉著名思想家，今文经学大师。"少治《春秋》，孝景时为博士。下帷讲诵，弟子传以久次相授业，或莫见其面。盖三年不窥园。""及去位归居，终不问家产业，以修学著书为事"（《汉书》本传）。阒（qù）：寂静。《周易·丰》："窥其户，阒其无人。"

⑦齐景：即齐景公，春秋时齐国国君。好治宫室，聚狗马，厚赋重刑，奢侈无度。驷：古代一般用四匹马驾一辆车，所以一驷就是四匹马。《论语·季氏》："齐景公有马千驷，死之日，民无德而称焉。伯夷、叔齐饿于首阳之下，民到于今称之。"

⑧颜回：孔子弟子。《论语·雍也》："子曰：'贤哉，回也！一箪食，一瓢饮，在陋巷，人不堪其忧，回也不改其乐。贤哉，回也！'"原宪：字子思，春秋末宋人，孔子弟子。《孔子家语·七十二弟子

解》说他"清净守节,贫而乐道"。孔子卒后,退隐于卫。约:约束,检束。《论语·子罕》:"夫子循循然善诱人,博我以文,约我以礼。"

⑨实:财物。《春秋左传·文公十八年》:"聚敛积实,不知纪极。"

⑩饮河:到河边喝水。《韩诗外传》:"子贡曰:'若臣之事仲尼,譬犹渴操壶杓,就江海而饮之,腹满而去,又安知江海之深乎?'"

⑪濡:浸湿。

⑫毁誉:诋毁与赞誉。《论语·卫灵公》:"吾之于人也,谁毁谁誉?"《淮南子·缪称训》:"故三代之善,千岁之积誉也;桀纣之恶,千岁之积毁也。"

⑬天道:指支配人类命运的天神意志。《尚书·汤诰》:"天道福善祸淫,降灾于夏。"

⑭灼:明。

⑮命驾:命御者驾车。五都:历代所指不同。汉时以洛阳、邯郸、临淄、宛、成都为五都,三国魏时以长安、谯、许昌、邺、洛阳为五都。

⑯褰(qiān):撩起,提起。《诗经·郑风·褰裳》:"子惠思我,褰裳涉溱。"汶阳:春秋时鲁地,在汶水(在今山东境内)之北,有大片农田。《春秋左传·僖公元年》载鲁僖公曾以汶阳之田赐季友。

⑰椎纷:一撮之髻,形状如椎。纷,同"髻""结"。椎纷,也作"魋结"。代指普通士兵。《史记·陆贾列传》:"尉他魋结箕倨见陆生。"服虔曰:"魋音椎。今兵士椎头结。"敖庚:即敖仓,秦代所建仓名,在今河南荥阳东北敖山上。《史记·项羽本纪》:"汉军荥阳,筑甬道属之河,以取敖仓粟。"庚,粮囷。海陵:也是仓名。《汉书·枚乘传》:"转粟西乡,陆行不绝,水行满河,不如海陵之仓。"

⑱山坻(chí)之积:形容粮食之多。坻,小丘。《诗经·小雅·甫田》:"曾孙之庾,如坻如京。"

⑲扱(chā):插。衽(rèn):衣襟。《礼记·问丧》:"亲始死,鸡斯徒

跣,扱上衽。"钟山:昆仑山,传说产美玉。《淮南子·俶真训》:"譬若钟山之玉,炊以炉炭,三日三夜而色泽不变,则至德天地之精也。"蓝田:县名。在今陕西蓝田西。据《周礼》注,玉之美者曰球,次美者曰蓝,以县出美玉故名。

⑳夜光:明珠名。桓谭《新论》:"夜光之珠,潜辉郁浦。"玙璠(yú fán):美玉名。

㉑为己甚寡:谓为己之所得者甚少。寡,少。

㉒身:指自身的品节行为。

㉓啬:爱惜。神:精神。前云"以窥看为精神",李周翰注:"夫人立身之本在孝与忠,而行其道德,去其邪恶,是爱身也。岂其专务谄邪不义,则是不爱其身而爱其神也。"

㉔"风惊"二句:李善注:"风惊尘起,喻恶积而衅生;尘散而不止,喻衅生而不灭。"

㉕六疾:六种疾病。《春秋左传·昭公六年》:"天有六气……淫生六疾。六气曰阴、阳、风、雨、晦、明也。分为四时,序为五节,过则为灾:阴淫寒疾,阳淫热疾,风淫末疾,雨淫腹疾,晦淫惑疾,明淫心疾。"

㉖五刑:五种轻重不等的刑法。古以墨(在额上刺字并染成黑色)、劓(割鼻)、剕(断足)、宫(阉割生殖器)、大辟(处死)为五刑。

㉗"而自以为"二句:李善注:"言奔竞之伦,祸败若此,而乃尚自以为审见身名亲疏之理,妙分荣辱客主之义哉。言惑之甚也。"客主,谓以荣为主,以辱为客。

【译文】

那么要问:大凡人们之所以奔走竞逐富贵,是为了什么呢?树立圣人之德必须尊贵吗?那么周幽王、周厉王之为天子,不如仲尼之为陪臣。必须有权势吗?那么王莽、董贤之为三公,不如扬雄、董仲舒门庭冷清。必须富有吗?那么齐景公拥有四千匹马,不如颜回、原宪检束其身。是为财物吗？那么拿着勺到河边饮水的人，不过饮个满腹，离开屋子到外面淋雨的人，不过淋湿身子，超过了这个需要的河水、雨水，是无法再接受的。是为名声吗？那么善恶记载在史册上，诋毁赞誉流传千年，赏罚由天神的意志所支配，吉凶对于鬼神最明白，这本来就是可怕的。将要以此来愉悦耳目快乐心意吗？譬如命御者驾车游览五都的人，就可以看到天下的货物全都陈列在那里了；提着衣裳登上汶阳的山丘，就可以看到天下的庄稼像云彩一样多了；挽着椎髻的士兵守卫敖庾、海陵两座粮仓，就可以看到小山一样的粮食堆积在眼前了；插上衣襟登上钟山和蓝田，珍贵的夜光、玙璠就可以看到了。像这样，东西特别的多，而归自己所有的又特别的少；不爱惜自己的品节，却爱惜自己的精神；大风骤起尘埃飞升，尘埃飘散却不停止；六种疾病等在前面，五种刑法跟在后面；利害产生在左面，攻夺出现在右面；却还自以为看清了生命和声名的亲疏、分清了荣耀和屈辱的主客呢！

　　天地之大德曰生①，圣人之大宝曰位②。何以守位曰仁，何以正人曰义。故古之王者，盖以一人治天下，不以天下奉一人也；古之仕者，盖以官行其义，不以利冒其官也③。古之君子，盖耻得之而弗能治也④，不耻能治而弗得也。原乎天人之性⑤，核乎邪正之分⑥，权乎祸福之门⑦，终乎荣辱之筭⑧，其昭然矣，故君子舍彼取此⑨。若夫出处不违其时⑩，默语不失其人。天动星回，而辰极犹居其所⑪；玑璇轮转，而衡轴犹执其中⑫。既明且哲⑬，以保其身，贻厥孙谋⑭，以燕翼子者⑮，昔吾先友尝从事于斯矣⑯。

【注释】

　　①生：指生长万物。《周易·系辞》："天地之大德曰生，圣人之大宝

曰位。何以守位曰仁，何以聚人曰财。理财正辞、禁民为非
曰义。"

②大宝：最宝贵的事物。位：地位。

③"古之"几句：李周翰注："古人所以入仕者，以官为行义之本，不
以禄为利而贪其官位也。"冒，贪求。

④得：指得到官位。

⑤原：推其根源，探究。

⑥核乎邪正之分：李善注："《吕氏春秋》曰：'众正之所积，其福无不
及；众邪之所积，其祸无不违。'"核，考查。

⑦权乎祸福之门：李善注："《尸子》曰：'圣人权福则取重，权祸则取
轻。'《吕氏春秋》曰：'少多治乱，不可不察，此祸福之门也。'《管
子》曰：'为善者有福，为不善者有祸。'"权，权衡。

⑧终乎荣辱之筭：刘良注："言自上至此，论而筭之，则天下邪正、祸
福、荣辱之事皆昭然明白可以知也。"筭，谋虑。

⑨舍彼取此：李善注："言舍欲利而取仁义也。"吕延济注："舍彼邪
佞之道，取此忠正之理。"

⑩出处：进退。指做官和隐退。

⑪"天动"二句：李善注："言君子之性，语默出处，虽从其时，而中心
常不改其操，似天动星回，而北辰常居其所而不改也。"辰极，北
极星，又称北辰，是出现在天空北部的一颗亮星。由于距天球北
极很近，而地球自转轴正对着天球北极，因而从地球看上去，它
的位置几乎不变。《论语·为政》："为政以德，譬如北辰，居其所
而众星共之。"

⑫"玑、璇"二句：吕向注："璇玑谓北斗柄也，逐四时以指四方；而衡
星在七星之中不迁其处也，有如轴不转而轮动焉，故云执其中
也。以喻贤圣之人虽遇时各异，而志节不改。"玑、璇，与下"衡"
皆为北斗七星中的星名。《史记·天官书》："北斗七星，所谓

'旋、玑、玉衡，以齐七政'。"《索隐》："案：《春秋运斗枢》云：'斗，第一天枢，第二旋，第三玑，第四权，第五衡，第六开阳，第七摇光。第一至第四为魁，第五至第七为标，合而为斗。'"

⑬哲：明智，通达事理。《诗经·大雅·烝民》："既明且哲，以保其身。"

⑭贻：留下。厥：其。孙：音义同"逊"。《诗经·邶风·击鼓》："于嗟逊兮。"毛传："逊，远也。"张铣注："言明智安身，遗其远谋，以安敬其子孙。"

⑮燕：安定。翼：覆盖，庇护。

⑯先友：祖先的朋友。指孔子。张铣注："康之先也，与孔子同志为友，故云吾先友也。"孔子与老子同时而稍晚，曾跟老子学习过，老子名聃，一说姓李名耳，李康或以老子为祖先。《论语·泰伯》："曾子曰：'以能问于不能，以多问于寡……昔者吾友尝从事于斯矣。'"

【译文】

　　天地的大德叫生长万物，圣人的大宝叫地位。用来守住地位的叫做仁，用来端正人心的叫做义。所以古代做王的人，只用他一个人来治理天下，不是用天下来奉养他一个人；古代做官的人，是利用官位施行他的义，不是因为利禄贪求他的官位。古代的君子，为得到了官位却不能进行治理而羞愧，不为能够进行治理却没有得到官位而羞愧。探究天和人的本性，考查邪和正的分别，权衡祸与福的门径，最终得出关于荣与辱的谋虑，其区别十分显然，所以君子要舍彼而取此。至于出来做官和在家隐处要不违其时，静默和说话要不失其人。天体转动众星运转，而北极星仍停留在老地方；璇玑像车轮一样不停转动，而衡星像车轴一样仍居中执掌。既明白事理又知识渊博，以保全自己的节操，将这长远的谋虑流传下去，以安定保护好子孙，以前我祖先的朋友便曾这样做了。

陆士衡

见卷第十六《叹逝赋》作者介绍。

辩亡论上下二首

辩亡论上

【题解】

本文论述三国吴孙权之所以兴,孙皓之所以亡。《晋书·陆机传》:"年二十而吴灭,退居旧里,闭门勤学,积有十年。以孙氏在吴,而祖父世为将相,有大勋于江表,深慨孙皓举而弃之,乃论权所以得,皓所以亡,又欲述其祖父功业,遂作《辩亡论》二篇。"文章在写法上摹仿贾谊《过秦论》,如上篇写吴武烈皇帝(孙坚)慷慨下国一段,仿《过秦论》秦孝公席卷天下一段;列叙吴国人物一段,仿《过秦论》列叙六国人物一段等。但作意各自不同:贾谊意在总结秦朝覆灭的教训,为当朝皇帝提供历史的借鉴,陆机作为孙吴遗臣,则更多是为了寄托故国之思。笔势不如《过秦论》锋利流畅,但说理透辟,抒慨深沉,文辞壮丽,滔滔汩汩,仍不愧为晋代论文中之"最为博大者"(刘师培《中国中古文学史》)。《文心雕龙·论说》评云:"陆机《辨(辩)亡》,效《过秦》而不及,然亦其美矣。"

昔汉氏失御①,奸臣窃命②。祸基京畿③,毒遍宇内④。皇纲弛紊⑤,王室遂卑⑥。于是群雄蜂骇⑦,义兵四合⑧。吴武烈皇帝慷慨下国⑨,电发荆南⑩。权略纷纭⑪,忠勇伯世⑫。威棱则夷羿震荡⑬,兵交则丑虏授馘⑭。遂扫清宗祊⑮,蒸裼皇祖[16]。于时云兴之将带州[17]，飙起之师跨邑[18]。哮嚱之群风驱[19]，熊罴之众雾集[20]。虽兵以义合，同盟戮力[21]，然皆苞藏祸心[22]，阻兵怙乱[23]。或师无谋律[24]，丧威稔寇[25]。忠规武节[26]，未有如此其著者也[27]。

【注释】

①失御：失去驾御。

②奸臣：指董卓。灵帝时任并州牧，昭宁元年（189）利用外戚宦官火并的机会，率兵入洛阳，废少帝，立献帝，自任相国，专断朝政。窃命：谓盗用国家的权柄。扬雄《法言·渊骞》："上失其政，奸臣窃国命。"

③基：始。

④毒：祸患。宇内：天下。

⑤皇纲：朝廷的纲纪法度。驰紊：驰废紊乱。扬雄《剧秦美新》："帝典阙而不补，王纲驰而未张。"

⑥卑：衰微。

⑦蜂骇：蜂起。比喻众多。

⑧义兵：李善注："魏相曰：'救乱诛暴，谓之义兵。'"

⑨武烈皇帝：指孙坚。东汉末江东豪强，吴郡富春（今浙江富阳）人。吴主孙权之父。东汉灵帝中平元年（184）从朱儁镇压黄巾军，授别部司、议郎，继任长沙太守。后与袁术攻董卓。献帝初平三年（192）受术命征荆州刘表，被表将黄祖部下射死。孙权称帝后，追谥为武烈皇帝。慷慨：意气激昂貌。下国：诸侯国，指长沙郡。长沙郡在西汉时为长沙国。

⑩电发：喻起兵迅疾。荆南：荆州。也指长沙郡。

⑪权略：权变的谋略。纷纭：多貌。

⑫伯世：特出当世。

⑬威棱:声威。《汉书·李广传》武帝报书:“名声暴于夷貉,威棱憺乎邻国。”夷羿(yì):传说中夏代有穷国的君主,因有穷国属东夷族,故称夷羿。善射。《山海经·海内经》:“帝俊赐羿彤弓素矰(zēng),以扶下国。”

⑭丑虏:对敌人的蔑称。馘(guó):战争中割取敌人的左耳以计数报功,称馘。

⑮宗祊(bēng):宗庙。

⑯蒸禋(yīn):祭祀。皇祖:指西汉开国皇帝刘邦。《三国志·吴书·孙破虏讨逆传》注引《吴书》:“坚入洛,扫除汉宗庙,祠以太牢。”

⑰云兴:如云之兴起。喻多。带:布满。

⑱飙起:如暴风之起。喻兵多而勇。跨:据有。

⑲哮阚(xiāo hǎn):指虎豹。哮,虎叫。阚,虎怒。

⑳熊罴(pí):两种猛兽,比喻勇士。

㉑戮(lù)力:并力,合力。戮,通“勠”。

㉒苞藏祸心:谓欲行篡逆之事。苞,通“包”。《春秋左传·昭公元年》:“将恃大国之安靖已,而无乃包藏祸心以图之?”

㉓阻:仗恃。怙(hù)乱:谓乘乱取利。怙,倚仗。

㉔谋律:谋策之法。李善注:“言出师之法,必以律齐之。今则不然,各恃兵怙乱,而出师无律也。”《周易·师》:“师出以律,否臧凶。”

㉕稔(rěn)寇:指时机成熟可一举击溃之敌。稔,庄稼成熟曰稔。引申指事物酝酿成熟。

㉖忠规:谓在忠诚方面所树立的典范。武节:犹武德。

㉗著:卓著。张铣注:“言群雄忠规武节,未有如孙坚之盛也。”

【译文】

以前汉朝失去驾驭,奸臣窃取了国家权柄。祸乱开始在京畿产生,很快遍及整个中国。朝廷法度驰废紊乱，王室从此陷入衰微。于是群雄蜂起，义兵从四方会合拢来。吴武烈皇帝在下国意气激昂，闪电般起兵于荆南。权变的谋略纷纷出台，忠诚勇敢特出当世。声威使夷羿震动惊惧，交兵使乱寇献上首级。于是扫清宗庙，祭祀汉祖。当时多如云涌的将领布满州郡，如暴风卷起的军队占据城邑。虎豹之群如风驱驰，熊罴之众如雾聚积。虽然兵马因举义而会合在一起，结成同盟并力杀敌，却都包藏祸心，企图仗恃兵力乘乱取利。有的军队无谋策之法，丧失军威于条件成熟可以击败之敌。忠诚武德，没有谁像武烈皇帝这样表现卓著的。

武烈既没①，长沙桓王逸才命世②，弱冠秀发③，招揽遗老④，与之述业⑤。神兵东驱⑥，奋寡犯众，攻无坚城之将，战无交锋之虏⑦。诛叛柔服⑧，而江外底定⑨；饰法修师⑩，则威德翕赫⑪。宾礼名贤⑫，而张昭为之雄⑬；交御豪俊⑭，而周瑜为之杰⑮。彼二君子，皆弘敏而多奇⑯，雅达而聪哲⑰，故同方者以类附⑱，等契者以气集⑲，而江东盖多士矣。将北伐诸华⑳，诛锄干纪㉑，旋皇舆于夷庚㉒，反帝座乎紫闼㉓，挟天子以令诸侯㉔，清天步而归旧物㉕。戎车既次㉖，群凶侧目㉗，大业未就，中世而殒㉘。

【注释】

①没：通"殁"，死亡。

②长沙桓王：指孙策。孙坚之子，孙权之兄。孙坚死后，依附袁术，袁术以孙坚旧部归其率领。兴平二年（195），率军渡江，削平江东割据势力，建立政权。建安五年（200），曹操与袁绍相拒于官渡，谋乘机袭许都，迎献帝。未发，为故吴郡太守许贡门人刺伤

而死。孙权称帝后,追谥为长沙桓王。逸才:才智出众。命世:
著名于当世。

③弱冠:古代男子二十岁行冠礼,弱冠即指二十岁左右的年纪。秀
发:本谓谷物生长茂盛,以喻才气横溢,具有丰采。

④遗老:本指前朝或已故皇帝之臣。这里指孙坚留下的旧部。

⑤述业:谓承断孙坚未竟之业。述,传承。

⑥东驱:谓渡江东征。

⑦"攻无"二句:吕延济注:"言前敌虽有守坚城之将,亦攻而破之;
前敌不敢交锋刃而与斗战也。"

⑧柔:安抚。《春秋左传·文公七年》:"叛而不讨,何以示威? 服而
不柔,何以示怀?"

⑨江外:指长江以南地区。从中原看,地在长江之外。厎(zhǐ):致。

⑩饬:通"饬",整治,整顿。修师:刘良注:"谓理兵也。"

⑪威德:声威与德行。翕赫:盛貌。

⑫宾礼:待以宾客之礼。《汉书·晁错传》:"宾礼长老,爱恤少孤。"

⑬张昭:字子布,彭城(今江苏徐州)人。东汉末渡江南下。"孙策
创业,命昭为长史、抚军中郎将,升常拜母,如比肩之旧,文武之
事,一以委昭"(《三国志·吴书》本传)。孙策死,辅立孙权,官至
辅吴将军,封娄侯。

⑭御:任用。

⑮周瑜:字公瑾,庐江舒(今安徽庐江东南)人。与孙策同岁,相友
善。策东渡,瑜率兵迎之,为建威中郎将。策死,与张昭同辅孙
权,为前部大都督。建安十三年(208),与刘备联军大破曹操于
赤壁,不久病卒。

⑯弘敏:大度机敏。

⑰雅达:风雅通达。哲:智。

⑱同方:同类。《周易·系辞》:"方以类聚,物以群分。"

⑲等契：同辈。契，投合。气：意趣。《周易·乾》："子曰：'同声相应，同气相求。'"

⑳诸华：中原诸国。这里指以曹操为首的中原群雄。《春秋左传·昭公三十年》："吴，周之胄裔也，而弃在海滨，不与姬通，今而始大，比于诸华。"

㉑诛锄：清除。屈原《卜居》："宁诛锄草茅，以力耕乎？"干纪：违犯法纪。《春秋左传·襄公二十三年》："毋或如臧孙纥干国之纪，犯门斩关！"

㉒皇舆：国君所乘的高大车辆。皇，大。代指献帝。夷庚：车马往来的平道。代指孙策所在的江东。李善注引繁钦《辨惑》："吴人者，以船楫为舆马，以巨海为夷庚。"（全文今佚）《三国志·吴书·孙破虏讨逆传》："建安五年，曹公与袁绍相拒于官渡，策阴欲袭许，迎汉帝。"

㉓紫闼（tà）：帝宫。

㉔挟：挟制。《战国策·秦策》："据九鼎，按图籍，挟天子以令天下，天下莫敢不听。"《三国志·蜀书·诸葛亮传》："今操已拥百万之众，挟天子而令诸侯，此诚不可与争锋。"

㉕天步：国运。旧物：指前代的典章制度。

㉖戎车：战车。次：按顺序排列。

㉗侧目：不敢正视，为恐惧貌。

㉘中世：中途。

【译文】

武烈皇帝死后，长沙桓王英才盖世，二十岁左右就才华横溢，招揽武烈皇帝的旧部，与他们传承武烈皇帝未竟的大业。率领神勇之兵往江东开进，奋力以少数兵力进击众多之敌，进攻则敌人没有能够守住坚城的将领，交战则敌人没有敢与之交锋的士兵。讨伐叛乱者安抚顺服者，江东终于得以平定；整顿法纪治理军队，声威德行更加显著。对有名望的贤士待以宾客之礼，而张昭是这些人中的佼佼者；交接任用豪俊之士，而周瑜是这些人中的特出者。这两位君子都大度机敏而多奇才，风雅通达而聪慧多智，所以同类的人们都因志向相同前来归附，能够投契的人们都因意趣一样前来汇聚，而江东这里就人才众多了。将要北伐中原群雄，清除违犯法纪的人们，转回帝车使之重返平道，返回帝座使之重置皇宫，挟持天子以号令诸侯，振兴国运使之恢复旧有典制。战车已经依次排列，群凶为之侧目震惧，大业尚未成功，却中途丧失了生命。

用集我大皇帝①，以奇踪袭于逸轨②，睿心因于令图③。从政咨于故实④，播宪稽乎遗风⑤；而加之以笃固⑥，申之以节俭⑦。畴咨俊茂⑧，好谋善断。束帛旅于丘园⑨，旌命交于途巷⑩。故豪彦寻声而响臻⑪，志士希光而景骛⑫，异人辐凑⑬，猛士如林。于是张昭为师傅⑭，周瑜、陆公、鲁肃、吕蒙之俦⑮，入为腹心，出作股肱⑯；甘宁、凌统、程普、贺齐、朱桓、朱然之徒奋其威⑰，韩当、潘璋、黄盖、蒋钦、周泰之属宣其力⑱。风雅则诸葛瑾、张承、步骘⑲，以名声光国；政事则顾雍、潘濬、吕范、吕岱⑳，以器任干职㉑；奇伟则虞翻、陆绩、张温、张惇㉒，以讽议举正㉓；奉使则赵咨、沈珩㉔，以敏达延誉；术数则吴范、赵达㉕，以祎祥协德㉖；董袭、陈武杀身以卫主㉗，骆统、刘基强谏以补过㉘。谋无遗谞㉙，举不失策㉚。故遂割据山川，跨制荆、吴㉛，而与天下争衡矣㉜。

【注释】

①集：成就，成全。刘良注："言天用集会其命于我大皇帝也。"大皇

帝:指孙权。孙权字仲谋,继其兄孙策据有江东六郡。建安十三年(208)联合刘备大败曹操于赤壁,继又联曹反蜀夺取荆州,后又在彝陵之战中大败刘备。黄龙元年(229)称帝,建都建业,国号吴。死后谥大皇帝。

②奇踪:非凡的作为。袭:继承。逸轨:超凡的作为。轨,踪迹。谓孙权继承了父兄非凡的才干和事业。

③睿心:圣明之心。睿,通达,明智。因:因袭。令图:良谋。

④咨:征求,仿效。故实:值得效法的旧事。《国语·周语》:"赋事行刑,必问于遗训,而咨于故实。"

⑤播宪:传布法令。稽:考查,参考。遗风:遗留下来的风尚、原则。《史记·周本纪》:"宣王即位,二相辅之,修政,法文、武、成、康之遗风,诸侯复宗周。"

⑥笃固:张铣注:"言其志敦厚而坚固也。"

⑦申:重,再加上。《春秋左传·成公十三年》:"申之以盟誓,重之以昏姻。"

⑧畴咨:《尚书·尧典》:"帝曰:'畴咨共时登庸。'"孔传:"畴,谁;庸,用也。谁能咸熙庶绩,顺是事者,将登用之。"这里是访问、访求之意。俊茂:才智出众的人。

⑨束帛:帛五匹为束,用作聘问的礼物。丘园:丘墟园圃,为隐者所居之地。《周易·贲》:"贲于丘园,束帛戋戋。"

⑩旌命:表扬征召。途巷:道路间巷。

⑪豪彦:豪放杰出之士。响:回声。《周易·系辞》:"其受命也如响。"臻:至。

⑫希光:企仰光辉。景:亮光,日光。骛:驰。

⑬辐凑:辐是车轮中连接轴心和轮圈的直木条,车辐集中于轴心称辐凑。喻人物聚集一处。《淮南子·主术训》:"夫人主之听治也,清明而不暗,虚心而弱志,是故群臣辐凑并进,无愚智贤不

肖,莫不尽其能。"

⑭师傅:老师。《三国志·吴书·吴主传》:"待张昭以师傅之礼,而
周瑜、程普、吕范等为将军。招延俊秀,聘求名士,鲁肃、诸葛瑾
等始为宾客。"

⑮陆公:指陆逊。字伯言,孙策婿,陆机祖父。鲁肃:字子敬,临淮
东城(今安徽定远东南)人。周瑜荐之于孙权,甚受敬重。吕蒙:
字子明,汝南富陂(今安徽阜阳)人。俦:同类,同辈。

⑯股肱(gōng):大腿与胳膊。喻辅佐大臣。

⑰甘宁:字兴霸,巴郡临江(今重庆忠县)人。凌统:字公绩,吴郡余
杭(今浙江余杭)人。程普:字德谋,右北平土垠人(今河北唐山
丰润区)人。贺齐:字公苗,会稽山阴(今浙江绍兴)人。朱桓:字
休穆,吴郡(今江苏苏州)人。朱然:字义封,丹杨故鄣(今浙江安
吉西北)人。徒:同类,辈。奋:奋发,振起。

⑱韩当:字义公,辽西令支(今河北迁安西)人。潘璋:字文珪,东郡
东干(今山东冠县东)人。黄盖:字公覆,零陵泉陵(今湖南零陵)
人。蒋钦:字公奕,九江寿春(今安徽寿县)人。周泰:字幼平,九
江下蔡(今安徽凤台)人。属:类,辈。宣其力:用其力。

⑲风雅:风流儒雅。诸葛瑾:字子瑜,琅邪阳都(今山东沂南南)人。
诸葛亮之兄。张承:字仲嗣,张昭子。步骘(zhì):字子山,淮阴
(今江苏淮阴西南)人。

⑳政事:施政办事。顾雍:字元叹,吴郡吴(今江苏苏州)人。潘濬:
字承明,武陵汉寿(今湖南常德东北)人。吕范:字子衡,汝南细
阳(今安徽阜阳北)人。吕岱:字定公,广陵海陵(今江苏泰
州)人。

㉑器任:胜任的才能。干:办理,担任。

㉒奇伟:奇特雄伟。虞翻:字仲翔,会稽余姚(今浙江余姚西北)人。
陆绩:字公纪,吴郡吴(今江苏苏州)人。张温:字惠恕,吴郡吴

（今江苏苏州）人。张惇：字叔方，吴郡（今江苏苏州）人。

㉓讽议：以婉言议论。讽，通"风"。《诗经·小雅·北山》："或出入风议，或靡事不为。"

㉔赵咨：字德度，南阳（今河南南阳）人。沈珩：字仲山，吴郡（今江苏苏州）人。

㉕术数：用阴阳五行来推断人事吉凶的数理。吴范：字文则，会稽上虞（今浙江上虞西）人。赵达：河南（今河南洛阳）人。

㉖机（jī）祥：祈求鬼神以致福去灾。

㉗董袭：字元代，会稽余姚（今浙江余姚西北）人。陈武：字子烈，庐江松滋（今安徽潜山市西南）人。

㉘骆统：字公绪，会稽乌伤（今浙江义乌）人。刘基：宇敬舆，东莱牟（今山东蓬莱东南）人。强（qiǎng）谏：竭力谏诤。

㉙谞（xǔ）：才智。

㉚举：提出建议。失策：失算。李善注引《东观汉记》："鲁恭上疏曰：'举无遗策，动不失其中。'"

㉛跨制：据有，控制。荆：指今湖北、湖南一带。这一带春秋时为楚国所辖。

㉜争衡：在角逐中较量胜负。《三国志·吴书·孙破虏讨逆传》："（孙策）呼权佩以印绶，谓曰：'举江东之众，决机于两阵之间，与天下争衡，卿不如我。'"

【译文】

　　上天成就了我们大皇帝，以非凡的作为继承了超凡的事业，以圣明之心继承了美好的谋虑。处理政务仿效父兄的旧制，传布法令参考遗留下来的原则；又加上敦厚坚固的志向，再加上节俭的品德。访求才智出众的人才，勤于思考，善于做出判断。带着束帛的使者在丘墟园圃穿行，表扬征召的文书在道路里巷交错。所以豪杰寻求音声如同回声赶到，志士企仰光辉如同亮光奔来，奇异的人才聚集一处，勇猛的将士多如林木。于是张昭做师傅,周瑜、陆公、鲁肃、吕蒙之辈,在朝为腹心之臣,出朝作股肱之臣;甘宁、凌统、程普、贺齐、朱桓、朱然之辈激扬其威风,韩当、潘璋、黄盖、蒋钦、周泰之辈贡献其勇力。风流儒雅则有诸葛瑾、张承、步骘,用他们的名声为国增光;施政办事则有顾雍、潘濬、吕范、吕岱,用他们足可胜任的才能担任公职;奇特雄伟则有虞翻、陆绩、张温、张惇,以婉言议论提出正确的意见;奉使出行则有赵咨、沈珩,用他们的机敏通达为国家播扬名誉;术数占卜则有吴范、赵达,用祈求鬼神以致福去灾的办法协和道德;董袭、陈武舍弃生命以保卫君主,骆统、刘基竭力谏诤以弥补过失。贡献计谋没有遗漏的才智,提出建议没有失算的时候。所以便能割据山川,控制荆、吴,而与天下较量胜负了。

　　魏氏尝藉战胜之威①,率百万之师②,浮邓塞之舟③,下汉阴之众④,羽楫万计⑤,龙跃顺流,锐骑千旅⑥,虎步原隰⑦,谋臣盈室⑧,武将连衡⑨,喟然有吞江浒之志⑩,一宇宙之气⑪。而周瑜驱我偏师⑫,黜之赤壁⑬,丧旗乱辙⑭,仅而获免,收迹远遁⑮。汉王亦凭帝王之号⑯,帅巴汉之民⑰,乘危骋变⑱,结垒千里,志报关羽之败,图收湘西之地。而陆公亦挫之西陵⑲,覆师败绩⑳,困而后济㉑,绝命永安㉒。续以濡须之寇㉓,临川摧锐㉔;蓬笼之战㉕,孑轮不反㉖。

【注释】

①战胜之威:建安十三年(208)冬,赤壁之战前,曹操连续取得了消灭袁氏、平定乌桓、不战而降荆州、大败刘备于当阳长坂等一连串胜利,故云。

②百万之师:曹操《与孙权书》:"今治水军八十万众,方与将军会猎于吴。"但据周瑜估计,曹操在赤壁之战中的实际兵力不过二十

三万左右。

③浮：李善注："孔安国《尚书传》曰：'顺流曰浮。'"邓塞：山名。《水经注·淯水》："淯水又东迳邓塞北，即邓城东南小山也，方俗名之为邓塞。"故址在今河南邓州东南。

④汉阴之众：指荆州的降兵，善水战，其数约七八万人。汉阴，汉水之南。

⑤羽楫：言船行迅疾如飞。楫，船桨。此处代指船。

⑥旅：军队编制单位，一旅五百人。

⑦虎步：威武之貌。原隰（xí）：原野。隰，低湿之地。

⑧谟臣：谋臣。

⑨衡：车辕前端的横木。李善注："包咸《论语》注曰：'衡，轭也。'戎车，武将所驾，故以连衡喻多也。"

⑩喟：叹声。江浒（hǔ）：江边。代指江东。

⑪一宇宙：统一天下。

⑫偏师：一部分军队。

⑬黜：击退。赤壁：地名。在今湖北嘉鱼境内，长江南岸。

⑭辙：车轮辗出的痕迹。《春秋左传·庄公十年》："吾视其辙乱，望其旗靡，故逐之。"

⑮收迹：吕向注："谓收其败余之兵。"遁：逃。

⑯汉王：指刘备。刘备于建安二十四年（219）秋称汉中王，章武元年（221）称帝。

⑰巴汉：即蜀汉。刘备称帝于蜀，国号汉，表示继承汉朝正统。巴，巴郡，辖有今四川东部地。

⑱乘危：踏入危险之地。骋变：驰入变幻莫测之地。

⑲西陵：《三国志·吴书·陆逊传》："（刘）备从巫峡、建平连围至夷陵界，立数十屯。"夷陵正当长江三峡最东边的西陵峡（西起今湖北秭归的香溪口，东到宜昌的南津关）东口。

⑳覆：倾覆败亡。败绩：溃败。

㉑济：成功。谓突围成功。《三国志·吴书·陆逊传》："（逊）破其四十余营。备将杜路、刘宁等穷逼请降。备升马鞍山，陈兵自绕。逊督促诸军四面蹙之，土崩瓦解，死者万数。备因夜遁，驿人自担，烧铙铠断后，仅得入白帝城。"

㉒绝命永安：刘备逃回鱼复县（巴东郡治所，在今四川奉节东）后，将鱼复改名永安。次年卒于永安宫。

㉓濡须：水名。源出今安徽巢湖，东南流入长江。孙权夹濡须水立坞以拒曹军，谓之濡须坞（故址在今安徽无为东北）。建安十八年（213）后，曹魏多次发兵攻击濡须，攻守双方互有胜负。

㉔摧：挫败。《三国志·吴书·吴主传》注引《吴历》："（建安十八年）曹公出濡须，作油船，夜渡洲上。权以水军围取，得三千余人，其没溺者亦数千人。"

㉕蓬笼：地名。即逢龙，在今安徽境内。《三国志·魏书·臧霸传》："张辽之讨陈兰，霸别遣至皖，讨吴将韩当，使权不得救兰。当遣兵逆霸，霸与战于逢龙，当复遣兵邀霸于夹石，与战破之。"

㉖孑轮不反：李善注："《公羊传》曰：'晋败秦于殽，匹马只轮无反者。'"孑，只，一只。

【译文】

魏氏曾凭借战胜强敌的威风，率领百万之众的军队，漂浮邓塞的战船，东下汉南地区的兵众，疾行的战船数以万计，如龙腾跃顺流而下，精锐的铁骑千旅，从岸上原野威猛开进，谋臣满屋，武将如车前相连的横木一样多，喟然有鲸吞江岸的志向，一统天下的气概。而周瑜率领我方部分军队，在赤壁将其挫败，使之丢掉旌旗车迹杂乱，曹操只保住了性命，收罗残兵败将远远逃去。汉王也曾凭借帝王称号，率领巴汉地区的兵众，进入危险莫测之地，构筑长达千里的营垒，志在为关羽的败亡复仇，图谋收回湘水以西的失地。而陆公也在西陵将其挫败，蜀军倾覆溃退,刘备被围困后得以逃脱,不久丧命永安。接着又有濡须之战,在江边将其精锐摧毁;还有蓬笼之战,敌军不剩一只车轮返回。

　　由是二邦之将,丧气挫锋,势衄财匮①,而吴莞然坐乘其弊②。故魏人请好③,汉氏乞盟④,遂跻天号⑤,鼎峙而立⑥。西屠庸、益之郊⑦,北烈淮、汉之涘⑧,东包百越之地⑨,南括群蛮之表⑩。于是讲八代之礼⑪,蒐三王之乐⑫,告类上帝⑬,拱揖群后⑭。虎臣毅卒⑮,循江而守;长棘劲铩⑯,望飚而奋⑰。庶尹尽规于上⑱,四民展业于下⑲。化协殊裔⑳,风衍遐圻㉑。乃俾一介行人㉒,抚巡外域,巨象逸骏㉓,扰于外闲㉔,明珠玮宝㉕,耀于内府㉖,珍瑰重迹而至㉗,奇玩应响而赴㉘;辒轩骋于南荒㉙,冲辌息于朔野㉚;齐民免干戈之患㉛,戎马无晨服之虞㉜,而帝业固矣。

【注释】

①衄(nǜ):缩。匮:乏。

②莞(wǎn)然:微笑貌。《论语·阳货》:"夫子莞尔而笑,曰:'割鸡焉用牛刀?'"乘:利用。弊:困乏。

③请好:请和。

④汉氏:蜀汉。乞盟:吕向注:"谓乞为誓言信不相伐也。"

⑤跻(jī):登上。天号:张铣注:"孙权遂从天命升为尊。"

⑥鼎峙:谓形势如鼎足三方峙立。《三国志·吴书·吴主传》:"故能自擅江表,成鼎峙之业。"

⑦屠:裂,划分。庸、益:指蜀汉。庸,庸部,西汉末王莽曾改益州为庸部。益,益州,辖有今四川大部及陕、甘、鄂、黔、滇的部分地区,治成都(今四川成都)。

⑧涘(sì):水边。张铣注:"言吴北以淮、汉二水为界。"

⑨百越:散居在今浙江、福建、广东、广西等地的越族,因其种类繁多,故称百越。贾谊《过秦论》:"南取百越之地,以为桂林、象郡。"

⑩括:包容。群蛮:古代对南方各少数民族的贬称。表:外。

⑪讲:讲习,训练。八代:指三皇五帝时代。

⑫蒐(sōu):通"搜",寻找。三王:指夏、商、周三代。张铣注:"宇内既平,讲说礼乐以见成功也。"

⑬告类:祭名。祭天。类,通"禷",以事类祭天。这里指向天帝报告天下太平之事。

⑭后:古代列国诸侯称后。吕向注:"谓拱手以揖诸侯示无事也。"

⑮虎臣:英勇的将帅。《诗经·鲁颂·泮水》:"矫矫虎臣,在泮献馘。"

⑯棘:通"戟",古兵器名。铩(shā):古兵器名。即长矛。

⑰奋:振动。

⑱庶尹:百官。庶,众。尹,正,官长。尽规:尽情规谏。

⑲四民:士、农、工、商。

⑳化:教化。协:协和,和睦。殊裔:犹言异域。殊,不同,指风俗不同。裔,边远之地。

㉑风:风教,教化。衍:行。遐圻(qí):远域。圻,都城周围千里之地。《春秋左传·襄公二十五年》:"且昔天子之地一圻。"

㉒俾:使。一介:一人。行人:古代官名。《周礼·秋官》有大行人、小行人,小行人掌出使四方。这里指小行人。吕向注:"言宇内清平,不用戎马,独使而抚巡于方也。"

㉓逸骏:快马,骏马。

㉔扰:驯服。闲:马厩。《周礼·校人》:"天子十有二闲,马六种。"注:"每厩为一闲。"

㉕玮（wěi）宝：珍宝。

㉖内府：藏放财宝之处。

㉗重迹：吕延济注："谓远方贡献多，而车马之迹重叠也。"

㉘应响：吕延济注："言归君命速也。"

㉙辎（yóu）轩：轻车，为使者所乘。骋：纵马奔驰。荒：边远之国。

㉚冲辒（péng）：兵车。班固《汉书·叙传》："戎车七征，冲辒闲闲。"
　　朔：北方。李周翰注："息于北野，谓不用兵戈也。"

㉛齐民：百姓。

㉜晨服：吕向注："谓晨朝装整戎服以备不虞，今则无之，此乃帝业
　　之坚固也。"虞：忧虑。

【译文】

　　于是魏、蜀两国的将领，气概丧失锋芒摧折，势力退缩财力匮乏，而吴国微笑安坐对其疲困加以利用。所以魏人请求和好，汉氏乞求盟誓，于是接受天命登上尊贵的地位，形成鼎足而立之势。西面在庸部、益州的郊野划分边界，北面在淮河、汉水的水边划分边界，东面包罗百越居住的地方，南面包罗群蛮所居以外的地方。于是讲习八代的礼仪，寻求三王时期的乐曲，祭祀上天，拱手以揖各路诸侯。猛将勇卒，沿着江边布防；长戟劲铩，迎着疾风振动。百官尽情规谏于上，士农工商发展百业于下。教化协和异俗的远方，风教行于遥远的异域。于是派一名使者，安抚巡视境外，大象骏马，驯养于宫外马厩；明珠珍宝，闪耀于宫内府库；珍奇瑰宝重叠着行迹送达，奇异的玩物如响应声而至；轻车疾驶在南方边远之国，兵车停息在北边的郊野；百姓免除了干戈的祸害，戎马没有了清早整装出征的忧虑，而王朝的事业却稳固了。

　　大皇既殁，幼主莅朝①，奸回肆虐②。景皇聿兴③，虔修遗宪④，政无大阙，守文之良主也⑤。降及归命之初⑥，典刑未灭⑦，故老犹存⑧。大司马陆公以文武熙朝⑨，左丞相陆凯

以謇谔尽规⑩，而施绩、范慎以威重显⑪，丁奉、离斐以武毅称⑫，孟宗、丁固之徒为公卿⑬，楼玄、贺劭之属掌机事⑭，元首虽病⑮，股肱犹存。爰及末叶⑯，群公既丧，然后黔首有瓦解之志⑰，皇家有土崩之衅⑱，历命应化而微⑲，王师蹑运而发⑳，卒散于阵，民奔于邑，城池无藩篱之固㉑，山川无沟阜之势㉒，非有工输云梯之械㉓，智伯灌激之害㉔，楚子筑室之围㉕，燕人济西之队㉖，军未浃辰而社稷夷矣㉗。虽忠臣孤愤㉘，烈士死节㉙，将爰救哉！

【注释】

①幼主：指孙亮。字子明，孙权少子。孙权原以孙和为太子，后废而立亮。莅(lì)：临。太元二年(252)，孙权去世，孙亮即位。

②奸回：邪恶。肆：纵。

③景皇：即景帝孙休。字子烈，孙权第六子。太元二年(252)封琅邪王，孙亮即位，徙至丹杨郡，又徙会稽。太平三年(258)，孙亮与太常全尚、将军刘丞谋诛大将军孙綝，事泄，被綝废为会稽王，孙休即被綝迎立为帝。在位期间，重视儒教，轻徭薄赋，重视农业，社会相对安定。死后谥景皇帝。聿(yù)：语助词。

④虔：恭敬。修：遵循。遗宪：先王留下的法度。

⑤守文：遵守成法。文，法度。《春秋公羊传·文公九年》："继文王之体，守文王之法度。"

⑥归命之初：谓孙皓即位之初。孙皓字元宗，孙权之孙，孙和之子。一名彭祖，字皓宗。孙休立，被封为乌程侯。继孙休为吴主，在位期间，专横暴虐，奢侈荒淫，大失民心。天纪四年(280)，晋伐吴，归降称臣，被封归命侯。

⑦典刑：旧法。《诗经·大雅·荡》："虽无老成人，尚有典刑。"

⑧故老：旧臣。

⑨大司马：官名。西汉时与丞相、御史大夫并为三公，掌军事。东汉改名太尉。魏以后多为加官。陆公：指陆抗。字幼节，陆逊之子，陆机之父。熙：兴盛。

⑩陆凯：字敬风，吴郡吴（今江苏苏州）人。陆逊族子。謇谔（jiǎn è）：正直。《三国志·吴书·陆凯传》："（凯）表疏皆指事不饰，忠恳内发。"

⑪施绩：字公绪，孙皓时任上大将军、左大司马之职。范慎：字孝敬，广陵（今江苏扬州）人。孙皓时从武昌督升任太尉。

⑫丁奉：字承渊，庐江安丰（今安徽霍邱）人。少以骁勇为小将，屡建战功。孙皓时迁右大司马左军师。离斐：即黎斐，太平二年（257）曾奉命与丁奉一起解寿春之围，力战有功。

⑬孟宗：字恭武，江夏（在今湖北武汉）人。后避孙皓字，改名仁。孙皓时从右御史大夫擢任司空。丁固：历任尚书、左御大夫等职，宝鼎三年（268）擢任司徒。徒：辈。

⑭楼玄：字承先，沛郡蕲（今安徽宿州）人。贺劭：即贺邵，字兴伯，会稽山阴（今浙江绍兴）人。孙皓时任中书令，领太子太傅。机事：机密要事。

⑮元首：指孙皓。病：谓其暴虐无道。

⑯末叶：指孙皓统治末期。

⑰黔首：百姓。黔，黑色。

⑱衅：灾祸。

⑲历命：历数天命。

⑳王师：指晋朝军队。蹍：踩。李善注引干宝《晋纪》："咸宁五年十一月，命安东将军王浑向扬州，龙骧将军王浚帅巴蜀之卒，浮江而下。"

㉑藩篱：用竹木编成的篱笆。

㉒沟:沟渠。阜:小山。势:指险要之势。张铣注:"吴有坚地高山大川之固,而为晋所破,若无蕃篱沟阜之势,言易取也。"

㉓工输:古代著名工匠,又称公输班、公输盘、鲁班。云梯:一种攻城器械。《墨子·公输》:"公输盘为楚造云梯之械,成,将以攻宋。"

㉔智伯:即知伯,名知瑶,又称智襄子、荀瑶。春秋末晋四卿之一。专断朝政,骄势逼人。向赵襄子索地,遭拒绝,怒而胁迫韩、魏共围晋阳(今山西太原西南),引汾水灌其城,城中悬釜而炊,易子而食。后韩、魏反戈,战败被杀,地为赵、韩、魏三家瓜分。

㉕楚子:即楚庄王,鲁文公十四年(前613)继位,在位二十三年。曾大败晋军,迫使郑、宋等国归附,成为代晋而起的霸主。筑室:造起房子。《春秋左传·宣公十五年》:"夏五月,楚师将去宋……申叔时仆,曰:'筑室,反耕者,宋必听命。'从之。宋人俱,使华元夜入楚师。"造起房子,让种田的人回来,是要对宋国长期围困,故"宋人惧"。

㉖济西:济水之西。济水源出今河南济源,其故道东流至山东,与黄河并行入海。战国时燕昭王任乐毅为将,联合秦、韩、赵、魏、燕五国合纵伐齐,大破齐兵于济西。队:军队。

㉗浃辰:十二日。《春秋左传·成公九年》:"莒恃其陋,而不修城郭,浃辰之间,而楚克其三都。"疏:"浃为周匝也。从甲至癸为十日,从子至亥为十二辰。"社稷:土神和谷神。天子诸侯所祭,代称国家。夷:灭。

㉘孤愤:谓独自为亡国而愤恨。

㉙烈士:坚贞不屈之士。李善注引《襄阳记》:"张悌,字臣先,襄阳人。晋伐吴,悌逆之。吴军大败,诸葛靓退走,使过迎悌,悌不肯去。靓自牵之,悌垂泣曰:'今日是我死日也。'靓遂放之,为晋军所杀。"

【译文】

大皇帝死后，幼主临朝，邪恶之人恣意行虐。景帝即位，恭敬地遵循先王法度，政事没有大的过失，是一位遵守成法的良主。往下到归命侯即位初期，旧法未灭，旧臣还在。大司马陆公以文德武功兴盛朝廷，左丞相陆凯以正直的品格尽情规谏，而施绩、范慎以威严出名，丁奉、离斐以勇武刚毅著称，孟宗、丁固之辈做公卿，楼玄、贺邵之辈掌管机密要事，国家元首虽有毛病，股肱之臣还在。到了末期，群公已死，然后百姓有了土崩瓦解的趋向，皇家有了分崩离析的灾祸，历数天命顺应这种变化而王朝衰微，王师乘着这种命运而出发征讨，士兵在阵前溃散，百姓在城邑奔走，城池没有栅栏篱笆那么坚固，山川没有沟渠小山那么险要，王师并没有工输云梯那样的攻城器械，没有智伯灌水冲激那样的祸害，没有楚庄王造起房子形成的包围，没有燕人取得济西大捷那样的队伍，但军队没守上十二天国家就灭亡了。虽然忠臣独自激愤不已，坚贞不屈之士守节而死，又哪有办法拯救呢！

夫曹、刘之将，非一世所选[①]；向时之师[②]，无曩日之众[③]；战守之道[④]，抑有前符[⑤]；险阻之利，俄然未改[⑥]。而成败贸理[⑦]，古今诡趣[⑧]，何哉？彼此之化殊，授任之才异也[⑨]。

【注释】

①"夫曹、刘"二句：刘良注："曹、刘谓曹操、刘备也，言其将皆有雄略，固非晋一世所能选及也。言晋不如曹、刘也。"选，选拔。

②向时：李善注："谓太康之役也。"晋武帝于太康元年（280年，即天纪四年）三月灭吴。

③曩（nǎng）日：谓过去曹、刘之时。曩，以往，过去。

④道：方法。

⑤符：李善注："犹法也。"

⑥俄然：短暂貌。

⑦成败：谓孙权战胜曹、刘而成帝业，孙皓败于晋师而亡国。贸：变
　　易，不同。

⑧诡：变化。趣：趋势，形势。

⑨"彼此"二句：吕向注："彼此政化有殊，而授任群臣有疑心故也。
　　彼谓孙权时，此谓孙皓时，言孙权任人不疑，皓用人有贰也。"化，
　　教化。

【译文】

　　曹操、刘备的将领，不是晋朝一代所能选拔到的；以往晋朝的军队，
也没有从前曹操、刘备的军队善战；战守的方法，有前代的法则可以遵
循；山川险阻的好处，短时间内也并没有改变。而成败之理发生了变
化，古今形势出现了不同，这是为什么呢？是由于彼此的教化不同，用
人的才能有异。

辩亡论下

　　昔三方之王也，魏人据中夏①，汉氏有岷、益②，吴制荆、
杨而奄交、广③。曹氏虽功济诸华④，虐亦深矣⑤，其民怨矣。
刘公因险以饰智⑥，功已薄矣，其俗陋矣⑦。夫吴，桓王基之
以武，太祖成之以德⑧，聪明睿达⑨，懿度弘远矣⑩。其求贤
如不及⑪，恤民如稚子⑫，接士尽盛德之容⑬，亲仁罄丹府之
爱⑭。拔吕蒙于戎行⑮，识潘濬于系虏⑯。推诚信士，不恤人
之我欺；量能授器⑰，不患权之我逼。执鞭鞠躬⑱，以重陆公
之威；悉委武卫⑲，以济周瑜之师⑳。卑宫菲食㉑，以丰功臣
之赏；披怀虚己㉒，以纳谟士之筹㉓。故鲁肃一面而自托㉔，
士爕蒙险而致命㉕。高张公之德，而省游田之娱㉖；贤诸葛之
言㉗，而割情欲之欢；感陆公之规，而除刑法之烦㉘；奇刘基之

议，而作三爵之誓㉙；屏气跼蹐，以伺子明之疾㉚；分滋损甘，以育凌统之孤㉛；登坛慷慨，归鲁子之功㉜；削投恶言，信子瑜之节㉝。

【注释】

①中夏：中原地区。

②岷、益：指益州。岷，江名。在今四川中部。

③荆、杨：荆州和扬州。孙吴时荆州治南郡（今湖北江陵），扬州治建业（今江苏南京）。奄：覆盖。交、广：交州和广州。孙吴时交州治番禺（今广东广州），后又徙治龙编（今越南河内东北）。广州为吴永安七年（264）分交州而置，治番禺。

④济：救助，有益。诸华：指中原地区。

⑤虐：残暴。刘良注："曹操好杀戮，故云虐深民怨。"

⑥刘公：刘备。饰智：吕延济注："言因其险阻得增饰其智也，可谓功少而风俗敝陋也。"《淮南子·本经训》："及伪之生也，饰智以惊遇，设诈以巧上。"

⑦陋：鄙野。

⑧太祖：指孙权。

⑨睿达：明智通达。《周易·系辞》："古之聪明睿知，神武而不杀者夫。"

⑩懿：张铣注："厚也，言权有厚度量也。"

⑪不及：赶不上。《论语·季氏》："孔子曰：'见善如不及，见不善如探汤。'"

⑫恤：忧念。稚子：小儿。李善注引谢承《后汉书》："延笃迁京兆尹，恤民如子。"

⑬尽盛德之容：谓礼节周到。

⑭罄：尽。丹府：赤心。

⑮拔吕蒙于戎行：吕蒙初随军，因年幼不被看重，而孙策"召见奇之，引置左右"（《三国志·吴书》本传）。后又经张昭推荐，拜别部司马。戎行，行伍。

⑯识潘濬于系房：《三国志·吴书·潘濬传》注引《江表传》："（孙）权克荆州，将吏悉皆归附，而濬独称疾不见。权遣人以床就家舆致之，濬伏面著床席不起，涕泣交横，哀咽不能自胜。权慰劳与语，呼其字曰：'承明，昔观丁父，鄀俘也，武王以为军师；彭仲爽，申俘也，文王以为令尹。此二人，卿荆国之先贤也，初虽见囚，后皆擢用，为楚名臣，卿独不然，未肯降意，将以孤异古人之量邪？'使亲近以手巾拭其面，濬起下地拜谢。即以为治中，荆州诸军事一以咨之。"系房：俘虏。

⑰器：职任。

⑱鞠躬：弯腰以示恭敬。陆机《吴丞相陆逊铭》："魏大司马曹休侵我北鄙，乃假公黄钺，统御六师及中军禁卫而摄行王事，主人执鞭，百司屈膝。"

⑲委：放弃。

⑳济：助。刘良注："时曹公入荆州，权尽娄武卫之兵以济益周瑜之军也。"

㉑卑宫：宫室低矮。谓不修宫室。菲：微薄。《论语·泰伯》："菲饮食而致孝乎鬼神，恶衣服而致美乎黻冕，卑宫室而尽力乎沟洫。"

㉒披怀：敞开胸怀。阮瑀《为曹公作书与刘备》："披怀解带，投分托意。"虚己：犹言虚心。《汉书·五行志》："周既克殷，以箕子归，武王亲虚己而问焉。"

㉓谟士：谋士。筭：计谋。

㉔鲁肃一面而自托：李周翰注："周瑜荐鲁肃才宜佐时，权与语甚悦之，众宾罢退，独与肃对饮，故云一面自托也。"

㉕士燮：字威彦，苍梧广信（今广西梧州）人。东汉末为绥南中郎

将,领交阯太守。孙权遣步骘为交州刺史,燮率兄弟奉承节度,权加燮为左将军,燮遣子入质。致命:谓舍命报效。

㉖"高张公"二句:《三国志·吴书·张昭传》:"权每田猎,常乘马射虎,虎常突前攀持马鞍。昭变色而前曰:'将军何有当尔……'权谢昭曰:'年少虑事不远,以此惭君。'"游田,游猎。

㉗"贤诸葛"二句:李善注:"诸葛瑾事不详。"贤,尊重。诸葛,诸葛瑾。

㉘"感陆公"二句:李周翰注:"陆逊谏权缓刑,而权从其言,即除刑法之烦者。"规,规谏。

㉙"奇刘基"二句:《三国志·吴书·虞翻传》:"(孙)权既为吴王,欢宴之末,自起行酒,翻伏地阳醉,不持。权去,翻起坐。权于是大怒,手剑欲击之,侍坐者莫不惶遽,惟大司农刘基起抱权谏曰:'大王以三爵之后杀善士,虽翻有罪,天下孰知之……'翻由是得免。权因敕左右,自今酒后言杀,皆不得杀。"爵,酒器。

㉚"屏(bǐng)气"二句:《三国志·吴书·吕蒙传》:"会蒙疾发,(孙)权时在公安,迎置内殿,所以治护者万方……欲数见其颜色,又恐劳动,常穿壁瞻之,见小能下食则喜,顾左右言笑,不然则咄唶,夜不能寐。"屏气,压抑呼吸使不出声。跼(jú),弯曲。指弯着腰。蹐(jí),小步走,轻轻地走。伺,窥看,探视。

㉛"分滋"二句:《三国志·吴书·凌统传》:"会病卒,时年四十九。(孙)权闻之,拊床起坐,哀不能自止,数日减膳,言及流涕,使张承为作铭诔。二子烈、封,年各数岁,权内养于官,爱待与诸子同。"滋,滋味。指美味的食物。

㉜"登坛"二句:《三国志·吴书·鲁肃传》:"(孙)权称尊号,临坛,顾谓公卿曰:'昔鲁子敬尝道此,可谓明于事势矣。'"慷慨,情绪激昂貌。

㉝"削投"二句:《三国志·吴书·诸葛瑾传》:"时或言瑾别遣亲人

与(刘)备相闻,(孙)权曰:'孤与子瑜有死生不易之誓,子瑜之不
负孤,犹孤之不负子瑜也。'"削投,抛弃。

【译文】

过去三方称王,魏人占据了中原地区,汉氏据有岷、益地区,吴国控
制了荆、扬二州并包罗了交州、广州地区。曹氏的功业虽给中原地区带
来了好处,但其暴虐也很厉害,老百姓很怨恨。刘公凭借险要地形为自
己增饰了几分智慧,其功劳是微薄的,其风俗是鄙野的。而吴国,桓王
以武功为其奠定基础,太祖以德行使之形成国家,聪明智慧通达,度量
深厚远大。其访求贤士好像赶不上似的,忧念百姓就像关心小儿一般,
接待士人满脸仁厚的表情,亲近仁人尽其赤心之爱。从行伍中提拔了
吕蒙,从俘虏中结识了潘濬。以诚相待信用士人,不担心别人欺骗自
己;根据才能授予职权,不忧虑别人的权力对自己造成威逼。手执马
鞭弯曲身躯,以加重陆公的威望;尽数放弃身边的警卫,去为周瑜的军
队增添兵力。宫室低矮饮食菲薄,以丰厚功臣的赏赐;敞开胸怀虚心
待人,以接受谋士的计谋。所以鲁肃见过一面即以己身托付,士燮冒
着危险舍命报效。崇仰张公的德行,而省掉了游猎的欢娱;尊重诸葛
瑾的进言,而割舍了情欲的欢乐;感激陆公的规谏,而废除了苛烦的刑
法;惊怪刘基的建议,而发出了三爵之后不得言杀的誓言;憋住气弯腰
轻轻行走,以探视子明的疾病;分出美味减损饮食,以养育凌统的遗
孤;登坛称帝言辞慷慨,把功绩归于鲁肃;抛弃恶毒的谗言,坚信子瑜
的节操。

是以忠臣竞尽其谟①,志士咸得肆力②,洪规远略③,固
不厌夫区区者也④。故百官苟合⑤,庶务未遑⑥。初都建业,
群臣请备礼秩⑦,天子辞而不许,曰:"天下其谓朕何⑧?"宫室
舆服,盖慊如也⑨。爰及中叶⑩,天人之分既定⑪,百度之缺

粗修⑫,虽酝化懿纲⑬,未齿乎上代⑭,抑其体国经邦之具⑮,亦足以为政矣。地方几万里⑯,带甲将百万⑰,其野沃,其兵练⑱,其器利⑲,其财丰;东负沧海⑳,西阻险塞,长江制其区宇㉑,峻山带其封域㉒,国家之利未巨有弘于兹者矣。借使中才守之道㉓,善人御之有术㉔,敦率遗典㉕,勤民谨政,循定策,守常险,则可以长世永年,未有危亡之患也。

【注释】

①谟(mó):计谋。

②肆力:尽力。

③洪规:远大的规划。

④厌(yān):安定。区区:小貌。指吴国。李善注:"言其规略宏远,不安兹小国也。"谓能统一天下。《春秋左传·昭公十三年》:"初,灵王卜曰:'余尚得天下!'不吉。投龟,诟天而呼曰:'是区区者而不余畀,余必自取之。'"

⑤苟合:苟且聚合。《论语·子路》:"子谓卫公子荆:善居室。始有,曰:'苟合矣。'少有,曰:'苟完矣。'富有,曰:'苟美矣。'"

⑥庶务:各种政务。未遑:没有空闲,来不及。

⑦备礼秩:谓即天子之位。礼秩,礼仪位次。

⑧谓朕何:张铣注:"谓我何者,言天下以我无心存汉矣。"《三国志·吴书·吴主传》:"(黄武二年)夏四月,权群臣劝即尊号,权不许。"注引《江表传》:"权辞让曰:'汉家埋替,不能存救,亦何心而竞乎?'"

⑨慊(qiàn)如:不足貌。

⑩中叶:中期。指孙权当政中朝。

⑪天人之分既定:吕延济注:"天道人事既定,谓三国各据一方也。"

⑫百度:百法。修:增备。

⑬酕(nóng)化:隆盛的教化。酕,味厚之酒。懿纲:美好的纲纪。

⑭齿:列,并列。

⑮体国经邦:谓治理国家。具:才具,才能。

⑯几(jī):将近。

⑰带甲:披甲的将士。指军队。

⑱练:熟练,习战事。

⑲器:指兵器。

⑳负:背靠。

㉑区宇:境域。

㉒带:环绕。封域:疆界。

㉓道:指仁义。《周易·说卦》:"立人之道曰仁与义。"

㉔善人:有道德的人。御:治理。术:方法。

㉕敦:勉力。率:遵循。遗典:遗法。指孙权的遗法。

【译文】

　　因此忠臣争相贡献出全部计谋,志士仁人得到了尽力的机会,宏大的计划深远的谋略,本来就不只是安定一个区区小国的。所以百官苟且聚合拢来,各种政务还未来得及处理。刚刚建都建业的时候,群臣请求完备礼仪位次,天子推辞而不答应,说:"这样做天下将会怎样议论我呢?"宫室车马服饰,都显得不足。等到了中期,天道、人事的区别已定,百法的缺乏大体已经增备,虽然教化的隆盛、纲纪的美好,还不能同前代并列,但其治理国家的才能,也足可以治国理政了。地方将近万里,披甲的将士将近百万,原野肥沃,兵众习战,武器锋利,财谷丰盈;东面背靠大海,西面有险塞阻隔,长江控制其境域,峻山环绕其疆界,国家的有利条件没见有超过这个时候的。假使中等才能的人以道守之,有道德的人治理得法,勉力遵循遗法,勤于民事慎于政务,遵循既定的策略,坚守恒久不变的险阻,就可长世永年,不会有危亡的祸患发生了。

　　或曰："吴、蜀唇齿之国①，蜀灭则吴亡，理则然矣。"夫蜀，盖藩援之与国②，而非吴人之存亡也。何则？其郊境之接，重山积险，陆无长毂之径③；川厄流迅④，水有惊波之艰。虽有锐师百万，启行不过千夫⑤；舳舻千里⑥，前驱不过百舰。故刘氏之伐，陆公喻之长蛇⑦，其势然也。昔蜀之初亡，朝臣异谋，或欲积石以险其流⑧，或欲机械以御其变⑨。天子总群议而咨之大司马陆公⑩，公以四渎天地之所以节宣其气⑪，固无可遏之理，而机械则彼我之所共。彼若弃长技以就所屈⑫，即荆、杨而争舟楫之用，是天赞我也⑬，将谨守峡口以待禽耳⑭。逮步阐之乱⑮，凭宝城以延强寇⑯，重资币以诱群蛮⑰。于时大邦之众⑱，云翔电发，悬旌江介⑲，筑垒遵渚⑳，襟带要害㉑，以止吴人之西，而巴、汉舟师，沿江东下。陆公以偏师三万，北据东坑㉒，深沟高垒，按甲养威㉓。反虏跼迹待戮㉔，而不敢北窥生路，强寇败绩宵遁㉕，丧师太半㉖；分命锐师五千，西御水军，东西同捷，献俘万计。信哉㉗，贤人之谋㉘，岂欺我哉！自是烽燧罕警㉙，封域寡虞㉚。陆公殁而潜谋兆㉛，吴衅深而六师骇㉜。夫太康之役，众未盛乎曩日之师㉝，广州之乱㉞，祸有愈乎向时之难，而邦家颠覆，宗宙为墟㉟。呜呼！"人之云亡，邦国殄瘁"㊱，不其然与！

【注释】

　　①唇齿之国：谓彼此依靠，关系密切。《三国志·蜀书·邓芝传》："蜀有重险之固，吴有三江之阻，会此二长，其为唇齿，进可并兼

天下,退可鼎足而立。"

②藩援:像藩篱那样可引为援助。与国:友好国家。《战国策·齐策》:"韩、齐为与国。"注:"相与为党与也,有患难相救助也。"

③长毂(gǔ):兵车。《春秋左传·昭公五年》:"因其十家九县,长毂九百。"

④川厄:河道狭窄。

⑤启行:开进。千夫:千人。

⑥舳舻(zhú lú):《汉书·武帝纪》:"自寻阳浮江……舳舻千里。"注:"舳,船后持柁处也;舻,船前头刺櫂处也。言其船多,前后相衔,千里不绝也。"

⑦陆公:指陆逊。刘良注:"《孙子兵法》曰:'善用兵者,如常山之蛇,击其首则尾至。'言刘氏伐吴之时,陆逊比蜀兵为长蛇者,言其地狭,首尾不得相救,其势合然。"

⑧积石:在长江中堆积石块。李周翰注:"谓吴朝臣见蜀亡,恐祸将及吴,或谋欲积石以遏江水,令流迅以为险阻。"

⑨机械:李周翰注:"兵器之总名也。"

⑩咨:征询。陆公:指陆抗。

⑪四渎:古以长江、黄河、淮水、济水为四渎。节宣:调节疏通。《国语·周语》:"夫山,土之聚也;薮,物之归也;川,气之导也;泽,水之钟也。夫天地成而聚于高,归物于下。疏为川谷,以导其气。"

⑫长技:所擅长的技艺。谓晋军擅长陆战。屈:短。谓短于水战。《汉书·晁错传》:"匈奴之长技三,中国之长技五。"

⑬赞:帮助。

⑭禽:通"擒"。

⑮逮:及。步阐:人名。《三国志·吴书·三嗣主传》:"凤皇元年秋八月,征西陵督步阐。阐不应,据城降晋。"

⑯宝城:指西陵城。强寇:指晋军。

⑰资币：财物钱币。诱群蛮：谓招诱南方各少数民族一起叛吴。

⑱大邦：指晋朝。步阐据西陵反吴后，吴派陆抗前往镇压，攻之甚急。晋派车骑将军羊祜前往迎阐。"祜率兵五万出江陵，遣荆州刺史杨肇攻抗，不克，阐竟为抗所擒"（《晋书·羊祜传》）。

⑲悬旌：喻进军。江介：江岸。

⑳遵：沿着。渚：水中沙洲。

㉑襟带：扼守。吕向注："言晋兵守吴要害，如襟带束于身也。"

㉒东坑：李善注："东坑在西陵步阐城东北，长十余里，陆抗所筑之城，在东坑上，而当阐城之北，其迹并存。"

㉓按甲：按兵，屯兵。

㉔踠（wǎn）迹：犹敛迹，谓藏身不出。踠，屈曲。

㉕败绩：溃败。宵：夜。遁：逃。

㉖太半：大半。

㉗信：实在，正确。

㉘贤人：此指陆抗。

㉙烽燧：即烽火。古代边防报警，白天放烟叫"烽"，夜晚举火叫"燧"。

㉚封域：疆界。虞：忧患。

㉛潜谋：谓晋暗中策划伐吴。兆：始。

㉜吴衅深：谓孙皓无道而危机日重。衅，灾祸。六师：即六军，周制天子有六军。泛指军队。骇：惊。

㉝曩日：李善注："曩日、向时，皆谓曹、刘之世。"

㉞广州之乱：天纪三年（279）夏，郭马联合何典、殷兴等反于广州，攻杀广州督虞授，郭马自号都督交、广二州诸军事、安南将军，殷兴自号广州刺史。孙皓派追兵镇压，尚无结果，而晋军已大举南进。

㉟宗庙：帝王祭祀祖先的场所。代指国家。

㊱"人之"二句：出自《诗经·大雅·瞻卬》。人，指贤人。这里指陆
　　抗。云，助词。亡，死亡。殄(tiǎn)瘁，病困。张铣注："盖以陆公
　　亡而邦国之人尽病矣。"

【译文】

有人说："吴、蜀是唇齿相依的国家，蜀国灭亡吴国跟着灭亡，从道
理上说这是必然的。"蜀，这是像藩篱一样可引为援助的友好国家，但不
是能够决定吴国存亡的国家。为什么这么说呢？两国边境交界的地
方，重山叠岭险阻重重，陆地上没有能够通过战车的道路；江岸陡狭水
流疾速，水上有惊涛骇浪之险。虽有百万精兵，能够开进的不过千人；
战船连绵千里，前面驶入的不过百舰。所以刘备伐吴时，陆公将其军队
比作长蛇，受地形限制只能是这样的。以前蜀国刚被晋国灭亡时，朝臣
在讨论如何加强国防时出现了不同意见，有的打算在长江中堆积石块
以使流水变得险急，有的打算凭恃兵器以预防变故。天子汇总了大家
的建议然后征询大司马陆公的意见，陆公认为四渎是天地用来调节疏
通气脉的，本来就没有可以阻遏的道理，而兵器则是敌我双方所共有
的。敌人如果放弃他们擅长的技艺而用其所短，到荆州、扬州来同我们
争用舟船，这是老天帮我们的大忙，我们将谨守峡口等着擒获敌人。等
到步阐叛乱，占据宝城以招引强敌，多给钱物以引诱群蛮。当时大国的
军队，如云飞翔如电击发，进军江边，沿着沙洲构筑壁垒，扼守要害之
地，以阻止吴军西进，而巴、汉的水军，则沿江顺流东下。陆公率领偏师
三万，占领了西陵北面的东坑，深挖壕沟高筑壁垒，按兵不动以蓄养军
威。反叛之敌龟缩西陵等着被杀，而不敢往北窥伺逃生之路，北面来的
强敌溃败连夜逃跑，兵力损失大半；陆公又命分出精兵五千，往西抵御
巴、汉水军，东面西面同时取胜，俘虏敌人数以万计。正确啊，贤人的谋
划，哪里是骗我们的呢！从此以后烽火很少点燃报警，边境一带很少发
生忧患。陆公死后晋朝暗中开始谋划伐吴，吴国灾祸日益深重而吴军
时时处在惊扰的状态。晋朝灭吴的太康之役，军队不比过去魏、蜀的军

队强盛,广州发生的叛乱,灾祸超过了过去魏、蜀进攻所造成的灾难,而国家倾覆败亡,宗庙变成丘墟。唉唉!"贤人死去,国家困危",难道不是这样的吗!

《易》曰"汤武革命,顺乎天①",《玄》曰"乱不极则治不形②",言帝王之因天时也③。古人有言曰"天时不如地利④",《易》曰"王侯设险,以守其国⑤",言为国之恃险也。又曰"地利不如人和⑥","在德不在险⑦",言守险之由人也。吴之兴也,参而由焉⑧,孙卿所谓合其参者也⑨。及其亡也,恃险而已,又孙卿所谓舍其参者也⑩。夫四州之萌⑪,非无众也;大江之南,非乏俊也⑫;山川之险,易守也;劲利之器,易用也;先政之策⑬,易循也。功不兴而祸遘者⑭,何哉?所以用之者失也。是故先王达经国之长规⑮,审存亡之至数⑯,谦己以安百姓,敦惠以至人和⑰,宽冲以诱俊乂之谋⑱,慈和以结士民之爱⑲。是以其安也,则黎元与之同庆⑳;及其危也,则兆庶与之共患㉑。安与众同庆,则其危不可得也;危与下共患,则其难不足恤也㉒。夫然,故能保其社稷㉓,而固其土宇㉔,《麦秀》无悲殷之思㉕,《黍离》无愍周之感矣㉖。

【注释】

①"汤武"二句:商汤用武力推翻夏桀,周武王用武力推翻商纣王,建立起了新政权,故云。《周易·革》:"汤武革命,顺乎天而应乎人。"

②乱不要则治不形:扬雄《太玄经》:"阴不极则阳不生,乱不极则德不形。"形,显露,表现。

③因:依靠。天时:指天命。

④天时不如地利:《孟子·公孙丑》:"孟子曰:'天时不如地利,地利不如人和。'"天时,指有利于攻战的自然气候条件。地利,指地理上的有利形势,如山高险阻、城高池深等。

⑤"王侯"二句:《周易·坎》:"王公设险以守其国。"设险,设置险要处,如筑城郭、挖壕沟等。

⑥人和:谓人心所向,内部团结。

⑦在德不在险:《史记·孙子吴起列传》:"魏文侯既卒,起事其子武侯。武侯浮西河而下。中流,顾而谓起曰:'美哉乎山河之固,此魏国之宝也。'起对曰:'在德不在险。'"

⑧"吴之兴"二句:李周翰注:"言吴之兴也,天时、地利、人和三者并用。参,三也;由,用也。"参(sān),通"三"。

⑨孙卿:即荀卿、荀子。名况,战国赵人。汉时避宣帝之名(询),改称孙卿。合其参:李周翰注:"谓道道合于天、地、人。"《荀子·天论》:"天有其时,地有其财,人有其治,夫是之谓能参。舍其所以参,而愿其所参,则惑矣。"

⑩舍其参:刘良注:"舍其天、地、人三者之理也。"

⑪四州:指吴国所辖的荆、扬、交、广四州。萌:通"氓",民众。

⑫俊:才智特出之士。

⑬先政:指孙权时期的政化。

⑭遘(gòu):通"构",构成。

⑮先王:张铣注:"谓古先帝王。"经国:治国。

⑯审:明白。至数:犹言至理,谓最根本的道理。

⑰敦惠:诚朴贤惠。

⑱宽冲:宽厚谦和。诱:引导。俊乂(yì):才智出众。《尚书·皋陶谟》:"俊乂在官。"孔疏:"才德过千人为俊,百人为乂。"

⑲士民:士子和庶民。

⑳黎元：即黎民，百姓。

㉑兆庶：即兆民，万民。

㉒恤：忧虑。

㉓社稷：国家。

㉔土宇：领土。

㉕《麦秀》：诗篇名。传为商纣王叔父箕子所作。思：悲感。《史记·宋微子世家》："其后箕子朝周，过故殷虚，感宫室毁坏，生禾黍，箕子伤之，欲哭则不可，欲泣为其近妇人，乃作《麦秀之诗》以歌咏之。其诗曰：'麦秀渐渐兮，禾黍油油。彼狡僮兮，不与我好兮。'所谓狡僮者，纣也。殷民闻之，皆为流涕。"

㉖《黍离》：《诗经·王风》篇名。毛序认为是周大夫慨叹西周沦亡之作。愍（mǐn）：怜悯，哀怜。

【译文】

《周易》说"商汤、周武王革命，顺乎天命"，《太玄经》说"动荡不达到极点太平就不能够显现"，说的是帝王依靠天命。古人有"天时不及地利"的说法，《周易》说"王侯设置险要，以守卫他的国家"，说的是治理国家依靠险阻。又说"地利不及人和"，"在德行不在险阻"，说的是守卫险阻也要靠人。吴国兴起时，天时、地利、人和三者并用，这就是孙卿所说的将天、地、人三者合用。等到灭亡时，只是依靠险阻而已，又是孙卿所说的抛弃了天、地、人三者。拥有四个州的百姓，不是没有民众；大江之南，不是缺乏才智出众的人才；山川之险，是容易守卫的；刚劲锋利的兵器，是容易使用的；先时的政化策略，是容易遵循的。功业不建却反而造成了祸患，这是为什么呢？是由于用人有失误。所以先王通达治理国家的长远法则，明白造成存亡的最根本的道理，谦逊抑己以安定百姓，诚朴贤惠以达到人民和合，宽厚谦和以诱导才智之士的计谋，慈祥和蔼以获得士人庶民的爱戴。所以当国家安定时，百姓就与之一同喜庆；等到国家倾危时，万民就与之共患难。安定同民众一同喜庆，那么倾危就不可能到来;倾危时同下民共患难,那么患难就不值得忧虑。这样,所以能够保住他的国家,巩固他的疆土,《麦秀》就不会有悲伤殷朝灭亡的哀思,《黍离》就不会有哀怜西周灭亡的悲痛了。

论四

陆士衡

见卷第十六《叹逝赋》作者介绍。

五等论一首

【题解】

本文《陆机集》题作《五等诸侯论》。《晋书·陆机传》："机又以圣王经国，义在封建，因采其远旨，著《五等论》。"李善题解："五等，公侯伯子男也。言古者圣王立五等以治天下，至汉封树，不依古制，乃作此论。"陆机鉴于秦、魏覆灭的教训，认为应当封建诸侯，以固根基，同时认为封建时也不应"过正"，使诸侯"境土逾溢"，造成尾大不掉的局面。封建诸侯的观点，此前曹冏、司马朗等人已曾言及，晋武帝司马炎更将封建变成了现实，在他即位之初，即大封同姓诸侯，仅泰始元年(265)一次就封了二十七王，其中安平王孚的食邑达四万户，此后仍大封不止，成都王颖的食邑高达十万户。因此陆机所言，不过是对现行政策的阿附，并无多少新鲜见解。更重要的是，仅从封建与否的角度看待前朝兴亡的原因，是十分片面和表面的，西晋因八王之乱而亡，陆机本人也在八王之乱中丧生,就在很大程度上说明了这一问题。但反对"过正"的见解,则有针砭当时诸王跋扈的用意,不无现实意义。文章逻辑严密,舒卷自如,与《辩亡论》同为传诵人口之作。张溥评云:"《辩亡》怀宗国之忧,《五等》陈建侯之利,北海以后,一人而已。"(《汉魏六朝百三家集题辞》)

　　夫体国经野①,先王所慎,创制垂基②,思隆后叶③。然而经略不同④,长世异术⑤。五等之制,始于黄、唐,郡县之治,创自秦、汉⑥,得失成败,备在《典》《谟》⑦,是以其详可得而言。

【注释】

①体国经野:《周礼·地官司徒》:"惟王建国,辨方正位,体国经野。"本谓营建国中的官城门途,有如身之有四体;管理郊野的丘田沟渠,有如机之有经纬。后泛指治理国家。

②创制:创建。谓创建国家。《管子·霸言》:"化人易代,创制天下。"垂基:留传基业。

③后叶:后世。

④经略:筹划,治理。《春秋左传·昭公七年》:"天子经略,诸侯正封,古之制也。"

⑤长世:延长世代。《春秋左传·僖公十一年》:"礼不行,则上下昏,何以长世?"

⑥"五等"几句:班固《汉书·叙传》:"自昔黄唐,经略万国……三代损益,降及秦、汉,革划五等,制立郡县。"黄,黄帝。唐,唐尧。

⑦《典》《谟》:记载典章制度的文献。孔安国《尚书序》:"典、谟、训、诰、誓、命之文凡百篇。"

【译文】

　　治理国家,这是先王所慎重的,建立政权留传基业,要考虑使后世兴隆。然而治理的手段不同,延长世代的方法有区别。分封五等的制度，开始实行于黄帝、唐尧，建立郡县的制度，创立于秦朝、汉朝，其得失成败，都记载在《典》《谟》当中，因此可以得知它的详情加以评论。

　　夫先王知帝业至重①，天下至旷②。旷不可以偏制，重不可以独任；任重必于借力，制旷终乎因人③。故设官分职④，所以轻其任也；并建五长⑤，所以弘其制也。于是乎立其封疆之典⑥，财其亲疏之宜⑦，使万国相维⑧，以成盘石之固⑨；宗庶杂居⑩，而定维城之业⑪。又有以见绥世之长御⑫，识人情之大方⑬，知其为人不如厚己，利物不如图身⑭；安上在于悦下⑮，为己在乎利人⑯。故《易》曰"说以使民⑰，民忘其劳"，孙卿曰"不利而利之，不如利而后利之之利也⑱"。是以分天下以厚乐，而己得与之同忧；飨天下以丰利，而我得与之共害⑲。利博则恩笃⑳，乐远则忧深㉑，故诸侯享食土之实㉒，万国受世及之祚矣㉓。夫然，则南面之君㉔，各务其治，九服之民㉕，知有定主，上之子爱㉖，于是乎生，下之体信㉗，于是乎结，世治足以敦风，道衰足以御暴㉘。故强毅之国不能擅一时之势，雄俊之士无所寄霸王之志㉙。然后国安由万邦之思治，主尊赖群后之图身㉚，譬犹众目营方㉛，则天网自昶㉜；四体辞难㉝，而心膂获乂㉞。三代所以直道㉟，四王所以垂业也㊱。

【注释】

①夫先王知帝业至重：李善注："孙卿子曰：'国者，天下之大器也，重任也。'"

②旷：远。下文"旷不""制旷"之"旷"同。

③因:依靠。

④分职:分掌各自的职务。

⑤五长:即五等。

⑥封疆:疆界。谓划分疆界分封。典:制度。

⑦财:通"裁",裁制,决定。亲:指同姓。疏:指异姓。宜:事宜。

⑧维:连结。

⑨盘石:即磐石,厚而大的石头。

⑩宗:谓同姓者。庶:谓异姓者。

⑪城:城墙。《诗经·大雅·板》:"怀德维宁,宗子维城。"

⑫绥:安定。御:治理,统治。

⑬大方:李善注:"法也。《吕氏春秋》曰:'凡耕之大方,力者欲柔。'"

⑭利物不如图身:李善注:"《周易》曰:'利物足以和义。'《庄子》曰:'爱人利物之谓仁。'《左氏传》:'栾武子曰:季孙图其身,不忘其君。'"吕延济注:"是人之情皆欲如此,其为人君即不然也。"

⑮安上:刘良注:"谓安居于人上者,谓君王也。"

⑯为己在乎利人:《春秋左传·文公十三年》:"邾子曰:'苟利于民,孤之利也。天生民而树之君,以利之也。'"

⑰说:同"悦"。《周易·兑》:"说以先民,民忘其劳。"

⑱"孙卿曰"二句:孙卿,即荀卿、荀子。李善注:"孙卿子曰:'不利而利之,不如利而后利之之利也。不爱而用之,不如爱而后用之之功也。利而后利(按后尚有"之"字),不如利而不利者之利也。爱而后用之,不如爱而弗用者之功也。利而不利,爱而不用者,取天下者也。利而后利之,爱而后用之者,保社稷者也。不利而利之,不爱而用之者,危国家者也。'"张铣注:"人已失利而后利之,不如在利之时因更利之,则其利广矣,可谓惠而不费也。"

⑲"飨天下"二句：李善注："孟子谓齐宣王曰：'乐以天下，忧以天下，然而不王者，未之有也。'赵歧曰：'古贤君乐则以己之乐与天下同之，忧则以天下之忧与己共之，如是，未有不王者也。'"吕向注："厚乐之事、丰利之资与天下共分享，则国之不理与诸侯同忧乃理矣，危害与诸侯共除乃安也。"飨，赏赐。

⑳博：广。笃：厚。李善注："《吕氏春秋》曰：'众封建，非以私贤也，所以博利博义也。利博义博则无敌也。'"

㉑忧深：李周翰注："谓忧天下之深也。"

㉒食土：犹言食邑，谓收封地上的赋税而食。实：财富。

㉓世及：世袭。《礼记·礼运》："大人世及以为礼。"疏："世及，诸侯传位自与家也。父子曰世，兄弟曰及。谓父传与子；无子，则兄传与弟也。"祚：福。

㉔南面之君：指诸侯。古代以坐北朝南为尊位，故天子诸侯见群臣时南面而坐。

㉕九服：相传古代京都以外的地方按远近分成九等，称九服。泛指天下。

㉖子爱：视民如子之爱。李善注引《周书》："文王曰：'周视民如子，爱也。'"

㉗体信：亲近，信从。《礼记·礼运》："先王能修礼以达义，体信以达顺。"

㉘"世治"二句：李周翰注："立诸侯，若国理则足以共敦风化也，王室衰则足以相援以御强暴也。"敦风，淳厚风教。

㉙"故强"二句：吕向注："言分理名定，人无争也。"

㉚群后：诸侯。刘良注："诸侯谨敬以事天子，则图身之本。"

㉛目：网上的孔眼。以喻诸侯。

㉜天网：喻天子。昶（chǎng）：通"畅"，开通，开张。《韩非子·外储说右》："善张网者引其纲，不一一摄万目而后得。"

㉝四体：四肢。也喻诸侯。辞难：李周翰注："言诸侯能安四方以去
　　其难，而天子之国获安也。"

㉞心膂：心和脊骨。也喻天子。《尚书·君牙》："今命尔予翼，作股
　　肱心膂。"乂(yì)：安定。

㉟三代：夏、商、周。直道：正直之道。《论语·卫灵公》："斯民也，
　　三代之所以直道而行也。"

㊱四王：即四代，指虞舜、夏、商、周。《礼记·学记》："三王四代惟
　　其师。"

【译文】

　　先王知道帝业的极端重要，天下的极端广大。广大不可以单独治
理，重要不可以独自承担责任；责任重大必须借助他人的力量，治理广
大的疆土终究要依靠别人。因此设置官位使各掌其职，目的在于减轻
他的负担；同时建立五等的分封制度，目的在于扩散其治国的权力。于
是乎建立了划分疆界的分封制度，裁定了有关亲疏的事宜，使万国互相
连结，以形成磐石般的坚固；同姓诸侯与异姓诸侯杂居，而形成了如城
墙般稳固的基业。又有的因看见安定之世的长治之法，了解人之常情
所遵循的大法，知道人们往往认为为别人不如厚待自己，加利于物不如
为自身打算；因而明白了要安居上位在于使下民高兴，为自己在乎有利
于人。所以《周易》说"以悦民之道驱使民众，民众就会忘记他们的劳
累"，孙卿说"在人无利的情况下使之得利，不如在人有利的情况下再使
之得利为有利"。所以将天下分给诸侯以增加他们的快乐，而自己就可
以同他们共同承担忧患；赏赐天下以增加诸侯的利益，而我就可以同他
们共同对付祸害。利益广布则恩宠深厚，快乐远播则忧虑深沉，所以诸
侯能够享受封土的财富，万国能够享受世袭的福分。这样，南面之君就
可以各自管理政务，天下的民众就知道有了固定的君主，君上视民如子
之爱于是乎就可以产生，下民的信从就可以同上情连结起来，世道太平
足可以淳厚风教，君道衰微足可以共御强暴。所以强大坚毅的诸侯国

不能独拥一时之势,雄武特智之士也无从寄托自己的霸王之志。然后由于万国都想太平因而实现了国家的安定,依靠各诸侯对自身长远利益的考虑而实现了天子的尊崇,就像众多的网眼都撑成四方,那么天网就自然地开张了一样;又像四肢排除了外来的险难,而心脏和脊骨就获得了安定一样。这就是三代之所以形成正直之道,四代之所以传下基业的原因。

　　夫盛衰隆弊①,理所固有,教之废兴,系乎其人②,愿法期于必凉,明道有时而阁③。故世及之制,弊于强御④,厚下之典,漏于末折⑤,侵弱之釁,遘自三季⑥,陵夷之祸,终于七雄⑦。昔者成汤亲照夏后之鉴⑧,公旦目涉商人之戒⑨,文质相济⑩,损益有物⑪。故五等之礼,不革于时⑫,封畛之制⑬,有隆焉尔者⑭,岂玩二王之祸而阁经世之筹乎⑮?固知百世非可悬御⑯,善制不能无弊,而侵弱之辱,愈于殄祀⑰,土崩之困⑱,痛于陵夷也⑲。是以经始权其多福⑳,虑终取其少祸,非谓侯伯无可乱之符㉑,郡县非致治之具也㉒。故国忧赖其释位㉓,主弱凭其翼戴㉔。及承微积弊,王室遂卑㉕,犹保名位㉖,祚垂后嗣㉗,皇统幽而不辍㉘,神器否而必存者㉙,岂非置势使之然与㉚!

【注释】

①隆:兴盛。弊:残破。李善注引《汉书》:"韩安国曰:'夫盛之有衰,犹朝之有暮。'"

②系:关系,决定。李善注:"《礼记》哀公问政。子曰:'文武之政,布在方策。其人存,则其政举;其人亡,则其政息。'"张铣注:"上教宽仁,下人怀惠,其化则兴行;上政急,下人怨,其化则废。故

云系于人也。"

③"愿法"二句:愿,谨慎。凉,薄,不厚道,不义。《春秋左传·昭公
　　四年》:"君子作法于凉,其敝犹贪,作法于贪,敝将若之何?"李善
　　注:"言法不可常愿,故期在于必薄。道不可常明,故有时而或
　　阍。以喻盛衰废兴,抑唯常理也。"

④强御:强悍,刚暴。《诗经·大雅·丞民》:"不侮鳏寡,不畏强
　　御。"李善注:"言诸侯世及而盛强,其弊在于强御而难制也。"

⑤"厚下"二句:厚下,谓多给诸侯封地。漏,失,毛病。末折,末大
　　而本折。末,指诸侯。本,指天子。《春秋左传·昭公十一年》:
　　"末大必折,尾大不掉,君所知也。"

⑥"侵弱"二句:侵弱,王室因弱而被侵害。《汉书·异姓诸侯王
　　表》:"秦既称帝,患周之败,以为起于处士横议,诸侯力争,四夷
　　交侵,以弱见夺。"衅,间隙。遘,构成。三季,《国语·晋语》:"今
　　晋寡德而安俘女,又增其宠,虽当三季之王,不亦可乎?"注:"季,
　　末也。三季王,桀、纣、幽王也。"

⑦"陵夷"二句:陵夷,颓毁,衰微。七雄,指齐、燕、楚、韩、赵、魏、秦
　　七国。李周翰注:"言诸侯之道颓毁,终于此时也。"

⑧成汤:即商汤。夏后:即夏朝。指夏桀为殷所灭。鉴:明镜。李
　　善注:"夏后之鉴,即殷鉴也。《毛诗》曰:'殷鉴不远,在夏后
　　之世。'"

⑨公旦:即周公。周公名姬旦。商人之戒:指商纣为周所灭之戒。

⑩文质:文采与质朴。李善注引《春秋元命苞》:"王者一质一文,据
　　天地之道,天质而地文。"

⑪损益:废除增加。《论语·为政》:"子曰:'殷因于夏礼,所损益,
　　可知也;周因于殷礼,所损益,可知也。'"物:事。吕延济注:"文
　　质损益,各以取其宜也。"

⑫革:改。

⑬封畛(zhěn)：封疆。

⑭尔：这。指夏、商。张铣注："言成汤、周公不改五等之体，而立封疆之制，有盛于殷也。"

⑮玩：好。二王：指夏桀、商纣。经世：治理世事。筭：同"算"，筹划。

⑯悬：远。御：治理。

⑰"而侵弱"二句：愈，不，及，差。殄(tiǎn)祀，断绝祭祀。谓灭亡。李周翰注："三代之末虽有侵弱之辱，犹差于覆宗绝祀也。"

⑱土崩之困：指秦朝。《汉书·徐乐传》："臣闻天下之患，在于土崩，不在瓦解，古今一也。何谓土崩？秦之末世是也。"

⑲陵夷：指周末之时。

⑳经始：开始规划营造。谓开始实施分封时。《诗经·大雅·灵台》："经始灵台，经之营之。"权：衡量。李善注引《尸子》："圣人权福则取重，权祸则取轻。"

㉑符：征兆，可能。

㉒具：器具，工具。《史记·酷吏列传》："法令者，治之具。"

㉓释位：离开职位。张铣注："天子有难，则诸侯去位以谋王室，使其安也。"《春秋左传·昭公二十六年》："诸侯释位，以间王政。"

㉔翼戴：辅佐拥戴。《春秋左传·昭公九年》："文之伯也，岂能改物，翼戴天子而加之以共。"

㉕卑：衰微。《国语·周语》："王室其将卑乎？"

㉖名位：名号地位。

㉗后嗣：后代。

㉘皇统：皇位历代相传的系统。幽：暗弱。辍：停止，中断。

㉙神器：指帝位。否(pǐ)：闭塞不通。

㉚置势：谓分封诸侯以形成磐石之势。

【译文】

兴盛衰微隆盛残破，从道理上说本来都是会发生的，教化的废弃兴盛,决定于居上位的人,谨慎的法令最终肯定有不义的时候出现,清明的政治也会有黑暗的时候。所以世袭的制度,其弊病在于强暴的诸侯难于控制;厚遇诸侯的制度,其疏失在于末大而本折;王室因衰弱而被侵害的嫌隙,在夏、商、西周三代末年形成,颓毁的灾祸最终在战国七雄时发生。以前成汤亲自照了夏桀灭亡这面镜子,周公旦亲眼看到了商纣灭亡这一警戒,文采和质朴互相配合,减损与增益均有具体事物。所以公、侯、伯、子、男五等之礼,当时没有加以更改,分封疆土的制度,还有比夏、商更兴盛的地方,这难道是喜欢夏桀、商纣的灾祸而不明于治国之计吗?原来是知道百世之后的事情不可能早早地预为治理,善于治理不可能一点弊病都不出现,而因衰弱被侵害的耻辱,不及宗祀完全断绝厉害,土崩的困危,却比颓毁更令人悲痛。所以分封之初权衡的是如何获得多福,从长远考虑是将来如何少祸,不是说侯伯就没有兴乱的可能,郡县就不是达到太平的工具。所以国家忧患时要靠诸侯去位给予分忧解难,主上衰弱要靠诸侯辅佐拥戴。等到承袭衰微累积弊端,王室于是衰微下来,但还能保住名号地位,福祚还能传给后代,皇位世代相传的系统虽然暗弱但还不至于中断,帝位闭塞不通但肯定还能存在下去,这难道不是形成磐石之势而使之这样的吗?

　　降及亡秦,弃道任术①,惩周之失②,自矜其得③。寻斧始于所庇④,制国昧于弱下⑤,国庆独飨其利⑥,主忧莫与共害。虽速亡趋乱⑦,不必一道⑧,颠沛之衅⑨,实由孤立⑩。是盖思五等之小怨⑪,忘万国之大德,知陵夷之可患,阇土崩之为痛也。周之不竞⑫,有自来矣⑬。国乏令主⑭,十有余世。然片言勤王⑮,诸侯必应,一朝振矜⑯,远国先叛,故强晋收其请隧之图⑰,暴楚顿其观鼎之志⑱,岂刘、项之能窥关⑲,胜、广之敢号泽哉⑳!借使秦人因循周制㉑,虽则无道,有与共弊^㉒,覆灭之祸,岂在曩日^㉓!

【注释】

①道:指分封诸侯的治国之道。术:方法。指强化中央集权的治国之术。《史记·商君列传》:"吾以强国之术说君,君大说(悦)之耳。"

②惩:警戒。

③矜:骄傲。李善注:"言惩周以弱见夺,自矜以力灭周也。"

④寻:使用。庇:遮蔽。《春秋左传·文公七年》:"公族,公室之枝叶也;若去之,则本根无所庇荫矣。葛藟犹能庇其本根,故君子以为比,况国君乎?此谚所谓'庇焉而纵寻斧焉'者也。必不可,君其图之。"

⑤昧:暗。李善注:"弱下之术,前王所弃,秦以为是,故谓之昧焉。"

⑥庆:吉庆之事。飨:享。

⑦趋(cù):急速。

⑧一道:一途。吕向注:"不必一道,谓不必由奢侈暴虐,则颠沛之衅,实由不封立所致也。"

⑨颠沛:倾覆。《诗经·大雅·荡》:"颠沛之揭,枝叶未有害,本实先拨。"传:"颠,仆;沛,拔也。"衅:灾祸。

⑩孤立:《汉书·诸侯王表》:"汉兴之初,海内新定,同姓寡少,惩戒亡秦孤立之败,于是剖裂疆土,立二等之爵。"

⑪小怨:小缺点。《诗经·小雅·谷风》:"忘我大德,思我小怨。"

⑫不竞:不强。《春秋左传·宣公元年》:"骤谏而不入,故不竞于楚。"

⑬有自来矣:谓有多年的历史了。《春秋左传·昭公元年》:"叔出季处,有自来矣,吾又谁怨?"

⑭令主:善主。

⑮片言：《论语·颜渊》："子曰：'片言可以折狱者，其由也与？'"集解："片，犹偏也。听讼必须两辞以定是非，偏信一言以折狱者，唯子路可。"这里犹言"一言"。勤王：为天子之事勤劳、效力。《春秋左传·僖公二十五年》："求诸侯，莫如勤王。"

⑯振矜：傲然自大之貌。指诸侯国。《春秋公羊传·僖公九年》："葵丘之会，桓公震而矜之，叛者九国。震之者何？犹曰振振然。矜之者何？犹曰莫若我也。"

⑰隧（suì）：隧道，即地下道，古代天子有隧葬之礼。《春秋左传·僖公二十五年》载，晋文公进见周天子，请求死后能用隧道葬自己（也即用天子之礼葬自己），未获允许。

⑱顿：止息。观鼎：《春秋左传·宣公三年》："楚子伐陆浑之戎，遂至于雒，观兵于周疆。定王使王孙满劳楚子。楚子问鼎之大小轻重焉。"相传夏禹铸九鼎，作为国宝三代相传，楚王问鼎，有逼周天子而取天下之意。

⑲刘：刘邦。项：项羽。《汉书·高帝纪》："八月，沛公攻武关，入秦。"又："十二月，项羽果帅诸侯兵欲西入关，关门闭。闻沛公已定关中，羽大怒，使黥布等攻破函谷关，遂至戏下。"

⑳胜：陈胜。广：吴广。皆秦末农民起义领袖。号泽：号令于野泽之中。《史记·陈涉世家》："袒右，称大楚。为坛而盟，祭以尉首。陈胜自立为将军，吴广为都尉。攻大泽乡，收而攻蕲。"

㉑制：指五等分封之制。

㉒共弊：共同对付残破的局面。

㉓曩日：昔日。谓在昔日发生覆灭之祸。

【译文】

到了很快灭亡的秦朝，放弃分封五等的治国之道而任用强国之术，警戒周朝分封的过失，自傲自己得到了天下。使用斧子先从赖以遮蔽的树荫开始，治理国家不明白使下面弱小的害处，国家有吉庆独享其好处,主上有忧患无人与之共除祸害。虽然急速灭亡很快动乱,不一定由一种途径造成,而国家倾覆的灾祸,却实在是由王室孤立造成的。这就是想到了分封五等的小毛病,忘记了万国拱卫的大功德,知道国家颓毁值得忧虑,不明白国家崩溃所造成的痛苦。周朝不强盛,有多年的历史了。国家缺乏好的君主,一共有十多代。然而只要有一句为天子效劳的话,诸侯必定起来响应,一朝有诸侯国傲然自大,远处的诸侯国首先会起来反对他,所以强大的晋国收起了他请求死后用隧道埋葬的意图,横暴的楚国止息了他观鼎的志向,哪里是刘邦、项羽能够窥视关中,陈胜、吴广敢于号令野泽的呢!假使秦人沿袭遵循周朝的制度,虽然那样无道,有诸侯与之共同对付残破局面,国家覆灭的灾祸,哪里会在昔日发生呢!

　　汉矫秦枉①,大启侯王②,境土逾溢③,不遵旧典,故贾生忧其危④,朝错痛其乱⑤。是以诸侯阻其国家之富⑥,凭其士民之力,势足者反疾⑦,土狭者逆迟,六臣犯其弱纲⑧,七子衢其漏网⑨,皇祖夷于黥徒⑩,西京病于东帝⑪。是盖过正之灾⑫,而非建侯之累也。然吕氏之难⑬,朝士外顾⑭;宋昌策汉⑮,必称诸侯。逮至中叶⑯,忌其失节⑰,割削宗子,有名无实⑱,天下旷然⑲,复袭亡秦之轨矣。是以五侯作威⑳,不忌万邦;新都袭汉㉑,易于拾遗也㉒。光武中兴㉓,篡隆皇统㉔,而犹遵覆车之遗辙㉕,养丧家之宿疾㉖,仅及数世,奸轨充斥㉗。卒有强臣专朝㉘,则天下风靡㉙,一夫纵衡㉚,则城池自夷㉛,岂不危哉!

【注释】

　　①矫:纠正。枉:曲,偏差。《汉书·诸侯王表》:"藩国大者夸州兼

郡,连城数十,宫室百官同制京师,可谓矫枉过其正矣。”

②大启:《诗经·鲁颂·閟宫》:“大启尔宇,为周室辅。”本指大力开疆拓土。这里即大封之意。《汉书·诸侯王表》:“功臣侯者百有余邑,尊王子弟,大启九国。”

③逾溢:过于宽广。

④贾生:即贾谊,西汉政论家。被文帝召为博士,迁太中大夫。《汉书·贾谊传》上疏:“夫树国故必相疑之势,下数被其殃,上数爽其忧,甚非所以安上而全下也。”

⑤鼂错:即晁错,西汉著名政治家、政论家。文帝时历任门大夫、博士、太子家令,以多谋深得太子(景帝)宠信,称为“智囊”。景帝即位,迁御史大夫,力主改革政治,削夺诸王封地,认为“不如此,天子不尊,宗庙不安”(《汉书·晁错传》)。《汉书·诸侯王表》:“然诸侯原本以大,末流滥以致溢,小者淫荒越法,大者睽孤横逆,以害身丧国。故文帝采贾生之议分齐、赵,景帝用晁错之计削吴、越。”

⑥阻:凭恃,依仗。

⑦疾:速。《汉书·贾谊传》上疏:“臣窃迹前事,大抵强者先反。淮阴王楚最强,则最先反;韩信倚胡,则又反;贯高因赵资,则又反;陈豨兵精,则又反;彭越用梁,则又反;黥布用淮南,则又反;卢绾最弱,最后反。”

⑧六臣:其说不一。李善注:“然(贾)谊言八而(陆)机言六者,贯高非五等,卢绾亡入匈奴,故不数之。”按贾谊疏所言反者仅七人,加上不反的长沙,共八人,如不数贯高、卢绾,反者仅五人,不合“六臣”之数。因此《文选旁证》四十三引姜氏皋语认为只应去掉贯高一人,其余六人,则为“六臣”,又吕向注:“六臣谓燕王臧荼、韩王信、淮阴侯韩信、梁王彭越、淮南王黥布、燕王卢绾。”

⑨七子:指吴楚七国。景帝前元三年(前154),吴王刘濞联合六国

诸侯以诛晁错为借口发动叛乱。《汉书·吴王濞传》："吴王先起兵，诛汉吏二千石以下。胶西、胶东、菑川、济南、楚、赵亦皆反，发兵西。"漏网：宽疏的法网。

⑩皇祖：指汉高祖刘邦。夷：伤。《春秋左传·成公十六年》："子反命军吏察夷伤。"黥（qíng）徒：指淮南王黥布之众。高祖十一年（前196），黥布发兵反叛，高祖亲征，被流箭所伤。

⑪西京：指汉景帝，因都长安，故称。病：困。东帝：指吴王刘濞。刘濞反后，景帝以故吴相爰盎为泰常，刘濞弟子德侯为宗正，使至吴劝吴罢兵。《汉书·吴王刘濞传》："宗正以亲故，先入见，谕吴王拜受诏。吴王闻盎来，亦知其欲说，笑而应曰：'我已为东帝，尚谁拜？'"

⑫过正：刘良注："境上广大过于正典。"

⑬吕氏：指汉高祖皇后吕氏兄子吕禄、吕产等。吕禄为上将军，吕产为相国，专兵秉政，横行一时。吕氏死后，诸吕"自知背高皇帝约，恐为大臣诸侯王所诛。因谋作乱"（《汉书·高后纪》）。

⑭外顾：谓废吕氏所立少帝而外迎代王为帝。《汉书·文帝纪》："十七年秋，高后崩，诸吕谋为乱，欲危刘氏。丞相陈平、太尉周勃、朱虚侯刘章等共诛之，谋立代王。"

⑮策：谋划，分析。《汉书·文帝纪》："大臣遂使人迎代王。郎中令张武等议，皆曰：'汉大臣皆故高帝时将，习兵事，多谋诈，其属意非止此也……愿称疾无往，以观其变。'中尉宋昌进曰：'群臣之议皆非也……今大臣虽欲为变，百姓弗为使，其党宁能专一邪？内有朱虚、东牟之亲，外畏吴、楚、淮南、琅邪、齐、代之强。方今高帝子独淮南王与大王，大王又长，贤圣仁孝，闻于天下，故大臣因天下之心而欲迎立大王，大王勿疑也。'"

⑯逮：及。中叶：指西汉中期。

⑰节：节制。

⑱有名无实:指汉武帝采纳主父偃建议,颁布推恩令,使诸侯有王侯之名而无国土之实。

⑲旷然:空阔貌。谓没有可拱卫天子的诸侯存在。

⑳五侯:建始元年(前32)二月,汉成帝封舅王崇为安成侯,王谭、王商、王立、王根、王逢时为关内侯,五人同日受封,世人谓之五侯。

㉑新都:指王莽。王莽在西汉末受封新都侯,后代汉称帝,改国号为新。

㉒拾遗:捡取遗失的东西。比喻容易。《汉书·梅福传》:"是以举秦如鸿毛,取楚若拾遗,此高祖所以亡(无)敌于天下也。"

㉓中兴:由衰落而重新兴盛。王莽新朝末年,农民大起义爆发,汉宗室刘秀趁机起兵,后力量不断壮大,于建武元年称帝,定都洛阳,建立东汉政权。谥光武。

㉔纂:继承。隆:尊崇。

㉕辙:车印。刘良注:"言光武即位,又不封建子弟,是遵覆车之遗辙也。"

㉖宿疾:旧病。

㉗奸轨:也作"奸宄",指为非作歹的人。《国语·晋语》:"乱在内为宄,在外为奸……德刑不立,奸宄并至。"

㉘强臣:李善注:"谓梁冀之属也。"

㉙风靡:顺风倾倒。东方朔《七谏·沉江》:"世从俗而变化兮,随风靡而成行。"

㉚一夫:一人。李善注:"谓董卓也。"纵衡:谓恣意横行。

㉛夷:平。

【译文】

汉朝纠正秦朝的偏差,给侯王大封土地,境土过于宽广,不遵旧制,所以贾生担忧这样做的危险,晁错痛恨将会发生的叛乱。因此诸侯依仗其封国的富有,凭恃其士人民众的力量,势力雄厚的反叛得急速,土地狭窄的叛逆得迟缓,六臣冒犯朝廷柔弱的纲纪,七子冲撞宽疏的法网,皇祖被黥布叛军所伤害,西京被"东帝"所困危。这是境土广大超过制度所造成的灾祸,而不是封建诸侯所造成的危难。因此发生吕氏谋叛的灾难时,朝中大臣都注目于分封在外的代王;宋昌分析汉朝的情况时,必定要称道诸侯。等到了中期,因顾忌失去节制,减少皇族子弟的封地,造成了有王侯之名而无封土之实的局面,天下顿时变得一派空旷,又承袭了亡秦的法度。因此五侯滥用权势,不顾忌众多诸侯的态度;新都侯袭夺汉朝,像捡取东西一样容易。光武帝中兴汉朝,承继尊崇皇位世代相传的系统,但还是沿着已翻覆车的辙印行进,蓄养足以造成丧家之祸的旧病,不过传位数世,为非作歹之人就四处充斥。终于出现了强臣专擅朝政,而天下就顺风倾倒,一人恣意横行,而城池就自然夷平的情况,这哪里能不危险呢?

　　在周之衰,难兴王室,放命者七臣[1],干位者三子[2],嗣王委其九鼎[3],凶族据其天邑[4],钲鼙震于阃宇[5],锋镝流乎绛阙[6],然祸止畿甸[7],害不罩及[8],天下晏然[9],以治待乱。是以宣王兴于共和[10],襄、惠振于晋、郑[11]。岂若二汉阶闼暂扰[12],而四海已沸,孽臣朝入[13],而九服夕乱哉[14]!

【注释】

①放命:吕向注:"谓弃叛王命为逆也。"七臣:李善注:"茅(wěi)国、边伯、詹父、子禽祝跪及颓叔、桃子、宾起也。"七人皆周大夫。《春秋左传·庄公十九年》:"及惠王即位,取茅国之圃以为囿。边伯之宫近于王宫,王取之。王夺子禽、祝跪与詹父田,而收膳夫之秩。故茅国、边伯、石速、詹父、子禽、祝跪作乱。因苏氏。"《春秋左传·僖公二十四年》:"秋,颓叔、桃子奉大叔,以狄师伐

周,大败周师。"《春秋左传·昭公二十二年》:"王子朝、宾起有宠于景王……丁巳,葬景王。王子朝因旧官百工之丧职秩者,与灵、景之族以作乱。"按杜预注:"石速,士也,不在五大夫之数。"故李善注未将其列入"七臣"之列。

②干:触犯。三子:李善注:"子颓、叔带、子朝。"子颓为周庄王之子。《春秋左传·庄公十九年》:"秋,五大夫奉子颓以伐王,不克,出奔温。苏子奉子颓以奔卫。卫师、燕师伐周。冬,立子颓。"叔带为周惠王之子,周襄王弟,一作"王子带",因封于甘(在今河南洛阳南),谥昭,又称甘昭公。《春秋左传·僖公二十四年》:"初,甘昭公有宠于惠后,惠后将立之,未及而卒。昭公奔齐,王复之。又通于隗氏。王替隗氏,颓叔、桃子曰:'我实使狄,狄其怨我。'遂奉大叔,以狄师攻王。"子朝即王子朝,周景王的长庶子,又称西王。

③嗣王:继位的国王。指周惠王、周襄王。委:弃。九鼎:象征国家政权。《汉书·郊祀志》:"禹收九牧之金,铸九鼎,象九州。"委九鼎,指惠王、襄王因王子之乱而弃国出奔事。

④凶族:指三子。天邑:指京都。《尚书·多士》:"予一人惟听用德,肆予敢求尔于天邑商。"据天邑,谓三子叛逆称王以据京城。

⑤钲(zhēng):军中乐器名。《汉书·平帝纪》:"遣执金吾陈茂假以钲鼓。"注:"应劭曰:将帅乃有钲鼓……钲者,铙也,似铃,柄中上下通。"鼛:战鼓。阃(kǔn)宇:指都城外之地。阃,国门。

⑥锋镝(dí):泛指兵器。锋,兵刃。镝,箭头。绛阙:深红色宫阙,即天子宫阙。

⑦畿甸:京都地区。

⑧覃(tán)及:蔓延。《诗经·大雅·荡》:"内奰于中国,覃及鬼方。"

⑨晏然:安然。

⑩宣王兴于共和:宣王,周厉王子,名静。厉王死后即位,国势一度

强盛,旧史称为中兴。《史记·周本纪》:"三年,乃相与畔,袭厉王。厉王出奔于彘……召公、周公二相行政,号曰'共和'。共和十四年,厉王死于彘。太子静长于召公家,二相乃共立之为王,是为宣王。宣王即位,二相辅之,修政,法文、武、成、康之遗风,诸侯复宗周。"

⑪ 襄、惠振于晋、郑:振,起。《史记·周本纪》:"惠王即位,夺其大臣园以为囿,故大夫边伯等五人作乱,谋召燕、卫师,伐惠王。惠王奔温,已居郑之栎。立釐王弟颓为王。乐及遍舞,郑、虢君怒。四年,郑与虢君伐杀王颓,复入惠王。"又:"初,惠后欲立王子带,故以党开翟人,翟人遂入周。襄王出奔郑,郑居王于氾。子带立为王,取襄王所绌翟后与居温。十七年,襄王告急于晋,晋文公纳王而诛叔带。"

⑫ 二汉:指西汉、东汉。阶闼(tà):代指宫内。阶,台阶。闼,宫中小门。

⑬ 孽(niè)臣:叛臣。指王莽、董卓。

⑭ 九服夕乱:张铣注:"所以朝入夕乱者,言速也,盖无所援助也。"

【译文】

在西周衰微时,王室难以振兴,背叛王命的有七个臣子,触犯王位的有三个王子,继位的国王丢下了九鼎,凶恶的王子占据了天邑,钲鼓之声在都城之外震响,兵刃箭矢在宫廷之内穿流。然而祸患只限于京都地区,灾害并不四处蔓延,天下安然,以太平对付祸乱。因此宣王能在共和年间中兴,襄王、惠王能在晋、郑的帮助下复位。哪里像两汉那样宫内稍微出现骚扰,而四海就已沸腾起来;乱臣早晨进入宫内,而天下傍晚就乱起来了呢!

远惟王莽篡逆之事①,近览董卓擅权之际,亿兆悼心②,愚智同痛。然周以之存,汉以之亡,夫何故哉? 岂世乏曩时之臣③，士无匡合之志欤④？盖远绩屈于时异⑤，雄心挫于卑势耳⑥。故烈士扼腕⑦，终委寇仇之手⑧；中人变节⑨，以助虐国之桀。虽复时有鸠合同志以谋王室⑩，然上非奥主⑪，下皆市人⑫，师旅无先定之班⑬，君臣无相保之志，是以义兵云合，无救劫弑之祸⑭，民望未改⑮，而已见大汉之灭矣。

【注释】

①惟：思。

②亿兆：谓天下民众。《礼记·内则》："降德于众兆民。"疏："算法，亿之数有大小二法：其小数以十为等，十万为亿，十亿为兆也。其大数以万为等，万至万，是万万为亿。"悼心：伤心。

③曩时：昔时。指西周之时。

④匡合：吕延济注："匡，正也。合谓合诸侯之众以正天子之位也。"《论语·宪问》："子曰：'桓公九合诸侯，不以兵车，管仲之力也。'"又："子曰：'管仲相桓公，霸诸侯，一匡天下，民到于今受其赐。'"王褒《圣主得贤臣颂》："齐桓设庭燎之礼，故有匡合之功。"

⑤远绩：远大的功绩。《春秋左传·昭公元年》："子盍亦远绩禹功，而大庇民乎？"屈于时异：李周翰注："谓时无诸侯可以共为援矣。"

⑥雄心：谓匡正王室之心。

⑦烈士：刚强不屈之士。扼腕：手握其腕，为激愤、惋惜之态。

⑧委：弃。谓终死于仇敌之手。

⑨中人：君王左右的权臣。《汉书·宣元六王传》："公卿变节。"

⑩鸠合：聚合。李善注："《汉书》曰：'王莽居摄，翟义心恶之，遂与刘宇、刘璜结谋举义兵。'范晔《后汉书》曰：'董卓以尚书韩馥为冀州刺史，侍中刘岱为兖州刺史。馥等到官，各举义兵讨卓。'"

⑪奥主：吕延济注："奥，深也。言非深沉知人之主也。"李善注：
"《汉书》曰：'翟义立刘信为天子。'"

⑫市人：城市居民。《吕氏春秋·仲秋纪》："世有言曰：驱市人而战
之，可以胜人之厚禄教卒……此不通乎兵者之论。"

⑬师旅无先定之班：李周翰注："师旅，兵众也；班，次也。言下皆市
人，故兵众悉散，则无斗心，何能有先定之次也。先定，谓争勇于
战，而先定其乱。"班，位次。引申指状况。

⑭弑：臣杀君称弑。

⑮民望：吕延济注："谓望汉复安之心。"

【译文】

　　远思王莽篡逆之事，近观董卓专权之时，亿万民众无不伤心，愚者
智者同感悲痛。然而西周却在衰微之中保存了下来，汉朝却在衰微之
中灭亡了，这是什么原因呢？难道是当世缺乏像过去那样的臣子，士人
没有匡正天子聚合诸侯的志向吗？这不过是因为远大的功绩被不同于
以前的时势所屈，雄心被卑弱的势力所挫罢了。所以刚强不屈之士为
之扼腕痛恨，终于丧命于仇敌之手；君王左右的权臣改变了节操，以帮
助残害国家的夏桀。虽然有时有人出面聚合志同道合者图谋复兴王
室，但在上者不是深沉知人之主，在下的都是一般市民，兵众不能首先
安定下来，君臣没有互相保全的志向，因此义兵如云般聚合拢来，却不
能救助劫夺杀害君主的灾祸，民之所望尚未改变，却已看见大汉灭
亡了。

　　或以"诸侯世位①，不必常全，昏主暴君，有时比迹②，故
五等所以多乱。今之牧守③，皆以官方庸能④，虽或失之，其
得固多，故郡县易以为治"。夫德之休明⑤，黜陟日用⑥，长率
连属⑦，咸述其职⑧，而淫昏之君无所容过⑨，何则其不治哉！

故先代有以之兴矣⑩。苟或衰陵⑪，百度自悖⑫，鬻官之吏以货准才⑬，则贪残之萌皆如群后也⑭，安在其不乱哉！故后王有以之废矣⑮。且要而言之，五等之君，为己思治⑯；郡县之长，为利图物⑰。何以征之⑱？盖企及进取⑲，仕子之常志⑳；修己安民㉑，良士之所希及㉒。夫进取之情锐㉓，而安民之誉迟，是故侵百姓以利己者，在位所不惮㉔；损实事以养名者㉕，官长所夙夜也㉖。君无卒岁之图，臣挟一时之志。五等则不然。知国为己土，众皆我民；民安己受其利，国伤家婴其病㉗。故前人欲以垂后，后嗣思其堂构㉘，为上无苟且之心㉙，群下知胶固之义㉚。使其并贤居治，则功有厚薄；两愚处乱，则过有深浅㉛。然则八代之制㉜，几可以一理贯㉝；秦、汉之典，殆可以一言蔽矣㉞。

【注释】

①世位：世代相传之位。张铣注："言其子孙不必常有安全之势也。"

②比迹：齐步，一个接着一个。

③牧守：州郡长官，州官称牧，郡官称守。

④官方：常官，恪守常道之官。《国语·晋语》："举善援能，官方定物。"注："方，常也。物，事也。立其常官，以定百事。"庸：且，任用。

⑤休明：美善光明。《春秋左传·宣公三年》："德之休明，虽小，重也。"

⑥黜陟(zhì)：贬退提升。《尚书·舜典》："三载考绩，三考黜陟幽明。"

⑦率：通"帅"。《礼记·王制》："千里之外设方伯，五国以为属，属

有长；十国以为连，连有帅。"

⑧咸述其职:《孟子·梁惠王》:"诸侯朝于天子曰述职。述职者,述所职也。"李周翰注:"言皆奉天子休明之德,皆述其职也。"

⑨淫昏之君无所容过:吕向注:"'君'谓诸侯,言虽淫昏,递相防制,故无所容过也。"

⑩之:指实行郡县制。

⑪衰陵:衰微陵夷。

⑫百度:百事。悖:乱。《春秋左传·昭公元年》:"兹心不爽,而昏乱百度。"

⑬鬻(yù):卖。货:钱财。吕向注:"货多者则高官,少者下位,故云以货准才。"

⑭萌:萌发,发生。后:君。指诸侯。

⑮之:指实行郡县制。废:谓被废位。

⑯为己:李善注:"民安,己受其利,故曰为己。"

⑰为利:李善注:"物能利己,乃始图之,故云为利。"李周翰注:"谓其知不久居官,故为利而图于百姓之财。"

⑱征:证明。

⑲企及:羡及。李善注:"企及进取,奔竞以招誉。《礼记》曰:'不至焉者,企而及之。'"吕向注:"企,羡也。言羡及厚禄,进而取之,乃常志也。"

⑳仕子:做官的人。

㉑修己:修养自己。《论语·宪问》:"子曰:'修己以敬。'"又:"修己以安百姓。"

㉒良士:犹贤士。《尚书·秦誓》:"番番良士,旅力既愆,我尚有之。"希:少。

㉓锐:犹疾,疾速。

㉔惮:惧。吕延济注:"言众皆为之,故不惧也。"

㉕损实事以养名者：实，李周翰注："谓政化之美。"李善注："安民誉迟，不若侵之以利己。进取名速，故损实事以求之。"

㉖夙夜：早晚。

㉗婴：患。

㉘堂构：打基础盖屋。喻祖先的遗业。《尚书·大诰》："若考作室，既厎法，厥子乃弗肯堂，矧肯构？"

㉙苟且：得过且过，马虎敷衍。

㉚胶固：如胶漆之坚固。《庄子·骈拇》："待绳约胶漆而固者，是侵其德也。"

㉛"使其"几句：李善注："言八代同建五等，而废兴殊迹者，譬并贤居治，而功有优劣也。言秦汉同立郡县，而修短异期者，譬两愚居乱，而过有轻重也。"

㉜八代：李善注："谓五帝三王也。"《周易·系辞》以伏羲、神农、黄帝、尧、舜为五帝，《史记·五帝本纪》以黄帝、颛顼、帝喾、尧、舜为五帝。三王指夏禹、商汤、周文王。

㉝一理：刘良注："谓合典则也。"贯：贯穿，统贯。《论语·里仁》："子曰：'参乎！吾道一以贯之。'"

㉞蔽：概括。《论语·为政》："子曰：'《诗》三百，一言以蔽之，曰：思无邪。'"

【译文】

有人认为"诸侯世代相传的职位，不一定能长久保全，昏庸暴虐的君主，有时一个接着一个，这是分封五等之所以多乱的原因。现在的州牧郡守，都是官府任用的有才能的人，虽然有时会有失误，但所得还是居多，所以郡县容易治理"。德行美善光明，经常采用贬退提升的措施，属长连帅，都陈述其职守，因而放荡昏庸的君主无法隐藏其过失，这哪里会治理不好呢！所以先代帝王有的就因实行郡县制而兴盛起来了。如果一旦衰微了，百事自己就混乱起来，出卖官职的官吏以钱财多少作为衡量才能的标准,这样萌生了贪婪残暴之心的民众就都像众多诸侯一般,这哪里会不发生变乱呢! 所以后代帝王就有因实行郡县制而废位亡身的。扼要地说来,五等分封的君主,为了自己想把政事处理好;郡县的长官,为了私利而图谋百姓的钱财。用什么证明呢? 企美进取禄位,这是做官的人常有的志向;修养自己安定民众,贤士也很少思虑及此。进取的心情十分迫切,安定民众的名誉来得迟缓,因此侵掠百姓以利己的,身居其位毫不惧怕;损害实事以养其虚名的,身为官长日夜营求。君主没有过完一年的打算,臣属怀抱只干一时的志向。五等分封就不是这样。知道国家是自己的领土,民众都是我的民众;民众安定自己得到好处,国家受伤害家庭也要受到牵累。所以前人想要把家国留传给后人,后人总是想着前人的遗业,居上位的没有得过且过的打算,众臣知道保持胶漆般坚固的道理。就像让贤人们同时居治理之位,其功绩会有厚有薄;两个笨人处在变乱之中,其过失会有深有浅。那么八代推行的五等制,几乎可以用一条理由来加以统贯;秦、汉推行的郡县制,差不多可以用一句话来加以概括了。

刘孝标

见卷第四十三《重答刘秣陵沼书》作者介绍。

辩命论一首　并序

【题解】

《梁书·刘峻传》:"高祖(梁武帝)招文学之士,有高才者,多被引进,擢以不次。峻率性而动,不能随众沉浮,高祖颇嫌之,故不任用。峻乃著《辨命论》以寄其怀。"李善题解:"孝标植根淄右,流寓魏庭,冒履艰危,仅至江左,负材矜地,自谓坐致云霄,岂周逡巡十稔,而荣惭一命,因兹著论,辞多愤激,虽义越典谟,而足杜浮竞也。"又引刘璠《梁典》云:"峻字孝标,《辩命论》盖以自喻云。"文章名为"谨述天旨",实为借题发挥;表面上说穷通得失"咸得之于自然,不假道于才智",表示应"明其无可奈何,识其不由智力。逝而不召,来而不距,生而不喜,死而不戚",实则深寓着对不平现实的不满。反复申论,文采斐然,风骨遒劲,为古今传诵的名篇。《梁书》本传引录作者《自序》,其文有云:"余自比冯敬通,而有同之者三,异之者四。何则? 敬通雄才冠世,志刚金石;余虽不及之,而节亮慷慨,此一同也。敬通值中兴明君,而终不试用;余逢命世英主,亦摈斥当年,此二同也……"为直陈感慨之作,可与本文参读。

主上尝与诸名贤言及管辂①,叹其有奇才而位不达。时有在赤墀之下②,豫闻斯议③,归以告余。余谓士之穷通④,无非命也,故谨述天旨⑤,因言其致云⑥。

【注释】

①主上:指梁武帝萧衍。管辂(lù):字公明,三国魏人。《三国志·魏书》本传载其"明《周易》,仰观风角占相之道,无不精微"。正元二年(255),为少府丞。次年二月卒,年四十八。

②赤墀(chí):官殿前用朱红涂饰的阶地。《汉书·梅福传》:"故愿壹登文石之陛,涉赤墀之涂。"

③豫:通"与",参加。斯:此。

④穷通:困厄与显达。

⑤天旨:天意。

⑥致:尽,详。

【译文】

主上曾同诸位名贤谈到管辂,感叹他有奇异之才,而官位不显达。

当时有人在赤墀之下，参与听说了这番议论，回来后告诉了我。我认为士人的困厄显达，没有不是由命运决定的，所以谨述天意，借这个机会详谈一下。

臣观管辂天才英伟①，珪璋特秀②，实海内之名杰③，岂日者卜祝之流乎④！而官止少府丞⑤，年终四十八，天之报施⑥，何其寡与？然则高才而无贵仕，饕餮而居大位⑦，自古所叹，焉独公明而已哉！故性命之道⑧，穷通之数⑨，夭阏纷纶⑩，莫知其辩⑪。仲任蔽其源⑫，子长阐其惑⑬。至于鹖冠瓮牖⑭，必以悬天有期⑮；鼎贵高门⑯，则曰唯人所召⑰。诙诙欢咋⑱，异端斯起⑲。萧远论其本而不畅其流⑳，子玄语其流而未详其本㉑。

【注释】

①英伟：英俊奇伟。

②珪璋：珪与璋皆为朝会时所执的玉器，以喻美德。《礼记·聘义》：“珪璋特达，德也。”

③海内：犹言天下。

④日者：以占候卜筮为业的人。卜祝：主管占卜和祭祀的人。司马迁《报任安书》：“仆之先，非有剖符丹书之功，文史星历，近乎卜祝之间。”

⑤少府丞：官名。《后汉书·百官志》：“少府，卿一人，中二千石。本注曰：掌中服御诸物，衣服、宝货、珍膳之属。丞一人，比千石。”

⑥报施：酬劳。《史记·伯夷列传》：“天之报施善人，其何如哉？”

⑦饕餮(tāo tiè)：贪财贪食之人。《春秋左传·文公十八年》：“缙云

氏有不才子,贪于饮食,冒于货贿,侵欲崇侈,不可盈厌,聚敛积实,不知纪极,不分孤寡,不恤穷匮,天下之民以比三凶,谓之'饕餮'。"

⑧性命:《周易·乾》:"乾道变化,各正性命。"疏:"性者天生之质,若刚柔迟速之别;命者人所禀受,若贵贱夭寿之属。"

⑨数:命运。

⑩夭阏(è):阻遏,阻拦。《庄子·逍遥游》:"(大鹏)背负青天,而莫之夭阏者,而后乃今将图南。"纷纶:杂乱貌。《史记·司马相如列传》:"纷纶葳蕤,堙灭而不称者,不可胜数也。"

⑪辩:区别。

⑫仲任:东汉王充字仲任,著有《论衡》八十五篇。蔽:塞。源:本。李善注引《论衡》:"凡人有生死寿夭之命,亦有贵贱贫富之命。命当贫贱,虽富贵之,犹涉患祸,失其富贵。命当富贵,虽贫贱之,犹逢福善,离其贫贱。今言随操行而至,此命在末不在本也。"

⑬子长:司马迁字子长。阐:说明。李善注引《史记》:"或曰:'天道无亲,常与善人。'伯夷叔齐,可谓善人,而饿死。七十子之徒,仲尼独荐颜渊为好学,然蚤夭。盗跖日杀无辜,肝人之肉,竟以寿终。此其大较者也,余甚惑焉。"

⑭鹖(hé)冠:即鹖冠子,春秋时楚人。隐居深山,以鹖羽为冠,故号鹖冠子。瓮牖(yǒu):用破瓮之口做窗户。《庄子·让王》:"原宪居鲁,环堵之室,茨以生草,蓬户不完,桑以为枢,而瓮牖二室,褐以为塞。"

⑮悬天:谓命悬于天。李善注引《论衡》:"夫命悬于天,吉凶在乎时。"

⑯鼎贵:显贵之家。左思《吴都赋》:"其居则高门鼎贵,魁岸豪杰。"

⑰召:召引。《春秋左传·襄公二十三年》:"祸福无门,唯人所召。"

⑱讻讻(náo)：喧闹争辩之声。欢咋：喧哗咋呼。《三国志·蜀书·孟光传》："好公羊《春秋》而讥呵左氏，每与来敏争此二义，光常讻讻欢咋。"

⑲异端：犹言不正确的议论。《论语·为政》："子曰：'攻乎异端，斯害也已。'"

⑳萧远：李康，字萧远，三国魏人。李善注："李萧远作《运命论》，言治乱在天，故曰论其本。"

㉑子玄：郭象，字子玄，西晋人。李善注："郭子玄作《致命由己论》，言吉凶由己，故曰语其流。"

【译文】

我看管辂天赋之才英拔奇伟，珪璋之质特出优秀，实在是天下的名杰，哪里是日者卜祝一类的人物呢！但他官只做到少府丞，寿命只有四十八岁，老天的酬报，怎么这么少呢？那么高才之人却没有做上高官，贪财贪食之人却身居高位，这是人们自古以来就感叹的，哪里就一个公明而已呢！所以性命的道理，困厄与显达的命运，彼此阻遏杂乱，没有人知道如何加以辨别。仲任对命运本源的认识蔽塞不通，子长阐明了他对天命的迷惑。至于鹖冠子用破瓮做窗户，必定以为命悬于天是有期限的；高门显贵的人家，则认为命运是人们自己召引来的，讻讻喧嚷咋呼，不正确的议论因而产生。李萧远论其本但未畅其流，郭子玄叙其流但未详其本。

尝试言之曰①：夫通生万物②，则谓之道；生而无主③，谓之自然。自然者，物见其然，不知所以然④；同焉皆得⑤，不知所以得。鼓动陶铸而不为功⑥，庶类混成而非其力⑦。生之无亭毒之心⑧，死之岂虔刘之志⑨。坠之渊泉非其怒⑩，升之霄汉非其悦⑪。荡乎大乎⑫，万宝以之化⑬；确乎纯乎⑭，一化而不易⑮。化而不易,则谓之命。命也者,自天之命也⑯。定于冥兆⑰,终然不变。鬼神莫能预⑱,圣哲不能谋。触山之力无以抗⑲,倒日之诚弗能感⑳。短则不可缓之于寸阴㉑,长则不可急之于箭漏㉒。至德未能逾㉓,上智所不免㉔。是以放勋之世㉕,浩浩襄陵㉖;天乙之时㉗,焦金流石㉘。文公虿其尾㉙,宣尼绝其粮㉚。颜回败其丛兰㉛,冉耕歌其《芣苢》㉜。夷、叔毙淑媛之言㉝,子舆困臧仓之诉㉞。圣贤且犹若此,而况庸庸者乎㉟!至乃伍员浮尸于江流㊱;三闾沉骸于湘渚㊲;贾大夫沮志于长沙㊳;冯都尉皓发于郎署㊴;君山鸿渐㊵,铩羽仪于高云㊶;敬通凤起㊷,摧迅翮于风穴㊸;此岂才不足而行有遗哉㊹!

【注释】

①尝试:试一试。李周翰注:"事在冥昧,理不可定,故云试言之。"《庄子·至乐》:"请尝试言之:天无为以之清,地无为以之宁。"

②通:畅通。《周易·系辞》:"一阖一辟谓之变,往来不穷谓之通。"《老子》三十四章:"大道泛兮,其可左右。万物恃之而生而不辞,功成不名有。衣养万物而不为主。"

③无主:吕向注:"任其生性,故无主。"

④不知所以然:张铣注:"物之生也,任夫自然,但见其形,则不知其何以如此,是由不见所生,不知所至。"《庄子·达生》:"吾生于陵而安于陵,故也;长于水而安于水,性也;不知吾所以然而然,命也。"

⑤同:同样。吕延济注:"万物所生皆得其所,亦不知何为得所也。"《庄子·骈拇》:"故天下诱然皆生,而不知其所以生;同焉皆得,而不知其所以得。"

⑥鼓动：推动。《周易·系辞》："鼓天下之动者存乎辞。"陶铸：陶，
用土烧制瓦器；铸，熔炼金属铸造器物。犹言造就。刘良注："道
之无形，则陶铸万物，混而成之，则不求功于万物矣。既不见道
形，亦非以道为力矣。"

⑦庶类：众多物类。混成：在混沌的状态中自然形成。班固《典
引》："沉浮交错，庶类混成。"

⑧亭毒：养育。《老子》五十一章："长之育之，亭之毒之。"

⑨虔刘：杀害。《春秋左传·成公十三年》："芟夷我农功，虔刘我
边陲。"

⑩坠之渊泉：指鱼类。

⑪升之霄汉：指鸟类。李周翰注："皆亦任自然所为，非道之有怒悦
也。"《淮南子·原道训》："鸟排虚而飞，兽蹠实而走，蛟龙水居，
虎豹山处，天地之性也。"

⑫荡：广大。《庄子·天地》："荡荡乎！忽然出，勃然动，而万物从
之乎！"又："夫道，覆载万物者也，洋洋乎大哉！"

⑬万宝：万物。《庄子·庚桑楚》："春气发而百草生，正得秋而万宝
成。"张铣注："言道广大，万物以之化生。"

⑭确：坚固。《庄子·应帝王》："正而后行，确乎能其事者而已矣。"
纯：纯厚。《庄子·山木》："纯纯常常，乃比于狂。"

⑮易：改变。

⑯自天之命：来自天神的意旨，也即天命。李善注："《春秋元命苞》
曰：'命者，天之命也。所受于帝，行正不过，得寿命也。'"

⑰冥：昧。兆：始。刘良注："言命定之于冥昧之始，不可变易也。"
祖台之《论命》："存亡寿夭，咸定冥初。"

⑱预：干预。贾谊《鵩鸟赋》："天不可预虑兮，道不可预谋。"潘岳
《西征赋》："生有修短之命，位有通塞之遇。鬼神莫之要，圣哲弗
能豫。"

⑲触山：《淮南子·原道训》："昔共工之力，触不周之山，使地东南倾。"

⑳倒日：拨转太阳。《淮南子·览冥训》："鲁阳公与韩构难，战酣日暮，援戈而挥之，日为之反三舍。"

㉑寸阴：极短暂的光阴。《淮南子·原道训》："故圣人不贵尺之璧，而重寸之阴，时难得而易失也。"

㉒箭漏：古代计时器分播水壶、受水壶两部分，受水壶中有立箭，箭上画分一百刻，水入受水壶，淹箭以定时刻。

㉓至德：道德最高尚的人。

㉔上智：智力超群的人。李善注引曹丕《典论》："夫生之必死，贤圣所不能免。"

㉕放勋：尧名。《尚书·尧典》："曰若稽古，帝尧曰放勋。"

㉖浩浩：水势远大貌。襄：漫上。《尚书·尧典》："汤汤洪水方割，荡荡怀山襄陵，浩浩滔天。"

㉗天乙：即商汤。《史记·殷本纪》："主癸卒，子天乙立，是为成汤。"

㉘流石：把石头熔成液体流动。屈原《招魂》："十日代出，流金烁石些。"

㉙文公：即周公姬旦。李善注引《傅子》："周文王子公旦有圣德，谥曰文。"疐（zhì）其尾：谓进退有难。《诗经·豳风·狼跋》："狼跋其胡，载疐其尾。"疐，踩。毛传："老狼有胡，进则躐其胡，退则跲其尾。进退有难，然而不失其猛。"旧说是赞美周公的。朱熹《诗集传》："周公虽遭疑谤，然所以处之不失其常，故诗人美之。"

㉚宣尼：即孔子。汉元始元年(1)追谥孔子为褒成宣尼公。绝其粮：孔子在陈、蔡之间因被围困，断粮七日。

㉛丛兰：丛生的兰花。比喻美德之人。败其丛兰，指颜回早死。李善注："《家语》曰：'颜回年二十九而发白，三十二而早死。'《文

子》曰：'日月欲明，浮云盖之；丛兰欲茂，秋风败之。'"

㉜冉耕：孔子弟子。字伯牛。以德行著名。有恶疾。《苤苢（fú yǐ）》：《诗经·周南》篇名。其首章云："采采苤苢，薄言采之。采采苤苢，薄言有之。"李善注："《韩诗》曰：'采苢，伤夫有恶疾也。'薛君曰：'苤苢，恶臭之菜，诗人伤其君子有恶疾，人道不通，求已不得，发愤而作。'"

㉝夷、叔：即伯夷、叔齐。淑媛：美女。泛指妇女。李善注引《古史考》："伯夷、叔齐者，殷之末世孤竹君之二子也。隐于首阳山，采薇而食之。野有妇人谓之曰：'子义不食周粟，此亦周之草木也。'于是饿死。"

㉞子舆困臧仓之诉：子舆，即孟子。臧仓，春秋时鲁平公所宠幸的小臣。诉，谗言。一次，鲁平公准备去拜访孟子，臧仓阻拦说："这是为什么呢？您不尊重自己的身份，而先去拜访一个普通人。礼义的事情是由贤者做出来的，但孟子对母亲丧事的操办却超过了他以前对父亲丧事的操办。您不必去拜访他了。"鲁平公听信谗言，果然未去拜访孟子。事见《孟子·梁惠王》。

㉟庸庸：平庸的人。

㊱伍员浮尸于江流：伍员，即伍子胥，春秋楚人，吴臣。吴王夫差欲与越和，子胥谏不从。后夫差听信伯嚭谗言，迫令子胥自杀。死后，取子胥尸盛以鸱夷革，浮之江中。

㊲三闾沉骸于湘渚：三闾，即屈原。屈原在楚曾任三闾大夫之职，后自沉于湘江支流汨罗。渚，水中沙洲。

㊳贾大夫沮志于长沙：贾大夫，即贾谊，西汉文帝时曾任太中大夫之职。沮，受挫。长沙，秦置郡名。汉初于其地建长沙国，治临湘（今湖南长沙）。贾谊遭到朝中权贵妒忌，被排挤外调为长沙王太傅，南渡湘水时，作赋以吊屈原。

㊴冯都尉皓发于郎署：冯都尉，即冯唐，西汉文帝时为郎中署长，

"帝辇过,问唐曰:'父老何自为郎,家安在?'"后任为车骑都尉。武帝初,举贤良,时年九十余,不能复为官,乃以其子遂为郎。《文选》卷第二一左太冲《咏史》李善注:"荀悦《汉纪》曰:'冯唐白首,屈于郎署。'"

㊵君山鸿渐:君山,桓谭字君山,历仕西汉哀帝、平帝二朝,位不过郎。王莽时任掌乐大夫。淮阳王刘玄即位,召拜太中大夫。光武帝时,任议郎给事中。因反对谶纬神学,几乎被杀。贬为六安郡丞,病死道中。鸿渐,谓鸿飞渐进于高位。《周易·渐》:"初六:鸿渐于乾。六二:鸿渐于磐。九三:鸿渐于陆。六四:鸿渐于木。九五:鸿渐于陵。上九:鸿渐于阿,其羽可以用为仪,吉利。"以喻仕进。

㊶铩(shā)羽仪:羽毛摧落。喻贬谪失意。

㊷敬通:冯衍字敬通,东汉人。幼有奇才,二十岁博通群书。王莽时,不肯出仕。更始二年投刘玄,为立汉将军。玄死,降光武帝,帝怨其未及早归降,不予重用。出为曲阳令,有功,遭谗毁,未得封赏。迁司隶从事,因与外戚交往被免官,西归故里,闭门自保。明帝即位,又遭谗毁,终老于家。

㊸摧:折。迅翮:疾飞之翅翮,鸟羽中的硬管。风穴:来风的孔穴。《淮南子·览冥训》:"凤皇之翔至德也……羽翼弱水,暮宿风穴。"

㊹行有遗:有可遗弃的行为。指不好的行为。宋玉《对楚王问》:"先生其有遗行与? 何士民众庶不誉之甚也?"

【译文】

让我试着说说这个问题:畅通无阻地生长万物,这就叫做道;任其生长而无所主宰,这就叫做自然。所谓自然,就是看见万物长成了这个样子,但不知道它们为什么会长成这个样子;同样都不知不觉地有所得,却不知它们为什么会有所得。推动造就了万物却没有下功夫,使众多的物类混然生成却没有花力气。使万物生长并没有养育之心，使万物死亡哪又有伤害之意。使之坠入深渊不是因为生气，使之升上高空不是因为高兴。浩渺啊广大啊，万物因此而化生；坚固啊纯厚啊，一经化生就不再变易。化生而不变易，这就叫做命。所谓命，就是来自天神的意旨。定于冥昧开始之时，最终也不会发生变化。鬼神不能加以干预，圣哲不能有所营求。碰山的力量不能与之对抗，倒拔太阳的诚意不能有所感化。命短不能延长短暂的光阴，命长不能着急箭漏太慢。道德高尚的人不能超越，智力超群的人无法幸免。因此放勋之时，浩浩荡荡的洪水漫上了丘陵；天乙之时，金属被晒焦石头熔成了流动的液体。文公进退发生了困难，宣尼途中断绝了食粮。颜回像丛生的兰花早谢，冉耕忧恨恶疾而唱起了《茅苕》。伯夷、叔齐因妇人之言而死亡，子舆因臧仓的谗毁而受困。圣贤尚且像这样，何况平庸的人们呢！至于伍员浮尸于江流；三闾大夫自沉于湘水；贾大夫志屈于长沙；冯都尉发白于郎署；君山如大雁飞升，羽毛在云空被摧落；敬通如凤凰飞起，疾飞之翅在风穴被折断，这哪里是因为才能不够和行为有所不足呢！

近世有沛国刘瓛①，瓛弟琎②，并一时之秀士也③。瓛则关西孔子④，通涉六经⑤，循循善诱⑥，服膺儒行⑦。琎则志烈秋霜⑧，心贞昆玉⑨，亭亭高竦⑩，不杂风尘⑪。皆毓德于衡门⑫，并驰声于天地。而官有微于侍郎⑬，位不登于执戟⑭，相次殂落⑮，宗祀无飨⑯。因斯两贤⑰，以言古则：昔之玉质金相⑱，英髦秀达⑲，皆摈斥于当年⑳，韫奇才而莫用㉑，徽草木以共凋㉒，与麋鹿而同死㉓，膏涂平原㉔，骨填川谷，堙灭而无闻者㉕，岂可胜道哉㉖！此则宰衡之与皂隶㉗，容、彭之与殇子㉘，猗顿之与黔娄㉙，阳文之与敦洽㉚，咸得之于自然，不假道于才智㉛。

【注释】

①近世：指齐朝。沛国：王国名。治相县（今安徽宿州西北）。刘瓛（huán）：字子珪，沛国相人。宋大明四年（460）举秀才。少勤于学，博通“五经”。为邵陵王郡主簿，安陆王国常侍，安成王抚军行参军，免，自此不复仕。萧道成称帝，召问治世之策，以为政宽厚相对，颇得道成敬重。都下名士贵人萧子良、刘绘、范缜等皆从受业。武帝时病卒，时年五十六岁。

②琎（jīn）：刘琎字子璥，端方正直，行不苟且。举秀才，历任宋建平王景素征北主簿、豫章王太尉板行佐、射声校尉等职，卒于官。

③一时：一世。秀士：德才优异之士。

④关西孔子：东汉时弘农华阴人杨震通晓诸经，时人称为“关西孔子”。

⑤六经：《诗》《书》《礼》《乐》《易》《春秋》六部儒家经典。

⑥循循：有次序的样子。诱：劝导。《论语·子罕》：“夫子循循然善诱人。”

⑦服膺：衷心信服。《礼记·中庸》：“得一善，则拳拳服膺而弗失之矣。”儒行：儒者之行。《礼记》有《儒行》篇。

⑧烈：刚烈，刚正。《后汉书·孔融传》：“懔懔焉，皓皓焉，其与琨玉秋霜比质可也。”

⑨昆玉：昆仑山产的美玉。

⑩亭亭：高貌。

⑪风尘：喻市井凡俗之气。郭璞《游仙诗》其一：“高蹈风尘外，长揖谢夷齐。”

⑫毓德：美德。衡门：横木为门，为贫贱者所居。《南齐书·刘瓛传》：“往在檀桥，瓦屋数间，上皆穿漏。”

⑬侍郎：官名。秦汉时为郎中令的属官，东汉后为尚书的属官。唐以后，职位渐高。

⑭执戟：秦汉时的宫廷侍卫官，因值勤时手执戟而得名。东方朔《答客难》："旷日持久，官不过侍郎，位不过执戟。"

⑮殂（cú）落：死亡。

⑯宗祀：祭祀祖宗。无飨：谓其无后。飨，供奉。《南齐书·刘瓛传》："年四十余，未有婚对。建元中，太祖与司徒褚渊为瓛娶王氏女……孔氏（刘瓛之母）不悦，瓛即出其妻。"

⑰斯：此。两贤：指刘瓛、刘琎。

⑱相：本质。《诗经·大雅·棫朴》："追琢其章，金玉其相。"张铣注："玉、金所以比美君子质相。"

⑲英髦：才智杰出之士。秀达：优秀贤达。

⑳摈斥：弃绝。

㉑韫（yùn）：藏。

㉒徼：《文选旁证》四十三："尤本'候'作'徼'，恐误。"

㉓麋鹿：兽名。鹿属。同死：宋玉《九辩》："愿徼幸而有待兮，泊莽莽与野草同死。"

㉔膏：油脂。

㉕堙灭：埋没。李善注引《封禅书》："堙灭而不称者，不可胜数。"

㉖胜（shēng）：尽。

㉗宰衡：指伊尹。因辅佐商汤伐夏桀，被尊为阿衡（宰相）。《诗经·商颂·长发》："实维阿衡，实左右商王。"皂隶：奴隶。

㉘容：指容成公，传为黄帝臣，寿长。《列仙传》："容成公者自称黄帝师，见于周穆王，善补导之事。"彭：指彭祖。《列仙传》："彭祖者，殷大夫也，姓篯名铿，帝颛顼之孙，陆终氏之中子。历夏至殷末，八百余岁，常食桂芝，善导引行气。"殇子：未成年而死者。

㉙猗（yī）顿：春秋鲁人，因经营畜牧及盐业，十年之间，成为巨富。黔娄：战国时齐国隐士，家贫，平时食不果腹，衣不蔽体，死后以布被覆尸，覆头则足见，覆足则头见。

㉚阳文：美女名。《淮南子·修务训》："不待脂粉芳泽而性可悦者，
　　西施、阳文也。"敦洽：即敦洽仇麋，古代貌丑者。《吕氏春秋·遇
　　合》："陈有恶人焉，曰敦洽仇麋，椎颡广颜，色如漆赭，垂眼临鼻，
　　长肘而盭。"

㉛假道：借路，借助。《庄子·天运》："古之至人，假道于仁，托宿
　　于义。"

【译文】

近代有沛国人刘瓛，刘瓛的弟弟刘琎，都是当世德才优异之士。刘
瓛犹如关西孔子，通晓六经，善于有步骤地诱导人，衷心信服儒者之行。
刘琎的志行则像秋霜一样刚正，胸怀像昆山之玉一样坚贞，高高地耸
立，不杂世俗之气。他们都在横木之门内涵养道德，名声远播于天地之
间。而官职比侍郎低微，还登不上执戟的职位，相继死去，宗祀无人。
根据这两位贤人的情况，可以说说古代的法则：以前质如金玉之人，杰
出优秀之士都在当年被弃绝，身怀奇才而不被重用，等着同草木一起凋
残，与麋鹿一同死亡，油脂涂在平原之上，尸骨填在川谷之中，被埋没而
默默无闻的，哪里能够说得完呢！这就是宰衡之与奴隶，容成公、彭祖
之与短命的人，猗顿之与黔娄，阳文之与敦洽，都是得之于自然，不借助
于才智。

故曰"死生有命①，富贵在天"，其斯之谓矣。然命体周
流②，变化非一，或先号后笑③，或始吉终凶，或不召自来，或
因人以济④。交错纠纷⑤，回还倚伏⑥，非可以一理征⑦，非可
以一途验，而其道密微⑧，寂寥忽慌⑨，无形可以见，无声可以
闻。必御物以效灵⑩，亦凭人而成象⑪，譬天王之冕旒⑫，任
百官以司职。而或者睹汤、武之龙跃⑬，谓篡乱在神功⑭；闻
孔、墨之挺生⑮，谓英睿擅奇响⑯；视彭、韩之豹变⑰，谓鸷猛

致人爵⑱；见张、桓之朱绂⑲，谓明经拾青紫⑳。岂知有力者运之而趋乎㉑！故言而非命，有六蔽焉尔㉒。请陈其梗概。

【注释】

①有命：谓由命中注定。《论语·颜渊》："子夏曰：'商闻之矣：死生有命，富贵在天。'"

②命体：命运之体，即命运。周流：周遍流转。《周易·系辞》："变动不居，周流六虚。"

③号（háo）：放声哭。《周易·同人》："九五：同人先号咷而后笑。"

④济：成。刘良注："言人之运命亦有因人成者也。"

⑤纠纷：交结缠绕。司马相如《子虚赋》："交错纠纷，上干青云。"

⑥回还：往复回旋。倚伏：彼此依傍藏伏。《老子》五十八章："祸兮，福之所倚；福兮，祸之所伏。"

⑦征：证明。

⑧密微：隐秘细微。《鬼谷子》："即欲闻之贵密，密之贵微。"

⑨忽慌：张铣注："不明貌。"李善注："《西征赋》曰：'寥廓忽恍。'《文子》曰：'道以无有为体，视之不见其形，听之不闻其声，谓之幽冥。'《吕氏春秋》曰：'道也者，视之弗见，听之弗闻，不可为壮。'《管子》曰：'视之不见其形，听之不闻其声，而序其成，谓之道。'"

⑩御：利用，凭借。效灵：显示灵验。

⑪凭：依靠。

⑫冕旒（liú）：天子之冠，冠顶有版，称为延，延前悬垂有玉串，称为旒。《礼记·礼器》："天子之冕，朱绿藻，十有二旒。"李善注："言性命之道，虽系于天，然其来也，必凭人而御物，譬如天王冕旒而执契，必因百官司职以立政。"

⑬龙跃：张铣注："谓欲升天子位也。"

⑭戡：通"戡"，平定。李善注引《墨子》："夏桀时，天乃命汤于镳宫，

有神来告曰:'夏德大乱,往攻之,予必使汝大戡之。'又商王纣
时,周武王见三神曰:'予既沉渍殷纣于酒德,往攻之,予必使汝
大戡之。'"

⑮挺生:挺拔而生,犹言杰出。李善注引蔡邕《陈太丘碑文》:"元方
季方,皆命世挺生,磨期特授。"

⑯英睿:英智,才智。

⑰彭:彭越。楚汉战争时,率三万余兵归刘邦,击项羽,汉朝建立
后,封梁王。韩:韩信。秦末农民战争中,初随项羽,继属刘邦,
屡立战功。刘邦先封他为齐王,汉朝建立后,改封楚王。豹变:
豹文变美,喻地位由贫贱变显贵。《周易•革》:"君子豹变,其文
蔚也。"

⑱鸷(zhì)猛:勇猛。鸷,猛禽。人爵:爵位。指封王。《孟子•告
子》:"有天爵者,有人爵者。仁义忠信,乐善不倦,此天爵也;公
卿大夫,此人爵也。"

⑲张:张禹,西汉大臣。初游学长安,受《易》《论语》,举为郡文学。
宣帝时,因善对《易》及《论语》,试为博士。元帝时,受诏授太子
《论语》,迁光禄大夫。成帝即位,拜诸吏光禄大夫,给事中,领尚
书事。河平四年(前25),代王商为丞相,封安昌侯。桓:桓荣,东
汉名儒。少时学于长安,习《欧阳尚书》。建武十九年,年已六十
余,始辟大司徒府,后拜议郎。授太子《尚书》,迁任博士、太常。
明帝即位,待以师礼,赐爵关内侯。朱绂(fú):系官印的红色丝
带。曹植《求自试表》:"是以上惭玄冕,俯愧朱绂。"

⑳明经:通晓儒家经典。青紫:古代用不同颜色的丝带系印,以标
志官吏的身份和等级。汉制,丞相、太尉金印紫绶,御史大夫银
印青绶。代指高官。

㉑有力者:指命运。趋:奔向。吕延济注:"言皆是所禀受天道运
转,非必己能所至。言汤、武、孔、墨、彭、韩、张、桓皆天命运转所

为,不必由己也。"《庄子·大宗师》:"夫藏舟于壑,藏山于泽,谓之固矣。然而夜半有力者负之而走,昧者不知也。"

㉒蔽:蒙蔽,不明白。《论语·阳货》:"子曰:'由也!女闻六言六蔽矣乎?'"

【译文】

所以说:"死生是命定的,富贵由天安排",大概说的就是这种情况了。然而命运周遍流转,变化不一,有的先哭后笑,有的始吉终凶,有的不经召引而自动到来,有的依赖于人以成其事。交错纠结,回旋倚伏,不能用一种道理去加以证明,不能从一条途径去加以验证,而其道隐秘细微,静寂不明,没有形状可以看见,没有声音可以听到。必定要凭借外物以显示灵验,还须依赖人而成其物象,就像天子头戴冕旒执政,必须任用百官以各司其职一样。而有的人看见商汤、周武如龙腾跃,就说他们平定祸乱在于有神武之功;听说孔子、墨子挺拔而生,就说他们是凭借才智而独擅奇响;看见彭越、韩信地位显贵,就说他们是因勇猛而得到了爵位;看见张禹、桓荣的朱红丝带,就说他们是因通晓儒经而得到了高官。哪里知道是命运这个有力者在运动他们而使他们奔向目标的呢!所以人的困厄显达不是决定于命运的说法,有六个不明白。请让我来陈述一下大概。

夫靡颜腻理①,哆呐颜颐②,形之异也。朝秀晨终③,龟鹄千岁④,年之殊也。闻言如响⑤,智昏菽麦⑥,神之辨也⑦。同知三者⑧,定乎造化⑨,荣辱之境⑩,独曰由人,是知二五而未识于十⑪,其蔽一也。龙犀日角⑫,帝王之表;河目龟文⑬,公侯之相。抚镜知其将刑⑭,压纽显其膺录⑮。星虹枢电⑯,昭圣德之符⑰;夜哭聚云⑱,郁兴王之瑞⑲。皆兆发于前期,涣汗于后叶⑳。若谓驱貔虎㉑,奋尺剑㉒,入紫微㉓,升帝道㉔,

则未达窅冥之情㉕，未测神明之数㉖，其蔽二也。空桑之里㉗，变成洪川；历阳之都㉘，化为鱼鳖㉙。楚师屠汉卒㉚，睢河鲠其流㉛；秦人坑赵士㉜，沸声若雷震㉝。火炎昆岳㉞，砾石与琬琰俱焚㉟；严霜夜零，萧艾与芝兰共尽㊱。虽游、夏之英才㊲，伊、颜之殆庶㊳，焉能抗之哉？其蔽三也。

【注释】

① 靡：细致。腻：光滑。理：皮肤的纹理。屈原《招魂》："靡颜腻理，遗视矊些。"

② 哆呎(chǐ huī)：张口不正。颇颙(cù è)：鼻高貌。皆丑貌。《孟子·梁惠王》："(百姓)举疾首蹙颙而相告。"

③ 朝秀：虫名。《太平御览》卷九四引《淮南子》："朝秀不知晦朔。"许慎注："朝生暮死虫也。生水上，似蚕娥。一曰兹母。"今本《淮南子·道应训》作"朝菌"。晨：指日出后。

④ 龟鹄：李善注引《养生要》："龟鹄寿千百之数，性寿之物也。"鹄，天鹅。

⑤ 响：回声。李善注引《史记》："淳于髡说邹忌毕，趋出曰：'是人者，吾语之微言五，其应我若响之应声，是人必封不久矣。'"

⑥ 昏：谓分不清。菽：豆类。《春秋左传·成公十八年》："周子有兄而无慧，不能辨菽麦。故不可立。"

⑦ 辨：区别。

⑧ 三者：张铣注："谓形异、年殊、神辨也。"

⑨ 造化：自然的创造化育。

⑩ 境：界限。《庄子·逍遥游》："定乎内外之分，辨乎荣辱之境。"

⑪ 是知二五而未识于十：《史记·越王勾践世家》："晋楚不斗，越兵不起，是知二五而不知十也。"

⑫龙犀：相术家谓囟门（在头顶前方正中）之下骨头隐起，下连鼻梁不断为龙犀，以为贵人之相。李善注引朱建平《相书》："额有龙犀入发，左角日，右角月，王天下也。"

⑬河目：上下眶平正而长的眼睛。《孔丛子》："夫子适周，见苌弘，言终退，苌弘语刘文公曰：'吾观孔仲尼有圣人之表，河目而隆颡，黄帝之形貌也。'"龟文：谓足掌有龟背的文理。《后汉书·李固传》："固貌状有奇表，鼎角匿犀，足履龟文。"

⑭抚镜：持镜而照。《三国志·蜀书·周群传》："（张裕）又晓相术，每举镜视面，自知刑死，未尝不扑之于地也。"

⑮压纽：压在璧纽上。春秋时，楚共王有五个儿子，但没有嫡长子，不知立谁合适。于是在大室庭前秘密埋下一块玉璧，命五子按长幼次序进去下拜，正对着玉璧下拜的立为王。平王年幼，由别人抱着进来，两次下拜都压在璧纽上。事见《春秋左传·昭公十三年》。膺录：即膺箓，谓帝王接受符命。张衡《东京赋》："高祖膺箓受图，顺天行诛。"

⑯星虹：李善注："《春秋元命苞》曰：'大星如虹，下流华渚，女节梦接意感，生白帝朱宣。'宋均曰：'华渚，渚名也。朱宣，少昊氏。'"枢电：绕枢之电。枢，北斗七星的第一星。李善注引《诗含神雾》："大电绕枢，照郊野，感符宝，生黄帝。"

⑰昭：显示。圣德：圣人之德。符：符命，古代谓帝王受命时天赐的祥瑞。

⑱夜哭：吕向注："汉高祖时，送徒郦山，斩大泽之蛇，有老妪夜哭，曰：'吾子白帝子为赤帝子所杀。'白帝子，秦也；赤帝子，汉也。"聚云：吕向注："汉高祖隐于芒砀山，尝有聚云气如盖也。"

⑲郁：盛貌。

⑳涣汗：《周易·涣》："九五：涣汗其大号。"疏："九五处尊履正，在号令之中，能行号令以散险厄者也。"谓登上帝位发布号令。后

叶：后世，后期。

㉑貔(pí)虎：皆猛兽名。以喻勇士。

㉒尺剑：短剑。《史记·高祖本纪》："吾以布衣提三尺剑取天下，此非天命乎？"

㉓紫微：帝宫。

㉔帝道：帝位。

㉕窅(yǎo)冥：深远幽微貌。

㉖数：命运。李周翰注："言自古帝王所兴，皆应天命符瑞，若谓威猛之道可以取之，乃入紫微，升帝道，是则未达窅冥神明之数矣。"

㉗空桑：地名。传说殷相伊尹生于空桑。里：古代一种居民组织，以二十五家为一里。《吕氏春秋·本味览》："有侁氏女子采桑，得婴儿于空桑之中，献之其君。其君令烰人养之。察其所以然，曰：'其母居伊水之上，孕，梦有神告之曰："臼出水而东走，毋顾。"明日视臼出水，告其邻，东走十里，而顾，其邑尽为水，身因化为空桑。'故命之曰伊尹。此伊尹生空桑之故也。"

㉘历阳：秦置县名。在今安徽和县境内。都：城邑。《淮南子·俶真训》："夫历阳之都，一夕反而为湖。"李善注引《淮南子》（按所引为高诱注，与今本注略有不同）："历阳，淮南之县名。今属九江郡。历阳中有老姁，常行仁义，有两诸生告过之，谓曰：'此国当没为湖，姁视东城门阃有血，便走上山，勿反顾也。'自此，姁数往视门，门吏问之，姁对如其言。东门吏杀鸡，以血涂门。明日，姁早往视门，有血，便走上山，国没为湖。"

㉙鳖：甲鱼。

㉚楚师：指项羽军。秦亡后，项羽自立为西楚霸王。汉卒：指刘邦军。项羽入关破秦后，自据关中，封刘邦为汉王。

㉛睢河：古水名。旧自今河南杞县流经睢县北，东向至江苏宿迁南

入泗水。今上流仅陈留、睢县间有一支入惠济河,余俱湮。下流亦多淤断。鲠:阻塞。《史记·项羽本纪》:“项王乃西从萧,晨击汉军而东,至彭城,日中,大破汉军。汉军皆走,相随入谷、泗水,杀汉卒十余万人。汉卒皆南走山,楚又追击至灵壁东睢水上。汉军却,为楚所挤,多杀,汉卒十余万人皆入睢水,睢水为之不流。”

㉜坑:活埋。战国时,秦将白起在长平(今山西高平西北)大败以赵括(名将马服君赵奢之子)为统帅的赵军,坑杀降卒四十万。

㉝沸声:喧腾之声。《战国策·秦策》:“白起率数万之师……越韩、魏攻强赵,北坑马服,诛屠四十余万之众,流血成川,沸声若雷,使秦业帝。”《论衡·命义》:“言有命者曰:‘夫天下之大,人民之众,一历阳之都,一长平之坑,同命俱死,未可怪也。命当溺死,故相聚于历阳;命当压死,故相积于长平。’”

㉞昆岳:昆仑山,古代著名的产玉之地。《尚书·胤征》:“火炎昆冈,玉石俱焚。”

㉟砾(lì):小石。琬(wǎn)琰(yǎn):皆圭名。《尚书·顾命》:“越玉五重,陈宝、赤刀、大训、弘璧、琬琰,在西序。”

㊱萧艾:野蒿,臭草名。芝兰:香草名。屈原《离骚》:“何昔日之芳草兮,今直为此萧艾也。”傅玄《鹰兔赋》:“秋霜一下,兰艾俱落。”

㊲游、夏:子游、子夏,皆孔子弟子,以文章博学著称。《论语·先进》:“文学子游、子夏。”

㊳伊:伊尹,殷相,辅佐商汤灭掉夏桀。颜:颜回,孔子弟子,以德行著称。殆:大概。庶:庶几,差不多。《周易·系辞》:“子曰:‘颜氏之子,其殆庶几乎?有不善未尝不知,知之未尝复行也。’”

【译文】

容颜如玉肌理细腻,张口不正鼻梁高耸,这是形貌的不同。朝秀太阳一出就死亡,乌龟天鹅活到一千岁,这是寿命的不同。听人说话反应像回声一样快，智力不济分不清大豆小麦，这是精神的不同。人们都知道这三方面的不同，是决定于大自然的创造化育，而荣誉和耻辱的界限，偏偏说是由人来决定的，这是知道两个五而不认识十，这是第一个不明白。额头有龙犀，额角有太阳，这是帝王的外表；眼眶平正而长，足掌有龟背的文理，这是公侯的貌相。举镜照面知道自己将受刑而死，压住璧组表明接受了帝王符命。大星如虹闪电绕枢，这是显示圣人德行的符命；老妇夜哭云气聚集，这是帝王将兴的祥瑞。都是在前期出现征兆，在后来登上了帝位。如果认为驱使勇士，挥舞短剑，就可以进入紫微，登上帝位，这是没有通达深远幽微之情，没有观测到神明所决定的命运，这是第二个不明白。空桑里邑，变成了大河；历阳城邑，化成了鱼鳖。楚军屠杀汉兵，睢河被堵塞了流水；秦人坑杀赵士，喧腾声如同雷震。大火燃烧昆仑，石头和琬圭琰圭同被焚烧；严霜夜里降落，野蒿与芝兰同归于尽。即使是子游、子夏这样优秀的人才，伊尹、颜回这样差不多可以成为圣人的人，又怎能与之抗衡呢？这是第三个不明白。

　　或曰：明月之珠①，不能无颣②；夏后之璜③，不能无考④。故亭伯死于县长⑤，相如卒于园令⑥。才非不杰也，主非不明也，而碎结绿之鸿辉⑦，残悬黎之夜色，抑尺之量有短哉⑧？若然者，主父偃、公孙弘对策不升第⑨，历说而不入⑩，牧豕淄原⑪，见弃州部⑫，设令忽如过隙⑬，溘死霜露⑭，其为诟耻⑮，岂崔、马之流乎⑯？及至开东阁⑰，列五鼎⑱，电照风行⑲，声驰海外，宁前愚而后智，先非而终是？将荣悴有定数⑳，天命有至极㉑？而谬生妍蚩㉒，其蔽四也。

【注释】

①明月:宝珠名。相传出自西域大秦国。

②纇(lèi):缺点,毛病。

③夏后:夏后氏,夏代。璜(huáng):美玉。

④考:玉上的斑点、裂纹。《淮南子·氾论训》:"夫夏后氏之璜,不能无考;明月之珠,不能无纇。"

⑤亭伯:崔骃字亭伯,东汉文学家。年十三,通《诗》《易》《春秋》,博学多才,尽通古今训诂百家之言,与班固、傅毅同时齐名。窦太后临朝,为车骑将军窦宪府掾,改任主簿。宪擅权骄恣,屡加谏阻,宪不能容,出为长岑县长。归家不仕,卒于家。

⑥相如:司马相如,西汉辞赋家。因出使西南夷有功,被任为孝文园令,病免,家居茂陵而死。

⑦结绿:与下句"悬黎"皆美玉名。《战国策·秦策》:"臣闻周有砥厄,宋有结绿,梁有悬黎,楚有和璞。此四宝者,工之所失也,而为天下名器。"鸿辉:灿烂的光辉。

⑧抑尺之量有短哉:《楚辞·卜居》:"夫尺有所短,寸有所长。"

⑨主父偃:西汉大臣,临淄(今山东淄博东)人。《汉书》本传载其"学长短从横术,晚乃学《易》《春秋》、百家之言。游齐诸子间,诸儒生相与排傧,不容于齐。家贫,假贷无所得,北游燕、赵、中山,皆莫能厚,客甚困"。后得武帝赏识,任为郎中,一年中连升四级。后为齐相,以胁齐王自杀被族诛。公孙弘:西汉大臣,菑川(今山东寿兴南)人。少时为狱吏,因罪免。家贫,以牧猪为生。年四十乃学《春秋》杂说。武帝即位,以贤良征为博士,时年已六十。出使匈奴,还报不合意,帝怒,以为不能,于是上书言病,免归。元光五年(前130),复征贤良文学,菑川国复推上弘,对策毕,太常奏弘第居下,而武帝擢弘对为第一,任为博士,数年后迁御史大夫。元朔中,代薛泽为丞相,封平津侯。对策:汉代取士

的考试制度之一,回答写在简策上的关于政事、经义方面的问题。升第:录用。

⑩历:逐个,一一地。

⑪豕:猪。淄原:淄川原野。

⑫州部:地方政府,地方官吏。《韩非子·显学》:"故明主之吏,宰相必起于州部。"

⑬过隙:掠过空隙,言其快。《庄子·知北游》:"人生天地之间,若白驹之过郄,忽然而已。"

⑭溘(kè):忽然。屈原《离骚》:"宁溘死以流亡兮,余不忍为此态也。"

⑮诟耻:耻辱。

⑯崔:崔骃。马:司马相如。

⑰东阁(gé):《汉书·公孙弘传》:"数年至宰相封侯,于是起客馆,开东阁以延贤人,与参谋议。"师古注:"阁者,小门也,东向开之,避当庭门而引宾客,以别于掾史官属也。"

⑱五鼎:用五鼎盛放动物类食品。形容生活的奢侈。《汉书·主父偃传》:"偃曰:'丈夫生不五鼎食,死则五鼎亨耳!'"张晏注:"五鼎食,牛、羊、豕、鱼、麋也。诸侯五,卿大夫三。"

⑲电照:照耀似电。形容声名显赫。《后汉书·臧宫传》:"(吴汉)谓宫曰:'将军向者经虏城下,震扬威灵,风行电照。'"

⑳将:抑或,还是。荣悴(cuì):兴盛衰败。定数:一定的气数、命运。应璩《与侍郎曹长思书》:"春生者繁华,秋荣者零悴,自然之数,岂有恨哉!"

㉑至极:到极点。谓其有至高无上的主宰一切的威力。

㉒妍蚩:美丑。

【译文】

有人说:明月之珠,不可能没有毛病;夏后之璜,不可能没有斑点。

所以崔亭伯死在县长的职位上，司马相如死在园令的职位上。才能不是不杰出，主上不是不英明，但却像结绿破灭了灿烂的光辉，像悬黎消逝了美妙的夜光，这难道是用尺来衡量也有所短吗？如果是这样，主父偃、公孙弘对策以后不被录用，逐个游说而不能踏入仕途，在淄原牧猪，被州郡抛弃，假使他们的寿命像白驹过隙一样迅疾，像霜露瞬间消逝那样突然死去，这对他们造成的耻辱，难道不是同崔亭伯、司马相如之类的人物一样吗？等到他们打开东阁门接待贤人，排列五鼎进食，照耀似电疾行如风，名声远播海外，难道是他们开始愚笨而后来聪明，开始不对而后来正确了不成？还是兴盛衰败有一定命运，天神意旨是至高无上的呢？而却错误地搬弄美丑，这是第四个不明白。

夫虎啸风驰，龙兴云属①，故重华立而元、凯升②，辛受生而飞廉进③。然则天下善人少，恶人多；阍主众④，明君寡。而薰莸不同器⑤，枭鸾不接翼⑥。是使浑敦、梼杌⑦，踵武于云台之上⑧；仲容、庭坚⑨，耕耘于岩石之下。横谓废兴在我，无系于天，其蔽五也。彼戎狄者⑩，人面兽心，宴安鸩毒⑪，以诛杀为道德，以蒸报为仁义⑫。虽大风立于青丘⑬，凿齿奋于华野⑭，比于狼戾⑮，曾何足喻。自金行不竞⑯，天地板荡⑰，左带沸唇⑱，乘间电发⑲。遂覆瀍、洛⑳，倾五都㉑。居先王之桑梓㉒，窃名号于中县㉓。与三皇竞其萌黎㉔，五帝角其区宇㉕。种落繁炽㉖，充仞神州㉗。呜呼！福善祸淫㉘，徒虚言耳。岂非否泰相倾㉙，盈缩递运㉚，而汩之以人㉛？其蔽六也。

【注释】

①属：跟随。《周易·乾》："云从龙，风从虎，圣人作而万物睹。"《淮

南子·天文训》：“虎啸而谷风至，龙举而景云属。”

②重华：虞舜名。元、凯：指八元、八凯，传说中的才子。《春秋左
传·文公十八年》：“昔高阳氏有才子八人：苍舒、隤敳、梼戭、大
临、尨降、庭坚、仲容、叔达，齐圣广渊，明允笃诚，天下之民谓之
‘八恺’。高辛氏有才子八人：伯奋、仲堪、叔献、季仲、伯虎、仲
熊、叔豹、季狸，忠肃共懿，宣慈惠和，天下之民谓之‘八元’……
舜臣尧，举八恺，使主后土，以揆百事，莫不时序，地平天成；举八
元，使布五教于四方，父义、母慈、兄友、弟共、子孝，内平外成。”

③辛受：商纣名。《史记·殷本纪》：“帝乙崩，子辛立，是为帝辛，天
下谓之纣。”飞廉：《孟子·滕文公》：“周公相武王，诛纣伐奄……
驱飞廉于海隅而戮之。”注：“飞廉，纣谀臣。”

④阍：昏愦。《庄子·胠箧》：“天下之善人少而不善人多，则圣人之
利天下也少，而害天下也多。”扬雄《法言》：“圣君少而庸君多。”

⑤薰：香草名。一名蕙草。莸(yóu)：水草名。其味恶臭。《春秋左
传·僖公四年》：“一薰一莸，十年尚犹有臭。”《孔子家语·致
思》：“薰莸不同器而藏，尧桀不共国而治，以其类异也。”

⑥枭(xiāo)：即猫头鹰。旧传枭食母，故以为恶鸟。鸾：凤凰一类的
神鸟。李善注引孙盛《晋阳秋》：“王夷甫论曰：夫芝兰之不与茨
棘俱植，鸾凤之不与枭鸱同栖。”

⑦浑敦：不开通之貌。《春秋左传·文公十八年》：“昔帝鸿氏有不
才子，掩义隐贼，好行凶德，丑类恶物，顽嚚不友，是与比周，天下
之民谓之‘浑敦’。”杜预注指四凶（共工、驩兜、三苗、鲧）中的驩
兜。梼杌(táo wù)：凶顽而无伴侣之貌。《春秋左传·文公十八
年》：“颛顼氏有不才子，不可教训，不知话言，告之则顽，舍之则
嚚，傲狠明德，以乱天常，天下之民谓之‘梼杌’。”杜预注指四凶
中的鲧。

⑧踵武：跟着足迹，相继。云台：汉宫中高台名。《后汉书·阴兴

传》："后以兴领侍中,受顾命于云台广室。"

⑨仲容、庭坚:八恺之二,见前注。

⑩戎狄:古代对西部、北部少数民族的泛称。李善注:"谓魏也。"
魏,指北魏,为鲜卑族拓跋氏所建。

⑪宴安:安逸。鸩(zhèn)毒:毒药。鸩,通"酖"。《春秋左传·闵公
元年》:"戎狄豺狼,不可厌也。诸夏亲昵,不可弃也。宴安酖毒,
不可怀也。"

⑫蒸报:谓与母辈或晚辈亲属淫乱。李善注:"《汉书》曰:'匈奴,其
俗宽则随畜田猎禽兽为生业,急则人习战攻以侵伐,其天性也。
父死,妻其后母;兄弟死,皆取其妻妻之。'《小雅》曰:'上淫曰烝,
下淫曰报。'"

⑬大风:神话中鸷鸟名。或谓即大鹏,飞翔时有大风伴随。青丘:
东方泽名。

⑭凿齿:一种齿如凿的怪兽。华野:畴华之野。畴华,南方水泽名。
《淮南子·本经训》:"尧乃使羿诛凿齿于畴华之野,杀九婴于凶
水之上,缴大风于青丘之泽。"

⑮狼戾:狼之贪暴凶残。《战国策·燕策》:"夫赵王之狼戾无亲,大
王之所明见知也。"

⑯金行:李善注:"谓晋也。"指西晋。古代以"五德终始"说明朝代
更替,认为朝代更替是按着五德(即水、火、木、金、土五行)相克
或相生的次序进行的。按此说法,晋以金德王。不竞:犹微弱。
《春秋左传·襄公十八年》:"吾骤歌北风,又歌南风。南风不竞,
多死声。"

⑰板荡:《诗经·大雅》有《板》《荡》二篇,讽刺周厉王无道,败坏国
家。后以指政局动荡。

⑱左带:即左衽。古代少数民族的服装,前襟向左,与中原一带人
民前襟向右不同。代指少数民族,即上文的"戎狄"。沸唇:李善

注:"王元长《劝给虏书启》曰:'息沸唇于桑墟。'然则齐梁之间通以虏为沸唇也。"

⑲乘间(jiàn)电发:张铣注:"言戎狄自晋微弱,天地有乱,乃乘此间隙如电之疾以为叛逆也。谓刘聪之徒也。"间,空子。

⑳瀍(chán)、洛:皆水名。在今河南境内,代指以洛阳为中心的中原地区。张衡《东京赋》:"溯洛背河,左伊右瀍。"

㉑倾:覆灭。五都:历代所指不同,三国魏时以长安、谯、许昌、邺、洛阳为五都。李善注引干宝《晋纪》:"愍帝诏曰:'群邪作逆,倾荡五都。'"

㉒桑梓:故乡,故土。吕延济注:"先王桑梓谓夏、殷、周之所居也。"

㉓名号:指帝号。中县:指中国。

㉔竞:争夺。萌黎:民众,百姓。

㉕区宇:疆土。

㉖种落繁炽:李善注引范晔《后汉书》:"梁商上表曰:'匈奴种类繁炽,不可殚尽。'"种落,部族。繁炽,繁衍炽盛。

㉗充牣:充满。

㉘福善祸淫:《尚书·汤诰》:"天道福善祸淫,降灾于夏,以彰厥罪。"福善,使行善者得福。祸淫,使作恶者受祸。淫,邪恶。

㉙否(pǐ)泰:本为《周易》两卦名。否指恶运,泰指好运。相倾:谓互相对立,你来我往。《老子》二章:"高下相倾,音声相和,前后相随。"

㉚盈缩:有余与不足。引申指进退、长短、寿夭等。递运:交替运行。

㉛汩(gǔ):《尚书·洪范》:"我闻在昔,鲧陻洪水,汩陈其五行。"传:"汩,乱也。"

【译文】

老虎咆哮大风奔驰,蛟龙飞升云彩跟随。所以重华登基而八元、八凯地位上升，辛受即位而飞廉得到进用，那么天下善人少，恶人多；昏聩的君主多，英明的君主少。而薰莸不放在一起，枭鸾翅膀不相接。这使浑敦、梼杌，相继登到云台之上；仲容、庭坚，在山野岩石之下耕耘。硬说废弃兴盛决定于我，同天没有关系，这是第五个不明白。那些戎狄，人的面孔兽的心肠，安逸等于毒药，以杀人为道德，以与母辈晚辈亲属淫乱为仁义。即使是大风立在青丘之上，凿齿肆虐于畴华之野，比起戎狄豺狼般的贪暴凶残来，又哪里值得用来比喻。自从晋朝衰微以后，天地动荡不安，衣襟向左边开的戎狄，乘机闪电般地发兵。于是颠覆了瀍水、洛水流域，覆灭了五大都市。居住在先王所在的故土上，在中国窃取了帝号。与三皇争夺民众，同五帝角逐疆土。部族繁衍滋盛，充满神州大地。唉唉！行善得福作恶受祸，只不过是一句空话罢了。难道不是恶运好运互相对立，有余不足交替运行，却人为地把它们搅乱了？这是第六个不明白。

　　然所谓命者，死生焉，贵贱焉，贫富焉，治乱焉，祸福焉，此十者天之所赋也①。愚智善恶，此四者，人之所行也。夫神非舜、禹，心异朱、均②，才缀中庸③，在于所习④。是以素丝无恒⑤，玄黄代起⑥；鲍鱼芳兰⑦，入而自变。故季路学于仲尼⑧，厉风霜之节⑨；楚穆谋于潘崇，成杀逆之祸⑩。而商臣之恶，盛业光于后嗣⑪；仲由之善，不能息其结缨⑫。斯则邪正由于人，吉凶在乎命。或以鬼神害盈⑬，皇天辅德⑭。故宋公一言⑮，法星三徙⑯；殷帝自翦⑰，千里来云。若使善恶无征⑱，未洽斯义⑲。且于公高门以待封⑳，严母扫墓以望丧㉑。此君子所以自强不息也㉒。如使仁而无报，奚为修善立名乎？斯径廷之辞也㉓。

【注释】

①"然所谓"几句：李善注："《论衡》曰：'凡人有死生夭寿之命，亦有贵贱贫富之命。'《墨子》曰：'贫富治乱，固有天命，不可损益。'《吕氏春秋》曰：'祸福之所自来，众人以为命，焉和其所由之也。'"赋，给予。

②朱：丹朱，尧之子，因其不肖，尧禅位于舜。均：商均，舜之子，因其不肖，舜使伯禹继位。《孟子·万章》："丹朱之不肖，舜之子亦不肖。"

③绖（guà）：阻碍。中庸：中等之才。贾谊《过秦论》："（陈涉）材能不及中庸。"

④习：学习。李善注："《淮南子》曰：'性命可说，不待学问而合于道者，尧、舜、文王也。不可教以道，不可喻以德者，丹朱、商均也。夫上不及尧、舜，下不若商均，此教训之所喻也。'《论衡》曰：'中人之性，在所习，习善为善，习恶为恶。'"

⑤素丝：未经染色的丝。恒：常。

⑥玄：黑色。代：交替，轮流。《淮南子·说林训》："墨子见练丝而泣之，为其可以黄，可以黑。"

⑦鲍鱼：盐渍鱼，其气味腥臭。《孔子家语·六本》："与善人居，如入芝兰之室，久而不闻其香，即与之化矣。与不善人居，如入鲍鱼之肆，久而不闻其臭，亦与之化矣。"

⑧季路：即仲由，字子路，一字季路，孔子弟子。李善注引《尸子》："子路，东鄙之野人，孔子教之为贤士。"

⑨厉：磨砺，磨炼。风霜：喻高洁的节操。

⑩"楚穆"二句：楚穆，即楚穆王商臣。春秋时，楚成王先立商臣为太子，不久又打算别立王子职为太子而废黜商臣。商臣得知消息，就同他的老师潘崇商量。潘崇问他："能干大事吗？"商臣回答说："能。"于是用太子宫的卫士包围了成王，迫使成王自杀，自

已做了楚王。事见《春秋左传·文公元年》。

⑪"而商臣"二句：李善注："楚之后业，皆商臣之子孙。"盛业，大业。

⑫"仲由"二句：春秋末年，卫国发生内乱，子路前往干涉，帽带被击断。子路说："君子死，帽子也不能除掉。"于是结好帽带而死。事见《史记·仲尼弟子列传》。张铣注："言恶者乃盛，善者乃死也。"缨，帽带。

⑬害盈：侵害盈满的。《周易·谦》："鬼神害盈而福谦。"即《周易·坤》所说的"积不善之家必有余殃"之意。

⑭辅德：辅佑有德行的人。《尚书·蔡仲之命》："皇天无亲，惟德是辅。"

⑮宋公：即宋景公，春秋时宋国国君，前516—前469年在位。

⑯法星三徙：法星，执法之星，即火星，又称荧惑（因其隐现不定，令人迷惑，故名）、罚星。《广雅·释天》："荧（荧）惑谓之罚星，或谓之执法。"三徙，谓移动三舍（二十八宿中三座星宿的位置）。《吕氏春秋·制乐》："宋景公之时，荧惑在心，公惧，召子韦而问焉，曰：'荧惑在心，何也？'子韦曰：'荧惑者，天罚也；心者，宋之分野也；祸当于君。虽然，可移于宰相。'公曰：'宰相所与治国家也，而移死焉，不祥。'子韦曰：'可移于民。'公曰：'民死，寡人将谁为君乎？宁独死。'子韦曰：'可移于岁。'公曰：'岁害则民饥，民饥必死。为人君而杀其民以自活也，其谁以我为君乎？是寡人之命固尽已，子无复言矣。'子韦还走，北面载拜曰：'臣敢贺君。天之处高而听卑。君有至德之言三，天必三赏君。今夕荧惑其徙三舍。君延年二十一岁。'……是夕荧惑果徙三舍。"

⑰殷帝自翦：殷帝，指商汤。翦，剪掉头发。《吕氏春秋·顺民》："昔者汤克夏而正天下，天大旱，五年不收，汤乃以身祷于桑林，曰：'余一人有罪，无及万夫。万夫有罪，在余一人。无以一人之不敏，使上帝鬼神伤民之命。'于是剪其发，磨其手，以身为牺牲，

用祈福于上帝,民乃甚说(悦),雨乃大至。则汤达乎鬼神之化,
人事之传也。"《淮南子·主术训》:"汤之时,七年旱,以身祷于桑
林之际,而四海之云凑,千里之雨至。"

⑱征:证验。

⑲洽:合于。吕向注:"谓宋公、殷帝若为善无征,则未合此义。此
义谓星退、雨至也。"

⑳于公高门以待封:于公,西汉大臣于定国之父。为县狱吏、郡决
曹,断案平允,为人所称。《汉书·于定国传》:"始定国父于公,
其闾门坏,父老方共治之。于公谓曰:'少高大闾门,令容驷马高
盖车。我治狱多阴德,未尝有所冤,子孙必有兴者。'至定国为丞
相,永为御史大夫,封侯传世云。"

㉑严母扫墓以望丧:严母,西汉酷吏严延年之母。《汉书·严延年
传》:"初,延年母从东海来,欲从延年腊,到雒阳,适见报囚。母
大惊,便止都亭,不肯入府……谓延年:'天道神明,人不可独杀。
我不意当老见壮子被刑戮也! 行矣! 去女东归,扫除墓地耳。'
遂去。归郡,见昆弟宗人,复为言之。后岁余,果败。"

㉒自强不息:谓不懈努力。《周易·乾》:"天行健,君子以自强
不息。"

㉓斯:此。径廷:一作"径庭"。《庄子·逍遥游》:"大有径庭,不近
人情焉。"《释文》引李颐:"径庭,谓激过也。"即偏激之意。一说
径指门外路,庭指堂外地,喻指差异很大。李善注:"若必为仁而
无报,何故修善而立名乎? 是不由命明矣。或为兹说者,斯乃径
廷之言耳。"

【译文】

　　然而所谓命运,说的是死生、贵贱、贫富、治乱、祸福,这十样东西是
老天所给予的。愚、智、善、恶,这四样东西,是人自己所实行的。精神
跟虞舜、夏禹不同,心与丹朱、商均有异,才能被局限在中等水平,情性

皆在于所习而成。因此素丝无常,黑色黄色交替出现;鲍鱼和芳香的兰草,一走到它们旁边就自然跟着发生变化。所以季路跟仲尼学习,磨炼出了风霜般高洁的节操;楚穆王向潘崇请教,酿成了杀父的逆伦之祸。而商臣罪恶,大业却光耀于后代子孙;仲由美善,不能避免结好帽带而死的惨祸。这就说明邪正决定于人,吉凶决定于命。有人认为鬼神侵害盈满的,皇天辅佑有德行的。所以宋公一句话,法星移动了三舍;殷帝剪掉自己的头发求雨,千里之外飘来云团。假使善恶没有证验,是不符合这一旨义的。而且于公修高间门以等待封侯,严母祭扫坟墓以望着儿子身死。这就是君子之所以要自强不息的原因。假使实行仁义而没有回报,那还修善行树美名干什么呢? 这是一种差得很远的言论。

夫圣人之言,显而晦[1],微而婉[2],幽远而难闻,河汉而不测[3]。或立教以进庸怠[4],或言命以穷性灵[5]。积善余庆[6],立教也,凤鸟不至[7],言命也。今以其片言[8],辩其要趣[9],何异乎夕死之类而论春秋之变哉[10]? 且荆昭德音[11],丹云不卷[12];周宣祈雨[13],珪璧斯罄[14]。于叟种德[15],不逮勋、华之高[16];延年残犷[17],未甚东陵之酷[18]。为善一,为恶均,而祸福异其流,废兴殊其迹。荡荡上帝[19],岂如是乎?《诗》云:"风雨如晦,鸡鸣不已[20]。"故善人为善,焉有息哉?

【注释】

①晦:幽深。

②微:言辞不多。婉:婉转屈曲。《春秋左传·成公十四年》:"《春秋》之称,微而显,志而晦,婉而成章。"

③河汉:银河。测:《梁书》五十作"极"。《庄子·逍遥游》:"吾闻言于接舆,大而无当,往而不反。吾惊怖其言,犹河汉而无极也。"

④立教:给人制定规范以施行教育。谓以《诗》《书》《礼》《乐》等儒家经典教育人。《尚书序》:"举其宏纲,撮其机要,足以垂世立教。"

⑤性灵:性情。李善注:"此释不同之所由也。"

⑥余庆:不尽的福泽。《周易·坤》:"积善之家必有余庆。"

⑦凤鸟:即凤凰。传说为神鸟,象征祥瑞,出现时表示天下太平。《论语·子罕》:"子曰:'凤鸟不至,河不出图,吾已矣夫!'"

⑧片言:一方面的言辞。《论语·颜渊》:"子曰:'片言可以折狱者,其由也与?'"

⑨要趣:犹要旨,指其主要的意义。

⑩夕死:指朝生而夕死之虫,如蜉蝣之类。《诗经·曹风·蜉蝣》:"蜉蝣之羽,衣裳楚楚。"毛传:"蜉蝣,渠略也,朝生夕死。"吕向注:"理之冥昧,其或难知。是非反复,纷纶莫定。今若以片言辨之,亦如朝生夕死之虫,而论春秋寒暑之变,其可及乎?"

⑪荆昭:即楚昭王,春秋时楚国国君,死于鲁哀公六年(前489)。

⑫丹云:红云。《春秋左传·哀公六年》:"是岁也,有云如众赤鸟,夹日以飞三日。楚子(楚昭王)使问诸周大史。周大史曰:'其当王身乎! 若禜(yǒng)之,可移于令尹、司马。'王曰:'除腹心之疾,而置诸股肱,何益? 不谷不有大过,天其夭诸? 有罪受罚,又焉移之?'遂弗禜。"吕延济注:"夫景公荧惑之灾则退三舍,此则莫应,何事同而福异也。"

⑬周宣:即周宣王,周厉王之子,名静。据说他继位于王室衰微之时,努力修明内政,抵御外侮,曾一度使周室中兴。《诗经·大雅·云汉》咏其求神祈雨之事。

⑭珪、璧:皆玉器名。周人用来祭神。罄:尽。《诗经·大雅·云汉》:"天降丧乱,饥馑荐臻。靡神不举,靡受斯牲。圭璧既卒,宁莫我听!"刘良注:"周宣王大旱祈雨,罄尽珪璧于神明而雨不至,

岂不精诚。汤则有千里之云雨。周为明君,事则有异。"

⑮于叟:即于公。种:犹立。

⑯逮:及。勋:放勋,尧名。华:重华,舜名。李周翰注:"言于公立德不及尧、舜,而有后嗣定国贤而为丞相。而尧则有愚子丹朱,舜则有不肖子商均也。"

⑰延年:严延年。犷(guǎng):凶猛,蛮横。

⑱东陵:指泰山,为盗跖所居,因代指盗跖。吕向注:"延年残恶亦未甚盗跖之酷暴,而延年速先败也,而盗跖寿终。"

⑲荡荡:广大貌。《诗经·大雅·荡》:"荡荡上帝,下民之辟。"

⑳"风雨"二句:这两句诗出自《诗经·郑风·风雨》。李善注:"此释君子所以自强也。"李周翰注:"鸡鸣,不失其时也,虽风雨晦暝亦鸣不改,喻君子虽居暗乱之世,其善不改也。"晦,昏暗。

【译文】

圣人的话,语意显豁又幽深,言辞不多而婉转屈曲,幽远而难以听到,就像河汉一样不可测量。或制定规范施行教育以使平庸懒惰的人奋进,或讲说命运以穷尽人的性灵。积善必有不尽的福泽,这就是立教;凤凰没有飞来,这就是言命。现在以一方面的言辞,谈论命运的主要意义,何异于朝生夕死之虫却来谈论春秋的变化呢?而且楚昭王说了有德的话,红云并不飞卷而去;周宣王求雨,珪、璧用尽了雨却不来。于公建树的道德,不及放勋、重华的崇高;严延年残暴凶横,没有超过盗跖的残酷。为善是一样的,作恶是等同的,而灾祸福分的流布却不一样,废弃兴盛的表现却不相同。宽广无边的上帝,难道会是这样的吗?《诗经》上说:"风雨交加天地昏暗,雄鸡啼鸣仍不停息。"所以善人为善,哪有停息的时候呢?

夫食稻粱①,进刍豢②,衣狐貉③,袭冰纨④,观窈眇之奇儛⑤,听云和之琴瑟⑥,此生人之所急⑦,非有求而为也。修道德，习仁义，敦孝悌⑧，立忠贞，渐礼乐之腴润⑨，蹈先王之盛则⑩，此君子之所急，非有求而为也。然则君子居正体道⑪，乐天知命⑫。明其无可奈何⑬，识其不由智力⑭。逝而不召，来而不距⑮，生而不喜，死而不戚。瑶台夏屋⑯，不能悦其神；土室编蓬⑰，未足忧其虑。不充诎于富贵⑱，不遑遑于所欲⑲。岂有史公、董相《不遇》之文乎⑳？

【注释】

①粱：谷子。

②刍：草食动物，如牛羊。豢：谷食动物，如犬豕。指牛羊猪狗之肉。《孟子·告子》："故理义之悦我心，犹刍豢之悦我口。"

③狐貉（hé）：狐貉皮衣。貉，似狐而较胖，尾较短，皮毛为珍贵裘料。

④袭：穿。冰纨：细洁雪白的丝织品。《汉书·地理志》："其俗弥侈，织作冰纨绮绣纯丽之物。"

⑤窈眇：美好。儛（wǔ）：同"舞"。

⑥云和：山名。以产琴瑟著称。《周礼·大司乐》："孤竹之管，云和之琴瑟。"

⑦生人：生民，民众。张铣注："非求其荣利而后为之，皆人情所必须也。"

⑧敦：厚，注重。孝悌（tì）：孝顺父母，敬爱兄长。

⑨渐：浸染。腴润：丰美的流泽。

⑩蹈：踩，遵循。

⑪居正：遵循正道。《春秋公羊传·隐公三年》："故君子大居正。"体道：体悟大道。《庄子·知北游》："夫体道者，天下之君子所系焉。"

⑫乐天知命:安于天命而泰然自乐。《周易·系辞》:"乐天知命,故不忧。"

⑬明其无可奈何:《庄子·德充符》:"知不可奈何而安之若命,唯有德者能之。"

⑭智力:智谋,能力。李周翰注:"识穷达之理,不由智力所致,乃在于命也。"

⑮距:通"拒"。

⑯瑶台:美玉砌成之台。极言其华美。夏屋:大屋。楚辞《大招》:"夏屋广大,沙堂秀只。"

⑰编蓬:谓编织蓬草以为门户。东方朔《非有先生论》:"积土为室,编蓬为户,弹琴其中,以咏先王之风,亦可以乐而忘死矣。"

⑱充诎(qū):满盈而失去节制。《礼记·儒行》:"不充诎于富贵。"

⑲遑遑:匆忙貌。李善注引皇甫谧《高士传》:"先生不戚戚于贫贱,不遑遑于富贵。"

⑳史公:太史公,指司马迁。司马迁作有《悲士不遇赋》。董相:指董仲舒。董仲舒在西汉武帝时以贤良对策,向武帝建议"罢黜百家,独尊儒术",对策毕,出任江都王相、胶西王相。作有《士不遇赋》。

【译文】

吃稻粱之食,进牛羊猪狗之肉,穿狐貉皮衣,着细洁雪白的丝绸衣服,看美妙神奇的舞蹈,听云和的琴瑟弹奏,这是民众本性所急于得到的,不是因为有人要求而去这样做的。修养道德,学习仁义,注重孝悌,建树忠贞,浸染礼乐丰美的流泽,遵循先王盛大的法则,这是君子本性所急于得到的,不是因为有人要求而去这样做的。那么君子要遵循正道体悟大道,安于天命泰然自乐。明白困厄显达对于人来说是无可奈何的,知道它们来去与否不是由人的智谋才能所决定的。离去了而不加以召引,来了而不加以抗拒,活着而不欢喜,死了而不悲戚。住在瑶台大屋之中，不能使其神情欢悦；住在土屋蓬门之内，不足使其产生忧虑。不因富贵而自足满盈失去节制，不匆匆忙忙地去追求所想得到的东西。哪里会有太史公、董国相《不遇》那样的文章出现呢？

论五

刘孝标

见卷第四十三《重答刘秣陵沼书》作者介绍。

广绝交论一首

【题解】

本文是刘峻的代表作之一。刘峻在梁初，颇受任昉的赏识。任昉死后，其子生活贫困，当年的友人却很少加以照顾。刘峻对此大为不平，因此写这篇文章对南朝士大夫们的"人情世态"作了无情的揭露和鞭挞。

作者在文中将社会上的"交谊"不可信赖的情况分为五类：（一）势交（依附有权势的人），（二）贿交（趋奉有钱人），（三）谈交（结交有名的人），（四）穷交（彼此不得志，互相利用），（五）量交（考虑到可以得到好处而结交）。作者认为这五种结交的动机都是从私利出发，"谋而后动，毫芒寡忒"，而不是什么真正的友谊。他对这些虚伪的交谊一一作了绘声绘色的描写。文章对当时世态的揭露，已经不仅仅针对任昉生前的某些友人，而是涉及了整个封建士大夫阶层的道德面貌和心理状态。

可以说,《广绝交论》是南朝骈文中不可多得的佳作。

　　客问主人曰:"朱公叔《绝交论》①,为是乎? 为非乎?"主人曰:"客奚此之问②?"客曰:"夫草虫鸣则阜螽跃③,雕虎啸而清风起④。故细缊相感⑤,雾涌云蒸;嘤鸣相召⑥,星流电激。是以王阳登则贡公喜⑦,罕生逝而国子悲⑧。且心同琴瑟,言郁郁于兰茞⑨;道叶胶漆⑩,志婉娈于埙篪⑪。圣贤以此镂金版而镌盘盂⑫,书玉牒而刻钟鼎⑬。若乃匠人辍成风之妙巧⑭,伯子息流波之雅引⑮,范、张款款于下泉⑯,尹、班陶陶于永夕⑰。骆驿纵横⑱,烟霏雨散⑲,巧历所不知⑳,心计莫能测。而朱益州汩彝叙㉑,粤谟训㉒,捶直切㉓,绝交游,比黔首以鹰鹯㉔,媲人灵于豺虎㉕。蒙有猜焉㉖,请辨其惑。"

【注释】

①朱公叔:即朱穆,字公叔,南阳宛(今河南南阳)人。年五十,奉书赵康,称弟子。有感时俗,著《绝交论》。永兴初,为冀州刺史,劾抑权贵。后为尚书。《后汉书》有传。

②奚:何,胡。疑问代词。

③阜螽(zhōng):蝗虫的幼虫。

④雕虎:因虎的身上有花纹,如同雕画,故名。

⑤细缊:古代指天地间阴阳二气交互作用的状态。

⑥嘤鸣:鸟鸣。《诗经·小雅·伐木》:"嘤其鸣矣,求其友声。"后因喻朋友间同气相求为嘤鸣。李善注:"言感应之远也。"

⑦王阳:即王吉,字子阳,琅邪皋虞(今山东青岛即墨区)人。为昌邑王中尉。王荒淫被废,吉髡为城旦。宣帝召为博士谏大夫,以谏不从,谢病归。元帝立,征为谏大夫,病卒于道。《汉书》有传。

王吉与贡禹为挚友,趣舍相同。世称"王阳得位,贡禹弹冠"。贡公:即贡禹,字少翁。

⑧罕生逝而国子悲:李善注:"罕生,子皮。国子,子产也。《左氏传》曰:'子产闻子皮卒,哭且曰,吾以无为善,唯夫子知我也。'"

⑨郁郁:香气浓郁。兰茝:香草。

⑩叶:同"协",和,合。

⑪婉娈:缠绵,深挚。埙篪(xūn chí):皆乐器名。这两种乐器声音相应。《诗经·小雅·何人斯》:"伯氏吹埙,仲氏吹篪。"后人遂连用以喻兄弟亲睦。

⑫金版:炼冶金属以为版。国有大事则镂于金版。盘盂:盛物之器。圆者为盘,方者为盂。于盘上刻文,用以纪功或作警省之资。

⑬玉牒:典册。

⑭若乃:句首语气词。用以引起下文。匠人辍成风之妙巧:这里指《庄子》中"运斤成风"的典故。

⑮伯子:即伯牙。春秋时人。以精于琴艺著名。《吕氏春秋·本味》记载,伯牙善鼓琴,只有知友锺子期完全理解琴意,子期死后,伯牙终身不再鼓琴。雅引:正曲。引,曲。

⑯范、张:指东汉范式与张劭。二人友善,重义守信。后因以范、张的事迹为生死之交的模范。款款:忠实诚恳。下泉:地下,犹言黄泉。

⑰尹、班:指尹敏与班彪。二人友善。陶陶:和乐貌。永夕:长夜,彻夜。

⑱骆驿纵横:李善注:"不绝也。"

⑲烟霏雨散:李善注:"众多也。"

⑳巧历:精通历算的人。

㉑朱益州:即朱穆。汩(gǔ):扰乱,弄乱。彝叙:天地人之常道。

㉒粤：张铣注："当为越，捶杖也。"谟训：谋划与教诲。

㉓捶：鞭挞。直切：心地耿介坦率。

㉔鹰鹯（zhān）：两种猛禽。喻凶残，亦谓凶残的人。

㉕媲（pì）：比配。

㉖蒙：自称之谦辞。猜：怀疑。

【译文】

有客问主人说："朱公叔的《绝交论》这篇文章，写得对，还是不对？"主人说："先生为什么提出这样的问题呢？"客人说："草虫鸣叫，阜螽就随着它的叫声而跳跃；猛虎呼啸时，山谷中的清风便骤然生起。所以，当天地间阴阳二气相互作用时，云雾就奔涌蒸腾；当地上的鸟儿嘤嘤鸣叫相互召唤时，星月雷电也会流动激荡。因此，王吉重新任职，贡禹为他高兴；罕生逝世，子产为他悲伤。况且两人的心同琴瑟一样和谐，他们的语言就像兰茝能散发出郁郁清香；两人的思想如胶似漆一般融洽，他们的志向就如埙篪的声音那么缠绵相应。古代圣贤将这些道理镂在金版上，刻在盘盂中，写在典册里，铸在钟鼎上，传给后世。至于像《庄子》中的匠人废止运斤成风的高超技巧，伯牙停奏如波浪奔流的高雅乐曲，范式与张劭在黄泉下也忠实诚恳，尹敏与班彪彻夜交谈和乐融融。像这样的良朋好友，如车马一样络绎不绝，似烟飞雨散一般众多，就是精通历算和心计的人，也不知道究竟有多少。但是朱公叔却要扰乱人情常道，否定古代圣贤的教诲，鞭挞心地耿介的行为，断绝人们的交往，把老百姓比成凶残的人，将杰出的人比喻为豺虎。我对此有些怀疑，请先生帮我解释这些疑惑。"

主人听然而笑曰①："客所谓抚弦徽音②，未达燥湿变响③；张罗沮泽④，不睹鸿雁云飞。盖圣人握金镜⑤，阐风烈⑥，龙骧蠖屈⑦，从道污隆⑧。日月联璧⑨，赞尨尨之弘致⑩；云飞电薄⑪，显棣华之微旨⑫。若五音之变化⑬，济九成之妙曲⑭。此朱生得玄珠于赤水⑮，谟神睿而为言⑯。至夫组织仁义⑰，琢磨道德⑱，欣其愉乐，恤其陵夷⑲，寄通灵台之下⑳，遗迹江湖之上，风雨急而不辍其音，霜雪零而不渝其色㉑，斯贤达之素交㉒，历万古而一遇。

【注释】

①听（yǐn）：笑貌。

②徽音：美好的乐声。

③燥湿：干燥与潮湿。用以指琴声的高低。

④沮泽：水草丛生的沼泽地带。以上几句并下一句，李善注："言朋友之道，随时盛衰，醇则志叶断金，醨则昌言交绝。今以绝交为惑，是未达随时之义。犹抚弦者未知变响，张罗者不睹云飞。谬之甚也。"

⑤金镜：喻明察。

⑥阐：显，说明。风烈：遗风，余烈。

⑦骧（xiāng）：奔驰。蠖（huò）屈：《周易·系辞》："尺蠖之屈，以求信也。"后以喻人不遇时，屈身退隐。蠖，虫名。即尺蠖。

⑧污隆：指时世风俗的盛衰。以上几句，李善注："言圣人怀明道而阐风教，如龙蠖之骧屈，盖从道之污隆也……《礼记》子思曰：道隆则从而隆，道污则从而污。"

⑨日月联璧：即日月合璧。日月同升，古人附会为祥瑞。李善注："谓太平也。"

⑩亹亹（wěi）：李善注："王弼曰，亹亹，微妙之意也。"弘致：宏旨。

⑪云飞电薄：李善注："谓衰乱也。"

⑫棣华：《诗经·小雅·常棣》："常棣之华，鄂不韡韡。凡今之人，莫如兄弟。"后因以棣华喻兄弟友爱。微旨：隐微的旨意。

⑬五音：宫、商、角、徵、羽，也叫五声。

⑭九成:刘良注:"《韶》乐也。"

⑮朱生:即朱穆。玄珠:黑色的明珠。此处比喻宝贵的人才或事物。赤水:神话中的水名。

⑯谟:谋。神睿(ruì):犹神圣。

⑰组织:凡诗文的结构、事物的安排,使之有次序,皆谓组织。

⑱琢磨:雕玉刻石。常喻修养品行或修饰诗文、研讨义理。

⑲恤:忧虑,顾惜。陵夷:衰落。

⑳灵台:指心。

㉑零:落。渝:违背,变更。

㉒贤达:贤能通达之人。素交:犹素友。情谊纯洁的朋友、旧友。

【译文】

　　主人笑着说:"先生就是所谓的,想在琴上弹奏出美好的乐声,但不懂得琴声的高低变化;想在沼泽地上张网捕鸟,却没有看见鸿雁已在云中飞翔。圣人明察世情,阐明古代遗留下来的风尚,像龙的飞腾和蠖的屈曲一样,随着时世风俗的盛衰而变化。日月合璧的太平盛世,就将精微深奥的道理广泛传播;云飞电薄的衰乱时期,就显现《常棣》这首诗隐微的旨意。就像五音的变化,成就了《韶乐》的美妙。朱公叔的《绝交论》,是为了矫正世俗,这好像从赤水得到玄珠,谋求神圣而作文。至于在一起研究探讨仁义道德,处乐同欢,居忧共戚,心灵相通,足迹相同,风雨再急,也不能使他们的声音停止,霜雪再大,也不能使他们的脸色改变,这就是贤能通达的人情谊纯洁的朋友,要经历一万年才能遇到一次。

　　"逮叔世民讹①,狙诈飙起②,溪谷不能逾其险③,鬼神无以究其变,竞毛羽之轻④,趋锥刀之末,于是素交尽,利交兴,天下蚩蚩⑤,鸟惊雷骇。然则利交同源,派流则异,较言其略⑥,有五术焉⑦。

【注释】

①叔世:衰乱的时代。讹:伪。

②狙诈:诡诈。《后汉书》李贤注:"《广雅》曰:'狙,猕猴也。'以其多诈,故比之也。"飙(biāo)起:形容来势疾速。

③溪谷不能逾其险:《庄子·列御寇》:"孔子曰:'凡人心,险于山川,难知于天。'"

④竞:争逐。毛羽之轻:与下文"锥刀之末"都是比喻微小的利益。

⑤蚩蚩:纷乱貌。吕延济注:"蚩蚩,犹扰扰也。"

⑥较:明。

⑦术:方法。

【译文】

"到了衰乱的时代,人们越来越虚伪,诡诈的心很快兴起,深谷不能比它更险,鬼神也难测其变幻,人们争逐着羽毛那样轻微的利益,追求着像锥子和刀尖那么小的一点好处,纯洁的友谊没有了,谋求利益的交往产生了,社会上乱纷纷的,老百姓如惊弓之鸟,又像被雷震骇一样。这样看来,以利相交同出一源,但流派却不同,明白地说,它们大概有五种表现方式。

"若其宠钧董、石①,权压梁、窦②,雕刻百工③,炉捶万物④。吐漱兴云雨⑤,呼噏下霜露,九域耸其风尘⑥,四海叠其熏灼⑦。靡不望影星奔⑧,藉响川骛⑨,鸡人始唱⑩,鹤盖成阴⑪,高门旦开,流水接轸⑫。皆愿摩顶至踵⑬,隳胆抽肠⑭,约同要离焚妻子⑮,誓殉荆卿湛七族⑯。是曰势交,其流一也。

【注释】

①董、石:即董贤和石显。董贤,字圣卿,云阳(今陕西泾阳)人。哀

帝时,贤以貌美、便嬖善柔而得宠幸,迁为光禄大夫。出则与帝同骖,入则与帝同卧,赏赐巨万,贵倾朝廷。后为王莽所劾,畏罪自杀。《汉书》有传。石显,字君房,济南(今属山东)人。宣帝时,以中书官为仆射。元帝时为中书令。贵幸倾朝,天子赏赐及臣下贿赂的资财达一万万。成帝时迁长信中太仆,后免官,归途中病死。《汉书》有传。

②梁、窦:即梁冀和窦宪。梁冀,字伯卓,安定乌氏(今甘肃泾川)人。为顺帝、桓帝皇后之兄。父大将军商死,冀继,骄横不法,质帝称为"跋扈将军"。后毒杀质帝,迎立桓帝,专断朝政二十多年。延熹二年(159),桓帝与中常侍单超等五人共谋,派兵捕冀,冀自杀。见《后汉书·梁统列传》。窦宪,字伯度,扶风平陵(今陕西咸阳)人。和帝母窦太后之胞兄。和帝十岁登基,窦太后临朝,宪官居侍中,后击匈奴有功,拜大将军,总揽大权。和帝既长,愤其骄纵,与中常侍郑众等合谋,迫令自杀。《后汉书》有传。

③雕刻:比喻造物。百工:众官。

④炉捶:炉与锤。喻冶炼锻造。

⑤吐漱兴云雨:与下文"呼吸下霜露",都是比喻其气势之大。

⑥九域:九州。泛指全国。耸:惊惧。风尘:风起尘扬,天地昏浊。此喻巨大的力量。

⑦叠:通"慑",恐惧。熏灼:比喻威焰迫人。

⑧星奔:形容疾速,有如流星飞奔。

⑨藉响:指听到声响。川骛:像百川迅速地奔流。

⑩鸡人:古代报晓之官。

⑪鹤盖:车盖,以形如鹤张翼而称。

⑫流水:形容连续不断的状况。轸(zhěn):车。

⑬摩顶至踵:从头顶到脚跟都摩伤。《孟子·尽心》:"墨子兼爱,摩顶放踵,利天下为之。"赵岐注:"放,至也。"这是说墨子为推行兼

爱,损伤身体,亦所不顾。

⑭隳(huī)胆抽肠:损伤内脏。喻竭尽忠诚。隳,毁坏。

⑮要离:人名。春秋时刺客。吴公子光弑王僚后,又谋杀王子庆忌。要离献谋,先使光断其右手,杀其妻子,然后诈投庆忌,庆忌喜,与之谋夺吴国,至吴地,渡江,要离于中流刺中庆忌要害,庆忌释之,令还吴,要离渡至江陵,亦伏剑自尽。见《吴越春秋》。

⑯荆卿:即荆轲,战国卫人。为燕太子丹客,受命刺杀秦王,诈献樊於期首级与燕督亢地图。既见,轲以匕首刺秦王,不中,被杀。见《史记·刺客列传》。

【译文】

　　"如果有人像西汉的董贤和石显那样受到皇帝宠信,权势又像东汉的梁冀和窦宪,那么朝廷中的百官便由他们造就,天下的万物就任他们锻炼。他们吐一口水便能兴起风云,呼吸一下天会降下霜露,他们巨大的势力使天下人害怕,他们迫人的威焰令四海之内都感到恐惧。人们望见他们的身影,无不如流星飞奔般地趋奉;听到他们的声音,无不像百川归海似的响应;鸡人才刚刚报晓,他们府前的车盖就遮天蔽日;高大的府门清晨打开,门前已车如流水马如龙。人们都愿为他们竭忠尽诚,哪怕损伤身体,也不顾惜;为了与他们交往,甚至表示将如要离杀死妻子,发誓要像荆轲沉灭七族。这种交往就叫势交,它是利交的表现之一。

　　"富埒陶、白①,资巨程、罗②,山擅铜陵③,家藏金穴,出平原而联骑④,居里闬而鸣钟⑤。则有穷巷之宾,绳枢之士⑥,冀宵烛之末光,邀润屋之微泽⑦,鱼贯凫跃⑧,飒沓鳞萃⑨,分雁鹜之稻粱,沾玉斝之余沥⑩。衔恩遇⑪,进款诚⑫,援青松以示心⑬,指白水而旌信⑭。是曰贿交,其流二也。

【注释】

①埒(liè)：等同。陶、白：即陶朱公与白圭。陶朱公，春秋时范蠡。
蠡既佐越王勾践灭吴，以越王为人不可共安乐，弃官远去，至陶，
称陶朱公。以经商致富，十九年中三致千金。子孙经营繁息，遂
至巨万。后因以"陶朱公"称富者。见《史记·货殖列传》。白
圭，战国魏文侯时人，善经商，遂成巨富。见《史记·货殖列传》。

②程、罗：指程郑与罗褒。都是汉代的大商人。

③铜陵：产铜之山。李善注："邓通，蜀郡人也。文帝赐通蜀严道铜
山，得铸钱。邓氏钱布天下。"

④联骑：马衔相连。指并骑而行。

⑤里闬(hàn)：乡里，门里。

⑥绳枢：用绳系门，以代转轴。形容贫穷之家。

⑦邀：求。润屋：使居室华丽生辉。微泽：微小的恩惠。

⑧鱼贯：指连续而进，如鱼群相接。凫跃：如凫成行前进。

⑨飒沓：众盛貌。鳞萃：犹鳞集，群集。

⑩玉斝(jiǎ)：玉制的饮器。沥：滴下。

⑪衔：蕴积于中。恩遇：恩惠知遇。

⑫款诚：恳挚，忠诚。

⑬援：引用。

⑭指白水而旌信：表示信守不移。典出《春秋左传·僖公二十四
年》："公子曰：所不与舅氏同心者，有如白水！"旌信，表示诚信。

【译文】

　　"如果有人像陶朱公与白圭一样富有，有程郑与罗褒那么巨大的资
产，外面拥有产铜的山陵，家中藏着堆满金钱的窖穴，出门是千车并驰，
居家是鸣钟开饭，那么就有贫困地方的宾客，贫寒的士人，希望得到他
们家夜里微末的烛光，求得使寒室生辉的细小恩惠，会像鱼群相接、凫
群欢悦似的聚集在他们周围，想分一点他们喂养动物的粮食，沾一点他

们酒杯中喝剩下的酒滴。然后将这点恩惠铭记心头,为表达自己的诚挚,还引用青松为例显示忠心,指着白水发誓表白诚信。这种交往就叫贿交,这是利交的表现之二。

　　"陆大夫宴喜西都①,郭有道人伦东国②,公卿贵其籍甚③,搢绅羡其登仙。加以颔颐蹙额④,涕唾流沫,骋黄马之剧谈⑤,纵碧鸡之雄辩⑥,叙温郁则寒谷成暄⑦,论严苦则春丛零叶⑧,飞沉出其顾指⑨,荣辱定其一言。于是有弱冠王孙⑩,绮纨公子⑪,道不挂于通人⑫,声未遒于云阁⑬,攀其鳞翼⑭,丐其余论⑮,附驵骥之旄端⑯,轶归鸿于碣石⑰。是曰谈交,其流三也。

【注释】

①陆大夫:即陆贾。汉初楚人。以客从刘邦建汉王朝,有辩才。授太中大夫。劝丞相陈平深结太尉周勃,合谋诛诸吕,立文帝。宴喜西都:李善注:"《汉书》曰:高祖拜陆贾为太中大夫。陈平以钱五百万遗贾,为食饮费,贾以此游公卿间,名声籍甚。"西都,指长安。

②郭有道:即郭泰,字林宗。博通典籍,善谈论,游洛阳,后归乡。东国:指洛阳。人伦:辨别、评述人的流品。郭泰品题海内人物,而不为危言核论,故当时宦官擅政,党锢祸起,而得免于祸。

③籍甚:盛大,盛多。

④颔(qīn)颐:下巴向上翘起。蹙额:即皱眉头,愁苦的样子。

⑤骋:发挥。黄马之剧谈:关于诡辩的典故。《庄子·天下》:"黄马、骊牛三……辩者以此与惠施相应,终身无穷。"成玄英疏:"夫形非色,色乃非形,故一马一牛,以之为二,添马之色而可成三。

曰黄马,曰骊牛,曰黄骊,形为三也。"剧谈犹畅谈。

⑥纵:恣肆。碧鸡之雄辩:吕延济注:"王褒为《碧鸡颂》,雄盛辩辞之谓也。"雄辩,辩才雄健。

⑦温郁:温暖。寒谷:深山溪谷,为日光所不及,故称。暄:温,暖。

⑧严苦:严寒。零:草木凋落。

⑨飞沉:地位的升高和下降。顾指:以目示意而指挥之。

⑩弱冠:古时男子二十成人,初加冠,体还未壮,故称弱。后沿称年少为弱冠。

⑪绮纨:富贵子弟。

⑫道:思想,学说。通人:指学识渊博之人。

⑬道:迫近。云阁:即云台。汉宫中高台名。明帝图画中兴二十八将人于云台。

⑭鳞翼:喻依附有声望的人而立名。

⑮丐:乞求。余论:指一言半语。

⑯驵(zǎng):骏马。骥:千里马。旄端:尾端。

⑰轶:超过。碣石:古山名。在河北昌黎西北。

【译文】

"如果有人像西汉的陆贾那样,在长安宴请公卿大夫;像郭泰那样,在洛阳评品各种人物;公侯卿相重视他们显赫的名声,文武百官美慕他们不凡的举止。再加上他们眉飞色舞,唾沫飞溅地高谈阔论黄马骊牛之说;恣肆辩论鸡有三足之事;说到温暖处,寒冷的深山溪谷也会变暖;论及严寒时,春天的丛林草木也会凋零;人们地位的升降有时出于他们一个眼神;人们名誉的好坏取决于他们一句话。像这样,就有年少的公子王孙,富贵子弟,思想又很浅薄,名声还未达到上云台的资格,于是希望攀龙附凤,依附他们立名,拾取他们的牙慧,就像苍蝇依附于千里马的尾巴尖上,也能行千里之路,并超过鸿雁而到达碣石。这种交往就叫谈交,这是利交的表现之三。

　　"阳舒阴惨^①,生民大情^②;忧合欢离,品物恒性^③。故鱼以泉涸而煦沫^④,鸟因将死而鸣哀。同病相怜,缀河上之悲曲^⑤;恐惧置怀,昭《谷风》之盛典^⑥。斯则断金由于湫隘^⑦,刎颈起于苦盖^⑧。是以伍员濯溉于宰嚭^⑨,张王抚翼于陈相^⑩。是曰穷交,其流四也。

【注释】

①阳舒阴惨:《西京赋》:"人在阳时则舒,在阴时则惨。"阳,谓春夏。阴,谓秋冬。

②生民:人民。

③品物:万物。

④煦(xǔ)沫:《庄子·大宗师》:"泉涸,鱼相与处于陆,相煦以湿,相濡以沫。"意思为吐沫以相济。

⑤缀(zhuì):连结。河上之悲曲:李善注:"《吴越春秋》曰:伯嚭来奔于吴,子胥请以为大夫。吴大夫被离承宴问子胥曰:何见而信伯嚭乎?子胥曰:吾之怨与嚭同。子闻河上之歌者乎?同病相怜,同忧相救;惊翔之鸟,相随而集;濑下之水,回复俱流。谁不爱其所近,悲其所思者乎?"

⑥昭:显示。《谷风》:《诗经·小雅》中的篇名。诗中有"将恐将惧,置予于怀"的句子。

⑦斯则:连词。那么,就。断金:《周易·系辞》:"二人同心,其利断金。"后以指同心协力,坚固不移。湫(jiǎo)隘:低下狭小。

⑧刎颈:指友谊深挚,可以同生死共患难的朋友。苦(shān)盖:茅草编的遮盖物。刘良注:"湫隘、苦盖,谓贫贱,言交结之重在贫贱也。"

⑨濯溉:李善注:"毛苌《诗传》曰:溉,灌也。在于贫贱,类乎泥滓,

縻之好爵，同于濯溉。"宰嚭：春秋时吴国太宰。

⑩张王：即张耳，大梁（今河南开封）人。与陈馀为刎颈交。后有
　　隙，耳投汉，与韩信共破赵军，杀陈馀，汉封耳为赵王。《史记》有
　　传。抚翼：有比翼齐飞之意。陈相：即陈馀，大梁（今河南开封）
　　人。初与张耳同投陈胜起义军，取赵地后，说武臣自立为赵王，
　　武臣死，又别立赵后歇为赵王，赵歇亦立馀为代王。后张耳投
　　汉，陈馀被张耳、韩信军击杀。《史记》有传。

【译文】

"春夏心情舒畅，秋冬心情抑郁，这是人之常情；合则常忧，离则俱欢，却是万物的本性。所以鱼儿只有当泉水干涸时才相濡以沫，鸟儿只因要死了才会哀鸣求友。生同样病的人会相互怜悯，对河上的悲歌能产生共鸣；当人们心中都充满恐惧时，才会显示出《诗经·谷风》的深刻意义。两人同心协力，坚固不移，友谊深挚，生死与共，这种友谊必然产生于贫贱之交。因此，伍子胥会提携太宰伯嚭，张耳与陈馀能比翼齐飞。这种交往就叫穷交，这是利交的表现之四。

"驰骛之俗①，浇薄之伦②，无不操权衡③，秉纤纩④。衡所以揣其轻重⑤，纩所以属其鼻息。若衡不能举，纩不能飞，虽颜、冉龙翰凤雏⑥，曾、史兰薰雪白⑦，舒、向金玉渊海⑧，卿、云黼黻河汉⑨，视若游尘，遇同土梗⑩，莫肯费其半菽⑪，罕有落其一毛。若衡重锱铢⑫，纩微影撇⑬，虽共工之搜慝⑭，驩兜之掩义⑮，南荆之跋扈⑯，东陵之巨猾⑰，皆为匍匐逶迤，折枝舐痔⑱，金膏翠羽将其意⑲，脂韦便辟导其诚⑳。故轮盖所游㉑，必非夷、惠之室㉒；苞苴所入㉓，实行张、霍之家㉔。谋而后动，毫芒寡忒㉕。是曰量交，其流五也。

【注释】

①驰骛：奔走。

②浇薄：指社会风气浮薄。伦：辈。

③权衡：称量物体轻重之具。权，秤锤。衡，秤杆。

④纤纩（kuàng）：细微的丝绵。

⑤揣：量。

⑥颜、冉：即孔子的弟子颜回、冉求。龙翰凤雏：比喻英俊杰出。

⑦曾、史：即曾参、史鱼。曾参，孔子弟子。史鱼，即史鰌，春秋时卫
国大夫，以正直敢谏著名。分别是古代仁和义的典型代表。兰
薰雪白：比喻芳洁。

⑧舒、向：即董仲舒与刘向。金玉：喻贵重之意。渊海：深渊和大
海。比喻才思、义理的深广。

⑨卿、云：即司马相如和扬雄。黼黻（fǔ fú）：喻辞藻华丽。河汉：黄
河与汉水。喻文章指意深广。

⑩土埂：泥塑偶像。比喻轻贱无用。

⑪菽（shū）：豆类的总称。

⑫锱铢：喻轻微、细小。

⑬影（piāo）撇：微动，轻飘。

⑭共工：人名。相传为尧的大臣，和驩兜、三苗、鲧并称为四凶，被
尧流放于幽州。搜慝（tè）：隐蔽邪恶。

⑮驩兜：传说中的恶人。被尧放逐到崇山。掩义：遮蔽大义。

⑯南荆：李善注："南荆，谓楚也。"这里指庄跻。跋扈：骄横、强暴。

⑰东陵：李善注："东陵，盗跖也。"臣猾：大恶人。

⑱折枝：按摩。枝，通"肢"。舐痔：比喻谄媚趋炎附势的卑劣行为。

⑲翠羽：翠色的鸟羽。将：助。

⑳脂韦：比喻像油脂皮革一样柔弱。便辟：逢迎谄媚貌。

㉑轮盖：车盖。借指做官的人。

㉒夷、惠：即伯夷、柳下惠。古代清高廉洁之士。

㉓苞苴：赠人礼物，必加包裹，因称馈赠的礼物为苞苴。此指有
　　钱人。

㉔张、霍：指张安世和霍光。皆西汉重臣。

㉕毫芒：犹毫末。比喻极其细微。寡忒：太少，少得过甚。

【译文】

"趋炎附势的习俗，人情淡薄之辈，与人交往无不操持天平，拿着丝绵。天平用来称势的轻重，丝绵用来量气的粗细。如果势轻天平不能动，气微丝绵不会飞，那么虽然是颜回、冉求这样英俊杰出的人物，曾参、史鱼这样德泽长留的长者，有董仲舒、刘向那样如金玉之珍、渊海之深的文章，有司马长卿、扬子云那样如黼黻之丽、河汉之广的辞赋，在这些人的眼里就像浮尘一样，泥塑偶像一般，他们不肯为交往花费半颗豆子，更难拔一根毫毛。假如秤杆有微微的翘起，丝绵还在轻轻飘动，虽然是像共工那样阴险邪恶，驩兜那样遮蔽仁义，庄𫏋那样骄横跋扈，盗跖那样大凶大恶，这些人也会伏地而行，曲折地向他们靠拢，为他们按摩、舐痔，用金膏翠羽满足他们的心意，像油脂皮革一样又柔又滑地逢迎谄媚，表达自己的忠诚。所以为官做宰的人结交的必然不是伯夷、柳下惠这样的人物；有钱人去的，一定是张安世、霍光之流的府第。先考虑周密而后交往，丝毫不差。这种交往就叫量交，这是利交的表现之五。

"凡斯五交，义同贾鬻①。故桓谭譬之于阛阓②，林回喻之于甘醴③。夫寒暑递进，盛衰相袭，或前荣而后悴④，或始富而终贫，或初存而末亡，或古约而今泰⑤，循环翻覆，迅若波澜。此则殉利之情未尝异⑥，变化之道不得一。由是观之，张、陈所以凶终⑦，萧、朱所以隙末⑧，断焉可知矣⑨。而

翟公方规规然勒门以箴客⑩，何所见之晚乎？因此五交，是
生三衅⑪：败德殄义⑫，禽兽相若，一衅也；难固易携⑬，仇讼
所聚，二衅也；名陷饕餮⑭，贞介所羞⑮，三衅也。古人知三衅
之为梗⑯，惧五交之速尤⑰，故王丹威子以槚楚⑱，朱穆昌言
而示绝⑲，有旨哉⑳！有旨哉！

【注释】

①贾鬻(yù)：买卖。鬻，卖。

②桓谭：字君山，沛国相(今安徽淮北)人。官至议郎。好音乐，善
鼓琴，遍习"五经"，精天文，主张浑天说。著有《新论》二十九篇。
《后汉书》有传。阛阓(huán huì)：市场。李善注："谭集及《新论》
并无以市喻交之文。《战国策》谭拾子谓孟尝君曰：得无怨齐士
大夫乎？孟尝君曰：然。谭拾子曰：富贵则就之，贫贱则去之。
请以市喻，市朝则满，夕则虚，非朝爱市，而夕憎之也。求存故
往，亡故去，愿君勿怨。然此以市喻交，疑拾误为桓，遂居谭
上耳。"

③林回：人名。甘醴：甜酒，美酒。《庄子·山木》："林回曰：君子之
交淡若水，小人之交甘若醴。"

④悴：衰弱，疲萎。

⑤约：俭朴。泰：奢侈。

⑥殉利：贪利。

⑦张、陈：指张耳与陈馀。

⑧萧、朱：指萧育与朱博。《汉书·萧望之传》："(育)少与陈咸、朱
博为友……故长安语曰：萧、朱结绶，王、贡弹冠。言其相荐达
也……育与博后有隙，不能终，故世以交为难。"

⑨断焉：即断然、绝对之意。

⑩翟公方规规然勒门以箴客:《汉书·张冯汲郑传》:"先是下邦翟公为廷尉,宾客亦填门,及废,门外可设雀罗。后复为廷尉,客欲往,翟公大署其门曰:'一死一生,乃知交情;一贫一富,乃知交态;一贵一贱,交情乃见。'"规规,惊恐自失貌。勒门,在门上雕刻。

⑪衅:罪过。

⑫殄(tiǎn)义:灭绝道义。

⑬携:离。

⑭饕餮(tāo tiè):比喻贪残。

⑮贞介:正直耿介之人。

⑯梗:灾祸,病。

⑰速:招致。

⑱王丹威子:《后汉书·王丹传》:"王丹,字仲回……丹子有同门生丧亲,家在中山,白丹欲往奔慰……丹怒而挞之,令寄缣以祠焉。"槚楚:槚木荆条制成的鞭挞刑具。古作"夏楚"。

⑲昌言:直言无隐。

⑳旨:意思。

【译文】

"这五种交往,就像做买卖一样。所以桓谭将它比喻为在市场上做生意,林回将它比喻为小人之交。时令有寒暑交替,世风有兴衰沿袭,或开始荣盛但后来衰微了,或先前富裕而最后贫穷了,或当初存而后来死了,或古时俭朴而现今奢侈。这些现象循环反复,就像波澜翻卷迅速变幻。凡此种种,人们贪利的情况没有不同,只是谲诈的表现不同罢了。从这点来看,张耳与陈馀所以会最终残杀,萧育与朱博所以后来产生矛盾,绝对可以知道了。然而翟公正在惊恐自失地在门上雕刻告诫客人的话,他为什么明白得这样晚呢?像这样的五种交友,必然产生三大罪过:败坏道德灭绝仁义,人与人的交往像禽兽一般,这是罪过之一;

人们难以团结，容易分离，仇恨与争辩聚集在一起，这是罪过之二；人人都背上贪残的名声，为正直耿介之士所不齿，这是罪过之三。古人知道这三种罪过所造成的灾祸，害怕这五种交友带来的过错，所以王丹要用槚木荆条鞭挞儿子，朱公叔直言无隐地表示绝交，说得好！说得好！

　　"近世有乐安任昉①，海内髦杰，早绾银黄②，夙昭民誉。遒文丽藻，方驾曹、王③；英跱俊迈，联横许、郭④。类田文之爱客⑤，同郑庄之好贤⑥。见一善则盱衡扼腕⑦，遇一才则扬眉抵掌⑧。雌黄出其唇吻⑨，朱紫由其月旦⑩。于是冠盖辐凑⑪，衣裳云合⑫，辎轩击轊⑬，坐客恒满。蹈其阃阈⑭，若升阙里之堂⑮；入其陕隅⑯，谓登龙门之阪⑰。至于顾眄增其倍价⑱，剪拂使其长鸣⑲。影组云台者摩肩⑳，趋走丹墀者叠迹㉑。莫不缔恩狎㉒，结绸缪㉓，想惠、庄之清尘㉔，庶羊、左之徽烈㉕。及瞑目东粤㉖，归骸洛浦㉗，缌帐犹悬㉘，门罕渍酒之彦㉙；坟未宿草㉚，野绝动轮之宾㉛。藐尔诸孤㉜，朝不谋夕，流离大海之南㉝，寄命嶂疠之地㉞。自昔把臂之英㉟，金兰之友㊱，曾无羊舌下泣之仁㊲，宁慕邙成分宅之德㊳。呜呼！世路险巇㊴，一至于此。太行孟门㊵，岂云崭绝㊶。是以耿介之士㊷，疾其若斯，裂裳裹足，弃之长骛㊸。独立高山之顶，欢与麋鹿同群，皦皦然绝其雰浊㊹，诚耻之也，诚畏之也。"

【注释】

①乐安：县名。故地在今山东寿光。任昉，字彦昇，南朝梁人。历仕宋、齐、梁三代。擅长表、奏各体散文，当时有"任笔沈诗"之称。其作品有《杂传》《地记》《文章始》等。《梁书》有传。

②绾（wǎn）：旋绕打结。银黄：银印黄绶。指官印。

③方驾：两车并行。比喻不相上下，并驾齐驱。曹、王：指曹植与王粲。

④联横：并列。许：指许劭，字子将。常评论乡里人物，每月更换品题，故汝南俗有"月旦评"。郭：指郭泰。

⑤田文：即孟尝君，姓田名文。战国时齐贵族。承继其父靖郭君田婴的封爵，为薛公。以好客著称，门下食客数千人。

⑥郑庄：即郑当时，字庄。以任侠声闻梁楚间。汉景帝时为太子舍人。常置驿马四郊，存问故人，唯恐不遍，所交皆名士。武帝时为大农令。客至，无贵贱俱留之。后为客所累，落职。《史记》有传。

⑦盱衡：扬眉举目。扼腕：手握其腕，表示激怒、振奋或惋惜。

⑧抵掌：击掌。

⑨雌黄：评论。

⑩朱紫：比喻正邪、是非、优劣等。月旦：即指许劭的"月旦评"。

⑪辐凑：也作"辐辏"。车辐集中于轴心。喻人或物聚集一处。

⑫云合：如云聚集。

⑬辎轓（zī píng）：辎车、轓车，都是有障蔽的车。轊（wèi）：车轴头。

⑭阃阈（kǔn yù）：门槛。

⑮阙里：地名。相传为春秋时孔子授徒之所，在洙泗之间。

⑯陬隅（ào yú）：即内室。

⑰龙门：喻声望高的人。阪：山坡。

⑱顾眄增其倍价：《战国策·燕策》："（苏代）先说淳于髡曰：'人有卖骏马者，比三旦立市，人莫之知。往见伯乐曰："臣有骏马，欲卖之，比三旦立于市，人莫与言。愿子还而视之，去而顾，臣请献一朝之贾。"伯乐乃还而视之，去而顾之，一旦而马价十倍。'"

⑲剪拂：修整擦拭。比喻推崇赞誉。长鸣：李善注："汗明说春申君

曰：'夫骥服盐车，而上太行中坂，迁延负辕，不能上。伯乐遭之，下车攀而哭之，骥于是迎而鸣者，何也？彼见伯乐之知己。'"

⑳彯组：指在朝廷做官。彯，犹飘。组，绶带。摩肩：肩挨着肩。指人多拥挤。

㉑丹墀：古代宫殿前的石阶，漆成红色，称为丹墀。

㉒缔：结合，结而不可解者曰缔。恩狎：亲密、深切的关系。

㉓绸缪：指情意殷切。

㉔惠、庄：即惠施与庄子。清尘：清静无为的境界。

㉕庶：副词，表示希望。羊、左：指战国羊角哀与左伯桃。相传羊、左为友，闻楚王招贤，同赴楚，道中遇风雪，粮少衣薄，势难俱生。伯桃乃以衣食留给哀，自入空树中死。哀至楚，为上卿，乃启树礼葬伯桃尸体。后世称生死之交为羊左。徽烈：美业，美德。

㉖东粤：李善注："谓新安，昉死所也。"

㉗洛浦：李善注："谓归葬扬州也。"

㉘缞(suī)帐：设在枢前或灵前的帐幕。

㉙渍(zì)酒：后汉徐稚常于家豫炙鸡一只，绵絮一两渍酒中，曝干以裹鸡。遇诸公之丧，径携往墓前，以水渍绵，使有酒气，祭享毕即去，不见丧主。事见《后汉书•徐稚传》。后因以渍酒作为旧友吊丧墓祭的典故。彦：美士，才德杰出的人。

㉚宿草：隔年的草。

㉛动轮：李善注："范式也。"范式，见前注。

㉜藐：弱小。诸孤：李善注："昉子也。刘璠《梁典》曰：昉有子，东里华，南客北叟，并无术学，坠其家业。"

㉝大海之南：李善注："《梁典》不言昉子远之交桂，今言大海之南者，盖言流离之甚也。"

㉞嶂疠：指中嶂气而生的疾病。

㉟把臂：握人手臂，表示亲密。英：才德出众之人。

㊱金兰：言交友相投合。《周易·系辞》："二人同心，其利断金；同心之言，其臭如兰。"

㊲羊舌下泣之仁：李善注："羊舌氏，叔向也。《春秋外传》曰：叔向见司马侯之子，抚而泣之曰：自此父之死也，吾蔑与比事君也。昔者，此其父始之，我终之；我始之，夫子终之。"羊舌，春秋时晋国大夫。

㊳郈（hòu）成分宅之德：《孔丛子》："郈成子自鲁聘晋，过于卫。右宰穀臣止而觞之，陈乐而不作，送以宝璧。反，过而不辞。其仆曰：'日者，右宰之觞吾甚欢也，今过而不辞，何也？'成子曰：'夫止而觞我，与我欢也；陈乐而不作，告我哀也；送我以璧，寄之我也。若由此观之，卫其有乱乎。'背卫三十里，闻甯喜作难，右宰死之……乃使人迎其妻子，隔宅而居之。"

㊴险巇（xī）：险阻崎岖。喻艰难。

㊵孟门：山名。在今山西。绵亘黄河两岸。

㊶崭绝：山高险峻貌。

㊷耿介：正直，守志不趋时。

㊸骛：奔驰。

㊹皦皦（jiǎo）：洁白貌。雰（fēn）浊：喻秽俗。

【译文】

"最近有乐安人任昉，是国内俊杰之士，很早就做了官，并且他一向得到民众的赞誉。他劲拔有力的文章，华丽的辞藻，与著名的文学家曹植、王粲不相上下；他杰出的才能与智慧，堪比许劭、郭泰。他如战国时的孟尝君那样好客，像汉朝的郑当时一样喜欢结交名士。他看见一个贤良的人，就会扬眉举目，握腕振奋；遇到一位有才之士，便眉开眼笑，鼓掌赞叹。各种人物是好是坏由他评说，人们谁是谁非由他品定。于是形形色色的人物都聚集在他的周围，他家门前，人来人往，门庭若市，客厅里座客常满。能够踏进他家的门槛，就好像跨进了孔子的厅堂；能够进入他家的内室,就认为是登上了龙门。至于被他看上一眼,身价就会倍增;被他推崇赞誉,人人感激涕零。到他府上来的人在朝中做官,名登云台的摩肩接踵,成群结队。没有人不想与他缔结亲密的关系,建立深厚的感情,都想达到惠施与庄子那种高妙的境界,希望能够有羊角哀与左伯桃那样美好的感情。然而,等到任昉逝世新安,归葬扬州时,灵前的帐幕还在挂着,门前就很少有吊唁之士了;任昉坟头还未长出隔年的青草,墓地便无驱车祭奠之人了。可怜弱小的孤儿们,朝不保夕,漂泊在遥远的大海之南,寄居在嶂气弥漫之地。从前任昉亲密的朋友,生死之交,没有一个像羊舌叔向那样流过仁慈的眼泪,哪敢想有谁会向郈成子将自己的住房分给朋友遗孀那样的美德呢?啊!世道险恶,已经到了这等程度。与之相比,太行山、孟门山难道也称得上险峻吗?因此,正直的人痛恨人与人之间的交往竟像这样,都撕下衣裳,包好自己的脚,抛弃这种交往,远远地奔逃。他们独自登上高山之巅,愉快地与麋鹿为伴侣,洁身自好地断绝社会上这些秽俗,实在是以之为耻,实在是害怕它们啊!"

连珠

陆士衡

见卷第十六《叹逝赋》作者介绍。

演连珠五十首

【题解】

连珠,是一种文体。起于汉章帝时,班固、贾逵、傅毅皆有作。这种文体不具体写什么事物,只是以华丽的辞藻,借用比喻委婉地表达自己的意思,就像明珠一样连贯,所以称连珠。陆机将这种文体加以扩充,所以称为演连珠。

陆机这五十首演连珠,每首以八句为主,也有长达十句的。以自然界或人类社会某种现象为喻,经过推衍阐发,再关合政治与人生中的某种道理。其中颇有好的议论,如第五首主张"戒私宠",第二十六首主张除恶人,都能切中当时朝政之弊。文章运思巧妙,引喻贴切,说理精深,辞丽言约,气韵圆转,有流丸之妙,表现了陆机在运用骈俪文字上的熟练技巧。刘勰《文心雕龙·杂文》对《演连珠》作了很高的评价,他说:"自连珠以下,拟者间出。杜笃、贾逵之曹,刘珍、潘勖之辈,欲穿明珠,多贯鱼目。可谓寿陵匍匐,非复邯郸之步;里丑捧心,不关西施之颦矣。唯士衡运思,理新文敏,而裁章置句,广于旧篇,岂慕朱仲四寸之珰乎!夫文小易周,思闲可赡。足使义明而词净,事圆而音泽,磊磊自转,可称珠耳。"

臣闻日薄星回，穹天所以纪物；山盈川冲，后土所以播气①。五行错而致用②，四时违而成岁③。是以百官恪居④，以赴八音之离⑤；明君执契⑥，以要克谐之会⑦。

【注释】

①"臣闻"几句：刘孝标注："天地所以施生，日薄于天，星回于汉，穹苍所以纪阴阳之节。在山则实，在地则化，所以散刚柔之气也。"日薄，傍晚，天色将晚之际。星回，星宿视运动回转故位。穹天，古人视天形圆如穹隆，故名。后土，古时称地神或土神为后土。亦指大地。

②五行错而致用：刘孝标注："夫五行四时，佐天地造物者也。然水火相残，金木相代，而共成陶钧之致。"五行，指金、木、水、火、土五种物质。错，交错。致用，尽其所用。

③四时违而成岁：刘孝标注："春秋异候，寒暑继节，而俱济一岁之功也。"违，谓不同。

④恪(kè)居：即敬治其职。恪，恭敬。

⑤八音：古代称金、石、丝、竹、匏、土、革、木为八音。钟为金，磬为石，琴瑟为丝，箫管为竹，笙竽为匏，埙为土，鼓为革，柷敔为木。离：陈列。

⑥执契：拿着契约。古代把合同、总账、案卷、具结都称为契。契分两半，双方各拿一半为凭据。此处指君主执信任用百官。

⑦克谐：能够谐调。

【译文】

我听说：日行星移，上天才会有昼夜四时季节；山高河低，大地才能散播万物生气。金木水火土五行，因交错才尽其所用；春夏秋冬四时，因相异才构成一年。因此，文武百官敬其职守，要像八音一样排列有序；贤明君主执信任用百官，要让他们能够协调为一体。

　　臣闻任重于力,才尽则困;用广其器,应博则凶①。是以物胜权而衡殆,形过镜则照穷②。故明主程才以效业③,贞臣底力而辞丰④。

【注释】

①博:众多,丰富。

②"是以"二句:刘孝标注:"夫锱铢之衡,悬千斤之重;径尺之镜,照寻丈之形。用过其力,伤其本性,故在权则衡危,于镜则照暗也。"胜,超过。

③程:度,量。效业:考核业绩。

④底力:竭力,致力。

【译文】

　　我听说:承担的事情超过了人的能力,才力用尽了就很窘迫;扩大器具的使用范围,应用的方面宽了就很危险。因此,物体超过秤锤承受的重量,秤就有危险;物体的大小超过了镜子能照的范围,镜子就不起作用了。所以贤明的君主要量才任用臣子,大臣也应量力为君主效劳。

　　臣闻髦俊之才,世所希乏①;丘园之秀②,因时则扬。是以大人基命③,不擢才于后土④;明主聿兴⑤,不降佐于昊苍⑥。

【注释】

①希乏:稀少匮乏。

②丘园:丘墟、园圃。后多指隐居的地方。秀:秀士,有德行道艺的人。

③基命:犹始命。谓人主初受天命而就位。

④擢:选拔。这里有"生出"之意。

⑤聿：助词，用于句首或句中。

⑥佐：处于辅助地位的人。昊苍：天。

【译文】

我听说：俊杰的人才，世上是稀少匮乏的；隐居的有德才的人，在一定的时机就会出山。因此，天子初受天命而就位，并不在于大地生出了贤才；贤明的君主能够兴盛，也不是苍天降下了辅佐大臣。

臣闻世之所遗，未为非宝；主之所珍，不必适治①。是以俊乂之薮②，希蒙翘车之招③；金碧之岩，必辱凤举之使④。

【注释】

①适：李善注："毛苌《诗传》曰：适，之也。"

②薮：比喻人或物聚集的地方。

③翘车：《春秋左传·庄公二十二年》引逸诗："翘翘车乘，招我以弓。"后因谓礼聘贤士的车子为翘车。

④"金碧"二句：《汉书·郊祀志》："或言益州有金马、碧鸡之神，可醮祭而至，于是遣谏大夫王褒使持节而求之。"金碧，金马、碧鸡之神。凤举，喻使臣衔命远行。

【译文】

我听说：世主所抛弃的，不一定不是贤才；君主所重视的，不一定能使社会达到清明安定。因此，贤德的人士聚集的地方，礼聘的车子却很少去；而金马、碧鸡之神，却承蒙衔命远行的使臣前往。

臣闻禄放于宠①，非隆家之举②；官私于亲③，非兴邦之选。是以三卿世及④，东国多衰弊之政⑤；五侯并轨⑥，西京有陵夷之运⑦。

【注释】

①放：施予。宠：刘孝标注："谓五侯也。"

②隆家：使家族丰厚。

③亲：刘孝标注："谓三卿也。"

④世及：世袭。

⑤东国多衰弊之政：刘孝标注："东国，谓鲁也。""言三桓专鲁，而哀公见逐；五侯用权，而汉氏以亡。"李善注："孔安国曰：三桓，谓仲孙、叔孙、季孙也。"

⑥五侯并轨：李善注："《汉书》曰：成帝悉封舅王谭、王商、王立、王根、王逢时列侯，五人同日封，故世谓之五侯。"轨，迹。

⑦西京：指长安。东汉迁都洛阳，因长安在西，称西京，称洛阳为东京。陵夷：衰落。

【译文】

我听说：高官厚禄施予宠臣，这不是使家族兴隆的举用；授官偏爱亲近之人，这不是使国家昌盛的任用。因此，三卿世袭执政，鲁国的政治就日渐衰弊；五侯同日受封，西汉便有衰落的国运。

臣闻灵辉朝觌，称物纳照①；时风夕洒②，程形赋音③。是以至道之行④，万类取足于世；大化既洽⑤，百姓无匮于心。

【注释】

①"臣闻"二句：刘孝标注："犹灵耀觌而品物纳光。"灵辉，即灵耀。谓日光。

②时风：应时之风。洒：吹拂。

③程形：有一定形状的物品。即各种物质。赋音：刘孝标注："清风流而百籁含响也。"

④至道：最根本的道理。

⑤大化：广远深入的教化。洽：周遍，广博。

【译文】

我听说：太阳的光辉清晨照耀，万物都接受它的光芒；应时的微风傍晚吹拂，百籁发出声响。因此，大道实行，世间万物足以各取所需；教化普及，民众就会称心满意。

　　臣闻顿网探渊①，不能招龙；振纲罗云②，不必招凤。是以巢箕之叟③，不晒丘园之币④；洗渭之民⑤，不发傅岩之梦⑥。

【注释】

①顿：整理。

②振：举。纲：提网的总绳。代指网。罗：网罗。云：指云天。

③巢箕之叟：即巢父。传说为唐尧时隐士，筑巢而居，时人号曰巢父。尧以天下让之，不受，退隐箕山。箕，箕山。

④丘园之币：典出《周易·贲》："贲于丘园，束帛戋戋。"原为用众多的束帛装饰园圃，此指招揽贤士的厚礼。币，指缯帛。

⑤洗渭之民：指许由。传说尧让天下于许由，许由不愿意听，洗耳于颍水滨。洗渭，即洗耳。比喻不愿听，不愿问世事。

⑥傅岩：古地名。传说傅说版筑处。相传傅说托梦商王武丁，商王武丁依梦在傅岩的奴役中访得傅说，举以为相，出现中兴的局面。

【译文】

我听说：整理渔网探测深渊，不会引来蛟龙；举起罗网振动云天，不能招致凤凰。因此，巢父不会渴望招揽他的厚礼，许由也不会托梦给君王希望得到重用。

　　臣闻鉴之积也无厚①,而照有重渊之深②;目之察也有畔③,而视周天壤之际④。何则？应事以精不以形⑤,造物以神不以器⑥。是以万邦凯乐⑦,非悦钟鼓之娱;天下归仁,非感玉帛之惠⑧。

【注释】

①鉴:镜子。

②重渊:九重之渊,即深渊。

③畔:边侧。

④周:周遍。

⑤精:精力,精神。形:形体。

⑥神:指人的意识和精神。器:有形的具体事物。

⑦万邦:犹言万国。又统指天下,全国各地。凯乐:和乐,欢乐。

⑧玉帛:金玉和缣帛。古代祭祀、会盟等时用的珍贵礼品。也泛指财物。

【译文】

　　我听说:镜子的体形虽然不厚,却能照见深渊那么深远之处;眼睛虽然很小,但能看遍天地之间的事物。为什么呢？应对事物用心而不是用身体;创造事物是用思想而不是用器具。因此,天下和乐,不只是喜欢钟鼓之娱;天下归于仁德,不只是感激玉帛之惠。

　　臣闻积实虽微,必动于物;崇虚虽广①,不能移心。是以都人冶容,不悦西施之影;乘马班如,不辍太山之阴②。

【注释】

①崇虚:崇尚虚假。

②"是以"几句:刘孝标注:"美女之影,不惑荒淫之人;高山之阴,不
　　止不进之马,虚实之验在兹也。"冶容,妖艳的打扮。影,吕延济
　　注:"谓画像也。"班如,李善注:"王肃曰:班如,盘桓不进也。"

【译文】

我听说:积累实事虽小,一定能改变事物;崇尚的虚名再大,也不能
转移人心。因此,打扮妖艳的人,不会喜欢西施美丽的画像;盘桓不进
的马,不是因为太山的阴影阻止它前进。

臣闻应物有方①,居难则易;藏器在身,所乏者时②。是
以充堂之芳,非幽兰所难;绕梁之音,实萦弦所思③。

【注释】

①方:方法,办法。

②时:时机。

③萦弦:即萦曲之弦。李善注:"刘云萦曲之弦,谓弦被萦曲而不申者
　　也。言萦曲之弦,思绕梁以尽妙,以喻藏器之士,候明时以效绩。"

【译文】

我听说:待人接物有道,那么处事虽难还是容易;身怀才艺,所缺乏
的是施展的时机。因此,使满屋都充满芬芳的气息,并非兰草难以做
到;绕梁不绝的美妙音乐,实在是萦曲之弦所希望演奏出来的。

臣闻智周通塞①,不为时穷;才经夷险②,不为世屈。是
以凌飙之羽③,不求反风;耀夜之目④,不思倒日⑤。

【注释】

①通塞:指境遇的顺利与阻塞。

②夷险：平坦与险阻。比喻顺境与逆境。

③凌飙(biāo)之羽：借代鹰之类的猛禽。

④耀夜之目：借代夜里能看得见东西的猫头鹰之类。

⑤倒日：太阳倒转。

【译文】

我听说：一个人的智慧能全面周到地对待境遇的顺利与阻塞，就不会因时代而困厄；一个人的才能足以应付顺境与逆境，就不会为时世所摧折。因此，敢于冒着狂风飞翔的苍鹰，就不会求助于风向倒转；在夜里看得见东西的猫头鹰，就不会希望落山的太阳返回来照耀。

臣闻忠臣率志①，不谋其报；贞士发愤②，期在明贤③。是以柳庄黜殡④，非贪瓜衍之赏⑤；禽息碎首⑥，岂要先茅之田⑦？

【注释】

①率志：实践志向。

②贞士：言行一致、守志不移之人。发愤：勤奋。

③明贤：表明贤良。

④柳庄黜殡：李善注："经籍唯有史鱼黜殡，非是柳庄。岂为书典散亡，而或陆氏谬也。"史鱼事见《韩诗外传》："昔者卫大夫史鱼，病且死。谓其子曰：'我数言蘧伯玉之贤，而不能进。弥子瑕不肖，而不能退。为人臣生不能进贤而退不肖，死不当治丧正堂，殡我于室足矣。'卫君问其故。其子以父言闻。君造然召蘧伯玉而贵之，而退弥子瑕，徙殡于正堂，成礼而后去。"黜殡，贬黜殡葬的规格。

⑤瓜衍之赏：《春秋左传·宣公十五年》："晋侯赏桓子狄臣千室，亦赏士伯以瓜衍之县。"后因以瓜衍之赏称论功行赏。瓜衍，古地名。

⑥禽息碎首：春秋时秦人禽息向穆公推荐百里奚。穆公不用，禽息

撞碎头颅而死。穆公感寤，而用百里奚，秦以大化。

⑦先茅之田：晋襄公把先茅之县赏给胥臣，以表彰他举荐贤人。先茅，古地名。

【译文】

我听说：忠臣实践志向，不是想得到酬报；守志不移的人勤奋工作，只希望表明贤良。因此，史鱼降低自己殡葬的待遇，并非贪图论功行赏；禽息碎首而死难道是想得到"先茅之田"？

臣闻利眼临云①，不能垂照②；朗璞蒙垢③，不能吐辉。是以明哲之君，时有蔽壅之累；俊乂之臣，屡抱后时之悲。

【注释】

①利眼：指太阳。吕向注："天有日月，如人有眼，故以日为利眼也。"

②垂照：俯照。

③朗璞：指洁白美玉。

【译文】

我听说：太阳被乌云遮挡，就不能俯照大地；洁白美玉蒙上了尘垢，就不能放射光芒。因此，明智的国君，也常有受蒙蔽的危厄；贤德的臣下，每每怀有生不逢时的悲叹。

臣闻郁烈之芳，出于委灰①；繁会之音②，生于绝弦。是以贞女要名于没世③，烈士赴节于当年④。

【注释】

①委灰：弃灰，烧尽的香灰。

②繁会:犹交响,多种音调互相参错。

③没世:死。

④当年:壮年。

【译文】

　　我听说:浓郁的香气,从烧尽的香灰中发出;交响的音乐,从琴的断弦中产生。因此,贞女在死后才名闻天下,烈士壮年时便献身国难。

　　臣闻良宰谋朝,不必借威;贞臣卫主,修身则足。是以三晋之强①,屈于齐堂之俎②;千乘之势③,弱于阳门之哭④。

【注释】

①三晋:指晋国。春秋末,晋国为韩、赵、魏三家卿大夫所分,各立为国,史称"三晋"。

②屈于齐堂之俎:指齐国大夫晏婴折服晋国使臣事。齐堂,齐国的朝廷。俎,古代祭祀、设宴时陈置祭品的礼器,木制、漆饰。

③千乘之势:指晋国。

④阳门之哭:春秋时宋国司城子罕为宋国阳门披甲士哭丧,感动百姓,并最终打消了晋国伐宋的念头。《礼记·檀弓》:"阳门之介夫死,司城子罕入而哭之哀……'而民说,殆不可伐也。'"

【译文】

　　我听说:贤能的官员在朝中计议筹策,不必凭借于威力;正直有操守的大臣护卫国君,只要修养自身的道德就足够了。因此,强大的晋国,在和齐国的酒宴谈判中被屈服;晋国兵车千辆,威势显赫,而弱于为介夫挥泪、躬行仁爱之心。

　　臣闻赴曲之音,洪细入韵;蹈节之容①,俯仰依咏。是以言苟适事,精粗可施;士苟适道,修短可命。

【注释】

①蹈节:踏着节拍。

【译文】

我听说:应合曲调的音乐,强弱都能符合韵律;应合节拍的舞蹈,舞姿的俯仰能依照抑扬的歌声而变化。因此,士人的言论只要符合事理,无论讲得如何都可以推行;士人的思想只要符合道义,无论才能高低都可以任用。

臣闻因云洒润①,则芬泽易流;乘风载响②,则音徽自远③。是以德教俟物而济④,荣名缘时而显。

【注释】

①洒润:散落滋润。

②乘:李善注:"犹因也。"

③音徽:即徽音,优美的乐声。

④德教:道德教化。俟:求,凭借。

【译文】

我听说:因云而降雨,好雨易于流布;顺风传声,美好的乐声传向远方。因此,道德教化须凭借外物才能成功,美誉嘉名有了机遇才会显著。

臣闻览影偶质①,不能解独;指迹慕远②,无救于迟。是以循虚器者③,非应物之具④;玩空言者,非致治之机⑤。

【注释】

①览影偶质:看见影与形相伴。偶,成双,相伴。质,形。

②指迹:脚印。此处指举足。

③虚器:虚设不实用的器物。

④应物:适应事物变化。具:才能,才具。

⑤致治:达到太平盛世。机:这里指素质。

【译文】

我听说:看见影、形成双,并不能消除孤独寂寞;抬起脚就想象已到了远方,这对于迟缓的行走无所帮助。因此,依照虚设不实的东西办事的人,不是适应事物变化的人才;好说空话的人,不具备治理国家的素质。

　　臣闻钻燧吐火①,以续汤谷之晷②;挥翮生风③,而继飞廉之功④。是以物有微而毗著⑤,事有琐而助洪⑥。

【注释】

①钻燧:古时取火法。燧为取火工具,古有阳燧、木燧两种。木燧即钻木取火,故曰钻燧。

②汤谷:即旸谷。古代传说的日出之处。晷(guǐ):日影。

③翮(hé):羽茎。也代指鸟翼。

④飞廉:传说中的风神。

⑤毗(pí):辅助。

⑥琐:细小微贱。

【译文】

我听说:钻木取火,足以延续太阳的光辉;挥翅生风,可以继续风神的大功。因此,微小的事物能辅助成就显著,细小的事情能助益成就洪大。

臣闻春风朝煦①,萧艾蒙其温②;秋霜宵坠,芝蕙被其凉。是故威以齐物为肃③,德以普济为弘。

【注释】

①煦:温暖。

②萧艾:野蒿,臭草。

③齐:相同。肃:恭敬。

【译文】

我听说:春风早晨暖洋洋地吹拂,臭草野蒿也能感受它的温暖;秋霜夜里凉渐渐地降落,香草芝蕙同样遭遇它的寒冷。因此,威严以对事物一视同仁为敬肃,仁德以普遍救助事物为广大。

臣闻巧尽于器,习数则贯①;道系于神,人亡则灭。是以轮匠肆目②,不乏奚仲之妙③;瞽叟清耳④,而无伶伦之察⑤。

【注释】

①数:屡次,多次。贯:熟习。

②轮匠:李周翰注:"轮扁也。"春秋时齐国的造车巧匠。肆目:极尽目力。

③奚仲:夏代的车正,相传为初造车的人,春秋薛国的始祖。

④清耳:静耳。谓静心倾听。

⑤伶伦:传说是黄帝时的乐官。《吕氏春秋·古乐》:"昔黄帝令伶伦作为律。"察:昭著,明显。

【译文】

我听说:极尽工巧在器物上,只要多练习就可以熟练;才艺之道附于神妙之上,人死了,这神妙就消失了。因此,古代制造车轮的名匠轮扁,只要极尽目力,也能达到奚仲高妙的技术;盲人乐师静心倾听,终不能体察伶伦的妙音。

臣闻性之所期^①,贵贱同量;理之所极^②,卑高一归^③。是以准月禀水^④,不能加凉;晞日引火^⑤,不必增辉。

【注释】

①性:物性。期:决定。

②理:道理,法则。极:至,达到最高限度。

③一归:归一。

④禀水:承受露水。古代祭祀时用铜镜取的露水叫明水,古人认为这明水是从月中来的。

⑤晞日:烈日。古代占卜和祭祀时,用铜镜映日聚光取火,这种火叫明火。

【译文】

我听说:物性之要,贵贱等量;事理之至,高低同归。因此,用铜镜向明月承接露水,这水不会更凉;用铜镜聚光取火,这火不会更亮。

臣闻绝节高唱^①,非凡耳所悲;肆义芳讯^②,非庸听所善。是以南荆有寡和之歌^③,东野有不释之辩^④。

【注释】

①绝节:超群越等、无与伦比的节奏。

②肆义:陈列大义。芳讯:美好的音问。庸听:即凡耳。

③南荆:指楚国。

④东野有不释之辩:《吕氏春秋·必己》:"孔子行道而息,马逸,食

人之稼，野人取其马。子贡请往说之，毕辞，野人不听。有鄙人始事孔子者曰：‘请往说之。’因谓野人曰：‘子不耕于东海，吾不耕于西海也，吾马何得不食子之禾？’其野人大悦……解马而与之。"释，解。

【译文】

我听说：无与伦比的美妙音乐，不是一般人听得懂的；陈述大义的美好语言，也不是无知的人所喜欢听的。因此，楚国有寡和的歌曲，东原上有不能消除纠纷的论辩。

臣闻寻烟染芬①，薰息犹芳②；徵音录响③，操终则绝④。何则？垂于世者可继⑤，止乎身者难结⑥。是以玄晏之风恒存⑦，动神之化已灭⑧。

【注释】

①寻：木名。即栖木。染芬：沾染香气。

②薰：烟气。李善注："火烟上出也。"

③徵（zhǐ）音：五音之一。录：收集。响：声音。

④操：运用。这里指演奏。

⑤垂：流传。

⑥结：这里指承接。

⑦玄晏：礼教。

⑧动神：至道。以上几句，吕延济注："言寻烟染气，烟息犹香，喻周、孔虽死，礼教之风尚在。验音录响，曲终即绝，喻尧、舜去世，至道之化乃灭也。"

【译文】

我听说，栖烟沾染了香气，烟气虽然消失了，香气还在；徵音调和乐声，乐曲演奏完了，声音就没有了。为什么呢？教化流传于世的可以继承,神妙终止于一身的就难以承接。因此,礼教之风永远存在,至道的教化却已经失传。

臣闻托暗藏形①,不为巧密;倚智隐情,不足自匿。是以重光发藻②,寻虚捕景③;大人贞观④,探心昭忒⑤。

【注释】

①托暗:借暗处。

②重光:李善注:"日也。"发藻:发出光彩。

③捕景:追寻影子。

④贞观:以正道示人。

⑤昭:显明。忒:差错。

【译文】

我听说:借助阴暗隐藏形体,不算巧妙隐秘;依靠小聪明隐瞒真情,不能藏得那么好。因此,太阳放射出万丈光芒,既照亮了阴暗的角落,又捕获住事物的形影;德行高尚的人以正道示人,能探测人们的心意,发现事物的差错。

臣闻披云看霄①,则天文清②;澄风观水,则川流平。是以四族放而唐劭③,二臣诛而楚宁④。

【注释】

①披云:拨开云层。

②天文清:天象清。

③四族:指尧时的四凶。唐劭:唐尧美好。

④二臣:李善注:"费无极与鄢将师也。"以上几句,李周翰注:"言去

风云,则天清而水平,诛暴乱则君圣而时泰也。"

【译文】

我听说:拨开浮云仰望天空,那么天象清晰;止息风浪俯观流水,那么水流平静。因此,四凶被流放后唐尧的时代才美好,费无极与鄢将师伏诛后,楚国的社会才安宁。

臣闻音以比耳为美[1],色以悦目为欢。是以众听所倾,非假《北里》之操[2];万夫婉娈[3],非俟西子之颜。故圣人随世以擢佐[4],明主因时而命官。

【注释】

①比耳:顺耳。

②《北里》:张铣注:"乐名。"操:曲。

③婉娈:美好貌。

④佐:处于辅助地位的人。

【译文】

我听说:音乐以顺耳为美,姿色以悦目为佳。因此,人们喜欢听的音乐,不必借《北里》之曲;大家喜爱的美人,不必待西施之容。所以,圣人能随社会的发展而选拔人才,明智的君主会根据时代的变化而任命官吏。

臣闻出乎身者,非假物所隆[1];牵乎时者,非克己所勖[2]。是以利尽万物,不能睿童昏之心[3];德表生民[4],不能救栖遑之辱[5]。

【注释】

①隆:使成长。

②勖（xù）：勉励。

③睿童昏：吕向注："睿，明也。童昏，痴也。"

④表：吕向注："上也。"

⑤栖遑：奔忙不定。以上几句，吕向注："夫至愚之人，非假物而能致其明。至敝之时，非克己勉力而能正。故唐尧能理天下，不能化子之傲；孔丘德上人伦，不能免己之辱也。"

【译文】

我听说：由于本性的愚昧，不是借助外物能使他成长的；牵于时代的弊病，不是克己勉力能纠正的。因此，像唐尧这样给天下万物带来利益的人，却不能使他的儿子丹朱痴愚的心改变；像孔子这样品德超群的人，却不能免除栖栖遑遑、席不暇暖的奔波之辱。

　　臣闻动循定检①，天有可察；应无常节②，身或难照③。是以望景揆日④，盈数可期⑤；抚臆论心⑥，有时而谬⑦。

【注释】

①定检：一定的规则。

②常节：一定的规律、法度。

③照：明。

④望景：即望影。揆（kuí）日：测量日影。

⑤盈数：吕延济注："长短之数也。"

⑥臆：胸。

⑦谬：谬误。以上几句，吕延济注："言天之运转有定分，故可察。人之变易无常，故难明。何者？ 天道有定暑，刻不差；无恒之人，心口相误。是明人心难知于天也。"

【译文】

我听说：运转有一定的规则，天象是可以洞察的；顺应事物没有一定的法度,人心是难以了解的。因此,观望测定日影,时间的长短可以预知;抚胸评论人心,却常常出现差错。

　　臣闻倾耳求音,视优听苦;澄心徇物①,形逸神劳②。是以天殊其数③,虽同方不能分其戚④;理塞其通⑤,则并质不能共其休⑥。

【注释】

①澄心:使心清静。徇物:即营物,谋求什么东西。

②逸:安。

③殊:使…不同。数:道理,礼数。

④方:道,一类。

⑤理:天理。塞:使…阻隔。

⑥质:本体。休:喜乐。

【译文】

　　我听说:集中精力倾听音乐,眼睛舒服而耳朵辛苦;专心专意地寻求某种事物,形体安逸而精神疲劳。因此,生来它们的功用不同,虽然都是身上的器官,但不能彼此分忧;自然造化使它们互相阻隔,即使在同一个身体上,也不能共喜乐。

　　臣闻遁世之士①,非受匏瓜之性②;幽居之女,非无怀春之情。是以名胜欲,故偶影之操矜③;穷愈达④,故凌霄之节厉⑤。

【注释】

①遁世:隐居。

②匏瓜：一年生草本植物，果实比葫芦大，老熟后可剖制成器具。
　亦指这种植物的果实。《论语·阳货》："吾岂匏瓜也哉，焉能系
　而不食。"后以匏瓜比喻求官不得或不被重用的人。
③偶影：与影为偶。形容孤独无伴。矜：急。
④愈：胜过。
⑤凌霄：喻志气高远。厉：高。

【译文】

　　我听说：隐居的人士，并不是生来就爱幽居隐处；幽居之女，并不是
没有怀春之情。因此，当好名胜过欲望时，坚持孤独自守的节操就表现
得很强烈；当困厄强过通达时，超凡脱尘的气节更为高远。

　　臣闻听极于音，不慕钧天之乐①；身足于荫②，无假垂天
之云③。是以蒲、密之黎④，遗时雍之世⑤；丰、沛之士⑥，忘桓
拨之君⑦。

【注释】

①钧天之乐：钧天广乐，天上的音乐。
②荫：遮盖。
③垂天之云：挂在天边的云。形容云大。
④蒲、密：张铣注："蒲，子路所理邑。密，卓茂所理邑也。"黎：民众。
⑤时雍：犹言和善。后又以时为时世，以时雍为时世安定、太平。
⑥丰、沛：指丰邑、沛县，为汉高祖刘邦故乡。李善注："丰沛，谓
　汉也。"
⑦桓拨：拨乱反正，自乱而至大治。这里指商朝。张铣注："桓拨，
　谓殷汤也。"

【译文】

　　我听说：一个听够音乐的人，天帝的乐曲也不会羡慕；一个受到足

够荫庇的人,不需要借助天上的浓云遮阴。因此,蒲邑、密邑的民众,遗忘了古代的太平盛世;大汉的百姓,早已忘掉拨乱反正的殷朝国君。

臣闻飞辔西顿①,则离朱与矇瞍收察②;悬景东秀③,则夜光与武夫匿耀④。是以才换世则俱困,功偶时而并劭⑤。

【注释】

①飞辔西顿:李善注:"飞辔、悬景皆谓日也。日有御,故云辔也。顿,犹舍也。西顿,谓已夕也。"

②离朱、矇瞍(méng sǒu):吕向注:"离朱,明目人,喻贤也。矇瞍,谓盲人,喻愚也。"收察:无见。收,止息,结束。

③悬景:吕向注:"月也。"李善谓日,现取吕向说。秀:出。

④夜光与武夫:吕向注:"夜光,璧名……玟玞,石名。"六臣注本,"武夫"为"玟玞"。

⑤偶:遇,值。劭:美好。

【译文】

我听说:夕阳西下后,明眼人与盲人同样看不见东西;明月东升时,夜光璧与武夫石一样失去光辉。因此,只要处于改朝换代之际,聪明与愚蠢之人都同样困顿;只要逢到好时光,贤才就会一同建功立业。

臣闻示应于近,远有可察;托验于显,微或可包①。是以寸管下傃②,天地不能以气欺③;尺表逆立④,日月不能以形逃。

【注释】

①包:包含,包容。

②寸管:指律管。用竹管或金属管做成的候气的仪器。傃:向。吕
　延济注:"傃,向也,谓插向地中候气也。"
③气:气候。
④尺表:古代测量日影以计时的一种仪器。

【译文】

我听说:在近处应验,可以洞察深远;在明显之处应验,也许可以看
到它隐微的地方。因此,用寸管插入地中,大自然的气候变化就不能欺
诳;拿尺表立在地上,太阳月亮的形影就无处逃匿。

　　臣闻弦有常音,故曲终则改;镜无畜影①,故触形则照。
是以虚己应物,必究千变之容②;挟情适事③,不观万殊之妙。

【注释】

①畜:容留,积。
②究:尽。
③挟情:怀藏私情。

【译文】

我听说:琴弦都有常音,乐曲终了时才改调;明镜不能蓄藏形影,遇
到什么事物就映照出什么事物。因此,虚心对待万事万物,必然能穷尽
千变万化的形态;而怀藏私情对待事物,就不能看到各种变化的微妙。

　　臣闻柷敔希声①,以谐金石之和②;鼗鼓疏击③,以节繁
弦之契④。是以经治必宣其通⑤,图物恒审其会⑥。

【注释】

①柷敔(zhù yǔ):乐器名。乐开始时击柷,乐终止时击敔。希声:极

　　细微的声音。

②金石：指钟磬类乐器。

③鼙(pí)鼓：古代军中所击的小鼓。

④节：节奏，节拍。这里作动词用。繁弦：繁杂的弦乐声。契：

　　相符。

⑤经治：经营治理。宣：疏通。

⑥图物：图谋事物。会：这里指事物的关键。

【译文】

　　我听说：枕敲的乐声稀疏，用以谐合钟磬之声；鼙鼓敲打舒缓，用以协调繁杂的弦乐声。因此，经营治理事业，一定要使其顺畅；图物谋事，一定要仔细观察其关键。

　　臣闻目无尝音之察①，耳无照景之神②。故在乎我者，不诛之于己③；存乎物者，不求备于人。

【注释】

①尝：审察。

②照景：察看景物。

③诛：责备，责求。

【译文】

　　我听说：眼睛没有审察音乐的功能，耳朵没有观看景色的本领。所以对于自己来说，不要求全责备；对于事物，也不要要求完美无缺。

　　臣闻放身而居，体逸则安；肆口而食①，属厌则充②。是以王鲔登俎③，不假吞波之鱼④；兰膏停室⑤，不思衔烛之龙⑥。

【注释】

①肆：随意。

②属厌：饱足。充：足。

③王鲔（wěi）：鱼名。

④吞波之鱼：比喻大鱼。

④兰膏：加了香料的油脂，用来制烛，燃时有香气。

⑥衔烛之龙：吕向注："北方有无日之处，有龙衔烛而照之。"即传说
　中的烛龙。

【译文】

　我听说：无忧无虑地居住，四体就舒服安逸；随心所欲地吃喝，吃饱
就能满足。因此，只要祭器里有了鲔鱼，就不想更大的鱼了；只要屋子
里有明亮的蜡烛，也不思烛龙来照亮。

　　臣闻冲波安流①，则龙舟不能以漂②；震风洞发③，则夏屋
有时而倾④。何则？牵乎动则静凝⑤，系乎静则动贞⑥。是以淫
风大行⑦，贞女蒙冶容之悔⑧；淳化殷流⑨，盗跖挟曾史之情⑩。

【注释】

①冲波：猛烈的波涛。

②龙舟：龙形或刻有龙纹的船只。这里指大船。漂：漂荡。

③震风：疾风。洞发：突发。

④夏屋：大屋。

⑤静凝：刘孝标注："言舟牵乎水波，静而舟定，故曰静凝。"

⑥动贞：刘孝标注："言屋系乎地，风动而屋倾，是动贞也。"贞，正。

⑦淫风：放荡的社会风气。

⑧贞女：有节操的妇女。冶容：妖艳的打扮。悔：李善注："当为
　诲。"即诱导。

⑨淳化：敦厚的教化。殷：吕向注："盛也。"

⑩盗跖：古代传说中的大盗。曾史：即曾参和史鱼。他俩都是古代
　的贤人。

【译文】

我听说：激浪平静时，则龙舟不会动荡；疾风突发时，则大屋可能会
倾塌。为什么呢？龙舟本来是运动的，没有波浪就会静下来；大屋本来
是静止的，有风吹来就会摇摆。因此，放荡之风盛行时，有节操的妇女
也会受到妖艳打扮的影响；当敦厚的教化普及时，盗跖也会产生曾参、
史鱼这些贤哲的感情。

　　臣闻达之所服①，贵有或遗；穷之所接②，贱而必寻。是
以江汉之君，悲其坠屦③；少原之妇，哭其亡簪④。

【注释】

①达：显贵。服：用。

②接：交往，接交。

③"是以"二句：李善注："楚昭王与吴人战，军败走。昭王亡其踦
　屦，已行三十步，后还取之。左右曰：'大王何惜于此？'昭王曰：
　'楚国虽贫，岂无此一踦屦哉，吾悲与之偕出，而不与之偕反。'于
　是楚俗无相弃者。"

④"少原之妇"二句：《韩诗外传》："孔子出游少原之野，有妇人中泽
　而哭，其音甚哀。孔子怪之，使弟子问焉……妇人曰：'向者刈著
　薪而亡吾著簪，吾是以哀也。'弟子曰：'刈著薪而亡著簪，有何悲
　焉？'妇人曰：'非伤亡簪也，吾所以悲者，盖不忘故也。'"

【译文】

我听说：显贵时所用的东西，哪怕很贵重的也会抛弃；穷困时所持
有的物品，哪怕再轻贱也一定要寻求。因此，楚昭王为他坠落的麻鞋而

悲伤；少原的妇女，为她丢失的簪子而哭泣。

　　臣闻触非其类①，虽疾弗应；感以其方②，虽微则顺。是以商飙漂山③，不兴盈尺之云；谷风乘条④，必降弥天之润⑤。故暗于治者⑥，唱繁而和寡⑦；审乎物者⑧，力约而功峻⑨。

【注释】

①触：指事物相感应而有所动。

②感：感应，影响。方：一类。

③商飙：秋风。漂：通"飘"，吹。

④谷风：东风。乘条：引申为吹动枝条。

⑤弥天：满天，言其广大。润：雨水。

⑥暗：昏昧。

⑦唱：后作"倡"，倡导，发起。

⑧审：仔细观察、研究。

⑨峻：大。

【译文】

　　我听说：触动的不是同类事物，虽然急速，却没有回应；用同类事物去影响它，虽然细微，却很顺利。因此，秋风吹拂青山时，不能兴起一点点云彩；当东风吹动枝条时，一定会降下漫天的春雨。所以不懂得治国的君主，提倡的事情越多，响应的人越少；对事物仔细观察研究的人，用力虽少功效却显著。

　　臣闻烟出于火，非火之和①；情生于性，非性之适②。故火壮则烟微，性充则情约③。是以殷墟有感物之悲④，周京无伫立之迹⑤。

【注释】

①和:调和。

②适:适宜,协调。

③性充则情约:李善注:"夫性者,生之质;情者,性之欲。故性充则国兴,情侈则国乱。"这里,"性"指人的生命、生机。"情"指人的欲望。

④殷墟:指商代自盘庚迁都殷,至纣为周所灭,其地逐渐荒芜,故称殷墟。殷墟地包括今河南安阳西北小屯村及北面洹河两岸一带地方。感物之悲:李周翰注:"此章明情欲继则必丧身亡国也……微子过殷墟,见麦秀于旧居而悲。"

⑤周京:指西周都城镐。

【译文】

我听说:烟是从火中产生出来的,但与火并不和谐;欲望是由人的性理产生的,但与性理也难协调。所以,火越大,烟就越小;人的理性越强,欲望就减少。因此,微子路过殷墟,见麦秀而悲伤;周臣路过镐京,却没有停留下来的迹象。

　　臣闻适物之技,俯仰异用①;应事之器,通塞异任②。是以鸟栖云而缴飞③,鱼藏渊而网沉。贲鼓密而含响④,朗笛疏而吐音⑤。

【注释】

①俯仰:低头和抬头。比喻一上一下。

②异任:不同的用法。

③缴(zhuó):射鸟时系在箭上的生丝绳。这里是射之意。

④贲(fén)鼓:大鼓。贲,大。密:即塞之意。

⑤朗笛:明笛。疏:通。

【译文】

我听说:应物的技能,对上对下,用法有别;应事的器具,疏通闭塞,也各有各的用处。因此,鸟栖云层,就用缴射取;鱼藏深渊,就用网捕捞。大鼓的两面是闭塞的,却很响亮;明笛的两头是相通的,却能发出美妙的声音。

臣闻理之所守[①],势所常夺[②];道之所闭[③],权所必开[④]。是以生重于利,故据图无挥剑之痛[⑤];义贵于身,故临川有投迹之哀[⑥]。

【注释】

①理:道理,法则。守:遵守,奉行。

②势:权力,威力。

③道:思想,学说。闭:防守。

④权:权力。开:消除,解除。

⑤据图无挥剑之痛:典出《文子·上义》:"左手据天下之图,而右手刎其喉,愚者不为。"

⑥临川有投迹之哀:吕向注:"舜让天下于友北人无择,无择曰:欲以辱行漫我,因自投清泠之泉。夫理有可守者,为势力所夺;道有可闭者,为威权所开。是以,据图之人,挥剑不痛,以利轻身也。投川之士,死而可哀者,轻身徇义也。"

【译文】

我听说:人们所坚守的理,常为威势所破坏;所坚守的道,常因权力而丧失。因此,把生命看得比利益重要的人,就没有一手拿着天下地图,一手挥剑自刎的痛苦;把道义看得比生命更珍贵的人,而会有自投深渊以身徇义的悲哀。

臣闻通于变者①，用约而利博②；明其要者，器浅而应玄③。是以天地之赜④，该于六位⑤；万殊之曲，穷于五弦⑥。

【注释】

①通：通晓，博识。

②约：简单，简略。博：众多，丰富。

③玄：神妙，深奥。

④赜（zé）：精微，深奥。

⑤该于六位：刘孝标注："《易》之六爻，该综万象。"

⑥五弦：刘孝标注："琴之五弦，备括众声。"

【译文】

我听说：通晓事物变化规律的人，投入少获利却丰厚；了解事物关键的人，运用的工具虽简单，效果却神妙。因此，天地万物的深奥道理，《周易》的六爻都具备了；千变万化的乐曲，都在琴的五弦之中。

臣闻图形于影①，未尽纤丽之容②；察火于灰，不睹洪赫之烈③。是以问道存乎其人，观物必造其质④。

【注释】

①图：画。

②纤丽：细巧美丽。

③洪赫：大而猛烈。

④造：刘良注："造，至也。"以上几句，刘良注："此章明弃虚收实也。"

【译文】

我听说：对着影子描画人物的形象，不能将她细巧美丽的容貌描绘出来;从灰烬中观察火的大小,不能看到猛烈的火焰。因此,探求大道一定要省视这个人,观察事物一定要深入它的本质。

臣闻情见于物,虽远犹疏;神藏于形,虽近则密。是以仪天步暑①,而修短可量;临渊揆水,而浅深难察。

【注释】

①仪天:测候天体。步暑:测量日影以推算时刻。

【译文】

我听说:从事物中表现出来的情理,虽然离得很远,但还很通达明畅;在形体中蕴含的精神,虽然离得很近,却缜密难察。因此,测候天体,测量日影,可以推算时间长短;在深渊旁测水,就难以度量出其深浅了。

臣闻虐暑熏天①,不减坚冰之寒;涸阴凝地②,无累陵火之热③。是以吞纵之强④,不能反蹈海之志⑤;漂卤之威⑥,不能降西山之节⑦。

【注释】

①虐暑:即酷暑。熏天:形容气势极盛。

②涸阴:谓隆冬寒气凝结。

③陵火:烈火,大火。

④吞纵:李善注:"吞纵,谓秦也。六国为纵,而秦灭之,故曰吞纵。"

⑤蹈海之志:指鲁仲连自蹈东海而死,也不改变志向。

⑥漂卤:"流血漂卤"的省语。指杀伤极多。卤,通"橹",大盾。

⑦西山之节:李善注:"武王以平殷乱,伯夷、叔齐耻之。隐于首阳

山,及饿且死,作歌,其辞曰:登彼西山兮采其薇。"西山,即首
阳山。

【译文】

我听说:炎炎酷暑,并不能消减坚冰寒冷的程度;隆冬寒凝大地,也
不会改变烈火的高温。因此,能吞灭六国的强秦,不能扭转鲁仲连投身
东海的志向;具有杀人流血漂起盾牌威力的周武王,也不能使伯夷、叔
齐隐居首阳山的节操改变。

　　臣闻理之所开,力所常达;数之所塞①,威有必穷。是以
烈火流金,不能焚景②;沉寒凝海,不能结风。

【注释】

①数:术。

②焚景:烧影子。

【译文】

我听说:凡是在理上讲得通的,力量往往能达到;凡是在数上行不
通的,再大的威力也不能做到。因此,烈火能使金石熔化,但不能焚烧
日影;严寒能使大海结冰,却不能使风凝固。

　　臣闻足于性者①,天损不能入②;贞于期者③,时累不能
淫④。是以迅风陵雨⑤,不谬晨禽之察⑥;劲阴杀节⑦,不凋寒
木之心⑧。

【注释】

①性:指天性。

②天损:大自然的损伤。

③贞:正。期:约定。

④时累:吕延济注:"谓风雨也。"

⑤迅风陵雨:指狂风暴雨。

⑥晨禽:指雄鸡。察:明察。

⑦劲阴:严寒。杀节:阴冷肃杀时节。

⑧寒木:指耐寒的树木,如松柏等。

【译文】

我听说:坚实之性,自然的霜雪不能侵犯它;守忠之心,世俗之累不能影响它。因此,狂风暴雨不能使司晨的雄鸡错过时辰;阴冷肃杀的季节,不能损伤松柏这些耐寒的树木。

箴

张茂先

见卷第十三《鹪鹩赋》作者介绍。

女史箴一首

【题解】

《女史箴》是一篇规诫文章。女史是官名,周代天官、春官所属都有女。属天官的,掌管王后礼仪,佐内治,为内官;属春官的,掌管文书,为府史之属。箴,是以规诫为主的一种文体,如针灸之治病防病。刘勰在《文心雕龙》中说:"箴者,所以攻疾防患,喻针石也。"又说:"箴全御过,故文资确切。"文章重在防御,须有警诫谏诤之意,偏重真实恳切。陆机在《文赋》中说:"箴顿挫而清壮。"箴最早兴盛于三代,后逐渐衰微。这篇箴文,从古代对妇女的品德要求谈起,用历史上宫廷中嫔妃规谏帝王改过的事实,以及日月的升降盈亏等自然规律,以规诫嫔妃,要加强品德修养,不要恃宠骄傲,不要忌妒,要施恩惠于人,要小心翼翼地侍奉君王,富贵才能长远。

茫茫造化①，二仪既分②。散气流形③，既陶既甄④。在帝庖羲⑤，肇经天人⑥。爰始夫妇，以及君臣。家道以正⑦，王猷有伦⑧。妇德尚柔，含章贞吉⑨。婉嬺淑慎⑩，正位居室。施衿结褵⑪，虔恭中馈⑫。肃慎尔仪，式瞻清懿⑬。樊姬感庄，不食鲜禽⑭。卫女矫桓，耳忘和音⑮。志厉义高⑯，而二主易心⑰。玄熊攀槛，冯媛趋进⑱。夫岂无畏，知死不吝⑲。班妾有辞，割欢同辇⑳。夫岂不怀，防微虑远。道罔隆而不杀，物无盛而不衰。日中则昃，月满则微㉑。崇犹尘积，替若骇机㉒。人咸知饰其容，而莫知饰其性。性之不饰，或愆礼正。斧之藻之㉓，克念作圣。出其言善，千里应之。苟违斯义，则同衾以疑。夫出言如微，而荣辱由兹。勿谓幽昧㉔，灵监无象㉕。勿谓玄漠㉖，神听无响。无矜尔荣，天道恶盈。无恃尔贵，隆隆者坠㉗。鉴于小星㉘，戒彼攸遂㉙。比心螽斯，则繁尔类㉚。欢不可以黩㉛，宠不可以专。专实生慢，爱极则迁。致盈必损，理有固然。美者自美，翩以取尤㉜。冶容求好，君子所仇㉝。结恩而绝，职此之由。故曰翼翼矜矜㉞，福所以兴。靖恭自思㉟，荣显所期。女史司箴，敢告庶姬。

【注释】

①造化：指自然界的创造者。亦指自然。《庄子·大宗师》："今一以天地为大炉，以造化为大冶。"

②二仪：即两仪，指天地或阴阳。《周易·系辞》："是故易有太极，是生两仪。"孔颖达疏："不言天地，而言两仪者，指其物体；下与四象相对，故曰两仪，谓两体容仪也。"

③气：中国古代哲学概念，通常指一种极细微的物质，是构成世界
　万物的本原。流形：《周易·乾》："云行雨施，品物流形。"孔疏：
　"言乾能用天地之德，使云气流行，雨泽施布，故品类之物，流布
　成形。"因以指万物形体。

④陶：养，培育。甄：推行教化或造就培育人才。

⑤庖羲：即伏羲。古代传说中的部落酋长。相传他始画八卦，教民
　捕鱼畜牧，以充庖厨。

⑥肇（zhào）：开始。经：治理。天人：指天与人。

⑦家道：管理家庭之道。《周易·家人》："父父、子子、兄兄、弟弟、
　夫夫、妇妇，而家道正。"

⑧猷：道，法则。

⑨含章贞吉：《周易·坤》："含章可贞。"含章，含美于内。

⑩婉嫕（yì）：柔顺貌。淑慎：婉善而恭慎。

⑪施衿（jīn）：给予整理衣襟。衿，衣襟。结缡：古代嫁女的一种仪
　式。女子临嫁前，母为之系结佩巾，以示至男家后应尽力操持
　家务。

⑫中馈：古时指妇女在家主持饮食之事。

⑬清懿：高洁的美德。

⑭"樊姬"二句：刘向《列女传·楚庄樊姬》："庄王即位，好狩猎。樊
　姬谏，不止，乃不食禽兽之肉，王改过……使人迎孙叔敖而进之，
　王以为令尹。治楚三年，而庄王以霸。"樊姬，春秋楚庄王夫人。

⑮"卫女"二句：李善注："齐侯卫姬者，卫侯之女，齐桓公之夫人。
　桓公好淫乐，卫姬为不听郑卫之声。曹大家曰：'卫国作淫泆之
　音，卫姬疾桓公之好，是故不听，以厉桓公也。'"

⑯厉：坚定。

⑰二主：指楚庄王、齐桓公。

⑱"玄熊"二句：《汉书·外戚传》载，冯奉世之女，汉元帝即位二年

选入后宫,后为婕妤。"建昭中,上幸虎圈斗兽,后宫皆坐。熊佚出圈,攀槛欲上殿。左右贵人傅昭仪等皆惊走,冯婕妤直前当熊而立,左右格杀熊。上问:'人情惊惧,何故前当熊?'婕妤对曰:'猛兽得人而止,妾恐熊至御坐,故以身当之。'元帝嗟叹,以此倍敬重焉。"冯媛,指冯婕妤。

⑲吝(lìn):吝惜。

⑳"班妾"二句:《汉书·外戚传》:"孝成班婕妤,帝初即位选入后宫。始为少使,蛾(俄)而大幸,为婕妤……成帝游于后庭,尝欲与婕妤同辇载,婕妤辞曰:'观古图画,贤圣之君皆有名臣在侧,三代末主乃有嬖女,今欲同辇,得无近似之乎。'上善其言而止。"

㉑"日中"二句:太阳到了正午就要偏斜,月亮完全圆了就会慢慢亏蚀。比喻事物发展到一定程度就要向相反的方向转化。

㉒骇机:突然触发弩机。比喻猝发的祸难。

㉓斧、藻:修饰。

㉔幽昧:掩蔽,隐藏。

㉕灵监:神灵监视。

㉖玄漠:静默无声。

㉗隆隆:喻势盛。

㉘小星:指帝王的妃嫔们。《诗经》中有《小星》一篇,毛序曰:"小星,惠及下也,夫人无妒忌之行,惠及贱妾,进御于君,知其命有贵贱,能尽其心矣。"

㉙攸遂:长久顺利。

㉚"比心"二句:典出《诗经·周南·螽斯》:"螽斯羽,诜诜兮。宜尔子孙,振振兮。"毛序:"螽斯,后妃子孙众多也。言若螽斯不妒忌,则子孙众多也。"螽斯,蝗类昆虫。

㉛黩(dú):玷污,轻慢不敬。

㉜尤:罪过,过失。

㉝君子:对统治者和贵族男子的通称。

㉞翼翼:恭敬小心。矜矜:犹兢兢,小心谨慎。

㉟靖恭:恭谨。

【译文】

混混沌沌的大自然,创造化育分成了天和地。阴阳灵气经过培育陶冶,构成了万物的形体。在庖羲帝时,开始治理自然和人类,才开始有了夫妇和君臣。管理家庭有正确的标准,治理国家有条有理。妇女崇尚温柔的品德,内心善良正直美好就会吉利。对人柔顺贤淑谨慎,在家里处于正当的地位。嫁到夫家后,要恭敬地侍奉公婆,操持家务。仪表要严肃庄重,以具有高尚品德的前人为榜样。春秋时,楚庄王的夫人樊姬,为了劝阻楚庄王打猎,不吃禽兽的肉。齐桓公的夫人卫姬,为了使齐桓公去掉好淫乐的恶习,不听缠绵的靡靡之音。她们意志坚定,品德高尚,使楚庄王和齐桓公都改变了不正之心,成了霸主。汉元帝到虎圈看斗兽,一只黑熊拉折栅栏跑了出来,冯婕妤上前挡住黑熊。她怎么会不害怕,为了保护汉元帝明知要死而不吝惜。汉成帝坐车在后宫游玩,想要班婕妤与他同坐一车,班婕妤辞让不接受,舍去与皇帝同车游玩的欢乐。她怎么会不想和成帝同车,坏事情刚露头就制止,她考虑深远。上天之道没有只隆盛而不减杀的,事物没有永远兴盛而不衰败的。太阳到了正午就要向西偏斜,月亮圆满了就要慢慢亏蚀。修养高尚的品德,就像尘土一天天加厚慢慢堆积起来一样难;品德败坏就像扣动弩机,弩箭射出一样快。人们都知道修饰容貌,而不知修养品德。不修养品德就会违反礼法正道。要加强修养,克制自己的欲念,做个贤德的人。说话亲善和美,关系疏远的人也能接受,何况身边的人呢?如果违背了道义,就是同盖一条被褥也会猜疑。说话好像是小事,然而荣辱都由此而来。不要以为隐蔽就可以做坏事,神灵在无形中监视着你。不要以为静默无声就可以使坏主意,天神在你还没发出声响时就听到了。不要夸耀你的光荣,天神是厌恶自满的。不要仗恃你的显贵,地位太高会坠落下来。以《诗经·小星》为鉴戒,施恩惠于姬妾就会永远顺利。按照《诗经·螽斯》所说的那样没有妒忌之心,你的子孙就会众多。欢乐要节制,不可轻慢不敬,宠爱不能个人独占。独占宠爱确实容易傲慢无理,爱到极点就会转化。事物到最圆满时就会亏损,自然规律本来就是这样。容貌美丽的人,生来就自然美丽,过分欣喜自得会遭罪过。靠收拾打扮来讨别人喜欢,正人君子是厌恶的。结下恩情而又断绝,主要原因就在此。所以说小心谨慎,是幸福兴起的原因。自己恭谨仔细地考虑,将会得到你所期望的光荣贵显。女史是在宫中主持规谏告诫的,冒昧地告诉宫中众多的姬妾。

铭

班孟坚

见卷第一《两都赋序》作者介绍。

封燕然山铭—首

【题解】

燕然山,即今蒙古人民共和国境内的杭爱山。铭,为文体的一种,古代常刻铭于器物之上,以称述功德,使传扬于后世,或申鉴诫。古多刻于钟鼎,秦汉以后或刻于碑石。商代铭文皆简短,西周以后渐有长篇。刘勰在《文心雕龙·铭箴》中说:"铭兼褒赞,故体贵弘润。"陆机在《文赋》中说:"铭博约而温润。"

范晔《后汉书·窦融传》附《窦宪传》中说:齐殇王子都乡侯刘畅来吊汉章帝刘炟之丧,被太后召见,窦宪惧刘畅被重用,分权,遣刺客杀刘畅。后来被发觉,太后怒,禁闭窦宪于内宫。窦宪惧怕被杀,自己请求去攻打匈奴赎死罪。正遇南单于请兵北伐,于是拜窦宪为车骑将军,以执金吾耿秉为副,大破匈奴北单于,遂登燕然山,刻石勒功,纪汉威德,命班固作《封燕然山铭》。

惟永元元年秋七月①,有汉元舅②,曰车骑将军窦宪③,寅亮圣皇④,登翼王室⑤,纳于大麓⑥,惟清缉熙⑦。乃与执金吾耿秉⑧，述职巡御⑨，治兵于朔方。鹰扬之校⑩，螭虎之士⑪，爰该六师⑫，暨南单于、东胡乌桓、西戎氐羌侯王君长之群⑬，骁骑十万。元戎轻武⑭，长毂四分⑮，雷辒蔽路⑯，万有三千余乘。勒以八阵⑰，莅以威神，玄甲耀日，朱旗绛天。遂凌高阙⑱，下鸡鹿⑲，经碛卤⑳，绝大漠㉑，斩温禺以衅鼓㉒，血尸逐以染锷㉓。然后四校横徂，星流彗扫㉔，萧条万里，野无遗寇。于是域灭区殚，反斾而旋㉕。考传验图，穷览其山川。遂逾涿邪㉖，跨安侯㉗，乘燕然，蹑冒顿之区落㉘，焚老上之龙庭㉙。将上以摅高、文之宿愤㉚，光祖宗之玄灵㉛；下以安固后嗣，恢拓境宇㉜，振大汉之天声㉝。兹可谓一劳而久逸，暂费而永宁也。乃遂封山刊石，昭铭盛德。其辞曰：

【注释】

①永元元年：89年。永元，东汉和帝刘肇年号（89—104）。

②元舅：长舅。

③窦宪：字伯度，扶风平陵（今陕西咸阳）人。窦融曾孙，和帝母窦太后长兄。章帝死，和帝十岁继位，窦太后临朝，窦宪官居侍中，后获罪惧诛，自请击匈奴赎罪，领兵出塞三千余里，大破匈奴，登燕山，刻石纪功而还，拜大将军，总揽大权。和帝长大后，恨窦宪骄纵，与中常侍郑众等合谋，迫令窦宪自杀。

④寅亮：恭敬信奉。《尚书·周官》："寅亮天地，弼予一人。"此谓恭敬侍奉。

⑤登翼：进用辅佐。也作"登翊"。

⑥大麓：指领录天子事，如汉之尚书官。

⑦惟清：清廉。缉熙：光明貌。《诗经·周颂·维清》："维清缉熙，文王之典。"

⑧执金吾:官名。金吾为两端涂金的铜棒,此官执之以示权威。耿秉:字伯初,扶风茂陵(今陕西兴平东北)人。明帝时,任驸马都尉。后任征西将军。永元元年与窦宪各率兵四千骑和南匈奴骑兵一起击败北匈奴,直追至燕然山,使北匈奴的力量受到严重打击。封美阳侯。

⑨述职:喻到职。

⑩鹰扬:威武貌。

⑪螭虎:喻士卒勇猛凶悍。

⑫爰:语首助词。该:包括一切,尽备。六师:即六军,指军队。

⑬乌桓:东胡族的一支,汉武帝后附汉。

⑭元戎:古代的大型战车。

⑮长毂(gǔ):兵车。

⑯雷:宏大的声音。辎(zī):有帷盖可载重的车。

⑰八阵:古代的八种兵阵。

⑱高阙:古地名。故址在今内蒙古杭锦后旗北。阴山山脉至此中断成一缺口,望之若阙,故名。

⑲鸡鹿:要塞名。即鸡鹿塞。在今内蒙古磴口西北。

⑳碛(qì)卤:盐卤沙石之地。

㉑大漠:指蒙古高原的大沙漠。

㉒温禺:匈奴官名。即左右温禺鞮王,皆由单于子弟充任。衅鼓:祭鼓。古代新制器物成,杀牲以祭,因以其血涂于缝隙叫衅。

㉓尸逐:匈奴异姓大臣的爵号,有左右尸逐骨都侯,位次于左右骨都侯。锷:刀剑之刃。

㉔星流:像流星一样飞逝。形容疾速。

㉕反斾(pèi):出师归来。斾,旗帜的通称。

㉖涿邪:山名。在蒙古人民共和国境内。

㉗安侯:水名。《后汉书·南匈奴列传》:南单于上言,"北单于创刈

南兵,又畏丁令、鲜卑,遁逃远去,依安侯河西"。

㉘冒顿(mò dú):秦末汉初匈奴单于。前209年杀其父头曼自立,有战士号称三十万,东灭东胡,西破月氏,进占今河套地,势力强大,西汉初经常南下侵扰,对西汉王朝形成严重的威胁。区落:部落。

㉙老上:即老上单于。《汉书·匈奴传》:"冒顿死,子稽粥立,号曰老上单于。"龙庭:匈奴单于祭天地鬼神之所。

㉚高文之宿愤:《汉书·匈奴传》载,高祖七年(前200),冒顿纵精兵三十余万骑,围高帝于白登七日。文帝十四年(前166),匈奴南单于十四万骑入寇萧关,杀北地都尉,掳掠人民。高,指汉高祖刘邦。文,指汉文帝刘恒。

㉛玄灵:神灵。

㉜恢拓:扩大。

㉝天声:喻国家的声威。

【译文】

　　永元元年秋七月,大汉王朝的长舅,车骑将军窦宪,恭敬地侍奉圣明的皇上,辅佐国家,在朝廷给皇帝办事,清廉公正,光明磊落。于是与执金吾耿秉,到职巡视防御匈奴,在北方训练军队。将校威武,士兵勇猛,军队各方面都准备好了,和南单于、东胡族中的乌桓、西边少数民族氐羌的领袖,统领十万勇猛的骑兵。各种大型的战车、轻车、兵车,四路进军。一万三千多辆响声宏大的载重车,遮蔽了道路。排列各种兵阵,显示大军神威,黑色的盔甲在日光下闪闪发光,红色的大旗映红了天空。跨越高阙戍,直下鸡鹿塞,经过盐卤沙石地,越过大沙漠。杀匈奴的官员温禺、尸逐,用他们的血祭战鼓,祭刀剑。然后各路军队交错前进,迅速扫荡敌人。万里寂寥凋零,野外没有留下一个敌人。这区域的敌人都被消灭干净了,大军得胜归来。考查地方书传的记载,检验当地的地图,深入观察当地所有的高山河流。于是越过涿邪山,跨过安侯水,登上燕然山,踏入冒顿的部落,焚烧老上单于祭天地鬼神的地方。上以发泄从前高祖、文帝被匈奴侵侮的旧恨,使祖宗的神灵感到光荣;下以让子孙后代安定巩固,扩大国土,振奋大汉朝的声威。这可说是一时的辛苦换来长久的安闲,暂时用力多而换来永久的安宁。于是祭山刻石,显示朝廷的大德。铭文说:

铄王师兮征荒裔①,剿凶虐兮截海外②,敻其邈兮亘地界③,封神丘兮建隆碣④,熙帝载兮振万世⑤!

【注释】

①铄(shuò):辉煌。王师:帝王的军队。荒裔:边远地区。

②剿:讨伐,消灭。截:整齐。

③敻(xiòng):远。邈:久远,渺茫。亘:横贯。

④神丘:山岳的尊称。这里指燕然山。碣(jié):同"碣",圆形石碑。

⑤熙:光明,兴盛。帝载:帝王的德业。

【译文】

帝王的军队功绩辉煌啊,征服了边远地区,消灭了凶狠的敌人啊,四海之外齐归顺,恩威横贯大地一直到天边!封神山啊,立一块高高的石碑,记载帝王的光荣盛事啊,振奋万代!

崔子玉

崔瑗(77—142),字子玉,涿郡安平(今河北安平)人。东汉文学家。崔骃次子,锐志好学,能传其父业。年十八至京师从侍中贾逵,明天文、历数、《京房易传》。官至济北相,光禄大夫杜乔以臧罪奏瑷,瑷上书自讼,得理出,会病卒,年六十六。瑗工于文辞,尤善为书记箴铭。

座右铭一首

【题解】

崔子玉锐志好学,才能出众而不得施展,一生坎坷,累遭逐斥,饱经人世沧桑,受尽人间磨难。以一生做人的体验写下这首论述为人之道的《座右铭》,警诫自己,也劝勉后人。《座右铭》文句工整,语言简练,含意深刻,对后人有一定的启迪。

无道人之短,无说己之长。施人慎勿念,受施慎勿忘。世誉不足慕,唯仁为纪纲①。隐心而后动②,谤议庸何伤。无使名过实,守愚圣所臧③。在涅贵不淄④,暧暧内含光⑤。柔弱生之徒,老氏诫刚强⑥。行行鄙夫志⑦,悠悠故难量⑧。慎言节饮食,知足胜不祥。行之苟有恒,久久自芬芳。

【注释】

①纪纲:典章法度。

②隐:审度。

③臧(zāng):善。

④涅(niè):黑泥,可作染料。这里作动词,染的意思。淄:通"缁",黑色。

⑤暧暧:昏暗貌。

⑥"柔弱"二句:《老子》七十六章:"人之生也柔弱,其死也坚强。万物草木之生也柔脆,其死也枯槁。故坚强者死之徒,柔弱者生之徒。"马叙伦注:"徒读为道途之途。"

⑦行行(hàng):刚强貌。《论语·先进》:"子路行行如也。"孔子很高兴但又感叹地说:"像子路这样太刚强的人,恐怕不得好死。"

　　鄙夫：鄙陋浅薄的人。

　　⑧悠悠：遥远，无穷无尽。

【译文】

　　不要议论别人的缺点，也不要夸赞自己的长处。给予别人的恩惠不要记在心里，受了别人的恩赐要常常想着，不要忘记。世人的称誉不值得羡慕，只有仁爱才是做人的根本。无论做什么都要仔细周密地考虑好后再行动，即使受到毁谤和议论也没有什么损伤。不要使个人的名声超过实际情况，大智若愚是圣人的长处。身处污秽，贵在不被污染；外表像是糊涂，实际却很精明。性格温和生命就会长久，老子告诫人们不要固执和过分要强。固执和过分要强是浅薄人的德行，他的灾祸难以估量。说话要谨慎，饮食要节制，知道满足能克制厄运。只要有恒心长久地照着去做，就能成为品德优秀的人。

张孟阳

　　见卷第二十三《七哀诗》作者介绍。

剑阁铭一首

【题解】

　　张载的父亲张收为蜀郡太守，张载到四川探望父亲，路过剑阁，见剑阁形势险要，恐蜀人恃险作乱，所以作《剑阁铭》来告诫人们。益州刺史很赏识这篇铭文，上奏朝廷。晋武帝司马炎派遣使臣将《剑阁铭》镌刻于剑阁山上。铭文叙述了剑阁险峻的地势，为兵家必争之重地，朝廷应派遣最亲近的人把守。同时指出攻守成败不在地势，而在于是否合乎道义，并告诫梁州、益州的人，不要凭险作乱。

岩岩梁山①，积石峨峨。远属荆、衡②，近缀岷、嶓③。南通邛、僰④，北达褒斜⑤。狭过彭、碣⑥，高逾嵩、华⑦。惟蜀之门，作固作镇。是曰剑阁，壁立千仞。穷地之险，极路之峻。世浊则逆，道清斯顺。闭由往汉，开自有晋。秦得百二⑧，并吞诸侯。齐得十二，田生献筹⑨。矧兹狭隘⑩，土之外区。一人荷戟，万夫趑趄⑪。形胜之地，匪亲勿居。昔在武侯，中流而喜。山河之固，见屈吴起。兴实在德，险亦难恃。洞庭孟门，二国不祀⑫。自古迄今，天命匪易⑬。凭阻作昏，鲜不败绩。公孙既灭⑭，刘氏衔璧⑮。覆车之轨，无或重迹。勒铭山阿，敢告梁、益⑯。

【注释】

①岩岩：高峻貌。梁山：即剑门山，在四川北部，有剑门七十二峰，峭壁中断，两崖相嵌，形似剑门。

②荆、衡：荆山、衡山。荆山在湖北南漳西。衡山即五岳之一的南岳，在湖南。

③岷：即岷山，主峰在四川松潘北，绵延四川、甘肃边境。嶓（bō）：即嶓冢山，在陕西宁强北。

④邛、僰（bó）：汉代临邛、僰道的并称，约在今四川邛崃、宜宾一带。以后借指西南边远地区。

⑤褒斜：古通道名。也称褒斜道、褒斜谷。为沿褒水、斜水所形成的河谷。势险峻，历代凿山架木，于中绝壁修成栈道，旧时为川陕交通要道。

⑥彭：指彭门山。在四川彭州西北。

⑦嵩、华：中岳嵩山与西岳华山的合称。

⑧百二：百分之二。

⑨田生：即田肯。《史记·高祖本纪》载，汉六年，田肯贺高祖曰：

“陛下得韩信，又治秦中。秦，形胜之国，带河山之险，县隔千里，持戟百万，秦得百二焉。地势便利，其以下兵于诸侯，譬犹居高屋之上建瓴水也。夫齐，东有琅邪、即墨之饶，南有泰山之固，西有浊河之限，北有勃海之利。地方二千里，持戟百万，县隔千里之外，齐得十二焉。故此东西秦也。非亲子弟，莫可使王齐矣。”

⑩矧(shěn)：况，亦，也。

⑪趦趄(zī jū)：且行且却，徘徊不前貌。

⑫“昔在”几句：《史记·孙子吴起列传》：“武侯浮西河而下，中流，顾而谓吴起曰：‘美哉乎山河之固，此魏国之宝也！’起对曰：‘在德不在险。昔三苗氏左洞庭，右彭蠡，德义不修，禹灭之。夏桀之居，左河、济，右泰、华，伊阙在其南，羊肠在其北，修政不仁，汤放之。殷纣之国，左孟门，右太行，常山在其北，大河经其南，修政不德，武王杀之。由此观之，在德不在险。君若不修德，舟中之人尽为敌国也。’”

⑬天命：上天的意旨。

⑭公孙：指公孙述，字子阳。王莽时为导江卒正(蜀郡太守)。后起兵，据益州称帝，号成家。汉使吴汉伐之，述死。

⑮刘氏：指蜀汉后主刘禅。衔璧：古时国君死口含玉。故战败出降者衔璧以示国亡当死。

⑯梁、益：古梁州、益州。

【译文】

陡峭高峻的剑门山，山石累积高峭耸立。远处连接荆山、衡山，近处接连岷山、嶓冢。南面通到邛、僰，北面到达褒斜谷。比彭门山、碣石山狭窄，比嵩山、华山高耸。是蜀地唯一的大门，造成坚固镇守之势。因此名叫剑阁，像墙壁直立千丈。没有一个地方的地势有这么险要，没有一条路有这么险峻。社会混乱时就叛乱，世道清平来归顺。过去刘备关闭剑阁，后来晋朝又打通剑阁。从前秦国占有险要的地势，只有诸侯百分之二的兵力,就吞并诸侯统一了全国。齐国地势也很险要,有诸侯十分之二的兵力,田肯向高祖献策。况且剑阁这里的地形狭窄险要,地处中原之外。一个人扛着兵器把守,上万士兵也徘徊不敢前进。地势优越便利的地方,不是自己的亲人不能驻守那里。过去魏武侯在西河中流看见地形险要而高兴自得,认为险要的地形是"魏国之宝"。他的见解被吴起"在德不在险"的见解所折服。国家兴盛在于帝王有德行,帝王无德行,地形险要也难保住。三苗氏据有洞庭,殷纣王拥有孟门,但两国都被灭亡了。自古到今,上天的意旨不能改变。依仗险要的地形作乱,很少不失败的。公孙述据蜀作乱,已经灭亡;刘禅在蜀称帝,也含璧投降了。翻过车的轨道,再不要重蹈覆辙。将这篇铭文刻于山凹处的石碑上,告诫梁州和益州的人们。

陆佐公

　　陆倕(470—526),字佐公,吴郡吴县(今江苏苏州)人。少勤学,能过目成诵。在住宅旁另修两间茅屋,昼夜读书,数年不与外人往来。十七岁时,举本州秀才。梁天监初,为右军成安王主簿,与乐安任昉友善,迁临川王东曹掾。梁武帝雅爱倕才,敕撰《新刻漏铭》,其文甚美,迁太子舍人,管东宫书记。又诏为《石阙铭》,奏之。武帝敕之曰:"太子中舍人陆倕所制《石阙铭》,辞义典雅,足为佳作。昔虞丘辨物,邯郸献赋,赏以金帛,前史美谈,可赐绢三十匹。"累迁太常卿。有《陆太常集》行世。

石阙铭一首

【题解】

这是一篇歌颂梁武帝萧衍的铭文。开头以尧舜禅让、汤武革命,都是为了保护民众，来说明梁朝取代齐朝的正确性。中间历数武帝建国过程中的战斗功绩和立国后的善政。又讲述为继承过去好的典章制度，乃兴建华阙，命陆倕作了这篇文，刻在石碑之上。最后是铭的正文，颂扬石阙的雄伟壮丽，揭示其深远意义。

　　昔在舜格文祖①，禹至神宗②，周变商俗，汤黜夏政。虽革命殊乎因袭③，揖让异于干戈④，而晷纬冥合⑤，天人启綦⑥。克明俊德⑦，大庇生民，其揆一也⑧。

【注释】

①文祖：有文德之祖。古帝王对祖先的美称。此指尧的祖庙，舜受禅之所。《尚书·舜典》："正月上日，受终于文祖。"

②神宗：神灵之宗庙。此指舜的祖庙，禹受禅之所。《尚书·大禹谟》："正月朔旦，受命于神宗。"

③因袭：前后相承，沿用过去的规章制度或方式方法。

④揖让：谓让位于贤。干戈：指战争。

⑤晷纬：张铣注："晷，影也。纬，星也。谓日月星皆有祥瑞之色也。"冥合：暗合。

⑥綦(jì)：启发，教导。

⑦克明俊德：《尚书·尧典》："克明俊德，以亲九族。"克，能。俊德，才德出众的人。

⑧揆：尺度，准则。《孟子·离娄》："先圣后圣，其揆一也。"

【译文】

从前虞舜在尧的祖庙受禅让登上皇位，夏禹在舜的祖庙受禅让当了天子，周武王改变了殷纣不好的风俗，商汤革除夏桀腐败的政治。虽然革命不同于继承，舜、禹揖让不同于汤武战争，然而他们的行动暗合上天所示的祥瑞，接受了上天和圣人的启发教导。能任用才德出众的人,保护广大民众,其道理是一样的。

在齐之季,昏虐君临①。威侮五行②,怠弃三正③。刑酷然炭④,暴逾膏柱。民怨神怒,众叛亲离。蹐地无归⑤,瞻乌靡托⑥。于是我皇帝拯之⑦。乃操斗极⑧,把钩陈⑨,翼百神,禔万福⑩。龙飞黑水⑪,虎步西河。雷动风驱,天行地止。命旅致屯云之应⑫,登坛有降火之祥⑬。龟筮协从⑭,人祇响附⑮。穿胸露顶之豪⑯,箕坐椎髻之长⑰,莫不援旗请奋,执锐争先。夏首凭固⑱,庸、岷负阻⑲。协彼离心⑳,抗兹同德㉑。帝赫斯怒㉒,秣马训兵㉓。严鼓未通㉔,凶渠泥首㉕。弘舸连轴㉖,巨槛接舻㉗。铁马千群㉘,朱旗万里。折简而禽庐、九㉙,传檄以下湘、罗㉚。兵不血刃,士无遗镞。而樊、邓威怀㉛,巴、黔厎定㉜。

【注释】

①"在齐"二句:南齐末年,萧宝卷做了皇帝,荒淫无耻。

②威侮:侵犯。五行:《礼记·乡饮酒义》:"贵贱明,隆杀辨,和乐而不流,弟长而无遗,安燕而不乱,此五行者,足以正身安国矣。"或以为五行即五常,仁、义、礼、智、信。

③怠弃:怠惰荒废。三正:一说指天地人的正道。另一说,周代建子以十一月为正月,殷代建丑以十二月为正月,夏代建寅以正月初一为一年之始,是为三正。

④然炭:与下文的"膏柱"皆指殷纣王的炮烙之刑。然,"燃"的古字。

⑤蹐(jí)地:喻谨慎戒惧。

⑥瞻乌:《诗经·小雅·正月》:"瞻乌爰止,于谁之屋。"后来用瞻乌

比喻乱世流离失所的人民。

⑦我皇帝:指梁武帝萧衍。

⑧斗极:指北斗星与北极星。喻准则、法度。

⑨钩陈:星名。最近北极,天文学家多藉以测极,谓之极星。喻
　兵权。

⑩禔(zhī):安宁,安享。

⑪黑水:《尚书·禹贡》:"黑水、西河惟雍州。"萧衍曾为雍州刺史。
　此指萧衍起兵之地。

⑫屯云之应:《史记·高祖本纪》:"秦始皇帝常曰'东南有天子气',
　于是因东游以厌之。高祖即自疑,亡匿,隐于芒、砀山泽岩石之
　间。吕后与人俱求,常得之。高祖怪问之。吕后曰:'季(刘邦)
　所居上常有云气,故从往常得季。'"《正义》:"京房《易飞候》云:
　'何以知贤人隐,(颜)师(古)曰:"四方常有大云,五色具而不雨,
　其下有贤人隐矣!"'故吕后望云气乃得之。"《南史·梁本纪》:
　"时帝所住斋常有气,五色回转,状若蟠龙。季秋出九日台,忽暴
　风起,烟尘四合,帝所居独白日清朗,其上紫云腾起,形如伞盖,
　望者莫不异焉。"屯云,积聚的云层。

⑬降火之祥:传说周武王伐殷,渡河时天降火流化而为乌。喻祥瑞
　之应。

⑭龟筮(shì):占卦。古时占卜吉凶,用龟和蓍草。卜用龟,筮用
　蓍草。

⑮祇(qí):地神。

⑯穿胸:传说中的民族名。《淮南子·地形训》:"自西南至东南
　方……交股民、不死民、穿胸民、反舌民。"露顶:不戴帽子。

⑰箕坐:犹箕倨,伸足而坐。《淮南子·齐俗训》:"胡、貉、匈奴之
　国,纵体拖发,箕倨反言。"椎髻:一撮之髻,形状如椎。

⑱夏首:地名。夏水分长江水的口子,首受大江,故名。故道在今

湖北荆州东南。

⑲庸:古国名。商之侯国。曾随武王伐纣。岷:山名。主峰在四川
　　松潘北。负阻:仗恃地势险要。

⑳离心:离心离德,谓不一条心。此指东昏侯一方。

㉑同德:同心同德,谓思想统一,行动一致。此指梁武帝一方。

㉒赫怒:勃然大怒。《诗经·大雅·皇矣》:"王赫斯怒,爰整其旅。"

㉓秣马:喂饱马匹。

㉔严鼓:急促的鼓声。通:击鼓的一个段落。

㉕凶渠:凶徒的首领,元凶。泥首:以泥涂首,表示自辱服罪,犹言
　　囚首。

㉖弘舸:大船。轴:船,舵。

㉗槛:上下四方加板的船,加板以防御矢石,有如牢槛,故称槛。舻
　　(lú):船头,也有说船尾的。

㉘铁马:披甲的战马,也泛指精锐的骑兵。

㉙折简:折半之简,谓礼轻,随便。简,竹简,古人以竹简作书,单执
　　一札谓之简。庐、九:指庐江、九江二郡。庐江原属九江,秦末楚
　　汉之际分秦九江郡置,郡治在舒(今安徽庐江西南)。九江郡治
　　在寿春(今安徽寿县)。

㉚湘、罗:指湘江与汨罗江。借指湖南。

㉛樊、邓:指樊城和邓城。在今湖北襄阳和河南邓州一带,自古为
　　兵家必争之地。

㉜巴、黔:指巴郡和黔郡。巴郡在今四川,黔郡在今贵州。厎定:达
　　到平定。

【译文】

在南齐末年,昏聩暴虐的萧宝卷做了国君。他侵犯伦常,不走正
道。使用酷刑,残暴超过了殷纣。人民怨恨,神灵愤怒,众叛亲离。惶
恐害怕、流离失所的人民无处容身没有依托。在这种情况下,我皇梁武

帝起来拯救百姓。他主持法度，掌握兵权，祈求百神保佑，安享万福。如飞龙出水，猛虎下山，在雍州庄严威武地举起义旗。声势浩大，如狂风疾雷行止于天地之间。出师灭齐就像汉高祖诛伐暴秦、周武王讨伐殷纣一样，出现祥瑞之应。占卜吉利，人神响应归附。穿胸、露顶、箕坐、椎髻等少数民族的君长首领，没有不打着旗帜拿着武器争先恐后地请战；而夏首、庸岷的地方官吏凭借险固的地势，帮助东昏侯抗拒我皇强大的军队。敌人以离心之兵对抗我同德之师。我皇勃然大怒，命令军队喂饱战马，训练士卒，进行讨伐。急促的战鼓声未完，凶徒的首领就服罪投降。巨大的战船首尾相连，一艘接着一艘。精锐的骑兵有上千群，红旗飘万里。一封便信就收复了庐江、九江，传送一篇檄文就使湘、罗降服。武器不染鲜血，士卒不放一箭，樊城、邓城慑于威力而归顺，巴郡、黔郡也终于平定。

　　于是流汤之党①，握炭之徒②，守似藩篱，战同枯朽。革车近次③，师营商牧④。华夷士女，冠盖相望⑤。扶老携幼，一旦云集。壶浆塞野⑥，箪食盈途⑦。似夏民之附成汤，殷士之窥周武。安老怀少⑧，伐罪吊民⑨。农不迁业，市无易贾。八方入计⑩，四隩奉图⑪。羽檄交驰⑫，军书狎至⑬。一日二日，非止万机⑭。而尊严之度，不愆于师旅⑮；渊默之容⑯，无改于行阵⑰。计如投水⑱，思若转规⑲。策定帷幄⑳，谋成几案。曾未浃辰㉑，独夫授首㉒。乃焚其绮席㉓，弃彼宝衣。归璇台之珠㉔，反诸侯之玉。指麾而四海隆平㉕，下车而天下大定㉖。拯兹涂炭㉗，救此横流㉘。功均天地，明并日月。

【注释】

①流汤：下沸汤。

②握炭：握炽炭。与上"流汤"俱极言悍勇。

③革车：兵车。《孙子兵法·作战》："凡用兵之法，驰车千驷，革车千乘，带甲十万。"

④商牧：商郊牧野。本指周武王在商的郊区牧野大败殷纣。这里借指梁武帝萧衍打败东昏侯屯兵京郊。

⑤冠盖相望：指官吏或仕宦之人，一路上前后不绝。

⑥壶浆：酒浆。以壶盛之，故名。

⑦箪食：用竹器盛着的饭。《孟子·梁惠王》："箪食壶浆，以迎王师。"谓踊跃犒劳军队。

⑧安：使舒服，使安乐。怀：爱护。《论语·公冶长》："子曰：'老者安之，朋友信之，少者怀之。'"

⑨伐罪吊民：讨伐暴君，拯救百姓。也作"吊民伐罪"。

⑩入计：交纳簿籍表示臣服。入，纳。计，计簿，记载人事、户口、赋税钱粮的簿籍。

⑪四隩：四方。奉图：奉献地图表示归顺。

⑫羽檄：即羽书，军事文书。以鸟羽插檄书谓之羽檄，取急速若飞鸟之意。

⑬狋：更替。

⑭"一日"二句：《尚书·皋陶谟》："一日二日万机。"孔疏："马王皆云，一日二日，犹日日也。"万机，指帝王政务繁忙，每天要处理成千上万件事情。

⑮愆：违背。

⑯渊默：深沉静默。《庄子·在宥》："尸居而龙见，渊默而雷声。"

⑰行阵：军队行列。

⑱计如投水：谓计策谋略都能实现。如以石投水，水不能逆抗。

⑲转规：犹转圆，谓灵活无阻碍。

⑳帷幄：军中的帐幕。

㉑浃辰：十二天。古代以干支纪日，称自子至亥一周十二日为"浃辰"。《春秋左传·成公九年》："莒恃其陋，而不修城郭，浃辰之间，而楚克其三都。"

㉒独夫：指东昏侯。《南史·梁本纪》："十二月丙寅，兼卫尉张稷、北徐州刺史王珍国斩东昏，其夜以黄油裹首送军。"

㉓绮席：华美的坐卧铺垫用具。

㉔璇台：即璇室、瑶台。用美玉修饰的房间，用美玉砌成的台。《淮南子·本经训》："晚世之时，帝有桀纣，为璇室、瑶台、象廊、玉床。"

㉕指麾：犹指挥。本指手的动作。引申为发令调遣。隆平：升平，太平。

㉖下车：《礼记·乐记》："武王克殷反商，未及下车而封黄帝之后于蓟。"后称初即位或初到任为下车。

㉗涂炭：烂泥和炭火。比喻灾难困苦。

㉘横流：水不按原道而泛滥。引喻动荡不安的局势。

【译文】

于是这些残忍施虐之徒，作恶行暴之党，防守阵地如同篱笆易折，作战如同朽木易折。兵车一辆挨着一辆，军营驻扎在京郊。各民族男男女女和官吏们一路上络绎不绝，扶着老人带着小孩，一时集聚如云。各种慰劳品摆满田野道路。像夏桀统治下的百姓归附商汤王；如殷纣王手下的官吏和百姓，观看周武王率领军队进入朝歌。我皇帝讨伐暴君，拯救百姓；使老年人舒服安乐，青少年受到关怀爱护。农民仍在原来的土地上耕种，商人依旧在原来的市场上经商。四面八方的官吏都来交纳簿籍奉献地图，表示归顺臣服。插上羽毛的紧急军事文件和一般的军事文书，交互更替不断送来。我皇帝每天要处理的事情，有成千上万件。而庄重威严的仪表，深沉静默的态度，在军队行列中也不改变。他思维敏捷，计策容易实现。计谋决定于军帐，谋划完成于几案前。不到十二天，众叛亲离的东昏侯就被杀头。于是焚毁了他坐卧铺

垫的华丽用具,丢弃他华美的衣服。把装饰他的房子和楼台用的美玉
拆掉,归还属于各地诸侯的珠玉。我皇帝发号施令而四海太平,甫登帝
位而天下安定。在局势动荡不安中拯救了遭受灾难的百姓,功德和天
地日月相等。

于是仰叶三灵①,俯从亿兆②。受昭华之玉③,纳龙叙之
图④。类帝禋宗⑤,光有神器⑥。升中以祀群望⑦,摄袂而朝
诸夏⑧。布教都畿⑨,班政方外⑩。谋协上策,刑从中典⑪。
南服缓耳⑫,西羁反舌⑬。剑骑穹庐之国⑭,同川共穴之人⑮,
莫不屈膝交臂⑯,厥角稽颡⑰。凿空万里⑱,攘地千都⑲。幕
南罢障⑳,河西无警㉑。

【注释】

①三灵:指日、月、星。《汉书·扬雄传》:"方将上猎三灵之流,下决
　醴泉之滋。"颜师古引如淳注:"三灵,日、月、星,垂象之应也。"

②亿兆:极言其多。《尚书·泰誓》:"受有亿兆夷人,离心离德。"引
　申指人民。

③昭华:玉名。《淮南子·泰族训》:"赠以昭华之玉而传天下焉。"

④龙叙之图:即河图,传说尧游河渚,龙马从黄河中负图以出。后
　以为帝王圣者受命之瑞。

⑤类帝禋宗:《尚书·舜典》:"肆类于上帝,禋于六宗。"类,古祭名。
　祭天。禋,祭祀。

⑥神器:指帝位。

⑦升中:古帝王祭天上告成功。《礼记·礼器》:"因名山,升中于
　天。"郑玄注:"升,上也;中,犹成也;谓巡守至于方岳,燔柴祭天,
　告以诸侯之成功也。"群望:指星辰山川。

⑧摄袂:整理衣袖。诸夏:泛指中原地区。

⑨都畿:京城管辖的地区。

⑩方外:边远地区。

⑪中典:常行的法律。《周礼·大司寇》:"一曰刑新国,用轻典;二曰刑平国,用中典;三曰刑乱国,用重典。"

⑫缓耳:地名。即儋耳。在今海南儋州。

⑬羁:牵制,笼络。反舌:古时指语言与汉语不同的少数民族。

⑭穹庐:毡帐。《史记·匈奴列传》:"匈奴父子乃同穹庐而卧。"

⑮同川共穴:即同穴共川。《后汉书·杜笃传》载杜笃上奏《论都赋》中有:"于是同穴裒褐之域,共川鼻饮之国。"李贤注:"同穴,挹娄之属也。衣裒褐,北狄也。"皆指少数民族。

⑯交臂:叉手,拱手。表示降服、恭敬。

⑰厥角稽颡:《汉书·诸侯王表》:"汉诸侯王,厥角稽首。"颜师古注引应劭曰:"厥者,顿也。角者,额角也。稽首,首至地也。"

⑱凿空:开通道路。《史记·大宛列传》:"于是西北国始通于汉矣。然张骞凿空,其后使往者皆称博望侯,以为质于外国,外国由此信之。"《集解》:"苏林曰:凿,开。空,通也。骞开通西域道。"

⑲攘地:夺地。

⑳幕南:即漠南。《史记·匈奴列传》:"是后匈奴远遁,而幕南无王庭。"障:屏障,设置要塞。

㉑河西:泛指黄河以西的地区。

【译文】

于是上合日月星辰的垂象之应,下顺百姓的心愿。接受帝王受命于天的祥瑞之物:昭华之玉和龙图河书。祭祀天地宗庙,荣耀地登上帝王的宝座。各处巡狩祭祀名山大川诸神,整理衣冠而拜中原。在京城管辖的地区实行礼乐教化,向边远的地区颁布政策法令。用上等的策略和常行的法律来治理国家。南边使儋耳人归服,西方使反舌就范。

善于骑射以毡帐为家住在草原沙漠的人,以及全家同住一穴、父子同川而浴的人,没有不拱手跪下,叩头至地愿意归顺臣服的。开通万里道路,夺取都邑千城。蒙古高原大沙漠以南地区不设置要塞,黄河以西地区没有边境危急的报告。

　　于是治定功成,迩安远肃。忘兹鹿骇^①,息此狼顾^②。乃正六乐^③,治五礼^④,改章程,创法律。置博士之职^⑤,而著录之生若云^⑥;开集雅之馆^⑦,而款关之学如市^⑧。兴建庠序^⑨,启设郊丘^⑩。一介之才必记,无文之典咸秩。

【注释】

①鹿骇:鹿性善惊,闻声逃逸。借喻为惶恐失措之状。

②狼顾:狼惧被袭,走常反顾,因以狼顾比喻人有所畏惧。

③六乐:《周礼·保氏》:"乃教之六艺……二曰六乐。"孔疏:"六乐,云门、大咸、大韶、大夏、大濩、大武也。"相传为黄帝、尧、舜、禹、汤、武王六代之乐。

④五礼:古代以祭祀的事为吉礼,冠婚的事为嘉礼,宾客的事为宾礼,军旅的事为军礼,丧葬的事为凶礼,合称五礼。

⑤博士:六国时有博士,秦汉相承,诸子、诗歌、术数、方技,都立博士。汉武帝置五经博士,晋置国子博士。都是教授官。

⑥著录之生:指登记在簿籍上的诸生。

⑦集雅馆:《南史·梁本纪》载,天监五年(506)"五月,置集雅馆以招远学"。

⑧款关:叩关,叩门。

⑨庠序:古代地方所设的学校。与帝王的辟雍、诸侯的泮宫等大学相对而言。后泛指学校。

⑩郊丘：古天子郊祭天地于圆丘。

【译文】

于是平定各地的大功告成，远和近的地方都稳定平静。使人们畏惧惊慌失措的事已经过去。于是考定黄帝、尧、舜、禹、汤、周武王六代的音乐，整理吉、凶、军、宾、嘉五礼，改定各种规章条例，建立梁代的法律。设置博士的职位，记载在簿籍上的生员众多如云；开设集雅馆，叩门来学习的人如赶集一样多。兴建各类学校，设置天地祭坛。有微小才能的人一定记录下来，没有文字记载的庆典都依次举行。

　　于是天下学士，靡然向风①。人识廉隅②，家知礼让。教臻侍子③，化洽期门④。区宇乂安⑤，方面静息。役休务简，岁阜民和。历代规谟⑥，前王典故⑦，莫不芟夷翦截⑧，允执厥中⑨。以为象阙之制⑩，其来已远。《春秋》设旧章之教⑪，经《礼》垂布宪之文⑫，《戴记》显游观之言⑬，周史书树阙之梦⑭。北荒明月⑮，西极流精⑯。海岳黄金⑰，河庭紫贝⑱。苍龙玄武之制⑲，铜雀铁凤之工⑳。或以听穷省冤㉑，或以布化悬法㉒，或以表正王居㉓，或以光崇帝里㉔。晋氏浸弱，宋历威夷㉕。礼经旧典㉖，寂寥无记㉗。鸿规盛烈，湮没罕称㉙。乃假天阙于牛头㉚，托远图于博望㉛。有欺耳目，无补宪章㉜。乃命审曲之官㉝，选明中之士㉞。陈圭置臬㉟，瞻星揆地。兴复表门，草创华阙㊱。

【注释】

①向风：闻风仰慕。

②廉隅：本谓棱角，后以喻人品行端正有志节。

③侍子：古代诸侯或属国的王侯遣子入侍皇帝，称侍子。《后汉

书·光武帝纪》:"鄯善王、车师王等十六国,皆遣子入侍奉献,愿请都护。帝以中国初定,未遑外事,乃还其侍子。"

④期门:官名。汉武帝时置。执兵器出入护卫。

⑤区宇:疆土境域。乂安:太平无事。

⑥规谟:谓法则、制度、程式。

⑦典故:典制掌故。

⑧芟夷:削除。

⑨允执厥中:遵守中正之道,不偏不倚,无过与不及。《尚书·大禹谟》:"惟精惟一,允执厥中。"

⑩象阙:即象魏。古代天子、诸侯宫门外的一对高建筑,为悬示教令之所。

⑪《春秋》:编年体史书,相传为孔子据鲁史修订而成。旧章之教:指鲁大夫季桓子在发生火灾时,发布收藏象阙悬书的教命。

⑫经:作为典范之书称经,如"十三经"。《礼》:指《周礼》。李善注引郑玄曰:"《礼经》,谓《周礼》也。"布宪之文:指周官太宰以正月,悬法令于象阙。

⑬《戴记》:即《礼记》。戴德、戴圣叔侄佴删《礼记》。戴德删为八十五篇,称《大戴礼记》,戴圣删为四十九篇,称《小戴礼记》,即今本《礼记》。游观之言:指孔子于鲁见象阙所悬旧章而感叹。游观,游于阙门之上。

⑭周史书树阙之梦:李善注:"《周书》曰:'文王至自商,至程,太姒梦见商之庭生棘,太子发取周庭之梓,树之于阙间,化为松柏。'"

⑮北荒:与下文"西极"皆传说中极远之地。明月:宝珠名。传说北荒金阙上有明月珠。

⑯流精:旧题东方朔《海内十洲记》谓,昆仑山有三角,其角一正东有塘城,有流精之阙,是西王母所治。

⑰海岳黄金:《汉书·郊祀志》:"使人入海求蓬莱、方丈、瀛洲。此

三神山者,其传在勃海中,去人不远。盖尝有至者,诸仙人及不死之药皆在焉。其物禽兽尽白,而黄金(白)银为宫阙。"

⑱河庭紫贝:屈原《九歌·河伯》:"鱼鳞屋兮龙堂,紫贝阙兮朱宫。"王逸注:"言河伯所居,以鱼鳞盖屋,堂画蛟龙之文,紫贝作阙,朱丹其宫。"

⑲苍龙、玄武:李善注引《三辅旧事》载,未央宫东有苍龙阙,北有玄武阙。

⑳铜雀:李善注引魏文帝歌:"长安城西有双圆阙,上有双铜雀。"铁凤:李善注引薛综《西京赋》注:"圆阙上作铁凤凰,令张两翼,举头敷尾。"意谓铜雀、铁凤乃阙上的装饰。

㉑听、省:听取察看。穷、冤:困厄枉曲,无过而受罪。

㉒布化悬法:公布悬挂政令教化。

㉓表:张铣注:"表,饰也。"王居:与下文"帝里"皆指宫廷。

㉔光崇:张铣注:"光,荣。崇,重也。"

㉕威夷:险阻。

㉖礼经:指《仪礼》或《周礼》。

㉗寂寥:空虚。

㉘规:典范,准则。烈:功业。

㉙湮没:埋没。

㉚天阙:山名。江苏南京江宁区牛头山有二峰,东西相对,形似双阙,故又名天阙山。

㉛博望:山名。在今安徽当涂西南,一名天门山。

㉜宪章:典章制度。

㉝审曲:谓审察地形或器物的曲直及阴阳面背之势。

㉞明中:谓通晓天文历法。

㉟圭(guī):古代测日影的器具。臬(niè):测日影的标杆。

㊱草创:开始做,凡事初设皆称草创。

【译文】

于是天下学者文人闻风仰慕。人人知道要品行端正有志节，家家
晓得礼貌谦让。教化及于诸侯王的儿子，道德普及普通卫士。疆域内
太平无事，四方平静宁息。徭役休止，政务简洁；每年农事收获丰富，老
百姓和睦相处。历代的规章制度，从前君王的典制掌故，没有不经过剪
裁删改的，遵守中正之道，不偏不倚，无过与不及。认为在象阙悬挂教
令，让百姓都知道制度，已经有很久远的历史。《春秋》上记载季桓子发
布收藏象阙悬书的教命；经书《周礼》上还留下了周官太宰正月在象阙
公布的法令文字；《礼记》记载了孔子游象阙而感叹鲁君祭礼不周，不行
王道的话；《周书》上有太姒梦见武王姬发拔除商庭荆棘，而栽上周庭之
梓，化为松柏的记载。在北方极远的地方有悬在金阙上的明月珠，西边
极远的地方有王母所造的流精阙。海中的仙岛上有黄金之阙，河泊居
位的地方有紫贝之阙。苍龙阙和玄武阙上都装饰着铜雀、铁凤，制作十
分精巧。有的用来听取查看有无困厄枉曲、无过而受罪的人，有的用来
公布教化政令，有的是作为装饰，端正宫廷，使官廷更加荣重。晋朝逐
渐衰弱，刘宋朝廷逐渐没落，礼仪经典荒废没有记载。很多盛大典范和
显赫的功业，被埋没无闻。于是假借牛头山两峰为双阙，在博望山树立
双阙，寄托远大的抱负。这些都是欺骗人的耳目，对典章制度没有补
益。我武皇帝才命令审察地形地势的官员和通晓天文历法的士人拿出
测量地形和日影的仪器，上观天文，下测地形。恢复宫殿门外的表柱，
创建华丽的双阙。

于是岁次天纪①，月旅太簇②，皇帝御天下之七载也③。
搆兹盛则④，兴此崇丽⑤。方且趋以表敬⑥，观而知法⑦。物
睹双碣之容⑧，人识百重之典⑨。作范垂训，赫矣壮乎！爰命
下臣⑩，式铭盘石⑪。其辞曰：

【注释】

①岁：岁星，即木星。古以岁星纪年，约十二年绕日运行一周天。次：驻，在。天纪：古星名。属天市垣。《晋书·天文志》："天纪九星，在贯索东。"

②太簇：农历正月的别名。《吕氏春秋·音律》："太簇之月，阳气始生，草木繁动。"高诱注："太簇，正月。"

③皇帝：指梁武帝萧衍。

④搆：构筑，架设。

⑤崇丽：高大壮丽。

⑥趋以表敬：李善注："《汉书》曰：万石君过官门阙，必下车趋。"

⑦法：标准。

⑧双碣：指双阙。

⑨百重：百代。

⑩下臣：陆佐公自谦之辞。

⑪盘石：巨石。这里指碑阙。

【译文】

于是在岁星走到天纪九星这一年的农历正月，其时皇帝临御天下已经七年了。下令兴建构筑高大壮丽的双阙。将比拟古代阙门，让人过此而表示敬意，看见阙门而知道法令制度。广大百姓看见双阙高大的形状，人人都能记住这百代以来的圣典。制定规范，传播教化，真是显赫壮丽啊！于是命令我写一篇铭文镌刻在碑石上。铭文说：

惟帝建国，正位辨方①。周营洛涘②，汉启岐梁③。居因业盛，文以化光④。爰有象阙，是惟旧章⑤。青盖南洎⑥，黄旗东指⑦。悬法无闻⑧，藏书弗纪⑨。大人造物⑩，龙德休否⑪。建此百常⑫，兴兹双起⑬。伟哉偃蹇⑭，壮矣巍巍⑮。旁映重叠,上连翠微⑯。布教方显,浃日初辉⑰。悬书有附⑱,委篚知归⑲。郁崛重轩⑳,穹隆反宇㉑。形耸飞栋㉒,势超浮柱㉓。色法上圆㉔,制模下矩㉕。周望原隰㉖,俯临烟雨。前宾四会㉗,却背九房㉘。北通二辙,南凑五方㉙。暑来寒往,地久天长。神哉华观,永配无疆。

【注释】

①“惟帝”二句:意谓梁朝建造都城,端正位置,辨明方向。

②周营洛涘:《尚书·洛诰》:“召公既相宅,周公往营成周。”洛涘,洛水岸边。

③岐:岐山,在陕西岐山东北。梁:梁山,在陕西韩城,接合阳界。

④文:指礼乐制度。

⑤旧章:旧时的典章制度。

⑥青盖:青色的车篷。汉朝制度,王车用青盖。《后汉书·舆服志》:“皇太子、皇子皆安车,朱班轮,青盖……皇子为王,锡以乘之,故曰王青盖车。”这里代指晋。洎(jì):及,到达。

⑦黄旗:即黄旗紫盖。古代迷信,谓帝王应运而生的气象。《三国志·吴书·孙皓传》注引《江表传》:“初丹杨、刁玄使蜀,得司马徽与刘廙论运命历数事。玄诈增其文以诳国人曰:黄旗紫盖见于东南,终有天下者,荆、扬之君乎。”这里代指吴。

⑧悬法:修象魏悬挂法令制度。

⑨藏书:贮藏法书。

⑩大人:德行高尚的人。此指梁武帝萧衍。

⑪休否(pǐ):休美。《周易·否》:“九五,休否,大人吉。”孔疏:“休否者,休美也。谓能行休美之事于否塞之时,能施此否闭之道遏绝小人,则是否之休美者,故云休否。”

⑫百常：言其高。常，古代长度单位。十六尺。

⑬双起：指双阙。

⑭偃蹇：高耸。

⑮巍巍：高大貌。

⑯翠微：轻淡青葱的山色。

⑰浃日：十日。古以干支纪日，从甲到癸，十日为一周匝，称浃日。《周礼·冢宰》：“正月之吉，始和布治于邦国都鄙，乃悬治象之法于象魏，使万民观治象，浃日而敛之。”

⑱悬书：即悬法。

⑲委箧：放在箱子里。谓收藏起来。

⑳郁：茂盛貌。崛：高起，突出。重轩：层层栏杆。

㉑穹隆：凡物状中间高四边低者皆曰穹隆。反宇：屋顶上仰起的瓦头。

㉒飞栋：高耸的屋梁。

㉓浮柱：指梁上柱。按，以上“重轩”“反宇”“飞栋”“浮柱”都是汉时宫殿体制。

㉔上圆：指天。

㉕下矩：指地。

㉖原隰：广平低湿之处。

㉗四会：通向四方之道。

㉘却：反面。九房：指明堂中的九室。

㉙凑：至。五方：东、南、西、北、中。吕向注：“此谓吴之五方也。”

【译文】

我皇帝建造大梁都城，端正位置，辨明方向。周公在洛水边上营造东都洛邑，汉朝在岐梁拓建京城。帝王所在之地，因功业而特别兴盛；礼乐制度因教化而更加光大。于是建造象魏以悬挂政令法规，这全是按过去的典章制度办的。过去晋帝南迁，孙吴东移，建都建康。都没有听说有象魏悬法的事,悬后收藏也没有记载。皇帝缔造新朝,是天生德行美好高尚的人。兴建了这特别高大的双阙,耸立在那里,真是雄伟壮美啊！旁边有重重叠叠的宫观相辉映,上连青山。广施教化作用方显,十天悬法初增光辉。悬法在双阙上,按时收藏放入书箧。层层栏轩挺拔耸立,翘起的屋瓦昂扬向上。形制超出飞栋,体势超过浮柱。颜色效法上天苍青,形制模仿大地方正。四周远望可见到广平低湿之处,低头下看可见云雨。前面列着四方会集的道路,背后靠着明堂的九室。北边有两条车道相通,南边可达吴地五方。冬去夏来,一年年地过去,像天地一样长久。神奇啊！华丽的双阙,永远配合大梁的国运,万寿无疆。

新刻漏铭一首　并序

【题解】

　　梁天监五年(506),梁武帝萧衍因为旧的刻漏报时不准,命员外郎祖暅之制造新的刻漏。次年新刻漏做成,陆倕奉诏作了这篇《新刻漏铭》。序文部分,叙述了刻漏的功用和历史演变,并说明旧刻漏制造的时间久远,不合规则,报时不准,武帝下诏命做新刻漏。接着叙述新刻漏的制造过程和完成时间,新刻漏的准确完善。铭文部分,主要称颂刻漏制造的精美神奇,可作后世榜样。

　　夫自天观象[①],昏旦之刻未分[②];治历明时[③],盈缩之度无准[④]。挈壶命氏[⑤],远哉义用！揆景测辰[⑥],徽宫戒井[⑦],守以水火[⑧],分兹日夜。而司历亡官[⑨],畴人废业[⑩],孟陬殄灭[⑪],摄提无纪[⑫]。卫宏载传呼之节[⑬],较而未详;霍融叙分至之差[⑭],详而不密。陆机之赋[⑮],虚握灵珠[⑯];孙绰之铭[⑰],空擅昆玉[⑱]。弘度遗篇[⑲],承天垂旨[⑳],布在方册[㉑],无彰器用。譬彼春华㉒，同夫海枣㉓，宁可以轨物字民㉔，作范垂训者乎。且今之官漏，出自会稽㉕，积水违方，导流乖则，六日无辨㉖，五夜不分㉗。

【注释】

①自天观象：《周易·系辞》："古者包牺氏之王天下也，仰则观象于天，俯则观法于地，观鸟兽之文与地之宜。"观象，观察天象。

②刻：计时的单位。古代以铜漏计时，一昼夜分为一百刻。按节令，昼夜刻数不同。冬至昼四十五刻，夜五十五刻；夏至昼六十五刻，夜三十五刻。

③治历明时：谓制定历法，阐明天时的变化。

④盈缩：长短。指岁时节气的长短。

⑤挈（qiè）壶命氏：挈壶氏，官名。掌刻漏以报时。

⑥揆景：测量日影。测辰：测定时辰。

⑦徼（jiào）宫戒井：意谓宫中袭用军中的戒井守壶制度，夜漏起时守卫者开始巡行宫中。吕向注："言以漏刻日暮及时，昼漏尽夜漏起，则守卫者巡于宫中。"徼宫，巡察宫中。戒井，指在行军时告知将士水井所在。《周礼·挈壶氏》"挈壶氏掌挈壶以令军井"，郑司农注："谓为军穿井，井成，挈壶县其上令军中士众皆望见，知此下有井。壶所以盛饮，故以壶表井。"吕向注："戒井，谓宫则挈壶氏以壶悬井上以表井成也。"

⑧守以水火：谓有专人向漏壶中加水，有专人拿灯火看漏上的刻度。

⑨司历：掌管历法之官。亡官：犹失职。此指报告岁时节气不准确。

⑩畴人：掌历算之官。

⑪孟陬（zōu）殄灭：《汉书·律历志》孟康注："历纪废绝，闰余乖错，

不与正岁相值,谓之殄灭。"孟陬,指农历正月。

⑫摄提无纪:《汉书·律历志》孟康注:"摄提,星名,随斗杓所指,建十二月,若历误,春三月当指辰,而乃指巳,是为失方也。"摄提,星名。无纪,此指星次年份测算不准。

⑬卫宏载传呼之节:李善注引卫宏《汉旧仪》:"夜漏起宫中,宫城门传五伯官,直符行卫士,周庐击木柝,谨呼备火。"卫宏,字敬仲。东汉著作家、学者。

⑭霍融叙分至之差:《后汉书·律历志》载,汉和帝刘肇"永元十四年,待诏太史霍融上言:'官漏刻率九日增减一刻,不与天相应,或时差至二刻半,不如夏历密。'诏书下太常,令史官与融以仪校天,课度远近。"霍融,西汉人,曾任太史令。分至之差,指漏刻所示时日与分至日不符。分至,即春分、秋分、夏至、冬至。

⑮陆机之赋:指陆机所作《漏刻赋》。

⑯灵珠:灵蛇珠,亦称隋珠,宝珠。喻文辞之美。

⑰孙绰之铭:指孙绰所作《漏刻铭》。孙绰,字兴公,太原中都(今山西平遥)人。东晋玄言诗人。

⑱昆玉:昆仑山的美玉。亦喻文辞之美。

⑲弘度遗篇:李善注:"《晋书》曰:李充字弘度,集有《漏刻铭》。"

⑳承天:即何承天,南朝宋天文学家。精通天文律历,曾上表指出旧历疏漏不当,奏请改历,上从之,称元嘉历。

㉑方册:谓典籍。

㉒春华:春花。

㉓海枣:《晏子春秋·外篇不合经术者》:"(齐)景公谓晏子曰:'东海之中,有水而赤,其中有枣,华而不实,何也?'晏子对曰:'昔者秦穆公乘龙舟而理天下,以黄巾裹烝枣,至东海而捐其布,彼黄布,故水赤,烝枣,故华而不实。'"后以海枣比喻徒有外表,华而不实。

㉔轨物:规范事物。字民:抚养人民。

㉕出自会稽:李善注:"萧子云《东宫杂记》曰:天监六年,上造新漏,
　以台旧漏给宫。漏铭云:咸和七年,会稽山阴令魏丕造,即会稽
　内史王舒所献漏也。"

㉖六日:指夏至与冬至。

㉗五夜:指五更。

【译文】

　　古代仰观天象,白天和晚上的时刻没有明确划分;修治历法以阐明
天时的变化,岁时节气长短之度没有标准。就设置挈壶氏的官位,命他
用壶盛水为漏来计算时间,作用和意义何等久远! 测量日影,确定时
辰;按照宫中井上所悬漏壶安排宫中夜间巡逻。有专人看管漏壶向壶
里加水,用灯火照看漏上刻度,白天和夜晚的时刻就分得很清楚了。后
来世道衰微,司历失职,历算师丢弃了自己的职业,出现了历法的正月
发生错误,摄提星应指方位与实指方位有误差。卫宏在《汉旧仪》中记
载了宫中晚上保卫传呼巡更防火的规章制度,但略而不详;霍融上疏谈
刻漏所示时日与春分、秋分、夏至、冬至不符,详细而不周密。陆机和孙
绰有关刻漏的铭赋,空有文采。李弘度遗留下来的《漏刻铭》,何承天奉
旨改定的元嘉历,都记载在书籍典册上,没有公开地实际运用。好比春
花色彩斑斓,又如海枣华而不实,怎么可以规范事物抚育人民,作为规
范传布教训呢? 何况现在的刻漏是东晋时会稽内史王舒所献,山阴令
魏丕监造的,贮水的壶违背法则,引导流水的方法不合规则,冬至、夏至
不能辨别,五更时间分不清楚。

　　岁躔阉茂①,月次姑洗②,皇帝有天下之五载也③。乐迁
夏谚,礼变商俗④,业类补天⑤,功均柱地。河海夷晏⑥,风云
律吕⑦。坐朝晏罢,每旦晨兴。属传漏之音⑧,听鸡人之
响⑨。以为星火谬中⑩,金水违用⑪,时乖启闭⑫,箭异锱铢⑬。

爰命日官^⑭,草创新器。

【注释】

①岁:指太岁。古代天文学中假设的星名。与岁星相应。岁星即木星,古代认为岁星十二年绕天一周,因将黄道分为子、丑、寅、卯……十二等分,以每年岁星所在部分,作为岁名。但岁星运行的方向是自西向东,与分黄道为十二支的方向正相反,为避免这种不方便,假设太岁作与岁星实际运行相反的方向运动。以每年太岁所在的位置来纪年。后来又与天干配合,组成六十干支,用以纪年。躔(chán):日月星辰的运行。阉(yān)茂:地支中戌的别称,用以纪年。此指戌年。

②姑洗:古代十二音律的第五种,也用来指农历三月。

③皇帝:指梁武帝萧衍。

④"乐迁"二句:此指梁武帝改变前朝淫靡腐朽的恶政。夏谚,夏代民间的俗语。《孟子·梁惠王》:"夏谚曰:'吾王不游,吾何以休?吾王不豫,吾何以助?一游一豫,为诸侯度。'"此借指游乐。商俗,李善注:"《尚书》曰:商俗靡靡,利口惟贤。"指随顺阿谀上意。

⑤补天:与下文"柱地"皆古代神话传说。《淮南子·览冥训》:"往古之时,四极废,九州裂,天不兼覆,地不周载……于是女娲炼五色石以补苍天,断鳌足以立四极。"后以挽回世运为补天柱地。

⑥夷晏:平静清明。指太平景象。

⑦风云:喻局势。《后汉书·皇甫嵩传》:"将军权重于淮阴,指㧑足以振风云。"律吕:音律,乐律。《海内十洲记·聚窟洲》:"征和三年武帝幸安定,西域月支国王遣使献香四两,大如雀卵,黑如桑椹……使者对曰:'臣国去此三十万里,国有常占,东风入律,百旬不休,青云干吕,连月不散者,当知中国时有好道之君。'"意谓时局升平。

⑧属:专注,注意倾听。

⑨鸡人：古报晓之官。

⑩星火：古星名。

⑪金水：指刻漏。

⑫启闭：节气名。启，指立春、立夏。闭，指立秋、立冬。

⑬箭：漏壶中指示时刻的漏箭。锱铢：细小，轻微。

⑭日官：古代掌天文历数之官。《春秋左传·桓公十七年》："天子有日官，诸侯有日御。"

【译文】

岁至阉茂，是为戌年，月份到了三月，正是皇帝拥有天下的第五年。改变了前朝淫靡游乐、好阿谀拒正谏的恶政。功劳业绩如同女娲炼石补天，断鳌足柱地一样。现在四海平静清明，时局升平。上朝听政事，到了晚上才退朝休息；每天早上早起，勤于政务。关注传漏之音，听鸡人报晓之声。因为司历所报日夜时分谬误不准，漏壶所示时刻违背时用，时令所指不符合立春、立夏、立秋、立冬的时刻，漏壶上漏箭所指的刻度也有差错，皇帝才命令掌管天文历法的官员建造新的刻漏。

　　于是俯察旁罗①，登台升库②。则于地四，参以天一③。建武遗蠹④，咸和余舛⑤，金筒方员之制，飞流吐纳之规，变律改经，一皆惩革。天监六年，太岁丁亥⑥，十月丁亥朔⑦，十六日壬寅⑧，漏成进御。以考辰正晷⑨，测表候阴⑩，不谬圭撮⑪，无乖黍累⑫。又可以校运筹之暌合⑬，辨分天之邪正⑭，察四气之盈虚⑮，课六历之疏密⑯。永世贻则⑰，传之无穷。赫矣焕乎⑱，无得而称也。

【注释】

①旁罗：广泛探察。

②台:指观察天象之所。库:藏兵甲战车的屋舍。因建于高处,故可登而望远。

③"则于地四"二句:此指制成金壶水筒。《汉书·律历志》:"故《易》曰:天一地二,天三地四……"又:"天以一生水,地以二生火,天以三生木,地以四生金。"李善注:"言壶用金,而漏用水也。"

④建武:东汉光武帝刘秀年号(25—55)。蠹(dù):败坏,损害。

⑤咸和:晋成帝司马衍年号(326—334)。舛(chuǎn):谬误,错乱。

⑥太岁丁亥:即这一年的干支是丁亥。

⑦丁亥:干支名。用以纪月。朔:指农历每月初一。

⑧壬寅:干支名。此用以纪日。

⑨考辰:考察时辰。正晷:测定日影。

⑩测表:立标杆测定日影以计时。候阴:测定土地的阴气。

⑪圭撮:古量名。比喻极微之数。

⑫黍累:古时极轻的重量单位。

⑬运筭(suàn):指运算律历之法。睽:违背,乖离。

⑭分天:分辨天部。即分辨日月星辰分布运行的情况,以预测吉凶祸福。

⑮四气:四时阴阳变化,温热寒冷之气。

⑯六历:我国古代的六种历法:黄帝历、颛顼历、夏历、殷历、周历和鲁历。

⑰永世:世代相传,延绵久远。

⑱赫:显耀,显著。焕:光亮,鲜明。

【译文】

于是他们仰观天象,俯察地理,广泛加以测量,登观台而观天,上府库而望地。制作了金壶、水筒。东汉建武时用过的败坏的刻漏,晋咸和时传下来的错误的宫漏,金筒方圆的形制,水流吐出吸收的规范,旧漏改变了规则的地方，全部都加以革新。天监六年岁在丁亥，十月初一为丁亥，十六日壬寅，新的漏刻完成，进献给天子。用它来考察时辰，测定日影，立起标杆，测定地阴，不差毫厘。又可以考校律历与时令是否相合，分辨日月星辰的运行情况是否正常，观察四时阴阳变化，温热寒冷之气的增减，考核黄帝、颛顼、夏、商、周和鲁六种历法的疏漏严密之处。作为世代相传的规范，永远传下去。真光明显赫啊！没有合适的方法来赞美。

　　昔嘉量微物①，盘盂小器②，犹其昭德记功，载在铭典。况入神之制③，与造化合符④；成物之能⑤，与坤元等契⑥。勋倍楹席⑦，事百巾机⑧。宁可使多谢曾水⑨，有陋昆吾⑩，金字不传⑪，银书未勒者哉⑫。乃诏小臣为其铭曰：

【注释】

①嘉量：古代标准量器。《周礼·栗氏》载，栗氏为量，其铭曰："时文思索，允臻其极。嘉量既成，以观四国。永启厥后，兹器维则。"

②盘盂：盛物之器，圆者为盘，方者为盂，于盘盂上刻文，用以纪功或警戒。

③入神：谓达到神妙的境界。

④造化：指自然的创造化育。

⑤成物：此指制造新刻漏。

⑥坤元：与乾元相对，指地之德。

⑦楹席：廊柱和几案。李善注："蔡邕《铭论》曰：'武王践阼，咨于太师，而作席机楹杖杂铭。'"

⑧巾机：巾和几案。刘良注："机，案也。太公有楹席巾机之铭。"

⑨曾水:水名。源出湖北丹江口武当山,传说为汉得鼎之处。

⑩昆吾:山名。夏启曾命人在昆吾铸鼎。

⑪金字:即金文,镌刻于钟鼎彝器上的文字。

⑫银书:碑铭的文字。

【译文】

　　从前制造量器和盘盂等微小器皿,还要刻铭彰明功德,记载在典册上,何况新制刻漏达到了精妙的境界,与天地自然相符合。制造刻漏的功劳比制作楹席机杖强十倍百倍。怎么能使精美的刻漏不如曾水、昆吾野外的大鼎,没有镌刻的铭文留传呢! 所以下诏令我为新制刻漏作一篇铭文:

　　一暑一寒,有明有晦。神道无迹①,天工罕代②。乃置挈壶,是惟熙载③。气均衡石④,晷正权概⑤。世道交丧⑥,礼术销亡⑦。遽迁水火,争倒衣裳。击刁舛次⑧,聚木乖方⑨。爰究爰度⑩,时惟我皇⑪。方壶外次⑫,圆流内袭⑬。洪杀殊等⑭,高卑异级⑮。灵虬承注⑯,阴虫吐噏⑰。倏往忽来,鬼出神入⑱。微若抽茧,逝如激电。耳不辍音,眼无留眄。铜史司刻⑲,金徒抱箭⑳。履薄非兢,临深罔战㉑。授受靡惣,登降弗爽㉒。惟精惟一㉓,可法可象㉔。月不遁来,日无藏往。分以符契㉕,至犹影响㉖。合昏暮卷㉗,蓂荚晨生㉘。尚辨天意,犹测地情。况我神造㉙,通幽洞灵㉚。配皇等极㉛,为世作程㉜。

【注释】

①神道:神妙莫测的造化自然。

②天工:上天的工巧。

③熙载:发扬功业。

④衡:秤。石:古代重量单位。一百二十斤为一石。

⑤权:秤锤。概:古代量米麦时刮平斗斛的器具,后世俗称斗趟子。

⑥世道:社会风气和道德。

⑦礼术:礼教法术。

⑧击刁:敲击刁斗。

⑨聚木:敲击木柝,用以巡夜警卫。

⑩究:推寻,深求。度:法度,标准。

⑪我皇:指梁武帝萧衍。

⑫方壶:方形盛水的漏壶。

⑬圆流:圆形的滴水导管。

⑭洪杀:大小,多少。

⑮高卑:高低。

⑯灵虬:传说中的无角龙。

⑰阴虫:谓蛤蟆。吐噏(xī):吐和吸。

⑱鬼出神入:比喻行动迅速,变化多端。此指新漏刻制作与运转精
　微玄妙。

⑲铜史:古漏刻上的铜制仙人像。

⑳金徒:古漏刻上金铸的胥吏像。

㉑"履薄"二句:指新刻漏精妙准确,挈壶之官不再战战兢兢,担心
　报错时辰了。履薄,行于薄冰之上。临深,面对深渊。

㉒爽:差错。

㉓惟精惟一:精心一意。《尚书·大禹谟》:"惟精惟一,允执厥中。"

㉔法、象:效法,遵守。

㉕分:指春分、秋分。符契:符节。

㉖至:指夏至、冬至。影响:比喻感应迅速。

㉗合昏:植物名。即合欢。

㉘蓂荚:古代传说瑞草名。一名历荚。相传尧时有草夹阶而生,随

月生死。每月朔日生一荚,至月半则生十五荚。至十六日后,日
落一荚。至月晦而尽。若月小则余一荚,厌而不落,以是占日月
之数。

㉙神:神奇,玄妙。

㉚通幽:通晓幽冥之理。洞灵:明彻神鬼之道。

㉛皇:即皇天。极:指北极星。

㉜程:法式规章。

【译文】

　　一年之中有冷有热,天气有时明朗,有时阴暗。自然造化神妙莫测,没有踪迹可寻;天工精巧,人是不能代替的。所以设置挈壶氏来掌管刻漏计时,这是圣人发扬功业的事。用刻漏来平衡节气,使时刻正确无误。后来社会道德风气都败坏了,礼仪法术衰落。专门管理刻漏的人也离散了,刻漏颠倒错乱。击刁斗的乱了更次,敲木梆行夜的也错了正确的时辰。我皇即时想到这事,于是推究取法古制。方形的盛水壶里装着圆形的导管。盛水壶的大小不一,按高低不同等级排列。神龙昂首,承受水流,蛤蟆张口吐水不断。一来一往,进行迅速,变化多端。水流细小如蚕茧中抽出的细丝,机关发动如迅疾的闪电。耳边的响声不停,眼前的水滴不断。刻漏左右壶上铸造着金铜仙人和胥吏,都抱着漏箭指着时刻。新刻漏精妙准确,挈壶之官不再战战兢兢,担心报错时辰了。依次传下去不会出现错误,漏箭升和降也没有差错。制造得精粹纯一,可以作为标准效法遵守。月份到来清清楚楚,日子过去明明白白。春分、秋分季节符合,夏至、冬至与节令相应。时刻到晚上,夜合花就合起来;初一到十五,每天早上瑞草历荚就生一荚。花草还能随天意而变化,知地情而闭合。何况这制造玄妙,通晓幽冥之理,明彻神鬼之道的刻漏? 这刻漏配合皇天变化,协同北极星运转,可作后世的榜样。

诔上

曹子建

见卷第十九《洛神赋》作者介绍。

王仲宣诔一首　并序

【题解】

　　诔(lěi)，古代用以表彰死者德行并致哀悼的文辞，亦即为谥法所本。起初仅能用于上对下。《礼记·曾子问》："贱不诔贵，幼不诔长，礼也。"后来成为哀祭文体的一种，就没有那种限制了。曹丕在《典论·论文》中说："铭诔尚实。"陆机《文赋》："诔缠绵而凄怆。"也就是说，诔既要着重真实，又要情义深厚而含悲伤之感。本文是王粲死后，曹植写的一篇悼念文章。序文说明王粲死的时间和作诔表彰他的德行以示悼念。诔文从王粲的家族说起，直写到他坎坷的遭遇，以及他归曹后被重用的情况，正当他显示才华时，不幸在征吴途中病逝。最后述说自己与王粲深厚的友谊，对王粲早逝的悲伤之情。情真意切，使人感动。

　　建安二十二年①，正月二十四日戊申②，魏故侍中关内侯王君卒③。呜呼哀哉！皇穹神察④，哲人是恃。如何灵祇⑤，歼我吉士⑥？谁谓不庸⑦？早世即冥⑧。谁谓不伤？华繁中零⑨。存亡分流，夭遂同期⑩。朝闻夕没⑪，先民所思⑫。何

用诔德⑬? 表之素旗⑭。何以赠终? 哀以送之。遂作诔曰:

【注释】

①建安二十二年:217 年。建安,汉献帝年号(196—220)。

②戊申:干支名。用以计日。

③侍中:官名。秦始置,为丞相属官,两汉沿用。关内侯:秦汉爵位中第十九级曰关内侯。

④皇穹:指苍天。

⑤灵:神灵。祇:地神。

⑥吉士:古时对男子的美称。吉,善。

⑦庸:五臣本作"痛",可从。

⑧早世:盛年。

⑨华繁:花开得茂盛。

⑩夭:夭亡,短命死。遂:顺命,长寿。

⑪朝闻夕没:《论语·里仁》:"子曰:'朝闻道,夕死可矣。'"邢昺疏:"设若早朝闻世有道,暮夕而死可无恨矣。"谓一个人如果早晨听见道理并明白了,到晚上就是死了,也不算虚度一生。

⑫先民:古人,古之贤者。

⑬诔德:累述并表彰死者的德行。

⑭表:明示,显扬。素旗:白旗,明旌。

【译文】

汉献帝建安二十二年正月二十四日戊申,魏王原来的侍中关内侯王君去世了。唉,悲伤啊! 苍天明察如神,依恃的是明达而有才智之人。为什么天地神灵要毁灭善良的好人? 正当壮年而夭亡,谁说不哀痛? 正是显露才华的时候,却半途去世,谁说不悲伤? 活着的人和死了的人分开了,短命和长寿都同样要死。如果早晨听见并明白了真理,即使晚上就死去,也不算虚度一生,古之贤人就是这样想的。用什么来累述并表彰他的德行？写于明旌来显扬。用什么来悼念死者？写一篇哀悼的文章送给他。于是作了这篇诔文。

　　猗欤侍中①，远祖弥芳②。公高建业③，佐武伐商。爵同齐鲁④，邦祀绝亡。流裔毕万⑤，勋绩惟光。晋献赐封，于魏之疆。天开之祚，末胄称王⑥。厥姓斯氏，条分叶散。世滋芳烈⑦，扬声秦汉。会遭阳九⑧，炎光中曚⑨。世祖拨乱⑩，爰建时雍⑪。三台树位⑫，履道是钟⑬。宠爵之加，匪惠惟恭。自君二祖⑭，为光为龙⑮。佥曰休哉，宜翼汉邦。或统太尉，或掌司空。百揆惟叙⑯，五典克从⑰。天静人和，皇教遐通。伊君显考⑱，弈叶佐时⑲。入管机密，朝政以治。出临朔岱⑳，庶绩咸熙㉑。

【注释】

①猗欤：叹美词。

②远祖：称高、曾祖以上的远代祖先。芳：比喻有贤德的人。

③公高：即毕公高。王粲远祖。《史记·魏世家》："魏之先，毕公高之后也。毕公高与周同姓，武王之伐纣，而高封于毕，于是为毕姓。"

④齐鲁：周武王灭商后封太公望于齐，封周公旦于鲁。

⑤流裔：远代子孙。毕万：《史记·魏世家》："毕万事晋献公，献公之十六年，赵夙为御，毕万为右，以伐霍、耿、魏，灭之，以耿封赵夙，以魏封毕万，为大夫。"

⑥末胄：子孙后裔。称王：李善注："后世文侯初盛，至子孙称王，是为惠王，然以称王，因氏焉。"

⑦芳烈：指美好的事迹。

⑧阳九:指灾荒年景和厄运。

⑨炎光:指汉朝,汉自称以火德王。中矇:中世暗昧。李善注:"中矇,谓王莽之乱也。"

⑩世祖:指汉光武帝刘秀。

⑪时雍:《尚书·尧典》:"百姓昭明,协和万邦,黎民于变时雍。"后来以时为时世,以时雍为时世安定、太平。

⑫三台:星名。谓上台、中台、下台共六星,两两相比,起文昌,列抵太微。古代以星象征人事,称三公为三台。《晋书·天文志》:"在人曰三公,在天曰三台。"

⑬履道:遵行正道。钟:专注。

⑭二祖:指王粲的曾祖父王龚和祖父王畅。《三国志·魏书·王粲传》:"王粲字仲宣,山阳高平人也。曾祖父龚,祖父畅,皆为汉三公。"李善注:"张璠《汉纪》:王龚字伯宗,有高名于天下。顺帝时为太尉。畅字叔茂,名在八俊。灵帝时为司空。"

⑮为光为龙:《诗经·小雅·蓼萧》:"既见君子,为龙为光。"毛传:"龙,宠也。"指被君主宠幸而赋予荣光。

⑯百揆:百官。

⑰五典:即五常,父义,母慈,兄友,弟恭,子孝。

⑱显考:指王粲的父亲王谦。《三国志·魏书·王粲传》:"父谦,为大将军何进长史。进以谦名公之胄,欲与为婚,见其二子,使择焉。谦弗许,以疾免,卒于家。"

⑲弈叶:犹言累世。弈,通"奕"。

⑳朔:北方。岱:泰山。

㉑庶绩:各种事功。熙:兴盛。

【译文】

唉!王侍中,你的远代祖先很有贤德。毕公高辅助周武王讨伐殷纣,建功立业。他受封的爵位同太公望、周公旦一样,他的后人亡国成了平民百姓。毕公高的后代子孙毕万，辅佐晋献公立了很大的功劳。晋献公把魏这个地方赏赐给他。这是上天赐给他的福分，毕万的后裔魏惠王自己称王。子孙遂以王为氏，像枝叶一样分散发展。美好的事迹，一代比一代多，在秦汉时代就名声远扬。后天下遭到厄运，王莽篡汉。汉光武帝刘秀拨乱反正，使时世安定太平。设置三公的职位，专注遵行正道。封赐爵位和宠信，不凭私情凭奉公。你的曾祖父、祖父都受到恩宠。众人都说善美啊，应当辅助汉室朝廷。你的曾祖做了太尉，祖父做了司空。百官有序，五常的教化顺利施行。天下平静，人民和顺，朝廷的礼乐教化达到边远地区。直到你的父亲王谦，继承前代辅助朝廷。在内管理机要而秘密的事，朝廷的政事得到治理。离开朝廷去治理朔岱等地，各种事功都兴盛起来。

　　君以淑懿，继此洪基。既有令德①，材技广宣。强记洽闻②，幽赞微言③。文若春华，思若涌泉。发言可咏，下笔成篇。何道不洽，何艺不闲。綦局逞巧④，博弈惟贤⑤。皇家不造⑥，京室陨颠⑦。宰臣专制⑧，帝用西迁⑨。君乃羁旅⑩，离此阻艰⑪。翕然凤举⑫，远窜荆蛮⑬。身穷志达，居鄙行鲜。振冠南岳，濯缨清川⑭。潜处蓬室，不干势权。

【注释】

①令德：美德。

②强记：记忆力强。洽闻：知识丰富，见闻广博。

③幽赞：使隐微难见者明著。微言：精微之言。

④綦局逞巧：《三国志·魏书·王粲传》：“观人围棋，局坏，粲为覆之，棋者不信，以帕盖局，使更以他局为之。用相比校，不误一道。其强记默识如此。”綦，李善注作“棊”。

⑤博弈：局戏和围棋。

⑥不造：不幸。《诗经·周颂·闵予小子》："闵予小子,遭家不造。"

⑦京室：指东汉都城洛阳。

⑧宰臣：指董卓。专制：独断专行。

⑨帝：指汉献帝。西迁：指迁徙于长安。长安在洛阳西,故称。

⑩羁旅：寄居做客。《三国志·魏书·王粲传》："(粲)年十七,司徒辟,诏除黄门侍郎,以西京扰乱,皆不就。乃之荆州依刘表。"

⑪离：遭逢。

⑫翕(xī)然：起飞的样子。凤举：指王粲远走异乡。

⑬荆蛮：指荆州。

⑭濯缨：洗涤冠缨。比喻超脱尘俗,操守高洁。

【译文】

你的德行善良美好,继承父祖的宏大基业。既有美好的德行,才能技艺广博而出众。记忆力很强,知识丰富,见闻广博,语言明著而含义深刻。文章如春花一样灿烂,文思如泉水一般涌出。发表言论可以咏唱,下笔书写就成文章。没有什么学问你不通晓,没有什么技能你不熟练。你的棋下得很好,在棋盘上显露了你的技艺高明。皇家不幸,京都遭受祸乱。董卓独断专行,汉献帝被董卓挟持而迁都长安。你遭此艰难险阻,于是寄居荆州。像凤凰择木而居一样,远远地逃到荆州依附刘表。身处穷困而志向远大,居住在乡野而行为却很明洁。超脱尘俗,操守高洁。隐居在茅屋之中,不求权势。

　　我公奋钺①,耀威南楚②。荆人或违,陈戎讲武③。君乃义发,筹我师旅。高尚霸功④,投身帝宇⑤。斯言既发,谋夫是与⑥。是与伊何？响我明德⑦。投戈编、都⑧,稽颡汉北⑨。我公实嘉,表扬京国⑩。金龟紫绶⑪,以彰勋则⑫。勋则伊何？劳谦靡已^⑬。忧世忘家，殊略卓峙^⑭。乃署祭酒^⑮，与君行止^⑯。筹无遗策^⑰，画无失理^⑱。

【注释】

①我公：指曹操。

②南楚：地名。包括湖南衡阳、长沙以东，江西南昌、九江及安徽南部一带。

③讲武：讲习武事，训练军队。

④霸功：李善注引桓谭陈便宜："所谓霸功者，法度明正，百官修治，威令流行者也。"

⑤帝宇：指朝廷。

⑥谋夫：参与谋划的人。

⑦明德：美德。

⑧投戈：弃戈，放下武器。编、郧：二县名。为荆州所属南郡辖区十八县中的两县。见《后汉书·郡国志》。

⑨稽颡：古代一种跪拜礼，以额触地，表示极度虔诚。

⑩京国：指京城。《三国志·魏书·王粲传》："粲劝（刘）表子（刘）琮，令归太祖。太祖辟为丞相掾，赐爵关内侯。"

⑪金龟：汉制，丞相、三公、列侯、将军之印制，皆金印龟纽。简称金龟。紫绶：紫色丝带。作印组，或为服饰。

⑫勋：功勋。则：等级。

⑬劳谦：勤谨谦虚。

⑭略：谋略。卓：高超。

⑮署：任命，委任。祭酒：官名。汉平帝时置六经祭酒，秩上卿，后置博士祭酒，为五经博士之首。《三国志·魏书·王粲传》："后迁军谋祭酒。魏国既建，拜侍中。"

⑯行止：动静，进退。

⑰遗策：失算，失计。

⑱画：谋划。

【译文】

我父亲发令起兵，显耀军威向南楚。荆州有的人主张训练军队起来抵抗。你向刘琮阐明大义，列举我军的强大。推崇朝廷的法度明正、百官修治、威令流行，劝说刘琮投降，以得到朝廷庇护。你劝降的话一说出，参与谋划的人都赞同。他们为什么赞同呢？是对朝廷美德的回应。刘琮命令军队放下武器，叩头请降。我父亲很欣赏你，在京城加以表扬。赏赐你金印和紫色丝带，表彰你的功劳。为什么要奖赏你呢？你一直勤谨谦虚。为世事忧虑而忘了家庭，谋略与众不同，特别突出。于是任命你为祭酒，与君同行止。计谋策略没有失算，也没有不合法则的。

　　我王建国①，百司俊乂②。君以显举，秉机省闼③。戴蝉珥貂④，朱衣皓带⑤。入侍帷幄⑥，出拥华盖⑦。荣曜当世，芳风晻蔼⑧。嗟彼东夷⑨，凭江阻湖。骚扰边境，劳我师徒⑩。光光戎路⑪，霆骇风徂⑫。君侍华毂⑬，辉辉王涂⑭。思荣怀附⑮，望彼来威。如何不济⑯，运极命衰。寝疾弥留⑰，吉往凶归。呜呼哀哉！翩翩孤嗣⑱，号恸崩摧。发轸北魏⑲，远迄南淮⑳。经历山河，泣涕如颓。哀风兴感，行云徘徊，游鱼失浪，归鸟忘栖。呜呼哀哉！

【注释】

①我王建国：《三国志·魏书·武帝纪》载，建安十八年五月"天子使御史大夫郗虑持节策命公为魏公"。"秋七月，始建魏社稷宗庙"。"十一月，初置尚书、侍中、六卿"。

②百司:朝廷大臣、王公以下百官的总称。俊乂:才德出众的人。

③省闼:禁中,宫中。

④戴蝉珥貂:汉代侍中、中常侍之冠插貂尾,加金珰,附蝉为装饰。

⑤朱衣:红色的公服。皓带:玉带。

⑥帷幄:宫室的帷幕。

⑦华盖:帝王和贵官所用的伞盖。

⑧晻蔼:盛大的样子。

⑨东夷:指东吴。

⑩师徒:兵士。

⑪光光:明亮耀眼。戎路:兵车。

⑫霆骇:雷声震响。

⑬华毂(gǔ):装饰华丽的车。

⑭王涂:王车行车的路途。

⑮怀:安抚。

⑯不济:不济事,不能成事。后来也指久病不愈,生命危殆。

⑰寝疾:卧病。弥留:谓病重濒死。

⑱翩翩:往来貌。孤嗣:孤儿。

⑲发轸:启程,出发。

⑳淮:淮河。

【译文】

我父亲魏王建立魏国时,百官都是有才能有品德的人。你因为有名声被选用为侍中,在宫内掌握机要。戴着插有貂尾,加金珰和蝉为装饰的官帽,穿着红色的公服,系着白玉腰带。在朝廷陪从魏王,出征保护魏王。光荣显耀于当代,名声美好而盛大。可叹那东吴,凭借江河湖泊的险阻,扰乱我们的边境,使我兵士劳苦。魏王统率大军征伐,坐在明亮耀眼的兵车上,如电闪风驰般向前开进。你陪侍魏王乘华车,光辉闪耀照征途。考虑对东吴恩威并用,使他归顺朝廷。奈何你的命运到了穷尽衰亡的时候,路上得病,久病不愈,以致卧床不起,最后去世。唉,悲伤啊! 孤儿往来号呼,痛哭你的死亡。从北方魏都出发,远远地到了南方淮河一带。经过了不少山川河流,眼泪如流水一样落下。风也为之感慨哀伤,天上的行云也为之悲伤徘徊,水里的鱼儿悲痛得忘了游动,归巢的飞鸟伤心得忘了回到窝里。唉,实在悲痛啊!

　　吾与夫子,义贯丹青①。好和琴瑟②,分过友生③。庶几遐年④,携手同征。如何奄忽⑤,弃我凤零⑥。感昔宴会,志各高厉。予戏夫子,金石难弊。人命靡常,吉凶异制。此欢之人,孰先殒越⑦。何寤夫子,果乃先逝。又论死生,存亡数度。子犹怀疑,求之明据。傥独有灵,游魂泰素⑧。我将假翼,飘飖高举⑨。超登景云⑩,要子天路⑪。

【注释】

①贯:穿,以绳穿物。引申为贯穿、会通。丹青:丹砂和青䐉。因不易褪色,故用以比喻光明显著。

②琴瑟:琴瑟两种乐器同时弹奏,其音谐和。借以比喻朋友、兄弟的情谊融洽。

③友生:朋友。

④庶几:也许可以。表示希望或推测之辞。遐年:高龄,长寿。

⑤奄忽:比喻死亡。

⑥凤零:过早零落。

⑦殒越:坠落。引申指死亡。

⑧泰素:即太素,古代指构成天地的素质。此指天。

⑨飘飖:犹飘摇。高举:高飞。

⑩景云:祥云。

⑪要:会合。天路:天上之路。

【译文】

　　我与你交往,义气不变如丹青。亲密融洽,超过一般的朋友。希望我们长寿,手挽手一同前进。奈何你忽然死去,早早丢下我这孤单的旧友。想到过去我们会聚宴饮,各自都有振奋崇高的志向。我跟你开玩笑说,金银玉石难得损坏。人的寿命却没有一定,吉凶也不相同。现在我们一同欢乐,不知是谁先死。哪里想到你果真就先死了。我又谈论到生死存亡是由命运限定,你还怀疑,要求显示凭证。倘若你独特有灵性,阴灵在太空飘游。我将借来翅膀,飘飘高飞。超越祥云,在天路上与你会合。

　　丧柩既臻,将反魏京。灵輀回轨①,白骥悲鸣。虚廓无见,藏景蔽形。孰云仲宣,不闻其声。延首叹息,雨泣交颈。嗟乎夫子,永安幽冥。人谁不没,达士徇名②。生荣死哀,亦孔之荣。呜呼哀哉!

【注释】

　　①灵輀(ér):丧车。

　　②达士:通达事理的人。徇名:舍身为名。

【译文】

　　装遗体的棺木既已到达,就要返回魏国的都城。灵车掉转车头,拉车的白马也悲哀鸣叫。旷野空虚,看不见你隐蔽的形影。谁能说你听不见这哀痛的声音!伸颈远望,叹息不已,如雨的眼泪流满颈项。唉!王夫子,在地下永久的安息吧!人,有哪个不死,通达事理的人为了名可以舍弃生命。你活着的时候十分光荣,死了令人异常哀伤,也是很荣耀了。唉,实在令人悲哀啊!

潘安仁

见卷第七《藉田赋》作者介绍。

杨荆州诔一首　并序

【题解】

　　杨荆州,指杨肇,字秀初,荥阳(今属河南)人。晋荆州刺史,封东武伯,死后谥戴侯。为潘安仁之岳父。《杨荆州诔》分序和诔文两部分。序文交待了杨肇死的时间,并提及他在晋朝的职位和功绩,对其含恨早逝深表哀痛。诔文先叙杨氏世系:杨肇祖父、父亲由汉入魏,在魏朝的官职。接着叙述了杨肇的才艺品行和在晋做官的功绩。对杨肇征吴失利被罢官进行辩解;对杨肇罢官后闭门不出,郁郁而死深表同情。文中多赞美之辞,这固然是与诔这种文体有关,同时潘安仁为杨肇的女婿,文多称颂,就不足为怪了。

　　维咸宁元年^①,夏四月乙丑,晋故折冲将军荆州刺史东武戴侯荥阳杨史君薨^②。呜呼哀哉!夫天子建国,诸侯立家,选贤与能,政是以和。周赖尚父^③,殷凭太阿^④。矫矫杨侯^⑤,晋之爪牙^⑥,忠节克明,茂绩惟嘉^⑦。将宏王略^⑧,肃清荒遐^⑨,降年不永,玄首未华,衔恨没世,命也奈何!呜呼哀哉!自古在昔,有生必死。身没名垂,先哲所毗^⑩。行以号彰,德以述美。敢托旐旗^⑪,爰作斯诔。其辞曰:

【注释】

①咸宁元年:275 年。咸宁,晋武帝司马炎年号(275—280)。

②折冲将军、荆州刺史:皆官名。史君:即使君,汉时称刺史为使君。汉以后对州郡长官尊称为使君。薨(hōng):死的别称。周代天子死曰崩,诸侯死曰薨。

③尚父:即太公望。姜姓,吕氏,名尚(一说名望)。相传钓于渭滨,周文王出猎相遇,与语大悦,同载而归。立为师。武王即位,尊为师尚父。辅佐武王灭殷,封于齐,为齐国的始祖。

④太阿:指商代伊尹。曾辅佐太甲为阿衡(商代官名),因称太阿。

⑤矫矫:武勇貌。

⑥爪牙:引申指武臣。

⑦茂绩:丰功伟绩。

⑧将宏王略:李周翰注:"宏,大。略,道。言将大佐王道。"

⑨荒遐:荒远之地。

⑩媀(wěi):以为是,同意,赞赏。

⑪旐旗:出殡时在灵枢前的幡旗。

【译文】

晋武帝咸宁元年,夏季四月乙丑这一天,晋朝从前的折冲将军、荆州刺史、东武伯、戴侯、荥阳杨肇使君去世了。唉,悲哀啊! 君主建立国家,诸侯设置采邑,选择举用有德行有才能的人,政事因此和顺。周武王依靠姜尚建国、商王凭借伊尹安定天下。勇武的戴侯杨肇,是晋朝的武臣,他忠诚的气节显著,丰功伟绩值得赞美。将要辅佐朝廷大行王道,使荒远的地方也能得到太平,可惜上天赐给他的年岁不长,满头黑发尚未花白,就怀恨死去,命运如此,有什么办法呢! 唉,悲哀啊! 自古以来,有生命的东西就一定会死亡。人虽然死去而声名永远流传,这是古代圣哲所肯定的。死者生前的事迹因赠予的谥号而彰明,美好的德行因诔文而显著。我冒昧地寄托哀思于灵前幡旗,于是作了这篇诔文。

诔文说:

　　邈矣远祖,系自有周①,昭穆繁昌②,枝庶分流③。族始伯乔④,氏出杨侯⑤。弈世丕显⑥,允迪大猷⑦。天猒汉德⑧,龙战未分⑨。伊君祖考,方事之殷。鸟则择木,臣亦简君。投心魏朝⑩,策名委身⑪。奋跃渊涂⑫,跨腾风云⑬。或统骁骑⑭,或据领军⑮。

【注释】

①有周:周朝。

②昭穆:古代宗法制度,宗庙或墓地的辈次排列,以始祖居中,二世、四世、六世位于始祖的左方,称昭;三世、五世、七世位于始祖的右方,称穆。用来分别宗族内部的长幼、亲疏和远近。后来泛指家族的辈分。

③枝庶:与嫡系相对的旁支、支族。

④伯乔:周王室庶出子弟。

⑤杨侯:伯乔的后代。姓杨名侯。伯乔被封于杨,因以为氏。

⑥弈世:累世,一代接一代。丕显:高贵,显赫。

⑦允迪:认真履践或遵行。大猷:谓治国大道。

⑧猒(yàn):同"厌",憎恶,抛弃,厌倦。

⑨龙战:指群雄割据战争。

⑩投心:诚心归附。

⑪策名:谓出仕。委身:托身,以身事人。

⑫渊涂:深潭泥泞。

⑬风云:这里比喻地位高。

⑭骁骑:武官名。汉武帝时李广为骁骑将军。东汉初改屯卫为

骁骑。

⑮领军:官名。东汉末,曹操为丞相,相府自置领军,旋改为中领军,与护军皆领禁军。曹丕受禅,始置领军将军。李善注:"潘岳《杨肇碑序》曰:肇,骁骑府君之嫡孙,领军肃侯之嗣子。贾弼之《山公表注》曰:杨恪字仲义,骁骑将军。生暨,字休先,领军将军。"

【译文】

你的远代祖先,出自周朝姬姓,子孙繁荣昌盛,分枝发展流传。始祖伯乔,氏出杨侯。世代都很显耀,忠实地遵循大道办事。上天憎恶汉朝,群雄割据,战争尚未分胜负。你祖父和父亲征伐之事,正在兴盛的时候。像良禽择木,臣子亦选择君主。诚心归顺魏朝,出仕魏朝。跳出泥潭,跨上高位。你的祖父做了骁骑将军,父亲做了领军将军。

笃生戴侯①,茂德继期②。纂戎洪绪③,克构堂基④。弱冠味道⑤,无竞惟时。孝实蒸蒸⑥,友亦怡怡⑦。多才丰艺,强记洽闻。目睇毫末⑧,心筭无垠。草隶兼善⑨,尺牍必珍⑩。足不辍行,手不释文。翰动若飞⑪,纸落如云。

【注释】

①笃生:谓生而不平凡。犹得天独厚。

②茂德:美好的品德。

③纂:继承。戎:光大。洪绪:祖先基业。

④构堂基:立堂基,造屋宇。此谓能继承父业。

⑤味道:体察道理。

⑥蒸蒸:孝顺的样子。

⑦怡怡:和顺貌。

⑧毫末:比喻极其细微。

⑨草隶:草书和隶书。汉字的两种字体。

⑩尺牍:书信的通称。

⑪翰(hàn):笔。

【译文】

戴侯杨肇生下来就不同寻常,美德的延续有了希望。能继承并发扬光大父祖的基业。年少时就能体察道理,不去与时人争逐名利。对父母非常孝顺,对朋友也很和悦。你有很多才能和技艺,记忆力很好,知识非常丰富,见闻也很广博。明察秋毫,胸怀宽广。擅长草书隶书,给人的书信都被视为墨宝珍藏。脚不停步,手不释卷。挥笔如飞,书写的稿纸如云片飘落。

学优则仕①,乃从王政。散璞发辉②,临轵作令③。化行邑里,惠洽百姓。越登司官④,肃我朝命⑤。惟此大理⑥,国之宪章⑦。君莅其任⑧,视民如伤⑨。庶狱明慎⑩,刑辟端详⑪。听参皋、吕⑫,称侔于、张⑬。改授农政⑭,于彼野王⑮。仓盈庾亿⑯,国富兵强。

【注释】

①学优则仕:《论语·子张》:"子夏曰:'仕而优则学,学而优则仕。'"

②璞:未经雕琢加工的玉。

③轵(zhǐ):县名。为汉河内郡所辖十八县之一。在今河南济源。

④司官:主管官员。李善注:"《杨肇碑》:肇迁治书侍御史。"

⑤肃:整肃。朝命:朝廷使命。

⑥大理:掌刑法的官。《史记·五帝本纪》:"皋陶为大理,平,民各

伏得其实。"秦汉改为廷尉。东汉以后或称廷尉、大理和廷尉卿。李善注:"《杨肇碑》:肇兼统大理之任。"

⑦宪章:典章制度。

⑧莅(lì):临,到。

⑨视民如伤:极言顾恤民众之深。《孟子·离娄》:"文王视民如伤,望道而未之见。"孙奭疏:"言文王常有恤民之心,故视下民常若有伤而不敢以横役而扰动之也。"

⑩庶狱:各种狱讼之事。

⑪刑辟:刑法。

⑫听:断决,治理。皋:指皋陶,也称咎繇。传说皋陶为舜之臣,掌刑狱之事。吕:指吕侯。一作"甫侯"。周穆王臣,为司寇。

⑬于、张:指于定国和张释之。《汉书·于定国传》:"于定国,字曼倩,东海郯人也……其决疑平法,务在哀鳏寡,罪疑从轻,加审慎之心。朝廷称之曰:张释之为廷尉,天下无冤民;于定国为廷尉,民自以不冤。"《汉书·张释之传》:"张释之,字季,南阳堵阳人也……为廷尉……中尉条侯周亚夫与梁相山都侯王恬启,见释之持议平,乃结为亲友。张廷尉由此天下称之。"

⑭农政:指农官。

⑮野王:县名。在今河南沁阳。李善注:"《杨肇碑》:除野王典农中郎将。"

⑯庾:露天的谷仓。

【译文】

学习好了就可以做官,于是出来参与政事。犹如启开的璞玉发出了光辉,到轵县做县令。教化传布于乡里,老百姓都得到了恩惠。被越级提升做了主官,整肃朝命。大理寺的廷尉是掌握国家刑辟典章制度的。你到任后,非常爱惜人民,处理各种狱讼都公平谨慎,刑法仔细审察。决断刑狱可与舜时的皋陶、周穆王时的吕侯并列,像汉宣帝时的于定国、汉文帝时的张释之一样受到人们的赞颂。后来又被任命为典农中郎将,在野王管理农政。粮食装满了仓库,连众多的露天粮仓也装满了;国家富裕,军队强大。

　　煌煌文后①,鸿渐晋室②。君以兼资③,参戎作弼④。用锡土宇⑤,膺兹显秩⑥。青社白茅⑦,亦朱其绂⑧。魏氏顺天,圣皇受终⑨。烈烈杨侯⑩,实统禁戎⑪。司管阊阖⑫,清我帝宫。苟慝不作⑬,穆如和风⑭。谓督勋劳⑮,班命弥崇⑯。

【注释】

①煌煌:光辉貌,炽盛貌。文后:指晋文帝司马昭。后,古代天子和列国诸侯皆称后。

②鸿渐:谓飞鸿渐进于高位。《周易·渐》:"初六,鸿渐于干……六二,于磐……九三,鸿渐于陆……"都在讲鸿鹄飞翔从低到高,循序渐进。故后以鸿渐喻仕进。

③兼资:谓杨肇文武兼备。

④戎:军队。弼:辅佐之臣。李善注:"《杨肇碑》:文后历数在躬,为参军。"

⑤用:因而。锡:赐给。土宇:土地和屋宅。

⑥膺:受,当。显秩:高官。

⑦青社:祀东方土神处。借指东方。白茅:多年生草,其地下茎白软有节,古代常用以包裹充祭祀的礼物。

⑧绂(fú):蔽膝,缝于长衣之前,为祭服的服饰,周制帝王、诸侯及诸国上卿皆朱绂。

⑨受终:承受帝位。

⑩烈烈:威武貌。

⑪禁戎:指禁卫军队。李善注:"《杨肇碑》:皇祖之始,典戎武卫。"

⑫闾阖:宫之正门。晋时洛阳城西门名闾阖。

⑬苛慝(tè):暴虐邪恶。

⑭穆:和睦。

⑮督:通"笃",厚。

⑯班命:颁布命令。李善:"《杨肇碑》:以清宫勋劳,进封东武伯。"

【译文】

　　赫赫文帝司马昭使晋室渐至高位。你因为兼有文武之才,参加军队做了参军,成为辅佐之臣。因此受到土地和屋宅的赏赐,得到显贵的职位。用白茅包土建立祭祀土神的青社,祭祀时可以穿着饰有红色蔽膝的祭服。曹魏顺应天命让位于晋,晋武帝司马炎承受帝位。威武的杨侯,统领禁卫军队。执掌管理宫门出入,肃清了宫廷。暴虐邪恶的事不再发生,大家和睦相处。考察功劳,受到特别优厚的赏赐,进封为东武伯。

　　茫茫海岱①,玄化未周②。滔滔江汉,疆埸分流③。秉文兼武,时惟杨侯。既守东莞④,乃牧荆州⑤。折冲万里⑥,对扬王休⑦。闻善若惊,疾恶如仇。示威示德,以伐以柔⑧。

【注释】

①海岱:指东海与泰山之间的青、徐二州地。

②玄化:至德的教化。

③疆埸(yì):疆界,边界。

④东莞:郡名。郡治在今山东沂水,元康间移治莒县。

⑤牧:官名。《礼记·曲礼》:"九州之长,入天子之国,曰牧。"后称州官为牧。这里指杨肇做了荆州刺史。李善注:"《杨肇碑》:领东莞相,荆州刺史。"

⑥折冲:使敌方的战车后撤。意谓制敌取胜。衡,冲车。战车的一种。

⑦对扬:对答称扬。旧时多对王命而言。王休:天子的美德。

⑧柔:安定,安抚。

【译文】

　　旷远的海岱之地,朝廷的教化还不普遍。滚滚流淌的长江汉水各分疆域,不听指挥。文武兼备,只有你杨侯一人。做了东莞相,又做荆州刺史。在万里之外制敌取胜,称颂天子的美德。听见别人说自己的好处就警惕,憎恨坏人坏事如同仇敌。征讨有罪以显威武,安抚顺从以显恩德。

　　吴夷凶佟①,伪师畏逼②。将乘仇衅③,席卷南极④。继褰粮尽⑤,神谋不忒⑥。君子之过,引曲推直⑦。如彼日月,有时则食。负执其咎,功让其力。亦既旋斾⑧,为法受黜⑨。

【注释】

①吴夷:指东吴。

②伪师畏逼:指东吴西陵督步阐因对吴主孙皓心有疑忌而投降晋朝之事。

③仇衅:指东吴内部互生嫌隙事。

④席卷:有如卷席,谓全部占有。南极:指东吴所据之地。

⑤褰(qiān):缩。

⑥神谋:神妙的计谋。不忒(tè):没有差错。《三国志·吴书·陆抗传》:"凤凰元年,西陵督步阐据城以叛,遣使降晋。抗闻之,日部分诸军,令将军左奕、吾彦、蔡贡等径赴西陵,敕军营更筑严围,自赤溪至故市,内以围阐,外以御寇。"晋车骑将军羊祜、巴东监

军徐胤、荆州刺史杨肇往救，陆抗"身率三军，凭围对肇……抗使轻骑蹑之，肇大破败"。

⑦引曲推直：吕延济注："君子引曲于己，推直于人，言肇不推粮尽之过，乃引罪于己也。"

⑧旋旆：回师。此指败退。

⑨黜（chù）：贬，废免。

【译文】

东吴凶暴放纵，步阐畏逼来降。本欲乘机，席卷吴地。你出兵拒敌，计谋神妙没有差错，只因军饷短缺，粮食用尽，结果遭到失败。有才德的人有了过失，自认委曲不推卸责任。像那太阳、月亮，有时会发生日食月食。担负失败的责任，不谈自己的功劳。既已失败，依法受到罢免。

退守丘茔①，杜门不出②。游目典坟③，纵心儒术④。祁祁搢绅⑤，升堂入室。靡事不咨⑥，无疑不质⑦。位贬道行，身穷志逸。弗虑弗图，乃寝乃疾⑧。昊天不吊⑨，景命其卒⑩。呜呼哀哉！

【注释】

①丘茔：坟墓。古代祖宗坟墓多在家乡，因此也指家乡。

②杜门：闭门，堵门。

③游目：浏览，纵观。典坟：即"三坟""五典"，古代典籍。

④儒术：儒家的学术。

⑤祁祁：众盛貌。搢绅：插笏于绅。古时仕宦者插笏于绅带间，因称仕宦者为搢绅。绅，大带。

⑥咨：征询，商量。

⑦质:就正,请评定。

⑧乃寝乃疾:即寝疾,卧病。

⑨不吊:不怜恤。

⑩景命:上天给予的寿命。

【译文】

退居家乡,闭门不出。浏览"三坟""五典",广泛研究儒家学术。众多的士大夫登堂拜访。没有什么事不向你请教,没有什么疑惑不去请你解答。虽遭贬官,思想学说却得到传播;身虽穷困而志向却很高远。既无忧虑,也不谋取,后来卧病不起。天不怜恤,上帝给予的寿命完结了。唉,悲哀啊!

子囊佐楚①,遗言城郢②。史鱼谏卫③,以尸显政④。伊君临终,不忘忠敬。寝伏床蓐,念在朝廷。朝达厥辞,夕殒其命。圣王嗟悼,宠赠衾襚⑤。诔德策勋,考终定谥⑥。群辟恸怀⑦,邦族挥泪。孤嗣在疚⑧,寮属含悴⑨。赴者同哀,路人增欷。呜呼哀哉!

【注释】

①子囊:春秋时楚国公子。

②遗言城郢:指子囊死前叮嘱一定要在郢地筑城。

③史鱼:春秋时卫国史官。为人正直。

④以尸显政:史鱼临死时,叮嘱家人不要在正堂治丧,以此来劝诫卫灵公进贤去佞。

⑤衾:覆盖尸体的单被。襚(suì):向死者赠送衣被,也指赠给死者的衣被。

⑥考终:享尽天命。谥:根据生前事迹给予的称号。李善注:"《杨

肇碑》：肇薨，天子愍焉，遣谒者祠以少牢，谥曰戴侯。"

⑦辟(bì)：天子、诸侯的通称。恸(tòng)：极其悲痛。

⑧在疚：因丧事而悲痛，忧病。

⑨寮属：犹僚属，自己管辖下的官吏。悴：忧伤。

【译文】

　　从前子囊辅佐楚国，临死留下遗言：一定要在郢地建立都城。春秋时卫国史鱼向卫君谏议不被采纳，死时遗言以尸谏，使卫国政治显明。你在临死时也忘不了忠诚恭敬。躺卧病床，心里却想念着朝廷。早晨奏章才送到朝廷，晚上就去世了。圣明的天子感叹追悼，赏赐覆盖死者的衣被。叙德记功，定谥号为戴侯。众多的侯王都悲痛怀念，邦国宗族内的人们为之流泪。儿子因失去父亲而哀伤悲痛，属下的官吏也为之忧伤。来参加丧礼的人都很哀伤，就连路上的行人也欷歔不已。唉，哀伤啊！

　　余以顽蔽①，覆露重阴②。仰追先考③，执友之心④。俯感知己⑤，识达之深。承讳忉怛⑥，涕泪沾襟。岂忘载奔⑦，忧病是沉。在疾不省⑧，于亡不临。举声增恸，哀有余音。呜呼哀哉！

【注释】

①顽蔽：愚昧，愚鲁。

②覆露：掩蔽庇护。重阴：指受双重荫庇。

③先考：先父。

④执友：志同道合的朋友。

⑤知己：谓了解自己的人。

⑥忉怛(dāo dá)：悲痛。

⑦奔：奔丧。

⑧省：问候。

【译文】

我生性愚昧，蒙受重恩。回想过去，先父和你是志同道合的朋友。感激你是最能识别了解我的人。承受你逝世的悲痛，泪水把衣襟都浸湿了。难道我当时忘记回来奔丧？是我也重病在身。你生病时我没有前来问候，你死时我又未能在你身边送终。放声痛哭，哀伤不已。唉，悲伤啊！

杨仲武诔一首　并序

【题解】

《杨仲武诔》和前面的诔文一样分为序文和诔文两部分。序文叙述杨仲武三代家谱，及其逝世的时间、年龄；诔文赞美杨仲武年少好学，才智出众，品德美好，并说明自己与其至亲关系及深厚友谊。对杨仲武不幸早逝，深深哀叹。

杨绥，字仲武，荥阳宛陵人也①。中领军肃侯之曾孙②，荆州刺史戴侯之孙③，东武康侯之子也④。八岁丧父，其母郑氏，光禄勋密陵成侯之元女⑤，操行甚高，恤养幼孤，以保乂夫家⑥，而免诸艰难。戴侯、康侯，多所论著，又善草隶之艺。子以妙年之秀，固能综览义旨，而轨式模范矣⑦。虽舅氏隆盛，而孤贫守约⑧，心安陋巷⑨，体服菲薄，余甚奇之。若乃清才俊茂，盛德日新，吾见其进，未见其已也。既藉三叶世亲之恩⑩，而子之姑，余之伉俪焉⑪，往岁卒于德宫里⑫，丧服同次⑬，绸缪累月⑭，苟人必有心，此亦款诚之至也⑮。不幸短

命,春秋二十九,元康九年夏五月己亥卒⑯。鸣呼哀哉！乃作诔曰:

【注释】

①宛陵:汉县名。即今安徽宣城。

②中领军肃侯:指杨暨。

③荆州荆史戴侯:指杨肇。

④东武康侯:李善注谓指杨潭。

⑤光禄勋:官名。九卿之一,掌管宫殿门户。这里的光禄勋密陵成
　侯指郑默。元女:长女,大女儿。

⑥保乂:治理,安定。

⑦轨式:遵循,依照。模范:模仿,效法。

⑧守约:保持俭约。

⑨陋巷:狭窄的街巷。《论语·雍也》:"贤哉回也！一箪食,一瓢
　饮,在陋巷,人不堪其忧,回也不改其乐。"

⑩叶:时期,犹世。世亲:世代有通婚关系的亲属。

⑪伉俪:配偶,妻子。

⑫德宫里:李善注:"陆机《洛阳记》:德宫,里名也。"

⑬丧服:指服丧或服丧的期限。同治:同住。

⑭绸缪:情意殷勤。

⑮款诚:恳挚,真诚的心意。

⑯元康九年:299 年。元康,晋惠帝司马衷年号(291—299)。

【译文】

　　杨绥,字仲武,是荥阳宛陵人。中领军肃侯杨暨的曾孙,荆州刺史
戴侯杨肇的孙子,东武康侯杨潭的儿子。杨绥八岁时死了父亲,他的母
亲郑氏,是光禄勋密陵成侯郑默的大女儿,操守品德很高尚,抚养年幼
的孤儿,安定杨家,使其免受艰难困苦。戴侯杨肇、康侯杨潭有很多论

议著述，擅长草书、隶书。你少壮时，优秀特异，能博览群书，撮其要旨，作为规矩法度模仿效法。虽然你舅家兴隆昌盛，而你却孤独贫穷保持俭约，安心住在狭窄的巷子里，吃穿用度都很微薄，对你的行为我很感惊奇。你是有高洁的操守，才智出众的人，盛美的品德日日更新，我只见你前进，没见你停止过。我们是三代通婚的亲戚，你的姑妈是我的妻子，去年在德宫里死了，服丧期间，你跟我同住，情意殷勤地安慰我几个月，如果人心是真诚的，那你算是最真诚的人了。不幸你寿命不长，二十九岁，元康九年夏季五月己亥日死了。唉，悲哀啊！于是作了这篇诔文：

　　伊子之先，弈叶熙隆。惟祖惟曾，载扬休风①。显考康侯，无禄早终。名器虽光②，勋业未融。笃生吾子，诞茂淑姿③。克岐克嶷④，知章知微⑤。钩深探赜⑥，味道研机⑦。匪直也人⑧，邦家之辉。子之遭闵⑨，曾未龀髫⑩。如彼危根⑪，当此冲焱⑫。德之休明⑬，靡幽不乔⑭。弱冠流芳，俊声清劭⑮。尔舅惟荣，尔宗惟瘁。幼秉殊操，违丰安匮。撰录先训，俾无陨坠。旧文新艺，罔不必肄⑯。潘杨之穆⑰，有自来矣。矧乃今日，慎终如始⑱。尔休尔戚⑲，如实在己。视予犹父，不得犹子⑳。敬亦既笃，爱亦既深。虽殊其年，实同厥心。日昃景西㉑，望子朝阴。如何短折㉒，背世湮沉㉓。呜呼哀哉！

【注释】

①休风：美好的作风。

②名器：表示等级的称号和车服仪制。

③诞茂：生来就美好。淑姿：美好的才能。

④克岐克嶷:《诗经·大雅·生民》:"诞实匍匐,克岐克嶷。"克,能。岐、嶷,都是有知识、懂事的意思。

⑤章:显明。微:幽深,精妙。

⑥探赜(zé):窥探幽深。

⑦味道:体察道理。研机:研究事物的隐微之处。

⑧直:只。人:指一般人。

⑨遘闵:遭遇父母之丧。

⑩龀(chèn):毁齿,即儿童换牙。指幼童。髫(tiáo):童子下垂之发。指童年。

⑪危根:不稳固的根苗。

⑫冲飙(biāo):暴风。

⑬休明:美善旺盛。

⑭靡幽不乔:语出《诗经·小雅·伐木》:"出自幽谷,迁于乔木。"幽,指困难的处境。乔,高。指德行高洁。

⑮清劭(shào):美好。

⑯肄(yì):学习,练习。

⑰潘杨之穆:潘家和杨家和睦相亲。潘岳妻杨氏,为杨肇之女,杨绥之姑,属于世亲联姻。穆,和睦。

⑱慎终:谨慎小心,始终到底。

⑲休:喜乐。戚:忧虑。

⑳"视予"二句:语出《论语·先进》:"颜渊死,门人欲厚葬之。子曰:'不可。'门人厚葬之。子曰:'回也视予犹父也,予不得视犹子也。非我也,夫二三子也。'"

㉑日昃:太阳开始偏西。

㉒短折:夭折,早死。

㉓湮沉:湮没,死亡。

【译文】

你的祖先,累世都兴盛发达。祖父杨肇,曾祖父杨暨,美好的作风一再被称颂。父亲康侯杨潭,没有福分过早就死了。爵号与车服仪制虽然光彩,功业却不显著。你得天独厚,生来就有美好的品德和才能。你幼年聪慧,对显明和精妙的事理都能了解。还能研究探取深奥精微的道理。你不是普通人,是国家的光荣。你还在童年的时候,父亲就去世了。你像尚未成材的树木,遭遇这狂飙。美好的品德,还细小不明显,还没有长成高大的乔木。到二十岁时,美好的声誉就流传开了。你才智出众,高洁自强。你舅家显贵荣华,自己的家族穷困衰败。你从小就秉持着特殊的操守,避开富裕的舅家,安于贫穷。收集著录前人的著述,不让那些东西毁坏丧失。对新旧文艺都一定要学习。潘杨两家和穆相亲,已有很久了。直到今天,友情仍始终如一。你的喜乐和忧愁,像是我自己的喜乐忧愁一样。你对我像对父亲一样,我却未能像对儿子那样对你。你真诚地尊敬我,我诚挚地爱护你。我们的年龄虽然相差很大,思想确实相同。我像偏西的太阳,看你正是早晨的时光。怎么就离开人世过早逝去了。唉,哀伤啊!

　　寝疾弥留,守兹孝友①。临命忘身②,顾恋慈母。哀哀慈母,痛心疾首。嗷嗷同生③,凄凄诸舅。春兰擢茎④,方茂其华。荆宝挺璞⑤,将剖于和⑥。含芳委耀,毁璧摧柯。呜呼仲武,痛哉奈何! 德宫之艰,同次外寝⑦。惟我与尔,对筵接枕⑧。自时迄今,曾未盈稔⑨。姑侄继陨,何痛斯甚。呜呼哀哉!

【注释】

①孝友:孝顺父母友爱兄弟。

②临命:将死之际。

③嗷嗷(jiào)：悲哭声。

④攉：抽，拔。

⑤荆宝：荆山宝玉。璞：未经雕琢加工的玉。

⑥和：指卞和。

⑦外寝：中门外的房屋，治丧者所居。

⑧对筵：在席子上相对而坐。

⑨盈稔(rěn)：满一年。古代谷物一年一熟，因称年为稔。

【译文】

从你卧病到临死，都一直是孝顺父母，友爱兄弟。将死之时忘记了自己，眷恋着慈爱的母亲。哀哀慈母，痛心疾首。兄弟痛哭，各位舅父悲伤不止。你像春兰抽茎，正要显露才华。像荆山未经加工的宝玉，将被卞和剖开。含芳的春兰被折断，蕴藏的碧玉被毁掉。唉，仲武，悲痛啊！有什么办法呢！在德宫里给你姑母办丧事时，我们同住在治丧人的外寝。我和你竹席相并，枕头相连。从那时到现在，还不到一年。你们姑侄相继死去，还有什么比这更使我悲痛的呢？唉，悲伤啊！

　　披帙散书①，屡睹遗文②。有造有写③，或草或真④。执玩周复，想见其人。纸劳于手，涕沾于巾。龟筮既袭⑤，埏隧既开⑥。痛矣杨子，与世长乖。朝济洛川，夕次山隈⑦。归鸟颉颃⑧，行云徘徊。临穴永诀⑨，抚榇尽哀⑩。遗形莫绍⑪，增恸余怀。魂兮往矣，梁木实摧⑫。呜呼哀哉！

【注释】

①帙：书套，书函。

②遗文：死者遗留下来的文字。

③造：制造，著作。写：指抄录之文。

④草:草书。真:楷书。

⑤龟筮:占卦。古时占卜用龟,筮用蓍,视其象与数以定吉凶。

　袭:合。

⑥埏隧:墓道。

⑦山隈:山的弯曲处。

⑧颉颃:鸟上下飞貌。

⑨穴:圹穴。

⑩椟:棺材。

⑪遗形莫绍:张铣注:"谓无嗣也。"

⑫梁木:栋梁之材。喻肩负重任的人。

【译文】

打开书套,翻开书本,看见你一篇一篇的遗文。有创造著作,有抄录文字。有草字,有楷书。反复看你遗留下来的著述文字,想见其人。纸在手中不停地翻动,眼泪沾湿了衣巾。占卦和卜筮择地已经相合,墓道已经挖好。痛心啊,杨子,永远离开了人世。早晨渡过洛水,傍晚就到了山弯处。回巢的鸟飞上飞下不肯停歇,天上的行云也徘徊不进。到墓地与你永远告别,抚着棺木表达我的哀思。你并无后嗣,想起来使我更加悲痛。你的灵魂已经离开,栋梁之材确已摧折。唉,悲哀啊!

卷第五十七

诔下

潘安仁

见卷第七《藉田赋》作者介绍。

夏侯常侍诔一首 并序

【题解】

常侍，散骑常侍的省称，朝官名。夏侯湛富文才，美容貌，与潘岳友善，时称"连璧"。建安之后，骈风盛行，湛仿《周诰》作《昆弟诰》，一反流俗。古骈之争，湛实先唱。其小赋二十余篇，多写四时景色，花草鸟兽。诗今存七首。原有集十卷，已散佚。明人张溥辑有《夏侯常侍集》。《晋书》有传。本文追叙夏侯湛一生的事迹，尤其对他不论进退仍以国事为怀的精神，以及死后葬事从简的豁达脱俗的气度，给予了由衷的赞扬。

夏侯湛，字孝若，谯人也①。少知名，弱冠，辟太尉府②。贤良方正征③，仍为太子舍人，尚书郎，野王令④，中书郎，南阳相。家艰乞还⑤。顷之⑥，选为太子仆，未就命而世祖崩⑦，天子以为散骑常侍⑧，从班列也⑨。春秋四十有九，元康元年夏五月壬辰^⑩，寝疾，卒于延喜里第^⑪。呜呼哀哉！乃作诔曰：

【注释】

①谯：谯县，今安徽亳州。

②辟（bì）：征聘。本传载湛年少时被征聘为太尉府属官。

③贤良方正征：说湛以贤良方正的资格被朝廷征召任用，下即历述所任官职。贤良方正，汉代选拔人才的科目之一，晋时仍沿用。征，召。

④野王：县名。今河南沁阳。

⑤艰：遭父母之丧。

⑥顷之：不久。

⑦就命：奉命到任。世祖：即晋武帝司马炎。

⑧天子：指晋惠帝。

⑨从班列：依次升任，谓湛非越级擢升而至散骑常侍。

⑩元康：晋惠帝年号。元康元年即291年。

⑪延喜里：地名。第：府宅。

【译文】

　　夏侯湛，字孝若，谯县人。少年时就知名于世，二十岁时，被征聘为太尉府属官。后来又以贤良方正的资格，被征召为太子舍人，历任尚书郎、野王令、中书郎、南阳相。因为父母逝世，请求归还家中。不久，又被选任为太子仆，未到任而世祖驾崩，新皇又加封他为散骑常侍，其晋级是循序渐进的。享年四十九岁，于元康元年夏五月壬辰，因病逝世于延喜里府中。啊，多么令人悲哀！于是作诔文曰：

　　禹锡玄珪，实曰文命^①。克明克圣^②，光启夏政^③。其在

于汉,迈勋惟婴④。思弘儒业,小大双名⑤。显祖曜德⑥,牧兖及荆⑦。父守淮岱,治亦有声⑧。英英夫子⑨,灼灼其俊⑩。飞辩摛藻,华繁玉振⑪。如彼随和⑫,发彩流润⑬;如彼锦缋⑭,列素点绚⑮。人见其表,莫测其里,徒谓吾生,文胜则史⑯。心照神交,唯我与子,且历少长,逮观终始⑰。子之承亲⑱,孝齐闵参⑲。子之友悌⑳,和如瑟琴。事君直道,与朋信心㉑。虽实唱高,犹赏尔音㉒。弱冠厉翼,羽仪初升㉓。公弓既招,皇舆乃征㉔。内赞两宫,外宰黎蒸㉕。忠节允著,清风载兴㉖。决彼乐都㉗,宠子惟王㉘。设官建辅,妙简邦良㉙。用取喉舌,相尔南阳㉚。惠训不倦㉛,视民如伤㉜。乃眷北顾,辞禄延喜㉝。余亦偃息,无事明时㉞。畴昔之游,二纪于兹㉟。班白携手㊱,何欢如之!

【注释】

①"禹锡玄珪"二句:是说尧赐玄珪给禹,以彰扬他治水的功绩。《尚书·禹贡》:"禹锡玄珪,告厥成功。"锡,赐。玄珪,同"玄圭",黑色的玉。文命,文德教命。《尚书·大禹谟》:"文命敷于四海。"相传夏侯氏是禹的后裔,故述其祖先业绩从禹开始。

②克:能。

③光启:大开。夏政:夏朝的政教。夏是我国第一个朝代,相传为禹之子启所建立。

④"其在于汉"二句:指汉开国功臣夏侯婴。婴从汉高祖刘邦起兵,转战各地。官至太仆,封汝阴侯。迈勋,勤勉建立功勋。迈,通"劢",勉力,努力。

⑤小大双名:指西汉宣帝时著名今文尚书学家夏侯胜和夏侯建。胜以精通今文尚书立为博士,官至太子太傅。其学称"大夏侯

学"。建受学于胜,立为博士,官至太子少傅。其学称"小夏
侯学"。

⑥显:旧时对先人的美称。曜德:闪光的品德。

⑦牧:古代称州郡长官曰牧。夏侯湛之祖夏侯威,曾任兖州、荆州
刺史。

⑧"父守淮岱"二句:言夏侯湛之父夏侯庄任淮南太守,亦著政声。

⑨英英:俊美貌。

⑩灼灼:神采奕奕貌。

⑪"飞辩摛(chī)藻"二句:言夏侯湛下笔疾速,辞藻丰富,其文如鲜
花繁盛,如玉振有声。辩,此处指文章语言。摛,舒展。华,同
"花"。玉振,击磬的声音。用以比喻文辞的谐畅。

⑫随和:随侯珠与和氏璧。

⑬流润:闪动着温润的光泽。

⑭缋(huì):绣。

⑮列素点绚:在白绢上绘出绚丽的图案。以上四句以珠玉锦绣喻
湛文辞之美。《论语·八佾》:"子夏问曰:'巧笑倩兮,美目盼兮,
素以为绚兮',何谓也? 子曰:'缋事后素。'"郑玄曰:"缋,画文
(纹)也。"

⑯文胜则史:意思是说文章的语言超过内容则显得浮华。《论语·
雍也》:"质胜文则野,文胜质则史。"

⑰逮:及。终始:谓己与湛从小到大在一起,得观其一生。

⑱承亲:奉养双亲。

⑲闵参:孔子弟子闵损和曾参,以孝著称。

⑳友悌:兄弟间相友善。敬爱兄长曰悌。

㉑信心:诚心。

㉒"虽实唱高"二句:言湛之品德才华,虽如曲高难和,但自己仍能
仰慕欣赏。

㉓ "弱冠厉翼"二句：谓湛二十岁时为太尉府属官。厉翼，奋翅。羽仪，《周易·渐》："鸿渐于陆，其羽可用为仪，吉。"孔疏："其羽可用为物之仪表，可贵可法也。"后世因用"羽仪"喻为人尊重，可做表率。

㉔ "公弓既招"二句：言湛为朝廷征招。古代招士以弓和车。

㉕ "内赞两宫"二句：言湛为太子舍人、尚书郎、野王令。赞，辅助。两宫，指皇宫与太子东宫。宰，主持，掌管。古代称县令为宰。黎蒸，百姓。

㉖ "忠节允著"二句：言湛事君以忠义，治民以仁德。允，信。著，显。清风载兴，谓德行如同清风吹拂。

㉗ 泱：大。乐都：指南阳。

㉘ 宠子惟王：言湛为南阳王所宠信。

㉙ 简：选择。

㉚ "用取喉舌"二句：谓湛由中书郎出任南阳相。用，因。喉舌，中书省负责上传下达，故称中书省官员为喉舌。

㉛ 惠训：惠爱训教。

㉜ 视民如伤：《孟子·离娄》："文王视民如伤，望道而未之见。"孙奭疏曰："言文王常有恤民之心，故视下民常若有所伤而不敢以横役而扰动之也。"

㉝ "乃眷北顾"二句：谓湛遭父母之丧而辞官，北归延喜里。眷，眷念。北顾，北望。辞禄，辞官。

㉞ "余亦偃息"二句：乃潘岳自谓无官家居。偃息，卧床休息。《诗经·小雅·北山》："或息偃在床，或不已于行。"偃，卧。明时，圣明之时。

㉟ 纪：十二年为一纪。

㊱ 班白携手：谓于鬓发斑白之年，己与湛又得同在一起。

【译文】

大禹得到尧赏赐的玄珪，他的文德教化传扬天下。禹真是英明伟大,大大开启了夏朝的政教。在汉代,勤勉建立功勋的有夏侯婴。夏侯胜、夏侯建一心弘扬儒业,获得"大小夏侯"的美名。令祖父具有光辉的德行,担任兖州和荆州的刺史。令尊任淮南太守,治理政事也很有名声。您也是一位潇洒英俊、神采奕奕的君子,神速地下笔为文,舒展辞藻,文章如鲜花繁盛,如玉器振动有声。像那随侯珠、和氏璧,闪烁流动着温润的光泽;像那锦绣、鲜洁的白绢上点缀着绚丽的图案。人们只能看见您的外表,却不能深知您的内涵,因此只是说您具有华美的文采。要说心灵上的互相沟通,精神上的彼此理解,就只有我和您,而且我们从小一起长大,所以我目睹了您完整的一生。您侍奉双亲,孝敬之心赶得上闵损和曾参。您对待兄弟,和睦如同琴瑟和鸣。您以正直之道侍奉国君,以坦诚之心结交朋友。虽然您是那样曲高和寡,但我还是能够仰慕品赏您的德音。您于弱冠之年奋翅高飞,以为人表率的仪容风采初登仕途。后来又被皇家车驾征招,任用于朝廷。您在京都辅助太子和皇上,外任地方官治理百姓。您忠贞的气节深深为人称誉,仁义的德行如同清风吹拂。在那气势宏大的南阳,藩王对您十分信赖。设立辅助郡国的官员,要精心挑选国家的优秀人才。因此从中书省选取了您,去担任南阳相的要职。您充满爱心地训教下属从不倦怠,对百姓十分顾惜体恤。因为父母去世而辞官守孝,向北归回延喜里家中。我那时也闲居在家,没担任任何职务。回顾往昔同居故里的交游,我们共度了二十四年的时光。在这鬓发斑白之年又得以相处往来,还有什么欢乐之情能够相比!

　　居吾语汝[①]:"众实胜寡。人恶隽异[②],俗疵文雅[③]。执戟疲扬[④],长沙投贾[⑤]。无谓尔高,耻居物下[⑥]。"子乃洗然[⑦],变色易容,慨焉叹曰:"道固不同[⑧]。为仁由己,匪我求蒙[⑨]。谁毁谁誉?何去何从[⑩]?"莫涅匪缁,莫磨匪磷[⑪]。子独正色,居屈志申⑫。虽不尔以⑬，犹致其身。献替尽规⑭，媚兹一人⑮。谠言忠谋⑯，世祖是嘉。将仆储皇⑰，奉辔承华⑱。先朝末命⑲，圣列显加⑳。入侍帝闱，出光厥家㉑。我闻积善，神降之吉㉒。宜享遐纪㉓，长保天秩㉔。如何斯人㉕，而有斯疾？曾未知命㉖，中年陨卒。呜呼哀哉！唯尔之存，匪爵而贵㉗。甘食美服㉘，重珍兼味㉙。临终遗誓，永锡尔类㉚。敛以时袭㉛，殡不简器㉜。谁能拔俗，生尽其养？孰是养生，而薄其葬㉝？渊哉若人㉞，纵心条畅㉟。杰操明达㊱，困而弥亮㊲。枢辂既祖㊳，容体长归。存亡永诀，逝者不追㊴。望子旧车，览尔遗衣，愊抑失声㊵，迸涕交挥。非子为恸，吾恸为谁？呜呼哀哉！日往月来，暑退寒袭。零露沾凝，劲风凄急。惨尔其伤，念我良执㊶。适子素馆㊷，抚孤相泣。前思未弭㊸，后感仍集。积悲满怀，逝矣安及？呜呼哀哉！

【注释】

①居吾语汝：坐下，我告诉你。

②人恶(wù)隽异：人们都嫉恨俊杰超群之人。

③俗疵文雅：世俗憎恨文雅之士。

④执戟疲扬：谓担任卑官使扬雄感到疲倦。执戟，指负责皇帝警卫工作的官职，黄门郎即是。扬雄，西汉末著名辞赋家，长期任给事黄门郎的卑官，郁郁不得志。扬，又写为"杨"。

⑤长沙投贾：贾谊因积极主张改革而遭守旧派诋毁，被贬为长沙王太傅。这里是以贾、扬的遭遇来说明世俗对俊杰才士的嫉恨。贾谊，西汉初著名文学家，卓具政治才能。

⑥"无谓尔高"二句：不要因为自己高于人却屈居人下而感到羞耻。意谓劝诫湛屈忍。

⑦洗然：神情改变貌。

⑧道固不同：谓人思想信念本不相同。

⑨"为仁由己"二句：夏侯湛自谓将按照自己尊奉的仁道行事，而不必寻问愚昧无知的小人是什么看法。匪，非。蒙，指愚昧无知之人。

⑩"谁毁谁誉"二句：言任凭世人毁誉，不因此改变自己的去从。

⑪"莫涅匪缁"二句：没有什么东西能够入泥不被染黑，磨损而不变薄。涅，泥。缁，同"淄"，黑。磷(lìn)，变薄，磨损。《论语·阳货》："不曰坚乎？磨而不磷。不曰白乎？涅而不缁。"

⑫"子独正色"二句：谓湛能保持气节，于屈处中展其志向。

⑬虽不尔以：谓湛虽未见用任职。以，用。

⑭献替："献可替否"的省略语。尽规：尽规谏之职。

⑮一人：谓皇帝。《诗经·大雅·下武》："媚兹一人，应侯顺德。"

⑯谠(dǎng)言：正直的言论。

⑰仆：指太子仆的职务。

⑱奉辔：驾车，意谓效劳。承华：太子宫门名。

⑲先朝：已故皇上，指晋武帝。末命：遗命。

⑳圣列：同"圣烈"，指晋惠帝。显加：谓加散骑常侍。

㉑出光厥家：谓湛身居要职，而使其门第生辉。

㉒"我闻积善"二句：谓先代余泽将荫庇后人。积善，《周易·坤》："积善之家，必有余庆。"

㉓遐纪：永年，谓长寿。

㉔天秩：天子赐予的爵禄。

㉕斯：这。

㉖曾(zēng)：表强调语气之词。知命：指五十岁。《论语·为政》："五十而知天命。"

㉗"唯尔之存"二句：谓湛在世时，并非仕宦食禄才显得尊贵。言下

之意是说夏侯湛家是世代贵族。李善注引孙卿子曰:"君子无爵而贵,无禄而富。"

㉘甘食美服:可口的食物,华美的衣服。

㉙重(chóng)珍兼味:珍贵可口的饮食不止一样。《晋书·夏侯湛传》:"湛族为盛门,性颇豪侈,侯服玉食,穷滋极珍。"

㉚"临终遗誓"二句:谓湛遗命薄葬的做法,将会永远给和他一类的人做出榜样。《晋书·夏侯湛传》:"及将没,遗命小棺薄敛,不修封树(堆土为坟叫封,种树做标记叫树。这是古代士以上的葬礼)。"锡,赐予。

㉛时袭:平时穿的衣服。

㉜简:选择。器:指棺材。

㉝"谁能拔俗"几句:言湛生时厚养,死后薄葬,是一种不同流俗的行为。《晋书·夏侯湛传》:"论者谓湛虽生不砥砺名节,死则俭约令终,是深达存亡之理。"

㉞渊:深沉。若人:你这个人。

㉟条畅:通达。

㊱杰操:杰出的操行。

㊲困:谓困于疾病,将终也。

㊳柩辂:灵车。祖:出行时祭祀路神。引申为送行。

㊴逝者不追:言死者已往,不可追及。

㊵愊(bì)抑:因哀伤而气郁结。

㊶良执:良友。

㊷适:到。素馆:故馆。

㊸弭(mǐ):消除。

【译文】

坐下来我告诉您:"多数人实在是要胜过少数人。世人都憎恶俊杰超常之人,时俗总嫉恨文雅多才之士。因此扬雄担任执戟的卑官而感

到疲倦,贾谊遭排挤贬往长沙。不要因为您高于人却屈居人下而感到
羞耻。"您于是神情顿改,脸色也变了,感慨地长叹道:"人的思想信念本
来各自不同。我只按我奉行的仁道去行事,而不必去征询那些愚昧之
人的看法。任凭他们毁誉吧,这不能影响我的去从!"没有什么东西能
够入泥而不遭污染变黑,没有什么东西能够被磨损而不变薄。但您却
在流俗包围中保持了本色,在赋闲屈处中能够伸展志向。虽然您没有
被任用委职,但仍然对国事尽心尽力。您向皇上陈述自己赞同或反对
的意见,尽力规谏,这是对皇上真诚的爱护。您出自忠诚的言论、建
议,得到了世祖的嘉奖。您被委任为太子仆,将奉职于东宫。对于先
皇的遗命,今皇又特别加封您为散骑常侍。身为皇上近侍之臣,多么
光彩荣耀。我听说积善人家,神明也会保佑降福。本应安享长寿,永
保皇帝所赐爵禄。为什么您这样的人,会得这样的病啊?还不到知天
命的年纪,竟然与世长辞。啊,多么令人悲哀!当您在世之时,并非仕
宦食禄才显得尊贵。您生在钟鸣鼎食之家,饮食考究,服饰华美。但
您临终时遗命薄葬,这样的风格将永远启示于人。入殓就穿着平时的
衣服,下葬不挑选名材大棺。有谁能像您这样超凡脱俗:生前厚养,死
后薄葬!您的思想那样深沉,襟怀通达开放。情操光明磊落,临终遗
命更放辉光。送走了您的灵车,您的音容长归黄泉。生死永远诀别,
从此再不相见。看见您用过的车辆,目睹您穿过的衣裳,我悲伤气结
泣不成声,热泪止不住地流淌。不为您而哀恸,我还能为谁如此哀恸?
啊,多么令人悲伤!太阳月亮此伏彼起,暑热退去凉寒相继。露珠儿
渐凝为寒霜,秋风阵阵劲疾凄厉。我心中惨然忧伤,十分怀念我的良
友。来到您的旧居,手抚遗孤相对而泣。前面的哀思还未消除,后面
的感伤又增加上来。我心中充满悲伤,良朋长逝,再也不能见面。啊,
多么令人悲哀!

马汧督诔—首　并序

【题解】

李善注引臧荣绪《晋书》曰："汧督马敦，立功孤城，为州司所枉，死于图圄。岳诔之。"本文叙述马敦率众保卫汧城的艰苦战斗，高度评价了他的功绩。而对其有功反遭枉屈死于狱中，则寄予了深切的同情。

惟元康七年①，秋九月十五日，晋故督守关中侯扶风马君卒②。呜呼哀哉！初，雍部之内属羌反③，未弭④，而编户之氐又肆逆焉⑤。虽王旅致讨⑥，终于殄灭⑦，而蜂虿有毒⑧，骤失小利⑨。俾百姓流亡，频于涂炭⑩。建威丧元于好畤⑪，州伯宵遁乎大豰⑫。若夫偏师裨将之殒首覆军者⑬，盖以十数。剖符专城纡青拖墨之司⑭，奔走失其守者，相望于境。秦陇之僭⑮，巩更为魁⑯，既已袭汧，而馆其县⑰。子以眇尔之身⑱，介乎重围之里，率寡弱之众，据十雉之城⑲。群氏如猬毛而起，四面雨射城中⑳。城中凿穴而处，负户而汲㉑。木石将尽，樵苏乏竭㉒，刍荛罄绝㉓。于是乎发梁栋而用之，罢以铁锁机关㉔，既纵礧而又升焉㉕。爨陈焦之麦㉖，柿枂榱之松㉗，用能薪刍不匮㉘，人畜取给，青烟傍起，历马长鸣㉙，凶丑骇而疑惧，乃阙地而攻㉚。子命穴浚堑㉛，置壶镭瓶瓬以侦之㉜。将穿响作，内焚矸火薰之㉝，潜氏歼焉㉞。久之，安西之救至㉟，竟免虎口之厄。全数百万石之积，文契书于幕府㊱。圣朝畴咨㊲，进以显秩㊳，殊以幢盖之制㊴。而州之有司㊵，乃以私隶数口，谷十斛，考讯吏兵，以桎楚之辞连之㊶。大将军屡抗其疏㊷，曰："敦固守孤城，独当群寇，以少御众，载离寒暑㊸。临危奋节,保谷全城。而雍州从事忌敦勋效㊹,极推小疵,非所以褒奖元功,宜解敦禁劾假授㊺。"诏书遽许㊻,而子固已下狱发愤而卒也。朝廷闻而伤之,策书曰:"皇帝咨故督守关中侯马敦,忠勇果毅,率厉有方㊼,固守孤城,危逼获济㊽。宠秩未加㊾,不幸丧亡,朕用悼焉。今追赠牙门将军印绶,祠以少牢㊿。魂而有灵,嘉兹宠荣㊶。"

【注释】

①元康:晋安帝年号。元康七年为297年。

②扶风:郡名。西晋时治所在池阳(今陕西泾阳)。

③雍部:雍州的按察区。古代州郡下再划分部,负责巡察部的官员即督邮。属羌:归附的羌族。

④弭:消除。

⑤编户之氏:编入户籍的氏族。肆逆:暴乱造反。

⑥王旅:国家军队。

⑦殄(tiǎn):灭。

⑧蜂虿(chài)有毒:蜂蝎一类毒虫虽小,也能造成危害。虿,蝎子一类毒虫。《春秋左传·僖公二十二年》:"臧文仲曰:'君其无谓邾小。蜂虿有毒,而况国乎?'"

⑨骤:数次。

⑩涂炭:比喻极苦的境地。《尚书·仲虺之诰》:"有夏昏德,民坠涂炭。"涂,泥淖;炭,炭火。

⑪建威:李善注引王隐《晋书》曰:"朝廷以周处忠烈,欲遣讨氐,乃拜为建威将军。"丧元:丧命。好畤(zhì):县名。今陕西乾县。

⑫州伯:指雍州刺史解系。大谿:地名。

⑬偏师:全军中的一部分,以别于主力。裨将:副将。

⑭剖符专城：古代以竹木等制成凭信，剖为两半，各执一半，以验真假，作用犹后世之印。代指太守、县令等官员。专城，谓掌管一城。纡青拖墨：青、墨是指系印的绶带颜色。这里代指各种官员。

⑮僭：僭越。

⑯巩更：羌族首领名。

⑰馆：用如动词，宿止之意。

⑱眇尔：微弱貌。

⑲十雉：城墙长三丈高一丈为一雉。"十雉"以言其小。

⑳雨射：形容箭如雨一般密集。

㉑负户而汲：背着门板去打水，谓避箭。

㉒樵苏：打柴之人。此指柴火。

㉓刍荛：割草之人。此指喂马的草料。

㉔罥（tiāo）：吊。

㉕礌（léi）：推石自高处往下击，文中指推木。

㉖爨（cuàn）陈焦之麦：谓以陈年发黑的麦子作为燃料。爨，烧火煮饭。陈焦，时间过久而发黑。

㉗柿（fèi）柤（lǔ）桷（jué）之松：谓从松木制成的屋檐、椽子上削下木屑作为马料。柿，削下的木屑，此用作动词。柤，屋檐。桷，椽子。

㉘用：因。薪刍：柴火。匮：乏。

㉙历：同"枥"，马槽。

㉚阙：通"掘"。

㉛穴浚堑（qiàn）：是说在深沟侧面挖洞。浚堑，深沟。

㉜罍：犹瓶壶类器具。瓬（wǔ）：瓦制酒器名。

㉝矿（kuàng）：李善注："大麦之无皮毛者曰矿。"

㉞潜氐：指潜入洞中的氐人。

㉟安西:安西将军夏侯骏。

㊱"全数百万石"二句:谓谷物数有文契可作凭证。文契,文书契据。幕府,军中将帅所居的帐幕,后泛指将帅办事的地方。文中指大将军司马肜幕府。

㊲畴咨:访求。

㊳显秩:显赫的官级。

㊴幢盖:用作仪仗的旗帜等物,这是将军、刺史一级的仪仗待遇。

㊵州之有司:指雍州主管刑法之官。即下文所云"雍州从事"。以下几句所指之事,是马敦用几个私人奴仆和十斛谷赏赐给有功士兵,雍州从事遂以此为由,发难构陷。

㊶榎(jiǎ)楚:亦作"夏楚",古代木制的刑具,用于笞打。

㊷大将军:李善注引干宝《晋纪》曰:"梁王肜为征西大将军。"抗:举。

㊸载离寒暑:谓时间经过了冬天至夏天。离,罹。

㊹从事:官名。勋效:功劳。

㊺禁劾:囚禁追究罪责。假授:假借名义授官,文中当指授以"显秩"(阶官),因阶官不是实职,故称"假授"。

㊻遽:急,言其速也。

㊼率厉:率领,鼓励。厉,同"励"。

㊽危逼:危险,紧急。济:渡。

㊾宠秩:指皇上加官晋爵。

㊿祠:祀。少牢:以猪羊为祭品称少牢。古时是诸侯社稷的祭礼。

○51嘉:嘉奖。宠荣:恩宠,荣耀。

【译文】

元康七年秋,九月十五日,晋朝原督守、关中侯、扶风人马君逝世。多么令人悲痛啊!先前,雍州属地内已归附的羌人反叛,叛乱还未消除,而已编入户籍的氐人又暴乱了。虽然国家军队前往讨伐,终于平息,但就像蜂蝎一类毒虫也能造成危害一样,也曾屡次造成小的损失。

使得百姓流亡,频频处于水深火热的困境中。建威将军周处在好畤牺牲,雍州刺史解系从大豁夜逃。至于侧路军中那些副将,阵亡者达数十人,他们带领的军队也全军覆没了。地方上的太守、县令,以及大大小小的官员,逃跑离开职守的,路途上随时可以碰见。在秦陇一带僭越称王的,是一个名叫巩更的头领,他们袭击了汧城后,又在该县驻扎下来。您以微弱之身,置于重重包围之中,率领弱小的人众,据守在汧县这个小城。众多的氐人像竖起的刺猬毛一般密集,从四面像下雨似的往城中射箭。城中之人躲进挖的洞穴中,背着门板抵挡箭矢去打水。木头、石头快要用完了,柴火也日渐缺乏,草料也用尽了。于是你们取下房屋的梁柱来使用,在上面拴上铁链,装上机关加以控制,用来从城上打击敌人而又能收回它。你们以陈年发黑的麦子作为燃料,从松木制成的屋檐、椽子上削木渣下来作为马料,因此使得燃料不竭,人畜有给养可用,烟又缕缕升起,厩中马匹长鸣,敌人感到迷惑而惊恐,于是又挖地洞攻城。您又命令人们挖深沟,并在沟壁上安装瓶瓮等物探听敌人在地下挖洞的声音。敌人挖洞快穿时响声传来,您命令人用没有皮的大麦燃烧起来去熏他们,潜入洞中的氐人都被消灭了。这样坚持了很久,直至安西将军的援军到来,终使汧城免除了虎口之灾。保全了数百万石积粮,文书契据填报到大将军司马肜幕府中。朝廷访求功臣马敦,准备晋升以显要的官级,赐以刺史级别的仪仗待遇。但雍州司法的官吏,却因为几个私人的奴仆和十斛谷子的缘故,拷打审讯吏兵,并且以拷打之下的口供牵连了马敦。大将军多次上疏说:"马敦坚守孤城,独自面对群寇,以少数人抵挡众多敌人,经历了从冬至夏的时间。面临危难高扬气节,保全了粮食和县城。但雍州从事却嫉妒马敦的功绩,极力追究、夸大小问题。这不是褒扬大功之人的做法,应该解除对马敦的囚禁,授予他更高的官级。"皇上很快就下达了同意的诏书,但您却已经在狱中气愤而死了。朝廷听说后,对您的死也很哀痛,下达策书说:"皇帝访问原督守关中侯马敦,忠义勇敢,果断刚强,领导和勉励下属有方,坚守孤城,使其渡过了危险紧迫的关头。还未得到优宠的加封,就不幸逝世,朕因此表示哀悼。现在追赠牙门将军之印,用少牢之礼祭祀。魂魄有灵,特加以这样的恩宠荣耀。"

　　然洁士之闻秽,其庸致思乎①？若乃下吏之肆其噤害②,则皆妒之徒也。嗟乎！妒之欺善,抑亦贸首之仇也③。语曰:"或戒其子,慎无为善④。"言固可以若是⑤,悲夫！昔乘丘之战⑥,县贲父御鲁庄公⑦,马惊,败绩⑧。贲父曰:"他日未尝败绩,而今败绩,是无勇也。"遂死之。圉人浴马⑨,有流矢在白肉⑩。公曰:"非其罪也。"乃诔之。汉明帝时⑪,有司马叔持者,白日于都市手剑父仇⑫,视死如归,亦命史臣班固而为之诔。然则忠孝义烈之流,慷慨非命而死者⑬,缀辞之士⑭,未之或遗也。天子即已策而赠之⑮,微臣托乎旧史之末⑯,敢阙其文哉⑰？乃作诔曰:

【注释】

①"然洁士"二句:意思是说马敦是洁身自好之士,听到自己被污蔑的言语,哪里还能多有考虑,必然自绝以明志。洁士,洁身自好之士。庸,用。

②若乃下吏之肆其噤害:此指无人为马敦辩冤而放任对他的诬陷。噤害,口虽不言而存心害人。噤,闭口不言。

③"妒之欺善"二句:是说嫉妒之徒欺侮善良人,抑或也像那不共戴天的仇人一样。抑,抑或,还是。贸首之仇,谓积仇至深,不共戴天,以致欲取其首。《战国策·楚策》:"甘茂与樗里疾贸首之仇也。"

④"或戒其子"二句:有人告诫他的孩子,一定别为善。《淮南子·

说山训》:"人有嫁其子而教之曰:'尔行矣,慎无为善。'曰:'不为善,将为不善邪?'应之曰:'善且由弗为,况不善乎!'此全其天器(天性)者。"

⑤固:当。

⑥乘(shèng)丘:春秋时鲁地。在今山东兖州。鲁庄公十年,鲁国在此打败宋国。引此故事是说作诔文哀悼人,自鲁庄公悼县贲父始。

⑦御:驾车。

⑧败绩:军队溃败。

⑨圉(yǔ)人:指负责养马的仆人。

⑩流矢:流箭的箭头。白肉:谓马股深处。

⑪汉明帝:东汉刘庄,58—75年在位。

⑫手剑父仇:手持剑杀掉了父亲的仇人。

⑬慷慨:谓壮烈。非命:非正常死亡。

⑭缀辞之士:指文士。

⑮策而赠之:下策书追赠马敦。

⑯托乎旧史之末:依托以往史官之后。

⑰阙:同"缺"。

【译文】

　　但洁身自好之士听到对自己的污蔑,哪里还用得着考虑苟活下去呢? 至于那些虽然口中不说,心中也巴不得马敦挨整的下级官吏,则皆是嫉贤妒能之流。真令人嗟叹啊! 嫉妒者欺辱好人,抑或也如那不共戴天的仇人一样呵。有这样的说法,有人告诫将出嫁的女儿说:"要注意呵,不要去做好事。"这话说得也有它的道理,真令人悲叹呵! 古代乘丘之战,县贲父为鲁庄公驾车,因马受惊而导致战败。县贲父说:"往日未尝战败,而今天战败了,这不能称为勇。"于是就冲入敌阵战斗而死。后来养马的仆人在洗马时,发现有箭头深陷入马腿中。鲁庄公说:"这不是县贵父的过错呵。"于是就作诔文来哀悼他。汉明帝时,有个叫司马叔持的人,白天在都市持剑杀了他父亲的仇人,视死如归,皇上也命史官班固为他作了诔文致以哀悼。如此看来,凡忠臣、孝子、义士、烈士一类的人,慷慨壮烈地献出生命,文人们都不会把他们遗忘。现在天子已经下策文追赠表彰马敦,我又有往昔的史事作为依据,岂敢不作文章来表示哀悼呢?于是作诔文曰:

　　知人未易,人未易知①。嗟兹马生,位末名卑。西戎猾夏②,乃奋其奇③。保此汧城,救我边危。彼边奚危?城小粟富。子以眇身,而裁其守④。兵无加卫,墉不增筑⑤。娄娄群狄⑥,豺虎竞逐。巩更恣睢⑦,潜跱官寺⑧。齐万虓阚⑨,震惊台司⑩。声势沸腾,种落煽炽⑪。旌旗电舒⑫,戈矛林植⑬。彤珠星流⑭,飞矢雨集。惴惴士女⑮,号天以泣。爨麦而炊,负户以汲。累卵之危,倒悬之急⑯。马生爰发⑰,在险弥亮⑱。精冠白日⑲,猛烈秋霜。棱威可厉,懦夫克壮⑳。沾恩抚循,寒士挟纩㉑。蠢蠢犬羊㉒,阻众陵寡。潜隧密攻㉓,九地之下㉔。慊慊穷城㉕,气若无假㉖。昔命悬天,今也惟马㉗。惟此马生,才博智赡㉘。侦以瓶壶,剟以长堑㉙。锸未见锋,火以起焰㉚。薰尸满窟,棓穴以敛㉛。木石匮竭,其秆空虚㉜,瞯然马生㉝,傲若有余㉞。罗梁为礌,柿松为刍。守不乏械,历有鸣驹。

【注释】

①"知人"二句:言在保卫汧城之前,马敦不为人了解。
②猾:乱。

③乃奋其奇:才表现出其过人之处。

④裁:决定。

⑤墉:城墙。

⑥婪婪:形容十分贪婪的样子。

⑦恣睢:放纵,暴戾貌。

⑧潜:偷偷。跱:宿止。官寺:公家客舍。

⑨齐万:羌人首领名齐万年。虓(xiāo)阚(hǎn):勇猛强悍。

⑩台司:指朝廷重臣。尚书、御史、谒者合称"三台"。

⑪种落:部落。熽炽:火越烧越旺。文中形容羌人造反从一个部落扩大到另一部落,如火燎原。

⑫电舒:像闪电一般舒展。

⑬林植:林立。

⑭彤珠星流:李善注:"谓冶铁以灌敌。"彤珠,指火红的铁珠。

⑮惴惴士女:惊恐不安的男男女女。

⑯倒悬:形容十分痛苦的处境,如把人倒置悬挂起来。

⑰爰:于是。

⑱弥:越。

⑲精冠白日:精忠气节上贯白日。冠,贯。

⑳"棱威可厉"二句:谓马敦的声威可以勉励懦夫也胆壮起来。棱威,声威。厉,同"励",劝勉。克,能。

㉑"沾恩抚循"二句:是说马敦对守城士兵巡视抚问,使之如在寒天穿上丝绵衣一样感到温暖。抚循,同"抚巡",巡视抚问。纩(kuàng),丝绵夹衣。李善注引《春秋左传》:"冬,楚子伐萧……申公巫臣曰:'师人多寒。王巡三军,拊而勉之,三军之士皆如挟纩。'"

㉒蠢蠢:蠕动貌。犬羊:比喻羌氏等游牧民族。

㉓潜隧:偷偷挖地洞。

㉔九地之下：形容地洞之深。

㉕惵惵：呼吸微弱貌。

㉖气若无假：气息若无，活不了几天。假，借，谓不能稍稍借以
　　时日。

㉗"昔命悬天"二句：言昔日听天由命，今日命运则系于马敦之手。

㉘赡：足。

㉙㓝：同"列"。

㉚"锸（chā）未见锋"二句：是说敌人挖洞的工具还未露出来，马敦
　　已命人燃起了大火。锸，即锹，插地起土的工具。

㉛掊：六臣本作"掊"。掊（póu），用手扒土。敛：埋葬。

㉜匮：乏。萁秆：豆秆，谓燃料。

㉝睍（xián）然：英武，自得。

㉞傲若有余：形容马敦不畏惧慌乱，傲然挺立。

【译文】

　　要了解他人并非易事，他人本来就不容易了解，要他人了解自己也非易事。我哀叹马君呵，官位低微名声不显。当西戎扰乱华夏，才表现出过人的才华。保护了汧城，拯救了边防的危难。处在边地的汧城为何有危？就因为城小而兵多。您以微弱之身，担负起防守的重任。兵员并未有所增加，城墙也未加高加厚。而贪婪的敌人成群结伙，如同豺狼虎豹竞相奔逐。巩更骄横暴戾，偷偷占据在公家的驿舍。齐万年凶猛强悍，震惊了朝廷大员。声势之猛沸沸腾腾，如同火种燎原气焰冲天。旌旗招展如同闪电，戈矛挺立如同密林。发射出烧红的铁弹像那流星，飞箭密集如同雨点。城中惊慌恐惧的男男女女，号叫哭泣抢地呼天。人们煮陈麦当作食物，背着门板去打水。汧城危如累卵，百姓苦如倒悬。马君您挺身而出，危难中表现出高风亮节。精诚可贯白日，猛烈如同秋霜。您的声威可以勉励众人，使懦夫也变得胆壮起来。您充满关怀地巡视抚慰人们，使人觉得如同寒天穿上丝绵衣一般温暖。敌人

像那蠢蠢蠕动的犬羊一般，想以多胜少。他们偷偷挖掘地道，从地下展开进攻。孤独的汧城就像呼吸微弱、活不了几天的人一样危险。以往命运决定于天，现在则系于马君之手了。只有马君您，足智多谋，用瓶壶等物来侦察敌人的动静，挖掘长长的深沟来阻挡敌人从地洞的进攻。敌人挖洞的铁锹还未露出锋刃，您已命令燃起了大火。被熏死的敌尸充满洞窟，人们挖土把他们埋葬。当城中木头、石头等用于防守的材料用尽，豆秆等燃料也没有了的时候，您仍然兀傲挺立，毫不慌乱。您指挥人们用铁链套住梁柱，作为从城墙上往下打击敌人的器械，又从松木的门楣、屋檐上削下木渣来，作为喂马的饲料。于是防守不缺乏器械了，马槽边又响起了马匹的鸣叫。

　　哀哀建威，身伏斧质①。悠悠烈将②，覆军丧器。戎释我徒③，显诛我帅④。以生易死，畴克不二⑤。圣朝西顾，关右震惶⑥。分我汧庾⑦，化为寇粮。实赖夫子，思谟弥长⑧。咸使有勇，致命知方⑨。我虽末学⑩，闻之前典⑪。十世宥能⑫，表墓旌善⑬。思人爱树，甘棠不翦⑭。矧乃吾子⑮，功深疑浅⑯。两造未具⑰，储隶盖鲜⑱。孰是勋庸，而不获免⑲？猾哉部司⑳，其心反侧㉑。斫善害能㉒，丑正恶直㉓。牧人逶迤，自公退食㉔。闻秽鹰扬，曾不戢翼㉕。忘尔大劳㉖，猜尔小利㉗。苟莫开怀，于何不至㉘？慨慨马生㉙，琅琅高致㉚。发愤囹圄，没而犹眡㉛。呜呼哀哉！安平出奇㉜，破齐克完㉝。张孟运筹，危赵获安㉞。汧人赖子，犹彼谈单㉟。如何吝嫉㊱，摇之笔端㊲？倾仓可赏，矧云私粟！狄隶可颁，况曰家仆㊳！剔子双龟�，贯以三木㊵。功存汧城，身死汧狱。凡尔同围㊶，心焉摧剥㊷。扶老携幼，街号巷哭。呜呼哀哉！明明天子，旌以殊恩。光光宠赠，乃牙其门㊸。司勋颁爵㊹，亦兆后昆㊺。死而有灵，庶慰冤魂。呜呼哀哉！

【注释】

① 质：通"锧"，古代杀人所用的椹垫。

② 悠悠：众多貌。

③ 徒：众，指士兵。

④ 显：大。

⑤ 畴：谁。

⑥ 关右：关西。关西即今陕甘一带地区。关，谓函谷关。

⑦ 分：料想。庾（yǔ）：露天存积之粮。

⑧ 思谟：计谋，筹划。

⑨ 致命知方：知道为什么而勇于牺牲自己。致命，捐献生命。方，所以。

⑩ 末学：后学，作者自谦之辞。

⑪ 前典：以前的典章制度。

⑫ 宥能：宽恕有才能之人。《春秋左传》载，范宣子囚叔向，祁奚闻之，而见宣子曰："夫谋而鲜过（多谋而少有过错）、惠训不倦者，叔向有焉，社稷之固也，犹将十世宥之，以劝能者（用以勉励有才能之人）。今壹不免其身，以弃社稷，不亦惑乎？"

⑬ 表墓：谓对死者封其坟茔、追赠表彰之类。旌善：树旗帜以彰扬善行。"表""旌"互文。

⑭ 甘棠：木名。即棠梨。《诗经·召南·甘棠》："蔽芾甘棠，勿剪勿伐，召伯所茇。"朱熹说这首诗意为："召伯循行南国以布文王之政，或舍（住宿）甘棠之下。其后人思其德，故爱其树而不忍伤也。"

⑮ 矧（shěn）：况且。

⑯功深疑浅：谓马敦有大功，却以似是而非的细小罪过遭到诬陷。

⑰两造：指诉讼的当事人双方，即原告与被告。

⑱储隶：指储粮和奴仆。

⑲"孰是勋庸"二句：言任谁以大功而不能免其小过呢？

⑳部司：指雍州司法之官吏。

㉑反侧：不正。

㉒斫善害能：伤害善良贤能之人。斫，削除。

㉓丑正恶直：憎恶正直之士。"丑""恶"用如动词。

㉔"牧人逶迤"二句：谓马敦为官节俭正直，堪为表率，故不能容忍对自己的污蔑之词。语出《诗经·召南·羔羊》："委蛇委蛇，自公退食。"牧人，指做官之人，谓马敦。逶迤，言其行迹，可使人追踪仿效。自公退食，言从公门退归家中进食，意谓无论在公或在私。

㉕"闻秽鹰扬"二句：李善注："言闻秽必殒，若鹰之扬，曾不戢翼而少留也。"戢翼，收翅。

㉖大劳：大功。

㉗猜：恨。

㉘"苟莫开怀"二句：如果没人能够开怀相容，那么什么事做不出来呢？

㉙慨慨：情绪悲愤激动貌。

㉚琅琅：坚固貌。高致：高尚的品格或情趣。

㉛没而犹眠：犹死不瞑目。

㉜安平：田单，战国时齐人，封安平君。

㉝破齐：残破的齐国。完：保全。《史记·田单列传》记载，燕将乐毅大破齐国，田单坚守即墨（在今山东青岛），他先施离间计，使燕惠王改用骑劫为将，然后以火牛阵大败燕军，一举收复齐国七十余城。

�ㄠ㉞"张孟运筹"二句:《战国策》载,晋国智伯约同韩、魏,三家出兵攻赵。赵氏的谋臣张孟谈使计离间韩、魏,反攻智氏,大败智氏军并擒智伯,三家遂分智氏之地。

㉟谈单:张孟谈与田单。

㊱吝嫉:贪吝,嫉妒。

㊲摇之笔端:谓舞弄文墨构陷马敦。

㊳"倾仓可赏"几句:意思是说可以赏赐给马敦以满仓的粮食和充做奴隶的俘虏,何况加给他的罪名仅仅是十斛私粟和几个私家奴仆呢。狄隶,俘虏的狄人以做奴隶。颁,赐予。

㊴剥:夺。双龟:印上刻龟作为装饰,故以龟代指印,双龟指马敦身为汧督及关中侯。

㊵三木:加于罪犯颈、手和足上的刑具。

㊶同围:谓当时一同被围于城中之人。

㊷心焉摧剥:心中如同遭到创伤。

㊸乃牙其门:谓追赠为牙门将军。

㊹司勋:官名。主管功赏事务。颁爵:颁布封爵。

㊺兆:先兆,言爵位后世可以承袭。后昆:后人。

【译文】

建威将军悲惨地死于敌人刀斧之下,其余将领所率各部,也都全军覆没,军械丢失。戎人释放了我军的士兵,杀害了主帅。不愿苟且偷生而置身于随时有生命危险的死地,有谁能像您这样忠贞不贰呢?朝廷十分关注西边的形势,关右一带震惊惶恐。都料想储存在汧城的粮食,可能已被寇贼劫夺。汧城之粮得到保存,实在是有赖于您计谋深长。是您使汧城人充满了战斗的勇气,并且知道是为了什么而不惜牺牲。我虽然是浅学之人,也曾听说过以前有这样的典章。对于卓有功劳的贤能之人,其后代十世之内也将得到宽宥,而本人在死后也要追赠加封,修葺坟茔以示表彰。周代召伯曾在甘棠树下休憩,后人怀念召伯而爱护这棵甘棠树，从不损伤它。何况对您来说，功劳是那样大，似是而非的罪名又是那样的细微。人证也未对质核实，案子涉及的私粮私仆也为数不多。这样的罪名，有哪一个具有大功之人不能获得免除呢？那司法的官吏胡作非为，居心险恶。伤害善良贤能之人，憎恶正直之士。做官之人无论在公在私，都很注重自己的行为造成的影响，希望成为世人的表率。所以当您听到污蔑自己的谣言后，情绪激动得实难按捺，就像那高飞的苍鹰不能收束翅膀一样。那些人忘记了您巨大的功绩，却在小利上对您猜忌。如果一个人不能容人，没有开放的器量，那么他什么事做不出来呢？马君啊，您的情绪是那么悲愤激昂，而您的志趣本就坚贞高洁。所以您终于在狱中以一死表明心迹，您是死也不会瞑目的。真是令人悲伤啊！战国时，齐国的田单曾以奇兵击败了燕军，使残破的齐国最终得以保全。赵襄子的谋士张孟谈巧用计谋，使濒临危亡的赵氏转危为安。现在汧城人依赖您，就像当年齐、赵依赖田单、张孟谈一样。为什么竟有那贪吝、嫉妒之辈，舞文弄墨对您进行诬陷？对您的功绩，可以用一仓粮食作为奖赏，何况他们所说的不过是十斛私粮！对您的功绩，可以用敌人的俘虏作为奴隶赏赐给您，何况他们所说的不过是几个私家奴仆！那些人削夺了您的官职和爵位，把刑具施加于您。您有保存汧城之功，自己却死于汧城的囚牢。凡是当时和您同被包围在汧城之人，无不为您的冤死感到心如刀割。人们扶老携幼，痛哭于大街小巷。真令人悲伤啊！圣明的天子，以特别的恩赐对您进行表彰，追赠您牙门将军这一荣耀封号。司勋颁布了这一封赠，您的后人也将会世袭爵位得享荫庇。您含冤之灵，也会为此感到有所安慰吧。啊，敬致深切的哀悼！

颜延年

见卷第十四《赭白马赋》作者介绍。

阳给事诔一首　并序

【题解】

　　阳给事，即阳瓒，给事是给事中官职的省称。《宋书》载，宋武帝永初三年(422)十月，北魏跖跋嗣亲率大军进犯滑台城，当时主持滑台防守军务的是宁远将军东郡太守王景度，阳瓒为其司马。十一月，滑台城东北崩坏，王景度出奔，阳瓒坚守不动，众溃，瓒抗节不降，被杀。后来追赠为给事中。本文热烈赞扬了阳瓒临危不惧、勇赴国难、敢于牺牲的可贵精神。

　　惟永初三年①，十一月十一日，宋故宁远司马濮阳太守彭城阳君卒②。呜呼哀哉！瓒少禀志节，资性忠果③。奉上以诚，率下有方。朝嘉其能，故授以边事。永初之末，佐守滑台④。值国祸荐臻，王略中否⑤。獯虏间衅⑥，劘剥司兖⑦。幽并骑弩⑧，屯逼巩洛⑨。列营缘戍⑩，相望屠溃⑪。瓒奋其猛锐，志不违难。立乎将卒之间，以缉华裔之众⑫。罢困相保⑬，坚守四旬。上下力屈，受陷勍寇⑭。士师奔扰⑮，弃军争免。而瓒誓命沉城⑯，佻身飞镞⑰，兵尽器竭，毙于旗下。非夫贞壮之气⑱，勇烈之志，岂能临敌引义，以死徇节者哉！景平之元⑲，朝廷闻而伤之，有诏曰："故宁远司马濮阳太守阳瓒，滑台之逼⑳，厉诚固守㉑，投命徇节，在危无挠㉒。古之烈士，无以加之㉓。可赠给事中，振恤遗孤㉔，以慰存亡㉕。"追宠既彰㉖，人知慕节，河汴之间㉗，有义风矣。逮元嘉廓祚㉘，圣神纪物㉙，光昭茂绪㉚，旌录旧勋㉛，苟有概于贞孝者㉜，实事感于仁明㉝。末臣蒙固㉞，侧闻至训㉟，敢询诸前

典^⑱,而为之诔,其辞曰:

【注释】

①永初:宋武帝刘裕年号。其年五月宋武帝逝世,少帝即位,仍其年号而已。

②濮阳:郡名。辖境相当于今河南滑县、濮阳、范县,山东郓城、鄄城等地。彭城:今江苏徐州。

③忠果:忠诚,果断。

④佐:辅助。滑台:即今河南滑县。刘宋时为兖州东郡治所,是当时的军事要地。

⑤"值国祸"二句:谓武帝去世、北魏犯境等事件接连发生,少帝即位,未及料理边防事务。荐臻,接连到来。王略,国家大计。此指治边谋略。中否,中断。

⑥獯(xūn)房:指北魏鲜卑族人。间:伺间,等待空子之意。

⑦劘剥:摧残伤害。司兖:司州和兖州。司州辖境在今河南洛阳东北一带,兖州相当于现在山东西南一带。

⑧幽并:幽州、并州。幽州指今河北北部及辽宁一带东北,并州相当于今山西、河北和内蒙古交界一带,当时均系北魏领地。骑弩:骑兵、弓箭手。

⑨巩洛:今河南巩义和洛阳,刘宋时为邻接北魏之边地。

⑩列营缘戍:沿着边境列营防卫。

⑪屠溃:屠杀,溃逃。

⑫缉:会聚。

⑬罢(pí):疲劳,衰弱。

⑭勍(qíng)寇:强大的敌人。勍,强有力。

⑮士师:古代掌禁令、刑罚之官。此指军官。

⑯誓命沉城:立誓为保卫城池而献出生命。

⑰佻身飞镞：谓轻身出射敌人。佻，轻。

⑱贞壮：忠贞坚强。

⑲景平：宋少帝年号。

⑳逼：危急。

㉑厉：奋发。

㉒挠：曲。

㉓加：超过。

㉔振恤：赈济抚恤。振，同"赈"。遗孤：遗下的孤儿。指阳瓒之子。

㉕存亡：生者和死者，指阳瓒的家属和阳瓒。

㉖追宠：追赠的恩宠。彰：显扬。

㉗河汴：黄河和汴河。

㉘元嘉：宋文帝年号。廓：开。祚：福，谓国运。按，宋少帝荒淫失政，在位二年即废，文帝即位，故云重开国运。

㉙圣神：谓文帝圣明如神。纪：理。

㉚光昭茂绪：事业兴旺发达，充满光明。昭，明。绪，业。

㉛旌录：旌表，载录。旧勋：以往的勋臣。

㉜概：节概，即气节。

㉝仁明：仁慈、圣明。谓文帝。

㉞蒙固：蒙昧、顽冥。

㉟侧闻：侧耳聆听，作者自谓恭听皇上训教的样子。至训：至上的训教，指文帝关于表彰功臣的命令。

㊱前典：以前的典章制度。

【译文】

　　永初三年十一月十一日，宋原宁远司马濮阳太守彭城阳君逝世。多么悲痛啊！阳瓒年少时就具有志向节操，天性忠贞果断。对待朝廷一片忠诚，领导下属很有方法。朝廷称许他的才能，因此委任他担任边防事务。永初末年，他奉命辅助守卫滑台。那时国家接连遭到灾祸，朝廷治理边防的谋略中间停顿了下来。北虏瞅准了这个空子,发兵进犯残害司州、兖州地区。从幽州、并州来的敌人骑兵和弓箭手,聚集逼近了巩洛一带。我方虽沿边安扎军营防守,但眼睁睁看着被消灭击溃了。阳瓒却奋发勇猛的斗志,下定决心不逃离国难。他挺立于军官和士兵中间,聚集起一支由中华人组成的队伍。他们为了保卫滑台,战斗得疲惫困乏,这样坚持了四十天。将领和士兵都耗尽了最后的精力,终于被强大的敌人攻破了城池。维持军纪的军官惊吓奔跑,丢下军队逃命而去。而阳瓒却誓死献身于这沦陷了的城市,他轻装出战,飞箭射击敌人,直到箭用完,牺牲在战旗之下。如果没有忠贞豪迈的气概,勇猛壮烈的斗志,怎能面对强敌而大义凛然,以死殉节呢?景平元年,皇上听到阳瓒的事迹后十分哀痛,下达诏书说:"原宁远司马濮阳太守阳瓒,在滑台处于危急中时,奋发忠诚坚守城池,献身殉节,危难中毫不屈服。古代的节烈之士,也没有超过他的。可以追赠他为给事中,并赈济抚恤他遗留下的孤儿,以此慰藉阳瓒及他的家属。"追赠阳瓒的殊荣传扬开后,人们都知道爱慕节操了,在黄河、汴河地区,有了崇尚节义的风气。及至元嘉时重开国运,圣明天子亲理政务,国业又呈现出兴旺发达的光明景象,皇上命令记载、表彰以往的功臣,如果其事迹属于忠贞、孝道等有关节操的,就能使皇上仁慈圣明之心受到感动。末臣我虽然蒙昧浅学,但恭听皇上训诲后,冒昧地以从前的典章为依据,为阳瓒作诔文,这样写道:

贞不常祐,义有必甄①。处父勤君,怨在登贤②。苦夷致果,题子行间③。忠壮之烈,宜自尔先④。旧勋虽废,邑氏遂传⑤。惟邑及氏,自温徂阳⑥。狐续既降,晋族弗昌⑦。之子之生⑧,立绩宋皇。拳猛沉毅,温敏肃良⑨。如彼竹柏,负雪怀霜;如彼骓驷,配服骖衡⑩。边兵丧律⑪,王略未恢⑫。函陕埋阻⑬，瀍洛蒿莱⑭。朔马东骛，胡风南埃⑮。路无归辖⑯，野有委骸⑰。帝图斯艰⑱，简兵授才⑲。寔命阳子⑳，佐师危台㉑。

【注释】

①"贞不常祐"二句：是说正直之人也并非都能得到老天保佑，对此应表彰使之显明才合于道义。"正直之人"指下二句所说的阳处父。作者以阳处父为阳瓒的先人，故先颂赞。贞，正。甄，表明。

②"处父勤君"二句：是说阳处父勤勉于君王之事，在选任贤者问题上与人结下仇怨而遭杀害。处父，阳处父，春秋时晋大夫。《春秋穀梁传·文公六年》曰："晋将与狄战，使狐夜姑（人名。或作"狐射姑"）为将军，赵盾佐之。阳处父曰：'不可。古者君之使臣也，使仁者佐贤者，不使贤者佐仁者。今赵盾贤，夜姑仁，其不可乎。'襄公曰：'诺。'谓夜姑曰：'吾始使盾佐女，今女佐盾矣。'夜姑曰：'敬诺。'襄公死，处父主竟上之事，夜姑使人杀之，君漏言也。"

③"苫（shān）夷致果"二句：是说勇敢刚毅的苫夷是阳姓的祖先。按，阳州并不姓阳，此作者误也。苫夷，春秋时鲁国大夫季孙氏的家臣。致，极。果，果断、刚毅。题子，给儿子命名。行间，谓行阵之间。《春秋左传》记载，苫越（苫夷）生了儿子，打算以一件有纪念意义的事为之命名，后来在阳州之役中取胜了，取名为"阳州"。

④"忠壮之烈"二句：谓像阳处父、苫夷那样忠贞、壮勇的烈士，当然是阳瓒的先人。

⑤"旧勋虽废"二句：是说虽然阳处父、苫夷的功业子孙后代没有承袭延绵，姓氏却流传下来。邑氏，古人以封地、封邑为氏，发展成为后来的姓。

⑥自温祖阳：吕向注："晋封处父于温，后改封阳。"祖，往。

⑦"狐续既降"二句：是自狐射姑指使续鞠居杀阳处父之后，阳氏在晋之族就不昌盛了。狐、续，狐射姑和续鞠居。

⑧之子：犹此人，谓阳瓒。

⑨"拳猛沉毅"二句：是赞美阳瓒的品质的，指他勇猛果断、沉着镇定，温和达理、恭敬奉上。

⑩骓、服、骖：古代驾车之马，中间的叫服，两旁的叫骓或骖。驷：一车套四马称为驷。衡：车辕头上的横木。

⑪律：军法。

⑫恢：宏大。

⑬函陕：指今陕西一带地区。函，指函谷关。堙（yīn）：塞。

⑭瀍（chán）洛：瀍河和洛河，均在河南，代指河南一带。

⑮"朔马东骛"二句：谓北魏入侵中原。朔马，北马。骛，马奔驰。

⑯辒（wèi）：通"槽"，小而薄的棺材。李善注："高祖令曰：'士卒从军死者，为槽归其县。'"

⑰委骸：委弃的尸骸。

⑱帝图：朝廷的图谋。指治边谋划。

⑲简：选。

⑳寔：犹惟，语首词。

㉑危台：危急的滑台城。

【译文】

　　忠正之人并非总能得到老天保佑，对他们进行彰扬乃是道义所在。阳处父勤勉于君王之事，为选任贤者而招致怨恨。苦夷是位果断刚毅的壮士，为儿子命名也要选行军作战之事。像这样的忠贞壮烈之士，当然是您的先人。您祖先的勋业虽未绵延，但姓氏却世代流传下来。你们由封邑而来的姓氏，其源头要追溯到阳处父从温改封到阳的时候。自从狐射姑指使续鞠居杀害了阳处父后，阳氏在晋国就不昌盛了。到了您出生后，又建立功绩于宋皇之世。您勇猛果断、沉着镇定，温和达理、恭敬奉上。像那竹柏一样，经霜雪而不凋零；像那驾车的边马，是朝廷忠诚的辅臣。边防军队失去了法纪约束，王朝治边的谋略不能施展。关陕地区遭兵乱阻塞不通，瀍洛地区长满野草田畴荒芜。北魏军队朝东南进犯，战马奔驰尘埃四起。路上见不到装载我方阵亡战士的灵车归来，他们的尸骨委弃于旷野。皇帝的谋略实施起来也真艰难，朝廷挑选精兵委任良才。任命您为宁远司马，辅助守卫危险的滑台。

　　憬彼危台①，在滑之垌②。周卫是交，郑翟是争③。昔惟华国④，今实边亭⑤。凭巘结关⑥，负河萦城。金柝夜击⑦，和门昼扃⑧。料敌厌难⑨，时惟阳生。凉冬气劲，塞外草衰。遏矣獯虏⑩，乘障犯威⑪，鸣骥横厉⑫，霜镝高翚⑬。轶我河县⑭，俘我洛畿⑮。攒锋成林⑯，投鞍为围⑰。翳翳穷垒，嗷嗷群悲⑱。师老变形，地孤援阔⑲。卒无半菽⑳，马实拑秣㉑。守未焚冲，攻已濡褐㉒。烈烈阳子，在困弥达㉓。勉慰瘝伤㉔，拊巡饥渴㉕。力虽可穷，气不可夺㉖。义立边疆，身终锋栝㉗。呜呼哀哉！贲父殒节㉘，鲁人是志。汧督效贞㉙，晋策攸记㉚。皇上嘉悼，思存宠异㉛。于以赠之㉜，言登给事。疏爵纪庸㉝，恤孤表嗣㉞。嗟尔义士，没有余喜㉟。呜呼哀哉！

【注释】

①憬：悟，文中意思为"遥想"。

②滑：这里指周代国名。垌（jiōng）：遥远的郊野。

③"周卫是交"二句：言滑地自古就有战争。周、卫、郑、翟，皆周代国名。《史记·郑世家》曰："秋，郑入滑，滑听命，已而反与卫（后来背叛郑而与卫国交好），于是郑伐滑。周襄王使伯犕（bèi）请滑。郑文公……不听襄王请而囚伯犕。王怒，与翟人伐郑，

不克。"

④昔惟华国：言滑原为中原之国。

⑤边亭：犹边城。谓滑地当时为北魏与宋边境。

⑥凭巘(yǎn)结关：依凭山势设下关口。巘，山，山顶。

⑦金柝：即刁斗，行军时用来煮饭，夜晚用来击更。

⑧和门：古代军队的营门。扃(jiōng)：关闭。

⑨厌难：定乱。厌，通"压"。

⑩逷(tì)：远。

⑪障：小城。

⑫横厉：恣意奔驰。厉，迅疾。

⑬霜镝：时在冬天，故称霜镝。镝，箭。翬(huī)：犹飞。

⑭轶：侵犯。河县：谓黄河岸边之县。

⑮俘：掳掠。洛畿：洛阳多次为京都，故称。

⑯攒：聚。锋：谓刀剑等兵器。

⑰投鞍为围：把马鞍放在一起，可以堆成城墙一般。

⑱"翳翳穷垒"二句：言滑台被众多敌兵包围掩蔽，城中一片悲哭之声。翳翳，遮蔽。

⑲"师老变形"二句：言军队被围既久，孤单无援，形势发生了变化。老，久。阔，远。

⑳卒无半菽：士卒没有半粒豆子可食。是说没有粮食了。

㉑马实拑(qián)秣：用木横塞于马口中。是说连马料也没有了。

㉒"守未焚冲"二句：是说守城者还未来得及用火焚烧敌人攻城的战车，对方已经用水打湿了马衣。谓其早已有备。冲，古代攻城用来冲撞城墙的战车。濡，用水沾湿。褐，指用粗麻布做成的马衣。

㉓达：通达，谓不以危困为意。

㉔痍(yí)伤：创伤。

㉕拊巡：抚慰巡视。拊，同"抚"。

㉖气：指志气。

㉗锋栝(guā)：犹言刀箭。栝，箭末扣弦处，代指箭。

㉘贲父：县贲父。

㉙洴督：马敦。

㉚策：皇上对臣下封土、授免官爵之语，记于简册曰策。攸：所。

㉛宠异：特殊的恩宠。

㉜于以赠之：用以赠之。于，犹取。

㉝疏爵纪庸：分赠爵位，记录功绩。疏，分。庸，功。

㉞恤孤表嗣：抚恤，表彰其后代。

㉟没有余喜：言其身虽死而有余荫庇护后人。没，死。

【译文】

　　遥想这孤危的滑台，周代时它在滑国的郊野。周国、卫国为了它而与郑国交战，郑国、翟国为了它而发生战争。往昔它本是中原之国，而今却成了边城。它依凭山势设下关防，又有河流环绕城池。夜里刁斗之声不断，白天营门也紧紧关闭。认真分析敌情以平定战乱，那就要数您了。当时正值寒冬，寒气逼人，塞外野草一派枯萎。本在僻远北方的胡虏，乘我边界城小而冒犯大宋国威，战马鸣叫着恣意横行，羽箭高飞。侵入我黄河沿岸的县境，甚至掳掠到了我洛阳地区。敌人众多，刀剑戈矛聚集如同森林，马鞍堆放在一起可以像城墙一样。众多敌人包围遮蔽了孤危的滑台，城中百姓悲号连天。军队被围既久，日渐疲惫，滑台被切断了与后方的联系，没有救援。士兵们没有半点粮食充饥，连马也绝了草料，只好用木头横塞在马口中。敌人用冲车来冲撞城墙，守卫的士兵们还没有来得及用火焚烧敌人的车辆，敌方已用水打湿了车马。气概凛然的阳君呵，您在困危中越加显得乐观。您勉励安慰伤员，抚慰巡视饥渴的战士。您虽有精疲力竭之时，但永远不改变忠贞志气。您大义凛然立于边疆，最后死在敌人刀箭之下。多么悲壮啊！县贲父以身殉节，鲁国人因此纪念他。马汧督忠贞报国，晋皇下令表彰他。现在我皇嘉赞、哀悼您，想赐予您特殊的恩宠。于是追赠您为给事中，对您赠爵纪功，并抚恤、表彰您的后代。啊，像您这样的义士，虽然身死，也能含笑九泉了！我们沉痛地哀悼您。

陶征士诔一首 并序

【题解】

陶征士，陶潜，字渊明。生平事迹见第二十六卷《始作镇军参军经曲阿作》介绍。古时称曾经受朝廷征聘而不肯受职的人为征士。李善注引何法盛《晋中兴书》曰："延之为始安郡，道经寻阳，常饮渊明舍，自晨达昏。及渊明卒，延之为诔，极其思致。"

夫璇玉致美①，不为池隍之宝②；桂椒信芳③，而非园林之实。岂其深而好远哉？盖云殊性而已④。故无足而至者，物之藉也⑤；随踵而立者，人之薄也⑥。若乃巢高之抗行⑦，夷皓之峻节⑧，故已父老尧禹⑨，锱铢周汉⑩。而绵世浸远⑪，光灵不属⑫。至使菁华隐没⑬，芳流歇绝，不其惜乎？虽今之作者，人自为量，而首路同尘，辍涂殊轨者多矣⑭。岂所以昭末景，泛余波⑮？有晋征士寻阳陶渊明⑯，南岳之幽居者也⑰。弱不好弄⑱，长实素心⑲。学非称师，文取指达⑳。在众不失其寡，处言愈见其默㉑。少而贫病，居无仆妾。井臼弗任㉒，藜菽不给㉓。母老子幼，就养勤匮㉔。远惟田生致亲之议㉕，追悟毛子捧檄之怀㉖。初辞州府三命㉗，后为彭泽令㉘。道不偶物㉙，弃官从好㉚。遂乃解体世纷㉛，结志区外^㉜。定迹深栖,于是乎远^㉝。灌畦鬻蔬^㉞,为供鱼菽之祭^㉟。织绚纬萧^㊱,以充粮粒之费。心好异书,性乐酒德。简弃烦促^㊲,就成省旷^㊳。殆所谓国爵屏贵^㊴,家人忘贫者与^㊵?有诏征为著作郎,称疾不到。春秋若干^㊶,元嘉四年月日^㊷,卒于寻阳县之某里。近识悲悼,远士伤情。冥默福应^㊸,呜呼淑贞^㊹!夫实以诔华^㊺,名由谥高^㊻,苟允德义,贵贱何筭焉^㊼!若其宽乐令终之美^㊽,好廉克己之操,有合谥典^㊾,无愆前志^㊿。故询诸友好,宜谥曰靖节征士。其辞曰:

【注释】

①璇玉:美玉。《山海经·中山经》:"又东北二十里曰升山……黄酸之水出焉,而北流注于河,其中多璇玉。"

②池隍:城池。有水叫池,无水叫隍。

③桂椒:桂树和椒树。信:诚。

④"岂其"二句:意谓璇玉、桂椒生于深山,非特好深远,实因其本性而已。殊性,不同的本性。

⑤"故无足"二句:意思是有的东西未长脚也能到达手中,因为物以稀为贵。《韩诗外传》:"晋平公游于西河而乐,曰:'安得贤士与之乐此也?'船人盖胥跪而对曰:'王君亦不好士耳。夫珠出于江海,玉出于昆山,无足而至者,主君之好也。士有足而不至者,盖主君无好士之意也。何患于无士乎!'"藉,资藉,凭借。

⑥"随踵而立"二句:意思是说,做官之人接踵而至,哪有那么多贤士呢?所以也就被人看得贱薄了。踵,脚跟。立,指入仕。李善注:"言人以众为贱也。薄,贱薄也。《战国策》齐宣王曰:'百世一圣,若随踵而生也。'"《战国策》载淳于髡一日献七士于齐宣王,齐宣王说百世出一圣人。现在做官之人就如接踵而生似的,

怎么会有这么多贤士呢？

⑦巢高：巢父、伯成子高。巢父相传为尧时隐士，尧要让帝位给他，他不肯接受，尧又准备让位于许由，巢父又叫许由隐居。伯成子高是《庄子》中虚构的人物，说他在尧治天下时"立为诸侯，尧授舜，舜授禹，伯成子高辞为诸侯而耕"。抗行：高逸的行为。

⑧夷皓：伯夷、四皓。伯夷即隐于首阳山者。四皓，秦末东园公、甪里先生、绮里季、夏黄公四人，隐于商山，年皆八十余，时称"商山四皓"。峻节：高峻的节操。

⑨父老尧禹：视尧、禹为乡邻长者，意谓不以其为帝王。

⑩锱铢周汉：言轻视周汉。锱铢，古代重量单位。锱为一两的四分之一，铢为一两的二十四分之一，以喻轻微。

⑪绵世浸远：世代延绵，已渐渐久远了。

⑫光灵不属：谓其光彩、精神风貌已不与今相连属。

⑬菁华：英华。

⑭"虽今之作者"几句：现在的隐居者，各按自己的标准，虽然开始时还与古代隐士相似，但到后来中途停止，改变道路之人就多得很了。作者，始创者，此谓不能以古代隐士之标准而隐居者。量，测量。引申为标准。辍涂殊轨，中途停止而改变道路。

⑮昭：光大。泛：扬波。"末景""余波"皆谓古代隐士之余风。

⑯寻阳：或作"浔阳"。

⑰南岳：南山。

⑱弱：年少时。弄：玩弄。引申为戏耍。

⑲素心：谓朴素、淡泊的性情。《春秋左传·僖公九年》郤芮对秦伯曰："夷吾弱不好弄，能斗不过，长亦不改。"

⑳"学非称师"二句：刘良注："学虽可为人师，终不称其德（指为人师不合其德行）。文章但取指适为达，不以浮华为务也。"指达，同"旨达"，谓达意而已。

㉑"在众"二句:在众人之间不失其孤单,对待言谈更加显得沉默。谓渊明不同流俗。张铣注:"迹在于事,心出于物,故虽同于人,而不失清寡静默之道也。"

㉒井臼:汲水、春白。

㉓藜菽:野菜和豆,是贫者经常吃的食物。不给:不能供给。藜,灰菜,一种野菜。

㉔勤:苦。匮:乏。

㉕田生致亲之议:有位名叫田过的人说过因为要奉养父母才出来做官。《韩诗外传》:"齐宣王谓田过曰:'吾闻儒者丧亲三年,丧君三年,君与父孰重?'田过对曰:'殆不如父重。'宣王忿然曰:'曷为士去亲而事君?'田过对曰:'非君之土地无以处吾亲,非君之禄无以养吾亲,非君之爵无以尊显吾亲。受之于君,致之于亲。凡事君,以为亲也。'宣王悒然无以应之。"

㉖毛子捧檄之怀:有位叫毛义的人因要奉养父母为得官而喜。《后汉书》:"庐江毛义少节,家贫,以孝行称。南阳人张奉慕其名,往候之。坐定而府檄适至,以义守令,义奉檄而入,喜动颜色。奉者,志尚士也,心贱之,自恨来,固辞而去。及义母死,去官行服(谓义辞官服丧)。数辟公府,为县令,进退必以礼。后举贤良,公车征,遂不至。张奉叹曰:'贤者固不可测。往日之喜,乃为亲屈也。'"

㉗初辞州府三命:起先推辞了州府三次征聘。

㉘彭泽:县名。在今江西北部。

㉙道不偶物:谓陶渊明精神志趣不谐合于世俗。

㉚弃官从好:放弃官职而遵循自己的爱好。

㉛解体世纷:脱身于纷扰尘世。

㉜结志区外:意谓系己之情志于尘世之外。

㉝远:超远,谓远于世俗。

㉞鬻(yù)：卖。

㉟鱼菽之祭：用鱼、豆祭祀。吕向注："祭用鱼豆，示俭也。菽，豆也。"

㊱绚(qú)：古代鞋头上的装饰，有孔，可系鞋带。纬：编织。萧：艾蒿，可用来织帘、席等。

㊲烦促：烦琐。

㊳省旷：省净空闲。

㊴国爵屏贵：是说人应追求道而摒弃爵位、财富。《庄子·天运》："夫孝悌仁义，忠信贞廉，此皆自勉以役其德者也，不足多也。故曰：至贵，国爵并焉；至富，国财并焉……是以道不渝。"意思是说孝悌仁义，忠信贞廉，是人勉励、培养自己品德的准则，是非常难能可贵、值得珍视的。所以说最宝贵之物不是国爵，最大的财富也不是国财，而是守常不变的道。

㊵家人忘贫：是说圣人处于困境时，能使家人忘却贫困之苦而安居。《庄子·则阳》："故圣人其穷也，使家人忘其贫；其达也，使王公忘爵禄而化卑。"

㊶春秋：指年龄。

㊷元嘉：宋文帝年号。元嘉四年为 427 年。

㊸冥默福应：意谓死者灵魂暗中自有灵应。冥默，谓灵魂无形。福，对死者灵魂的美称。

㊹淑贞：善良正直。

㊺实以诔华：实质因诔文而有光华。意谓渊明朴素的一生因诔文而得彰显。

㊻名由谥高：名声因谥号而高扬。

㊼"苟允德义"二句：如果确实符合德义标准，又何必计较其人身份地位之高贵低贱呢？允，信，的确。

㊽宽乐令终：胸怀开朗乐观，保善直至终身。令，善。

㊽有合谥典：李善注：“《谥法》曰：‘宽乐令终曰靖，好廉自克
曰节。’”

㊿愆：违。前志：前载，亦指谥法。志，记。

【译文】

璇玉是非常美好的，但它不是出自城市的宝物；桂和椒的确十分芳
香，但它们也不是生长在园林之中。难道它们是故意喜好幽深僻远的
地方吗？应该说是它们具有特殊的本性而已。所以，世上有的东西虽
未长脚也能到达人的手中，是因为这些东西以稀有珍贵作为凭借；而世
间入仕之人，则多得接踵前来，所以就被人看得贱薄了。至于像巢父、
伯成子高那样高逸的行为，伯夷、四皓那样高峻的节操，他们本来就把
尧、禹看作乡邻父老一般普通，把周朝、汉朝看得如锱铢一样轻微。但
他们历世渐远，他们的光彩、风貌与今已不相连接。致使其英华隐没，
芳流断绝了，这不是令人感到十分惋惜吗？虽然现在也有一些隐逸之
人，但他们各按自己的标准去隐居，在开始时还能与古代隐士相同，到
后来却中途停止而改变了道路，这样的人就很多了。这哪里是使古代
隐士的流风余韵得到光大发扬的做法呢？今有晋代征士寻阳人渊明，
是南岳的隐居者。他从小就不好嬉戏游玩，长大后也保持了朴素的性
情。虽有学识却不好为人师，为文但求达意而已。在众人之间不失孤
单，对待言谈更加显得沉默。他年轻时贫穷而多病，家中也没有什么奴
婢。打水舂碓等事力不堪任，连野菜豆类等食物也供给不足。母亲年
老，儿子尚幼，供养乏物使他常感到忧虑。古代有位叫田过的人说过因
为要奉养父母才出来做官，汉代有位叫毛义的人因为要奉养父母也为
得官而喜，我现在从陶渊明身上深悟其中的道理了。渊明起先也曾三
次辞掉州府的任命，后来才做了彭泽令。觉得自己的性情与世务实在
不相谐和，最后还是抛弃了官职而遵从自己的爱好。于是才从纷纭俗
世中解脱出来，寄托情怀于尘世之外。定居在幽深之地，远远避开了世
俗。灌园卖菜，但求能有鱼、豆一类东西勉为祭祀之礼。织履编席，但

望能换得购买充饥之粮的费用。心中最喜欢奇异之书,生性唯以饮酒为乐。抛弃了一切烦琐杂事,生活力求省净闲适。这大概就是《庄子》所说的最贵之人摒弃爵禄、处贫而能使家人不知贫之所苦吧?曾有诏书征聘他为著作郎,他称病不肯赴命。享年若干,于元嘉四年某月某日,逝世于寻阳县某里。近处相识的人都悲伤哀悼,远处的士人为之伤情。您在天之灵对此亦当有所感应,善良正直的人啊!一个人一生的事迹通过诔文而显露光彩,其名声也会因为有了谥号而得以高扬,如果其人确实符合德义的标准,那么何必计较他身份是高贵,还是卑贱呢?如果一个人具有襟怀宽阔、乐天达观、保善至于终身的美德,清正廉洁、严于律己的节操,这就合于谥法的准则,不违背前人所记了。因此,我征询了各位友人,大家都认为应该赠予他"靖节征士"的谥号。诔文这样写道:

　　物尚孤生①,人固介立②。岂伊时遘,曷云世及③?嗟乎若士④!望古遥集⑤。韬此洪族⑥,蔑彼名级⑦。睦亲之行,至自非敦⑧。然诺之信⑨,重于布言⑩。廉深简洁⑪,贞夷粹温⑫,和而能峻⑬,博而不繁⑭。依世尚同⑮,诡时则异⑯,有一于此,两非默置⑰。岂若夫子,因心违事⑱。畏荣好古⑲,薄身厚志⑳。

【注释】

①尚:以……为贵。

②固:以……为本。介立:独立。

③"岂伊时遘"二句:您的行为怎能说是时代遭遇的缘故?又怎能说世代都有沿袭?

④若士:此人。

⑤望古遥集:意谓能与古代隐逸之士归为同类型的人。

⑥韬:隐藏。洪族:大族。这里指陶渊明的曾祖父陶侃为大司马。

⑦名级:名利,官级。

⑧"睦亲之行"二句:敬奉双亲之行出自天性,不用特意勉励。

⑨然诺之信:许诺别人的信用。

⑩布言:季布之言。季布,汉初楚人,以重信用著称,当时称为:"得黄金百斤,不如得季布一诺。"

⑪廉深简洁:清廉、深沉、简朴、自爱。

⑫贞夷粹温:正直、平和、纯粹、温良。

⑬和而能峻:性情温和而又不失峻切。

⑭博而不繁:学识渊博而不繁芜。

⑮尚同:以同于世俗为重。

⑯诡时:与时俗相违背。诡,违反。

⑰默置:沉默置之。

⑱因心违事:遵循自己的心志而远离世事。李善注:"言为人之道,依俗而行,必讥之以尚同,诡违于时,必讥之以好异。有一于身,必被讥论,非为默置,岂若夫子因心而能违于世事乎?言不同不异也。"

⑲畏荣:谓其厌弃浮华。

⑳薄身:谓生活俭约。

【译文】

世间之物以稀少为贵,人以保持独立风貌为本。您的行为怎能说是时代遭遇的原因?又怎能说世世代代都有沿袭?嗟叹您这个人啊!能与古代高人遥相类聚。您不以出生于名门大家而自高,且蔑视那世俗的名声官职。您敬奉双亲的行为,实乃出自天性,而不用特意勉励敦促。您对许诺别人之事严守信用,重于以守信著称的季布。您清廉、深沉、简朴、自爱,正直、平和、纯粹、温良,能融洽于人却不失峻切,学识渊博而不繁芜杂乱。人要是总依循世俗就会变得崇尚世俗，要是乖离时俗就会渐趋异端，二者有一于身，都会招致另一方的议论。哪里像您那样，能够遵从自己的心愿避开世事。您厌弃浮华而喜好古朴，把生活享受看得淡薄而重视志向修养。

世霸虚礼①，州壤推风②。孝惟义养③，道必怀邦④。人之秉彝，不隘不恭⑤。爵同下士，禄等上农⑥。度量难钧，进退可限⑦。长卿弃官⑧，稚宾自免⑨。子之悟之，何悟之辩？赋诗归来⑩，高蹈独善⑪。亦既超旷，无适非心⑫。汲流旧巘⑬，葺宇家林⑭。晨烟暮霭，春煦秋阴⑮。陈书辍卷，置酒弦琴⑯。居备勤俭，躬兼贫病。人否其忧，子然其命⑰。隐约就闲⑱，迁延辞聘⑲。非直也明，是惟道性⑳。纠缠斡流，冥漠报施㉑。孰云与仁，实疑明智㉒。谓天盖高，胡諐斯义㉓？履信曷凭？思顺何置㉔？年在中身，疢维痁疾㉕。视死如归，临凶若吉。药剂弗尝，祷祀非恤㉖。傃幽告终㉗，怀和长毕㉘。呜呼哀哉！敬述靖节，式尊遗占㉙：存不愿丰，没无求赡㉚；省讣却赙㉛，轻哀薄敛㉜；遭壤以穿㉝，旋葬而窆㉞。呜呼哀哉！深心追往，远情逐化㉟。自尔介居㊱，及我多暇，伊好之洽㊲，接阎邻舍㊳。宵盘昼憩，非舟非驾㊴。念昔宴私，举觞相诲㊵：独正者危，至方则碍㊶；哲人卷舒，布在前载㊷；取鉴不远，吾规子佩㊸。尔实愀然㊹，中言而发㊺：违众速尤㊻，迕风先蹶㊼；身才非实，荣声有歇㊽。睿音永矣㊾，谁箴余阙(50)？呜呼哀哉！仁焉而终，智焉而毙。黔娄既没(51)，展禽亦逝(52)。其在先生，同尘往世(53)。旌此靖节(54)，加彼康惠。呜呼哀哉！

【注释】

①世霸:指州郡长官等达官贵人。虚礼:虚心以礼对待。

②州壤:谓一州范围内。推风:推扬其风范。

③义养:赡养。

④道必怀邦:是说陶渊明因为思念乡土而就近求为彭泽令。怀邦,
怀念邦国。晋宋时郡也可称国。

⑤"人之秉彝"二句:谓陶渊明奉持的常理,是待人处世既不褊狭,
又不谦卑媚俗。彝,常理。

⑥"爵同下士"二句:谓陶渊明位卑禄薄。《礼记·王制》:"诸侯之
下士视上农夫,禄足以代其耕也。"

⑦"度量难钧"二句:谓陶渊明度量宏大,难以衡量。其行为无论是
进或退,都不会逾出道的标准。钧,古代重量单位。引申为
衡量。

⑧长卿弃官:司马相如,字长卿。西汉景帝时为武骑常侍,称病去
官,客游于梁。

⑨稚宾自免:郇相,字稚宾。举州郡秀才,数病去官。

⑩赋诗归来:陶渊明辞彭泽令归田时,作《归去来兮辞》。

⑪高蹈:指隐居。

⑫无适非心:不做使自己心情不愉快的事。指陶渊明不愿做官受
到拘束。

⑬旧巘:旧山。

⑭葺宇:修缮房屋。

⑮春煦秋阴:春日的晴和,秋日的阴凉。

⑯"陈书辍卷"二句:谓渊明或读书、或饮酒、或抚琴以自娱也。辍,
或作"缀"。

⑰"人否其忧"二句:谓人们对陶渊明贫病交加的生活不堪其忧,但
他自己却乐天知命,处之安然。否,不堪。

⑱隐约就闲：潜隐而就闲适。隐约，潜藏。《庄子·山木》："夫丰狐文豹……虽饥渴隐约，犹且胥疏于江湖之上而求食焉，定也。"

⑲迁延辞聘：指陶渊明对征召为著作郎推辞不就。迁延，退却貌。

⑳"非直也明"二句：是说陶渊明辞聘隐居的行为不但是明白道理的表现，而且是出自其守道之本性。非直，犹不但。

㉑"纠缠斡流"二句：是说人生吉凶祸福如绳股拧绕、水流旋转，神明的报应、施予使人觉得昏昧不清。言下之意是说像陶渊明这样的人不该有不好的命运。纠缠，谓绳股拧绕。斡流，旋转的水流。冥漠，昏暗不清。报施，谓神明的报应、施予。

㉒"孰云与仁"二句：李善注："言谁云天道常与仁人，而我闻之，实疑于明智。此说明智，谓《老子》也。《老子》曰：'天道无亲，常与善人。'"

㉓"谓天盖高"二句：李善注："言天高听卑，而报施无爽（无差错）。何故爽于斯义，而不与仁乎？"愆，失。

㉔"履信谒凭"二句：意谓老天报施仁人之言不可使人凭信。李善注引《周易》曰："履信思乎顺。"谓履行信用并希其顺利。谒，同"何"。

㉕疢（chèn）：热病。引申为病。痁（shān）：疟疾。段玉裁《说文解字注》："痁，有热无寒之疟也。"

㉖"药剂弗尝"二句：不服用药剂，不祈祷保佑。

㉗愫（sù）：向。幽：幽冥。

㉘怀和长毕：怀着平和的心情逝世。

㉙"敬述靖节"二句：言尊显死者遗嘱，述其清廉的节操。式，语首助词。遗占，遗嘱。口授曰占。下文六句即死者遗嘱内容。

㉚"存不愿丰"二句：活着时不希望生活丰厚，死后不追求富厚的安葬。

㉛省讣却赙（fù）：免去发送讣告，推却别人送来助葬的财物。赙，以

财物助人办丧事。

㉜轻哀薄敛:哭丧者不要过于哀痛,下葬的衣物等要尽量节俭。敛,通"殓",给死者穿衣下棺。

㉝遭壤以穿:逢地即挖穴,意谓不必选地。

㉞旋葬而窆(biǎn):言速葬也。旋,不久,谓时短也。窆,落葬。

㉟"深心追往"二句:作者自谓一片深心远情追怀死者。往、化,谓死。

㊱介居:独居。

㊲伊好之洽:谓二人友好融洽。伊,语首助词。

㊳接阎邻舍:言不辞以远,如同近邻之相访。阎,门。

㊴"宵盘昼憩"二句:晚上盘桓游乐,白天休息,不用舟船和车驾。

㊵"念昔宴私"二句:是说自己以前和陶渊明在家宴饮时,曾经互相教诲。宴私,家宴。诲,教。以下至"荣声有歇",是二人的一场对话。

㊶"独正者危"二句:孤独直立之物,则有倾倒的危险;至方之物,则不能行动。皆以喻人。李善注引孙卿子曰:"方则止,圆则行。"此二句连下四句为颜延年对陶渊明所说的话。

㊷"哲人卷舒"二句:是说明智的人会根据不同情况决定自己是隐居还是出仕,这是有前代典籍记载的。言下之意是说陶渊明应当出仕才对。卷舒,收卷和舒展。喻隐居和出仕。前载,前代典籍记载。

㊸规:规劝。佩:佩服。

㊹愀然:正色貌。

㊺中言:发自心中之言。以下四句为渊明对延年语。

㊻违众速尤:违离众人将会很快招致悔恨。尤,悔恨。

㊼近风先蹶:谓草木逆风者必先倾倒。

㊽"身才非实"二句:李善注:"言身及才不足为实,荣华声名,有时

而灭。恐己恃才以傲物,凭宠以陵(凌)人,故以相诫也。”

㊾睿(ruì)音:充满哲理之言。

㊿箴:箴规。阙:缺失。

(51)黔娄:战国时齐国隐士。齐、鲁国君请他出仕,俱辞不就。家贫,死时衾不蔽体。其妻亦与他一样乐贫行道。死后谥曰康。皇甫谧《高士传》曰:“黔娄先生死,曾参与门人来吊。曾参曰:‘先生终,何以为谥?’妻曰:‘以康为谥。’曾子曰:‘先生存时,食不充虚,衣不盖形,死则手足不敛(谓葬衾盖不住手足),傍无酒肉。生不得其美,死不得其荣,何乐于此?而谥为康哉?’妻曰:‘昔先君尝欲授之国相,辞而不为,是所以有余贵也。君尝赐之粟三十钟,先生辞不受,是其有余富也。彼先生者,甘天下之淡味,安天下之卑位;不戚戚于贫贱,不遑遑于富贵;求仁而得仁,求义而得义。其谥为康,不亦宜乎也?’”

(52)展禽:春秋时鲁国大夫,食邑柳下,谥曰惠,世称柳下惠。

(53)同尘往世:在另一世界同行。谓渊明与黔娄、展禽等古贤齐名。

(54)旌:表彰。

【译文】

当今的长官对您虚心以礼相待,全州都推崇您的风范。您一片孝心,只为赡养父母;奉行大道,念念不忘家乡。您奉持的常理,是待人接物既不褊狭,又不媚俗。您的官位相当于下士,俸禄等同于上农。您的度量之大,难以测量;行为无论是进是退,都不会逾出道的标准。以前司马相如辞官而去,郇稚宾自动辞职。您对此也深有领悟,何以说明您深有领悟呢?您作诗吟咏回归田园,隐居起来独善其身。您从此超脱旷达,不再做那使自己心灵受到拘束的事情。您汲取泉流于故乡的山中,修缮好了林木掩映的旧居。早晨薄雾缭绕,黄昏夕岚轻盈;春日阳光和煦,秋日天高气爽。您或披卷吟诵,或饮酒抚琴。您的家庭十分俭朴,您的身体交加贫病。人人都为您不胜忧虑,您却乐天知命。您隐居而就闲适，退避推辞朝廷的征聘。这不仅是出于明智，而且是出于您恪守大道的本性。就像绳股拧绕、水流旋转一样叫人看不明白，老天的报应施予也显得模糊不清。谁说老天总是施恩于仁人？我实在怀疑这话是否明智。都说老天虽高却能俯察毫末，此言为什么也不见灵应？说老天履行信用有何凭信？说老天的信用总能兑现又有什么例证？您正处在中年，却染上了不治之症。您把逝世当作归家，而临灾难若处顺境。不肯服用药剂疗治，也不祈祷神明保佑。向着幽冥而告终，怀着安详的心境结束了生命。呜呼哀哉！我怀着敬意叙述您清廉的节操，尊显您的遗嘱：生时不希求丰裕，死后不要求厚葬；免除报丧，谢绝奠仪；哭丧者不要过于悲痛，随葬衣物要少；随便找个地方做坟地，尽快安葬即可。呜呼哀哉！我怀着一片深远的哀悼之情，追忆您的往事。自从您独居后，当我有较多的闲暇时，我总前来与您重温旧日的欢洽，如挨门接户的近邻相访一般。我们常常通宵不寐而盘游，直到天亮才休息，盘游也不用舟船车驾。想起以前我们单独宴会时，曾举杯互相劝诫。我对您说：孤独直立之物有倾倒的危险，至方之物则行动受到阻碍；睿智之人视不同形势而决定隐居或出仕，这有载于前代的典籍；要吸取借鉴无须远求，我的规劝您也佩服。您显露出严肃而忧虑的神色，发出吐自深心的言谈：违离众人必将很快招致悔恨，逆风的草木必先倾倒；身体和才华亦非坚实之物，荣华声名也终有消歇的一天。您的睿智之音已经远逝了，还有谁来箴规我的缺失呢？呜呼哀哉！仁智之人啊，永别人间。黔娄已经去世，展禽亦已长辞。这二位古贤与您同扬轻尘于冥世。我们追谥您曰"靖节"，超过那"康""惠"的尊号。呜呼哀哉！

谢希逸

见卷第十三《月赋》作者介绍。

宋孝武宣贵妃诔一首　并序

【题解】

宣贵妃,姓殷,原为宋孝武帝淑仪,宠倾后宫,死后追进为贵妃,谥曰宣。孝武帝曾亲临南掖门送丧,并拟汉武帝《李夫人赋》致悼。殷淑仪生子刘子云,封晋陵王,在殷死后不久亦去世(并见《宋书》)。本文亦兼诔子云。本文于常见的诔文体式中,时杂骚体,虽为变格,读来更觉声情摇曳,堪称佳篇。

惟大明六年①,夏四月壬子,宣贵妃薨②。律谷罢暖③,龙乡辍晓④。照车去魏,联城辞赵⑤。皇帝痛掖殿之既阒⑥,悼泉途之已宫⑦,巡步櫩而临蕙路⑧,集重阳而望椒风⑨。呜呼哀哉!天宠方隆⑩,王姬下姻⑪。肃雍揆景,陟屺爱臻⑫。国轸丧淑之伤⑬,家凝殒庇之怨⑭。敢撰德于旗斿⑮,庶图芳于钟万⑯。其辞曰:

【注释】

①大明:南朝宋孝武帝年号。大明六年为462年。

②薨(hōng):古代诸侯、大臣等贵族死称薨。

③律谷:李善注:"律谷,黍谷也。吹律(奏乐)以暖之,故曰律谷。刘向《别录》曰:'邹衍在燕,有谷寒,不生五谷,邹衍吹律而温之,至生黍。'"邹衍,战国末阴阳家。罢暖:谓停止吹律暖谷。这里用此典只是说停止奏乐之意。

④龙乡:李善注引《陈留风俗传》曰:"允吾县者,宋、陈、楚地,故梁国宁陵种龙乡也。出鸣鸡。"辍晓:谓鸡也停止了鸣叫报晓。

⑤"照车去魏"二句:言宣贵妃去世,就如同照乘之珠离开了魏国,

连城之璧离开了赵国一样,使人悲惋。李善注引《史记·田敬仲世家》曰:"齐(威王)二十四年,与魏王会田于郊。魏王问曰:'王亦有宝乎?'威王曰:'无有。'梁王曰:'若寡人国小也,尚有径寸之珠照车前后十二乘者十枚。奈何以万乘之国,而无宝乎?'"又曰:"赵惠文王得和氏璧,秦王闻之,使遗赵王书曰:愿以十五城易璧。赵王遂使相如奉璧,西入秦。"

⑥掖殿:宫殿。阒(qù):寂静。

⑦泉途:黄泉路上。已宫:李善注谓即梓宫。皇帝之棺曰梓宫,以梓木为棺。又《风俗通》佚文曰:"梓宫者,礼,天子敛以梓器,宫者,存时所居,缘生事亡,因以为名也。"

⑧步檐:即走廊。蕙路:栽种有蕙一类香草的道路,谓后妃所居之处。

⑨重阳:谓九重天。此处指皇宫。《楚辞·九叹·远游》:"集重阳入帝宫兮,造旬始而观清都。"《楚辞补注》曰:"余谓积阳为天,天有九重,故曰重阳。"椒风:此处借指宣贵妃原居处。桓谭《新论·谴非篇》曰:"董贤女弟为昭仪,居椒风舍。"董贤,西汉哀帝时人,其妹为哀帝昭仪。

⑩天宠方隆:言孝武帝恩宠正厚。隆,原作"降",据六臣本改。

⑪王姬下姻:谓宣贵妃之女下嫁诸侯。天子之女通言王姬。

⑫"肃雍揆景"二句:是说王姬下嫁之日将至,而母亲突然逝世。肃雍揆景,《诗经·召南·何彼襛矣》"曷不肃雍? 王姬之车"中的句子。意思是说王姬下嫁于诸侯,怎么会不敬和于家呢? 她上车时已显得敬和了。肃,敬。雍,和。本诗暗用此典以言王姬出嫁。揆景,选择日子。陟岵(qǐ)爰臻,《诗经·魏风·陟岵》:"陟彼岵兮,瞻望母兮。"郑笺:"此又思母之戒,而登岵山而望之也。"陟,登。岵,山无草木曰岵。本诗暗用此典,言王姬哀母之丧。

⑬国轸丧淑之伤:举国悲痛伤悼宣贵妃去世。轸,悲痛。

⑭家凝殒庇之怨：皇女凝聚着母亲去世的哀怨。庇，覆盖。此处谓
　　母亲对皇女的爱护。

⑮敢撰德于旌旒：冒昧撰写其德行于旌旗上。旌旒(liú)，旌旗。

⑯庶图芳于钟万：希望以钟铭、舞蹈的形式使宣贵妃流芳世间。
　　庶，幸，希冀之词。钟，谓以钟铭字。万，古代舞名。《诗经·邶
　　风·简兮》："简兮简兮，方将万舞。"毛传："以干羽为万舞，用之
　　宗庙山川。"陈奂传疏："干舞，武舞；羽舞，文舞。曰万者，又兼二
　　舞以为名也。"

【译文】

大明六年，夏四月壬子，宣贵妃逝世。律谷停止了奏乐暖谷，龙乡的鸣鸡也停止了报晓啼鸣。就像魏国失去了照乘之珠，赵国割舍了连城之璧。皇帝哀痛宫殿的冷清，伤悼梓棺长埋于九泉，沿着长廊来到长满蕙草的路径，停留在九重宫殿遥望后宫。呜呼哀哉！皇上赐予厚恩，公主即将下嫁。大家为公主和美的婚姻选择吉日之时，公主却突然遭遇失母之哀。举国悲痛伤悼贵妃的去世，公主心中充满母亲去世的悲哀。我冒昧地撰写贵妃的美德于旌旗之上，希望钟铭乐舞能使她百世流芳。悼词写道：

玄丘煙熅①，瑶台降芬②。高唐溁雨，巫山郁云③。诞发兰仪，光启玉度④。望月方娥，瞻星比婺⑤。毓德素里⑥，栖景宸轩⑦。处丽缔纷，出懋蘋蘩⑧。修诗贲道⑨，称图照言⑩。翼训姒幄⑪，赞轨尧门⑫。绸缪史馆，容与经闱⑬。陈风缉藻⑭，临豸分微⑮。游艺殚数⑯，抚律穷机⑰。踌躇冬爱，怊怅秋晖⑱。展如之华，寔邦之媛⑲。敬勤显阳，肃恭崇宪⑳。奉荣维约㉑，承慈以逊㉒。逮下延和㉓，临朋违怨㉔。祚灵集祉，庆蔼迎祥㉕。皇胤璇式，帝女金相㉖。联跗齐颖，接萼均

芳㉗。以蕃以牧㉘，烛代辉梁㉙。视朔书氛，观台告褉㉚。八颂扃和，六祈辍渗㉛。衡总灭容，翚翟毁祎㉜。掩彩瑶光，收华紫禁㉝。呜呼哀哉！帷轩夕改㉞，辂辂晨迁㉟。离宫天邃㊱，别殿云悬㊲。灵衣虚袭㊳，组帐空烟㊴。巾见余轴㊵，匣有遗弦。呜呼哀哉！

【注释】

①玄丘：神话中殷人先祖契之母简狄居处。《列女传·契母简狄》："契母简狄者，有娀氏之长女也。当尧之时，与其妹娣浴于玄丘之水，有玄鸟衔卵，过而坠之，五色甚好。简狄与其妹娣竞往取之。简狄得而含之，误而吞之，遂生契焉。"因为宣贵妃姓殷，故以殷人先祖诞生故事而言之。煙（yīn）煴（yūn）：元气蒸腾貌。

②瑶台：美玉砌成之台。《吕氏春秋·音初》："有娀氏有二佚女，为之九成之台，饮食必以鼓。帝令燕往视之，鸣若谥隘。二女爱而争搏之，覆以玉筐，少选，发而视之，燕遗二卵，北飞，遂不反。"二佚女即简翟（简狄）、建疵姐妹（据《淮南子》）。九成之台即瑶台。此为殷人起源的另一神话，谢希逸两用之。

③"高唐渫（xiè）雨"二句：此处以神女喻宣贵妃。宋玉《高唐赋》中写楚襄王游高唐，夜梦巫山神女对他说："妾在巫山之阳，高丘之姐。旦为朝云，暮为行雨。"渫雨，飘洒的雨点。郁云，浓云。

④"诞发兰仪"二句：谓宣贵妃如兰草一般的容仪，如美玉一般的风度大放光彩。诞，本义为大言。引申为大。

⑤"望月方娥"二句：谓宣贵妃可与嫦娥和婺女相比美。方，比。婺：指女星。

⑥毓德素里：养育德行于故里。

⑦栖景宸轩：栖身于皇宫。景，同"影"，谓身影。宸轩，天子所居

之宫。

⑧"处丽缔绤(chī xì)"二句：是说宣贵妃未嫁时在家附于为缔为绤的女功之事，出嫁后勤勉于采蘩采蘋的祭祀之事。处，指未嫁在家。丽，附。缔绤，粗葛布衣。《诗经·周南·葛覃》："葛之覃兮，施于中谷，维叶莫莫。是刈是濩，为缔为绤。"毛序说这首诗是指"后妃在父母家，则志在于女功之事"。出，指出嫁。懋，勤勉。蘋，水草名。蘩，白蒿。蘋、蘩可致祭于宗庙。《诗经·召南》有《采蘩》《采蘋》二诗。毛序："《采蘩》，夫人不失职也。夫人可以奉祭祀则不失职矣。"又，"《采蘋》，大夫妻能循法度也。能循法度则可以承先祖、共祭祀矣"。

⑨修诗贲(bì)道：修习诗书等来进一步充美德行。贲，文饰，装饰。

⑩称图照言：谓宣贵妃貌既合于图画，行亦合于标准。

⑪翼训姒幄：谓涂山氏辅助大禹养育启。喻宣贵妃养育皇子。翼，辅助。训，法则。引申为效法。姒幄，禹之帐幄。大禹姓姒，娶涂山氏之女为妃，生子启。

⑫赞轨尧门：谓宣贵妃像尧母养育尧一样养育皇子。赞，辅佐。轨，迹。引申为追效之义。尧门，尧母门。

⑬"绸缪史馆"二句：刘良注："言贵妃有善于经史之学。以经史为门馆也。"绸缪，亲密缠绵貌。容与，闲暇自得貌。闱，门。

⑭陈风缉藻：谓宣贵妃研习《诗经》，缉其辞藻。陈，展。风，《诗经》中有《国风》，代指《诗经》。缉，缀。

⑮临彖(tuàn)分微：谓研习《周易》，析其精微。彖，《周易》篇名。代指《周易》。分，析。

⑯游艺殚数：游学于六艺且能穷尽其数，谓精通六艺。殚，尽。数，谓六艺之数。

⑰抚律穷机：研习音律且能穷尽其精微之妙旨。机，几微，言细微之处。

⑱"踌躇冬爱"二句：是写宣贵妃在冬日、秋月中为制作篇章而凝思的情态。踌躇冬爱，徘徊于可爱的冬日之中。《春秋左传·文公七年》曰："丰舒问于贾季曰：'赵衰、赵盾孰贤？'对曰：'赵衰，冬日之日也；赵盾，夏日之日也。'"杜预注："冬日可爱，夏日可畏。"怊怅，同"惆怅"。秋晖，指秋月。

⑲"展如之华"二句：谓宣贵妃诚如其人，实在堪称邦国之美女。《诗经·鄘风·君子偕老》："展如之人兮，邦之媛也。"郑笺："展，诚也。美女为媛。"《君子偕老》一诗本是讥刺卫宣公夫人淫乱的，诗中陈述美女容貌服饰之美，言诚如此人，则为邦国之美女也，当与君子偕老，而卫宣公夫人则不然。此处反其意而用之。华，华美。

⑳"敬勤显阳"二句：谓宣妃奉侍太后之孝道。敬勤，尊敬，勤勉。肃恭，庄重，谦恭。显阳，崇宪。《宋书·后妃传》："文帝路淑媛……生孝武帝，拜为淑媛。上即位……谨奉尊号曰皇太后，宫曰崇宪。太后居显阳殿。"

㉑奉荣维约：言宣妃虽奉恩宠而能保持俭约的生活作风。荣，荣宠。维，持。约，俭朴。

㉒承慈以逊：虽得太后慈爱却仍然温顺。逊，顺。

㉓逮下延和：对待下人总是很和气。延，长。

㉔临朋违怨：对待众妾能够避免产生怨恨。朋，指朋友，谓同等之人。李周翰注释为"众妾"。违，避。

㉕"祚灵集祉"二句：乃就下二句皇子、皇女的诞生而言。祚灵集祉，言皇帝先人之神灵集福施于后世。祚，皇位。祉，福。庆蔼迎祥，喜气洋洋迎接祥瑞。蔼，盛貌。

㉖"皇胤璇式"二句：言皇子、皇女如玉如金，喻其贵也。胤，嗣。璇，美玉。式，法式，犹言模样。殷贵妃生始平王刘子鸾、晋陵王刘子云及第十二皇女。

㉗"联跗(fū)齐颖"二句：言子女并皆秀美。跗，足，脚背。颖，尖端。

㉘以蕃以牧：言子鸾、子云为藩王、州牧。蕃，同"藩"。牧，谓州牧。

㉙烛代辉梁：此处用来比喻子鸾、子云。烛，烛照。代，代国。辉，辉照。梁，梁国。

㉚"视朔书氛"二句：言孝武帝于朔日治理政事时，观象之官告诉出现了凶气，于是记载下来。意思是说宣贵妃之死已先出现了预兆。视朔，夏历每月初一日为朔日。天子诸侯每月朔日祭告于祖庙，然后治理政事。告庙称告朔，听政称视朔。书氛，记载所出现的凶气。古代迷信的说法，"氛"指可以预示吉凶的云气，也特指凶气。观台，观察天象之台。祲，阴阳相侵之气。《春秋左传·昭公十五年》："吾见赤黑之祲，非祭祥也。"杜预注："祲，妖氛也。"

㉛"八颂扃和"二句：谓多次占卜，均无吉祥之兆；多次祈祷，神明一点也不降福泽。八颂，指占卜所得八种占辞。"八"非实数，言其多也。扃，关闭。和，祥和。六祈，六种祈祷。辍，止。渗，水通过微孔下滴。

㉜"衡总灭容"二句：皆形容出葬时的情形。衡总，车辕前端横木上的装饰物。按古代礼制，王后用红色丝绸为饰物。容，容车。《释名·释车》："容车，妇人所载小车也，其盖施帷，所以隐蔽其形容也。"此言宣贵妃已死，其车驾不复用饰物也。翚、翟，均为五彩山雉之名。王后的衣服上绘有翚、翟图案的叫袆衣。衽，衣襟。此言其衣服不复加彩绘。

㉝"掩彩瑶光"二句：言紫禁城、瑶光殿都因宣妃之死而显得黯淡失色。瑶光，古代文学作品中虚拟的宫殿名，常用指贵妃居处。

㉞帷轩夕改：谓车驾在傍晚时换上了致哀的装饰。帷轩，即容车。

㉟軿(píng)辂：妇女所乘四周有障蔽之车称軿车，后妃所乘称軿辂，亦容车。晨迁：谓清晨出葬。

㊱离宫:皇帝正宫以外的临时居住宫室。

㊲别殿:皇宫正殿以外的官殿。

㊳灵衣虚袭:灵衣空自重叠陈列着。袭,重叠。

㊴组帐空烟:帷帐内空荡无人,唯有香烟袅袅。组,系帐的带子。

㊵巾:巾箱。轴:谓书籍,卷轴。

【译文】

玄丘瑞气蒸腾,瑶台降临芬芳。高唐飘洒细雨,巫山郁积浓云。您的容仪如同幽兰,光彩焕发如同美玉。对月可与嫦娥比美,对星可与婺女齐名。养育德行于故里,栖身于皇家宫廷。未嫁之时在家附于为绨为绤的女功之事,出嫁之后勤勉于采蘋采蘩的祭祀之礼。您修习诗书充美德行,容貌既相称于图画,行为也合于标准。您仿效涂山氏养育启,尧母养育尧,辅助皇上养育了皇子。您热爱经史之学,经常陶醉于其中。您研习《诗经》,从中撷取美丽的辞藻;研习《周易》,分析它精微的意旨。您对六艺尽皆精通,对于音乐也通晓奥妙。您在冬日中徘徊寻章,在秋月中沉思觅句。您的确就像《君子偕老》中描写的美女那样,堪称邦国之美女。您侍奉皇太后十分勤勉,庄重而又恭顺。您虽得皇上恩宠,却仍保持俭朴的作风,虽蒙太后慈爱,却仍显得非常谦逊。您对待下人总是那样和气,对待朋友也能避免结怨。先王的英灵皆来福佑,喜气洋洋迎来吉祥。皇子、皇女,都长得金玉福相。同根相生,并蒂齐芳。出任藩王、州牧,光辉照耀郡国藩邦。皇上于朔日临朝理政,观象之官告诉有凶气出现。多次占卜,都不是吉兆;多次祈祷,老天一点也不降福泽。容车上取下了饰物,裙衣上不再绘画五彩雉鸡。瑶光殿也为之失色,紫禁城也没有了光彩。呜呼哀哉! 容车于傍晚改换了装饰,翌日清晨送葬出殡。离宫显得天色深远,别殿显得愁云高悬。灵衣重重叠叠自是虚设,组帐空空荡荡唯绕香烟。巾箱里尚见您留下的书卷,匣子中还有您遗下的琴弦。呜呼哀哉!

移气朔兮变罗纨，白露凝兮岁将阑①。庭树惊兮中帷响，金钲暖兮玉座寒②。纯孝擗其俱毁③，共气摧其同栾④。仰昊天之莫报，怨《凯风》之徒攀⑤。茫昧与善，寂寥余庆⑥。丧过乎哀，棘实灭性⑦。世覆冲华⑧，国虚渊令⑨。呜呼哀哉！题凑既肃，龟筮既辰⑩。阶撤两奠，庭引双辒⑪。维慕维爱，曰子曰身⑫。恸皇情于容物，崩列辟于上旻⑬。崇徽章而出寰甸⑭，照殊策而去城阃⑮。呜呼哀哉！经建春而右转，循阊阖而径渡⑯。旌委郁于飞飞⑰，龙透迟于步步⑱。锵楚挽于槐风，喝边箫于松雾⑲。涉姑繇而环回，望乐池而顾慕⑳。呜呼哀哉！晨辒解凤，晓盖俄金㉑。山庭寝日，隧路抽阴㉒。重扃闷兮灯已黯㉓，中泉寂兮此夜深㉔。销神躬于壤末㉕，散灵魄于天浔㉖。响乘气兮兰驭风，德有远兮声无穷㉗。呜呼哀哉！

【注释】

①"移气朔兮"二句：谓节气逐月推移，贵妃于夏四月逝世，而今白露凝而为霜，已近年底，气候已经很寒冷了，夏天的薄衣已不必再穿，而换上了厚厚的冬衣。气，节气。朔，月初一。以代月份。罗纨，白色的薄绸，谓夏衣。阑，晚。

②"庭树惊兮"二句：谓风吹动庭院中的树木和室内的帷帐，发出阵阵喧响，灯光昏暗不明，灵座冷冷清清。中帷，室内的帐幔。金钲：金色的灯盏。暖，昏暗不明貌。玉座，指灵座。

③纯孝：孝心真诚、纯笃。指皇子。擗：擗踊的省文，指捶胸顿足。毁：形容瘦损。

④共气：指皇子。《吕氏春秋·精通》："故父母之于子也，子之于父母也，一体而两分，同气而异息（呼吸）。"摧：伤痛。栾：羸瘦。

⑤"仰昊(hào)天"二句：谓仰思慈母之恩有如浩浩苍天，尚未报答，徒有一片孝心已无法实现，心中充满悲怨。昊天，天。昊，大。喻父母的恩德深重。《诗经·小雅·蓼莪》："欲报之德，昊天罔极。"是说想报答父母的恩德，但父母之恩如同苍天一样没有边际。《凯风》：《诗经·邶风》中的篇名。毛序谓为赞美孝子之诗。

⑥"茫昧与善"二句：谓古人所谓善人有老天佑护之言于宣贵妃并无应验。茫昧，渺茫不明。寂寥，谓虚无。

⑦"丧过乎哀"二句：李周翰注："谓贵妃薨，皇子子云不胜哀而又薨也。"棘，通"急"，言急于哀戚。古时遭父母丧者自称"棘人"。灭性，谓精神遭受摧残。《宋书·晋陵孝王子云传》："大明六年，年四岁，封晋陵王，食邑二千户。未拜，其年薨。"

⑧世覆冲华：世上亡故了至美之人。覆，亡。冲华，至美。

⑨国虚渊令：国家亡绝了极善之人。虚，绝。渊，深。令，善。

⑩"题凑既肃"二句：言占卜选择时辰，庄重地安葬子云。题凑，指在墓室中用木头搭成拱架，木料头相凑也。李善注："《汉书音义》韦昭曰：'题，头也。头凑，以头内向，所以为固。'"龟筮，以龟甲、蓍草占卜。

⑪"阶撤两奠"二句：言贵妃与子云同时安葬。阶撤两奠，从台阶上撤下宣贵妃和子云的奠仪。庭引双輴(chūn)，庭院中引出两驾灵车。輴，载棺柩之车。

⑫维、曰：皆语助词，无义。子：谓子云。身：谓宣贵妃。

⑬"恸皇情"二句：李周翰注："言天子视丧礼、容仪、衣物而哀恸也。凡列辟崩毁而告天子。子云为晋陵王，故云列辟。列辟，则诸侯也。"上旻(mín)，上天。

⑭崇：高高树立。徽：旌旗。章：旒。寰甸：古代京都千里以内的地面称寰，即王畿。王畿以外，每五百里为一区划，由近及远依次称为侯服、甸服、绥服、要服、荒服等五服。甸即指甸服。按，此

处言"此寰甸"，乃概言之。宣贵妃、子云葬何处，史无明载。按刘宋常规，或在京口。

⑮照：明。殊策：特殊的策命。谓追进殷淑仪为贵妃。据《宋书·始平孝敬王传》载，宋孝武帝"又讽有司曰：'今贵妃盖天秩之崇班，理应创立新庙。'"则又破例立新庙祭祀。城闉：城外的曲城，也称女墙。

⑯建春、闿闿：皆城门名。循：顺着。径渡：直过。

⑰委郁：飘扬貌。飞飞：谓不停飞动。

⑱龙：指车驾。逶迟：行走缓慢貌。步步：犹言一步步。

⑲"锵楚挽"二句：唱起酸楚的挽歌，歌声随风扬于高高的槐树之上，吹起箫管等乐器，乐声荡于松林雾气之中。锵，鸣声。楚挽，酸楚的挽歌。边箫，指箫声远。

⑳"涉姑繇"二句：以周穆王葬盛姬的神话比喻宋孝武葬宣贵妃，言其爱之深。《穆天子传》："天子西征，至于玄池，乃奏广乐，三日而终，是曰乐池……盛姬亡，天子乃殡盛姬于穀丘之庙，葬于乐池之南……天子乃周姑繇之水以圉丧车。"姑繇、乐池，皆神话中地名。环回，环绕。

㉑"晨辒（wēn）解凤"二句：言葬讫的情形。辒，辒辌车，是古代的卧车，后来用作丧车。《宋书·始平孝敬王传》："追进淑仪为贵妃，班亚皇后，谥曰宣。葬给辒辌车。"解凤，解去车上的凤饰。盖，车盖。俄，倾斜。金，指车上的金饰。

㉒"山庭寝日"二句：谓墓室永无天日，墓道传出阵阵阴寒之气。山庭，指墓室。山，此指陵墓。隧路，墓道。

㉓重扃：墓门。闷（bì）：关闭。

㉔中泉：黄泉之中。此夜深：谓墓中无晓时。

㉕神躬：谓宣贵妃。躬，身。壤末：犹言土壤底层。

㉖天浔：天涯。

㉗"响乘气兮"二句：言贵妃虽死，其德声永远流播世间。响、兰，声音和如兰草一般的身影。乘气、驭风，谓逝世。

【译文】

　　节气逐月推移，已不再穿单薄的绸衣；白露凝而为霜，时间又近年底。风吹得庭院中的树木和室中的帐幔发出喧响，金灯盏光线昏暗，白玉座寂寞冷清。真诚纯笃的孝子捶胸顿足而形容消瘦，血缘之亲亡故使其精神遭受摧伤。仰思慈母深恩如浩浩苍天，已经不能报答；悲怨徒怀孝子之心，已经不可实现。老天保佑善人之言渺茫不明，积善之家有余庆之言虚无难信。君子居丧总是过分悲哀，哀急摧心实可伤及生命。世上亡故了至美之人，国家亡绝了极善之人。呜呼哀哉！墓室的拱架已庄重地搭好，占卜已选定了安葬的日期。台阶上撤除了母子的奠仪，庭院中牵引出两驾灵车。思念您呵惋惜您，皇子与皇妃啊！皇上目睹容仪衣物哀恸不已，侯王逝世魂归上天。高树起旌旗出了远郊，明宣皇上殊恩出城门。呜呼哀哉！经过建春门朝向右转，顺着阊阖门径直走出。旌旗在风中飘拂不止，车驾缓缓一步步前移。唱起酸楚的挽歌，歌声随风飘于高槐树梢；箫管吹奏哀乐，乐声远荡在松林雾中。涉过姑繇之水，引水环绕灵车；遥遥眺望乐池，心中充满思念。呜呼哀哉！清晨从丧车上解下凤饰，金色的车盖在晓色中倾斜。坟陵下的墓室永远不见天日，墓道中传出阵阵寒气。沉重的墓门紧闭，墓中灯光昏暗；黄泉中一派冷寂，永远是长夜沉沉。您神圣之身消逝于地底，灵魂消散于天涯。您的音容虽然乘风归去，您的德行美名却流芳百世。呜呼哀哉！

哀上

潘安仁

见卷第七《藉田赋》作者介绍。

哀永逝文一首

【题解】

本文叙述妻子逝世后安葬的过程,抒发了作者深切的哀思。感情真挚,文辞凄婉。潘岳以擅长哀诔之文著称,其悼念亡妻之作,除本文外,尚有《悼亡诗》三首,载《文选》第二十三卷,可互参。

启夕兮宵兴①,悲绝绪兮莫承②。俄龙辆兮门侧③,嗟俟时兮将升④。嫂侄兮惝惶⑤,慈姑兮垂矜⑥。闻鸣鸡兮戒朝⑦,咸惊号兮抚膺⑧。逝日长兮生年浅,忧患众兮欢乐尠。彼遥思兮离居,叹河广兮宋远⑨。今奈何兮一举⑩,邈终天兮不反⑪。尽余哀兮祖之晨⑫,扬明燎兮援灵辆⑬。彻房帷兮席庭筵⑭,举酹觞兮告永迁⑮。凄切兮增欷⑯,俯仰兮挥泪。想孤魂兮眷旧宇,视倏忽兮若仿佛⑰。徒仿佛兮在虑,靡耳目兮一遇⑱。停驾兮淹留,徘徊兮故处。周求兮何获⑲?引身兮当去。去华輦兮初迈,马回首兮旋斾⑳。风泠泠兮入帷㉑,云霏霏兮承盖㉒。鸟俯翼兮忘林㉓,鱼仰沫兮失濑㉔。

怅怅兮迟迟,遵吉路兮凶归㉕。思其人兮已灭,览余迹兮未
夷。昔同涂兮今异世,忆旧欢兮增新悲。谓原隰兮无畔,谓
川流兮无岸㉖。望山兮寥廓,临水兮浩汗㉗。视天日兮苍茫,
面邑里兮萧散。匪外物兮或改,固欢哀兮情换㉘。嗟潜隧兮
既敞㉙,将送形兮长往㉚。委兰房兮繁华㉛,袭穷泉兮朽壤。
中慕叫兮擗摽㉝,之子降兮宅兆㉞。抚灵榇兮诀幽房㉟,棺冥
冥兮埏窈窕㊱。户阖兮灯灭㊲,夜何时兮复晓?归反哭兮殡
宫㊳,声有止兮哀无终。是乎非乎何皇?趣一遇兮目中㊴。
既遇目兮无兆㊵,曾寤寐兮弗梦㊶。既顾瞻兮家道㊷,长寄心
兮尔躬㊸。重曰:已矣㊹!此盖新哀之情然耳㊺。渠怀之其
几何?庶无愧兮庄子㊻。

【注释】

①启夕:出殡的前夕。宵兴:即宿兴,夜起。

②悲绝绪:悲伤而思想没有头绪。

③俄:倾斜。龙辋(ér):绘有龙纹的丧车。

④俟时兮将升:等待时辰将抬棺材于丧车上。

⑤悼惶:犹彷徨。

⑥慈姑:指婆母。

⑦闻鸣鸡兮戒朝:听到鸡鸣而惊觉已经是早上了。

⑧抚膺:抚胸。

⑨"彼遥思兮"二句:此处用《河广》语意,言其妻初嫁之时,常遥思
　父母居处。《河广》是《诗经·卫风》篇名,其中有"谁谓河广?一
　苇杭(航)之。谁谓宋远?跂(踮脚)予望之"语。毛序:"《河广》,
　宋襄公母归于卫,思而不止,故作是诗也。"

⑩举:去,谓逝世。

⑪邈终天兮不反：远去天边再不回返。邈，远。反，同"返"。

⑫祖之晨：行祖祭之礼于清晨。《周礼·丧祝》郑玄注："祖，谓将葬祖祭于庭。"祖祭是出行前祭祀路神。

⑬扬明燎：高举明亮的大烛。燎，大烛。援灵辁（chūn）：谓手握绳索牵引灵车。辁，载棺之车。

⑭彻房帷：撤去房中的丧幛。彻，通"撤"。按，古代礼制，士的殡葬，以帷覆棺。席庭筵：在庭院中铺上席子，摆上奠仪。谓将行祖祭之礼。

⑮举酹觞：举杯浇酒于地曰酹。

⑯欷：哀叹。

⑰视倏忽兮若仿佛：谓视觉出现短暂的幻觉，好像妻子现于眼前。

⑱"徒仿佛兮"二句：谓眼前出现的幻觉只不过是心中想念的缘故，并不曾真的出现于眼前，托音于耳中。

⑲周求：遍寻。

⑳"去华辇兮"二句：谓葬毕返回。华辇，指绘有图案的丧车。旋旆，打着旗帜等回还。

㉑泠泠（líng）：清凉貌。

㉒霏霏：云气盛貌。承盖：谓云层低压，如在车盖之上。

㉓俯翼：低飞。

㉔仰沫：仰游出于水面。失濑（lài）：谓鱼忘了吸水。濑，湍急之水。此处即指水。

㉕遵吉路兮凶归：沿着平常的吉路，却充满遭受灾难的心情归来。

㉖"谓原隰（xí）兮"二句：说自己的悲伤如沼泽、河流没有边缘一样。原隰，低洼地。

㉗浩汗：同"浩瀚"。

㉘"匪外物兮"二句：言看着景物俱萧条冷落，但这并非景物有什么变化，而是因为自己内心感情哀乐不同。匪，非。外物，外部景

物，相对于内心而言。

㉙潜隧：墓道。

㉚送形：谓送死者入墓。形，形骸。

㉛委：委弃。

㉜穷泉：深泉。谓地下。

㉝中慕：心中思念。擗(pǐ)摽(biào)：抚心，拍胸。

㉞之子：这个人，指其妻。宅兆：谓占卜选择葬地时显示的吉兆。

㉟灵榇(chèn)：棺材。幽房：墓中便房。

㊱埏(yán)：墓道。窈窕：幽深貌。

㊲户：指墓门。阖：闭。

㊳反哭：古代丧礼，葬毕，丧主奉神主归而哭。《礼记·檀弓》："反
　　哭升堂，反诸其所作也。"《礼记集解》："既葬，则反于庙而哭，以
　　致其哀也。"殡宫：临时停枢之处。

㊴"是乎非乎"二句：李周翰注："遑，暇；趣，求；遇，逢也。言想望其
　　仪形，何暇分其是非，但求一逢目中也。"皇，同"遑"。

㊵遇目兮无兆：言逢于目者，均无妻子的形迹。兆，形。

㊶曾(zēng)：乃。

㊷家道：指家庭生活。

㊸尔躬：指亡妻。躬，身。

㊹重曰：犹言重新说过吧。已矣：犹言过去的事就算了吧。已，往。

㊺此盖新哀之情然耳：这大概是刚丧妻的悲哀之情才如此吧。

㊻"渠怀之"二句：意思是说自己怀念妻子之情无有终极，只希望能
　　够像庄子那样超脱达观，从忧伤中解脱出来。《庄子·至乐》：
　　"庄子妻死，惠子吊之，庄子则方箕踞鼓盆而歌。惠子曰：'与人
　　居，长子老身，死不哭亦足矣，又鼓盆而歌，不亦甚乎？'庄子曰：
　　'不然。是其始死也，我独何能无概(慨)然？察其始而本无生，
　　非徒无生也而本无形，非徒无形也而本无气……人且偃然寝于

巨室，而我嗷嗷然随而哭之，自以为不通乎命，故止也。'"渠，发声词。庶，希冀。

【译文】

临葬前夕半夜起床，难以承受的悲哀使人思绪纷乱。灵车倾斜停放在门边，嗟叹着等待时辰一到就装上灵柩。嫂嫂和侄儿心中充满凄惶，慈祥的婆母心怀哀怜。听到鸡鸣声惊觉天已破晓，全都号啕大哭手抚胸膛。你长辞人世而生年短浅，多遭忧患而少乐寡欢。你往昔远思娘家双亲，常叹河水宽广乡关遥远。今天怎么撒手一去，远逝天边再不回返！我尽吐哀情于清晨祭祀路神之礼，高举明烛牵挽起灵车。撤下房帷、铺上席子在庭院中祭奠，举起酒杯浇酒于地，和你永远告别。心中凄切更增加我的抽泣，俯仰不止长挥悲泪。心想你的孤魂一定眷恋旧居，眼前似乎倏地闪过你的身影。眼前出现你的身影只不过是心中想念的缘故，何尝真的现于眼前托音于耳中。停下车驾淹留不行，徘徊于你往昔经常出入之处。四下寻找毫无所获，只得引身上了路途。灵柩从丧车御下刚刚踏上归途，马也回首不忍离去，旌旗也纷纷掉头。微风冷清吹进车帷，阴云沉沉压上车盖。鸟儿低飞忘了旧林，鱼儿仰浮忘了吸水。惆怅不已行步迟迟，这往昔平安的道路也四伏险危。想着你已从人世消逝，目睹你留下的遗迹。往昔与你同路而今却分属两个世界，回忆旧时的欢乐更增添我心中的悲哀。我的悲哀就像沼泽地没有边缘，就像河流没有河岸。望山山是这样空旷，望水水是这样浩瀚。望高天呵苍苍茫茫，望乡里呵萧条暗淡。并非外部景物有什么变化，实在是心中哀乐之情已经改换。我嗟叹墓道业已敞开，将送你形骸长埋墓中。你委弃了兰房中的繁华，进入九泉之下的朽土。我心中思念呼喊你呵捶胸顿足，希望你在占卜选地时降下征兆。抚摸灵柩和你在墓室诀别，棺木沉沉呵墓道幽深。墓门关闭灯盏熄灭，墓中长夜漫漫何时天明？归来反哭于先前停灵之处，哭声虽有终止哀思却没有穷尽。是真是幻无暇辨识，只望你的形影稍现眼中。盼望形影现于眼中却毫无迹象,就是睡梦中也未曾与你相逢。我既要照料家庭的生计,又牵心挂肠把你长思。还是把话重新说过:过去的就让它过去了吧！这大约是新遭丧亡的悲哀之情使然而已。怀念之情正不知多少？只希望能像庄子那样超脱达观。

卷第五十八

哀下

颜延年

见卷第十四《赭白马赋》作者介绍。

宋文皇帝元皇后哀策文一首

【题解】

宋文皇帝，即宋文帝刘义隆，初封宜都王，宋少帝遇害后被大臣拥立为帝。元皇后，即袁皇后，名齐妫，陈郡阳夏（今河南太康）人。初为宜都王妃，生子劭及东阳献公主英娥，颇得宠幸。后渐失宠，愤恚成疾，卒，时年三十六。据《宋书·后妃传》，袁皇后卒后，文帝"甚相悼痛，诏前永嘉太守颜延之为哀策，文甚丽"。文成上奏，文帝又亲笔添了"抚存悼亡，感今怀昔"八字，以致其意，并亲赐谥号为"元"。袁皇后生前，德行极为平常，哀文褒美，乖离殊甚，但云其文"甚丽"，则为允评。

惟元嘉十七年七月二十六日①，大行皇后崩于显阳殿②。粤九月二十六日③，将迁座于长宁陵④，礼也⑤。龙𫐐缅綷⑥，容翟结骖⑦。皇涂昭列⑧，神路幽严⑨。皇帝亲临祖馈⑩，躬瞻宵载⑪。饰遗仪于组斿⑫，沦徂音乎珩佩⑬。悲黼筵之移御⑭，痛翚褕之重晦⑮。降舆客位⑯，撤奠殡阶⑰。乃命史臣⑱，累德述怀⑲。其辞曰：

【注释】

①元嘉十七年：即 440 年。元嘉为宋文帝刘义隆年号。

②大行：本为一去不返之意。臣下讳言皇帝死亡，因称大行。汉以后，帝死停棺未葬者称大行皇帝，皇后也同此义。

③粤：句首语助词。通"曰"。

④迁座：迁移灵柩。

⑤礼：谓合于礼制的规定。

⑥龙轩（gǒng）：画有龙形的车。缅（lí）：系，拴。绋（fú）：引棺的大绳索。

⑦容：容车。一种妇女乘坐的小车。《释名·释车》："容车，妇人所载小车也。其盖施帷，所以隐蔽其形容也。"翟（dí）：雉（即野鸡）。指重翟，皇后所乘之车，以雉羽为蔽。《周礼·巾车》："王后之五路，重翟，锡面，朱总。"贾公彦疏："凡言翟者，皆谓翟鸟之羽，以为两旁之蔽。言重翟者，皆二重为之。"这里容、翟均指灵车。结骖：连骖，谓将出发。骖，同驾一车的三匹马。

⑧皇涂：天子所行之路。涂，通"途"。昭列：光明。

⑨神路：神灵所行之路。幽严：吕向注："深敬也。"

⑩祖馈：送死者之祭。李周翰注："祖，始行也；馈，祭也。"

⑪躬：亲。瞻：望。载：举灵柩于车上。

⑫遗仪：犹言遗容，谓生前的光辉、风采。组斿（liú）：指旌旗。组，以丝线缝旗作为装饰。《诗经·鄘风·干旄》："素丝组之，良马五之。"斿，旗帜下边悬垂的饰物。

⑬沦：没。徂（cú）音：谓已消逝的音声。徂，死亡。珩（héng）：古人

　　佩玉,佩上有两块长方的玉,叫珩。泛指佩玉。

⑭黼(fǔ)筵:指绣有斧形花纹的垫席。黼,古代礼服上绣的黑白相
　　间如斧形的花纹。筵,竹制的垫席。移御:改变用途,即闲置不
　　用之意。

⑮翚(huī):五彩山雉。指画有翚图纹的祭服,为王后所用。一作
　　"袆"。褕(yú):褕狄,即褕翟,也是王后的祭服,衣服上画有翟
　　(雉)的图形。褕,一作"揄"。《周礼·内司服》:"掌王后之六服:
　　袆衣、揄狄……"重晦:非常晦暗。

⑯降舆:将灵柩放存车上。客位:灵柩所停之处,谓把灵柩尊为宾
　　客。《礼记·檀弓》:"殡于客位,祖于庭,葬于墓。"

⑰撤奠:即撤去祭品。奠,设酒食以祭。殡阶:殡于西阶。周代制
　　度,人死后殓尸于棺,在堂的西阶掘一坎地停柩。《礼记·檀弓》:
　　"周人殡于西阶之上,则犹宾之也。"古代以西为尊,为客位所在。

⑱史臣:即史官,颜延之自指。

⑲累德:李善注:"郑司农《周礼》注曰:'诔,谓积累生时德行,赐之
　　命,为其辞也。'"累,《宋书·后妃传》作"诔"。述怀:吕向注:"帝
　　之怀也。"

【译文】

　　元嘉十七年七月二十六日,大行皇后死于显阳殿。九月二十六日,将迁灵柩于长宁陵,这是合于礼的。龙车系上了引棺的大绳,容车重翟套上了马匹。天子所行之路光明,神灵所行之路深敬。皇帝亲临祭奠,亲自看着灵柩夜间上车。旌旗之上文饰着生前光辉,佩玉之声却已消逝无闻。悲叹绣有斧形花纹的垫席闲置不用,哀痛画有翚图的祭服晦暗不明。灵柩从客位迁入车中,祭奠也从西阶撤除。于是皇帝吩咐史臣,积累死者生前德行为之述怀。其辞云:

伦昭俪升①,有物有凭②。圆精初铄,方祇始凝③。昭哉

世族④，祥发庆膺⑤。秘仪景胄⑥，图光玉绳⑦。昌晖在阴⑧，柔明将进⑨。率礼蹈和⑩，称诗纳顺⑪。爰自待年⑫，金声凤振⑬。亦既有行⑭，素章增绚⑮。

【注释】

①伦：伦匹，配偶。昭：明。俪：伉俪，夫妻。李善注："言天地未分之前，已明伦匹之义，又升伉俪之道。"

②有物有凭：都有物象，都有所依凭。《诗经·大雅·烝民》："天生烝民，有物有则。"郑笺："有物象也。"

③"圆精初铄"二句：言天地始分之时。圆精，指天。铄，光明。方祇（qí），指地。祇，地神。

④昭：光明。

⑤祥发：犹发祥。发，发现，显示。《诗经·商颂·长发》："濬哲维商，长发其祥。"庆膺：犹膺庆。庆，福。膺，受，当。刘良注："叹皇后族之明盛而有其善福也。"

⑥秘仪：隐藏仪形。谓其入宫前。景胄：大族人家。指其母家。景，大。胄，帝王或贵族的后代。

⑦图光：焕发光彩。谓其入宫之后。玉绳：殿名。

⑧昌：盛。晖：光辉。阴：谓妻位。"阴"为古代哲学观念，与"阳"相对，以夫妻而言，夫为"阳"，妻为"阴"。

⑨柔明：柔顺文明。将进：即将推行此德于天下。吕延济注："谓皇后行此德行进于天下也。"

⑩率：遵循。张衡《南都赋》："献酬既交，率礼无违。"蹈：信守。和：和睦。《论语·学而》："礼之用，和为贵。"

⑪称诗：称引《诗经》《尚书》。纳顺：接受柔顺。李善注引郑玄《毛诗笺》："云妇人之行尚柔顺，自洁清。"《礼记·昏义》："妇顺者，顺于舅姑，和于室人，而后当于夫。"

⑫待年：待嫁之时。

⑬金声：撞钟之声。喻人的声名。夙：早。振：振动，传布。《孟子·万章》："孔子之谓集大成。集大成也者，金声而玉振之也。"

⑭行：出嫁。《诗经·邶风·泉水》："女子有行，远父母兄弟。"

⑮素章：白底有花纹的丝织品。绚：绚丽，有文采。《论语·八佾》："巧笑倩兮，美目盼兮，素以为绚兮。"

【译文】

匹偶之义早明，夫妻之道早升，都有物象全有依凭。那时老天刚刚发出光明，那时大地刚刚凝固成形。何其光明啊世族出身，总是呈示吉祥得到福庆。入宫前隐仪藏形于大族之家，入宫后焕发光彩于深宫玉绳。在其妻位发出隆盛光辉，将把柔顺文明向天下推行。遵循礼仪信守和睦，称引《诗》《书》接受柔顺。还在家中待嫁之时，就早已传布美好声名。等到长成出嫁之后，犹如洁白有花纹的底子上又增添了绚丽有文采的丝织品。

象服是加①，言观维则②。俾我王风③，始基嫔德④。惠问川流⑤，芳猷渊塞⑥。方江泳汉⑦，载谣南国⑧。伊昔不造⑨，鸿化中微⑩。用集宝命⑪，仰陟天机⑫。释位公宫⑬，登曜紫闱⑭。钦若皇姑⑮，允迪前徽⑯。孝达宁亲⑰，敬行宗祀⑱。进思才淑⑲，傍综图史⑳。发音在咏㉑，动容成纪㉒。壶政穆宣㉓，房乐韶理㉔。坤则顺成㉕，星轩润饰㉖。德之所届㉗，惟深必测㉘。下节震腾㉙，上清朓侧㉚。有来斯雍㉛，无思不极㉜。谓道辅仁㉝，司化莫哲㉞。

【注释】

①象服：亦名袆衣，古代王后及诸侯夫人以绘画为饰的衣服。《诗

经·鄘风·君子偕老》:"象服是宜,子之不淑,云如之何。"孔疏:
"象鸟羽而画之,故谓之象服也。"加:穿在身上。

②言:语首助词。《诗经·小雅·庭燎》:"君子至止,言观其旂。"
则:法度,有法度。《诗经·大雅·烝民》:"仲山甫之德,柔嘉
维则。"

③俾(bǐ):使。

④嫔:妇女的美称。这里指后妃。

⑤惠问:美好的音问、声名。川流:如川之流,言其广。

⑥芳猷(yóu):美好的谋划。渊塞:深远诚实。《诗经·邶风·燕
燕》:"仲氏任只,其心塞渊。"

⑦方江泳汉:谓其为宜都王妃时(宜都郡属荆州,治所在今湖北宜
都)。《诗经·周南·汉广》:"汉之广矣,不可泳思。江之永矣,
不可方思。"方,同"舫",用竹或木编成的筏子。这里用作动词,
谓坐筏子渡水。江,指长江。泳,游泳渡水。汉,指汉水。

⑧谣:歌唱。南国:古指江汉一带的诸侯国。

⑨伊:句首语气词。昔:指宋少帝刘义符时。不造:不吉,不幸。
《诗经·周颂·闵予小子》:"闵予小子,遭家不造。"

⑩鸿化:鸿大的教化。此指国运昌盛。中微:中途衰落。

⑪用:以。集:降下。宝命:即大命、天命。指宋文帝刘义隆即位。
《尚书·太甲》:"天监厥德,用集大命,抚绥万方。"又《尚书·金
縢》:"无坠天之降宝命,我先王亦有依归。"

⑫陟(zhì):登上。天机:指帝位。机,五臣本作"玑"。李善注引曹
植《秋胡行》:"歌以永言,大魏承天玑。"(全诗今佚)

⑬释:放弃。公宫:指王侯的宫室。

⑭紫闱:帝王宫禁。闱,宫中小门。李善注引魏明帝《苦寒行》:"修
德乎紫闱,八月自怀柔。"(全诗今佚)吕延济注:"谓帝自宜都王
升为天子,则皇后是释诸侯之夫人于公宫而为天子之后,登光辉

于紫宫也。"

⑮钦若:敬顺。皇姑:指皇太后。

⑯允:诚信,诚实。迪:履行。《尚书·皋陶谟》:"允迪厥德,谟明弼
　谐。"前徽:指太后的美德。徽,美。

⑰宁:问安。亲:指父母。古代称女子回娘家探亲问安叫归宁。
　《诗经·周南·葛覃》:"害澣害否? 归宁父母。"

⑱宗祀:即祭祀。

⑲才:贤才。淑:淑女。《毛诗序》:"《关雎》,乐得淑女以配君子,忧
　在进贤。"进思淑女,谓其不妒。

⑳综:理,钻研。图:图书。史:史籍。

㉑咏:声音抑扬地念诵。谓念诵《诗经》《尚书》。

㉒动容:举止仪容。成纪:合于法度。《孟子·尽心》:"动容周旋中
　礼者,盛德之至也。"

㉓壶政:谓宫内的事。《礼记·昏义》:"古者天子后立六宫……以
　听天下之内治,以明章妇顺。"壶,指宫中。《尔雅》:"宫中巷谓之
　壶。"穆:和睦。宣:清明。

㉔房乐:乐歌名。即房中乐。《仪礼·燕礼》:"若与四方之宾
　燕……有房中之乐。"郑注:"弦歌《周南》《召南》之诗,而不用钟
　磬之节也。谓之房中者,后夫人之所讽诵,以事其君子。"周代《房
　中乐》,至秦更名《寿人》,至西汉更名为《安世乐》。韶:继。理:理
　乐,即演习乐曲。《汉书·张禹传》:"身居大第,后堂理丝竹筚弦。"
　如淳注:"今乐家五日一习乐为理乐。"

㉕坤则:即以坤德为法则。坤,《周易》卦名。象地。《周易·系
　辞》:"天尊地卑,乾坤定矣。"因以坤指女性。《系辞》又曰:"乾道
　成男,坤道成女。"坤德即指女德。《周易·坤》:"坤厚载物,德合
　无疆。"顺成:谓成其柔顺之道。李善注引《韩诗》:"淑女奉顺坤
　德,成其纪纲。"

㉖星轩:指轩辕星,象后宫。《史记·天官书》:"轩辕,黄龙体。"《正义》:"轩辕十七星,在七星北。黄龙之体,主雷雨之神,后宫之象也。"润饰:谓有光彩。

㉗届:至,到。《尚书·大禹谟》:"惟德动天,无远弗届。"

㉘测:量度。

㉙下节:吕向注:"下节,谓水也;上清,谓月也。皆阴德,故比于后也。"震腾:震荡沸腾。为皇后将死之兆。《诗经·小雅·十月之交》:"百川沸腾,山冢崒崩。"

㉚上清:指月。朓侧:《尚书大传》:"晦(农历每月最后一天)而月见西方谓之朓,朔(农历每月开头一天)而月见东方谓之侧匿。"朓侧时月光暗淡,为皇后将死之兆。《汉书·张敞传》:"月朓日蚀,昼冥宵光。"

㉛有来:谓其来到宫中。有,语助词。斯:此,这。雍:雍容和睦。《诗经·周颂·雝》:"有来雝雝,至止肃肃。"

㉜极:中,谓中和之道。《尚书·君奭》:"乃悉命汝,作汝民极。"孔传:"为汝民立中正矣。"

㉝道:指天道。辅仁:辅助仁义。李善注引牵秀四言诗:"乾道辅仁,坤道尚冲。"(全诗今佚)

㉞司化:主管造化者。莫哲:不明,谓不明而使皇后陷入如此境地。

【译文】

五彩象服穿在身上,看去十分合于法度。使我施行王道之风,因有嫔德而奠下基础。美好声名如江水远流,美好谋划深远诚实。渡过长江游过汉水,讴歌之声遍及南国。国家过去遭遇不幸,鸿大教化中途衰微。全靠老天降下大命,昂头举步登上帝位。放弃诸侯夫人身份,成为帝后进入宫廷。恭敬柔顺侍奉太后,诚心施行太后美德。尽孝常向父母请安,恭敬谨肃奉行祭祀。一心引荐贤才淑女,同时钻研图书史籍。发音抑扬念诵《诗》《书》,举动仪容合于礼仪。宫中之事和睦清明,房中之乐继续演习。法则女德成其柔顺之道，轩辕星光是那样光彩鲜明。美德懿行所及之处，再深也能衡量度测。河水突然震荡沸腾，月亮突然朓侧不明。来到宫中雍容和睦，所思无不平和中正。只说天道辅助仁义，主管造化者却如此不明。

　　象物方臻^①，眂祲告沴^②。太和既融^③，收华委世^④。兰殿长阴^⑤，椒涂弛卫^⑥。呜呼哀哉！

【注释】

①象物：谓麟、凤、龟、龙四种灵物。《周礼·大司乐》："六变而致象物及天神。"郑注："象物，有象在天，所谓四灵者。天地之神，四灵之知，非德至则不至。"方：正。臻：至。

②眂祲(jìn)：古官名。主管望气预言灾祥之事。《周礼·眂祲》："掌十辉之法，以观妖祥，辨吉凶。"沴(lì)：灾害不祥之气。

③太和：太平。融：明亮。

④华：光华。委世：弃世。

⑤兰殿：芳香的宫殿。指皇后所居之处。阴：暗。

⑥椒涂：即椒房，皇后所居之处，以椒和泥涂壁，以取温、香、多子之义。弛：废。卫：侍卫。

【译文】

　　麟、凤、龟、龙四种灵物正好来到，眂祲却告知不祥之气降临。太平时代一派光明，皇后却收敛光辉弃世而去。芳香宫殿陷入漫长昏暗，椒房侍卫从此撤离。呜呼哀哉！

　　戒凉在莘^①，杪秋即岁^②。霜夜流唱^③，晓月升魄^④。八神警引^⑤，五辂迁迹^⑥。嗷嗷储嗣^⑦，哀哀列辟^⑧。洒零玉

墀⑨,雨泗丹掖⑩。抚存悼亡,感今怀昔。呜呼哀哉!

【注释】

①戒凉:指秋天。《国语·周语》:"火见而清风戒寒。"韦昭注:"谓霜降之后,清风先至,所以戒人为寒备也。"殡(sì):指棺柩暂葬路旁。《释名·释丧制》:"假葬于道侧曰殡。"

②杪(miǎo)秋:暮秋,农历九月。宋玉《九辩》:"靓杪秋之遥夜兮,心缭悷而有哀。"窆(xǐ):埋葬。谓将葬入墓中以就长夜。

③流唱:指挽歌流转。

④升魄:谓神灵升天。

⑤八神:八方之神。警:警跸。古时帝王出入称警跸,左右侍卫为警,止人清道为跸。扬雄《甘泉赋》:"八神奔而警跸兮,振殷辚而军装。"引:指牵引灵车。

⑥五辂(lù):古代统治者乘坐的五种车子。迁迹:谓前行。

⑦嗷嗷(jiào):哭声。储嗣:太子。

⑧哀哀:悲伤不已。列辟:诸王。

⑨洒零:谓落泪。玉墀(chí):宫殿前铺砌玉石的台阶。

⑩雨泗:也指落泪。泗,鼻涕。掖:掖庭,宫中妃嫔居住之处。因漆成红色,故称丹掖。

【译文】

秋天假葬在道路旁边,暮秋葬入长夜不明的墓穴。霜寒之夜挽歌悲凄流转,晓月临空魂魄升上天庭。八方之神在前警诫牵引,五辂之车一路缓缓行进。太子嗷嗷哭个不停,诸王哀哀悲不自胜。泪水洒落玉墀之上,丹掖也都滴满泪痕。抚慰存者痛悼亡者,感慨今日怀念往昔。呜呼哀哉!

南背国门①,北首山园②。仆人按节③,服马顾辕④。遥酸紫盖⑤，眇泣素轩⑥。灭彩清都⑦，夷体寿原⑧。邑野沦蔼⑨，戎夏悲讙⑩。来芳可述⑪，往驾弗援⑫。呜呼哀哉！

【注释】

①南背国门：谓陵墓在都城北面。国门，都城之门。

②首：向。山园：指陵墓。

③按节：控制速度，使车马行走缓慢。也作"案节"。

④服马：古代一车四马时，中间夹辕的二马称服马。泛指驾车的马。顾辕：谓因悲伤而徘徊不进。李善注："李陵诗曰：'辕马顾悲鸣，五步一彷徨。'"

⑤紫盖：紫红车盖。代指车。

⑥眇（miǎo）：远。素轩：白色灵车。

⑦清都：指都城。《列子·周穆王》："王实以为清都、紫微、钧天、广乐，帝之所居。"

⑧夷体：谓毁其肢体。寿原：指陵墓。李善注引《汉书音义》："天子未死，呼寿原。"

⑨邑野：都城及其郊野。沦蔼：谓失其茂盛之色。蔼，草木茂盛貌。

⑩戎夏：戎狄华夏。讙（huān）：喧哗。

⑪来芳：指素来留下的好名声。

⑫往驾：远去的灵车。

【译文】

南面背靠着都城城门，城门北面正对着陵园。仆人控制着车行速度，服马低头注视着车辕。心酸地遥望紫红车盖，流着泪远看白色灵车。都城中灭绝了人生光彩，陵墓中肢体一天天朽坏。都城郊野顿时失去茂盛之色，夷狄华夏同声悲呼哀啼。素来的声名足可记述，远去的灵车不可攀缘。呜呼哀哉！

谢玄晖

见卷第二十《新亭渚别范零陵诗》作者介绍。

齐敬皇后哀策文一首

【题解】

敬皇后,名刘惠端,彭城(今江苏徐州)人。建元三年(481),为西昌侯夫人。永明七年(489),卒,葬江乘县张山。延兴元年(494),赠宣城王妃。齐明帝即位,追尊为敬皇后。永泰元年(498),齐明帝卒,葬兴安陵,敬皇后从张山迁出与明帝合葬,谢朓应东昏侯之命,写了这篇哀策文。文章不为对偶隶事所缚,清丽自然,在同类文字中属上乘之作。

惟永泰元年秋九月朔日①,敬皇后梓宫启自先茔②,将祔于某陵③。其日,至尊亲奉奠某皇帝④,乃使兼太尉某设祖于行宫⑤,礼也⑥。翠帟舒皋⑦,玄堂启扉⑧。俎彻三献⑨,筵卷六衣⑩。哀子嗣皇帝⑪,怀蜃卫而延首⑫,想鷖辂而抚心⑬。痛椒涂之先廓⑭,哀长信之莫临⑮。身隔两赴⑯,时无二展⑰。旋诏左言⑱,光敷圣善⑲。其辞曰:

【注释】

①永泰元年:即498年。永泰,齐明帝萧鸾年号。朔日:初一。

②梓宫:皇后所用以梓木制作的棺材。先茔(yíng):指张山旧陵。

③祔(fù):合葬。某陵:指兴安陵。

④至尊:指东昏侯萧宝卷。奠:馈奠,进献祭品。某皇帝:指齐明

帝,因其时尚未确定谥号,故称。

⑤太尉:官名。掌全国军事。齐明帝临终前,遗诏以军政大事委太
尉陈显达。《后汉书·百官志》:"太尉,公一人……大丧则告谥
南郊。"祖:祭名。出行之前,祭祀道路之神。行宫:都城外供帝
王出行时居住的宫殿。

⑥礼:谓合于礼制。

⑦翠帟(yì):翠幕。舒:张设。阜:山。

⑧玄堂:墓室,因其幽暗,故称。张衡《吕司徒诔》:"去此宁寓,归于
幽堂。玄室冥冥,修夜弥长。"启扉:开门。

⑨俎:放肉的几,为祭祀所用的礼器。彻:通"撤",撤去。三献:古
代郊祭时的仪式。陈祭品后要三次献酒,即初献爵、亚献爵、终
献爵。

⑩筵:席,铺在地上的坐具。卷:撤去。六衣:王后的六种衣服。
《周礼·内司服》:"内司服掌王后之六服:祎衣、揄狄、阙狄、鞠
衣、展衣、缘衣。"

⑪哀子:古称居父母之丧的人。嗣皇帝:指东昏侯萧宝卷。

⑫蜃(shèn)卫:即蜃车,丧车。蜃,大蛤蜊。《周礼·遂师》:"共丘
笼及蜃车之役。"郑注:"蜃车,柩路也。柩路戴柳四轮,迫地而
行,有似于蜃,因取名焉。"延首:伸颈远望。

⑬鹥(yì)辂(lù):也指丧车。鹥,青黑色。抚心:哀痛之状。

⑭椒涂:谓后妃所居之处,因以椒涂壁,故称。先廓:谓皇后早死。
廓,空。

⑮长信:汉宫名。为皇太后所居之处。代指太后,即指敬皇后。敬
皇后对东昏侯而言,为太后。莫临:义同"先廓"。

⑯身隔两赴:谓一身不能到两处赴丧。

⑰展:省视。

⑱旋:即。左言:谓左史,史官名。《汉书·艺文志》:"左史记言,右

史记事。"此为谢玄晖自指。

⑲光敷:光大铺陈。圣善:智慧而有美德。《诗经·邶风·凯风》:
"母氏圣善,我无令人。"

【译文】

永泰元年秋九月初一,敬皇后棺木从张山旧陵启动,将迁移到某陵同皇帝合葬。这一天,至尊亲自奉祭某皇帝,于是派遣兼太尉某在行宫设祭,这是合于礼的。翠幕在山上张设,墓室打开了门户。祭毕撤除俎几三献,同时撤去座席六衣。哀子嗣皇帝,念着蜃车而伸颈远望,想着鹭辂而抚心悲痛。悲痛椒房早早地空无人迹,哀恸长信宫无人光临。一身无法到两地赴丧,一时不能到两处省视。于是即诏命史官,为文以光大铺陈皇后的智慧美德。其辞云:

帝唐远胄①,御龙遥绪②。在秦作刘③,在汉开楚④。肇惟淑圣⑤,克柔克令⑥。清汉表灵⑦,曾沙膺庆⑧。爰定厥祥⑨,徽音允穆⑩。光华沼沚⑪,荣曜中谷⑫。敬始纮綖⑬,教先穜稑⑭。睿问川流⑮,神襟兰郁⑯。先德韬光⑰,君道方被⑱。于佐求贤,在谒无诐⑲。顾史弘式⑳,陈诗展义㉑。厚下曰仁㉒,藏往伊智㉓。十乱斯侔㉔,四教罔忒㉕。思媚诸姑㉖,贻我嫔则㉗。化自公宫㉘,远被南国㉙。轩曜怀光㉚,素舒舒德㉛。

【注释】

①帝唐:即帝尧。尧初封陶,后封于唐,号陶唐氏。胄:后代。传说刘姓"祖自虞(舜)以上为陶唐氏,在夏为御龙氏"(《汉书·高帝纪》)。

②御龙:复姓。传说夏时刘累学驯龙,以事孔甲,孔甲赐姓为御龙

氏。绪：末，后代。

③在秦作刘：指陶唐后裔居秦始为刘氏。刘累之外，刘氏还有一支
出于范氏。范氏的后代在晋国为士师，鲁文公时由晋去秦，后又
回晋，但其家人仍留在秦，后来便称为刘氏（即"留"的意思）。见
《汉书·高帝纪》。

④在汉开楚：刘邦称帝后，封其弟刘交为楚王，治彭城，敬皇后即刘
交之后裔。

⑤肇：始。淑：善，有道德。圣：明达，智慧。

⑥克：能。令：善，贤。

⑦清汉：汉水。指汉水女神。《诗经·周南·汉广》："汉有游女，不
可求思。""游女"，鲁、韩二家均释为汉水女神。表灵：指神仙。
表，明显。

⑧曾（céng）：通"层"，重叠。沙：沙麓，一作"沙鹿"，春秋晋地土山
名。其西有沙鹿城。在今河北大名。《汉书·元后传》："元城建
公曰：'昔春秋沙麓崩，晋史卜之，曰："阴为阳雄，土火相乘，故有
沙麓崩。后六百四十五年，宜有圣女兴。其齐田乎！"今王翁孺
徙，正直其地，日月当之。元城郭东有五鹿之虚，即沙鹿地也。
后八十年，当有贵女兴天下。'"膺：当。庆：福。

⑨定：指定婚。厥：其。《诗经·大雅·大明》："文定厥祥，亲迎
于渭。"

⑩徽音：美誉。《诗经·大雅·思齐》："大姒嗣徽音，则百斯男。"
允：诚信。穆：清和。

⑪沼：池。沚：水塘。《诗经·召南·采蘩》："于以采蘩，于沼于
沚。"毛序："《采蘩》，夫人不失职也。"

⑫中谷：谷中。《诗经·周南·葛覃》："葛之覃兮，施于中谷。"毛
序："《葛覃》，后妃之本也。"

⑬纮（hóng）：冠冕上着于领下的带子。綖（yán）：覆在冠冕上的装

饰。这里用作动词,谓编织纮綖。《春秋左传·桓公二年》:"衡、纮、紘、綖,昭其度也。"李周翰注:"古者后妃亲织玄纮,公侯夫人加之以纮綖。"

⑭穜(tóng)稑(lù):皆禾名。用作动词,谓种植穜稑。《周礼·内宰》:"上春,诏王后帅六官之人,而生穜稑之种,而献之于王。"

⑮睿问:圣问,谓天子以圣德相问。川流:如川之流。言其广。

⑯神襟:胸怀。兰郁:谓芳盛。李善注引扬雄《书》:"贤女馨,芬于兰茝。"

⑰先德:谓齐明帝。韬光:藏匿光彩,谓未即帝位之时。

⑱君道:为君之道。被:及于,覆盖。君道及于国中,谓有敬皇后内助。

⑲谒:请托。诐(bì):邪僻不正。《诗经·周南·卷耳》毛序:"《卷耳》,后妃之志也。又当辅佐君子,求贤审官,知臣下之勤劳。内有进贤之志,而无险诐私谒之心。"

⑳顾:看。史:女史,女官名。《周礼·天官》有女史,掌管王后礼仪。《周礼·春官》也有女史,掌管文书。弘:广大。式:法度。《汉书·外戚传》:"陈女图以镜监兮,顾女史而问诗。"

㉑陈:展开。诗:指《诗经》。展:申发。

㉒厚下:丰厚在下之人而自不取功。《周易·剥》:"山附于地,剥;上以厚下安宅。"

㉓藏往:藏过往之善。《周易·系辞》:"神以知来,知(智)以藏往。"伊:语助词。

㉔十乱:指周武王的十个能治理天下的大臣。《尚书·泰誓》:"予(武王)有乱臣十人,同心同德。"孔传:"十人:周公旦、召公奭、太公望、毕公、荣公、太颠、闳夭、散宜生、南宫适及文母。"《论语·泰伯》:"舜有臣五人而天下治。武王曰:'予有乱十人。'孔子曰:'才难,不其然乎? 唐、虞之际,于斯为盛。有妇人焉,九人而

已。'"妇人"指文母,即周文王之妃太姒。斯:此,指敬皇后。
俟:待,即等待敬皇后也成为文母似的人物。

㉕四教:《礼记·昏义》:"教以妇德、妇言、妇容、妇功。"《晋书·帝
纪》:"而其妃后躬行四教。"罔:无。忒:差错。

㉖媚:爱戴。《诗经·大雅·思齐》:"思媚周姜,京室之妇。"诸姑:
这里指先太后。《诗经·邶风·泉水》:"问我诸姑,遂及伯姊。"

㉗贻:遗,留。嫔则:为妇的法则。

㉘化:教。公宫:祖庙。《礼记·昏义》:"是以古者妇人先嫁三月,
祖庙未毁,教于公宫。"谓皇后先学妇道于母家之祖庙,而后配于
明帝。

㉙被:及。谓其美好的声名及于南国。古称江汉流域一带为南国。
这里泛指南方。

㉚轩曜:原指轩辕星。此处比皇后。《淮南子·天文训》:"轩辕者,
帝妃之舍也。"

㉛素舒:指月亮,以比皇后。素,白色。舒,望舒,神话中为月驾车
的人。伫:通"贮",积储。

【译文】

敬皇后是远古帝尧的后代,是御龙传下的后裔。在秦国始为刘氏,
在汉朝首开楚国。打一开始就有美德智慧,既很柔顺又很贤明。像汉
水女神那样显明灵秀,遇上了沙麓崩而圣女兴的福运。定下婚姻多么
吉祥,美好声誉清和诚信。光辉照耀池沼水塘,荣光辉映山谷中央。编
织纮綖为敬之始,种植穜稑为教之先。相问圣德如川之流,胸怀之美如
兰芳盛。先帝早先藏匿光彩,为君之道正及于国。辅佐先帝访求贤能,
请托全无邪僻之心。眼观女史合于礼仪,展阅《诗》《书》申扬义理。丰
厚下人叫做仁,藏过往之善叫做智。期待着成为十个治世大臣中的文
母,躬行四教毫无过失。对先太后思念爱戴,给我们留下了为妇的法
则。先在公宫接受了教育,美好的声名远及于南国。如轩辕之星怀着

光彩,似朗朗明月积储美德。

　　闵予不祐①,慈训早违②。方年冲藐③,怀袖靡依④。家
臻宝业⑤,身嗣昌晖⑥。寿宫寂远⑦,清庙虚归⑧。呜呼哀哉!

【注释】

①闵:通"悯",哀怜,怜念。予:东昏侯自称。不祐:谓天不祐助我。
　《诗经·周颂·闵予小子》:"闵予小子,遭家不造。"

②慈训:母亲的教训。早违:指敬皇后早早地弃我而去。违,背离。

③冲:幼小。藐:弱小。

④怀袖:谓怀抱。靡:无。

⑤家臻宝业:谓齐明帝登上帝位。臻,至。宝业,指帝位。《周易·
　系辞》:"天地之大德曰生,圣人之大宝曰位。"

⑥身:东昏侯自指。嗣:谓得立为太子,继承帝位。昌:盛。晖:明。
　谓盛明之时。

⑦寿宫:供神之处。远:虚空。

⑧清庙:宗庙,也为供神之处。清,清静肃穆。虚归:虚空。

【译文】

　　哀怜老天不祐助我,早早地就失去了母亲的教训。正当幼小孱弱
的年纪,没有了怀抱依偎的温存。家父登上了皇帝的宝座,我得嗣立太
子蒙受父皇的光辉。寿宫静寂而又虚空,宗庙虚空而又肃穆。呜呼
哀哉!

　　帝迁明命①,民神胥悦②。乾景外临③,阴仪内缺④。空
悲故剑⑤,徒嗟金穴⑥。璋瓒奚献⑦,祎褕罔设⑧。呜呼哀哉!

【注释】

①帝：上帝。迁：谓使明帝迁升，即登上帝位。明命：天命。《诗经·大雅·皇矣》："帝迁明德，串夷载路。"

②胥：都。

③乾景：谓齐明帝。乾，八卦的首卦。象天、象君。《周易·说卦》："乾，天也，故称乎父；坤，地也，故称乎母。"景，日光。外临：谓君临天下。

④阴仪：谓敬皇后。内缺：谓死去。

⑤故剑：汉宣帝少时，娶许广汉之女平君。及即位，平君为婕妤。时公卿欲更立霍光女为皇后。尚未有言，宣帝乃下诏求"微时故剑"，大臣知帝意图，于是议立许婕妤为皇后。事见《汉书·外戚传》。后以故剑称旧妻。这里即指敬皇后。

⑥金穴：指敬皇后家富有之时。《后汉书·皇后纪》："况迁大鸿胪。帝数幸其第，会公卿诸侯亲家饮燕，赏赐金钱缣帛，丰盛莫比，京师号况家为金穴。"

⑦璋瓒：古代礼器名。为裸祭（以酒祭奠祖先）时所用的盛灌鬯酒的勺，有鼻口，鬯酒从中流出。以圭为柄者称圭瓒，以璋（一种玉器）为柄者称璋瓒。为夫人所执。《礼记·祭统》："君致齐于外，夫人致齐于内，然后会于大庙。君纯冕立于阼，夫人副、祎立于东房。君执圭瓒裸尸，大宗执璋瓒亚裸。"郑注："圭瓒、璋瓒，裸器也……大宗亚裸，容夫人有故，摄焉。"奚：何。

⑧祎（huī）褕（yú）：皆王后的祭服。罔：无。

【译文】

　　天帝降下升迁的明命，人神无不感到由衷的欢悦。父皇的光辉外照四方，母后的风采却在内宫黯然消失。父皇对着象征微时母后的故剑空自悲伤，对着旧时金穴般兴盛的外家徒然叹息。璋瓒能够为谁奉献，祎衣褕衣无从设置。呜呼哀哉！

冯相告祲①，宸居长往②。贻厥远图③，末命是奖④。怀丰沛之绸缪兮⑤，背神京之弘敞⑥。陋苍梧之不从兮⑦，遵鲋隅以同壤⑧。呜呼哀哉！

【注释】

①冯（píng）相：冯相氏，周代官名。掌天文。《周礼·冯相氏》郑注："冯，乘也；相，视也。世登高台，以视天文之次序。"祲（jìn）：不祥的云气。谓出现齐明帝将死之兆。

②宸（chén）居：帝王住处。长往：谓齐明帝死去。

③贻：留下。厥：其，指齐明帝。图：谋略。李善注："谓顾命令祔（合葬）也。"《诗经·大雅·文王有声》："诒厥孙谋，以燕翼子。"

④末命：临终之命。奖：劝勉。《方言》："自关而西，秦晋之间，相劝曰耸，或曰奖。"

⑤丰沛：在今江苏沛县。这里以喻齐明帝故乡。《汉书·高帝纪》："高祖，沛丰邑中阳里人也。"应劭曰："沛，县也。丰，其乡也。"绸缪：缠绵。

⑥神京：指齐都建康。弘敞：宽阔。

⑦陋：鄙薄，不以为是。苍梧：山名。又名九疑，在今湖南宁远县境。相传舜南巡而死，独葬于苍梧之野。《礼记·檀弓》："舜葬于苍梧之野，盖三妃未之从也。"

⑧鲋（fù）隅：一作"鲋鱼""鲋鳙"，山名。在今河南清丰县境，又名高阳山、青冢山，传说古帝颛顼与其妃均葬于此。《山海经·海内东经》："汉水出鲋鱼之山，帝颛顼葬于阳，九嫔葬于阴，四蛇卫之。"同壤：谓合葬。

【译文】

冯相氏告知不祥之气降临，父皇就永远离我而去。给我留下了长远的谋虑，临终之言多有劝勉。怀念丰沛的感情多么缠绵啊，背离了帝都的宽阔明亮。对舜独葬苍梧而三妃不从之事不以为然啊,将像颛顼同其妃嫔在鲋隅山那样合葬。呜呼哀哉!

　　陈象设于园寝兮①,映舆镈于松楸②。望承明而不入兮③,度清洛而南游④。继池绋于通轨兮⑤,接龙帷于造舟⑥。回塘寂其已暮兮⑦,东川澹而不流⑧。呜呼哀哉!

【注释】

①象设:设置遗像。《楚辞·招魂》:“像设君室,静闲安些。”园寝:建在帝王墓地的庙。《后汉书·祭祀志》:“古不墓祭,汉诸陵皆有园寝,承秦所为也。”

②舆:车。镈(zōng):金镈,一种马饰。李善注引蔡邕《独断》:“金镈者,马冠也。如玉华形,在马髦前。”松、楸:墓地所种树木。

③承明:洛阳宫门。借指建康宫门。李善注引陆机《洛阳记》:“承明门,后宫出入之门。”

④清洛:即洛水,流经洛阳附近,借指建康附近的流水。

⑤继:连接。池绋(fú):指灵车。池,葬车上像承溜(屋檐下承接雨水的天沟)的棺饰。《礼记·丧大记》:“饰棺,君龙帷,三池。”孔疏:“帷,柳车(葬车)边障也,以白布为之,王、侯皆画为龙,故云君龙帷也。池,织竹为笼,衣以青布。挂著荒之爪端,象平生宫室有承溜也。”绋,引棺的大绳。通轨:大路。

⑥龙帷:代指灵车。造舟:指浮桥。《诗经·大雅·大明》:“造舟为梁,不显其光。”

⑦回塘:曲堤。

⑧东川:东流之水。澹:水静而不流之貌。

【译文】

把遗像陈设在园寝之中啊,映衬车马金镈于松楸之间。望着承明门而不进去啊,渡过洛水往南面游行。灵车相连行驶在大路上啊,前后相接行驶在浮桥之上。曲堤空寂暮色已经降临啊,东流之水静静地不肯流淌。呜呼哀哉!

　　籍閟宫之远烈兮①,闻缵女之遐庆②。始协德于蘋蘩兮③,终配祇而表命④。慕方缠于赐衣兮⑤,哀日隆于抚镜⑥。思寒泉之罔极兮⑦,托彤管于遗咏⑧。呜呼哀哉!

【注释】

①籍:通“藉”,凭借。閟(bì)宫:神庙,指姜嫄的庙。姜嫄为周人祖先帝喾的正妃、后稷的母亲。这里即代指姜嫄。烈:功绩。《诗经·鲁颂·閟宫》:“閟宫有侐,实实枚枚。赫赫姜嫄,其德不回。”

②缵(zuǎn)女:指周武王的母亲太姒,即文母。缵,继,谓继娶。遐:远。庆:福。《诗经·大雅·大明》:“缵女维莘,长子维行,笃生武王。保右命尔,燮伐大商。”

③协德:同德。蘋:即《采蘋》,《诗经·召南》篇名。毛序:“《采蘋》,大夫妻能循法度也。”蘩:即《采蘩》,《诗经·召南》篇名。毛序:“《采蘩》,夫人不失职也。”采蘋、采蘩,指齐明帝尚未即位之时。

④配祇(qí):配地,即祭地神时以先妣(亡母,这里即指敬皇后)配享。《汉书·郊祀志》:“天地合祭,先祖配天,先妣配坠。”李周翰注:“言皇后终加尊谥而为先妣。”表命:表明天命。

⑤慕:思。缠:结。赐衣:指敬皇后旧时衣物。《东观汉记·东平宪王苍传》:“上赐东平王苍书曰:‘向卫士南宫,皇太后因过按行阅视旧时衣物。惟王孝友之德,今以光烈皇后假髻、帛巾各一、衣一箧遗王,可时瞻视,以慰凯风寒泉之思。’”

⑥哀日隆于抚镜:悲哀日甚于手持明镜。李善注引《西京杂记》:“宣帝被收系郡邸狱,臂上犹带史良娣合采转丝绳系身毒宝镜一

枚,旧传此镜照见妖魅,得佩之者为天神所福,故宣帝从危获济。及即大位,每持此镜,感咽移辰。"隆,盛。抚,持。

⑦寒泉:《诗经·邶风·凯风》:"爰有寒泉,在浚之下。有子七人,母氏劳苦。"诗以寒泉之水可以灌溉田苗,比喻母亲养育子女。这里即以此比喻母后养育的恩德。罔极:无常,没有准则。谓上天没有准则,不保佑我,以致不得报效母后的养育之恩。《诗经·小雅·蓼莪》:"父兮生我,母兮鞠我……欲报之德,昊天罔极。"

⑧彤管:古代女史记事用的杆身漆朱的笔。这里代指写这篇哀策文所用的笔。《诗经·邶风·静女》:"静女其娈,贻我彤管。"毛传:"古者后夫人必有女史彤管之法。"郑笺:"彤管,笔赤管也。"遗咏:谓古人所咏之诗歌。这里代指这篇哀策文。《晋书·孝武帝纪》:"先帝淳风玄化,遗咏在民。"

【译文】

凭借姜嫄遥远的功绩啊,得知太姒遥远的福泽。采蘋采蘩之时开始同心同德啊,终于得以配地以表明天命。思绪缠结于旧时衣物啊,悲哀日甚于手持明镜。思报寒泉而上天无常啊,托付彤管写下这篇哀文。呜呼哀哉!

碑文上

蔡伯喈

蔡邕(133—192)，字伯喈，陈留圉(今河南杞县)人。东汉文学家、书法家。少博学，师事太傅胡广。喜好辞章、数术、天文，精通音律。初为司徒桥玄征召为属官，出任河平长，又召拜郎中，校书东观，升迁议郎。后因上书议论朝政，遭诬陷，被流放朔方。遇赦后，又遭诬陷，不敢回乡，亡命江湖十二年。董卓为司空，征为祭酒，累官至左中郎将，封高阳乡侯。董卓被诛，他闻讯叹息，被下狱致死。《隋书·经籍志》著录有集十二卷，已散佚。后人辑有《蔡中郎集》。

郭有道碑文一首　并序

【题解】

碑文，即刻于碑上之文。古代的碑文，按其用途和内容大致可分为纪功碑文、宫室庙宇碑文和墓碑文三种。墓碑文是记述死者生前事迹兼表悼念、称颂之情的文字，在东汉时已很盛行，其中以蔡邕所作最为著名，堪称汉代碑文的集大成者，对后世碑铭之文有很大影响。《文心雕龙·诔碑》云："自后汉以来，碑碣云起，才锋所断，莫高蔡邕。"又云："其叙事也该而要，其缀采也雅而泽，清词转而不穷，巧义出而卓立，察其为才，自然而至。"蔡邕所作碑文中，又以《郭泰碑》最为出色。郭泰，东汉名士，字林宗，太原界休(今山西介休)人。家世贫贱，少好学，善谈论，博通典籍。游于洛阳，为河南尹李膺赏识，名震京师。后归乡里，司徒黄琼征召，太常赵典举有道，皆不就。党锢祸起，他闭门教授，弟子以千数。建宁二年（169），卒于家，四方之士千余人会葬，志同者共刻石立碑，蔡邕为之写了这篇碑文。事后蔡邕对涿郡卢植说："吾为碑铭多矣，皆有惭德，唯郭有道无愧色耳。"（见《后汉书·郭太传》）可见这篇碑文确有其不同凡响之处。

　　先生讳泰，字林宗，太原界休人也①。其先出自有周②，王季之穆③，有虢叔者④，寔有懿德⑤，文王咨焉⑥。建国命氏⑦，或谓之郭⑧，即其后也。先生诞应天衷⑨，聪睿明哲⑩，孝友温恭⑪，仁笃慈惠⑫。夫其器量弘深，姿度广大⑬，浩浩焉⑭，汪汪焉⑮，奥乎不可测已⑯。若乃砥节厉行⑰，直道正辞⑱，贞固足以干事⑲，隐括足以矫时⑳。遂考览六经㉑，探综图纬㉒，周流华夏㉓，随集帝学㉔。收文武之将坠㉕，拯微言之未绝㉖。于时缨緌之徒㉗，绅佩之士㉘，望形表而影附㉙，聆嘉声而响和者㉚，犹百川之归巨海、鳞介之宗龟龙也㉛。尔乃潜隐衡门㉜，收朋勤诲㉝，童蒙赖焉㉞，用祛其蔽㉟。州郡闻德，虚己备礼㊱，莫之能致。群公休之，遂辟司徒掾㊲，又举有道㊳，皆以疾辞。将蹈鸿涯之遐迹㊴，绍巢许之绝轨㊵。翔区外以舒翼㊶，超天衢以高峙㊷。禀命不融㊸，享年四十有二，以建宁二年正月乙亥卒。凡我四方同好之人㊹，永怀哀悼㊺；靡所置念㊻，乃相与惟先生之德㊼，以谋不朽之事㊽。金以为先民既没㊾，而德音犹存者㊿，亦赖之于见述也○51。今其如何，而阙斯礼○52。于是树碑表墓○53，昭铭景行○54，俾芳烈奋于百世○55，令问显于无穷○56。其辞曰：

【注释】

①太原：郡名。属并州。界休：县名。故址在今山西介休东南。

②有周:即周代。

③王季:即季历。周太王少子,周文王之父。一作"王季""公季"。穆:指季历之子虢叔。穆是宗庙在右的位次,古代昭穆相承,左为昭,右为穆。季历为后稷第十三代孙,为昭,则虢叔为穆。《春秋左传·僖公五年》:"虢仲虢叔,王季之穆也。"

④虢(guó)叔:虢的开国祖,季历的三子,周文王的弟弟。

⑤寔(shí):实。懿德:美德。

⑥咨:谋,征询。虢叔当过文王的卿士(执掌国政的大臣)。《国语·晋语》:"胥臣曰:'及其(文王)即位也,询于八虞而咨于二虢。'"

⑦命氏:赐给氏。上古同姓贵族的几个分支各有称号,叫"氏"。后来"姓"和"氏"不再有区别。《春秋左传·隐公八年》:"天子建德,因生以赐姓,胙之土而命之氏。"

⑧郭:《战国策》高诱注:"郭,古文'虢'字也。"

⑨诞:发语词。天衷:上天的善意。

⑩聪睿:聪明智慧。明哲:明智,通晓事理。

⑪孝友:孝顺父母与友爱兄弟。

⑫仁笃:仁厚。

⑬姿度:姿态气概。

⑭浩浩:水盛大貌。用以形容气度之恢宏。

⑮汪汪:水深广貌。《世说新语·德行》:"(郭泰)诣黄叔度,乃弥日信宿。人问其故,林宗曰:'叔度汪汪如万顷之陂,澄之不清,扰之不浊,其器深广,难测量也。'"

⑯奥:深。已:至,即其水深所及之处。

⑰若乃:至于。犹言"若夫"。砥节厉行:磨炼节操和德行。

⑱直道:正直之道。正辞:不虚称君美的公正言辞。

⑲贞固:固守正道。干事:干练地办事。《周易·乾》:"贞者,事之

干也……贞固足以干事。"

⑳隐括:矫正竹木弯曲的器具。比喻匡正时弊的意见。矫:正。

㉑考览:考察阅览。六经:指《诗》《书》《礼》《乐》《易》《春秋》六部儒
家经典。

㉒探综:探求综合。图纬:图,《河图》,谶纬书名。《隋书·经籍志》
著录二十卷,谓其出于西汉。纬,纬书,"六经"和《孝经》均有纬
书,称"七纬",是以儒家经义附会人事吉凶,以预言治乱兴废
的书。

㉓周流:周行各地。华夏:中国。屈原《离骚》:"览相观于四极兮,
周流乎天余乃下。"

㉔集:止于。帝学:国学,国家设立的最高学府。

㉕文武:文武之道,即周文王、周武王之道。坠:失传。《论语·子
张》:"子贡曰:'文武之道,未坠于地,在人。'"

㉖微言:精微之言。

㉗缨緌(ruí):帽带及其末梢部分。《礼记·内则》:"子事父母……
冠、緌、缨。"孔疏:"结缨颔下以固冠,结之余者,散而下垂,谓之
緌。"借指在朝百官及儒学诸生。

㉘绅:束在腰间,一头垂下以为饰的大带。佩:结于衣带上的饰物,
也借指在朝百官及儒学诸生。《后汉书·郭太传》:"于是名震京
师。后归乡里,衣冠诸儒送至河上,车数千两。"

㉙形表:谓人站立。

㉚聆:听。声而响:《庄子·在宥》:"大人之教,若形之于影,声之于
响也。"

㉛鳞介:泛指有鳞和介甲的水生动物。龟:乌龟,因其寿命很长,古
人以为灵物。

㉜尔乃:至于。犹曰"若乃"。衡门:横木为门。比喻简陋的房屋。
后借指隐者所居。《诗经·陈风·衡门》:"衡门之下,可以栖迟。"

㉝收朋:重其友朋。

㉞童蒙:幼稚尚未开化的儿童。《春秋左传·僖公九年》:“凡在丧,王曰小童,公侯曰子。”孔疏:“蒙,谓暗昧也,幼童于事多暗昧,是以谓之童蒙。”

㉟用:以。祛:去。

㊱虚己:犹言虚心。

㊲休:美,褒美。

㊳辟:征召。司徒掾:司徒的属官。

㊴有道:汉代选举科目之,以有道德、有才艺的人为选举对象。《后汉书·郭太传》:“司徒黄琼辟,太常赵典举有道。”

㊵蹈:踩,步。鸿涯:传说中仙人名。又作“洪崖”“洪月”“洪涯”。《神仙传》注引《真仙通鉴》:“洪崖先生者,或曰黄帝之臣伶伦也,得道仙去,姓张氏。”遐:远。

㊶绍:继。巢许:巢父、许由,相传为尧时隐士,尧欲让位给二人,皆不受。绝:远。轨:犹“迹”。

㊷区外:犹言方外,指世俗之外。

㊸天衢:天路。衢,四通八达的大路。比喻通显之地。峙:立。

㊹禀:受,享。融:长。

㊺同好:爱好相同。

㊻永:长。

㊼靡:无。置:致,寄托。张铣注:“言无所致念者,念之不可及也。”

㊽惟:思。

㊾不朽之事:谓立碑。

㊿佥:都。先民:古人。指古时贤人。

(51)德音:好名誉。

(52)之:指碑文。

(53)阙:同“缺”。斯:此。

(54)表:立。

(55)景行:高尚的德行。

(56)俾:使。芳烈:美好的事迹。奋:发扬。

(57)令问:美好的名声。《诗经·大雅·假乐》:“假乐君子,显显令德。”(李善注引作“显显令问”)

【译文】

先生名泰,字林宗,太原界休人。其先辈出自周代,王季之穆,有一个叫虢叔的,颇具美德,文王有事常向他征询。建国之后赐给他氏,有人称之为郭,先生就是郭氏的后代。先生顺应上天善意,聪慧明智,孝顺父母,友爱兄弟,温和谦恭,仁厚慈惠。其器量宽宏深沉,姿态气概广大,犹如浩浩之流,汪汪之水,深而不可测量。又能磨炼节操和德行,坚持正直之道和公正言辞,固守正道足可以干练地办事,胸中隐括足可以匡正时弊。于是考察阅览六经,探求综合《河图》纬书,周行全国各地,最后来到国学。收集文武之道于将要失传的时候,挽救精微之言于尚未断绝之时。其时在朝百官,儒学诸生,望着先生形象而如影之相附,听着先生美好音声而如声响应和的,就像百条江河归向大海、鳞介动物尊崇龟龙一样。此后隐居陋屋,重其友朋,勤于教诲,童蒙靠了先生,得以去其蒙昧。州郡得知先生德行,以谦逊态度备礼相邀,却没有谁能将先生罗致。朝廷群公褒美先生,于是征召为司徒掾,又选举为有道,先生都以有病为由推辞。将要跟随鸿涯遥远的脚步,继续巢父许由消逝的足迹。展翅翱翔在尘世之外,超越天路以高高耸立。可惜寿命不长,享年四十二岁,在建宁二年正月乙亥去世。凡我四方爱好相同的人,都长怀哀悼之情;无处寄托自己的思念,于是在一起思念先生美德,以筹划立碑这件不朽之事。都以为先贤死后,其美好的声名还能留存下来,全靠碑文作了记述。今天能有什么理由,而遗缺这一礼仪。于是树碑立墓,昭示铭刻高尚的德行,使先生美好的事迹发扬百代,美好的声名显示于无穷的未来。其辞云:

　　於休先生①，明德通玄②。纯懿淑灵③，受之自天。崇壮幽浚④，如山如渊。礼乐是悦⑤，《诗》《书》是敦⑥。匪惟摭华⑦，乃寻厥根⑧。宫墙重仞⑨，允得其门⑩。懿乎其纯⑪，确乎其操⑫。洋洋搢绅⑬，言观其高⑭。栖迟泌丘⑮，善诱能教⑯。赫赫三事⑰，几行其招⑱。委辞召贡⑲，保此清妙⑳。降年不永㉑，民斯悲悼㉒。爰勒兹铭㉓，摛其光耀㉔。嗟尔来世㉕，是则是效㉖。

【注释】

①於(wū)：赞叹词。休：美善。

②明德：完美的德行。玄：玄妙，神妙。

③纯：大，笃厚。懿：美。淑：善。

④崇壮：言其高。幽浚：言其深。《孔子家语》："齐太史子与适鲁，见孔子。孔子与之言道。子与悦，曰：'……乃今而后知泰山之为高，渊海之为大。'"

⑤悦：喜爱。《春秋左传·僖公二十七年》："赵衰曰：'郤縠可。臣亟闻其言矣，说(悦)礼、乐而敦《诗》《书》。'"

⑥敦：重视。

⑦摭：拾。华：花。

⑧厥：其。刘良注："言礼乐诗书之事，非惟拾其英华，乃亦寻其根本。"

⑨宫墙：犹围墙。重仞：数仞。古以七尺或八尺为一仞。《论语·子张》："子贡曰：'夫子之墙数仞，不得其门而入，不见宗庙之美，百官之富。得其门者或寡矣。'"谓孔子道高，人难企及。

⑩允：确实。得其门：谓得入孔门。

⑪懿：美。纯：纯正。指品德。《诗经·周颂·维天之命》："於乎不

显,文王之德之纯。"

⑫确乎:坚固,坚贞。《周易·乾》:"龙德而隐者也……确乎不可拔,潜龙也。"操:操守。

⑬洋洋:多貌。搢绅:即把笏板插于带间。古时仕宦者垂绅插笏,这里即借指在朝百官和儒学诸生。搢,插。绅,大带。

⑭言:语助词。观其高:谓观仰其崇高的道德。

⑮栖迟:游息。泌(bì)丘:地名。在春秋陈国。这里代指郭泰乡里。《诗经·陈风·衡门》:"衡门之下,可以栖迟。泌之洋洋,可以乐饥。"

⑯诱:劝导。《论语·子罕》:"夫子循循然善诱人。"

⑰赫赫:显赫貌。三事:即三司,指司徒、司马、司空。这里指司徒黄琼。《诗经·小雅·雨无正》:"三事大夫,莫肯夙夜。"

⑱招:征召。

⑲委辞:推辞。召贡:谓征召推举。

⑳清妙:清高美好。

㉑永:长。

㉒斯:皆,都。

㉓勒:雕刻。

㉔摛(chī):传布。

㉕来世:后代。

㉖是:此,这。则:效法。

【译文】

啊!具备美质的先生,完美的德行达于神妙。笃厚美善和灵秀,全都来自上天。崇高壮伟幽深莫测,犹如高山好似深渊。喜好礼乐,重视《诗》《书》。不仅拾到了花朵,还找到了它的根本。围墙高达数仞,确实迈进了大门。美好啊其纯正的品德,坚贞啊其不移的操守。众多的搢绅之士,观仰其崇高的品德。游息在那泌丘,善于劝导擅长施教。显赫的三司之官，一再前来征召。一概予以拒绝，保持这清高美好。天降寿命不长，人们一齐悲悼。刻下这篇碑铭，传布先生光耀。后来的人们啊，要效法这光辉的榜样。

陈太丘碑文一首 并序

【题解】

陈太丘，即陈寔，字仲弓，颍川许（今河南许昌）人。东汉名士。少作县吏，为都亭佐。有志好学，县令邓邵使入太学就业。后复召为吏，迁任太丘长。党锢祸起，受牵连，人多逃避求免，唯他自请囚禁，后遇赦得出。灵帝时，大将军何进、司徒袁隗欲超擢任用，三公每缺，议者归之，屡被征召，皆辞不就。中平四年(187)，年八十四，卒于家。"何进遣使吊祭，海内赴者三万余人，制衰麻者以百数。共刊石立碑，谥为文范先生。"（《后汉书》本传）本篇也是蔡邕写得较好的碑文之一，《文心雕龙·诔碑》将其与《郭泰碑》相提并论，说："《陈》《郭》二文，词无择言。"意谓两文都无愧于所称扬的人。文中称陈寔"善诱善导，仁而爱人"，"德务中庸，教敦不肃。政以礼成，化行有谥"，同时人对陈寔的评价一致，不算虚美，故刘勰作如是之评。

先生讳寔，字仲弓，颍川许人也。含元精之和①，应期运之数②。兼资九德③，总修百行④。于乡党则恂恂焉⑤，彬彬焉⑥。善诱善导⑦，仁而爱人，使夫少长，咸安怀之⑧。其为道也⑨，用行舍藏⑩，进退可度⑪。不徼讦以干时⑫，不迁贰以临下⑬。四为郡功曹⑭，五辟豫州⑮，六辟三府⑯，再辟大将军⑰。宰闻喜半岁⑱，太丘一年⑲。德务中庸⑳，教敦不肃㉑。政以礼成㉒，化行有谥㉓。会遭党事㉔，禁固二十年㉕。乐天知命㉕,澹然自逸㉗。交不谄上㉘,爱不渎下㉙。见机而作㉚,不俟终日。及文书赦宥㉛,时年已七十。遂隐丘山,悬车告老㉜。四门备礼㉝,闲心静居。大将军何公㉞,司徒袁公㉟,前后招辟,使人晓喻㊱,云欲特表㊲,便可入践常伯㊳,超补三事㊴,纡佩金紫㊵,光国垂勋㊶。先生曰:"绝望已久㊷,饰巾待期而已㊸。"皆遂不至。弘农杨公㊹,东海陈公㊺,每在衮职㊻,群寮贺之,皆举手曰:"颍川陈君,绝世超伦㊼,大位未跻㊽,惭于臧文窃位之负㊾。"故时人高其德㊿,重乎公相之位也。

【注释】

①元精:指天地的精气。和:和谐。王充《论衡》:"天禀元气,人受元精。"

②期运:运数,气数。数:年数。指五百年中必有贤人产生的年数。《孟子·公孙丑》:"五百年必有王者兴,其间必有名世者。由周而来,七百有余岁矣,以其数则过矣,以其时考之则可矣。""名世者",即指贤人,为可辅助"王者"之臣。

③资:具有。九德:九种品德。内容其说不一。《逸周书·常训》:"九德:忠、信、敬、刚、柔、和、固、贞、顺。"《尚书·皋陶谟》:"宽而栗,柔而立,愿而恭,乱而敬,扰而毅,直而温,简而廉,刚而塞,强而义。"

④百行:多方面的品行。《三国志·魏书·王昶传》:"夫孝敬仁义,百行之首,行之而立,身之本也。"

⑤乡党:犹乡里,即所居之乡。恂恂(xún):恭顺貌。《论语·乡党》:"孔子于乡党,恂恂如也,似不能言者。"

⑥彬彬:既文雅而又朴质有礼的样子。《论语·雍也》:"文质彬彬,然后君子。"

⑦诱:劝导。《论语·子罕》:"夫子循循然善诱人。"

⑧安:安逸。怀:想念。《论语·公冶长》:"子曰:'老者安之,朋友信之,少者怀之。'"

⑨道:指处世之道。

⑩用行:为世所用(即出仕),即行其所学。舍藏:不为世所用,即藏其所学。《论语·述而》:"子谓颜渊曰:'用之则行,舍之则藏,唯我与尔有是夫!'"

⑪度:法度,谓其进退可作法度。

⑫徼(jiāo):偷袭。此指偷袭别人成绩。讦(jié):揭发别人隐私。《论语·阳货》:"恶徼以为知者,恶不孙以为勇者,恶讦以为直者。"干时:求合于时。《管子·小匡》:"寡人欲修政以干时于天下,其可乎?"

⑬迁:指迁怒,拿别人出气。贰:指贰过,谓不犯同样的过失。《论语·雍也》:"有颜回者好学,不迁怒,不贰过。"

⑭功曹:汉代州郡佐吏,掌管考查记录功劳之事。

⑮辟豫州:谓被豫州刺史所辟。辟,征召。豫州,谓豫州刺史。

⑯三府:汉代太尉、司徒、司空设立的府署,合称三府。这里指太尉杨赐、司徒袁隗等。

⑰再:两次。大将军:为统兵作战的高级武官。指何进。

⑱宰:县宰,县令。陈寔曾任闻喜(今山西闻喜)长,不久去官。

⑲太丘:县名。在今河南永城。

⑳务:致力,从事。中庸:折中、不偏叫中,平常叫庸。儒学奉以为最高的道德标准。《论语·雍也》:"子曰:'中庸之为德也,其至矣乎!'"

㉑敦:重视。肃:严肃,威严。

㉒政:政事。《春秋左传·成公十二年》:"政以礼成,民是以息。"

㉓化:教化。谧:静,安宁。

㉔会：遇上。党事：指党锢之祸。东汉后期，一批官僚、士人出面反对宦官专政，被罢官禁锢，甚至株连迫害，史称"党锢之祸"。

㉕禁固：即禁锢，谓勒令不准做官，犹后世之永不叙用。

㉖乐天知命：谓安于天命而自乐。《周易·系辞》："乐天知命，故不忧。"

㉗澹然：恬静貌。

㉘谄：奉承。

㉙渎（dú）：轻慢。

㉚见机：谓于事前明察事物的细微变化。作：起。《周易·系辞》："几者，动之微，吉之先见者也。君子见几而作，不俟终日。"孔疏："言君子既见事之几微，则须动作而应之，不得待终其日。"

㉛文书：指诏书。

㉜悬车：挂车。古人年七十辞官家居，废车不用，故曰悬车。班固《白虎通·致仕》："臣年七十，悬车致仕者，臣以执事趋走为职，七十阳道极，耳目不聪明，跋踦之属，是以退老去，避贤者路，所以长廉远耻也。悬车，示不用也。"告老：因年老辞官。

㉝四门：四方之门。《尚书·尧典》："宾于四门，四门穆穆。"刘良注："言当时在位者皆欲征贤于四方，而备束修帛之聘聘先生，先生闲心静居，终不复应也。"

㉞何公：指何进。

㉟袁公：指袁隗。

㊱晓喻：明白开导。

㊲特表：破格上表荐用。

㊳践：提任。常伯：即侍中，周官号为常伯，以从诸伯中选拔而名。

㊴超补：破格委任。三事：指司徒、司马、司空三公。

㊵纡佩：系佩。金紫：金印紫绶。汉时三公皆金印紫绶。

㊶勋：功。

㊷绝望：谓绝仕宦之望。

㊸饰巾：整饰衣服。待期：等待死期。

㊹弘农：郡名。治弘农县（今河南灵宝）。杨公：指杨赐，时任太尉。

㊺东海：郡名。治郯县（今山东郯城）。陈公：指陈耽，时任司徒。

㊻衮职：指三公之职。衮冕为三公所服。

㊼绝世超伦：超出当世和同辈，即冠绝当代。

㊽大位：指三公之位。跻：登。

㊾臧文：臧文仲，即臧孙辰，春秋鲁大夫。历仕庄、闵、僖、文四朝。窃位：谓在官位而不管事。《论语·卫灵公》："子曰：'臧文仲其窃位者与？知柳下惠之贤而不与立也。'"邢昺疏："鲁大夫臧文仲知贤不举，偷安于位，故曰窃位。"

㊿高：尊重，崇尚。

【译文】

先生名寔，字仲弓，颍川许人。包含着天地精气的和谐，顺应着应运而生的年数。同时具备着九种美德，一起修炼着多方面的品行。在本乡本土非常恭顺，既温文尔雅又朴质有礼。善于诱导，仁而爱人，不论年长年幼，都能关照到位。其处世之道，用他则发挥所学，不用则藏其所学，进退都可作为法度。不偷袭别人成绩和揭发别人隐私以求合于时，不拿别人出气和犯同样错误以对待下人。四次被任命为郡功曹，五次被豫州刺史征召，六次被三府征召，两次被大将军征召。做过闻喜长半年，太丘长一年。德行致力于中庸，教诲注意不威严。政事用礼仪来完成，教化推行民众安宁。碰上党锢之祸，被禁止做官二十年。乐天知命，恬澹自逸。交往时对上不奉承，对下爱护态度不轻慢。见机而起，不待当天终了。等到下诏赦宥，时年已七十岁。于是隐居山间，悬车辞官告老。四方礼聘，仍静心闲居。大将军何公，司徒袁公，前后征召，派人前来明白开导，说打算破格表荐，这样便可入朝担任侍中，破格委以三公之职，系佩金印紫绶，增光国家留下功勋。先生回答说："断绝仕官之意已久，现在不过是在整饰衣服等待死期而已。"都没有前往应命。弘农杨公，东海陈公，平常在三公任上，群僚表示祝贺，都摆手说："颍川陈君，冠绝当世，未能登上三公之位，我们就像臧文仲做官不管事一样感到惭愧。"所以时人尊重其德行，胜过看重三公丞相的高位。

年八十有三，中平三年八月丙午①，遭疾而终。临没顾命②，留葬所卒③。时服素棺④，椁财周椽⑤。丧事惟约，用过乎俭。群公百寮⑥，莫不咨嗟⑦。岩薮知名⑧，失声挥涕。大将军吊祠⑨，锡以嘉谥⑩，曰：征士陈君⑪，禀岳渎之精⑫，苞灵曜之纯⑬。天不慭遗老⑭，俾屏我王⑮。梁崩哲萎⑯，于时靡宪⑰。搢绅儒林⑱，论德谋迹⑲，谥曰文范先生。《传》曰："郁郁乎文哉⑳！"《书》曰："洪范九畴㉑，彝伦攸叙㉒。"文为德表㉓，范为士则㉔，存诲没号㉕，不亦宜乎！三公遣令史祭以中牢㉖，刺史敬吊，太守南阳曹府君命官作诔曰㉗："赫矣陈君㉘，命世是生㉙。含光醇德㉚，为士作程㉛。资始既正㉜，守终又令㉝。奉礼终没，休矣清声㉟。"遣官属掾吏㊱，前后赴会，刊石作铭㊲。府丞与比县会葬㊳，荀慈明、韩元长等五百余人㊴，缌麻设位㊵，哀以送之。远近会葬，千人已上㊶。河南尹种府君临郡㊷，追叹功德，述录高行，以为远近鲜能及之㊸。重部大掾㊹，以时成铭㊺。斯可谓存荣没哀㊻，死而不朽者已！乃作铭曰：

【注释】

①中平三年：即186年。中平为汉灵帝年号。按，《后汉书·陈寔传》："中平四年，年八十四，卒于家。"与此说法不同。本文题解

用《后汉书》说。

②顾命:遗命。

③留葬所卒:谓葬于所卒之处,不归本属。

④时服:当时季节的衣服。素棺:不上漆的棺。

⑤椁(guǒ):棺材外面套的大棺材。财:仅,才。周榇(chèn):围住
棺材。

⑥寮:同"僚"。

⑦咨嗟:叹息。

⑧岩薮(sǒu):隐士所居之地,代指隐士。岩,山间。薮,泽畔。知
名:谓知名人士。

⑨大将军:指何进。吊祠:吊唁祭祀。

⑩锡:赐给。嘉谥:美谥。谥,依据死者生前事迹所给予的称号。

⑪征士:不就朝廷征聘的士人。

⑫禀:受,承受。岳渎:五岳四渎的省称。五岳,指嵩山、泰山、华
山、衡山、恒山。四渎,指长江、黄河、淮水、济水。

⑬苞:通"包"。灵曜:谓天。

⑭慭(yìn):愿。遗:留。老:老臣。《诗经·小雅·十月之交》:"不
慭遗一老,俾守我王。"

⑮俾:使。屏:蔽,保障。

⑯梁:栋梁。哲:哲人。萎:草木枯死。借指人死。《礼记·檀弓》:
"泰山其颓乎?梁木其坏乎?哲人其萎乎?"

⑰于时:谓今时。靡:无。宪:法。李周翰注:"言智人既死,于今时
无可以为法则也。"

⑱搢绅:士大夫。儒林:儒者之群。

⑲谋:商讨。迹:谓生平事迹。

⑳郁郁:文采丰富的样子。文:指礼仪制度。按,"郁郁乎文哉"出
自《论语·八佾》。

㉑洪范：即大法。九畴：传说禹治理天下的九类大法。畴，品类。《尚书·洪范》："天乃锡禹，洪范九畴，彝伦攸叙。"

㉒彝伦：天地人之常理。攸：所以。叙：次序，用作动词，等于说制定、规定。

㉓表：标志。

㉔范：法。

㉕诲：教诲。没：死。张铣注："言存亦以文范教训于人，而没后以为号，亦为宜也。"

㉖中牢：猪、羊二牲。

㉗府君：汉魏时对太守的尊称。诔：悼词。

㉘赫：显赫。

㉙命世：著名于当世。《汉书·楚元王传》："圣人不出，其间必有命世者焉。"

㉚醇：厚。

㉛程：法则。

㉜资：凭借，奉行。《周易·乾》："大哉乾元，万物资始，乃统天。"正：指正道。

㉝令：善，指善名。

㉞奉礼终没：临终谨奉先圣礼教。李周翰注："谓奉先圣礼教，存约俭而葬也。"

㉟休：美。

㊱掾吏：属官。

㊲刊：刻。铭：铭文，一种刻于器物上的颂德记事的文体。

㊳府丞：太守府中的佐吏。比县：邻县。会葬：会合行送葬之礼。

㊴荀慈明：即荀爽，字慈明，颍川颍阴（今河南许昌）人。献帝时官拜司空。韩元长：即韩融，字元长，颍川舞阳（今河南舞阳）人。献帝初官至太仆。

㊵缌(sī)麻：丧服名。为五服（斩衰、齐衰、大功、小功、缌麻）中最轻的一等，用稀疏的细麻布制成，丧期三月。设位：设立牌位。

㊶千人已上：《后汉书·陈寔传》："海内赴者三万余人，制衰麻者以百数。"已，以。

㊷河南尹：郡名。属司隶州，治洛阳。种府君：即种拂。李善注："谢承《后汉书》曰：'刘翊，颍川人。河南尹种拂尝来临郡，翊为主簿，迎之到官，深敬待之。'然种府君即拂也。"

㊸远近：古今。鲜(xiǎn)：少。

㊹重部大掾：吕延济注："言重使部内大掾为铭也。"

㊺以时：即当时。

㊻斯：此。没：死。《论语·子张》："（夫子）其生也荣，其死也哀，如之何其可及也？"

【译文】

年八十三岁，中平三年八月丙午，生病死去。临死前留下遗言，让葬于所死之处。穿当时季节所穿的衣服，棺木不上漆，外椁仅仅能够套住内棺。丧事一味节约，用度过于俭省。群公百僚，莫不叹息。隐居山泽间的知名人士，无不挥泪痛哭。大将军吊唁祭祀，赐给美谥，说：征士陈君，接受了五岳四渎的精气，包含着上天的清纯。上天不肯留下老臣，让他保卫我们帝王。栋梁崩塌，哲人死亡，一时间没有了可遵循的法则。士大夫及儒生们，一起谈论先生的道德和生平事迹，确定谥号叫文范先生。《传》说："郁郁乎文哉！"《尚书》说："洪范九畴，彝伦攸叙。"礼仪是道德的标志，法则是士人的准则，活着以"文范"教诲别人，死后以此为号，不是很合适嘛！三公派来令史用中牢祭祀，刺史前来恭敬地吊唁，太守南阳人曹府君让官属作诔说："显赫啊陈君，为著名当世而生。包含光辉拥有厚德，为我士人树立法则。开始就已奉行正道，后来终于成就善名。临终谨奉先圣礼教，美啊获得高洁声名。"派来官属掾吏，前后赴会，刻石作铭。府丞与邻县会合行送葬之礼，荀慈明、韩元长等五百余人，穿上缌麻丧服，设立牌位,怀着悲哀的心情送葬。远近前来会合送葬的人,总数在一千人以上。河南尹种府君来到郡中,追叹先生功业道德,记述先生高尚品行,认为古今很少有人能够赶上先生。重新让部内大掾,及时作了铭文。这可以说是生得光荣,死得可惜,死而不朽的人了! 于是作铭云:

　　峨峨崇岳①,吐符降神②。於皇先生③,抱宝怀珍。如何昊穹④,既丧斯文⑤。微言圯绝⑥,来者曷闻⑦? 交交黄鸟⑧,爰集于棘⑨。命不可赎⑩,哀何有极⑪!

【注释】

①峨峨:高峻貌。崇岳:高山。

②符:祥瑞的征兆。降神:《诗经·大雅·崧高》:"崧高维岳,骏极于天。维岳降神,生甫及申。"

③於(wū)皇:赞叹词。《诗经·周颂·般》:"於皇时周,陟其高山。"

④昊(hào)穹:天。

⑤斯文:这礼乐制度。后以"斯文"指儒者或文人,这里即指陈寔。《论语·子罕》:"天之将丧斯文也,后死者不得与于斯文也。"

⑥微言:精微之言。圯(pǐ)绝:断绝。班固《幽通赋》:"咨孤矇之眇眇兮,将圯绝而罔阶。"

⑦来者:后人。曷:何,什么。《论语·子罕》:"后生可畏,焉知来者之不如今也? 四十、五十而无闻焉,斯亦不足畏也已。"

⑧交交:通作"咬咬",鸟叫声。黄鸟:黄雀。《诗经·秦风》有《黄鸟》,是秦人挽为秦穆公殉葬的"三良"(子车氏之三子奄息、仲行、铖虎)的诗,首二句云:"交交黄鸟,止于棘。"这里以"三良"隐喻陈寔。

⑨集:停。棘:枣树。

⑩赎:换回。《诗经·秦风·黄鸟》:"如可赎兮,人百其身!"

⑪极:尽头。

【译文】

巍峨高耸的山岳,吐出符瑞降下神明。啊!这位先生,怀抱着瑰宝和奇珍。不知老天为什么,就这样丧灭了陈寔。精微之言从此断绝,后人还有什么可听?交交叫着的黄雀,飞来站在枣树上。生命不可能再赎回,哀思绵绵哪有止境!

王仲宝

王俭(452—489),字仲宝,琅邪临沂(今山东临沂)人。南朝齐文学家、目录学家。生而其父僧绰遇害,为叔父僧虔所养。数年后,袭父爵为豫宁侯。自幼勤学,手不释卷。宋明帝时娶阳羡公主,拜驸马都尉,官至秘书郎。后辅佐齐高帝即位,礼仪诏策,皆出其手。以佐命功封南昌县公,迁尚书左仆射,领吏部。齐武帝时累官开府仪同三司,位终中书监。卒谥文宪。曾校刊古籍,依刘歆《七略》撰《七志》,为古代目录学名著。《隋书·经籍志》著录有集六十卷,已散佚。明人辑有《王文宪集》。

褚渊碑文一首　并序

【题解】

褚渊,字彦回,河南阳翟(今河南禹州)人。宋文帝婿。始为著作佐郎,历任秘书丞、尚书吏部郎等职。明帝即位,擢升吏部尚书、尚书右仆射,并受遗诏为中书令、护军将军,与袁粲共辅苍梧王(后废帝)。后又助萧道成代宋,封南康郡公,任尚书令。建元四年(482)病卒,谥文简。王俭与褚渊同仕宋、齐两朝,并都在萧道成代宋时扮演了重要角色,故张溥《汉魏六朝百三家集题辞》中有"齐台佐命，褚、王并推"之语。碑文历述褚渊生平事迹，辞采富赡，为一时传诵之作。

　　夫太上有立德①，其次有立功，此之谓不朽。所以子产云亡②，宣尼泣其遗爱③；随武既没④，赵文怀其余风⑤：于文简公见之矣⑥！公讳渊，字彦回，河南阳翟人也。微子以至仁开基⑦，宋段以功高命氏⑧。爰逮两汉⑨，儒雅继及⑩。魏晋以降⑪，奕世重晖⑫。乃祖太傅元穆公⑬，德合当时⑭，行比州壤⑮。深识臧否⑯，不以毁誉形言⑰；亮采王室⑱，每怀冲虚之道⑲。可谓婉而成章⑳，志而晦者矣㉑。自兹厥后㉒，无替前规㉓，建官惟贤㉔，轩冕相袭㉕。公禀川岳之灵晖，含珪璋而挺曜㉖。和顺内凝㉗，英华外发㉘。神茂初学㉙，业隆弱冠㉚。是以仁经义纬，敦穆于闺庭㉛；金声玉振㉜，寥亮于区寓㉝。孝敬淳深，率由斯至㉞。尽欢朝夕㉟，人无间言㊱。逍遥乎文雅之囿㊲，翱翔乎礼乐之场。风仪与秋月齐明㊳，音徽与春云等润㊴。韵宇弘深㊵，喜愠莫见其际㊶；心明通亮，用人言必由于己。汪汪焉㊷，洋洋焉，可谓澄之不清，挠之不浊㊸。

【注释】

①太上：最上。《春秋左传·襄公二十四年》："太上有立德，其次有立功，其次有立言，虽久不废，此之谓不朽。"

②子产：名公孙侨，字子产，春秋郑大夫，当时有名的政治家。执政二十余年，使处在晋、楚两强国之中的弱小郑国获得安定，受到各国尊重和人民爱戴。云亡：死去。云，语助词。《诗经·大

雅·瞻卬》：“人之云亡，邦国殄瘁。”

③宣尼：指孔子，汉平帝时追谥孔子为“褒城宣尼公”。遗爱：指遗
留及于后世之爱。《春秋左传·昭公二十年》：“及子产卒，仲尼
闻之，出涕曰：‘古之遗爱也。’”杜预注：“子产见爱，有古人之
遗风。”

④随武：即范武子，义名士会，字季，因食邑在随（今山西介休东
南），称随武。春秋时晋国正卿。景公七年（前593），因功升中军
元帅，兼任太傅，执掌国政。没：死。

⑤赵文：赵文子，即赵武，又称赵孟。春秋时晋国正卿。在职期间，
知人善任，内举不避子，外举不避仇，以此闻名诸侯。曾与叔向
游九原（晋卿大夫墓地，在今山西新绛北），怀念随武，说随武“利
其君，不忘其身；谋其身，不遗其友”。事见《礼记·檀弓》。

⑥之：指遗爱，余风。

⑦微子：商纣庶兄，名启，一作开，受封于微（今山东梁山西北）。见
纣昏乱，数谏，纣不听，微子愤而出走。周王灭商，微子到军前乞
降。武王死，成王年幼，武庚作乱，成王命周公诛武庚，以微子代
殷后，奉其先祀，建国于宋。“微子故能仁贤，乃代武庚，故殷之
余民甚戴爱之。”（《史记·宋微子世家》）至仁：最淳厚的仁。开
基：开国。

⑧宋段：即段，字子石，春秋宋国褚师（官名）。《春秋左传·襄公二
十年》：“冬，季武子如宋，报向戌之聘也。褚师段逆之以受享。”
命氏：赐给氏，即因官赐氏，遂为褚氏。

⑨爰：句首语气词。逮：及。

⑩儒雅：博学的儒士。继及：谓相继不绝。李善注引《汉书》曰：“褚
大，通五经，为博士。”又引谢承《后汉书》曰：“褚禧，字叔齐，陈留
尉氏人。博闻广见，聪明智达。”

⑪以降：以后。李善注：“魏代褚氏未闻。”吕向注：“魏之大臣无褚

氏,盖有者,职位稍卑,故史传不载也。"

⑫奕世:累世,一代接一代。晖:光辉。

⑬乃祖:你的祖父。元穆公:即褚裒,字季野,东晋外戚。其女为康帝皇后,穆帝即位,其女又以皇太后身份临朝。褚裒以身为外戚,一再拒绝担任朝中要职,为官清约,为朝野人士称服。卒赠侍中、太傅,谥元穆。

⑭合当时:谓投合时人,得到时人的满意。《庄子·逍遥游》:"行比一乡,德合一君。"

⑮行比州壤:张铣注:"言其德行高,比之州壤之间为最也。"

⑯深识:见识深远。臧(zāng)否(pǐ):善恶。《诗经·大雅·抑》:"於乎小子,未知臧否。"

⑰毁:诋毁,诽谤。誉:称赞。《论语·卫灵公》:"子曰:'吾之于人也,谁毁谁誉? 如有所誉者,其有所试矣。'"形言:表现于言辞。《毛诗序》:"情动于中而形于言。"

⑱亮:辅助。采:事务。《尚书·皋陶谟》:"日严祗敬六德,亮采有邦。"

⑲冲虚:冲淡虚静。吕延济注:"谓虚怀接士也。"

⑳婉而成章:李周翰注:"婉,曲;章,明。言屈曲行物而能明其政事。"《春秋左传·成公十四年》:"《春秋》之称,微而显,志而晦,婉而成章,尽而不污,惩恶而劝善。非圣人,谁能修之?"

㉑晦:不明。李周翰注:"有其明志而不自矜,故云晦也。"

㉒厥:其。

㉓替:废弃。前规:前人留下的规范。

㉔建:建立,设置。《尚书·武成》:"建官惟贤,位事惟能。"

㉕轩冕:卿大夫的轩车和冕服。借指官位爵禄。袭:承。

㉖珪璋:皆美玉。比喻美德。挺:出。曜:光。

㉗和顺:和谐顺从。《周易·说卦》:"和顺于道德而理于义。"

㉘英华:指神采之美。《礼记·乐记》:"和顺积中,而英华发外。"

㉙神茂:神气俊茂。初学:刘良注:"谓年十岁也。"

㉚弱冠:谓二十岁。古时男子二十成人,初加冠,其体未壮,故称。

㉛敦穆:亲厚和穆。闺庭:指宫内。

㉜金声玉振:喻声名广布。《孟子·万章》:"孔子之谓集大成。集大成也者,金声而玉振之也。"

㉝寥亮:清越高远。区寓:谓天下。

㉞率由:遵循。《尚书·微子之命》:"率由典常,以蕃王室。"斯至:至此。

㉟尽欢:谓极意承欢。《礼记·檀弓》:"啜菽饮水,尽其欢,斯之谓孝。"

㊱间言:离间之言。吕向注:"言父子兄弟和穆尽欢,人之谗言难以相间也。"《论语·先进》:"子曰:'孝哉闵子骞!人不间于其父母昆弟之言。'"

㊲文雅:指艺文礼乐。囿:犹"园"。

㊳风仪:风度仪表。《南齐书·褚渊传》:"渊美仪貌,善容止,俯仰进退,咸有风则。每朝会,百僚远国(使)莫不延首目送之。"

㊴音徽:即徽音,谓德音。徽,美。《诗经·大雅·思齐》:"大姒嗣徽音,则百斯男。"

㊵韵宇:谓器量,气度。

㊶际:涯畔。

㊷汪汪:与下句"洋洋"皆为水深大之貌,以比其德行之深广。

㊸挠:搅。《后汉书·郭太传》注引谢承《书》:"初,太始至南州,过袁奉高,不宿而去;从叔度,累日不去。或以问太。太曰:'奉高之器,譬之泛滥,虽清而易挹。叔度之器,汪汪若千顷之陂,澄之不清,扰之不浊,不可量也。'"

【译文】

最高是树立德行，其次是树立功业，这就叫做不朽。所以子产死后，孔子流泪说这是古人留及后人的爱；随武死后，赵文子怀念他的遗风：这些都可以在文简公身上看到。公名渊，字彦回，河南阳翟人。微子因有最淳厚的仁而所以开基立国，宋段因为功高而得以赐为褚氏。到了两汉，褚姓儒雅之士相继不绝。魏晋以后，一代代又重放光辉。其祖父太傅元穆公，道德能使时人感到满意，行为在各州之中最为出色。见识深远明辨善恶，不以诋毁赞誉表现于言辞；辅助王室，常怀抱奉行冲淡虚静之道。可以说是办事委曲而成效分明，富有志向而又并不自矜的人了。从此以后，没有谁废弃前人留下的规范，建立官职只是任用贤才，官位爵禄相承不断。公具有名山大川的灵秀光辉，包含着珪璋之美而发出光彩。和谐顺从凝结于内心，神采之美洋溢于外表。神气俊茂于初学之年，学业隆盛于弱冠之岁。因此以仁义为经纬，亲厚和睦于宫内；如金声而玉振之，声名清越传布于天下。孝敬淳厚深沉，一心遵循而达到这一目的。早晚侍奉父母极意承欢，别人毫无离间之言。在文雅的园林中逍遥，在礼乐的场围中翱翔。风度仪表与秋月齐放光明，美好德音与春云同样温润。气度广大深沉，从未见过有喜怒之色；内心明彻透亮，用人之言必定经由自己选择。像大江茫茫无际，像大海广阔深沉，可以说是澄之不会清澈，搅之不会混浊。

　　袁阳源才气高奇[①]，综核精裁[②]；宋文帝端明临朝[③]，鉴赏无昧[④]。袁既延誉于退迩[⑤]，文亦定婚于皇家。选尚余姚公主[⑥]，拜驸马都尉[⑦]。汉结叔高[⑧]，晋姻武子[⑨]，方斯蔑如也[⑩]。释褐著作佐郎[⑪]，转太子舍人[⑫]。濯缨登朝[⑬]，冠冕当世[⑭]。升降两宫[⑮]，实惟时宝[⑯]。具瞻之范既著[⑰]，台衡之望斯集[⑱]。出参太宰军事[⑲]，入为太子洗马[⑳]，俄迁秘书丞[㉑]。

赞道槐庭㉒,司文天阁㉓。光昭诸侯㉔,风流籍甚㉕。以父忧去职㉖,丧过乎哀,几将毁灭㉗。有识留感㉘,行路伤情。服阕㉙,除中书侍郎㉚。王言如丝,其出如纶㉛。恪居官次㉜,智效惟穆㉝。于时新安王宠冠列蕃㉞,越敷邦教㉟。毗佐之选㊱,妙尽国华㊲。出为司徒右长史㊳,转尚书吏部郎㊴。执铨以平㊵,御烦以简㊶。裴楷清通㊷,王戎简要㊸,复存于兹。

【注释】

①袁阳源:即袁淑,字阳源,南朝宋人,曾任尚书吏部郎、御史中丞等职。《宋书·袁淑传》称其"少有风气","博涉多通,好属文,辞采遒艳,纵横有才辩"。高奇:高超奇妙。

②综核:谓综核名实,即综合事物的名称与实际加以考核。精裁:精细地予以裁度、决断。谓袁淑在吏部郎任上善于考察、任用人才。

③端明:端正贤明。《鹖冠子》:"所谓命者,靡不在君者也。君也者,端神明者也。神明者,以人为本者也。"

④昧:不明。

⑤延誉:播扬名誉。遐迩:远近。

⑥尚:娶公主为妻。

⑦驸马都尉:官名。魏晋以后,帝婿均加驸马都尉称号,简称驸马,非实官。

⑧结:联姻。叔高:汉人。李善注:"《三辅决录》曰:'平陵窦叔高,以经术称。'挚虞曰:'叔高名玄,以明经为郡上计吏。朝会数百人,叔高仪状绝众,天子异其貌,以公主妻之。出朝,同辈嘲笑焉。叔高时以自有妻,不敢以闻,方欲迎妻与决,未发,而诏叔高就第成婚。'"

⑨武子：晋人。李善注引《晋书》："王武子少知名，有俊才，尚武帝姊常山公主。"

⑩方：比。斯：此，指褚渊。蔑如：没有什么了不起。

⑪释褐：脱去布衣。谓换上官服做官。著作佐郎：官名。三国魏明帝时始置，掌编纂国史。

⑫转：调职。太子舍人：太子属官。

⑬濯缨：洗涤系冠的带子，表示清洁其面以登朝侍奉天子。《楚辞·渔父》："沧浪之水清兮，可以濯我缨。"

⑭冠冕当世：冠、冕都戴在头上，谓其德行杰出，为当世之首。

⑮升降：上下。两宫：天子之宫和太子之宫。入天子之宫为上，入太子之宫为下。

⑯时宝：谓一时难得的人才。

⑰具瞻：为众人所瞻仰。《诗经·小雅·节南山》："赫赫师尹，民具尔瞻。"著：显明。

⑱台：三台星。衡：玉衡，北斗杓三星。皆位于紫微宫帝座之前，故以喻宰辅大臣。这里指太宰。斯：此。

⑲参军事：官名。即参军，负责参谋军务。太宰：指宰相。

⑳太子洗马：太子属官。

㉑俄：不久。秘书丞：秘书监官员，掌图籍。

㉒赞道槐庭：谓担任太宰参军事之职。赞，辅佐。槐庭，指太宰。槐，三槐。相传周代宫廷外种有三棵槐树，朝见天子时，三公面向三槐而立，后即以三槐代指三公、宰辅等执政大臣。

㉓司文：主管文史之任。天阁：汉殿阁名。即天禄阁，为藏典籍之所，刘向、扬雄曾先后校书于此。谓担任秘书丞之职。

㉔昭：明，照耀。

㉕风流：谓其风度、仪表之美。籍甚：即盛大、盛多之意。《汉书·陆贾传》："贾以此游汉廷公卿间，名声籍甚。"

㉖父忧:父丧。《南齐书·褚渊传》:"父湛之,骠骑将军,尚宋武帝女始安哀公主。"

㉗毁灭:因丧亲哀伤过度,至于毁形灭性。《孝经·丧亲章》:"三日而食,教民无以死伤生,毁不灭性,此圣人之政也。"

㉘有识:有识之士。留感:吕延济注:"谓多感也。"

㉙服阕:服丧期满。古丧礼规定,父母死后,需服丧三年。

㉚除:任命。中书侍郎:官名。为中书令的副职。

㉛纶:粗线。《礼记·缁衣》:"王言如丝,其出如纶。"孔疏:"王言初出微细如丝,及其出行于外,言更渐大如纶也。"后因称帝王诏书为丝纶。中书侍郎职掌传布诏令,故云。

㉜恪(kè):恭敬,谨慎。官次:犹言官职、职位。《春秋左传·襄公二十三年》:"敬共朝夕,恪居官次。"

㉝穆:和美。

㉞新安王:即刘子鸾,宋孝武帝第八子,封新安王。"母殷淑仪,宠倾后宫,子鸾爱冠诸子,凡为上所盼遇者,莫不入子鸾之府、国。"(《宋书》本传)曾任中书令,兼司徒。列蕃:诸王。

㉟越敷:传布。邦教:国之教化。司徒之职主管教化。

㊱毗(pí)佐:辅佐。

㊲国华:指英贤之才。《国语·鲁语》:"且吾闻以德荣为国华,不闻以妾与马。"韦昭注:"以德荣显者,可以为国光华也。"

㊳司徒右长史:司徒属官。

㊴尚书吏部郎:官名。为吏部尚书的助手,主管官吏的选授。

㊵执铨以平:谓铨选官吏非常公平。铨,秤锤,也叫秤砣。

㊶御:治理,办理。

㊷裴楷:字叔则,晋人。少与王戎齐名,司马昭任为尚书郎。后吏部郎缺,司马昭问锺会谁可充任,锺会回答说:"裴楷清通,王戎简要,皆其选也。"于是以裴楷为吏部郎。事见《晋书》本传。清

通：清明通达。

㊸王戎：字濬冲，琅邪临沂（今山东临沂）人。三国至西晋时名士、官员，"竹林七贤"之一。

【译文】

袁阳源才气高超奇妙，善于综核名实精心裁断；宋文帝以端正贤明的姿态临朝，鉴别赏识人物也无不明。袁阳源既然已播扬名誉于远近，宋文帝也为自己女儿定了亲。被选中娶了余姚公主，任为驸马都尉。汉王朝与窦叔高结亲，晋王朝与王武子联姻，比起这来都算不了什么。公脱去平民布衣做了著作佐郎，调任太子舍人。洗涤冠缨登上朝廷，成为当世最杰出的人物。上下两宫之间，确实是一个难得的人才。为众人所瞻仰的风范已经显明，宰辅大臣也把期望集中到了这里。出任太宰参军事，又入朝做了太子洗马，不久调任秘书丞。以治国之道辅佐太宰，主管文史之事于天禄之阁。光辉照耀诸侯，何等出众风流。因父丧去职，居丧期间过度哀痛，几乎到了毁形灭性的地步。有识之士为之无限感伤，过路人也不禁伤心动情。服丧期满，被任为中书侍郎。王言初出时微细如丝，出行在外渐大如纶。谨慎地处于官位，贡献才智只求和美。当时新安王在诸王中最为受宠，负责在国内传布教化。辅佐的人选，巧妙地穷尽了国内最卓越的人才。出任司徒右长史，调任尚书吏部郎。铨选官吏非常公平，用简便办法处理繁杂事情。裴楷的清明通达，王戎的简明扼要，都在公身上得到了再现。

　　泰始之初①，入为侍中②。曾不移朔③，迁吏部尚书④。是时天步初夷⑤，王涂尚阻⑥。元戎启行⑦，衣冠未缉⑧。内赞谋谟⑨，外康流品⑩。制胜既远⑪，泾渭斯明⑫。赏不失劳⑬，举无失德⑭。绩简帝心⑮，声敷物听⑯。事宁⑰，领太子右卫率⑱，固让不拜。寻领骁骑将军⑲，以帷幄之功⑳，膺庸祇之秩㉑。封雩都县开国伯㉒，食邑五百户㉓。既秉辞梁之分㉔，又怀寝丘之志㉕。所受田邑，不盈百井㉖。久之，重为侍中，领右卫将军㉗。尽规献替㉘，均山甫之庸㉙；缉熙王旅㉚，兼方叔之望㉛。丹阳京辅㉜，远近攸则㉝；吴兴襟带㉞，实惟股肱㉟。频作二守㊱，并加蝉冕㊲。政以礼成㊳，民是以息。

【注释】

①泰始：宋明帝刘彧年号(465—471)。

②侍中：官名。负责侍从天子，应对顾问。

③不移朔：谓不到一个月。朔，农历每月初一。

④吏部尚书：官名。为吏部长官。

⑤天步：指时运、天命。《诗经·小雅·白华》："天步艰难，之子不犹。"初夷：初定。时宋明帝与心腹阮佃夫等谋杀前废帝自立不久，故云。

⑥王涂：帝王之路。尚阻：宋明帝即位后，镇军将军、江州刺史晋安王刘子勋举兵反叛，雍州刺史袁𫖮、荆州刺史临海王刘子顼、郢州刺史安陆王刘子绥及会稽太守寻阳王刘子房等皆起兵响应，一时形势吃紧，故云"尚阻"。

⑦元戎：大的战车。启行：开道。谓司徒建安王休仁都督征讨诸军事，统众军讨伐叛军。《诗经·小雅·六月》："元戎十乘，以先启行。"

⑧衣冠：士大夫的穿戴。代指朝中百官。缉：理，清理，整顿。

⑨赞：助。谋谟：谋划，谋议。

⑩康：安。流品：李周翰注："百姓百官也。"

⑪制胜既远：谓平定天下叛乱。制胜，制服对手获胜。

⑫泾渭斯明：李周翰注："泾渭，犹分别也。言分别功勋厚薄于此明

也。"泾、渭，二水名。泾水清而渭水浊。斯，此。

⑬劳：有功劳的人。《春秋左传·宣公十二年》："举不失德，赏不失劳。"

⑭举：选拔。德：有德行的人。

⑮绩：功劳。简：大，宽。李善注引崔骃《武赋》："假皇天乎简帝心。"（全赋今佚）

⑯敷：布。

⑰事宁：谓平息叛乱。

⑱领：兼任。太子右卫率：太子属官。

⑲寻：不久。

⑳帷幄之功：谓贡献谋略之功。

㉑膺：当，受。庸：用，任用。祇（zhī）：恭敬。秩：次序，地位。吕延济注："言当用敬其大功，有此次序，故封以雩都县伯也。"《尚书·康诰》："庸庸，祇祇，威威，显民。"

㉒雩（yú）都县：故城在今江西于都东北。开国：公、侯、伯、子、男的始封者，加"开国"二字。

㉓食邑：谓封地。收封地内的赋税而食，故名。

㉔秉：持。辞梁：推辞受封梁地。楚惠王曾以梁地封给鲁阳文子，文子推辞说："梁险而在北境，惧子孙之有二者也。"担心子孙恃梁地之险而产生二心，被朝廷诛灭。惠王听后，改封鲁阳。事见《国语·楚语》。梁，地名。在春秋楚国北部。分：名分。

㉕寝丘：春秋楚邑名。在今河南固始、沈丘之间。楚令尹孙叔敖临死时，告诫其子不要接受楚王所封的美地，而请封"不利而名甚恶"的寝丘，以求长保不失。事见《列子·说符》。

㉖不盈：不满。井：古代面积单位。《汉书·食货志》："六尺为步，步百为亩，亩百为夫，夫三为屋，屋三为井，井方一里，是为九夫。"

㉗卫将军:将军名号。有左、右之名。

㉘尽规:尽情规谏。《国语·周语》:"庶人传语,近臣尽规。"献替:谓兴利除弊。献,谓献其可行之策;替,谓废其不可为之事。《国语·晋语》:"夫事君者,谏过而赏善,荐可而替否,献能而进贤,择才而荐之。"

㉙均:同。山甫:仲山甫,周宣王时大臣,以功绩显赫著称。《诗经·大雅·烝民》:"衮职有阙,维仲山甫补之。"庸:功劳。

㉚缉熙:光明貌。《诗经·周颂·维清》:"维清缉熙,文王之典。"王旅:帝王军队。《诗经·大雅·常武》:"王旅啴啴,如飞如翰,如江如汉。"

㉛方叔:周宣王时大臣,曾受命北伐猃狁,南征荆楚,有功于周。《诗经·小雅·采芑》:"方叔元老,克壮其犹。"

㉜丹阳:郡名。置丹阳尹,治建康,故城在今江苏南京。京辅:即京畿,京都周围之地。

㉝攸:所。则:法则,榜样。

㉞吴兴:郡名。治乌程(今属浙江湖州)。襟带:谓吴兴在南面屏障京都,如襟如带。

㉟股肱:大腿和胳膊。谓为拱卫京都的要害之地。《史记·季布栾布列传》:"河东吾股肱郡,故特召君耳。"

㊱频:连着。二守:指丹阳尹和吴兴太守。

㊲蝉冕:即蝉冠,汉代侍中、中常侍之冠以蝉文为饰。《后汉书·舆服志》:"侍中、中常侍加黄金珰,附蝉为文,貂尾为饰,谓之'赵惠王冠'。"《南齐书·褚渊传》:"寻迁散骑常侍,丹阳尹。出为吴兴太守,常侍如故。"即代指散骑常侍之职。

㊳政:政事。《春秋左传·成公十二年》:"政以礼成,民是以息。"

【译文】

泰始初年,入朝担任侍中之职。不到一个月,调任吏部尚书。当时天命初定,治理天下还有不少险阻。大型战车开道出征,朝中百官尚未整顿。对内助以谋略,对外安定官民。制服远方敌人,功勋厚薄就如泾渭分明。赏赐不遗漏有功劳的人,举拔不遗漏有德行的人。建立功劳宽慰帝王心思,声名广布而万物听从。事情平息之后,兼任太子右卫率,因一再辞让而未任命。不久兼任骁骑将军,因贡献谋略之功,得到任用和受人尊敬的地位。封雩都县开国伯,食邑五百户。既具有推辞受封梁地的名分,又怀着请封寝丘的志向。所受封的田邑,不满百井。许久之后,重新担任侍中,兼任右卫将军。尽情规谏以兴利除弊,所建功勋与仲山甫相同;光辉照耀王师,兼有方叔的威望。丹阳京畿重地,为远近效法的榜样;吴兴如襟如带,实为屏障京都的要地。接连担任两地太守,同时担任散骑常侍之职。政事用礼仪来完成,百姓因此得到休息。

　　明皇不豫①,储后幼冲②。贻厥之寄③,允属时望④。征为吏部尚书,领卫尉⑤,固让不拜。改授尚书右仆射⑥。端流平衡⑦,外宽内直。弘二八之高谟⑧,宣《由庚》而垂咏⑨。太宗即世⑩,遗命以公为散骑常侍、中书令、护军将军⑪。送往事居⑫,忠贞允亮⑬。秉国之均⑭,四方是维⑮。百官象物而动⑯,军政不戒而备⑰。公之登太阶而尹天下⑱,君子以为美谈。亦犹孟轲致欣于乐正⑲,羊职悦赏于士伯者也⑳。丁所生母忧㉑,谢职㉒。毁疾之重㉓,因心则至㉔。朝议以有为为之㉕,鲁侯垂式㉖;存公忘私,方进明准㉗。爰降诏书,敦还摄任㉘。固请移岁㉙,表奏相望㉚。事不我与㉛,屈己弘化㉜。

【注释】

①明皇:宋明帝。不豫:得病。

②储后：太子。后，君。宋明帝太子刘昱，字德融。大明七年（463）生，泰始二年（466）立为皇太子，泰豫元年（472）明帝死后即帝位，是为后废帝。幼冲：幼小。

③贻厥：这里指太子。贻，留下。《尚书·五子之歌》："有典有则，贻厥子孙。"由于"贻厥"常与"子孙"连用，晋以后常作歇后语，其义兼子孙而言。寄：托付。

④允：信，确实。时望：当时声望卓著的人。谓将以幼主托付褚渊。《晋书·孝怀帝纪》："二相经营王室，志宁社稷，储贰之重，宜归时望。"

⑤领：兼任。卫尉：官名。汉时为九卿之一，负责宫门警卫。

⑥尚书右仆射：尚书省的副长官，南朝时与尚书令同为宰相之任，有"朝端""朝右"等称呼。

⑦端流平衡：不正不平者使之平正。张铣注："理有不正者端其条流，事有不平者施以权衡也。言其于事平如秤称焉。"端，正。

⑧二八：即八元、八恺，皆为古代传说中的才子，被舜举荐。《春秋左传·文公十八年》："昔高阳氏有才子八人：苍舒、隤敳、梼戭、大临、龙降、庭坚、仲容、叔达，齐、圣、广、渊、明、允、笃、诚，天下之民谓之'八恺'。高辛氏有才子八人：伯奋、仲堪、叔献、季仲、伯虎、仲熊、叔豹、季狸，忠、肃、共、懿、宣、慈、惠、和，天下之民谓之'八元'。"谟：谋略。

⑨宣：宣扬。《由庚》：《诗经·小雅》篇名。毛序："《由庚》，万物得由其道也……有其义而亡其辞。"垂咏：咏诵。

⑩太宗：即宋明帝。即世：去世。

⑪散骑常侍：官名。侍从皇帝左右，负责规谏之事。中书令：中书省长官。职掌机要，发布政令。

⑫往：指死去的宋明帝。居：指新君后废帝。《春秋左传·僖公九年》："公家之利，知无不为，忠也。送往事居，耦俱无猜，贞也。"

⑬允亮:诚信。

⑭秉:执。均:制陶器的转轮,比喻制驭天下。

⑮维:系,保持。

⑯百官:指各级军官。物:旌旗之一种。这里泛指旌旗。百官的尊卑和职司各不相同,因此所建旌旗也各不相同,各根据象征自己旌旗的指示而行动。《春秋左传·宣公十二年》:"百官象物而动,军政不戒而备,能用典矣。"

⑰军政:军事政教。戒:敕令,号令。备:备办。

⑱太阶:即泰阶,即三台星,因三台六星两两并排斜上,如阶梯,故云。三台象征三公,即指三公之位。尹:治理。

⑲亦犹孟轲致欣于乐正:谓褚渊像孟子那样因好善而进贤。乐正,指乐正克,可能是孟子学生。乐正,复姓。《孟子·告子》:"鲁欲使乐正子为政。孟子曰:'吾闻之,喜而不寐。'公孙丑曰:'……然则奚为喜而不寐?'曰:'其为人也好善。'"

⑳羊职:即羊舌职,春秋晋臣。士伯:春秋晋臣。晋侯曾把瓜衍之县赏给士伯,认为自己能够得到狄国的土地是由于士伯的功劳。羊舌职对这表示高兴,认为赏赐得很恰当。事见《春秋左传·宣公十五年》)。

㉑丁忧:遭父母之丧。生母:指其庶母(父之妾)郭氏。

㉒谢:辞去。

㉓毁疾:因居丧过哀而致病。

㉔因心:顺应内心。《诗经·大雅·皇矣》:"维此王季,因心则友。"朱熹《诗集传》:"因心,非勉强也。"

㉕有为:有所为。谓停止服丧出仕。为之:要求自己。

㉖鲁侯:即伯禽,周公旦之子,封于鲁,为鲁国始祖。垂式:留下法则、风范。式,法。《礼记·曾子问》:"子夏曰:'金革之事无辟也者,非与?'孔子曰:'吾闻诸老聃曰:昔者鲁公伯禽有为为之也。

今以三年之丧从其利者,吾弗知也。'"

㉗方进:翟方进,字子威,西汉大臣。《汉书·翟方进传》:"及后母终,既葬三十六日,除服起视事,以为身备汉相,不敢逾国家之制。"准:法则。

㉘敦:劝。摄任:代君主处理朝政。

㉙移岁:过一年。

㉚相望:谓不断。

㉛不我与:不与我,即未答应其要求。

㉜弘化:弘扬天子教化。

【译文】

　　明帝得病,太子幼小。托付太子之事,确属当时声望卓著的人。召为吏部尚书,兼卫尉,因一再辞让而未任命。改授尚书右仆射。不正不平者正之平之,外表宽厚而内心正直。弘扬八元、八恺的高超谋略,宣扬《由庚》之义而加以诵咏。明帝去世,遗命以公为散骑常侍、中书令、护军将军。送走死者侍奉新君,是那样忠贞诚信。掌握国家命运,四方靠这得到维持。各级军官根据象征自己的旌旗的指示而行动,军事政教不待号令就已备办。公登上三公之位治理天下,君子都以此为美谈。就像孟轲对乐正克为政的事情感到欢欣,羊舌职为士伯得到赏赐而表示喜悦。逢母亲之丧,辞去官职。居丧过哀而得重病,全因内心真诚以致于此。朝中意见应以有所为来要求自己,鲁侯已在这方面留下楷模;存念国事而忘掉私情,翟方进已树立了明确的标准。于是降下诏书,劝公回朝摄理政事。一再请求等到明年,上表奏章接连不断。终究未能满足要求,于是委屈自己以弘扬天子教化。

　　属值三季在辰①,戚蕃内侮②。桂阳失图③,窥窬神器④。鼓棹则沧波振荡⑤,建旗则日月蔽亏⑥。出江派而风翔⑦,入京师而雷动。鸣控弦于宗稷⑧,流锋镞于象魏⑨。虽英宰临戎⑩，元渠时殄⑪；而余党寔繁⑫，宫庙忧逼⑬。公乃总熊罴之士⑭，不贰心之臣，戮力尽规⑮，克宁祸乱⑯。康国祚于缀旒⑰，拯王维于已坠⑱。诚由太祖之威风⑲，抑亦仁公之翼佐⑳。可谓德刑详㉑，礼义信，战之器也㉒。以静难之功㉓，进爵为侯，兼授尚书令、中军将军㉔，给班剑二十人㉕。功成弗有㉖，固秉执挹㉗。改授侍中、中书监㉘，护军如故㉙。又以居母艰去官㉚。虽事缘义感㉛，而情均天属㉜。颜丁之合礼㉝，二连之善丧㉞，亦曷以逾㉟。

【注释】

①属值：适值。三季：夏、商、周三代的末年。《国语·晋语》："虽当三季之王，不亦可乎？"韦昭注："季，末也。三季王，桀、纣、幽王也。"辰：时。

②戚蕃：谓藩王。内侮：内乱。

③桂阳：即桂阳王刘休范，宋文帝第十八子，明帝末任骠骑大将军、江州刺史。失图：失算。明帝死、后废帝即位后，休范以未能出任宰辅心生怨愤，于元徽二年（474）五月举兵袭建康，至新林（今江苏南京），朝廷震动。平南将军齐王萧道成屯新亭（今江苏南京），袁粲、褚渊、刘秉等入卫殿省。萧道成大破休范军，并遣部将黄回、张敬儿诈降，休范中计被杀，余众奔散。事见《宋书·后废帝纪》及《桂阳王休范传》。

④窥窬（yú）：伺隙而动，暗中希求。窬，门边小洞。刘琨《劝进表》："狡寇窥窬，伺国瑕隙。"神器：指帝位。

⑤鼓棹（zhào）：摇动船桨。沧波：清波。张铣注："言将军出征桂阳王也。"

⑥建：树立。蔽亏：蔽障。谓旌旗之多。

⑦江派:江河。派,支流。风翔:谓行疾如飞。

⑧控弦:拉弓。宗稷:宗庙社稷。宗庙为祭祀祖先之处,社稷为祭
　祀土神谷神之处。

⑨锋镞(zú):指箭矢。象魏:宫廷外的阙门。

⑩英宰:贤能的宰辅之臣,指齐王萧道成。临戎:临阵。

⑪元渠:魁首。指刘休范。渠,大。殄(tiǎn):灭绝。

⑫余党:指杜墨蠡、丁文豪等。刘休范初死,墨蠡等尚不知情,仍率
　军攻击,一度攻入建康,致使"宫省恇扰,无复固志"。(《宋书·
　桂阳王休范传》)寔:实。

⑬宫庙:宫室宗庙。忧逼:忧惧逼迫。

⑭总:统领。熊罴:皆猛兽名。用以比喻勇士。《尚书·康王之
　诰》:"则亦有熊罴之士,不二心之臣,保义王家。"

⑮戮力:并力,勉力。《春秋左传·成公十三年》:"戮力同心。"尽
　规:尽力筹划。

⑯克宁:安宁,平定。

⑰康:安。国祚(zuò):帝位。缀旒:即赘旒。《春秋公羊传·襄公
　十六年》:"君若赘旒然。"郑注:"旒,旗旒;赘,系属之辞;……以
　旗旒喻者,为下所执持东西。"喻君王为臣下所挟持。旒(liú),古
　代旗帜下边悬垂的饰物。

⑱王维:朝纲,朝廷的纲纪法度。

⑲太祖:指齐王萧道成,后代宋称帝,建立齐朝,庙号太祖。

⑳仁公:即褚公。翼佐:辅佐。

㉑详:通"祥",和顺。指侍奉鬼神所应有的态度。《春秋左传·成
　公十六年》:"德、刑、详、义、礼、信,战之器也。德以施惠,刑以正
　邪,详以事神,义以建利,礼以顺时,信以守物。"

㉒器:用具,手段。

㉓静难:即靖难,平定变乱。

㉔尚书令:尚书省(当时中央执行政务的总机关)长官。

㉕班剑:饰有花纹的木剑,用作仪仗。班,通"斑"。

㉖弗有:弗居,不居功。

㉗秉:执,持。扬(huī)挹(yì):谦让。指褚渊"固让令"之事。挹,通"抑"。

㉘中书监:中书省长官。这句原标点作"改授侍中中书,监护军如故",误,据严可均校辑《全齐文》及中华书局标点本《南齐书·褚渊传》改。

㉙护军:指护军将军。

㉚母艰:母丧。《南齐书·褚渊传》:"渊后嫡母吴郡公主薨,毁瘠如初。"

㉛义感:因义而感。谓吴郡公主非褚渊生母。

㉜均:等同。天属:天性。《庄子·山木》:"彼以利合,此以天属也。"

㉝颜丁:春秋鲁人。合礼:谓居丧合于礼仪。《礼记·檀弓》:"颜丁善居丧:始死,皇皇焉如有求而弗得;及殡,望望焉如有从而弗及;既葬,慨焉如不及其反而息。"

㉞二连:指少连、大连,皆人名。善丧:谓居丧合于礼仪。《礼记·杂记》:"孔子曰:'少连、大连善居丧,三日不怠,三月不解。'"

㉟曷:何。逾:过。

【译文】

正好碰上了像夏商周三代末年那样的时候,藩王发动了内乱。桂阳王打错了算盘,想伺机夺取帝位。王师出征摇动船桨则碧波振荡,树起旌旗则日月蔽障。开出江河如风之疾驰,进入京师如春雷震动。拉弓之声响于宗庙社稷,箭矢飞舞于宫外阙门。虽有贤能大臣亲临前线,罪魁祸首应时消灭;而其余党实在众多,宫室宗庙忧惧逼迫。公于是统领勇武之士,对朝廷忠贞不贰之臣,并力杀敌尽心谋划,终于平定了祸

乱。安定帝位于被臣下挟持之时，拯救朝纲于已坠之际。这诚然由于
太祖的威风，但也得力于仁公的辅佐。可以说德行、刑罚、和顺，礼法、
道义、信用，这些都是战争取得胜利的手段。因有平乱的功劳，晋爵为
侯，同时授为尚书令、中军将军，给班剑二十人。功成不居，坚持谦让的
态度。改授为侍中、中书监，护军将军保留不变。又因居母丧辞去官
职。虽因道义所感，而哀情也是出于天性。颜丁的合于礼仪，少连、大
连的善于居丧，与之相比又怎能超过。

　　天厌宋德①，水运告谢②。嗣王荒怠于天位③，强臣凭陵
于荆楚④。废昏继统之功⑤，戡乱宁民之德⑥，公实仰赞宏
规⑦，参闻神筭⑧。虽无受脉出车之庸⑨，亦有甘寝秉羽之
绩⑩。乃作司空⑪，山川攸序⑫。兼授卫军⑬，戎政辑睦⑭。

【注释】

①厌：厌弃。宋德：即宋朝。德，指水德。古代关于朝代更替有五
　德（水、火、木、金、土）相生相克之说，每一个帝王都要确定其是
　以某德王，如以火德王、以水德王之类。按此说法，宋是以水德
　王的。《春秋左传·隐公十一年》："天而既厌周德矣，吾其能与
　许争乎？"

②水运：水德之运。谢：尽。

③嗣王：指后废帝。荒怠：荒淫怠惰。天位：帝位。

④强臣：逆乱之臣。指沈攸之。后废帝即位之初，沈为荆州刺史。
　"时幼主在位，群公当朝，攸之渐怀不臣之迹，朝廷制度，无所遵
　奉。"（《宋书·沈攸之传》）后举兵反叛，事败被杀。凭陵：侵逼。

⑤废昏：谓废后废帝为苍梧王。继统：继承统治之位。谓立宋
　顺帝。

⑥戡(kān)：通"戡"，平定。谓平定沈攸之之乱。

⑦赞：辅助，参与。宏规：宏大计划。

⑧参闻：参与筹划。神筹(suàn)：神妙的计谋。筹，同"算"。

⑨受脤(shèn)：接受脤肉的赐予。脤，祭社稷用的生肉。古代将帅
　出征时，天子要赐给脤肉。《春秋左传·闵公二年》："帅师者，受
　命于庙，受脤于社。"出车：出战。谓带兵出征。《诗经·小雅·
　出车》："我出我车，于彼牧矣。自天子所，谓我来矣！"庸：功劳。

⑩甘寝：安寝。秉：执，持。羽：羽扇，为舞者所执的舞具。古代武
　舞执干，文舞执羽。谓修文德以屈人之兵。《庄子·徐无鬼》：
　"孙叔敖甘寝秉羽而郢人投兵。"

⑪司空：官名。掌管国家的土木营建和水利工程等，东汉时为三公
　之一。《礼记·王制》："司空执度，度地、居民，山川沮泽。"

⑫攸序：有所次序。攸，所。

⑬卫军：卫将军。

⑭戎政：军政。辑睦：和睦。《盐铁论·相刺》："使百姓辑睦，无怨
　思之色。"

【译文】

上天厌弃宋朝，水德之运宣告将尽。嗣王荒淫怠惰于帝位，逆臣跋扈侵逼于荆州。废掉昏君另立新帝的功劳，平定变乱安定百姓的德行，公确实是辅助了宏大计划的制订，参与了神妙计谋的筹划。虽没有受脤出车的功劳，亦有安寝舞羽的劳绩。于是出任司空，山川因而有了次序。同时授为卫将军，军政同时得到和睦。

　　既而齐德龙兴①，顺皇高禅②。深达先天之运③，匡赞奉时之业④。弼谐允正⑤，徽猷弘远⑥。树之风声⑦，著之话言⑧。亦犹稷契之臣虞夏⑨，荀裴之奉魏晋⑩。自非坦怀至公⑪，永鉴崇替⑫，孰能光辅五君⑬，寅亮二代者哉⑭？大启南

康⑮,爰登中铉⑯。时膺土宇⑰,固辞邦教⑱。今之尚书令,古之冢宰⑲。虽秩轻于衮司⑳,而任隆于百辟㉑。暂遂冲旨㉒,改授朝端㉓。迩无异言,远无异望㉔。帝嘉茂庸㉕,重申前册㉖。执五礼以正民㉗,简八刑而罕用㉘。故能骋绩康衢㉙,延慈哲后㉚。义在资敬㉛,情同布衣㉜。出陪銮躅㉝,入奉帷殿㉞。仰《南风》之高咏㉟,餐东野之秘宝㊱。雅议于听政之晨㊲,披文于宴私之夕㊳。参以《酒德》㊴,间以《琴心》㊵。暖有余晖㊶,遥然留想㊷。君垂冬日之温㊸,臣尽秋霜之戒㊹。肃肃焉㊺,穆穆焉㊻,于是见君亲之同致㊼,知在三之如一㊽。

【注释】

①龙兴:喻新王朝的兴起。孔安国《尚书序》:"汉室龙兴,开设学校。"

②顺皇:即宋顺帝。史书载为宋明帝第三子,即位后三年禅位于齐高帝萧道成。

③先天:先于天时而行事。《周易·乾》:"先天而天弗违,后天而奉天时。"

④匡:正。赞:助。奉时:即奉天时。

⑤弼:辅助。谐:和谐,谓同心协力。《尚书·皋陶谟》:"允迪厥德,谟明弼谐。"孔疏:"以辅弼和谐其政。"允:诚信。

⑥徽猷:高明的谋略。《诗经·小雅·角弓》:"君子有徽猷,小人与属。"

⑦风声:风气教化。《春秋左传·文公六年》:"树之风声,分之采物,著之话言。"

⑧著:著录。谓著录于典册。话言:即话语,为同义词连用。指善言。

⑨稷契(xiè)：传说中辅佐虞舜的两位贤臣。虞夏：虞舜、夏禹。稷传说在舜时教人稼穑，契传说在舜时助禹治水有功，被任为司徒。

⑩荀：荀攸，字公达。曹操谋士。裴：裴秀，字季彦。魏末被司马炎任为尚书令、右光禄大夫。

⑪坦怀：坦露胸怀，谓真诚待人。至公：极公正，大公。

⑫鉴：明察。崇替：灭亡。《国语·楚语》："吾闻君子唯独居思念前世之崇替，与哀殡丧，于是有叹，其余则否。"韦昭注："崇，终也；替，废也。"

⑬光辅：有成就地辅佐。《春秋左传·襄公二十七年》："能歆神人，宜其光辅五君以为盟主也。"五君：这里指宋文帝、宋明帝、宋顺帝、齐高帝、齐武帝。时齐武帝尚未即位，此预言之。

⑭寅亮：恭敬信奉。《尚书·周官》："贰公弘化，寅亮天地，弼予一人。"二代：指宋、齐二朝。

⑮大启：大开(开拓封地)。《诗经·鲁颂·閟宫》："大启尔宇，为周室辅。"南康：郡名。今江西赣州。始置于晋。《南齐书·褚渊传》："建元元年，进位司徒，侍中、中书监如故。封南康郡公，邑三千户。渊固让司徒。"

⑯中铉(xuàn)：即铉，横贯鼎耳用来扛鼎的器具。这里指司徒之职。吕延济注："铉，鼎耳也，谓三公也。"

⑰膺：接受。土宇：封地，指封为南康郡公，食邑三千户。

⑱邦教：指司徒之职。司徒掌邦之教化。

⑲冢宰：周代官名。为六卿之首。《尚书·周官》："冢宰掌邦治，统百官，均四海。"

⑳秩：品级第次。指尚书令的品级。《南齐书·褚渊传》："寻加尚书令，本官如故。"衮司：三公。

㉑百辟：百官。

㉒冲旨:指天子之深意。李周翰注:"冲,深;旨,意也。"

㉓朝端:指司徒之职。因属三公之位,处朝臣之首,故称。《南齐书·褚渊传》:"(建元)二年,重申前命为司徒,又固让。"

㉔"迩无异言"二句:谓合于众望。迩,近。

㉕嘉:赞美。茂:盛,大。庸:功劳。

㉖前册:谓此前任为司徒的册书。册书,即诏书。

㉗五礼:古代的五种礼仪:祭祀之事为吉礼,冠婚之事为嘉礼,宾客之事为宾礼,军旅之事为军礼,丧葬之事为凶礼。

㉘简:略。八刑:古代的八种刑罚:一为不孝之刑,二为不义之刑,三为不姻之刑,四为不悌之刑,五为不任之刑,六为不恤之刑,七为造言之刑,八为乱民之刑。《周礼·大司徒》:"以乡八刑纠万民。"罕:少。

㉙骋:驰骋,建立。绩:功劳。康衢:大道。

㉚慈:爱戴。哲后:贤君。

㉛资:用,致。《孝经》:"资于事父以事君,而敬同。"

㉜布衣:平民之服。代指平民。

㉝銮躅(zhuó):犹言銮驾,帝王车驾,代指帝王。躅,足迹。

㉞帷殿:张设有帷幔的宫殿。

㉟《南风》:古诗名。相传为舜所作。《孔子家语·辩乐解》:"昔者舜弹五弦之琴,造《南风》之诗。其诗曰:'南风之熏兮,可以解吾民之愠兮;南风之时兮,可以阜吾民之财兮!'"这里隐以舜比齐高帝。

㊱餐:犹欣赏。东野:李善注:"'野'当为'杼',古'序'字也。"堂上的东西墙叫做序,东序就是堂东墙。《尚书·顾命》:"大玉、夷玉、天球、河图,在东序。"李善注:"天球,宝器也。《河图本纪》:'图帝王终始存亡之期。'《典引》曰:'御东序之秘宝。'"因陈列在东序的天球、河图等物皆为帝王的秘宝瑞物,故以之为美。

㊲雅:正。

㊳披文:作文。宴私:谓君臣宴乐。《诗经·小雅·楚茨》:“诸父兄弟,备言燕私。”

㊴参:杂。《酒德》:晋刘伶作有《酒德颂》,是讲饮酒的旨趣品德的。

㊵《琴心》:琴曲名。《列仙传》:“涓子作《琴心》三篇。”

㊶暧:昏暗。为日将落时情景,隐喻行将死去的齐高帝。

㊷遥然留想:留心细想遥远的事情。刘良注:“谓远想安危之理,君臣相戒也。”

㊸冬日之温:谓君恩。言其柔和温暖。

㊹戒:警惧。

㊺肃肃:恭敬貌。《诗经·大雅·思齐》:“雝雝在宫,肃肃在庙。”指臣对君恭敬。

㊻穆穆:仪表美好、容止端庄恭敬的样子。《诗经·大雅·文王》:“穆穆文王,于缉熙敬止。”谓君对臣祥和。

㊼君亲:事君事亲。同致:一致。

㊽三:谓父、师、君。《国语·晋语》:“成闻之:‘民生于三,事之如一。’父生之,师教之,君食之。非父不生,非食不长,非教不知。生之族也,故一事之。”

【译文】

接着齐朝兴起,顺帝让位。深通先于天时行事的运数,辅助奉天时而动的大业。同心辅佐诚信端正,高明谋略宏大深远。为国树立良好的风气教化,把有益的话著录于典册。就像稷、契做了虞夏的贤臣,荀攸、裴秀效力于魏国西晋。要不是胸怀坦荡大公无私,目光长远明察兴亡之书,怎能出色辅佐五位君王,敬信两个朝代呢?开拓封地于南康郡,又登上了三公高位。当时接受了封地,坚辞了司徒的任命。现在的尚书令,相当于古代的冢宰。虽然品级轻于三公,而职权却重于百官。暂顺了天子的深意,重新授予司徒之职。近处没有不同意见,远处没有不同看法。高帝赞美丰功伟绩,重申对司徒的任命。执行五种礼仪以端正民风,简省八种刑罚很少动用。故能行进在康庄大道上以建立功绩,延续慈爱于贤王之身。道义在于敬重君王,感情如同布衣之亲。出朝陪乘銮驾,入朝侍奉帷殿。仰闻高声吟咏《南风》之诗,欣赏东墙边陈列的秘藏国宝。相与谈论于听政之晨,读书作文于宴饮之夕。中间插入《酒德》之文,静心聆听《琴心》之曲。日色昏暗仍然放出余晖,把遥远的事情留心细想。君王投下冬日的温暖,臣下如面对秋霜一样戒惧。是这样的恭敬,是这样的端庄,于是看到了事君事亲的一致,知道了父、师、君虽在三而如一。

　　太祖升遐①,绸缪遗寄②。以侍中、司徒、录尚书事③,禀玉几之顾④,奉缀衣之礼⑤。择皇齐之令典⑥,致声化于雍熙⑦。内平外成⑧,实昭旧职⑨。增给班剑三十人。物有其容⑩,徽章斯允⑪。位尊而礼卑⑫,居高而思降⑬。自夏徂秋⑭,以疾陈退⑮。朝廷重违谦光之旨⑯,用申超世之尚⑰。改授司空,领骠骑大将军⑱,侍中、录尚书如故。

【注释】

①升遐:升到高远之处。指死。齐高帝萧道成于建元四年(482)三月病卒。

②绸缪:情意殷勤貌。遗寄:遗命托付。谓诏托褚渊(还有王俭)后事,以辅佐齐武帝。

③录尚书事:官名。以公卿权重者任之,总管朝政,位在三公之上。

④禀:受。玉几:用玉镶嵌的几案。顾:顾命,临终遗命。周成王临终前,曾让人给戴上王冠,披上朝服,靠在玉几上,召见太保奭、芮伯、彤伯、毕公等人,托以后事。事见《尚书·顾命》。

⑤缀衣:周成王的皇冠礼服。《尚书·顾命》:“兹既受命,还,出缀

衣于庭。"《尚书正读》:"王病不能视朝,则出衣于庭,为群臣瞻拜
之资也。"谓褚渊也奉行此礼,在接受顾命后出缀衣于庭。

⑥择:选择施行。令典:好的法典。《春秋左传·宣公十二年》:"芳
敖为宰,择楚国之令典。"

⑦声化:声威教化。雍熙:和乐貌。张衡《东京赋》:"百姓同于饶
衍,上下共其雍熙。"

⑧内、外:指国内、国外。谓国内、国外都平静无事。《春秋左传·
文公十八年》:"举八元,使布五教于四方,父义、母慈、兄友、弟
共、子孝,内平外成。"

⑨昭:明,显扬。旧职:过去的职责。《春秋左传·僖公二十六年》:"桓
公是以纠合诸侯,而谋其不协,弥缝其阙,而匡救其灾,昭旧职也。"

⑩容:外貌。《春秋左传·昭公九年》:"事有其物,物有其容。"

⑪徽章:旌旗。指有着不同标志的旌旗。古代等级不同,旌旗的样
式也不同。《礼记·大传》:"改正朔,易服色,殊徽号。"《礼记·
月令》:"以给郊庙祭祀之服,以为旗章,以别贵贱等级之度。"即
代指不同的等级。斯:皆。允:恰当。

⑫礼卑:谓能以谦恭之礼待人。《周易·谦》:"谦尊而光,卑而不
可逾。"

⑬思降:考虑引退。

⑭徂(cú):往,至。

⑮陈:请求。

⑯朝廷:指天子。重:难。谦光:谓因谦让而更加光辉。《周易·
谦》:"谦尊而光。"旨:意。

⑰用:以。超世:超出当世。尚:高尚之事。谓功业。

⑱领:兼。骠(piào)骑大将军:高级武官名号。

【译文】

太祖去世,临终前殷勤托付后事。以侍中、司徒、录尚书事的身份,

接受君王靠在玉几上所做的遗命,奉行出缀衣于庭的礼仪。选择推行齐朝好的法典,使声威教化达到和美安乐之境。国内国外都平静无事,确实显扬了过去的职责。增给班剑三十人。物类各有其外貌,各类旌旗设置得都很恰当。地位尊崇而以谦恭之礼待人,居于高位而考虑退下。从夏到秋,因病请求引退。朝廷难违因谦让而更加光辉的心意,以申扬超出当世的高尚功业。重新授予司空之职,兼骠骑大将军,侍中、录尚书事的职务保留不变。

　　景命不永①,大渐弥留②。建元四年八月二十一日③,薨于私第④,春秋四十有八⑤。昔柳庄疾棘⑥,卫君当祭而辍礼⑦;晏婴既往⑧,齐君趋车而行哭⑨。公之云亡⑩,圣朝震悼于上⑪,群后恸动于下⑫。岂唯哀缠一国⑬,痛深一主而已哉!追赠太宰⑭,侍中、录尚书如故。给节⑮,羽葆鼓吹⑯,班剑为六十人⑰。谥曰文简,礼也⑱。夫乘德而处⑲,万物不能害其贞⑳;虚己以游㉑,当世不能扰其度㉒。均贵贱于条风㉓,忘荣辱于彼我㉔。然后可兼善天下㉕,聊以卒岁㉖;经始图终㉗,式免祗悔㉘。谁云克备㉙,公实有焉。是以义结君子,惠沾庶类㉚。言象所未形㉛,述咏所不尽。故吏某甲等㉜,感逝川之无舍㉝,哀清晖之眇默㉞。餐舆诵于丘里㉟,瞻雅咏于京国㊱。思卫鼎之垂文㊲,想晋钟之遗则㊳。方高山而仰止㊴,刊玄石以表德㊵。其辞曰:

【注释】

①景:大。永:长。

②大渐:病危。渐,剧。弥留:病重将死之时。《尚书·顾命》:"呜

呼！疾大渐，惟几，病日臻。既弥留。"

③建元四年：即 482 年。建元为齐高帝萧道成年号，萧道成此时已死，齐武帝萧赜已即位，但尚未改元。

④薨（hōng）：古称侯王之死为"薨"。

⑤春秋：年寿。

⑥柳庄：春秋时卫国大史。疾棘：病危。棘，通"急"。

⑦辍礼：停止祭祀之礼。当行祭事而中止前往，见其尊贤之意。《礼记·檀弓》："卫有大史曰柳庄，寝疾。公曰：'若疾革，虽当祭必告。'公再拜稽首请于尸曰：'有臣柳庄也者，非寡人之臣，社稷之臣也。闻之死，请往。'不释服而往，遂以襚之。"

⑧晏婴：春秋时齐国正卿，仕灵、庄、景三朝，以节俭力行、谦恭下士著称于时。往：死去。

⑨趋（qū）：同"趋"，碎步疾行。这也是古代的一种礼节，表示敬意。《晏子春秋·外篇不合经述者》："（齐）景公游于菑，闻晏子死，公乘侈舆服繁驵驱之，自以为迟，下车而趋。知不若车之速，则又乘。比至于国者，四下而趋，行哭而往，伏尸而号。"

⑩云：语助词。

⑪圣朝：指天子。

⑫群后：谓百官诸侯。恇（kuāng）：恐惧。动：五臣本作"恸"，极其悲痛之意。

⑬缠：才，仅仅。

⑭太宰：官名。殷商时始置，为百官之首。周时称冢宰。

⑮节：符节，朝廷用作凭证的信物。

⑯羽葆：以鸟羽为饰的仪仗，跟随棺柩。《礼记·杂记》："匠人执羽葆御柩。"鼓吹：乐名。

⑰班剑：五臣本作"增班剑"。

⑱礼：谓合于礼仪。

⑲乘:据,据守。处:谓处于世。

⑳贞:正。

㉑虚己:把自己看作不存在一样。

㉒扰:乱。度:胸怀,器度。《庄子·山木》:"方舟而济于河,有虚舡来触舟,虽有褊心之人不怒……人能虚己以游世,其孰能害之!"

㉓均:等同。条风,春天的东北风。《淮南子·俶真训》:"夫贵贱之于身也,犹条风之时丽也;毁誉之于己,犹蚊虻之一过也。"

㉔忘荣辱于彼我:指忘掉荣辱。《庄子·田子方》:"肩吾问于孙叔敖曰:'子三为令尹而不荣华,三去之而无忧色。吾始也疑子,今视子之鼻间栩栩然,子之用心独奈何?'孙叔敖曰:'我何以过人哉!……且不知其在彼乎?其在我乎?其在彼邪亡乎我,在我邪亡乎彼。方将踌躇,方将四顾,河暇至乎人贵人贱哉!'"彼,指荣辱。

㉕兼善:不仅自己达到善的境界,并且使别人也达到善的境界。《孟子·尽心》:"穷则独善其身,达则兼善天下。"

㉖卒岁:过完一年。这里有"度过一生"之意。《孔子家语》:"孔子歌曰:'优哉游哉,聊以卒岁。'"

㉗经始:理事于始。《诗经·大雅·灵台》:"经始灵台,经之营之。"图:谋,考虑。

㉘式:用,以。祇(zhī):通"祇",大。《周易·复》:"不远复,无祇悔,元吉。"

㉙克:能。

㉚惠沾:润泽。庶类:众多的物类。《国语·郑语》:"夏禹能单平水土,以品处庶类者也。"

㉛言象:用言语来描状。

㉜故吏:旧吏。指要求为褚渊立碑的故吏。六朝时立碑多故吏为之。

㉝逝川:流逝的河水。无舍:谓不舍昼夜。《论语·子罕》:"子在川

上曰:'逝者如斯夫,不舍昼夜!'"

㉞清晖:清亮的光辉。指死者容仪。眇(miǎo)默:远貌。

㉟餐:听。舆诵:众人念诵、议论。丘里:乡里。《春秋左传·襄公三十年》:"(子产)从政一年,舆人诵之曰:'取我衣冠而褚之,取我田畴而伍之。孰杀子产?吾其与之。'及三年,又诵之曰:'我有子弟,子产诲之;我有田畴,子产殖之。子产而死,谁其嗣之?'"

㊱瞻:看,实际也是"听"的意思。雅咏:美好的歌咏。谓歌咏其德。京国:京都。

㊲卫鼎:春秋时卫国大夫孔悝有功于卫,后为之铭功于鼎。事见《礼记·祭统》。垂文:指鼎上留下的铭文。

㊳晋钟:春秋时,秦桓公伐晋,驻兵辅氏,晋魏颗将其击败,晋景公为之铭功于钟。事见《国语·晋语》。

㊴方:比。仰止:仰望,向往。谓仰其功德。《诗经·小雅·车辖》:"高山仰止,景行行止。"

㊵刊:刻。玄石:黑石,指墓碑。

【译文】

大命不长,病危将逝。建元四年八月二十一日,死于家中,享年四十八岁。以前柳庄病重,卫君正行祭祀之礼而中途停止;晏婴死后,齐君下车快走哭着前往吊唁。公死后,天子震撼悲悼于上,百官诸侯恐惧悲痛于下。哪像柳庄、晏婴那样,悲哀不过限于一国,深痛不过限于一主而已呢!追赠太宰之职,侍中、录尚书事保留不变。给以符节,羽葆鼓吹,增加班剑为六十人。赐谥为文简,这里合于礼的。据守道德以处于时,世间万物不能害其贞正;虚空自己以游于世,当世之人不能乱其器度。把贵贱看得如同风吹过一样,忘掉荣辱哪管是它是我。然后可以兼善天下,姑且以此度过一年;理于其始即考虑其终,以免产生大悔。谁能办事如此周全,公确实是做到了这一点。所以道义与君子结缘,众多的物类都可以得到好处。公之美德用言语描绘不能见其形象，记述以咏叹之也不能尽情。故吏某甲等人，感叹江水不分昼夜地流逝，哀痛清朗的光辉在远方消失。听众人念诵于乡里之间，听美好的歌咏回荡在京城。长思卫鼎上留下的铭文，追想晋钟上留下的法则。好比高山让人仰望不止，雕刻墓碑以表彰公之功德。其辞云：

辰精感运①，昴灵发祥②。元首惟明③，股肱惟良④。天鉴璇曜⑤，踵武前王⑥。钦若元辅⑦，体微知章⑧。永言必孝⑨，因心则友⑩。仁洽兼济⑪，爱深善诱⑫。观海齐量，登岳均厚⑬。五臣兹六⑭，八元斯九⑮。内谟帷幄⑯，外曜台阶⑰。远无不肃⑱，迩无不怀⑲。如风之偃⑳，如乐之谐㉑。光我帝典㉒，缉彼民黎㉓。率礼蹈谦㉔，谅实身干㉕。迹屈朱轩㉖，志隆衡馆㉗。眇眇玄宗㉘，萋萋辞翰㉙。义既川流㉚，文亦雾散。嵩构云颓㉛，梁阴载缺㉜。德猷靡嗣㉝，仪形长递㉞。怊怅余徽㉟，锵洋遗烈㊱。久而弥新㊲，用而不竭。

【注释】

① 辰精：即辰星，又名房星，二十八宿之一，苍龙七宿的第四宿，有星四颗。精，明亮。辰星又为水星的别名。《史记·天官书》："辰星不出，太白为客；其出，太白为主。"《索隐》："谓辰星出西方。辰，水也。"宋以水德王，顺帝禅位于齐，"亦以水德而传于齐"（《南齐书·高帝纪》），故齐亦以水德王，这里即以"辰精"代指齐朝。感运：感于时运，应运而兴。

② 昴（mǎo）灵：即昴星，二十八宿之一。传说汉相萧何为昴星之精降生。《初学记》引《春秋佐助期》："汉相萧何长七尺八寸，昴星精。"《南齐书·高帝纪》："太祖高皇帝讳道成……汉相国萧何二

十四世孙也。"发祥：显现贞祥。《诗经·商颂·长发》："濬哲维商，长发其祥。"

③元首：指齐高帝。《尚书·益稷》："元首明哉！股肱良哉！"

④股肱：股肱之臣，指褚渊。良：善。

⑤天鉴：上天鉴照。天，喻指齐高帝。璇（xuán）：璇玑玉衡，即北斗七星。《史记·天官书》："北斗七星，所谓'旋、玑、玉衡，以齐七政'。"曜：七曜，即七政，指日、月和水、火、金、木、土五星。李善注："言君能鉴照璇玑七曜之道，踵武前王而受禅也。"

⑥踵武：按着前人的足迹走。比喻继承前人的事业。武，足迹。前王：前代贤君。屈原《离骚》："忽奔走以先后兮，及前王之踵武。"

⑦钦：敬。若：顺从。《尚书·尧典》："乃命羲和，钦若昊天。"元辅：辅佐帝王而居大臣首位者。指褚渊。

⑧体：体察。微：事物的几微。章：显明。《周易·系辞》："君子知微知彰，知柔知刚，万夫之望。"

⑨言：语助词。《诗经·大雅·下武》："永言孝思，孝思维则。"

⑩因心：顺应内心。友：友爱兄弟。《诗经·大雅·皇矣》："维此王季，因心则友。"

⑪仁洽：仁爱。兼济：广为救助，施与。

⑫诱：教导。《论语·子罕》："夫子循循然善诱人。"

⑬"观海"二句：张铣注："言其道德深高，如观海登岳，齐均其器量厚德也。"《孔子家语》："齐太史子与适鲁，见孔子。曰：'乃今而后知泰山之为高，渊海之为大。'"

⑭五臣：辅佐周武王的五个大臣。《吕氏春秋·分职》："武王之佐五人。"高诱注："五人者，周公旦、召公奭、太公望、毕公高、苏公忿生也。"兹六：谓五臣加上褚渊，为六人。

⑮八元：《春秋左传·文公十八年》："高辛氏有才子八人：伯奋、仲堪、叔献、季仲、伯虎、仲熊、叔豹、季狸，忠肃共懿，宣慈惠和，天

下之民谓之'八元'。"斯:此,指褚渊。九:谓八元加上褚渊为
九人。

⑯谟:谋划。帷幄:宫室的帐幕。代指宫室。

⑰台阶:即三台星,指三公之位。《后汉书·郎颛传》:"三公上应台
阶,下同元首。"

⑱不肃:不恭。《汉书·五行志》:"貌之不恭,是谓不肃。"

⑲迩:近。怀:归服。《国语·周语》:"近无不听,远无不服。"

⑳偃:倒伏。《论语·颜渊》:"草上之风,必偃。"

㉑谐:和谐。《春秋左传·襄公十一年》:"八年之中,九合诸侯,如
乐之和,无所不谐。"

㉒帝典:帝王的法制。

㉓缉:治理。民黎:百姓。

㉔率礼:遵循礼仪。张衡《南都赋》:"献酬既交,率礼无违。"蹈:履
行,实行。《周易·履》:"履道坦坦,幽人贞吉。"王弼注:"履道尚
谦……而二以阳处阴,履于谦也。"

㉕谅:诚信。身干:身体的躯干。《春秋左传·成公十三年》:"礼,
身之干也。敬,身之基也。"

㉖迹屈:犹言屈身。朱轩:红漆车,为古代王侯或朝廷使者所乘。
代指朝中高位。《尚书大传》:"未命为士者,不得乘饰车,不得乘
朱轩。"

㉗衡馆:衡门(横木为门)之馆。喻简陋的房屋,为隐者所居。

㉘眇眇:深远貌。玄宗:宗教的玄理。指道教。

㉙萋萋:盛貌。辞翰:辞藻,文笔。

㉚义:谓玄宗之义。川流:言其多。下句"雾散"同此。

㉛嵩构:指中岳嵩山。颓:倾倒。《礼记·檀弓》:"泰山其颓乎?梁
木其坏乎?哲人其萎乎?"

㉜梁阴:即梁木。载:语助词。缺:坏,摧折。

㉝德猷：即美好的道德和高明的谋略。李善注："令德徽猷也。"靡：
　无。嗣：继续。

㉞仪形：容仪形体。递：去，往。李善注："递，音'逝'。"

㉟怊（chāo）怅：犹惆怅。失意感伤貌。徽：美。指美德。

㊱锵洋：象声词。刘良注："德音也。"烈：功业。

㊲弥：更。

【译文】

　　辰星明亮感于时运，昴星显现福祉吉祥。元首之君因而圣明，股肱之臣因而贤良。高帝鉴照璇玑七曜，继承大业追步前王。敬信皇上位居元辅，体察几微见其彰明。永远恪守孝顺之道，友爱兄弟出自内心。仁爱之心广为布施，感情深厚循循善诱。观海与之同一器量，登山与之同样高厚。五臣至此增为六人，八元至此增之为九。内献谋略帷幄之中，外放光彩三公之位。远方没有不敬之人，近处无人不肯服归。如风吹过纷纷倒伏，如奏音乐旋律和谐。光大发扬帝王法制，治理天下黎民百姓。遵循礼仪实行谦恭，诚信实为立身之干。屈身来到朱轩之中，志向倾注衡门之馆。道教玄理深远莫测，辞藻文笔华茂绚烂。道义隆盛如川之流，文章纷披如雾四散。中岳嵩山突然倾倒，屋中梁木突然折断。美德谋略无人继承，容仪形体从此长逝。无限惆怅美德余晖，德音远播不朽功业。美德遗声久而愈新，用之于世永不枯竭。

碑文下

王简楼

王巾(？—505)，字简楼，琅邪临沂(今属山东)人。南朝齐梁时期的佛学家、文学家。曾官郢州从事、辅国录事参军、征南记室。王巾长期究心佛教史，精熟佛理，曾撰《僧史》，为梁慧皎《高僧传》所借鉴。齐代郢州寺庙碑文，多为王巾所撰，今唯存此《头陀寺碑文》，尚可考知篇目者有《神仙寺碑序》(胡绍煐《文选笺证》)。

头陀寺碑文一首

【题解】

本文赖《文选》得以保存至今。头陀，佛教名词。梵文的音译，意译"抖擞"，指抖擞烦恼。头陀寺在郢州，刘宋大明五年(461)释慧宗在郢州东郊立方丈茅茨，后刺史蔡兴宗为修塔堂并定寺名。刘宋后期，此寺渐废。齐明帝建武年间，江夏王郢州行事刘暄重修寺庙，王巾为辅国录事参军时又为撰碑文。文中驱遣佛典禅藻，颂扬佛法的东渐，叙述头陀寺历史，描绘寺庙的形胜建筑，均极妥帖莹洁。钱锺书称道此文"刻画风物，均绝妙好词，运使释氏习语，却不落套"(《管锥编》)。文中"亘丘被陵，因高就远；层轩延袤，上出云霄；飞阁逶迤，下临无地"数语，为王勃《滕王阁序》"层峦耸翠，上出重霄；飞阁流丹，下临无地"四句所仿，足见本文为传诵一时的佳作。

　　盖闻挹朝夕之池者①，无以测其浅深②，仰苍苍之色者③，不足知其远近④。况视听之外⑤，若存若亡，心行之表⑥，不生不灭者哉⑦！是以掩室摩竭⑧，用启息言之津⑨；杜口毗邪⑩，以通得意之路⑪。然语彝伦者⑫，必求宗于九畴⑬；谈阴阳者⑭，亦研几于六位⑮。是故三才既辨⑯，识妙物之功⑰；万象已陈⑱，悟太极之致⑲。言之不可以已，其在兹乎？然爻系所筌⑳，穷于此域㉑，则称谓所绝㉒，形乎彼岸矣㉓！彼岸者，引之于有，则高谢四流㉔，推之于无，则俯弘六度㉕。名言不得其性相㉖，随迎不见其终始㉗，不可以学地知㉘，不可以意生及㉙，其涅槃之蕴也㉚。

【注释】

①挹（yì）：舀。朝夕之池：指海。朝夕，古"潮汐"字。海有潮汐，故称朝夕之池。

②无以测其浅深：无法测量海的深浅。李善注引桓谭《新论·启寤》："子贡谓齐景公曰：'臣之事仲尼，譬如渴而操杯，就江海饮，饮满而去，又焉知江海之深乎？'"

③苍苍之色：指天。《庄子·逍遥游》："天之苍苍，其正色邪？"

④不足知其远近：不足以认识天的远近高低。《韩诗外传》："臣终身戴天，不知天之高也。"

⑤视听之外：佛家讲自绝视听，不及声色。

⑥心行：心念所及。表：犹外。

⑦不生不灭:佛教语。指涅槃的境界。如心不可染即不生,不可染
　则不可净,不可净即不灭。

⑧掩室:闭门静坐。摩竭:古代中印度摩竭提国的省称。为释迦牟
　尼悟道成佛及生前重要游化地。《华严经》:“佛在摩竭提国,寂
　灭道场,始成正觉。”

⑨津:渡口。

⑩杜口:闭口不言。毗(pí)邪:古中印度国名。即毗舍离。释迦牟
　尼生前重要游化地。《维摩诘经》:“文殊师利问维摩诘,何等是
　菩萨入不二法门。时维摩诘嘿然无言。文殊师利叹曰:‘善哉善
　哉! 乃至无有文字语言,是真入不二法门。’”

⑪得意:妙得真意。《庄子·外物》:“言者所以在意,得意而忘言。”

⑫彝伦:天地人的常道。《尚书·洪范》:“我不知其彝伦攸叙。”

⑬九畴:传说禹治理天下的九类大法。《尚书·洪范》:“天乃锡禹
　《洪范》《九畴》,彝伦攸叙。”

⑭阴阳:古以阴阳解释万物化生,凡天地、日月、昼夜、男女等分属
　阴阳。

⑮几:幽微。六位:即六爻。《周易》称组成卦的一长划或两短划为
　爻,重卦六划,故称六爻。《周易·系辞》:“夫《易》,圣人之所以
　极深而研几也。”

⑯三才:天、地、人。辨:分。

⑰妙物:使万物神妙。指造化之功。《周易·说卦》:“神也者,妙万
　物而为言者也。”

⑱万象:犹万物。

⑲太极:指原始混沌之气。《周易·系辞》:“《易》有太极,是生两仪。”

⑳爻:六爻。系:系辞。《周易》的《系辞》,是通论《周易》的,大约是
　秦汉间人所作。筌:同“诠”,解说。

㉑此域:指生死之理。

㉒称谓:言辞名号。

㉓彼岸:佛家以涅槃为彼岸。

㉔谢:辞。四流:佛教语。谓众生惑于见、欲、有、无明,流而不返,不能到达涅槃彼岸。

㉕六度:佛教语。指布施、持戒、忍辱、精进、一心、智慧六种行为,这六种行为都有自度、度他两方面意思。

㉖名言:名号言辞。犹前"称谓"。性相:体性法相。《维摩诘经》:"法相如是,岂可说乎!"

㉗随迎不见其终始:指无法追随他的终极和开端。《老子》十四章:"迎之不见其首,随之不见其后。"

㉘学地:佛教语。谓断除欲界思惑的境界。《妙法莲华经》:"昔住学地,佛常教化言,我法能离生老病死,究竟涅槃。"

㉙意生:佛教语。谓能变化生死、随意往生的菩萨境界。

㉚涅槃:佛教语。指不生不灭、超脱轮回、真性常住的最高境界。蕴:同"缊",深奥。

【译文】

听说舀水大海,不可能测量海的深浅,仰望苍天,不足以认识天的寥廓。何况灭绝视听,万物若存若亡,心念荡然无存,达到涅槃境界!所以佛祖在摩竭闭门静坐,创造寂灭息言的津梁;维摩在毗邪闭口不言,开通妙得真意的道路。然而叙说世间常道的人,必定向九畴寻求宗统;善谈天地阴阳的人,必定靠六爻研究微兆。所以天地与人区别有属,由此懂得造化之功;万物已然陈于眼前,从中悟出气化的极致。言语不能用来尽意,其间道理就在此吧?所以六爻系辞解说的道理,不过穷尽于生死境界,而言辞名号不能表达的至理,只能在涅槃境界中显现!那涅槃的境界,向有的境界加以引导,却能悠然与四流分界,向无的境界加以推论,却能自然把六度弘扬。名号言辞不能表述其体性法相,追随不了他的终极也奉迎不了他的开端,不能够在断除欲界思惑的境界领会他，不能够在菩萨境界实现他，这就是涅槃境界的深奥所在。

　　夫幽谷无私①，有至斯响②；洪钟虚受③，无来不应。况法身圆对④，规矩冥立⑤，一音称物⑥，宫商潜运⑦。是以如来利见迦维⑧，托生王室⑨。凭五衍之轼⑩，拯溺逝川⑪；开八正之门⑫，大庇交丧⑬。于是玄关幽揵⑭，感而遂通⑮，遥源浚波⑯，酌而不竭⑰。行不舍之檀⑱，而施洽群有⑲；唱无缘之慈⑳，而泽周万物㉑；演勿照之明㉒，而鉴穷沙界㉓；导亡机之权㉔，而功济尘劫㉕。时义远矣㉖！能事毕矣㉗！然后拂衣双树㉘，脱屣金沙㉙，惟恍惟惚㉚，不皦不昧㉛，莫系于去来㉜，复归于无物㉝。因斯而谈㉞，则栖遑大千㉟，无为之寂不挠㊱，焚燎坚林㊲，不尽之灵无歇㊳，大矣哉！

【注释】

①幽谷：深谷。无私：指深谷空虚无物。

②响：回声。

③洪钟：大钟。虚受：指大钟腹空所以能容纳、接受。

④法身：佛的真身，本有法性，故称法身。圆对：谓佛性完满圆通，无所不及，了无滞碍。

⑤规矩：本指校正圆形和方形的工具。引申为法度。冥：暗。佛家讲法无定性，一切诸法，既唯心现，从缘而起，故无定性，故称冥立。

⑥一音：佛的音声。众生缘有深浅，根有利钝，同听佛演说一法，根器不同者所闻之法亦不同。《维摩诘经》："佛以一音演说法，众生随类各得解。"称物：合于万类。

⑦宫商：指宫、商、角、徵、羽五音。此谓佛演说法，似仅一音，实蕴含众音，故能普度众生。

⑧如来：佛号。利见：本指将得见在位者，后多指得见君王。此指佛托生王子。《周易·乾》："见龙在田，利见大人。"迦维：指迦维罗卫国，古释迦族所统治的城邦之一，在今印度北方邦东北部。释迦牟尼为此城邦统治者白净王之子。

⑨托生：传说释迦牟尼乘白象入母胎，生而为白净王太子。

⑩五衍：即五乘。佛家以人乘、天乘、声闻乘、缘觉乘、菩萨乘为五乘。乘即运载之义，谓人、天等各以所修之法为乘，运载到其所应到之境。轼：车厢前扶手横木。此与乘相照应，无实义。

⑪拯溺逝川：谓拯救众生于欲流。拯溺，抢救落水者。逝川，此喻欲流。《论语·子罕》："子在川上曰：'逝者如斯夫，不舍昼夜。'"

⑫八正：即佛家八正道。谓正见、正思惟、正语、正业、正命、正精进、正念、正定，依此证道，能通至涅槃境界。

⑬庇：荫护。交丧：世际与大道交相丧失。此指感叹世道交丧的贤者。《庄子·缮性》："世丧道矣，道丧世矣，世与道交相丧也。"

⑭玄、幽：谓佛法深邃。关：门闩。捷：通"楗"，插门闩的竖木。关、捷并喻佛法。谢灵运《金刚经》注："玄关难启，善捷易开。"

⑮感：觉悟。《周易·系辞》："寂然不动，感而遂通天下之故。"

⑯遥源浚（jùn）波：喻佛法深远广大。浚，深。

⑰酌：取。竭：尽。

⑱行不舍之檀：谓以不布施为布施，即无为而无不为之意。因为执著布施是有量的，有量则易穷；行不舍之檀能离相，离相则难尽。舍，布施。檀，檀那波罗蜜的省称。即布施。

⑲施：布施。洽：周遍。群有：万物。

⑳无缘之慈：谓以无心缘系众生为爱念。缘，缘系。慈，爱念。《大般涅槃经》："得诸菩萨无缘之慈。"

㉑周:周遍。

㉒演:演绎。勿照之明:谓以不照耀为照耀。因为以明照物,所及有限,而勿照之明,犹无为而无不为,所及无限。

㉓鉴:照。沙界:佛教所谓恒河沙数三千大千世界。此为佛假喻细微,以破众生执著色身之相。《金刚经》:"诸恒河所有沙数,佛世界如是,宁为多不?"

㉔导亡机之权:谓以无机心为说法权宜而诱导众生。因为以机心为权宜而诱导众生,适足以启发众生的机心,所以只有示众生以灰心灭智。机,机巧之心。权,说法权宜。

㉕尘劫:佛教称一世为一劫,无量无边劫为尘劫。

㉖时义:随时之义。此指佛法完美圆通,普度根器不同之人,其义深邃无比。《周易·随》:"随时之义大矣哉。"

㉗能事毕矣:此指佛法无边,无为而无不为。

㉘双树:娑罗双树,为释迦牟尼入灭处。《大般涅槃经》:"一时佛在拘施那城,力士生地,阿利罗跋提河边,娑罗双树间。二月十五日,大觉世尊将欲涅槃。"

㉙脱屣(xǐ):脱鞋。《史记·孝武本纪》载汉武帝叹曰:"吾诚得如黄帝,吾视去妻子如脱蹝耳。"金沙:金沙河,即阿利罗跋提河。

㉚惟恍惟惚:若有若无。《老子》二十一章:"道之为物,惟恍惟惚。"

㉛曒(jiǎo):清晰。昧:昏暗。《老子》十四章:"其上不曒,其下不昧。"

㉜莫系于去来:从不系连于过去未来。《维摩诘经》:"法无去来,常不住故。"

㉝复归于无物:重新归于无物境界。《老子》十四章:"绳绳不可名,复归于无物。"绳绳,犹恍惚。

㉞斯:此。指释迦牟尼由证道到入灭所演绎的法音。谈:论。

㉟栖遑:不安居。大千:大千世界的省称。佛家以须弥山为中心,

以铁围山为外郭，是一小世界；一千小世界合起来为小千世界；一千小千世界合起来为中千世界；一千中千世界合起来为大千世界。此谓释迦牟尼证道后游化不息。

㊱无为之寂：无为之心寂然不动。挠：乱。

㊲焚燎：焚烧。坚林：即前引《大般涅槃经》所称"娑罗双树"。娑罗为梵语音译，意译坚固，谓其树冬夏不改色。

㊳不尽之灵无歇：谓佛之灭度，不过是方便说法，佛性本无生无灭、无迁无变，真如常在。

【译文】

深谷幽壑空虚无物，声响传来必有回声；大钟腹空容纳好音，应物而响其音动听。何况我佛真身完满圆通，法无定性暗与事合，一音说法合于万类，蕴含众音普度众生。所以如来得见迦维国王，托生王室降临人世。凭着五乘的修行方法，拯救众生于无边欲流；开启八正的光明之门，荫护感叹世道的贤者。于是玄远的大道深邃的佛法，一朝顿悟豁然通达，源远流长波澜深广，取之不尽用之不竭。行事以不布施为布施，布施方能周遍万物；以无心缘系众生为爱念，恩泽方能普及众生；演绎以不照耀为照耀之义，方能朗照大千世界；引导众生以无机心为权宜，济世之功无量无边。觉悟贤愚的佛法多么深邃！无所不及的佛法多么完美！然后拂衣入灭于娑罗双树，抛却家室于金沙河畔，缥缥缈缈若有若无，既不清晰也不昏暗，从不系连于过去未来，重新回归于无物境界。依据上述法音而论，虽然游化不止于大千世界，无为之心寂然不乱，自焚其身于坚树之间，无生无灭真如常在，佛性何其广大呵！

正法既没①，象教陵夷②。穿凿异端者③，以违方为得一④；顺非辩伪者⑤，比微言于目论⑥。于是马鸣幽赞⑦，龙树虚求⑧，并振颓纲⑨，俱维绝纽⑩。荫法云于真际⑪，则火宅晨凉⑫；曜慧日于康衢⑬，则重昏夜晓⑭。故能使三十七品有樽俎之师^⑮，九十六种无藩篱之固^⑯。既而方广东被^⑰，教肄南移^⑱。周鲁二庄^⑲，亲昭夜景之鉴^⑳；汉晋两明^㉑，并勒丹青之饰^㉒。然后遗文间出^㉓，列刹相望^㉔，澄什结辙于山西^㉕，林远肩随乎江左矣^㉖。

【注释】

①正法：即证法。佛家谓如来灭度后，其教法住世，人有禀教者，即能修行，有修行者，即能证果，故名"正法"。

②象教：象法。象，犹似，谓正法时过后，有教有行，似正法时，故称象法。陵夷：衰落。

③异端：指违背佛法的异端邪说。释迦涅槃百年之后，佛教社团出现明显分裂，到五百年后，逐渐形成十八部。所谓异端，盖指此类。

④方：法。一：指道。一本谓气，后人多以之称道。

⑤顺非：顺从谬误。《礼记·王制》："学非而博，顺非而泽。"辩伪：虚伪巧辩。《礼记·王制》："行伪而坚，言伪而辩。"

⑥微言：微妙佛言。《维摩诘经》："于众言中，微妙第一。"目论：短浅之见。《史记·越王勾践世家》载齐威王使者说越王："吾不贵其用智之如目，见豪毛而不见其睫也。今王知晋之失计，而不自知越之过，是目论也。"

⑦马鸣：古印度佛教理论家，约生于一至二世纪时。初奉外道，后皈依佛教，著《佛所行赞》《大庄严论经》等，盛弘大乘佛教。幽：深。赞：明，弘扬。《周易·说卦》："幽赞于神明而生著。"

⑧龙树：古印度佛教哲学家。大乘佛教中观宗的建立者，约生于二至三世纪。著《中论》《大智度论》等，继马鸣之后，盛弘大乘法门。虚求：指虚心以求道。

⑨振颓纲：整顿颓坏的纲纪。

⑩维绝纽：维系绝毁的纽带。

⑪法云：佛家谓十地菩萨，以法身为云，普覆众生，受胜职位。胜职位即佛之位。《华严经》："不坏法云，遍覆一切。"真际：指不生不灭的真如境界。《维摩诘经》："同真际，等法性。"

⑫火宅：佛家法华七喻之一，喻烦恼的俗界。《法华经》："三界无安，犹如火宅……众苦所烧，我皆拔济。"

⑬慧日：喻佛之智慧如太阳普照世间。康衢：四通八达的大道。《尔雅·释官》："四达谓之衢，五达谓之康。"

⑭重昏：沉沉昏夜。

⑮三十七品：佛家正观修行的菩提分法，包括四念处（观身不净、观受是苦、观心无常、观法无我）、四正勤（已生恶令永断、未生恶令不生、已生善令增长、未生善令得生）、四如意足（欲如意足、念如意足、精进如意足、思惟如意足）、五根（信根、进根、念根、定根、慧根）、五力（信力、进力、念力、定力、慧力）、七觉分（择法觉分、精进觉分、喜觉分、除觉分、舍觉分、定觉分、念觉分）、八正道（正见、正思惟、正语、正业、正命、正精进、正念、正定）。《维摩诘经》："于诸见不动，而修行三十七品，是为宴坐。"

⑯九十六种：马鸣、龙树盛弘大乘佛教前，盛行的各种外道邪说。称为"六师外道"。藩篱：以竹木编成的篱笆。

⑰方广：佛教大乘经典，常以方广为号，以谓其义广大，犹如虚空，如《华严经》题为《大方广佛华严经》。此以方广指大乘佛法。东被：谓向东发展。被，覆盖。

⑱教肄：谓佛家修行之法。肄，习。

⑲周鲁二庄：指周庄王（前696—前682年在位）和鲁庄公（前693—前662年在位）。

⑳昭：明，此用如动词，谓清楚地见到。夜景：指释迦牟尼托生时的景象。《瑞应经》："四月八日夜，明星出时，佛从右胁堕地。"释迦

生于前六世纪,具体年代实不可考。《春秋·庄公七年》:"四月辛卯夜,恒星不见。"《春秋左传》:"恒星不见,夜明也。"鲁庄公七年(前687)正当周庄王十年,六朝佞佛者即以此夜景附会为佛诞瑞应。其实那时释迦尚未诞生,而四月辛卯当为四月五日,与四月八日佛诞之说亦不合。鉴:照。

㉑汉晋两明:指汉明帝(58—75年在位)和晋明帝(323—325年在位)。

㉒勒:雕刻,绘画。丹青:绘画用的颜色。此指画像。据牟子《理惑论》载,汉明帝曾梦见神人,身有日光,飞在殿前,于是派人到大月氏抄佛经,在洛阳起佛寺,"又于南宫清凉台及开阳城门上作佛像"。据李善注引何法盛《晋书》,晋明帝"好佛,手书形象"。

㉓遗文:指佛经。间:交迭。

㉔刹:梵语刹多罗的省称。指佛塔。

㉕澄:竺佛图澄,西域人。西晋末到洛阳,后在前赵、后赵推行道化,广召弟子,著名佛教学者道安即其门人。什:鸠摩罗什,龟兹人。七岁出家,广习大乘经论。后秦时到长安,翻译大量大乘经论,一边译经,一边敷讲,门人号称三千,多成为佛教学者。结辙:车辙相联结,谓其教化之迹广布。山西:古称崤山或华山以西为山西。

㉖林:支遁,号道林,俗姓关。晋朝名僧。少习清谈,二十五岁出家。对《庄子·逍遥游》颇有独见。对《金刚经》所下功夫最深。创小顿悟义。对东晋玄风有较大影响。远:慧远,俗姓贾。自幼好学,二十一岁出家。从道安游化各地。后率徒隐居庐山。长于般若学,主张导俗入真,被后人追奉为净土宗初祖。肩随:摩肩相随,指二人年代相近。江左:长江下游以东地区。古人叙地理以东为左,以西为右,故江东称江左,江西称江右。

【译文】

正法之世已经过去,象法之时也渐衰落。穿凿附会异端邪说的部派,竟以违背佛法为得到大道;顺从谬误虚伪巧辩的人们,竟用短浅之见来比譬微妙佛言。于是马鸣深入弘扬佛法,龙树虚心以求正道,一起整顿颓坏的纲纪,共同系连绝毁的纽带。普现法云自真如境界,烦恼俗界如清晨般凉爽;智慧的太阳朗照大道,沉沉昏夜像春晓般光明。所以能使三十七品有折冲樽俎的威力,九十六种外道失去篱笆的坚固。然后佛法向东发展,修行之法向南播迁。周庄王和鲁庄公,亲见佛诞之夜的灿烂景色;汉明帝和晋明帝,都曾绘出如来的辉煌形象。从此佛经交迭译出,佛塔星罗棋布,佛图澄与罗什的教化广布华山以西,支道林与慧远相继游化江东地区。

头陀寺者,沙门释慧宗之所立也①。南则大川浩汗②,云霞之所沃荡③;北则层峰削成④,日月之所回薄⑤。西眺城邑,百雉纡余⑥;东望平皋⑦,千里超忽⑧。信楚都之胜地也⑨。宗法师行洁珪璧⑩,拥锡来游⑪。以为宅生者缘⑫,业空则缘废⑬;存躯者惑⑭,理胜则惑亡⑮。遂欲舍百龄于中身⑯,殉肌肤于猛鸷⑰,班荆荫松者久之⑱。宋大明五年,始立方丈茅茨⑲,以庇经像⑳。后军长史、江夏内史会稽孔府君讳觊㉑,为之薙草开林㉒,置经行之室㉓。安西将军、郢州刺史、江安伯济阳蔡使君讳兴宗㉔,复为崇基表刹㉕,立禅诵之堂焉㉖,以法师景行大迦叶㉗,故以头陀为称首㉘。后有僧勤法师㉙,贞节苦心㉚,求仁养志㉛,纂修堂宇㉜,未就而没。高轨难追㉝,藏舟易远㉞。僧徒阒其无人㉟,榱椽毁而莫构㊱,可为长太息矣。

【注释】

①沙门：佛教名词。一译"桑门"，意译"息心"或"勤息"。原为古印度各教派出家修道者的通称，后专指持戒修行的僧人。释：《高僧传·释道安》："安以为大师之本，莫遵释迦，乃以释命氏。"自此汉族僧尼称释。慧宗：生平无考。

②大川：指长江。浩汗：广大辽阔貌。

③沃荡：流动。

④层峰：重叠的山峰。削成：形容峰峦陡峭。

⑤回薄：往返相迫。《鹏鸟赋》："万物回薄兮，振荡相转。"

⑥雉：古以城墙长三丈、高一丈为一雉。《春秋左传·隐公元年》："都城过百雉，国之害也。"后世常以百雉指城墙。纡余：曲折延伸貌。

⑦平皋：水边平地。皋，水岸。

⑧超忽：特别远。

⑨信：诚。楚都：春秋战国楚都屡迁，都称郢，主要地在今湖北江陵北边。南朝郢州治所非古楚都，此因其同称郢而信笔发挥。

⑩宗法师：慧宗。法师是对僧人的尊称。珪：同"圭"，玉器名。璧：玉器名。《诗经·卫风·淇奥》："有匪君子，如金如锡，如圭如璧。"

⑪拥：执。锡：锡杖，僧人所持之杖，亦称禅杖。

⑫宅：居。生：谓情惑。缘：谓心系尘境。

⑬业：佛家谓在六道中生死轮回，由业决定。业包括行动、语言、意识三个方面，分别称身业、口业、意业。业有善恶，一般偏指恶业。

⑭存躯：谓执著其身。惑：迷惑。

⑮理：佛理。

⑯百龄：百年之寿。中身：中年。人寿大计百年，中身指五十岁上

下。《尚书·无逸》:"文王受命惟中身,厥享国五十年。"

⑰殉肌肤于猛鸷:意谓释慧宗有舍身施化的念力。殉,施舍。猛鸷,猛禽,指鹰之类。此指佛陀前生尸毗迦王割肉救鸽事。据《本生鬘论》和《贤愚经》,其事大概如下:天帝释及毗首羯摩二天王,相谋试尸毗迦之念力,毗首羯摩先化为一鸽,飞向提婆提拔国。天帝释化为鹰,追鸽入王宫。鸽入王之居室,藏于尸毗迦王怀中。鹰向王索鸽,王说:我救济一切有情。鹰说:王救一切有情,请救我饥饿。王乃割股肉与鹰,但肉的重量一直轻于鸽,乃至再三割股,次割两臂两胁,直至昏倒仆地。这时天帝现本形,深赞尸毗迦王之波罗蜜行,恢复王之身体。

⑱班荆:折荆铺地而坐。荫松:以松为树荫。《楚辞·九歌·山鬼》:"山中人兮芳杜若,饮石泉兮荫松柏。"吕向注:"班荆荫松柏,谓山野之居。"

⑲方丈:原指禅寺长老或住持所居之处,后用为寺院住持者的职称。茅茨:茅草屋顶,也泛指茅屋。

⑳庇:荫护。

㉑长史:南朝宋时掌兵马的官。江夏:江夏王。刘宋文帝初年,封其异母弟刘义恭为江夏王。内史:南朝诸侯王国掌民政的官,相当于一郡太守。府君:汉魏六朝称太守为府君。孔觊(jì):字思远。官至辅国将军、行会稽郡事,宋明帝时发兵反,事败被诛。

㉒薙(tì):除草。

㉓经行之室:经历行息之处。指置于山林中的禅寺。《法华经》:"经行林中,勤求佛道。"

㉔江安伯:蔡兴宗的封爵。济阳:郡名。治所在今河南兰考。使君:汉魏六朝对州牧或刺史的尊称。蔡兴宗曾为吏部尚书,以方直为宋孝武帝敬畏。

㉕崇基:加高基础。表:树,此谓修造。

㉖禅:梵语禅那之省,意译静虑,谓禅定而修深广道行。诵:谓诵佛经。

㉗景行:本指崇高的德行,后多用作仰慕、师法之意。《诗经·小雅·车辖》:"高山仰止,景行行止。"大迦叶:摩诃迦叶,华言饮光胜尊。摩竭陀国人,本事外道,后归佛教,释迦没后,传正眼法藏,为佛教长老。禅宗奉为西土二十八祖之始祖。

㉘称首:称举之首。此谓因大迦叶为头陀称举之首,故以名寺。即大迦叶以禅定抖擞烦恼,在佛弟子中称为第一。

㉙僧勤:继慧宗为头陀寺法师,生平无考。

㉚贞节:德操坚贞。苦心:竭尽心思。

㉛养志:涵养情趣。《庄子·让王》:"故养志者忘形,养形者忘利。"

㉜纂:继。

㉝轨:迹。

㉞藏舟:喻事物不断变化,不可固守。《庄子·大宗师》:"夫藏舟于壑,藏山于泽,谓之固矣!然而夜半有力者负之而走,昧者不知也。"此借指僧勤法师圆寂已久。

㉟阒(qù):寂静。《周易·丰》:"阒其无人,三岁不觌。"

㊱榱(cuī):各类椽子的总称。椽:椽子,安在梁上支架屋面和瓦片的木条。

【译文】

头陀寺,是僧人释慧宗所创建的。南临长江江水浩瀚,云霞流动水天一色;北有群峰重叠陡峭,日落月升交相映照。向西眺望郢州城池,高墙百雉纡曲蜿蜒;向东放眼无边江岸,延伸千里何其辽远。确实是楚都的名胜之地呵。慧宗法师德行高洁如圭如璧,手持锡杖前来游化。认为执著情惑是因为心系尘境,三业空虚就能脱离缘系;执著生死是由于迷惑不悟,佛理取胜就能消除迷惑。于是决意施舍百年之寿于中年之时,哪怕以骨肉之躯救济饥饿的猛禽,荆草为座松树为盖年复一年。

宋孝武帝大明五年,始立方丈茅草小屋,以此荫护佛经佛像。后军长史、江夏内史会稽人孔觊,为法师除草伐树开辟空地,修建静修的房屋。安西将军、郢州刺史、江安伯济阳人蔡兴宗,又为法师加高寺基修造佛塔,建起修行诵经的禅堂,鉴于法师仰慕摩诃迦叶,所以用头陀作为寺名。以后又有僧勤法师,德操坚贞竭尽心思,追求仁德涵养情趣,继续修建佛堂庙宇,事业未竟大行西去。高尚行迹难以追踪,人随物化已然久远。寺庙寂静全无僧徒,椽条坍塌无人维修,应该为此长声叹息。

　　惟齐继五帝洪名①,纽三王绝业②。祖武宗文之德③,昭升严配④;格天光表之功⑤,弘启兴服⑥。是以惟新旧物⑦,康济多难⑧,步中《雅》《颂》⑨,骤合《韶》《护》⑩,炎区九译⑪,沙场一候⑫。粤在于建武焉⑬,乃诏西中郎将、郢州刺史江夏王⑭,观政藩维⑮,树风江汉⑯。择方城之令典⑰,酌龟蒙之故实⑱,政肃刑清,于是乎在。宁远将军长史、江夏内史、行事彭城刘府君讳暄⑲,智刃所游⑳,日新月故㉑,道胜之韵㉒,虚往实归㉓。以此寺业废于已安,功坠于几立㉔,慨深覆篑㉕,悲同弃井㉖,因百姓之有余,间天下之无事㉗,庀徒揆日㉘,各有司存㉙,于是民以悦来㉚,工以心竞㉛。亘丘被陵㉜,因高就远;层轩延袤㉝,上出云霓;飞阁逶迤㉞,下临无地㉟。夕露为珠网,朝霞为丹膜㊱,九衢之草千计㊲,四照之花万品㊳,崖谷共清,风泉相涣㊴。金资宝相㊵,永藉闲安㊶;息心了义㊷,终焉游集㊸。

【注释】

　①五帝:传说中的上古帝王。洪:大。

②纽:联结。三王:指夏禹、商汤、周文王。绝业:中断的大业。

③祖武宗文:指奉崇先公先王。《礼记·祭法》:"周人……祖文王而宗武王。"

④昭:明。《尚书·文侯之命》:"昭升于上,敷闻在下。"严配:谓尊严其父则以父配天而祭。《孝经·圣治章》:"严父莫大于配天。"

⑤格天:古代统治者自称受命于天,凡所作为,感通于天,叫格天。《尚书·君奭》:"时则有若伊尹,格于皇天。"光表:光被四表的省称。谓恩泽普遍覆盖四方。

⑥弘:大。启:开。兴:犹言振兴。服:六臣本作"复",是。

⑦惟:发语词。新:革新。《诗经·大雅·文王》:"周虽旧邦,其命维新。"旧物:指前朝事物。

⑧康济:安定拯济。《尚书·蔡仲之命》:"康济小民,率自中。"

⑨步:缓。中:合。《雅》:指《诗经》之《大雅》《小雅》。《颂》:指《诗经》之《颂》。《荀子·礼论》:"和鸾之声,步中《武》《象》。"

⑩《韶》:舜乐。《濩》:一作"濩",商汤的乐舞。《荀子·礼论》:"骤中《韶》《濩》,所以养耳也。"

⑪炎区:犹炎荒,指南方边远之地。九译:多次辗转翻译。此指辗转来朝。

⑫沙场:平沙旷野。此指边方。候:候官,指边地负责斥候的军吏。一候言其少,指边境无事。扬雄《解嘲》:"东南一尉,西北一候。"

⑬粤:发语词。建武:齐明帝萧鸾年号(494—498)。

⑭西中郎将:武官名。江夏王:齐明帝第三子萧宝玄,封江夏郡王。

⑮观政:犹听政。古分封诸王有就国不就国之分,就国者掌一方军政,故称观政。藩维:犹藩屏。古分封诸王,意在用为藩篱屏障,故称藩维、藩屏。

⑯树风:建树声名。《尚书·毕命》:"彰善瘅恶,树之风声。"江汉:长江和汉江。郢州地当江汉会合处。

⑰方城：春秋时楚国在其北境所筑长城。此指楚。《春秋左传·僖公四年》："楚国以方城为城。"令典：美好的法令。《春秋左传·宣公十二年》："苟敖为宰，择楚国之令典。"

⑱酌：斟酌。龟蒙：山名。即今山东龟山和蒙山。此指鲁。《诗经·鲁颂·闷宫》："奄有龟蒙，遂荒大东。"故实：足以效法的旧事。《国语·周语》："赋事行刑，必问于遗训而咨于故实。"此用其意而舍其地。

⑲行事：南朝因分封诸王年幼，不能亲理府州军政事务，以其长史或内史代行州府事，故称行事。刘暄：字士穆，出身南阳国常侍，官至领军将军。

⑳智刃：智慧剑之刃。比喻有决断。《维摩诘经》："以智慧剑，破烦恼网。"此谓刘暄以智慧决断众事。

㉑日新月故：此句互文见义，谓善政日新月异，过去之事随日月之流逝而成为过去。吕向注："善政来者为日新，去而过者为月故。"

㉒道胜：据《三藏法数》载，道胜谓菩萨以慈悲心修行六度，既自度己，复能度脱一切众生。此谓刘暄有追求度己度他的高韵。

㉓虚往实归：谓未学而往，有所获而归。《庄子·德充符》："虚而往，实而归。"此谓刘暄究心佛理，常有所获。

㉔几：接近。立：成功。

㉕覆篑：谓积小成大，多喻事物的开端。此用为功亏一篑之意。《论语·子罕》："譬如平地，虽覆一篑，进，吾往也。"

㉖弃井：谓掘井将及泉而弃之。《孟子·尽心》："掘井九轫而不及泉，犹为弃井也。"

㉗间：趁。

㉘庀(pǐ)：备具，备齐。揆：度，选。

㉙有司存：古代设官分职，各有专司，因称官吏为有司。《论语·泰

伯》:"笾豆之事,则有司存。"

㉚悦来:欣悦而来。

㉛心竞:争献忠心。此指暗自争胜献技。《春秋左传·襄公二十六年》:"臣不心竞而力争,不务德而争善。"

㉜亘:横贯。

㉝层:重。轩:楼板。此代指楼廊之类。延褭:连绵伸展。

㉞飞阁:凌空耸立的高阁。逶迤:弯曲而延续不绝貌。

㉟无地:不见地表。喻飞阁之高。《楚辞·九叹·远游》:"下峥嵘而无地兮,上寥廓而无天。"

㊱丹臒(huò):油漆用的红色颜料。《尚书·梓材》:"若作梓材,既勤朴斫,惟其涂丹臒。"

㊲九衢:形容草木枝茎密茂交错。《楚辞·天问》:"靡萍九衢,枲华安居?"《山带阁注楚辞》:"言其枝交错九出,象九衢之路也。"

㊳四照之花:迷榖。此泛指奇异之花。《山海经·南山经》:"有木焉,其状如榖而黑理,其华四照,其名曰迷榖,佩之不迷。"品:类。

㊴涣:水波兴起。《周易·涣》之象:"风行水上,涣。"

㊵金资:资,六臣本作"姿",是。金姿谓佛像金身。宝相:庄严佛像。

㊶藉:凭借。闲安:宽舒安静。

㊷息心:指僧人。了义:佛家以准确阐明佛教教义为了义,反之为不了义。此指了义之僧。

㊸游集:游化聚集。

【译文】

我大齐继承了五帝大名,联结三王中断的大业。奉崇先公孝德无比,尊严皇考配天而祭;德业通天覆盖四方,大开政局振兴神州。因此革新前朝事物,安定拯济多难之民,从容而行合于《雅》《颂》,骤然而行合于《韶》《濩》,南方边酋辗转来朝,边方安定仅一军候。到了明帝建武年间,诏令西中郎将、郢州刺史江夏王,前往封国主持军政,建树声名于江汉地区。选择楚地美好的法令,斟酌鲁地可行的旧事,政治安定刑法清整,就在郢州展现出来。宁远将军长史、江夏内史、行事彭城人刘暄,遇事能以智慧决断,为政日新事物月异,追求度己度他的高韵,未学而往有所获而归。鉴于该寺佛事废止于国家安定之际,功劳坠毁于接近成功之时,深为其功亏一篑而感慨不已,悲哀其如同掘井九仞而弃之,凭着百姓财力尚有富余,趁着天下安定没有动乱,备齐劳力选好吉日,各项工程专人负责,于是民众欣悦而来,工匠纷纷争胜献技。横贯山丘覆盖坡地,高处有殿远处有廊;层层楼廊连绵伸展,高者穿破天上云霄;高阁凌空弯曲无际,俯瞰地表茫茫一片。夜露遍撒如同珠网,朝霞满天溢丹流彩,神奇的草木数以千计,灿烂的花朵当有万种,高崖深谷一派清新,风吹波起水随风舞。如来金身庄严佛像,凭此永得宽舒安静;息心沙门了义高僧,终年在此游化聚集。

　　法师释昙珍[①],业行淳修[②],理怀渊远[③],今屈知寺任[④],永奉神居。夫民劳事功,既镂文于钟鼎[⑤];言时称伐[⑥],亦树碑于宗庙[⑦]。世弥积而功宣[⑧],身逾远而名劭[⑨]。敢寓言于雕篆[⑩],庶仿佛于众妙[⑪]。其辞曰[⑫]:

【注释】

①昙珍:齐梁之际头陀寺法师,生平无考。

②业行:德业道行。淳修:淳厚美好。

③理怀:理致怀抱。

④知寺任:谓为寺中住持。知,住持。寺任,犹寺务。

⑤镂:镌刻。文:指记录事功之文。钟鼎:古铜器之总称。其上铭刻文字,或记事,或表彰功德。

⑥言时：论时，指视其征伐是否妨农时。称伐：铭记征伐之功。《春秋左传·襄公十九年》："诸侯言时计功，大夫称伐。"

⑦树碑于宗庙：李善注引蔡邕《铭论》："碑在宗庙两阶之间，近代以来，咸铭于碑也。"

⑧弥：越，愈。

⑨逾：通"愈"。劭：美。

⑩敢：岂敢。篆："雕虫篆刻"的略称。本指雕刻文饰，喻小技。此用为对自己文章的谦称。

⑪庶：希望。众妙：万物的玄理。《老子》一章："玄之又玄，众妙之门。"

⑫辞：碑文前面的散文称叙，后面的韵体赞辞称铭，这里的辞即赞辞。

【译文】

　　法师释昙珍，德业淳厚道行美好，理致渊深怀抱远大，现在屈就寺中住持，永远敬奉我佛宝殿。民众劳役事业成功，已然铭文记于钟鼎；征伐以时铭记功勋，也已树碑立于宗庙。年愈久远功勋愈加昭彰，身越久远名声越加美好。岂敢寄托微言在拙文之中，希望大致接近万物的玄理。赞辞如下：

　　质判玄黄①，气分清浊②，涉器千名③，含灵万族④。淳源上派⑤，浇风下黩⑥，爱流成海⑦，情尘为岳⑧。皇矣能仁⑨，抚期命世⑩，乃眷中土⑪，聿来迦卫⑫。奄有大千，遂荒三界⑬。殷鉴四门⑭，幽求六岁⑮，亦既成德，妙尽无为。帝献方石⑯，天开渌池⑰，祥河辍水⑱，宝树低枝⑲。通庄九折⑳，安步三危㉑，川静波澄㉒，龙翔云起㉓。耆山广运㉔，给园多士㉕，金粟来仪㉖，文殊戾止㉗。应乾动寂㉘，顺民终始㉙；法本不然㉚，今则无灭。象正虽阑^㉛,希夷未缺^㉜。

【注释】

①质:天地之质。判:别。玄黄:黑色与黄色。《周易·坤》:"夫玄黄者,天地之杂也,天玄而地黄。"

②气:化生万物的精气。清浊:清轻之气和浊重之气。《列子·天瑞》:"一者,形变之始也。清轻者上为天,浊重者下为地。"

③涉:入,及。引申为化生。器:物。《周易·系辞》:"形而上者谓之道,形而下者谓之器。"

④灵:指有灵性之物。族:类。

⑤淳源:指古人心目中的远古淳朴之风。派:分别,分散。

⑥浇风:浇薄之风。黩:垢浊。

⑦爱流成海:佛家以喻世俗爱念欲望无已。

⑧尘:佛家以色、声、香、味、触为五尘,以其能染污真性。执著五尘,即为情尘。执著不已,故谓"为岳"。

⑨皇矣:大。《诗经·大雅·皇矣》:"皇矣上帝,临下有赫!"能仁:梵语释迦的意译。

⑩抚:据。命世:名世。指降临人世。

⑪眷:反顾。中土:指佛降诞处。

⑫迦卫:即迦维罗卫国。

⑬奄:覆盖。荒:义同奄。《诗经·鲁颂·閟宫》:"奄有龟蒙,遂荒大东。"三界:佛家谓欲界、色界、无色界为三界。

⑭殷鉴:本指殷之后代应以夏亡为鉴,后泛指可供借鉴之事。《诗经·大雅·荡》:"殷鉴不远,在夏后之世。"此指释迦为太子时以天下三苦为鉴。四门:据《瑞应经》载,释迦为太子时,出东门、南门、西门游,皆因天帝分别化作病人、老人及死人而回车,"愍念天下有此三苦"。后出北门,天帝化作沙门,太子受其启发,出家

证道。

⑮幽求：幽居求悟得大道。六岁：据《瑞应经》载，释迦幽居深山六
　年而悟道。

⑯帝：天帝。方石：据《瑞应经》载，佛还树下，道见弃衣，取欲浣之。
　天帝知佛意，即往颇那山上，取四方成理泽好石，来置池边，白佛
　言，可用浣衣。

⑰天：天帝。渌：清澈。据《瑞应经》载，佛持钵到迦叶家受饭而还，
　于屏处食已，欲澡漱。天帝知佛意，即下以手指地，水出成池，令
　佛得用，名为指地池。

⑱祥河：指尼连河。辍：停。据《瑞应经》载，时尼连河水流甚疾，佛
　以自然神通，断水涌起，高出人头，令底扬尘，佛在其中。

⑲宝树：指迦和树。低枝：据《瑞应经》载，指佛于指地池沐浴完毕，
　欲出时无所攀扶。池上素有树，名迦和树，自然曲枝，下就佛，佛
　牵而出。

⑳通庄：四通八达的大道。九折：九折阪，在今四川荣经西邛崃山，
　山路险阻回曲，故名。《汉书·王尊传》："琅邪王阳为益州刺史，
　行部至邛郲九折阪，叹曰：'奉先人遗体，奈何数乘此险！'后以病
　去。"此泛指险阻回曲的山路。

㉑三危：山名。

㉒川静波澄：喻排除烦恼的佛性境界。李善注引《头陀经》："入佛
　性海，烦恼风息，波浪不生。"

㉓龙翔云起：喻佛悟道之瑞应。《周易·乾》："云从龙，风从虎。圣
　人作而万物睹。"

㉔耆山：耆阇崛山。在古印度摩揭陀国王舍城之东北，华言灵鹫
　山、鹫峰山。释迦曾在此讲《法华经》《无量寿经》。广运：大行。
　《尚书·大禹谟》："帝德广运，乃圣乃神，乃武乃文。"

㉕给园：给孤独园。古印度㤭萨罗国舍卫城长者给孤独，以藏金向

逝多太子购得园地,为释迦建祇园精舍,故称给孤独园。多士:贤士众多。《诗经·大雅·文王》:"济济多士,文王以宁。"此指释迦弟子众多。《金刚经》:"佛在舍卫国,祇树给孤独园,与大比丘众千二百五十人俱。"

㉖金粟:即维摩诘大士。来仪:现其仪容。此指特殊人物出现。《尚书·益稷》:"箫韶九成,凤皇来仪。"

㉗文殊:即文殊菩萨。与普贤常侍于佛之左右。戾止:戾,到。《诗经·周颂·振鹭》:"我客戾止,亦有斯容。"

㉘乾:天。动寂:犹动静。此句谓佛应天之动,应地之静。

㉙民:人。终始:谓死生。《荀子·礼论》:"生,人之始也;死,人之终也。"此谓佛性本不生不灭,所以托生太子、灭度坚林,是为了顺应人性,方便说法。

㉚然:同"燃"。

㉛象:象法。正:正法。阑:残,式微。

㉜希夷:无为之道。《老子》十四章:"视之不见名曰夷,听之不闻名曰希。"

【译文】

天地之质玄黄有别,荡荡精气有清有浊,化生器物千种名目,蕴含灵物数逾万类。淳朴之风源远流分,浇薄之风日愈污秽,欲念无已聚流为海,执著五尘积土成山。无限伟大我佛释迦,根据期运降临人世,于是反顾天地中央,于是托生迦维罗卫。真性覆盖大千世界,于是佛法弥满三界。出游四门顿得殷鉴,幽居六年求悟正道,于是一朝修成大德,妙觉参尽无为之法。天帝来献四方好石,天帝为开清澈水池,尼连河水陡然中断,迦和宝树低垂其枝。九曲山路化为坦途,远山奇峰悠然漫步,江河宁静水波不兴,游龙翔翔祥云飞舞。灵鹫山上佛法大行,给孤独园贤士如云,维摩大士来显仪容,文殊菩萨侍于佛旁。应天之动应地之静,顺应人性有生有灭;其实佛性本自不燃,灭度其实就是不灭。象法正法虽已式微，无为之道永无盈亏。

　　於昭有齐①，式扬洪烈②。释网更维③，玄津重枻④。惟此名区⑤，禅慧攸托⑥。倚据崇岩，临睨通壑⑦，沟池湘汉⑧，堆阜衡霍⑨。肫肫亭皋⑩，幽幽林薄⑪。媚兹邦后⑫，法流是挹⑬，气茂三明⑭，情超六人⑮。眷言灵宇⑯，载怀兴葺⑰。丹刻翚飞⑱，轮奂离立⑲。象设既辟⑳，睟容已安㉑。桂深冬燠㉒，松疏夏寒㉓。神足游息㉔，灵心往还㉕。胜幡西振㉖，贞石南刊㉗。

【注释】

①於(wū)：叹词。昭：显。《诗经·大雅·文王》："文王在上，於昭于天！"

②式：发语词。洪烈：盛大的功业。

③释网：喻佛教事业。维：联结网眼的大绳。引申为维护、发展。

④玄津：玄妙津途，喻以佛法自度度他。枻(yì)：楫，船桨。

⑤名区：名胜之地。指头陀寺。

⑥禅慧：禅定和智慧。佛家六度中二行。攸：所。

⑦临睨：居高下视。屈原《离骚》："忽临睨夫旧乡。"通壑：深谷。

⑧湘：湘水。汉：汉水。

⑨堆阜：土丘。衡：衡山。霍：霍山，即天柱山。在今安徽霍山县西北。

⑩肫肫(wǔ)：肥美貌。《诗经·大雅·绵》："周原肫肫，堇荼如饴。"亭皋：水边平地。

⑪幽幽：深远貌。《诗经·小雅·斯干》："秩秩斯干，幽幽南山。"林薄：草木丛杂处。

⑫媚:可爱。邦后:一方诸侯,指江夏王萧宝玄。《诗经·大雅·下武》:"媚兹一人,应侯顺德。"

⑬法流:喻佛法。挹:酌取。

⑭三明:佛家谓宿命明、天眼明、漏尽明为三明。宿命明谓洞知宿世千万生事,天眼明谓洞见我及众生一切善恶,漏尽明谓尽知断绝三界见思惑,更不受于生死之理。

⑮六入:佛家谓六根为六识所依,能入六尘,故名"六入"。即眼入色、耳入声、鼻入香、舌入味、身入触、意入法。

⑯眷言:犹眷然,心向往貌。灵宇:寺。

⑰载:发语词。葺:修理房屋。

⑱翚(huī)飞:翚,五彩山雉。《诗经·小雅·斯干》:"如鸟斯革,如翚斯飞。"

⑲轮奂:高大华美。《礼记·檀弓》:"美哉轮焉,美哉奂焉。"离:灵鸟名。长离,又称火离。

⑳象设:犹设像,张设其像。此谓塑佛像于寺。《楚辞·招魂》:"像设君室,静闲安些。"

㉑睟(suì)容:容貌温和润泽。左思《魏都赋》:"魏国先生,有睟其容。"

㉒燠(yù):暖。

㉓寒:凉爽。

㉔神足:佛家以喻佛法神通周遍。此处语意双关,一则谓佛法神通施及我郢州,一则取其字面义,谓头陀寺已设佛像,如佛游化止息于此。

㉕灵心:谓佛性。往还:来去无穷。

㉖胜幡:胜利的旗幡。《维摩诘经》:"降服四种魔,胜幡建道场。"西振:佛教来自西边,故云。

㉗贞石:坚石,指头陀寺碑。刊:刻。

【译文】

多么显赫呵我大齐,充分发扬盛大功业。佛教事业重得发展,玄妙津途又添船楫。如今兴此名胜之地,禅定智慧修行得所。寺庙倚居崇岭高岩,居高下视无边深谷,湘水汉水似其沟池,衡山霍山小如土堆。水边平地多么肥美,草木丛杂辽远深邈。此方诸侯多么可爱,佛法广布努力酌取,气韵丰沛超越三明,高情超迈凌越六入。眷然向往佛门法寺,志在修庙振兴堂宇。漆丹镂文如彩雉飞,高大华美如凤鸟立。宝相已塑佛堂已开,容貌温润何其安详。桂树茂密冬天温暖,松林扶疏夏天凉爽。我佛游化止息于此,佛性无边来去无穷。胜利旗幡高扬西域,坚贞石碑刊于华南。

沈休文

见卷第二十《应诏乐游苑饯吕僧珍诗》作者介绍。

齐故安陆昭王碑文一首

【题解】

本文赖《文选》得以保存。安陆昭王萧缅(454—491),齐宗室。齐建国,封安陆侯,历官吴郡太守、郢州刺史、雍州刺史等,并有政绩。死谥昭,后追封为王。本文追述萧缅生平事迹,于其功业德才,不无溢美之词,颂扬南齐政治,颇觉言过其实。但其行文或清新明快,或凝重典雅,错落有致,势有起伏。其叙雍州之风教,则爽朗而有叙致;痛萧缅之辞世,则深沉而有余哀。其文在齐梁之际传诵一时,原因即在于此。考萧缅追封为王,事在建武元年(494),本文之作,或在其时。

公讳缅，字景业，南兰陵人也①。稷契身佐唐虞②，有大功于天地，商武姬文③，所以膺图受箓④。萧曹扶翼汉祖⑤，灭秦项以宁乱⑥，魏氏乘时于前⑦，皇齐握符于后⑧。灵源与积石争流⑨，神基与极天比峻⑩。祖宣皇帝⑪，雄才盛烈，名盖当时。考景皇帝⑫，含道居贞⑬，卷怀前代⑭。公含辰象之秀德⑮，体河岳之上灵⑯，气蕴风云⑰，身负日月⑱，立行可模，置言成范，英华外发⑲，清明内昭⑳。天经地义之德㉑，因心必尽㉒；简久远大之方㉓，率由斯至㉔。挹其源者㉕，游泳而莫测㉖；怀其道者，日用而不知㉗。昭昭若三辰之丽于天㉘，滔滔犹四渎之纪于地㉙。六幽允洽㉚，一德无爽㉛。万物仰之而弥高㉜，千里不言而斯应㉝。若夫弹冠出仕之日㉞，登庸莅事之年㉟，军麾命服之序㊱，监督方部之数㊲，斯固国史之所详，今可得略也。

【注释】

①南兰陵：郡名。故址在今江苏常州。东晋初因中原兰陵（今属山东）南来人士多寓居于此，遂置。

②稷：后稷，周之始祖。契：商族始祖。唐：陶唐氏，即尧。虞：有虞氏，即舜。《宋书·符瑞志》："泊于稷、契，咸佐唐、虞。"

③商武：成汤，灭夏建商朝，后世因其武功，称为武王。《诗经·商颂·长发》："武王载旆，有虔秉钺。"毛传："武王，汤也。"姬文：周文王，姬姓。

④膺图：亲受河图。受箓：身应符命。张衡《东京赋》："高祖膺箓受图，顺天行诛。"

⑤萧：萧何。曹：曹参。扶翼：辅佐。汉祖：汉高祖。

⑥秦：秦朝。项：项羽。

⑦魏氏：曹操及其子孙。曹操为魏王,曹丕称帝建魏朝,故称魏氏。时：天时。《三国志·魏书·武帝纪》："(曹操)汉相国参之后。"按,曹操父嵩,本为夏侯氏,后为宦官曹腾养子,始姓曹。其与曹参,本无关系。

⑧皇齐：大齐,指萧道成及其子孙。符：符命。《南齐书·高帝纪》："(萧道成)汉相国萧何二十四世孙也。"

⑨灵源：谓萧齐为萧何之后,神基源远流长。积石：大积石山。即今大雪山,在青海南部。传说禹导河自此。《尚书·禹贡》："导河积石,至于龙门。"此借指黄河。

⑩神基：神圣基业。极天：高及云天。此借指泰山等五岳。《诗经·大雅·崧高》："崧高维岳,骏极于天。"

⑪宣皇帝：齐高帝萧道成之父亲,萧缅之祖父。名承之,字嗣伯,刘宋朝官至冠军将军。萧道成称帝,追尊为宣皇帝。

⑫考：亡父称考。景皇帝：萧缅之父,萧道成次兄。名道生,字孝伯,刘宋朝为奉朝请。萧缅之兄鸾杀萧氏诸王而称帝,为高宗明帝,追尊道生为景皇帝。

⑬居贞：占问居处。引申为处于正道。《周易·颐》："拂经,居贞吉。"

⑭卷怀：收藏,意谓藏身退隐。《论语·卫灵公》："邦无道,则可卷而怀之。"前代：指刘宋朝。

⑮辰象：日月星之象。《周易·系辞》："在天成象,在地成形,变化见矣。"王弼注："象,况日月星辰。"

⑯河岳：黄河与五岳,古代祭祀山河的对象。《诗经·周颂·时迈》："怀柔百神,及河乔岳。"上灵：高高在上的神灵。此指灵气。

⑰风云：喻高才卓识。

⑱身负日月：喻人之光辉耀眼。负,以背背物。《庄子·山木》："子其意者饰知以惊愚,修身以明污,昭昭乎如揭日月而行。"

⑲英华:指神采之美。发:焕发。《礼记·乐记》:"和顺积中而英华发外。"

⑳清明:指神志清净爽朗。《礼记·孔子闲居》:"清明在躬,气志如神。"昭:明。

㉑天经地义:经天纬地之要义。引申为无可非议。《春秋左传·昭公二十五年》:"夫礼,天之经也,地之义也。"

㉒因心:依其本心。《诗经·大雅·皇矣》:"维此王季,因心则友。"

㉓简久:简要恒久。方:道。

㉔率由:遵循。《诗经·大雅·假乐》:"不愆不忘,率由旧章。"

㉕挹:酌取。源:喻萧缅道德之渊深。

㉖游泳:喻沉潜于某种事物。

㉗日用而不知:日以浸润却不知有多丰厚。语出《周易·系辞》:"百姓日用而不知,故君子之道鲜矣。"

㉘三辰:日、月、星。丽:附丽。

㉙滔滔:水盛貌。四渎:古以长江、淮河、黄河、济水为四渎。纪:纲纪。《诗经·小雅·四月》:"滔滔江汉,南国之纪。"

㉚六幽:天地四方幽远之处。允冶:信实和美。

㉛一德:谓法令划一。爽:差错。《尚书·咸有一德》:"德惟一,动罔不吉。"

㉜万物:犹言万民。仰:仰望。弥:更加。《论语·子罕》:"仰之弥高,钻之弥坚。"

㉝千里不言而斯应:此谓不言而使千里归其德。《周易·系辞》:"子曰:'君子居其室,出其言善,则千里之外应之,况其迩者乎?'"

㉞弹冠:整洁其冠,喻将出来做官。《汉书·王吉传》:"吉与贡禹为友,世称'王阳在位,贡公弹冠',言其取舍同也。"

㉟登庸:举用。《尚书·尧典》:"帝曰:'畴咨若时登庸?'"莅事:到

官任事。

㊱军麾:军中旌旗。古武将品级不同,旌旗服色形制有异。命服:
　　古帝王按等级赐的制服。《诗经·小雅·采芑》:“服其命服,朱
　　芾斯皇,有玱葱珩。”序:次序,级别。

㊲方部:四方州部。汉武帝置十三州部刺史,行监察地方之权,后
　　渐演变为州一级地方行政区域。此指州。六朝都督,权重者往
　　往督数州军事,萧缅都督雍、梁、南北秦四州、荆州之竟陵、司州
　　之随郡军事,故称“监督方部之数”。

【译文】

　　公的名讳为缅,字景业,南兰陵人。后稷与契辅佐尧舜,建立大功
于天地之间,商武王成汤和姬姓文王,因此亲受河图符命。萧何曹参辅
佐大汉高祖,消灭秦朝项羽平息战乱,曹魏顺应天时在我先前,大齐紧
握符命建国于后。大业源远流长可与黄河争流,基业神圣伟大能与五
岳比高。公的祖父是宣皇帝,雄姿奇才盛大壮烈,英名传扬盖过当代。
公的亡父是景皇帝,体含大道居处坚贞,藏身韬志隐于刘宋。公怀日月
星辰般美好的品德,体现黄河五岳般崇高的灵性,真气弥满皆是高才卓
识,光明磊落如同背负日月,一举一动堪称榜样,一言一语成为圭臬,神
采奕奕焕发于外,神清志爽明朗于内。无可非议的德政,依其本心尽力
推行;简要远大的正道,严格遵循进入佳境。酌取其渊深的大德的人,
沉潜其中而不知有多深广;怀归其光明的正道的人,日以浸润却不知有
多丰厚。光明灿烂如日月星辰附丽于天,滔滔无际如江淮河济横贯大
地。天地四方信实和美,法令划一不出差错。万民仰望更加高大,不言
而使千里归德。至于整洁衣冠出仕的日期,举用为官任事的年份,军旗
制服体现的品级,监察都督军事的州数,这些本是国史详载的内容,现
在可以略而不述。

　　水德方衰①,天命未改②,太祖龙跃俟时③,作镇淮泗④。

如仁夕惕之志⑤，中夜九回⑥；戡世拯乱之情⑦，独用怀抱⑧。深图密虑，众莫能窥。公陪奉朝夕，从容左右，盖同王子洛滨之岁⑨，实惟辟彊内侍之年⑩，起予圣怀⑪，发言中旨。始以文学游梁⑫，俄而入掌纶诰⑬，兰桂有芬，清晖自远⑭。帝出于震⑮，日衣青光⑯。方轨茅社⑰，俾侯安陆⑱，受瑞析珪⑲，遂荒云野⑳。式掌储命㉑，帝难其人㉒，公以宗室羽仪㉓，允膺嘉选㉔。协隆三善㉕，仰敷四德㉖，博望之苑载晖㉗，龙楼之门以峻㉘。献替帷扆㉙，实掌喉唇㉚，奉待漏之书㉛，衔如丝之旨㉜。前晖后光㉝，非止恒受㉞。公以密戚上贤㉟，俄而奉职㊱，出纳惟允㊲，剑玺增华㊳。

【注释】

① 水德：谓刘宋朝。《宋书·符瑞志》："水，宋之德也。"

② 未改：谓宋虽衰微而国祚未终。

③ 太祖：齐高帝萧道成庙号。龙跃：喻升为天子。俟：等待。

④ 作镇淮泗：谓刘宋明帝时，萧道成为冠军将军、都督北讨前锋诸军事，镇淮阴。淮，淮水。泗，泗水，在淮阴附近流入淮水。

⑤ 如仁：谓有匡扶社稷的仁德。《论语·宪问》："子曰：'桓公九合诸侯，不以兵车，管仲之力也。如其仁！如其仁！'"夕惕：夜晚小心谨慎。《周易·乾》："君子终日乾乾，夕惕若厉，无咎。"

⑥ 中夜：半夜。九回：喻思绪纷纷。

⑦ 戡（kān）：通"戡"，平定。

⑧ 用：运。

⑨ 王子：王子乔，传说中的仙人。洛滨之岁：谓十五岁。洛滨，洛水之滨。李善注引《周书》："太子晋行年十五。"又引《列仙传》："王子乔者，周灵王太子晋也。好吹笙，作凤鸣，游伊洛之间。"

⑩辟彊:张良之子。内侍之年:指任侍中的年纪。《汉书·外戚传》:"留侯子张辟彊为侍中,年十五。"

⑪起予:发明己意。后或用为意见能发明在上者意图之义。李善注引《晋中兴书》载王敦,疏:"导动静顾问,起予圣怀。"谓王导之言能发明晋帝之意图。此谓萧缅之言能发明萧道成之心意。

⑫文学:指萧缅曾任宋邵陵王文学。游梁:指为诸侯王幕僚。梁,汉封国,国都在今河南商丘东。此以司马相如比萧缅。《汉书·司马相如传》:"客游梁,得与诸侯游士居。"

⑬纶诰:古代帝王的诏书。此指萧缅任宋邵陵王文学不久,即到刘宋中央任中书郎。《初学记·中书令》:"又中书职掌纶诰。"

⑭清晖:清亮的光彩。

⑮帝出于震:谓天帝出万物于东方。此借指齐之兴。震,东方。刘良注:"震,东方,木也。言齐为木德,将登帝位。"

⑯日:喻萧道成。衣青光:身着青光之衣。李善注引《春秋元命苞》:"代殷者为姬昌,人形龙颜,长大,精翼日,衣青光。"刘良注:"衣青光者,亦取其木色也。"

⑰方轨:并行。茅社:谓受封王侯。李善注引《尚书纬》:"将封诸侯,各取方土,苴以白茅,以为社。"

⑱俾侯:使为诸侯。《诗经·鲁颂·閟宫》:"王曰叔父,建尔元子,俾侯于鲁。"安陆:县名。治所在今湖北安陆北。

⑲瑞:玉制的符信。析珪:古代封诸侯,按爵位高低,分颁珪玉,称为析珪。

⑳荒:覆盖。《诗经·鲁颂·閟宫》:"奄有龟蒙,遂荒大东。"云野:云梦之野。安陆地当古云梦之北,故云。

㉑式掌储命:谓拟选太子中庶子等职官。式,用。掌,主其事。储命,犹储君,指太子。

㉒难其人:谓以其人选为难。《尚书·皋陶谟》:"咸若时,惟帝其

难之。"

㉓羽仪：以羽为饰。引申为表率。《周易·渐》："鸿渐于陆,其羽可用为仪。"

㉔允：信。膺：当。嘉选：谓担任太子中庶子。

㉕协：合。隆：盛。三善：亲亲、尊君、长长,古代提倡的三种道德规范。《礼记·文王世子》："行一物而三善皆得者,唯世子而已。"

㉖仰：敬。敷：布,发扬。四德：指仁、礼、义、贞。《周易·乾·文言》："君子,体仁足以长人,嘉会足以合礼,利物足以和义,贞固足以干事。君子,行此四德者,故曰：乾：元亨利贞。"

㉗博望之苑：汉武帝为其太子刘据所开园林,在长安城南杜门外五里。《汉书·戾太子传》："上为立博望苑,使通宾客,从其所好。"此以喻南齐太子所居。

㉘龙楼之门：西汉太子宫门,门楼上有铜龙,故名。《汉书·成帝纪》："上尝急召,太子出龙楼门。"此以喻南齐太子宫门。

㉙献替："献可替否"的省语。帷扆(yǐ)：皇帝背扆南面而坐,因以帷扆指帝座。扆,屏风。

㉚喉唇：喻出纳言辞。

㉛待漏之书：指进献给皇帝的奏章。待漏,百官清早入朝,准备朝拜皇帝,称待漏。漏,古计时器。

㉜衔：口含物。引申为以口宣言。如丝：喻谨密。《礼记·缁衣》："王言如丝,其出如纶。"旨：意。

㉝前晖后光：前后所任皆有光彩。

㉞非止恒受：言其受重用,与一般官吏不同。

㉟密戚：犹密亲,关系最近的亲戚,多指宗族之亲。上贤：最有道德的人。《荀子·正论》："故上贤禄天下,次贤禄一国。"

㊱奉职：指萧缅由太子中庶子迁侍中。

㊲出纳：把帝王命令向下宣告,把下面意见报告帝王。允：信。《尚

书·舜典》：“夙夜出纳朕命，惟允。”

㊳剑玺：玺，印。李善注引《汉官仪》：“侍中殿上称制，出则陪乘，佩
　　玺把剑。”

【译文】

　　刘宋水德已经衰微，秉受天命国祚未终，太祖龙飞九天尚待其时，都督诸军镇守淮泗。匡扶社稷终夜谨慎的心志，夜半萦回胸中；安定天下拯救乱世的豪情，独自运转怀抱。宏图深远思虑周密，谁也不能知其究竟。公朝夕陪从侍奉太祖，从容进言在其左右，大概与王子乔出游洛滨的岁数相当，实在同张辟疆初任侍中的年纪一样，发明太祖心中意愿，发言进谏合其旨意。初任文学客游于梁，旋即入朝起草诏书，兰草桂花自有芬芳，光彩清亮自然远扬。大齐皇帝木德兴旺，如日升腾身着青光。宗室子弟并封王侯，封公之爵为安陆侯，接受符信分颁珪玉，于是拥有云梦之野。选取东宫主事之官，太祖以其人选为难，公以身为宗室表率，得以担当美好职官。协赞张大太子三善，恭敬发扬君子四德，太子苑中光彩四溢，东宫楼门格外高大。佳谋良言进呈天子，主持东宫出纳言辞，手捧奏章敬候早朝，进奏之言谨密深长。前后所任皆有光彩，备受重用非同寻常。公以宗室德行最美，很快升迁侍中要职，出纳诰命恪守诚信，佩玺把剑倍增荣华。

　　伊昔帝唐①，九官咸事②，熊豹临戴③，纳言是司④。自此迄今，其任无爽⑤，爰自近侍，式赞权衡⑥。而皇情眷眷⑦，虑深求瘼⑧。姑苏奥壤⑨，任切关河⑩，都会殷负⑪，提封百万⑫。全赵之袨服丛台⑬，方此为劣；临淄之挥汗成雨⑭，曾何足称。乃鸿骞旧吴⑮，作守东楚⑯。弘义让以勖君子⑰，振平惠以字小人⑱，抚同上德⑲，绥用中典⑳，疑狱得情而弗喜㉑，宿讼两让而同归㉒。虽春申之大启封疆㉓，邓攸之缉熙萌庶㉔，不能

尚也。

【注释】

①帝唐:尧。

②九官:传说舜置九官,禹为司空,弃为后稷,契为司徒,皋陶为士师,垂为共工,益为朕虞,伯夷为秩宗,夔为典乐,龙为纳言。见《尚书·舜典》。此谓帝唐作九官,当另有所本。

③熊:仲熊。豹:叔豹。临:大临。戬(yǎn):梼戬。《春秋左传·文公十八年》:"昔高阳氏有才子八人:苍舒、隤敳、梼戬、大临、龙降、庭坚、仲容、叔达……高辛氏有才子八人:伯奋、仲堪、叔献、季仲、伯虎、仲熊、叔豹、季狸。"

④司:掌管。

⑤其任无爽:谓齐侍中出纳王命,与熊豹临戬等掌管纳言无大差别。爽,差别。

⑥赞:助。权衡:指理政。为政须反复权衡,故以权衡代指其事。

⑦皇:指齐武帝萧颐。眷眷:犹眷顾,谓垂爱关注。

⑧瘼:病。《诗经·大雅·皇矣》:"监观四方,求民之莫。"《鲁诗》《齐诗》"莫"作"瘼"。

⑨姑苏:山名。在江苏吴县(今江苏苏州)西南。古人常以此称吴县。萧缅在齐武帝初出为吴郡太守,吴郡治吴县,此以姑苏称吴郡。奥壤:犹奥区,谓腹地。

⑩切:重。关河:犹山河。

⑪都会:人口密集的城市。殷负:殷阜。负、阜音近相通,谓富实。张衡《西京赋》:"百物殷阜,岩险周固。"

⑫提封:都,凡,总共。《汉书·刑法志》:"一同百里,提封万井。"百万:谓百万井,相传古代以八家为一井,言其地广,非实数。

⑬全赵:西汉初分封的诸侯王国,文帝时取赵之河间立河间王,时

人遂称文帝以前的赵国为全赵。袨（xuàn）服：盛美之服装。丛台：台名。赵国筑，在邯郸城内。

⑭临淄：春秋战国齐都城，故址在今山东淄博。挥汗成雨：喻人之众多拥挤。《战国策·齐策》："临淄之途，车毂击，人肩摩，连衽成帷，举袂成幕，挥汗成雨。"

⑮骞：飞举貌。旧吴：吴郡为春秋吴国旧地，故称旧吴。

⑯东楚：徐州以东江苏之地。《史记·货殖列传》："彭城以东，东海、吴、广陵，此东楚也。"此指吴郡。

⑰义让：礼义廉让。勖：勉励。

⑱振：振恤，救济。平惠：以储粮赐人。《汉书·食货志》："再登曰平，余六年食。"字：抚养。

⑲上德：最高的道德。《老子》三十八章："上德不德，是以有德。"

⑳绥：安。中典：常行的法律。《周礼·大司寇》："二曰刑平国用中典。"

㉑疑狱：疑难案件。情：案情。

㉒宿讼：长期诉讼难决的案子。两让：争讼双方互相让步。

㉓春申：春申君黄歇，战国楚人。与齐孟尝君、赵平原君、魏信陵君，俱以养士著称，后人称为四公子。大启封疆：指春申君以吴墟为都邑。《史记·春申君列传》："春申君因城故吴墟，以自为都邑。"

㉔邓攸：东晋人，官至尚书右仆射。缉熙：光明。《诗经·大雅·文王》："穆穆文王，於缉熙敬止。"萌庶：犹萌黎，庶民百姓。《晋书·邓攸传》载邓攸为吴郡太守时，"郡中大饥，攸表振贷，未报，乃辄开仓救之"。

【译文】

从前尧的时代，九官都有其职，仲熊、叔豹、大临、梼戭，掌管出纳言辞。从此直到现在，职任无大差别，公乃身为近侍，襄助天子理政。皇上情怀眷顾，思虑深远访民疾苦。姑苏是腹心地区，地位在山河中居重，城市富足丰实，井数总共百万。全赵的盛服丛台，比此未免拙劣；临淄的拥挤市街，岂能与此相称。公如鸿雁高飞来到吴国旧地，在东楚之地为一郡太守。弘扬礼义廉让以勉励君子，开仓施赈放粮以抚养饥民，抚慰民众显现最高道德，安定地方采用常行法令，疑难案件得其情实不以为喜，长期争讼的双方互相谦让同归友好。纵是春申君大力开辟封疆，邓攸使饥民看到光明，都不能超过公的政绩。

　　夏首藩要①，任重推毂②，衿带中流③，地殷江汉④。南接衡巫⑤，风云之路千里⑥；西通鄢邓⑦，水陆之涂三七⑧。是惟形胜，阃外莫先⑨。建麾作牧⑩，明德攸在。乃暴以秋阳⑪，威以夏日⑫。泽无不渐⑬，蝼蚁之穴靡遗⑭；明无不察，容光之微必照⑮。由近而被远，自己而及物。惠与八风俱翔⑯，德与五才并运⑰。远无不怀，迩无不肃。邑居不闻夜吠之犬⑱，牧人不睹晨饮之羊⑲。誉表六条⑳，功最万里㉑。

【注释】

①夏首：古夏水与江水交口处，故道在今湖北荆州。《楚辞·九章·哀郢》："过夏首而西浮兮，顾龙门而不见。"此借指郢州。藩要：藩镇之要者。此谓萧缅为郢州刺史，地位重要。

②推毂：喻委以独断一军之重任。此谓萧缅都督郢州、司州之义阳军事。

③衿带：喻形势回绕的险要之地。中流：指江水。

④殷：居中。江汉：指江汉流域。

⑤衡：南岳衡山。巫：宋玉《高唐赋》所称之巫山，托名而已。或郢州南部另有一巫山。

⑥风云:喻高处。左思《吴都赋》:"径路绝,风云通。"

⑦鄾(yōu):春秋古国名。在今湖北襄樊。邓:春秋古国名。与鄾
　　相邻,在今河南邓州一带。

⑧涂:同"途"。三七:谓二千一百里。此大概之数。

⑨阃外莫先:谓国都之外,藩镇地位没有比郢州重要的。阃外,谓
　　国都之外。阃,门槛。

⑩建麾:犹树旗。《周礼·巾车》:"建大麾,以田,以封蕃国。"作牧:
　　刺史又称州牧,出为刺史称作牧。

⑪暴:晒,温暖。秋阳:秋阳暖和,喻仁政。《孟子·滕文公》:"江汉
　　以濯之,秋阳以暴之。"周正建子,所谓秋阳,实为今之夏日太阳。
　　齐建寅,秋阳即秋日太阳。

⑫威:威服。夏日:夏日盛烈,喻典刑。《春秋左传·文公七年》:
　　"赵盾,夏日之日也。"杜预注:"夏日可畏。"

⑬渐:浸润。

⑭蝼蚁:蝼蛄与蚁,喻极微贱者。

⑮容光:指小的空隙。《孟子·尽心》:"日月有明,容光必照焉。"

⑯惠:恩惠。八风:八方之风,即东北、东、东南、南、西南、西、西北、
　　北八方。其名目颇不一,如南风有巨风、景风、凯风等。

⑰五才:五材,指金、木、水、火、土。《春秋左传·襄公二十七年》:
　　"天生五材,民并用之。"

⑱邑居:犹言村镇。夜吠之犬:喻郡县吏到民间骚扰百姓。

⑲晨饮之羊:羊饮饱则体重大增,可多赚钱,喻欺诈行为。《孔子家
　　语·相鲁》:"鲁之贩羊有沈犹氏者,常朝饮其羊以诈市人……及
　　孔子之为政也,则沈犹氏不敢朝饮其羊。"

⑳表:示范。六条:汉代刺史巡察地方的六项内容。以后西晋亦有
　　考察官吏的六条诏书。

㉑最:政绩居首曰最。

【译文】

夏首位居藩镇之要，都督军事责任重大，形势险要江流回绕，地势居于江汉之中。向南连接衡岳巫山，道路高险千里迢迢；向西通往鄀地邓地，水道陆路两千有余。这里真是形胜之地，京都而外无州可比。建树大旗来做州牧，贤明仁德集于一身。于是便用秋阳温暖人心，便用夏日威服百姓。恩泽广施无不浸润，蝼蛄蚁洞无不遍及；睿智英明无不洞察，细微间隙都能鉴照。能由近处施及远方，能从自身推及众事。恩惠与八风共同翱翔，明德与五材一起运化。远方之民无不怀归，近处百姓皆能肃然。村镇夜间不闻狗叫，牧人清晨不饮群羊。声誉堪为六条示范，政绩居首万里相传。

还居近侍①，兼飨戎秩②。候府寄隆③，储端任显④，东西两晋，兹选特难。羊琇愿言而匪获⑤，谢琰功高而后至⑥。升降二宫⑦，令绩斯俟⑧。禁旅尊严⑨，主器弥固⑩。

【注释】

①近侍：指萧缅永明五年（487）还京为侍中。

②飨：通"享"。戎秩：武官的俸禄。指兼领骁骑将军。

③候府：中领军府。魏晋南朝，领军或中领军统京城宿卫兵，虞候不测，而其职守与汉之北军中候相近，故称其府为候府。萧缅始为骁骑将军，旋迁中领军。

④储端：谓太子宫中重要属官。此谓永明六年（488）萧缅转太子詹事，此为总揽东宫庶务之官。南朝称幕僚中居要者为端。

⑤羊琇：西晋初人。官至散骑常侍。愿言：希望。言，语词。《诗经·卫风·伯兮》："愿言思伯，甘心首疾。"匪获：不得。《晋书·羊琇传》载琇谓司马炎曰："若富贵见用，任领护各十年。"后得迁中护军，但未任过中领军。

⑥谢琰：东晋人。官至卫将军、徐州刺史。功高：指谢琰与从兄谢
　玄，在淝水战中，大破前秦军。后至：指谢琰因淝水战功，征为尚
　书右仆射，领太子詹事。

⑦升降：犹出入。二宫：皇宫和东宫。萧缅在任太子詹事同时，任
　散骑常侍。前者得出入东宫，后者得出入皇宫。

⑧令：善。绩：功。俟：待。

⑨禁旅：指中领军所统京城宿卫部队。

⑩主器：谓太子。古国君长子主宗庙祭器，因称主器。《周易·序
　卦》："主器者莫若长子，故受之以震。"固：谓勤勉。

【译文】

　　回京复任侍中之职，兼带享受武官体禄。天子对领军府寄望深切，
太子詹事职任显要，东晋西晋两朝，这两职选人特别难办。羊琇想当领
军而不能得任，谢琰功高才升迁詹事。每日出入皇宫东宫，善美之功待
成于此。京城禁兵威武严整，辅佐太子愈加勤勉。

　　禹穴神皋①，地埒分陕②，江左已来③，常递斯任④。东渚
巨海⑤，南望秦稽⑥，渊薮胥萃⑦，蓬蒲攸在⑧。货殖之民⑨，千
金比屋⑩；郛鄽之内⑪，云屋万家⑫。刑政繁舛⑬，旧难详一⑭。
南山群盗⑮，未足云多；渤海乱绳⑯，方斯易理。公下车敷
化⑰，风动神行，诚恕既孚⑱，钩距靡用⑲。不待赭污之权⑳，
而奸渠必翦㉑；无假里端之籍㉒，而恶子咸诛。被以哀矜㉓，
孚以信顺㉔。南阳苇杖㉕，未足比其仁；颍川时雨㉖，无以丰
其泽。公揽辔升车㉗，牧州典郡，感达民祇㉘，非待期月㉙。
老安少怀，涂歌里咏，莫不欢若亲戚，芬若椒兰㉚。麾旆每
反㉛，行悲道泣㉜。攀车卧辙之恋，争涂忘远；去思一借之
情㉝，愈久弥结。

【注释】

① 禹穴：传说中夏禹葬地，在浙江绍兴会稽山。《史记·太史公自序》："二十而南游江、淮，上会稽，探禹穴。"神皋：良田。

② 垺（liè）：等同。陕：地名。即今河南三门峡陕州区。周初为周、召二公分治处。《春秋公羊传·隐公五年》："自陕而东者，周公主之；自陕而西者，召公主之。"萧缅为太子詹事不久，出为会稽太守，常侍如故。此谓其出治会稽，犹周、召二公分治陕之东、西，地位十分重要。

③ 江左：指东晋。已：以。

④ 递：更迭。斯任：指会稽太守人选。

⑤ 渚：水边。此处用作动词，犹临。巨：大。

⑥ 秦：秦望山。稽：会稽山。

⑦ 渊薮：鱼兽藏居之处。此喻群盗聚集处。胥：相。萃：聚。《尚书·武成》："今商王受无道，暴殄天物，害虐烝民，为天下逋逃主，萃渊薮。"

⑧ 萑（huán）蒲攸在：谓会稽多盗出没地，如郑之萑苻。萑蒲，泽名。即萑苻。《春秋左传·昭公二十年》："郑国多盗，取人于萑苻之泽。"

⑨ 货殖：经商。

⑩ 比屋：家家相连。

⑪ 郛（fú）：外城。廛（chán）：廛，居民区。

⑫ 云屋：高楼入云。

⑬ 舛：错乱。

⑭ 详一：详悉划一。

⑮ 南山：终南山。在今陕西西安。《汉书·王尊传》："会南山群盗傰宗等数百人为吏民害。"

⑯ 渤海：汉郡。治所在今河北盐山县。乱绳：喻纷乱局面。《汉

书·龚遂传》载龚遂将为渤海太守,汉宣帝问其安民之法,龚遂
回答说:"臣闻治乱民犹治乱绳,不可急也;唯缓之,然后可治。"

⑰下车:指萧缅初至会稽。敷:推行。

⑱孚:信。

⑲钩距:参互比较,以推求实情。《汉书·赵广汉传》:"尤善为钩
距,以得事情。钩距者,设欲知马贾,则先问狗,已问羊,又问牛,
然后及马,参伍其贾,以类相准,则知马之贵贱不失实矣。"

⑳赭:赤色。权:诈。《汉书·张敞传》载张敞为京兆尹,长安小偷
甚多,张敞召见盗首数人,令他们协助抓获众偷以赎罪。盗首
遂置酒灌醉众偷,以赭污其衣裾,地方兵吏据此捕获小偷数
百人。

㉑奸渠:奸猾大恶。渠,大。翦:灭。

㉒假:凭借。里端:盖间里门首,张贴榜令处。籍:通"藉",用。

㉓哀矜:哀怜。《论语·子张》:"如得其情,则哀矜而勿喜。"

㉔孚:取得信任。信顺:诚信而顺民心。

㉕南阳:汉郡。治所在今河南南阳。苇杖:蒲鞭代杖。《后汉书·
刘宽传》载刘宽为南阳太守,"吏人有过,但用蒲鞭罚之,示辱而
已,终不加苦"。

㉖颍川:汉郡。治所在今河南禹州。时雨:喻急民所急,济民危难。
李善注引赵岐《三辅决录》:"茂陵郭伋为颍川,化如时雨。"

㉗辔:驾驭牲口的缰绳。升:登。

㉘祇:神。

㉙期(jī)月:一整月。《论语·子路》:"子曰:'苟有用我者,期月而
已可也,三年有成。'"

㉚椒兰:皆香草,喻所敬爱的人。《荀子·议兵》:"而其民之亲我欢
若父母,其好我芬若椒兰。"

㉛麾旆(pèi):旌旗。反:返。

㉜行：道路。

㉝去思：指地方官离任后仍为原地百姓所思。《汉书·何武传》载何武历任数种地方官，"其所居亦无赫赫名，去后常见思"。一借：《后汉书·寇恂传》载寇恂曾为颍川太守，郡中平定。后寇恂他调，颍川复乱。寇恂随光武帝南征至颍川，"百姓遮道曰：'愿从陛下复借寇君一年。'"寇恂乃留镇颍川。

【译文】

　　夏禹葬地良田肥美，地位等同周、召分陕，自从东晋建国以来，时常更换太守人选。东边面临滔滔大海，南与秦稽二山相望，群盗纷纷聚集其间，出没无常如郑崔苻。从事经商民户甚多，千金之家屋宇相连；外城之内邑居之间，高楼入云数达万家。刑法政令繁多错乱，旧时实难详悉画一。终南山中盗贼数百，比起会稽不能算多；渤海局面如理乱绳，比起会稽容易理顺。公初至郡中推行教化，行动犹如迅风神仙，诚笃仁恕大信已布，钩距之法不劳运用。不使用赤色污衣的权诈，奸猾大恶必遭清除；不凭借里闾门首的榜帖，作恶子弟都被诛罚。哀怜民情布以爱心，诚信顺民得民信任。南阳太守蒲鞭代杖，不能与公仁德相比；颍川太守化如时雨，不能比公恩泽丰厚。公挽起缰绳登车出行，巡察州县管理郡中，感动民众上达天神，不必等待一年之期。老者安之少者怀之，道路邑居歌咏不绝，莫不欢欣如见亲戚，如闻椒兰阵阵幽香。每当离别旌旗回转，百姓悲伤哭泣于道。攀车挽留卧道阻行的不舍，争显于道越送越远；离任之后百姓盼归的心愿，时间越久越加深浓。

　　方城汉池①，南顾莫重②。北指嵩潼③，平涂不过七百④；西接峣武⑤，关路曾不盈千⑥。蛮陬夷徼⑦，重山万里，小则俘民略畜⑧，大则攻城剽邑⑨。晋宋迄今，有切民患⑩，烽鼓相望，岁时不息。椎埋穿掘之党⑪，阡陌成群；慢法侮吏之人⑫,曾莫禁御。累藩咸受其弊⑬,历政所不能裁。加以戎羯窥窬⑭,伺我边隙⑮。北风未起,马首便以南向⑯;塞草未衰⑰,严城于焉早闭⑱。

【注释】

①方城:春秋时楚国在其北境所筑长城。汉池:以汉水为护城河。《春秋左传·僖公四年》:"楚国方城以为城,汉水以为池。"

②南顾:向南眷顾。指雍州地当汉水流域,为南齐北疆,起眷顾南方的屏障作用。萧缅由会稽太守迁雍州刺史。

③崤(xiáo):崤山。潼:潼关。在陕西华阴。

④平涂:道路平坦。

⑤峣(yáo):峣关,因关临峣山得名。在陕西蓝田。武:武关。在陕西商南。

⑥盈:满。

⑦陬(zōu):角落。徼(jiào):边界。

⑧略:掠。

⑨剽:抢劫。

⑩切:严厉。引申为严重。

⑪椎埋:谓以椎杀人而埋之。椎,捶击的工具。《史记·酷吏列传》:"少时椎埋为奸。"穿掘:盗发坟墓。

⑫慠:同"傲",蔑视。

⑬累藩:犹下文"历政",指历任地方军政长官。

⑭戎羯:指北朝。窥窬(yú):伺隙寻机。

⑮边隙:边防有可乘之机。

⑯以:已。南向:指边民南归城邑,以防敌抄掠。

⑰塞草:边城之草。

⑱严城于焉早闭:谓边城随时紧闭城门,以虞不测。

【译文】

方城为城汉水为池,屏障南方最为重要。北边直指崤山潼关,道路平坦不过七百余里;西边连接峣关武关,关路崎岖竟不足一千里。蛮夷聚居的山隔边地,重重山岭绵延万里,小的战斗俘我民众掠我牲畜,大的战争攻我城池劫我邑居。自从晋宋直到现在,百姓遭受严重祸患,烽火相望鼓角不断,一年到头没有停息。杀人私埋及盗墓的团伙,成群结队公行于路;蔑视法令欺侮差吏的歹徒,竟然无法加以禁防。每任藩帅都受其危害,历届政府都不能制裁。加上北朝胡人伺隙寻机,待我边防可乘之机。北风尚未振起,边民回马南归城邑;塞草尚未枯败,边城戒严早闭城门。

永明八载①,疆埸大骇②,天子乃心北眷③,听朝不怡④。扬旆汉南⑤,非公莫可⑥,于是驱马原隰⑦,卷甲遄征⑧。威令首涂⑨,仁风载路,轨躅清晏⑩,车徒不扰。牛酒日至⑪,壶浆塞陌⑫。失义犬羊⑬,其来久矣,征赋严切⑭,唯利是求,首鼠疆界⑮,灾蠹弥广⑯。公扇以廉风,孚以诚德,尽任棠置水之情⑰,弘郭伋待期之信⑱,金如粟而弗睹,马如羊而靡入⑲,雉雊必怀⑳,豚鱼不爽㉑。由是倾巢举落㉒,望德如归。椎髻髦首㉓,日拜门阙㉔,卉服满涂㉕,夷歌成韵㉖。礼义既敷㉗,威刑具举,强民犷俗,反志迁情。风尘不起,囹圄寂寞㉘,富商野次㉙,宿秉停菑㉚。螽蝗弗起㉛,豺虎远迹,北狄惧威㉜,关塞谧静㉝。侦谍不敢东窥㉞,驼马不敢南牧㉟。

【注释】

①永明八载:490 年。永明,齐武帝年号。

②疆埸(yì):指南齐与北魏交界地带。骇:惊。按,此年齐魏无大战

事，"疆埸大骇"盖随口之言。

③北眷：眷顾北疆。

④听朝不怡：临朝听政不欢畅。司马迁《报任少卿书》："主上为之
　食不甘味，听朝不怡。"

⑤旆：旗。汉南：指雍州。雍州州治在汉水上游之南，故称汉南。

⑥非公莫可：指萧缅迁雍州刺史。

⑦原：相对而言为高的平地。隰(xí)：低的平地。

⑧卷甲：收甲，以利急行军。《孙子兵法·军争》："是故卷甲而趋，
　日夜不处。"遄：疾。

⑨首涂：出发上路。

⑩躅(zhuó)：轨迹。清晏：清静安宁。

⑪牛酒日至：古馈问、宴犒多用牛和酒。此谓沿途得百姓犒慰。

⑫壶浆：以米煮的汁，用壶贮，故称壶浆。《孟子·梁惠王》："箪食
　壶浆，以迎王师。"

⑬犬羊：喻北魏。李善注引《汉名臣奏》："……以为鲜卑隔在漠北，
　犬羊为群。"

⑭严切：苛刻急迫。

⑮首鼠：忽出忽入，来去不定。《史记·魏其武安侯列传》："与长孺
　共一老秃翁，何为首鼠两端？"

⑯蠹(dù)：蛀虫，喻祸害百姓。

⑰任棠：东汉汉阳郡民。《后汉书·庞参传》："庞参字仲达……拜
　为汉阳太守。郡人任棠者，有奇节，隐居教授。参到，先候之。
　棠不与言，但以薤一大本、水一盂，置户屏前，自抱孙儿伏于户
　下。主簿自以为倨参思其微意，良久曰：'棠是欲晓太守也！水
　者，欲吾清也；拔大本薤者，欲吾击强宗也；抱儿当户，欲吾开门
　恤孤也。'"

⑱郭伋：东汉人，官至并州牧，征太中大夫。《后汉书·郭伋传》载

郭伋为并州牧,始至行部,到西河美稷,有数百儿童骑着竹马迎拜,离开美稷时,儿童问其何日当还,"伋谓别驾从事,计日告之。行部既还,先期一日,伋为违信于诸儿,遂止于野亭,须期乃入"。

⑲"金如粟"二句:黄金多如谷粒不去看它,马匹如羔羊不去占有。指萧缅德行好。《后汉书·张奂传》载张奂为安定属国都尉,制夷有方,诸部族酋长赠其马匹金器,"奂并受之,而召主簿于诸羌前,以酒酹地曰:'使马如羊,不以入厩;使金如粟,不以入怀。'悉以金马还之"。

⑳雊雉:带有小鸡的野鸡。《后汉书·鲁恭传》载鲁恭为中牟令,境中教化大行,河南尹袁安闻之,疑其不实,派掾吏肥亲前往考察。肥亲见有雉从一儿童旁过,因问儿童为何不捕雉,"儿言'雉方将雏'",肥亲于是认为"竖子有仁心",知鲁恭化迹可观。此谓雊雉必怀萧缅仁德。

㉑豚鱼:河豚。喻微小之物。爽:失。

㉒落:谓部落。

㉓椎髻(jì):髻式一撮如椎,部分少数民族的发式,喻少数民族。《史记·货殖列传》:"贾椎髻之民,富埒卓氏,俱居临邛。"鬟(zhuā)首:以麻束发,部分少数民族的头饰,喻少数民族。《淮南子·齐俗训》:"三苗鬟首,羌人括领。"

㉔门阒:门。

㉕卉服:用草织的服装,喻少数民族。《尚书·禹贡》:"岛夷卉服,厥篚织贝。"

㉖夷歌:少数民族的歌。成韵:自成音韵。

㉗既:尽。敷:敷化。

㉘囹圄寂寞:胡克家《文选考异》谓"寞"当作"寥"。大小监狱空无囚犯。

㉙次:宿。

㉚宿秉：往日割下的禾束。菑(zī)：已耕一年的田。此泛指田。

㉛蝝(yuán)：未生翅的蝗。

㉜北狄：指北魏。

㉝谧静：安宁平静，喻无战事。

㉞侦谍：侦探。

㉟驼马不敢南牧：意取贾谊《过秦论》："胡人不敢南下而牧马。"

【译文】

　　永明八年，边疆大受惊扰，皇帝心中眷顾北疆，临朝听政情不欢畅。高扬旌旗汉水之南，非公无人堪当其任，于是驱马原野之上，收起甲胄轻装行进。号令威严出发上路，仁德之风鼓满道中，一路轨迹清静安定，车乘步卒不扰百姓。送牛送酒每天都有，箪食壶浆塞满路途。北魏政权失去道义，占我北疆由来已久，征敛赋税苛刻急迫，只要有利便来苛求，来去不定侵我边邑，生灾为祸日愈扩张。公以廉让之风鼓励民众，以诚信仁德取信于民，尽使贤者充分发挥献策之情，弘扬为官说话算话的信誉，黄金多如谷粒不去看它，马匹多如羔羊不去占有，将雏野鸡怀其仁德，豚鱼虽小恩泽亦及。于是夷民举族出动，望我盛德齐来归顺。绾发如椎束发用麻，每天前来拜倒门前，夷民盛服挤满道路，各种夷歌自成音韵。礼教仁义已经敷化，威严典刑同时施行，强悍民众粗犷风俗，心志改变情性迁移。战争硝烟不再飘起，大小监狱空无囚犯，富人经商敢宿野外，已割禾束可放田间。大小蝗虫不再出现，豺狼虎豹杳无踪迹，北朝鲜卑惧我国威，关口边塞一派安宁。敌国侦探不敢向东窥视，骆驼马匹不敢南下放牧。

　　方欲振策燕赵①，席卷秦代②，陪龙驾于伊洛③，侍紫盖于咸阳④，而遘疾弥留⑤，歘焉大渐⑥。耕夫释耒⑦，桑妇下机⑧，参请门阓⑨，并走群望⑩。维永明九年夏五月三十日辛酉薨，春秋三十有七。城府飒然⑪，庶寮如丧⑫。男女老幼，大临街衢⑬，接响传声，不逾时而达于四境⑭。夷群戎落，幽远必至⑮，望城拊膺⑯，震动郫邑，并求入奉灵榇⑰，藩司抑而不许⑱。虽邓训致劓面之哀⑲，羊公深罢市之慕⑳，对而为言，远有惭德。神驾东还㉑，号送逾境，奉觞奠以望灵㉒，仰苍天而自诉，震响成雷，盈涂咽水㉓。

【注释】

①振策：挥鞭。燕赵：战国二国名。此指燕赵之地。贾谊《过秦论》："振长策而御宇内。"

②代：战国国名。为赵襄子所灭，在今河北蔚县一带。此指代地。《过秦论》："有席卷天下，包举宇内，囊括四海之意。"

③龙驾：以龙为驾之车，指帝车。《楚辞·九歌·云中君》："龙驾兮帝服，聊翱游兮周章。"伊洛：伊水和洛水。

④紫盖：指帝车之盖。以上谓萧缅有收复中原、统一中国之志。

⑤遘（gòu）：遭。弥留：病重濒死。

⑥欻（xū）：忽然。大渐：病危。《尚书·顾命》："疾大渐，惟几，病日臻。"

⑦耒（lěi）：原始翻土农具。此泛指农具。

⑧桑妇：犹言织妇。

⑨参请：谓问疾。

⑩群望：古前往山川祈祷以求赐福免灾，故称祈祀地为群望。《春秋左传·昭公七年》："并走群望，有加而无瘳。"

⑪飒然：凋零貌。

⑫庶僚：众僚属官。贾（yǔn）：废坠。引申为黯然神伤。

⑬临（lìn）：哭吊。

⑭时：时辰。

⑮幽远:指偏僻遥远之地。

⑯拊膺(yīng):拍胸,表示极度哀痛。

⑰灵榇(chèn):犹灵柩。榇,棺。

⑱藩司:指雍州州府属官。

⑲邓训:东汉人,卒官护羌校尉。《后汉书·邓训传》载邓训绥抚羌胡有方,诸羌"至闻训卒,莫不吼号,或以刀自割"。劈面:犹割面。《三国志·魏书·清河王怿传》:"夷人在京及归,闻怿之丧,为之劈面者数百人。"

⑳羊公:羊祜。罢市:《晋书·羊祜传》:"南州人征市日闻祜丧,莫不号恸,罢市,巷哭者声相接。"慕:思。

㉑神驾:谓丧车。东还:谓自雍州还京师建康。

㉒觞:酒杯。奠:设酒食以祭。灵:指灵柩。

㉓咽水:哽咽泪下如水之流。

【译文】

正想挥鞭统御燕赵之地,席卷秦代之地,陪从帝车驰骋伊洛之间,侍卫天子长驱古都咸阳,然而遭遇重病濒于死亡,突然病危奄奄一息。农夫闻讯丢下农具,织妇急忙离开织机,门前街头探问病情,齐往山川祈求保佑。永明九年夏五月三十辛酉日逝世,死年三十七岁。城里府中何其凋零,众僚属官黯然神伤。城中百姓男女老幼,涌向街头同声哭吊,号哭之声此起彼伏,不过一个时辰噩耗传遍雍州四边。大大小小各族部众,相隔再远必来奔丧,仰望城郭拍胸痛哭,哭声震动城池邑居,一致请求进城奉守灵柩,州府属官加以制止。纵然是邓训之死引来羌人割面的悲哀,羊祜之死勾起百姓罢市的痛思,与此情此景相对而言,也应远有惭愧之心。灵车缓缓向东还京,百姓号哭送灵出境,捧杯奠祭瞻望灵柩,面对苍天自诉悲情,哭声回荡如雷滚动,满路悲哀泪如江水。

公临危审正①,载惟话言②。楚囊之情③,惟几而弥固④;

卫鱼之心⑤,身亡而意结⑥。二宫轸恸⑦,遐迩同哀,追赠侍
中领卫将军⑧,给鼓吹一部⑨,谥曰昭侯。时皇上纳麓在
辰⑩,登庸伊始,允副朝端⑪,兼掌屯卫⑫。闻凶哀震,感绝移
时⑬,因遘沉疴⑭,绵留气序⑮。世祖日夜忧怀⑯,备尽宽譬⑰,
勉膳禁哭⑱,中使相望⑲。上虽外顺皇旨,内殷私痛⑳,独居
不御酒肉,坐卧泣涕沾衣。若此移年,瘰瘵改貌㉑,天伦之
爱㉒,振古莫俦㉓。及俯膺天眷,入纂绝业㉔,分命懿亲㉕,台
牧并建㉖。对繁弱以流涕㉗,望曲阜而含悲㉘,改赠司徒㉙,因
谥为郡王,礼也。

【注释】

①临危:谓临终之时。审正:安然守正。

②惟:六臣本作"贻",更佳。话言:善言。《春秋左传·文公六年》:
"分之采物,著之话言。"杜预注引《广雅》:"话,善也。"

③楚囊:子囊,即楚公子贞,春秋楚国人。《春秋左传·襄公十四
年》:"楚子囊还自伐吴,卒。将死,遗言谓子庚:'必城郢。'君子
谓:'子囊忠。君薨不忘增其名,将死不忘卫社稷,可不谓
忠乎?'"

④惟几:几,危殆。《尚书·顾命》:"疾大渐,惟几,病日臻。"

⑤卫鱼:史鱼,春秋卫国大夫。《韩诗外传》:"昔者卫大夫史鱼病且
死,谓其子曰:'我数言蘧伯玉之贤而不能进,弥子瑕不肖而不能
退。为人臣生不能进贤而退不肖,死不当治丧正堂,殡我于室足
矣。'卫君问其故。其子以父言闻。君造然召蘧伯玉而贵之,而
退弥子瑕,徙殡于正堂。"

⑥结:郁结。指忧心国事。

⑦轸(zhěn)恸:深切痛念。

⑧卫将军:武官名。多为赠官。

⑨鼓吹:指军乐队。具有全套乐器的称为一部。古惟重臣方得皇
帝亲赐鼓吹。

⑩皇上:指齐明帝萧鸾,时尚为尚书右仆射领卫尉。鸾为萧缅之
兄,后以宫廷政变登帝位。纳麓:指总揽大政。《尚书·舜典》:
"纳于大麓,列风雷雨弗迷。"孔传:"麓,录也。尧纳舜使大录万
机之政。"在辰:犹在即。

⑪允:信,诚。副:左右仆射为录尚书之副。朝端:位居首席的朝
臣,一般指尚书省长官。《宋书·王弘传》:"臣弘忝承人乏,位副
朝端。"

⑫屯卫:指卫尉统领的宿卫宫城之门的卫士。

⑬感绝:因悲痛而昏厥。移时:谓良久。

⑭沉疴(kē):重病。

⑮绵留:李周翰注:"谓不绝于身也。"气序:犹言时序。此指经时,
即一季度。

⑯世祖:齐武帝萧赜庙号。赜为萧道成长子,与鸾、缅为从兄弟。

⑰宽譬:宽言相劝喻。

⑱膳:进食。

⑲中使:帝王宫廷中派出的使者,多由宦官担任。

⑳殷:充盛。私痛:指亲情之痛。

㉑癯(qú)瘠:瘦羸。

㉒天伦:此指兄弟。《春秋穀梁传·隐公元年》:"兄弟,天伦也。"

㉓振古:自古。俦(chóu):匹。

㉔纂:继。绝业:中断之大业。按,武帝萧赜之子早卒,武帝死后,
太孙昭业即位,萧鸾杀昭业而立其弟昭文,旋又杀昭文。自此萧
道成一脉无嫡嗣,萧鸾乃挟太后,令使自己入继为萧道成第三
子,得登帝位。故称纂绝业。

㉕懿亲:至亲,指皇室宗亲。

㉖台牧:台辅及方牧。并建:谓萧鸾至亲或为台辅或为方牧,一时
　　并立。

㉗繁弱:弓名。《春秋左传·定公四年》:"夏后氏之璜,封父之繁
　　弱。"此谓萧鸾既封诸懿亲,惟缅已逝,故为之流涕,而有追封
　　之意。

㉘曲阜:周鲁国都。周公子伯禽封于鲁,此以曲阜代周公。周公为
　　周武王弟,萧缅为萧鸾弟,实又以曲阜喻萧缅。

㉙司徒:三公之一。为虚衔,不参与朝政。

【译文】

公临终之时安然守正,留下遗言何其善美。其情可与子囊相比,生命垂危愈加坚定;其心犹如卫国史鱼,身体将亡意犹忧国。皇宫东宫深切悼念,远方近处同怀哀伤,追赠公为侍中兼领卫将军,赐其葬礼全套军乐,定其谥号叫做昭侯。那时皇上总揽大政已然在即,刚刚起用重要职官,诚为尚书长官之副,兼带掌领宫门屯卫。听到噩耗悲情大动,竟至昏厥好久好久,因此遭遇重病一场,绵绵不绝达一季度。世祖为此日夜担忧,千方百计宽言劝喻,劝其进食禁其痛哭,常派使者至府探望。皇上表面顺从世祖旨意,内心充满亲情之痛,独自进食不吃酒肉,起坐睡卧泪湿衣襟。像这样过了一年,人已瘦得改了容貌,兄弟之间如此深情,从古到今谁能相比。到皇上俯首承受天之眷顾,登上帝座继齐大业,分别任命皇室至亲,台辅方牧一时并立。面对良弓潸然泪下,遥望曲阜满含悲怆,改赠公为司徒,并追谥为安陆郡王,充分体现皇家礼制。

惟公少而英明,长而弘润,风标秀举①,清晖映世。学遍书部②,特善玄言③,鳌悦之丽④,篆籀之则⑤,穷六义于怀抱⑥,究八体于毫端⑦。奕思之微⑧,秋储无以竞巧⑨;取睽之妙⑩,流睇未足称奇⑪。至公以奉上,鸣谦以接下⑫,抚僚庶

尽盛德之容⑬,交士林忘公侯之贵⑭。虚怀博约⑮,幽关洞开⑯,宴语谈笑⑰,情澜不竭。誉满天下,德冠生民⑱,盖百代之仪表,千年之领袖⑲。曾不慭留⑳,梁摧奄及,岂唯侨终蹇谢㉑,兴谣辍相而已哉㉒! 凡我僚旧,均哀共戚,怨天德之无厚,痛棠阴之不留㉓。思所以克播遗尘㉔,弊之穹壤㉕,乃刊石图徽㉖,寄情铭颂。其辞曰:

【注释】

①风标:犹风度。

②书部:有关书法的书籍帖录,概归书部。书分四部,始于魏荀勖,但基本定型,则在隋唐以后。此处以书部称法书群籍,盖当时特重书法,故有此分法。

③玄言:以佛道思想为主的义理胜旨。

④鞶(pán)帨(shuì):束衣的大带与衣前的佩巾。扬雄《法言·寡见》:"今之学也,非独为之华藻也,又从而绣其鞶帨。"以喻雕饰文句。

⑤篆籀(zhòu):小篆与大篆,大篆称籀文。此泛指各体法书,犹下文"八体"。

⑥六义:《诗经》之风、雅、颂、赋、比、兴。

⑦八体:书法的八种字体和用途。许慎《说文解字序》:"自尔秦书有八体:一曰大篆,二曰小篆,三曰刻符,四曰虫书,五曰摹印,六曰署书,七曰殳书,八曰隶书。"其中大篆、小篆、虫书、隶书为字体,刻符、摹印、署书、殳书为用途。

⑧弈思:谓弈棋的思路。奕,通"弈",围棋。

⑨秋:弈秋,古善弈者。储:储蓄精思。

⑩取暌(kuí):取法于《暌》之卦象。《周易·系辞》谓古人创造弓矢,

"盖取诸睽"。高亨《周易大传今注》谓《睽》之卦象是绳在小木（或竹）之上，故谓弓矢取法于《睽》。此以喻射技。

⑪流睇：喻养由基的射技。班固《幽通赋》："养流睇而猨号兮。"

⑫鸣谦：谦虚自抑。《周易·谦》："鸣谦贞吉，中心得也。"

⑬盛德之容：指容颜可亲可敬。

⑭士林：泛称有文士身份的人。

⑮约：胡克家《文选考异》谓当作"纳"，更佳。

⑯幽关：此指博大的胸襟，与《头陀寺碑文》"玄关幽楗"用法不同。

⑰宴语：欢然而语。

⑱生民：人民。

⑲领袖：喻能为人表率者。

⑳愸(yìn)留：犹愸遗。愿意留下。愸，宁。《诗经·小雅·十月之交》："不愸遗一老，俾守我王。"

㉑侨：公孙侨，即春秋郑执政子产。蹇：蹇叔，春秋时秦贤臣。谢：逝世。

㉒兴谣：唱歌谣。《春秋左传·襄公三十年》载子产执政三年，舆人诵之曰："我有子弟，子产诲之；我有田畴，子产殖之。子产而死，谁其嗣之？"辍相：停止舂谷。相，送杵之声。李善注引潘岳《贾充诔》："秦亡蹇叔，舂者不相杵。"蹇叔死，举国为之辍相，可见其贤。

㉓棠阴：谓日入落棠山，指光阴消逝。棠，落棠山，传说为日入处。李善注引《淮南子》曰："日朝发扶桑，入于落棠。"

㉔遗尘：指圣贤教化的遗风。

㉕弊：通"蔽"，充塞。穹壤：天地。

㉖徽：美。

【译文】

公少年时候英俊睿智，长成大人弘博温润，风度翩翩挺秀而出，容采清亮映照当世。为学读遍法书群籍，尤其擅长玄学胜理，诗文辞句无不华美，大篆小篆皆有法则，穷尽六义蕴于怀抱，深研八体聚于笔端。弈棋思路何等精细，弈秋储蓄精思比不上其巧妙；射箭技艺何等高超，养由基箭不虚发也算不上稀奇。大公无私报效朝廷，谦虚自抑结交下贤，抚慰属官容颜可亲可敬，交游士人忘记贵为公侯。胸怀宽广博闻广纳，随时敞开博大胸襟，欢然而语谈笑风生，热情如潮滔滔不绝。美好声誉传遍天下，品德高尚无人能比，真是百代的仪表，千年的榜样。竟然不能长留世间，栋梁摧毁瞬间发生，岂止如同子产死去蹇叔逝世，百姓讴歌停止春谷而已呵！凡是我辈僚属旧友，同怀哀伤共含悲戚，抱怨天德对公不厚，痛惜光阴消逝不留。希望设法使公的教化遗风流播，使它充塞天地之间，于是刻石写公美德，寄托哀思于铭颂中。赞辞如下：

　　天命玄鸟，降而生商①，是开金运②，祚始玉筐③。三仁去国④，五曜入房⑤，亦白其马⑥，侯服周王⑦。本枝派别⑧，因菜命氏⑨，涉徐而东⑩，义均梁徙⑪。自兹以降，怀青拖紫⑫，崇基岩岩⑬，长澜㳽㳽⑭。惟圣造物⑮，龙飞天步⑯，载鼎载革⑰，有除有布。高皇赫矣⑱，仰膺乾顾⑲；景皇蒸哉⑳，实启洪祚㉑。乔岳峻峙㉒，命世兴贤㉓，膺期诞德㉔，绝后光前。几以成务㉕，觉在民先，位非大宝㉖，爵乃上天㉗。

【注释】

①"天命"二句：天帝命令玄鸟飞来，降临大地生我商祖。语出《诗经·商颂·玄鸟》。玄鸟，燕。

②金运：依战国五德说，商德为金。李善注："金谓殷。《邹子》曰：'五德从所不胜，虞土、夏木、殷金、周火。'"

③祚(zuò)：基业。玉筐：玉制的筐。《吕氏春秋·音初》载天帝令

燕往视有娀氏之二女,"二女爱而争搏之,覆以玉筐,少选,发而视之,燕遗二卵,北飞,遂不反。"高诱注:"天令燕降卵于有娀氏女,吞之生契。"契为商族男祖。

④三仁:指商的微子、箕子、比干。《论语·微子》:"微子去之,箕子为之奴,比干谏而死。孔子曰:'殷有三仁焉。'"

⑤五曜(yào):金、木、水、火、土五大行星。房:房宿。二十八宿中苍龙七宿的第四宿,有星四颗。李善注引《春秋元命苞》:"殷纣之时,五星聚房。房者,苍神之精,周据而兴。"

⑥亦白其马:指微子乘坐的白色马。语出《诗经·周颂·有客》:"有客有客,亦白其马。"毛序:"《有客》,微子来见祖庙也。"诗写武王克商后,改封微子于宋,以祀其先王,而以客礼待之,故微子以客礼来助祭于周人祖庙。殷人尚白,故称"亦白其马"。

⑦侯服:犹臣服,谓以诸侯之礼服事天子。《诗经·大雅·文王》:"侯服于周,天命靡常。"

⑧本枝:喻嫡系和庶出子孙。

⑨菜:通"采",卿大夫的采邑。命氏:谓因食邑于萧而为萧氏。

⑩徐:南徐州,治所在今镇江。东:向东。南兰陵在镇江以东,故云。

⑪梁徙:刘邦先辈战国时由梁东行,定居于丰,故称梁徙。梁,大梁,今开封。

⑫怀、拖:指穿戴。青、紫:指贵服。喻为官。

⑬岩岩:高貌。《诗经·小雅·节南山》:"节彼南山,维石岩岩。"

⑭浼浼(mǐ):水盛貌。《诗经·邶风·新台》:"新台有泚,河水浼浼。"

⑮造物:利万物。

⑯龙飞天步:意谓萧氏登帝位的天运即将到来。龙飞,指升帝位。天步,犹天运。《诗经·小雅·白华》:"天步艰难,之子不犹。"

⑰鼎、革：本《周易》二卦名。战国人附会为革新之意。《周易·杂卦》："革，去故也；鼎，取新也。"

⑱高皇：齐高帝萧道成。赫：显耀。

⑲乾顾：犹前文所云"天眷"。乾，天。

⑳蒸：通"烝"，兼有美、君二义。《诗经·大雅·文王有声》："文王烝哉！"

㉑洪祚：隆盛的国运。

㉒乔岳：高山。喻萧缅。《诗经·周颂·时迈》："怀柔百神，及河乔岳。"

㉓命世：著名于世。

㉔膺期诞德：如萧缅之德者，五百年方有一人。膺期，承应期运。李善注："膺五百岁之期也。"

㉕几：微。成务：成就天下事务。《周易·系辞》："唯几也，故能成天下之务。"

㉖大宝：指最高权力。《周易·系辞》："天地之大德曰生，圣人之大宝曰位。"

㉗上天：指天爵，自然爵位。谓萧缅有此自然美德。《孟子·告子》："有天爵者，有人爵者。仁义忠信，乐善不倦，此天爵也。公卿大夫，此人爵也。"

【译文】

天帝命令玄鸟飞来，降临大地生我商祖，从此开启殷商金德，国运始自覆燕玉筐。三位仁者离别殷都，五大行星进入房宿之间，微子还是赶着白马，来向周王助祭尽礼。嫡系庶出分流别派，根据采邑定为萧氏，南入徐州再向东行，意义等同自梁徙丰。自从寓居江南以后，穿着官服佩着绶带，基础高高如山矗立，源流远长如河滔滔。唯有圣人能利万物，龙飞九天大运将临，于是图新于是去故，既除旧政又布新政。太祖高皇多么显耀，仰首承受天之眷顾；景帝真是美好之君，是他开启隆盛国运。公如高山挺拔独立,著名于世振其贤能,承应期运生其大德,后无来者光照前人。鉴察几微成就事务,明智悟道在人之前,地位虽然不算最高,爵位乃是自然爵位。

　　爰始濯缨①,清猷浚发②,升降文陛③,逶迤魏阙④。惠露沾吴⑤,仁风扇越⑥,涉夏逾汉⑦,政成期月。用简必从⑧,日新为盛⑨,在上哀矜,临下庄敬⑩。草木不夭,昆虫得性,我有芳兰,民胥攸咏。群夷蠢蠢⑪,岩别嶂分⑫,倾山尽落⑬,其从如云。挈妻荷子⑭,负戴成群⑮,回首请吏⑯,曾何足云。昔闻天道⑰,仁罔不遂,彼苍如何⑱,兴山止篑⑲!四牡方驰⑳,六龙顿辔㉑,斯民曷仰,邦国殄瘁㉒。齐殒晏平㉓,行哭致礼㉔;赵徂昌国㉕,列邦挥涕㉖。况我君斯,皇之介弟㉗,哀感徒庶,恸兴云陛㉘。阶毁留攒㉙,川泛归轴㉚,竞羞野奠㉛,争攀去毂。遵渚号追,临波望哭,无绝终古,惟兰与菊㉝。涂由帝渚㉞,朱轩靡驾㉟,东首茔园㊱,即宫长夜㊲。逝川无待,黄金难化㊳,钟石徒刊,芳猷永谢㊴。

【注释】

①濯缨:喻出仕。《楚辞·渔父》:"沧浪之水清兮,可以濯吾缨。"

②清猷(yóu):犹言佳谋。浚:深。

③文陛:用有文理的石头砌的殿阶,指皇宫之阶。《汉书·梅福传》:"故愿壹登文石之陛,涉赤墀之涂。"

④逶迤:行貌。魏阙:宫门外的阙门。巍巍高大,故曰魏阙。《庄子·让王》:"身在江海之上,心居乎魏阙之下。"

⑤惠露:恩惠如露。吴:指吴郡。因萧缅曾为吴郡太守。

⑥仁风:仁德如风。越:指会稽郡。因萧缅曾为会稽太守。

⑦夏:夏水。指萧缅为郢州刺史。汉:汉水。指萧缅为雍州刺史。

⑧用简必从：用事简捷下人必从。意取《周易·系辞》："易则易知，简则易从。"

⑨日新为盛：政局日新其德更美。语出《周易·系辞》："富有之谓大业，日新之谓盛德。"

⑩临下庄敬：为官庄重属员恭敬。语出《论语·为政》："临之以庄则敬，孝慈则忠。"

⑪群夷蠢蠢：谓诸少数民族活动于萧缅所治之境内。蠢蠢，动貌。

⑫岩别嶂分：谓诸少数民族散居于群山之间。嶂，泛指山。

⑬倾山尽落：谓诸少数民族尽来归服。倾山，倾巢出山。尽落，犹言举族。落，谓部落。

⑭絜：带领。荷：扛。

⑮负戴：背负首戴。

⑯请吏：要求中央派官吏来本地，表示归服于中央。《汉书·司马相如传》："是时邛、筰之君长闻南夷与汉通，得赏赐多，多欲愿为内臣妾，请吏，比南夷。"

⑰天道：自然之道。

⑱苍：苍天。《诗经·秦风·黄鸟》："彼苍者天，歼我良人！"

⑲篑(kuì)：筐。吕向注："言缅有开国成务之志，未遂而死，亦如兴山止于一篑也。"

⑳四牡：谓驷马。方驰：谓将驰骋中原。

㉑六龙顿辔：谓日沉西山，喻缅之殒。六龙，传说日神以六龙为驾。《楚辞·九叹·远游》："贯澒濛以东揭兮，维六龙于扶桑。"顿辔，止辔，停止前进。

㉒疹(tiǎn)瘁(cuì)：困病。《诗经·大雅·瞻卬》："人之云亡，邦国疹瘁。"

㉓殒：死亡。晏平：晏婴，字平仲。春秋齐国贤大夫。

㉔行哭：边跑边哭。《晏子春秋·外篇不合经述者》："景公游于菑，

闻晏子死,公乘侈舆服繁驲驱之……比至于国者,四下而趋,行哭而往,至,伏尸而号。"

㉕徂:通"殂",死。昌国:古齐邑。后属燕,故城在今山东淄博。燕昭王封乐毅于此,号昌国君。燕惠王时,乐毅奔赵国,备受重用,卒于赵。此以昌国指乐毅。

㉖列邦:各国。李善注引潘岳《太宰鲁公碑》:"赵丧望诸,列国同伤。"按,乐毅奔赵后,号望诸君。

㉗介弟:对别人弟弟的尊称。《春秋左传·襄公二十六年》:"夫子为王子围,寡君之贵介弟也。"

㉘云陛:皇宫的殿阶,以其高,故有此称。

㉙阶毁:古丧礼,人初死,搭台阶以便上屋顶招魂。撤除台阶,表示丧礼已毕。《礼记·丧大记》:"复有林麓,则虞人设阶。"留攒(cuán):丛聚。"攒"又作"横"。《礼记·丧大记》:"君殡用辁,横至于上。"此横谓以数根木杠横插棺上,以便抬挽。萧缅灵柩将由雍州运回京城,棺上木杠正有用场,故称"留攒"。

㉚辁:窆(biǎn)车,升降棺所用。《仪礼·士丧礼》:"升棺用辁。"棺在窆车之上,窆车在船上,船行江面而东归,故称"川泛归辁"。

㉛羞:进献。野奠:以野果等为祭品。

㉜去毂(gǔ):指丧车。

㉝"无绝"二句:指萧缅永远活在民众心中,如同春兰和秋菊一样。《楚辞·九歌·礼魂》:"春兰兮秋菊,长无绝兮终古。"

㉞帝渚:指建康附近江渚,以其为帝都所在。盖灵车由此渚岸而驶往陵园。旧注皆据《楚辞·九歌·湘夫人》:"帝子降兮北渚",以湘江释之。按,萧缅灵柩东还,当自沔水入长江而顺流直下,不可能经湘江。

㉟朱轩靡驾:昔日朱车无缘再驾。

㊱东首:首向东而葬。茔(yíng)园:葬地,陵园。

㊲官：居。长夜：指墓中。

㊳黄金难化：丹沙难以化成黄金。《史记·封禅书》："（李）少君言于上曰：'祠灶则致物，致物而丹沙可化为黄金，黄金成以为饮食器则益寿。'"

㊴芳猷永谢：谓萧缅生前宏谋随其长辞而谢去。芳猷，美好谋划。谢，去。

【译文】

整理衣冠步入官场，佳谋深远不断献发，上上下下皇宫殿阶，来来去去宫外阙门。恩惠如露沾润吴郡，仁德如风吹拂会稽，渡过夏水渡过汉江，一年之内政教成功。用事简捷下人必从，政局日新其德更美，职位虽高同情百姓，为官庄重属员恭敬。一草一木得其正终，一虫一兽得尽其性，美德无比芬芳如兰，百姓相与歌咏其德。少数民族生活于此，散居绵延群山之间，倾巢出山举族归服，成群结队宛如云阵。带着妻室扛着稚子，背负首戴挤满道路，回首请求选派官吏，面对此情又算什么。从前听说天道无亲，仁者无不得遂毕生，问那苍天为何如此，积土成山功亏一篑！驷马正想驰骋中原，日沉西山公竟殒亡，万民从此仰望何人，国家遭受莫大损伤。如同齐国失去晏婴，国君致礼边跑边哭；如同赵国失去乐毅，各国为之挥泪尽哀。何况我们敬重的您，本是皇帝同胞之弟，悲哀感动左右随从，哭声震动皇宫殿阶。台阶已毁棺杠依然，江上泛舟窆车东归，乡民竞献野果祭灵，争先恐后攀缘灵车。沿着江岸号哭追赶，远望归舟临波痛哭，永远活在民众心上，如同春兰如同秋菊。弃舟登上帝都江岸，昔日朱车无缘再驾，头向东方归葬陵园，长眠地下永不见天。江水流逝不可等待，丹沙难以化成黄金，钟鼎石碑徒然刊刻，宏图远志随人长逝。

墓志

任彦昇

见卷第二十三《出郡传舍哭范仆射》作者介绍。

刘先生夫人墓志—首

【题解】

本文赖《文选》得以保存。墓志，放在墓中刻有死者传记的石刻。墓志的形制，以东汉墓砖铭为滥觞。魏晋之世，禁止厚葬，墓碑消失而墓志盛行，墓志一体，臻于成熟。现知明确称为墓志的，以刘宋大明八年（464）刘怀民墓志为最早。墓志写法，有鉴于碑文，一般兼有散体的叙和韵体的铭。本文唯有铭，盖为节选。刘先生，名瓛，字子珪。宋齐时名儒，门人甚众。梁初谥曰贞简先生。其夫人，据《南齐书》本传所载为王氏，李善注引王僧孺《刘氏谱》亦谓为"王法施女"。但《南齐书》谓王氏因为瓛母孔氏所不悦，为瓛所出。盖王氏卒于瓛后，王氏宗人开瓛墓而使之合葬，因延请任昉为此墓志。

既称莱妇①，亦曰鸿妻②，复有令德，一与之齐③。实佐君子，簪蒿杖藜④，欣欣负戴⑤，在冀之畔⑥。居室有行，亟闻义让⑦，禀训丹阳⑧，弘风丞相⑨。籍甚二门⑩，风流远尚⑪，肇允才淑⑫，阐德斯谅⑬。芜没郑乡⑭，寂寥扬冢⑮，参差孔树⑯，毫末成拱⑰。暂启荒埏⑱，长扃幽陇⑲，夫贵妻尊，匪爵而重。

【注释】

①莱妇：春秋楚国老莱子的妻子。据《列女传·楚老莱妻》载，老莱子逃世，耕于蒙山之阳。人或言之楚王，楚王遂驾车至老莱之门。楚王曰："守国之孤，愿变先生。"老莱曰："诺。"妻曰："妻闻之：可食以酒肉者，可随以鞭捶；可授以官禄者，可随以铁钺。今先生食人酒肉，授人官禄，为人所制也，能免于患乎？"投其畚莱而去，老莱乃随其妻而居之。

②鸿妻：东汉梁鸿的妻子孟光。《列女传·梁鸿之妻》："（鸿）妻每进食，举案齐眉，不敢正视。以礼修身，所在敬而慕之。"

③一与之齐：《礼记·郊特牲》："信，妇德也。壹与之齐，终身不改。"齐，犹同，谓结为夫妻。

④簪蒿：以蒿草为簪。杖藜：以藜茎为杖。《庄子·让王》："原宪华冠纵履，杖藜而应门。"

⑤负戴：背负肩挑。指从事劳作。

⑥冀：古地名。畦：田垄。《春秋左传·僖公三十三年》："臼季使，过冀，见冀缺耨，其妻馌之，敬，相待如宾。"

⑦亟：屡。

⑧丹阳：郡名。今江苏南京。瓛为东晋丹阳尹刘惔六世孙，惔在东晋名士中以任自然著称。此以指惔。

⑨丞相：东晋名相王导。王氏为王导宗族后人。陈直《南北朝王谢元氏世系表》有王导五世从孙王法兴，王氏之父王法施大概与法兴同辈。

⑩籍甚：盛多。二门：指刘、王二家族。

⑪风流：犹遗风。

⑫肇允：允，信。《诗经·周颂·小毖》："肇允彼桃虫，拚飞维鸟。"

淑:美。

⑬阃(kǔn)德:犹妇德。阃,门槛。此指闺门之内。谅:信。

⑭芜没:没于杂草中,喻死而入葬。郑乡:东汉末孔融为北海相,深敬郑玄,指示高密县令为郑玄特立一乡,曰"郑公乡"。见《后汉书·郑玄传》。此以璬比郑玄,以郑乡喻坟地。

⑮寂寥:孤单冷清。扬冢:扬雄墓。李善注引《七略》:"扬雄卒,弟子侯芭负土作坟,号曰'玄冢'。"此以璬比扬雄。

⑯孔树:孔子冢茔中树。《史记·孔子世家·集解》引《皇览》:"冢茔中树以百数,皆异种,鲁人世世无能名其树者。民传言'孔子弟子异国人,各持其方树来种之'。"

⑰毫末:喻树之小。拱:两手合抱。《老子》六十四章:"合抱之木,生于毫末。"

⑱埏(yán):墓道。谓暂开璬墓,使王氏与之合葬。

⑲扃(jiōng):关闭。幽陇:墓。

【译文】

既被称做老莱之妇,又被比成梁鸿之妻,加上具有美好品德,结为夫妇终身不改。诚心佐助贞简先生,藋草为籍藜茎为杖,欢欢喜喜挑柴背米,夫妻相敬在冀田间。居于家中行为有则,常闻奉义礼让之事,先生禀受刘惔家训,夫人弘扬王导家风。两家门风何其盛美,遗风至今仍得发扬,夫人真正是位美才,恪守妇德如此诚信。先生草葬"郑玄之乡",孤清一如扬雄之墓,杂树参差如同孔茔,已由毫末长成合抱。暂时打开荒凉墓道,永远合葬幽闭之墓,丈夫名重妻子可敬,不靠爵禄而获荣光。

卷第六十

行状

任彦昇

见卷第二十三《出郡传舍哭范仆射》作者介绍。

齐竟陵文宣王行状—首

【题解】

　　行状，一种记述死者生平行事的文体，又称"行述""行略""事略"等。其最初用途，是为了替死者向朝廷请求谥号，或请求史馆为其立传，故刘勰《文心雕龙·书记》云："状者，貌也。体貌本原，取其事实。先贤表谥，并有行状，状之大者也。"后来则多半是为了替写墓志者提供资料。行状有一定的要求和格式，除对死者的世系、里籍、官阶、生平事迹做全面介绍外，文末还需说明撰写的目的。因以旌扬死者为宗旨，故文辞有褒而无贬。本文是为齐竟陵文宣王萧子良请求谥号而写。萧子良，字云英，齐高帝萧道成之孙，齐武帝萧赜次子，历任会稽郡王、丹阳尹、南徐州刺史、司徒等职，官至太傅，封竟陵郡王。笃信佛教，爱好文学，招致文士，王融、谢朓、任昉、沈约、陆倕、范云、萧琛、萧衍均曾集于门下，号"竟陵八友"。组织编有《四部要略》一千卷，今佚。明人辑有

《竟陵王集》。本文骈散兼用，气度雍容，笔端时带情感，颇能体现任昉散文"雅善属文，尤长载笔"（《梁书·任昉传》）的特点。

祖太祖高皇帝　父世祖武皇帝

南徐州南兰陵郡县都乡中都里萧公年三十五行状①。公道亚生知②，照邻几庶③。孝始人伦④，忠为令德⑤，公实体之⑥，非毁誉所至⑦。天才博赡⑧，学综该明⑨。至若曲台之礼⑩，九师之易⑪；《乐》分龙赵⑫，《诗》析齐韩⑬；陈农所未究⑭，河间所未辑⑮；有一于此，罔不兼综者与⑯！昔沛献访对于云台⑰，东平齐声于杨史⑱；淮南取贵于食时⑲，陈思见称于七步⑳：方斯蔑如也㉑！

【注释】

①南徐州：州名。领十六郡，治京口（今江苏镇江）。东晋南渡后侨置徐州而成。南朝宋元嘉八年（431）以江南晋陵（郡名。治晋陵县，在今江苏常州）地为南徐州，仍治京口。南兰陵：郡名。又县名。晋太兴初置，故城在今江苏常州西北。萧子良祖籍东海兰陵县（今山东枣庄东南）之中都乡中都里。西晋元康元年（291），分东海为兰陵郡。西晋末乱，"过江居晋陵武进县之东城里。寓居江左者，皆侨置本土，加以南名，于是为南兰陵人也"（《南齐书·高帝纪》）。年三十五：萧子良卒于齐郁林王隆昌元年（494），终年三十五岁。

②道：指道德。亚生知：即学而知之者。亚，仅次一等的。生知，不待学习，生来就知道。《论语·季氏》："生而知之者上也，学而知之者次也。"

③照邻：照耀四周。意同"照临"。几庶：即近似之意。这里谓近似

于圣人。

④人伦:封建社会中人与人之间的等级关系。《孟子·滕文公》:
"使契为司徒,教以人伦:父子有亲,君臣有义,夫妇有别,长幼有
叙,朋友有信。"

⑤令德:美德。

⑥体:实行。

⑦毁:诽谤。誉:称赞,赞美。至:到,做到(忠孝)。《庄子·逍遥
游》:"且举世誉之而不加劝,举世非之而不加沮。"

⑧博赡(shàn):广博丰富。

⑨综:综理,聚总。该明:广博详明。潘岳《故太常任府君画赞》:
"学综群籍,智周万物。"

⑩曲台之礼:指有关礼制的著作。曲台,秦汉宫殿名。汉时用作天
子射宫,即天子举行大射礼的处所,又立为署,置太常博士弟子。
故汉以后,有关礼制的著作常以曲台为名。《汉书·艺文志》
"礼"类著录有《曲台后仓》九篇,为汉后仓("仓"一作"苍")所作。

⑪九师之易:指有关《周易》的著作。《汉书·艺文志》"易"类著录有
《淮南道训》二篇,班固自注:"淮南王安聘明《易》者九人,号九师说。"

⑫《乐》:儒家经典之一。今文经学家谓《乐》本无经,只是附于《诗
经》的一种乐谱。这里泛指音乐。龙赵:皆西汉时著名琴曲作家
和演奏家。龙,龙德。赵,赵定。《汉书·艺文志》著录有《雅琴
赵氏》七篇,《雅琴龙氏》九十九篇。

⑬《诗》:《诗经》。析:分成。齐韩:指齐国的辕固、鲁国的申培。汉
时,传授《诗经》的有齐、鲁、韩、毛四家。

⑭陈农:西汉官吏。成帝时,因书籍散失严重,曾命他负责广为搜
求。究:穷尽。

⑮河间:指西汉景帝之子刘德,于前元二年(前155)立为河间王,死
后谥献。刘德在国内想尽办法搜求先秦古籍,以致"得书多与汉

朝等"。辑:收集。

⑯罔:无。兼综:兼备。

⑰沛献:指东汉光武帝之子刘辅,于建武二十年(44)封沛王,死后谥献。刘辅好经书,善说《京氏易》《孝经》《论语》及图谶。云台:东汉宫中高台名。明帝曾图画中兴功臣三十二人于此。《东观汉记》载,永平五年(62)秋,因京师地区少雨,明帝登上云台占卜,卦辞说:"蚁封穴户,大雨将集。"第二天果然下了大雨。明帝下诏问刘辅是何道理,刘辅上书作了一番解释。

⑱东平:指东汉光武帝之子刘苍,于建武十五年(39)封东平公,十七年(41)晋爵为王,死后谥宪。杨:指扬雄,一作"杨雄",西汉辞赋家。史:指史岑,王莽末年为谒者,以善写文章闻名于世。《东观汉记》载,明帝时,东平王刘苍上《世祖受命中兴颂》,明帝十分赞赏,以问校书郎:"此与谁等?"皆云"类相如扬雄,前代史岑比之。"

⑲淮南:指淮南王刘安,西汉前期的思想家和文学家。荀悦《汉纪·武帝纪》:"初(刘)安朝,上使作《离骚赋》,旦受诏,食时毕。"又高诱《淮南子叙》:"(刘)安为辨达,善属文。皇帝为从父,数上书,召见,孝文皇帝甚重之。诏使为《离骚赋》,自旦受诏,日早食已。上爱而秘之。"

⑳陈思:陈思王曹植。《世说新语·文学》载,魏文帝曹丕曾令曹植七步中作诗一首,不成即行大法。曹植应声而作诗曰:"煮豆持作羹,漉菽以为汁。其在釜下燃,豆在釜中泣。本自同根生,相煎何太急!"曹植因以文思敏捷见称。

㉑方斯:比这。蔑如:没有什么了不起。

【译文】

祖父太祖高皇帝　父世祖武皇帝

南徐州南兰陵郡南兰陵县都乡中都里萧公年三十五行状。公之道德仅次于生而知之者,其光辉照耀四周,近似于圣人。孝从尊崇人伦开始,忠是一种美德,公都实实在在地加以施行,不因别人诽谤或赞扬而受到影响。具有多方面的天才,胸中学问广博详明。至如曲台有关礼制的著作,九师有关《周易》的见解;《乐经》分成龙德、赵定两派,《诗经》分成齐、韩等几家;陈农未曾寻觅到的秘本,河间献王未曾搜求到的古籍;有公一个人在这里,就无不兼备了! 以前沛献王在云台回答明帝询问,东平王被齐声以扬雄、史岑相比;淮南王因一顿饭的工夫完成《离骚赋》而提高身价,陈思王因七步成诗而受到赞赏:实际上比起公来,这些都没有什么了不起!

初沈攸之跋扈上流①,称乱陕服②,宋镇西晋熙王、南中郎邵陵王并镇盆口③。世祖毗赞两藩④,而任总西伐⑤。公时从在军,镇西府版宁朔将军、军主⑥,南中郎版补行参军署法曹⑦。于时景烛云火⑧,风驰羽檄⑨。谋出股肱⑩,任切书记⑪。迁左军邵陵王主簿记室参军⑫。既允焚林之求⑬,实兼仪形之寄⑭。刀笔不足宣功⑮,风体所以弘益⑯。除邵陵王友⑰,又为安南邵陵王长史⑱。东夏形胜⑲,关河重复⑳。选众而举㉑,敦悦斯在㉒。除使持节、都督会稽、东阳、临海、永嘉、新安五郡诸军事、辅国将军、会稽太守㉓。

【注释】

①沈攸之:南朝宋将。泰豫元年(472)宋明帝死后被任命为荆州刺史,都督荆、湘、雍、益等八州诸军事。跋扈:骄横,强暴。时沈攸之为政苛暴,赋敛征发无度,以幼主在位,有不臣之心,故云。上流:荆州治江陵(今湖北荆州),在宋都建康(今江苏南京)上游。

②称乱:反叛。昇明元年(477),沈攸之举兵叛宋。陕服:指荆州。

陕,分陕。相传周初周公、召公分陕而治,周公治陕以东,召公治陕以西。陕即今河南三门峡市陕州区。后来封建王朝的中央官员出任地方长官,也称分陕。服,古称京畿以外的地方为服。李善注引臧荣绪《晋书》:"武陵王令曰:'荆州势据上流,将军休之,委以分陕之重。'"

③镇西:将军名号。晋熙王:即刘燮,宋明帝第六子,元徽元年(473)被任命为郢州刺史,四年(476),进号镇西将军。南中郎:将军名号。邵陵王:即邵陵殇王刘友,宋明帝第七子,元徽二年(474)被任命为南中郎将、江州刺史,顺帝即位,进号左将军。盆口:地名。在今江西九江。

④世祖:齐武帝萧赜,死后庙号世祖。毗(pí)赞:辅佐。两藩:两藩王,指刘燮和刘友。元徽四年萧赜任晋熙王镇西长史、江夏内史、行郢州事。沈攸之举兵反,萧赜即奉刘燮据盆口,为战守之备。沈攸之见无隙可乘,转攻郢城,久攻不下,溃逃被杀。

⑤总:统管军事。

⑥镇西府:镇西府军府。版:版授,即授与官职。晋南北朝时,授官有版,版上写授官之辞。宁朔:将军名号。军主:谓军中之主。

⑦南中郎:指南中郎将府。版补:即版授。行参军署法曹:将军府属官。参军,即参军事,南北朝时凡亲王、将军、都督之幕府多设此官。《宋书·百官志》:"除拜则为参军事,府板则为行参军。"诸曹(共十八曹)分职治事,其法曹以下署行参军。

⑧景:日光。云火:烽火。李善注:"言云火之多,如景之照;羽檄之疾,若风之驰。太公《六韬》曰:'云火万炬以防夜。'"

⑨羽檄:军中文书,插上鸟羽以表示紧急。

⑩股肱(gōng):大腿和胳膊。比喻左右辅佐之臣。

⑪切:切近,担负。书记:掌管文书及记录缮写的官员。

⑫迁:调动官职,一般指升调。左军:即左将军。主簿记室参军:主

管文书及府事务的官员。

⑬焚林:用有关汉末阮瑀的传说。《三国志·魏书·王粲传》注引《文士传》载,曹操听说阮瑀有文才,召之,瑀不应。连见催逼,便逃入山中。曹操使人焚山,得瑀,送至,召入。曹操时征长安,大延宾客,怒瑀不与语,使就技人列。瑀能弹琴,遂抚弦而歌,表示归附曹操,曹操大为高兴,即任为司空军谋祭酒,管记室。

⑭仪形:犹言法式、模范。寄:寄托,树立。

⑮刀笔:刀、笔为古代书写工具。这里代指文字。

⑯风体:风范,法式。弘益:扩大利益,带来好处。

⑰除:任命。友:属官名。

⑱安南:指邵陵王。昇明二年(478),邵陵王徙都督南豫、豫、司三州诸军事、安南将军、南豫州刺史、历阳太守。长史:将军府属官名。统理幕府工作。

⑲东夏:中国的东部。中国古称夏。这里指会稽(郡名:治山阴县,今浙江绍兴)一带。形胜:地势优越。

⑳关河:指山河。李善注引韩康伯《王述碑》:"述迁会稽太守,此盖关河之重复,泱泱大邦。"

㉑选众:在众人中挑选。举:推荐,选用。《论语·颜渊》:"舜有天下,选于众,举皋陶,不仁者远矣。"

㉒敦悦:笃信深好。这里为重德悦才之意。敦,重。斯在:在此。斯,指萧子良。

㉓使持节:帝王加给地方军政长官的称号,有此称号,即有了诛杀中级以下官吏的权力。都督:官名。都督诸郡军事,则为诸郡最高军事长官。

【译文】

当初沈攸之在上游荆州骄横不法,举兵叛乱,宋镇西将军晋熙王、南中郎将邵陵王同时镇守盆口。世祖辅佐两位藩王,担负西讨沈攸之的总责。公当时随从在军,镇西将军府授予宁朔将军、军主的官职,南中郎将府授予行参军署法曹的官职。当时烽火照耀如同白日,紧急军事文书频繁传递犹如疾风飞驰。左右辅佐之臣贡献计谋,书记也担负有相当责任。调任左将军邵陵王主簿记室参军。不仅答应了别人焚林以求的殷切邀请,同时在实际上还为别人树立了法式、榜样。文字不足以宣扬所建的功绩,风范、法式为人们带来了无比好处。被任命为邵陵王友,又为安南将军邵陵王长史。东部地区地势优越,山重水复。经过挑选而被举荐,重德悦才而在这里找到了合适的人选。被任命为使持节、都督会稽、东阳、临海、永嘉、新安五郡诸军事、辅国将军、会稽太守。

太祖受命①,广树藩屏②。公以高昭武穆③,惟戚惟贤④。封闻喜县开国公⑤,食邑千户⑥。又奏课连最⑦,进号冠军将军。越人之巫⑧,睹正风而化俗⑨;篁竹之酋⑩,感义让而失险⑪。邪叟忘其西戾⑫,龙丘狭其东皋⑬。会武穆皇后崩⑭,公星言奔波⑮,泣血千里⑯。水浆不入于口者⑰,至自禹穴⑱。逮衣裳外除⑲,心哀内疚⑳。礼屈于厌降㉑,事迫于权夺㉒。而茹戚肌肤㉓,沉痛疮距㉔。故知钟鼓非乐云之本㉕,缞粗非隆杀之要㉖。改授征虏将军、丹阳尹㉗。良家人徙㉘,戚里内属㉙。政非一轨㉚,俗备五方㉛。公内树宽明㉜,外施简惠㉝。神皋载穆㉞,毂下以清㉟。

【注释】

①太祖:齐高帝萧道成,死后庙号太祖。受命:接受天命。谓代宋自立,建立齐朝。

②藩屏:藩国。谓分封子弟为诸侯王,以作朝廷屏障。

③高:高贵。武:勇武。昭、穆:古代宗法制度,宗庙或墓地的辈次

排列,始祖居中,二世、四世、六世居于左,叫做昭;三世、五世、七世居于右,叫做穆。萧子良于齐高帝为昭,于齐武帝则为穆。

④惟:语助词。戚:亲属。

⑤公:仅次于王的爵位。因为始封,加"开国"二字。

⑥食邑:封地。因收取封地内住户的赋税而食,故称。

⑦奏课:奏上其为政的考绩。课,即考课,考核官吏的政绩。连最:即最连。得第一。

⑧越人:古代居住在今江浙闽粤一带的民族。巫:以装神弄鬼替人祈祷为职业的人。这里指信鬼神、好卜筮的巫风。

⑨化俗:改变旧有的风俗。

⑩篁(huáng)竹:竹林。李善注引《汉书》:"淮南王上书曰:'臣闻越处溪谷之间,篁竹之中。'"这里即指居住在深山僻岭之中的越人。酋(qiú):部落的首领。

⑪义让:仁义礼让。失险:谓不再凭险与朝廷对抗。

⑫邪:指若邪山,在会稽郡东南。叟:老人。西昃(zè):太阳西斜。《后汉书·循吏列传》载,刘宠拜会稽太守,在郡"简除烦苛,禁察非法,郡中大化"。后征为将作大匠,临行,山阴县有五六老叟,从若邪山谷间出,各带百钱送宠,忘将天晚而不返。

⑬龙丘:龙丘苌,隐士名。隐于会稽郡太末县,后所隐之山因以龙丘为名。《后汉书·循吏列传》载,任延任会稽都尉,"皆聘请高行如董子仪、严子陵等,敬待以师友之礼"。龙丘隐居太末,王莽时,四辅三公连连征召。均不予理睬。掾吏请任延召之。任延认为龙丘有原宪、伯夷之节,召之不可。于是遣功曹前往拜望,"修书记,致医药,吏使相望于道"。龙丘受到感动,一年后主动乘车到府求职。狭其东皋:以其东皋为狭,谓走出隐居之地出仕。东皋,田野或高地的泛称。代指隐居之地。阮籍《辞蒋太尉辞命奏记》:"方将耕于东皋之阳,输黍稷之税,以避当涂者

之路。"

⑭会：碰巧。武穆皇后：齐武帝后，姓裴名惠昭，萧子良之母。崩：古代帝王或王后死称"崩"。

⑮星言：谓早起而行，其时星星尚在天上。言，语助词。《礼记·奔丧》："唯父母之丧，见星而行，见星而舍。"

⑯泣血：《礼记·檀弓》："高子皋之执亲之丧也，泣血三年。"郑玄注："言泣无声，如血出。"

⑰水浆：汤水。《礼记·檀弓》："曾子谓子思曰：伋，吾执亲之丧也，水浆不入于口者七日。"

⑱至自禹穴：谓从会稽动身而至于都城。禹穴，在浙江绍兴会稽山，传为夏禹葬地。这里代指会稽。

⑲逮：及。衣裳：指居丧所穿的衣服。

⑳疚：内心痛苦。

㉑礼：指服丧之礼。屈：指减服。厌降：古代丧礼，子为母服三年丧服，其父尚在，则减服一年，称"厌降"。

㉒事：指重新出仕。权夺：因客观情势而被夺情。权，权宜之意，随事势而采取的适宜办法。夺，夺情。丧服未满而朝廷强令出仕，称为夺情。

㉓茹戚：犹言吞悲。茹，吃。戚，悲伤。肌肤：谓损其肌肤。

㉔疮距：创伤大。疮，创伤。距，大。《礼记·三年问》："创巨者其日久，痛甚者其愈迟。三年者，称情而立文，所以为至痛极也。"

㉕钟鼓：皆乐器名。乐云：即音乐。儒家以为可以移风易俗，曾为"六经"之一。云，语助词。本：根本，基础的东西。《论语·阳货》："子曰：'乐云乐云，钟鼓云乎哉？'"意思是：乐呀乐呀，仅是指钟鼓等乐器而说的吗？此本其意。

㉖缞（cuī）粗：即粗布之缞。缞，披于胸前的麻布条，广四寸，长六寸，服三年之丧者用之。隆：丰厚。杀（shài）：降等，减少。《荀

子·礼论》：“礼者……以隆杀为要。”李善注：“孙卿子曰：‘丧三年，何也？’曰：‘加隆焉。’故三年以为隆，缌小功以为杀。郑玄《礼记》注曰：‘有隆有杀，进退如礼。’《庄子》曰：‘本在于上，末在于下。要在于主，详在于臣。钟鼓之音，羽旄之容，乐之末；哭泣缞绖，隆杀之服，哀之末。’”

㉗丹阳尹：京师所在地的长官，相当于郡太守。

㉘良家：清白的人家。入徙：迁入境内。

㉙戚里：《史记·万石君列传》：“于是高祖召其姊为美人，以奋为中涓，受书谒，徙其家长安中戚里”。《索隐》：“于上有姻戚者皆居之，故名其里为戚里。”这里借指帝王外戚聚居之处。内属：本族亲属。

㉚政：指境内的政治状况。非一轨：谓情况复杂。轨，法。

㉛俗：风俗，习惯。备：包罗。五方：东、南、西、北、中。《礼记·王制》：“五方之民，言语不通，嗜欲不同。”

㉜宽明：宽厚贤明。

㉝简惠：简易恩惠。指为政不苛烦。

㉞神皋：指京都一带的良田。代指京畿地区。载：语助词。穆：和。

㉟毂（gǔ）下：即辇毂下，天子车驾近旁，谓京城。清：清平，太平。

【译文】

　　太祖即位，大封宗室藩王。公因为是同宗世系，既是亲属又很贤明。封闻喜县开国公，食邑一千户。又因所奏为政的考绩是最好的，进号冠军将军。越人信鬼神、好卜筮的巫风，因目睹良好风尚而有所改变；居住在深山僻岭中的部落首领，因感于仁义礼让而不再恃险作乱。若邪山的老人出山相送地方官而忘其天晚，龙丘苌也从隐居之地出来求仕。适逢武穆皇后去世，公早起奔丧，一路上极悲痛地哭泣。汤水不进一口，从会稽来到都城。后来脱下了丧服，但内心仍然十分悲痛。服丧之礼因厌降而减等，重新出仕则为夺情所迫。而强自吞悲损其肌肤，总是因巨大的创伤而沉痛不已。由此可知钟鼓并不是构成音乐的根本,粗布之缞也并不是表示丧礼丰厚还是降等的最重要的东西。重新任命为征虏将军、丹阳尹。良善人家纷纷迁入境内,外戚之家也都在此聚居。境内政治状况复杂,风俗习惯各种各样。公内心宽厚贤明,对外施政简易,广播恩惠。京师地区因而被治理得十分清和太平。

武皇帝嗣位①,进封竟陵郡王,食邑加千户。复授使持节、都督南徐兖二州诸军事、镇北将军、南徐州刺史。迁使持节、侍中、都督南兖徐北兖青冀五州诸军事、征北将军、南兖州刺史②。兖徐接壤,素渐河润③。未及下车④,仁声先洽⑤。玉关靖柝⑥,北门寝扃⑦。朝旨以董司岳牧⑧,敷兴邦教⑨。方任虽重⑩,比此为轻⑪。征护军将军⑫,兼司徒⑬,侍中如故。又授车骑将军⑭,兼司徒,侍中如故。即授司徒,侍中又如故。上穆三能⑮,下敷五典⑯。辟玄闱以阐化⑰,寝鸣钟以体国⑱。翼亮孝治⑲,缉熙中教⑳。夺金耻讼㉑,蹊田自嘿㉒。不雕其朴㉓,用晦其明㉔。声化之有伦㉕,繄公是赖㉖。庠序肇兴㉗,仪形国胄㉘。师氏之选㉙,允师人范㉚。以本官领国子祭酒㉛,固辞不拜㉜。八座初启㉝,以公补尚书令㉞。式是敷奏㉟,百揆时序㊱。夫国家之道㊲,互为公私㊳。君亲之义㊴,递为隐犯㊵。公二极一致㊶,爱敬同归㊷。亮诚尽规㊸,谋猷弘远矣㊹。又授使持节、都督扬州诸军事、扬州刺史,本官悉如故。旧惟淮海㊺,今则神牧㊻。编户殷阜㊼,萌俗繁滋㊽。不言之化㊾,若门到户说矣㊿。顷之(51),解尚书令,改授中书监(52),余悉如故。献纳枢机(53),丝纶允缉(54)。

【注释】

①嗣位:继位。

②侍中:官名。负责侍从天子,应对顾问。北兖:即兖州(今属山东)。

③素:平素,一向。渐:逐渐。河润:言恩泽及人,如河水之浸润土地。后用以比喻施恩于人。《庄子·列御寇》:"河润九里,泽及三族。"

④下车:到任。

⑤仁声:本指古代乐曲《雅》《颂》的演奏声。此指仁义的名声。洽:传遍。

⑥玉关:即玉门关,在今甘肃敦煌西北。这里泛指边关。靖:止息。柝(tuò):巡夜打更用的梆子。

⑦北门:比喻北方的重镇。寝:止息。扃(jiōng):从外面关门的门闩。

⑧朝旨:朝廷的旨意、意见。董司:指封疆大吏之职。董,督察。司,主持,掌管。岳牧:相传尧舜时有四岳、十二州牧分管政务和方国诸侯,合称岳牧。后用作封疆大吏的泛称。

⑨敷兴:传布,推广。邦教:国家的教化。

⑩方任:一方的重任。指南兖州刺史之职。

⑪此:指兴教化。

⑫征:召。

⑬司徒:官名。主管教化。东汉时为"三公"之一。

⑭车骑将军:高级武官名。

⑮穆:和睦。三能:星名。即三台。位北斗星下,分上台、中台、下台,共六颗,两两相对。古以之象征人事。

⑯敷:传布。五典:即五教。指父义、母慈、兄友、弟恭、子孝五种封建伦理道德。

⑰辟：开。玄闱：即玄门，玄妙之法门，谓佛教。《资持记上》："佛法深妙，有信得入，故曰玄门。"闱，宫中小门。阐化：开创教化。据《南齐书·竟陵文宣王子良传》，萧子良于永明五年(487)正式授予司徒职务后，"招致名僧，讲语佛法，造经呗新声"，以致形成了"道俗之盛，江左未有"的局面。其崇佛的目的，是为了劝化人民"向善"，以巩固其贵族的统治，故云"阐化"。

⑱寝鸣钟：谓息其击钟鼎食之盛，以崇尚节俭之道。寝，止息。鸣钟，即鸣钟而食。古代富贵之家，列鼎而食，食时击钟奏乐。张衡《西京赋》："若夫翁伯浊质张里之家，击钟鼎食，连骑相过，东京公侯，壮何能加。"体国：治理国家。

⑲翼亮：辅佐光大。孝治：以孝治天下。

⑳缉熙：光明。中教：中正平和的教化。

㉑夺金：这里泛指偷窃者。《吕氏春秋·先识览》："齐人有欲得金者，清旦，被衣冠，往鬻金者之所，见人操金，攫而夺之。吏搏而束缚之。问曰：'人皆在焉，子攫人之金，何故？'对吏曰：'殊不见人，徒见金耳。'"耻讼：以诉讼见官为羞耻。即偷窃者皆有羞耻自束之心。

㉒蹊田：践踏农田。李善注引《左氏传》："申叔时谓楚子曰：'牵牛以蹊人之田，而夺之牛，牵牛以蹊者，信有罪矣。而夺之牛，罚以重矣。'"自嘿(mò)：自己闭口不说话。谓有羞愧之心。嘿，同"默"。

㉓朴：质朴。

㉔用：以。晦其明：遮蔽其光明。

㉕声化：声威教化。伦：条理，顺序。

㉖繄(yì)：语助词。

㉗庠(xiáng)序：古代地方学校。这里泛指学校。《汉书·儒林传》："殷曰庠，周曰序。"肇兴：开始兴办。

㉘仪形：法式，模范。此谓以榜样教育国胄。国胄：王侯子弟。这

里泛指王侯及公卿大夫子弟。

㉙师氏:官名。掌管教育贵族子弟。

㉚允:用以。人范:人之模范。李善注引《法言》:"务学不如求师。师者,人之模范也。"

㉛本官:原已担任的官职。指司徒、侍中。领:兼任。国子祭酒:学官名。掌领太学、国子学及国子监所属各学。

㉜固辞:一再推辞。拜:授官。

㉝八座:封建王朝的高级官员。据《宋书·百官志》,南朝时以吏部尚书、祠部尚书、度支尚书、都官尚书、五兵尚书共五尚书和左、右二仆射、一尚书令为八座。启:设置。尚书机构魏晋以后发展迅速,但仍时有增损,据《南齐书·百官志》,尚书台还曾"无令,左仆射为台主,与令同",这时八座或始设齐全,故云"启"。

㉞补:委任。尚书令:中央执行政务的总机关尚书台长官,负责全面工作。

㉟式:用。是:这。敷奏:陈述奏进。这里指主管章奏文书之事。

㊱百揆(kuí):管理百事。时序:时间的先后。谓把各种事情处理得井井有条。

㊲国家:国与家。道:事理。指关于国与家之间关系的事理。

㊳互为公私:萧子良之父为皇帝,其父既代表国,也代表家,公中有私,私中有公,故云。

㊴义:道理。

㊵递:交替。指以皇帝看待萧颐时则"犯",以父亲看待萧颐时则"隐"。隐:谓不称扬其过。犯:谓犯颜而谏。《礼记·檀弓》:"事亲有隐而无犯……事君有犯而无隐。"

㊶二极:两端。指君亲。一致:谓忠孝合一。

㊷爱:谓事亲。敬:谓事君。《孝经·士章》:"资于事父以事母,而爱同;资于事父以事君,而敬同。"同归:谓同归君亲。

㊸亮诚:诚信,尽忠职守。尽规:尽心尽力为帝王谋划。规,谋划。

㊹谋猷(yóu):计谋。弘远:博大深远。

㊺淮:淮河。海:指黄海。扬州在淮河与黄海之间。

㊻神牧:即刺史。此谓其治理如神。州官称牧。

㊼编户:编入户籍的平民。即指境内居民。殷阜:富实。

㊽萌俗:民众。萌,通“氓”,百姓,黎民。繁滋:繁衍。这里为众多之意。

㊾不言之化:意指无为而治,使民自化。《庄子·知北游》:“夫知者不言,言者不知,故圣人行不言之教。”

㊿若:如。门到户说:挨家挨户地说教。李善注引《孝经》曰:“‘君子之教以孝,非家至而日见之。’郑玄曰:‘非门到户至而日见之。’”

(51)顷之:不久。

(52)中书监:中书省的长官。中书省为文书处理机关,因掌管机要,接近皇帝,地位比尚书省更为重要。

(53)献纳:建言以供采纳。枢机:朝廷的机要部门或职位。此指中书监之职。

(54)丝纶(lún):帝王诏书。这里指为帝王起草的诏书。《礼记·缁衣》:“王言如丝,其出如纶。”孔颖达疏:“王言初出微细如丝,及其出行于外,言更渐大如似纶也。”允缉:真实和美。允,信。缉,和。

【译文】

武皇帝继位后,进封竟陵郡王,食邑增加一千户。又任命为使持节、都督南徐兖二州诸军事、镇北将军、南徐州刺史。调任使持节、侍中、都督南兖徐北兖青冀五州诸军事、征北将军、南兖州刺史。兖、徐两州接壤,平素所施恩惠已广有影响。还未到任,仁义的名声先就传布开来。边关巡夜打更的梆子不再敲响,北门的门闩也停止使用。朝廷旨

意要以封疆大吏之身,来推广国内的教化。南兖州刺史的职位虽然重
要,比起这个重任来还是算轻的。于是召为护军将军,兼司徒,侍中之
职保留不变。又任命为车骑将军,兼司徒,侍中之职仍保留不变。正式
任命为司徒,侍中之职仍保留不变。对上和睦君臣,对下传布五教。大
兴佛教以开创教化,崇尚节俭之道以治理国家。辅佐光大以孝治天下
的大业,使中正平和的教化大放光明。夺人金者以诉讼见官为羞耻,践
人良田者自感理亏而默不作声。不雕琢修饰朴质的品格,以此遮蔽内
在的光明。声威教化能够推行得这样有条有理,实在是靠了公的努力。
学校开始兴办,要用好的榜样来教育贵族子弟。须选拔师氏之官,以为
人师并做出风范。于是以原任官职兼任国子祭酒,因一再推辞而未任
命。八座刚刚设置,以公出任尚书令。主管章奏文书之事,把各种事情
处理得井井有条,国与家之间关系,是互为公私。君与亲之间的道理,
是交替着隐犯。公能将君与亲结合一致,使爱与敬同归一处。以诚信
之心尽力为皇帝谋划,计谋既博大又深远。又任命为使持节、都督扬州
诸军事、扬州刺史。原所担任的官职一概保留不变。扬州过去在淮河、
黄海之间,今天成为此州州牧。境内居民殷富,人口众多。无为而治,
使民自化,就像挨家挨户地去劝说过。不久,解除尚书令的职务,重新
任命为中书监,其余官职保留不变。在这个重要岗位上建言以供采纳,
为皇帝起草的诏书真实而和美。

　　武皇晏驾①,寄深负图②。公仰惟国典③,俯遵遗托。俯
撤天伦④,踊绝于地⑤。居处之节⑥,复如居武穆之忧⑦。圣
主嗣兴⑧,地居旦奭⑨。有诏策授太傅⑩,领司徒,余悉如故。
坐而论道⑪,动以观德⑫。地尊礼绝⑬,亲贤莫贰⑭。又诏加
公入朝不趋⑮,赞拜不名⑯,剑履上殿⑰。萧傅之贤⑱,曹马之
亲⑲,兼之者公也。复以申威重道⑳,增崇德统㉑,进督南徐

州诸军事，余悉如故。并奏疏累上㉒，身殁让存㉓。

【注释】

①晏驾：去世。古人讳言帝王死亡，故云。应劭《风俗通义·丧祭》："天子当夜寝早作，身省万机，如今崩殒，则为晏驾矣。"

②负图：即负扆之图。扆，户牖间画有斧形的屏风，也称斧扆。天子朝诸侯，背扆南面而立，故称负扆。周武王死后，成王继位，因年幼，由周公代理朝政，相传曾怀抱成王负扆以朝诸侯，后人因图画其事。这里指齐武帝在太子死后立太子之子萧昭业为皇太孙，因太孙年幼，临死前令萧子良辅政之事。《孔子家语·观周》："孔子观乎明堂，睹四门墉有尧舜之容，桀纣之象，而各有善恶之状，兴废之诫焉。又有周公相成王，抱之负斧扆，南面以朝诸侯之图焉。"

③惟：思。国典：国家的典章制度。

④擗（pǐ）：抚心，捶胸。为悲极之状。天伦：谓父子之序。指武帝之丧。

⑤踊：顿足。《礼记·檀弓》："辟踊，哀之至也。"孔颖达疏曰："抚心为辟，跳跃为踊。"绝于地：倒在地上。

⑥居处：指日常起居。节：礼节。

⑦武穆：武穆皇后。忧：父母的丧事称忧。

⑧圣主：指郁林王萧昭业。嗣兴：继立。

⑨旦：周公名姬旦。奭（shì）：召公名姬奭，为周公得力助手。

⑩太傅：官名。位高，参预朝政，但不甚有实权。

⑪坐而论道：本指无固定职守，专门陪侍帝王议论政事的大臣。这里指萧子良身居高位，因之坐而论道，与百官不同。

⑫动以观德：谓其一举一动皆有德，为天下所观瞻。

⑬地：地位。绝：达于极点。

⑭亲贤：皇亲贤臣。贰：怀存不信任。

⑮趋：指小步快走，以表示恭敬。

⑯赞拜：古代臣下朝拜天子，司仪者在旁唱礼，唱礼时直呼朝拜者的姓名。不名：不直呼姓名，只称官职。

⑰剑履上殿：带剑穿鞋上殿。古时臣不能穿鞋带兵器上殿。入朝不趋，赞拜不名，剑履上殿，是给予萧子良的一种特殊礼遇。

⑱萧傅：指萧何，西汉初大臣。佐刘邦建立汉朝，刘邦赐带剑履上殿，入朝不趋。

⑲曹马：指曹真，曹操族子。明帝时，因抵御诸葛亮有功，迁大司马，赐剑履上殿，入朝不趋。

⑳道：指有道。谓政治清明。

㉑增崇：弘扬，尊崇。德统：以德化人的传统。

㉒累：多次，连续。

㉓殁：死。让存：所上让表还在。让表，大臣在加官后所表示谦让的奏章。

【译文】

武帝去世，临终以辅政重任深相寄托。公仰思国家典章制度，俯遵先帝临终嘱托。低头捶胸痛悼武帝去世，顿足不已终至哭倒于地。日常起居的礼节，同居武穆皇后之丧时的情形一样。郁林王继立，公居于周公、召公的地位。有诏策任命为太傅，兼司徒，其余官职保留不变。在朝坐而论道，一举一动皆有德，为天下人所观瞻。地位尊崇，礼遇隆盛，皇亲贤臣，对公没有不信任的。又下诏加公入朝不趋，朝拜时不直呼其名，可带剑穿鞋上殿。萧何之贤，曹真之亲，能够兼而有之者要算公了。又为了申扬朝威，表现对清明政治的推重，弘扬尊崇以德化人的传统，进督南徐州诸军事，其余官职保留不变。公一再上表推辞，身死之后这些让表还在。

天不慭遗①，梁岳颓峻②。某年某月日薨③，春秋三十有五④。诏给温明秘器⑤，敛以衮章⑥，备九命之礼⑦。遣大鸿胪监护丧事⑧，朝夕奠祭⑨，太官供给⑩，礼也⑪。故以恸极津门⑫，感充长乐⑬。岂徒舂人不相⑭，倾廛罢肆而已哉⑮！乃下诏曰："褒崇庸德⑯，前王之令典⑰。追远尊戚⑱，沿情之所隆⑲。故使持节、都督扬州诸军事、中书监、太傅、领司徒、扬州刺史、竟陵王、新除进督南徐州⑳，体睿履正㉑，神监渊邈㉒。道冠民宗㉓，具瞻惟允㉔。肇自弱龄㉕，孝友光备㉖。爰及赞契㉗，协升景业㉘。燮和台曜㉙，五教克宣㉚。敷奏朝端㉛，百揆惟穆㉜。寄重先顾㉝，任均负图㉞。谅以齐徽二南㉟，同规往哲㊱。方凭保祐㊲，永翼雍熙㊳。天不慭遗，奄见薨落㊴。哀慕抽割㊵，震动于厥心㊶。今先远戒期㊷，龟谋袭吉㊸。茂崇嘉制㊹，式弘风猷㊺。可追崇假黄钺、侍中、都督中外诸军事、太宰、领大将军、扬州牧㊻，绿綟绶㊼，具九锡服命之礼㊽。使持节、中书监、王如故。给九旒銮辂㊾，黄屋左纛㊿，辒辌车㉠，前后部羽葆鼓吹㉡，挽歌二部㉢，虎贲班剑百人㉣，葬礼一依晋安平献王孚故事㉤。"

【注释】

①不慭(yìn)：不愿，不肯。遗：留。《诗经·小雅·十月之交》："不慭遗一老，俾守我王。"意谓不肯留下一老臣，让他辅保国王。后碑文多以"天不慭遗"作为哀悼大臣之辞。

②梁：栋梁之材。喻肩负重任的人。此指萧子良。岳：山岳，指泰山。颓峻：坍塌其峻峰。《礼记·檀弓》："孔子蚤作，负手曳杖，消摇于门，歌曰：'泰山其颓乎？梁木其坏乎？哲人其萎乎？'"

③薨(hōng)：死。《礼记·曲礼》："天子死曰崩，诸侯曰薨，大夫曰卒，士曰不禄，庶人曰死。"

④春秋：谓享年。

⑤温明：古代葬器。《汉书·霍光金日䃅传》："光薨……赐金钱……东园温明。"服虔曰："东园处此器，形如方漆桶，开一面，漆画之，以镜置其中，以悬尸上，大剑并盖之。"秘器：棺材。

⑥敛：同"殓"，给死者穿着入棺。衮(gǔn)章：即衮服，为古代帝王及上公绣有龙形图案的礼服。

⑦九命：吕向注："九命谓一命受职，再命受服，三命受位，四命受器，五命受则，六命锡官，七命赐国，八命作牧，九命作伯。"

⑧大鸿胪：官名。掌赞拜礼仪之事。

⑨奠祭：设酒食以祭。

⑩太官：官名。掌金帛府藏之事。

⑪礼：此谓合于礼制。

⑫恸(tòng)：极度悲哀。极：充满。津门：东汉都城洛阳有十二门，西头门称津门，门有亭称津门亭。此借指建康城门。

⑬感：感恸，感伤悲恸。充：满。长乐：即长乐宫。此借指南齐宫殿。

⑭舂(chōng)：用杵臼捣谷类。相(xiàng)：舂谷时的号子声。《礼记·曲礼》："邻有丧，舂不相。"

⑮倾廛(chán)罢肆：谓市区尽皆停业，沉浸在悲痛之中。廛，居民区或商业区。肆，店铺。

⑯褒崇：褒扬尊崇。庸德：功德。庸，功劳。

⑰令典：美好的宪章法令。

⑱追远：谓追思亡者。尊戚，即尊属，亲属中的长辈。此指萧子良。

⑲沿情：谓因情所感。沿，因。

⑳故：死亡。除：任命。

㉑体：实行，实践。睿：通达，看得深远。履正：履行正道。

㉒神监：谓鉴别能力明察如神。监，通"鉴"，明察。渊邈：深远。

㉓冠（guàn）：第一。谓道德高尚。宗：尊仰。

㉔具瞻：都瞻着。具，全，都。允：诚信，真诚。

㉕肇：始。弱龄：少年。

㉖孝友：孝顺父母与友爱兄弟。光备：昭明具备。

㉗爰：语首助词。赞契：辅佐。谓出仕以辅佐朝廷。

㉘协：协同。景业：大业。

㉙燮和：调和，协和。台曜：即三台星。古以三台星象征三公，又以喻宰辅大臣。

㉚五教：即五典。克：得以。宣：传布。

㉛敷奏：陈述上奏。朝端：位居首席的朝臣。指担任尚书令的职务。

㉜百揆：百官。穆：和睦。

㉝先顾：即顾命，天子遗诏称顾命。这里指武帝临终前令萧子良辅政事。

㉞任均：担负。均，调和，调节。

㉟谅以：想必可以。徽：美，善。二南：《诗经》中有《周南》《召南》。此代指周公、召公。李善注引《毛诗序》曰："《关雎》《麟趾》之化，王者之风也，故系之周公。《鹊巢》《驺虞》之德，诸侯之风也，故系之召公。《周南》《召南》，正始之道，王化之基。"

㊱同规：同可作为法度准则。往哲：先哲，前贤。

㊲方：正。凭：凭借。保祐：庇护，扶助。

㊳翼：覆蔽，保护。雍熙：和乐貌。这里指和乐的政治局面。

㊴奄：忽。

㊵哀慕：悲哀思慕。抽割：如鞭抽刀割。

㊶厥：其。

㊷先远:谓占卜丧葬日先从远日起,此月下旬先卜来月下旬,不吉则卜中旬,又不吉则卜上旬,由远日而及近日。这样做是为了表示不急于求葬,以表孝心。《礼记·曲礼》:"丧事先远日。"戒期:即安葬之期。

㊸龟谋:谓谋及卜筮。龟寿命很长,古人以为灵物,灼龟甲以卜。袭吉:谓吉事相因袭,即占卜结果为吉兆。也作"习吉"。《尚书·金縢》:"乃卜三龟,一习吉。"

㊹茂崇:大力尊崇。嘉制:美好的制度。

㊺式:用。弘:弘扬。风猷(yóu):品格,道义。

㊻追崇:谓给死者赠官以示尊崇。假:借。此为授予之意。黄钺(yuè):钺为古代一种似斧的兵器,以黄金为饰者称黄钺,天子所用,后即作为帝王仪仗。大臣出师,有时假以黄钺以示威重。都督中外诸军事:为全国最高军事统帅。太宰:古官名。即百官之长。大将军:高级武官名。东汉时位在三公之上,多由贵戚担任。

㊼綟(lì):苍艾色。绶:丝带,常用来拴玉和印。古代常用不同颜色的丝带,来作为官吏身份等级的标志。

㊽九锡:古代帝王赐给大臣的最高礼遇。所赐九种器物,据《汉书·武帝纪》注引应劭说为:一车马,二衣服,三乐器,四朱户,五纳陛,六虎贲百人,七铁钺,八弓矢,九秬鬯。

㊾九旒(liú):旗名。天子之旌。銮辂(lù):天子之车。用天子之旗及车,为示亲重。

㊿黄屋:帝王车盖,因以黄缯为盖里,故名。左纛(dào):纛是帝王车上用旄牛尾或野鸡尾做的装饰物,因插在车衡的左边,故名。

(51)辒辌(wēn liáng)车:一种卧车。后以称丧车。有窗牖,闭之则温,开之则凉,故名之辒辌车。

(52)羽葆:仪仗名。以鸟羽为饰。《礼记·杂记》:"匠人执羽葆御枢。"孔颖达疏:"羽葆者,以鸟羽注于柄头,如盖,谓之羽葆。葆,谓盖也。"鼓吹:乐名。主要乐器有鼓、钲、箫、笳,本为军中之乐。

㊼挽歌:古人送葬时,执绋挽丧车前行的人所唱的哀悼死者的歌。

㊽虎贲(bēn):勇士。班剑:饰有花纹的木剑,用作仪仗。

㊾一:一概,全都。安平献王孚:即司马孚,司马懿弟,仕魏为司空、太尉、太傅。晋武帝即位,封安平王,邑四万户。泰始八年(272)卒,时年九十三,谥献。诏丧事皆依汉东平献王苍故事。故事:先例。

【译文】

　　老天不肯把公留下,栋梁泰山突然崩塌毁坏。某年某月某日去世,享年三十五岁。下诏赐给温明棺木,身着衮服装殓,施以九命之礼。派遣大鸿胪监护丧事,早晚奠祭,祭品由太官供给,这是合于礼的。为此极度悲哀弥漫津门,感伤悲恸充满长乐。哪里只是春谷的人停止了喊号子,市民都停止了工作而沉浸在悲痛之中呢!于是下诏说:"襃扬尊崇功德,是先王实行的美好典章。追思亡者,尊崇长辈,因情所感而隆之。已故使持节、都督扬州诸军事、中书监、太傅、兼司徒、扬州刺史、竟陵王、新任进督南徐州,实行睿智,履行正道,有着深远的鉴别能力。道德高尚,人民尊仰,全都向其看齐,态度十分真诚。从少年时代起,孝顺父母、友爱兄弟的美德就已昭明具备。及至出仕辅佐朝廷,协力襄助大业,使之蒸蒸日上。协调大臣公务,五教得以传布。在首席大臣的位置陈述奏进,百官之间和和睦睦。先帝临终遗诏托以重任,担负起了辅政职责。想必可与周公、召公所体现的德化并美,可与这些前贤所体现的法度同辉。正要凭借这种力量以获取庇护,永保和乐安宁的局面。谁知老天不肯把公留下,忽然间就远离而去。悲哀思慕犹如鞭抽刀割,内心受到极大震动。现在占卜安葬的日期,先占卜较远的日子,谋诸卜筮以获取吉兆。尽心尊崇美好制度,以此大力弘扬道义。可追崇假黄钺、侍中、都督中外诸军事、太宰、兼大将军、扬州牧,绿绶绶,备九锡服命之礼。使持节、中书监、王保留不变。给九旒之旗，銮辂之车，黄屋左纛，辒辌车，前后部羽葆鼓吹，挽歌二部，虎贲班剑百人，葬礼完全按照晋安平献王司马孚的先例办理。"

公道识虚远①，表里融通③。渊然万顷③，直上千仞④。仆妾不睹其喜愠⑤，近侍莫见其倾弛⑥。他人之善，若己有之。民之不臧⑦，公实贻耻⑧。诱接恂恂⑨，降以颜色⑩。方于事上⑪，好下规己⑫。而廉于殖财⑬，施人不倦⑭。帝子储季⑮，令行禁止⑯。国网天宪⑰，置诸掌握⑱。未尝鞠人于轻刑⑲，锢人于重议⑳。人有不及，内恕诸己㉑。非意相干㉒，每为理屈㉓。任天下之重㉔，体生民之俊㉕。华衮与缊绪同归㉖，山藻与蓬茨俱逸㉗。良田广宅，符仲长之言㉘。邙山洛水㉙，协应叟之志㉚。丘园东国㉛，锱铢轩冕㉜。乃依林构宇㉝，傍岩拓架㉞。清猿与壶人争旦㉟，缇幕与素濑交辉㊱。置之虚室㊲，人野何辨㊳。高人何点㊴，蹑屩于钟阿㊵；征士刘虬㊶，献书于卫岳㊷。赠以古人之服㊸，弘以度外之礼㊹。屈以好事之风㊺，申其趋王之意㊻。乃知大春屈己于五王㊼，君大降节于宪后㊽，致之有由也㊾。

【注释】

①道识：道德识见。虚远：虚空深远。

②融通：融会贯通。

③渊然：深貌。

④仞：长度单位。古代以七尺或八尺为一仞。

⑤愠(yùn)：心里怨恨，生气。

⑥倾:倾斜。此谓不能端坐。弛:松弛。此谓精神懈怠。

⑦民:人。不臧:不善。

⑧贻(yí):留。李善注引《尸子》:"见人有过,则如己有过。"

⑨诱接:引接,进见。恂恂(xún):恭顺貌。《论语·乡党》:"孔子于乡党,恂恂如也,似不能言者。"

⑩颜色:谓恭顺和悦的表情。

⑪方:方正不苟。事上:侍奉皇帝。

⑫好下:喜欢下级。规:规谏。

⑬殖财:资财。

⑭施:施舍,给予。

⑮帝子:皇帝之子。谓萧子良为齐武帝之子。储季:太子之弟。萧子良为文惠太子之弟。

⑯令行禁止:有令即行,有禁即止。

⑰国网:国家的刑律。网,喻其严密。天宪:朝廷的法令。

⑱置:放置。

⑲未尝鞫人于轻刑:谓人有轻刑者宽而不问。鞫,讯问,审讯。

⑳锢:执。重议:犹言重刑。议,议罪。

㉑恕:宽容。

㉒非意:意料之外。相干:互相干扰、触犯。

㉓理屈:以理相屈,即以理进行说服。

㉔任:担负。

㉕体:亲近。生民:人民。俊:才智出众者。

㉖华衮(gǔn):代指富贵者。华,言其灿烂多彩。衮,古代上公之服。缊绪(yùn zhù):以麻质粗布所做的衣服,为贫贱者所穿。代指贫贱者。同归:谓都归附竟陵文宣王。

㉗山藻:即山节藻棁。按古礼为天子的庙饰。山节,雕成山形的斗拱。藻棁,画着水草的梁上短柱。蓬茨:茅草屋,为贫贱者所居。

㉘符仲长之言:谓萧子良也有这样的志愿,说过类似的话。仲长,
即仲长统,字公理。性倜傥,敢直言,每州郡征召,即称疾不就。
《后汉书·仲长统传》曰:"欲卜居清旷,以乐其志,论之曰:'使居
有良田广宅,背山临流,沟池环匝,竹木周布,场圃筑前,果园
树后。'"

㉙邙山:即北邙山,在今河南洛阳城北。洛水:水名。流经洛阳。

㉚协:符合。应叟:即应璩,字休琏,应场之弟。其《与程文信书》
云:"欲求远田,在关之西,南临洛水,北据邙山。托崇岫以为宅,
因茂林以为荫。"

㉛丘园:多指隐居之所。《周易·贲》:"贲于丘园。"孔颖达疏:"丘
谓丘墟,园谓园圃,唯草木所生,是质素之处,非华美之所。"东
国:古代齐、鲁等国因位于东方,称东国。鲁为周公所封,以之为
大,故举之。李善注:"以东国若丘园,轻轩冕犹锱铢者。"

㉜锱铢(zī zhū):锱、铢皆为古代重量单位,一说六铢为一锱,四锱
为一两,因以喻轻微、细小。轩冕:卿大夫的轩车和冕服,以喻官
位爵禄。

㉝宇:屋宇。

㉞拓架:拓宽险隘之处以架屋。

㉟清猿:鸣声清越的猿。壶人:掌管漏刻的人。壶,指漏壶,古代计
时器,用铜制成,也叫漏刻、铜漏。争旦:清猿与壶人皆有声,谓
其竞鸣如相争以待天晓。

㊱缇(tí)幕:橘红色的帐幕。素濑:白色的流水。濑,湍急之水。

㊲虚室:空室。

㊳人:指贵人。野:野人。指乡野之人、农夫。

㊴高人:超世俗的人。指隐士。何点:字子皙。隐居建康(今江苏
南京)东离门下望之墓侧。《南齐书·高逸传》曰:"永明元年,征
中书郎。豫章王命驾造门,点从后门逃去。竟陵王子良闻之,

曰：'豫章王尚不屈，非吾所议。'遗点嵇叔夜酒杯、徐景山酒枪以通意。"

㊵ 蹑：踩，穿着。屩(juē)：用麻、草做的鞋。李善注引虞孝敬《高士传》："何点常蹑草屩，时乘柴车。"钟阿：即今江苏南京紫金山间。钟，钟山。阿，山的转弯处。

㊶ 征士：曾被征聘而辞不就职者，称征士。刘虬(qiú)：字灵预。豫章王为荆州牧，曾辟为别驾，致书礼请，回书拒绝。萧子良致书通意，虬也回书应酬。事见《南齐书·高逸传》。

㊷ 献书：指刘回书事。卫岳：即衡岳，衡山。为刘虬所居之处。

㊸ 古人之服：服，指服用之物。萧子良送给何点嵇叔夜酒杯、徐景山酒枪，皆为古人曾服用之物，故云。《三国志·魏书·毛玠传》："太祖平柳城，班所获器物，特以素屏风素冯几赐玠，曰：'君有古人之风，故赐君古人之服。'"

㊹ 弘：大。度外：法度之外。即不按常礼。

㊺ 屈：谓折节相从。好事之风：胡克家《文选考异》："袁本、茶陵本'事'作'士'，是也。"好士之风，指当时权贵好与隐士交往的风气。

㊻ 申：表明。趋：小步快走。

㊼ 大春：即井丹，字大春。通五经，善谈论，性清高，不与王侯交往。建武(25—56)末，沛王刘辅等五王居北宫，皆好宾客，一再遣人请丹，皆不能致。信阳侯阴就，为兴烈皇后之弟，"以外戚贵盛，乃诡说五王，求钱千万，约能致丹，而别使人要劫之"。丹不得已，只得往见。事见《后汉书·逸民列传》。

㊽ 君大：即荀恁，字君大。降节：犹折节，谓降低身份。宪后：即东平宪王刘苍，光武帝之子，永平元年(58)授骠骑将军。李善注引《东观汉记》："永平中，骠骑将军东平宪王苍辟恁署祭酒，敬礼焉。后朝会，上戏之曰：'先帝征君不至，骠骑辟而来，何也？'对曰：'先帝

秉德惠下，臣故不来。骠骑将军执法检下，臣故不敢不来。'"

㊾由：原因。

【译文】

公道德识见虚空深远，表里融会贯通。深如万顷碧水，直上千仞云空。仆妾不曾见过公有喜怒之色，近侍没谁见过公有身姿倾斜、精神懈怠的时候。别人的长处，就像是自己所有。别人有不好的地方，公觉得是自己留下了耻辱。耐心地加以引接教导，一脸非常恭顺和悦的表情。侍奉皇帝方正不苟，喜欢下级对自己提出规谏。清廉不好钱财，施舍接济别人却十分热心。身为皇帝之子、太子之弟，能够有令即行，有禁即止。国家刑律朝廷法令，都在自己掌握之中。但人有轻刑者宽而不问，议人罪名时不执其重刑。别人有做不到的地方，常在内心予以宽容。出乎意料的触犯，常用道理去进行说服。担负治理天下的重任，亲近人民中的俊杰之士。穿着华美衮服和麻布粗衣的人都前来归附，住在山节藻棁与茅房草屋中的人一样感到舒适。良田广宅，符合仲长统说过的话。邙山洛水，与应璩所表达过的志向一致。视东国犹如丘墟园囿，视轩冕犹如锱铢小利。于是靠着树林构造屋宇，傍着山岩建起屋架。鸣声清越的猿猴同掌管漏刻的人争迎天明，橘红色的帐幕同白色的急流交映生辉。置身虚室空堂之中，贵人同乡野之人实在难以分辨。高人何点，穿着麻鞋在钟山中接受了馈赠；征士刘虬，从衡岳把书信献上。以古人服用之物相赠，把法度之外的礼节弘扬。折节相随好士之风，表明内心的趋王求见之意。才知大春委屈自己去见五王，君大降低身份去见东平宪王，能够招致他们都是事出有因的。

　　其卉木之奇^①，泉石之美，公所制《山居四时序》^②，言之已详。文皇帝养德东朝^③，同符作者^④，爰造九言^⑤，实该百行^⑥。导衿缋于未萌^⑦，申炯戒于兹日^⑧。非直旦暮千载^⑨，故乃万世一时也^⑩。命公注解^⑪，卫将军王俭缀而序之^⑫。

山宇初构⑬，超然独往⑭。顾而言曰⑮："死者可归⑯，谁与入室⑰？"尚想前良⑱，俾若神对⑲。乃命画工图之轩牖⑳，既而缅属贤英㉑，傍思才淑㉒。匹妇之操㉓，亦有取焉。有客游梁朝者㉔，从容而进曰："未见好德㉕，愚窃惑焉。"即命刊削㉖，投杖不暇㉗。公以为出言自口，骥騄不追㉘。听受一谬，差以千里。所造箴铭㉙，积成卷轴㉚。门阶户席㉛，寓物垂训㉜。先是震于外寝㉝，匠者以为不祥，将加治葺㉞。公曰："此天谴也㉟，无所改修，以记吾过，且令戒惧不怠㊱。"从谏如顺流，虚己若不足㊲。至于言穷药石㊳，若味滋旨㊴。信必由中㊵，貌无外悦㊶。贵而好礼，怡寄典坟㊷。虽牵以物役㊸，孜孜无怠㊹。乃撰《四部要略》《净住子》㊺，并勒成一家㊻，悬诸日月㊼。弘洙泗之风㊽，阐迦维之化㊾。大渐弥留㊿，话言盈耳。黜殡之请(51)，至诚恳恻(52)。岂古人所谓立言于世(53)，没而不朽者欤(54)！易名之典(55)，请遵前烈(56)。谨状。

【注释】

①卉木：草木。

②《山居四时序》：今仅存残篇，文云："西园多士，平台盛宾。邹、马之客咸在，伐木之歌屡陈。是用追芳昔娱，神游千古，故亦一时之盛事。"

③文皇帝：文惠太子萧长懋，字云乔，齐武帝长子，早卒。萧昭业即位后，追尊为文皇帝。养德：涵养道德。东朝：即东宫。

④同符作者：谓同为作者，有所著述。同符，古代用符契作为凭证，因称事情相同为同符。

⑤爰：句首语气词。造：作。九言：文惠太子九言今不存。李善注：

"《竟陵王集》有《皇太子九言》,言德,言贤,言亲,言生,言静,言昭,言真,言节,言义。"

⑥实:同"寔",是。该:完备,包括。百行(xíng):多方面的品行。

⑦衿缡(jīn lí):衿,衣襟。缡,古时女子出嫁时所系的佩巾。这里谓九言可书之以佩于衿带,以作引导。李善注:"于衿结缡也。《仪礼》曰:'女嫁,母施衿结帨曰:勉之敬之。'"未萌:事情未发生之前。

⑧申:表明,申述。炯戒:明白的鉴戒。兹日:此日,今世。谓行于今世。

⑨非直:不只是。旦暮千载:谓极其难得,一千年才有这么一个时候。下句"万世一时"同此。旦暮,朝夕。此谓一时。

⑩故:原本。

⑪命公注解:李善注:"《竟陵王集》有《皇太子九言注解》。"按,其注今不存。

⑫王俭:字仲宝。齐武帝时任侍中、尚书令,位终中书监。缀:谓连缀字句以成文章。李善注:"《竟陵王集》云:卫将军王俭为《九言序赞》。"其序赞今不存。

⑬山宇:建于山间的别墅。构:建造。

⑭超然:高超脱俗貌。

⑮顾:回头。此谓回头对山中屋宇而言。

⑯死者:指"前良"。可归:谓假如可归。归,再生。

⑰谁与入室:谓前贤众多,不知应当与谁一起共入此室。谁与,与谁。

⑱尚想:崇尚怀念。前良:前代贤人。

⑲俾(bǐ):使。

⑳画工:从事绘画的人。图:画。之:指所缅怀的前贤。轩牖(yǒu):窗户。

㉑既而:不久,接着。缅属:遥想。贤英:德才杰出的人。

㉒才淑:才能优秀的人。淑,美好。

㉓匹妇:吕向注:"列女,亦图画也。"封建社会中称所谓重义轻生、有节操的妇女为列女。吕向认为匹妇即指列女,也是画工图画的对象。

㉔梁朝:张铣注:"梁朝谓梁孝王,好贤,今假设有客游梁朝者以发后词。"梁孝王名刘武,汉文帝之子,封于梁。曾招延四方名士,枚乘、邹阳等都曾投其门下。

㉕未见好德:《论语·子罕》:"子曰:'吾未见好德如好色者也。'"此隐用其意。因看见所画的列女之图,故有此言。

㉖刊削:削除。古代书写用竹简木札,有所修改,即予削除。这里指将列女图刮掉。

㉗投杖:扔掉手杖。为诚惶诚恐之状。李善注引《礼记》:"子夏丧其子而丧其明,弟子吊之。子夏曰:'天乎,予之无罪。'曾子怒曰:'丧尔亲,使人未有闻。丧尔子,丧尔明,汝何无罪?'子夏投其杖而拜之。"不暇:没有空闲,来不及。

㉘骥骤(jì lù)不追:李善注引《邓析书》曰:"一言而非,驷马不能追;一言而急,驷马不能及。"骥骤,良马。

㉙箴(zhēn):一种陈述劝诫的文体。铭:古代熔铸或者刻在器物上,用来记事或颂德的文体。

㉚卷轴:古代帛书或纸书,因用轴卷束,故称卷轴。

㉛阶:台阶。户:门。席:供坐卧铺垫的用具。

㉜寓物:寄物,谓寄情意于物。垂训:垂示于人的训诫。

㉝震:谓雷击。外寝:外屋。

㉞治葺(qì):修理。

㉟谴:责备,责问。

㊱戒惧:警戒恐惧。

㉗虚己:犹言虚心。若不足:谓接受别人规谏常觉不满足。

㊳穷:穷究。药石:本指药物,后用以比喻规诫之言。

㊴味:尝。滋旨:美味。

㊵信:信从。此谓接受别人的规谏。中:衷心,内心。

㊶貌无外悦:谓表情严肃。是一种认真听取意见的姿态。

㊷怡:和悦,愉快。典坟:三坟五典的省称,皆古书名。这里泛指古
　代文化典籍。

㊸牵:牵累。物役:为外物所役使。指为世务所牵缠。

㊹孜孜:勤勉不怠貌。

㊺撰:编集,著述。《四部要略》:共一千卷,今佚。是萧子良召集学
　士,抄五经、百家,依《皇览》体例编集而成。《净住子》:为佛学著
　作,《隋书·经籍志》著录二十卷,今佚。李善注引《净住序》:“所
　谓净住,身口意身絜意如戒而住,故曰净住。子者,绍继为义。
　以沙门净身口七支,不起诸恶,长养增进菩提善根,如是修习,成
　佛无差,则能绍续三世佛种,是佛之子,故云净住子。”

㊻勒:雕刻。一家:一家之言。

㊼悬诸日月:谓能传之后世,如日月悬天,永垂不朽。

㊽洙泗:二水名。古时二水自今山东泗水县北合流西下,至曲阜
　北,又分为二水,洙水在北,泗水在南。春秋时为鲁国地,孔子居
　于其间,教授弟子,后人因以洙泗代称儒家。

㊾阐:阐发,说明。迦维:古天竺国名。为佛祖释迦牟尼出身之地,
　因引申指佛祖。

㊿大渐:病危。弥留:病重濒死的时刻。

○51黯殡之请:言其死前对自己言行尚有不足之憾。黯殡,将灵柩停
　于旁室而不是停于正堂。李善注引《韩诗外传》曰:“昔卫大夫史
　鱼,病且死,谓其子曰:‘我数言蘧伯玉之贤,而不能进;弥子瑕不
　肖,而不能退。死不当居丧正堂,殡我于室足矣。’卫君问其故,

子以父言闻君。召蘧伯玉而贵之,弥子瑕退之,徙殡于正堂,成礼而后去。”

(52)恳恻:诚恳痛切。

(53)立言:创立学说。

(54)没:通“殁”,死亡。不朽:《春秋左传·襄公二十四年》:“太上有立德,其次有立功,其次有立言。虽久不废,此之谓不朽。”

(55)易名:为死者立谥。此谓易本名而改称其谥。《礼记·檀弓》:“公叔文子卒,其子戍请谥于君曰:‘日月有时,将葬矣,请所以易其名者。’”典:典礼,仪式。

(56)前烈:前贤。

【译文】

别墅周围的草木之奇、泉石之美,公在所作的《山居四时序》中,已描述得十分详细。文皇帝在东宫涵养道德,同为作者,所作九言,内容叙述了多方面的品行。可书之佩于衿带以警醒于事情尚未发生之前,申述明白的鉴戒以行于今世。这不仅是千载难逢的时候,实也是万世难得的事情。让公为之作了注解,卫将军王俭又为之写了序言。山间别墅刚修成时,以超然脱俗的姿态独自前往。回头说道:“死者如能还魂复归,我同谁一起进入此屋呢?”崇尚怀念前代贤人,使前贤就好像在精神上同自己相对一样。于是让画工将前贤形象画在窗户上,接着遥想才德杰出之士,同时思念那些才能优秀的人。匹妇的志节品行,自觉也有可取之处,因此也画了列女图。有一个客游梁朝的人,不慌不忙地进言说:“没看到喜好德行的人,我感到迷惑不解。”于是让人把列女图削除,忙不迭地丢掉手杖,接受批评。公以为如果有错话从自己口中说出,骥騄也不能再将其追回。而听信一句错误的话,则会差之毫厘失之千里。所制作的箴铭之文,积成了卷轴。门阶户席,都寄寓深意写成训诫之言。此前外屋因雷击造成破坏,匠人觉得不吉利,打算加以修理。公却说道:“这是天老爷责备我,不用改修,好让我记住自己的过失,还可使自己随时警戒惶惧,不致懈怠。"听从别人劝告就像顺流而下,态度虚心总像不能满足。以致对别人的规诫之言要追根究底,就像在品尝什么美味一样。接受别人意见必定出自内心,脸上看不到有喜悦的表情。地位尊贵而讲究礼节,对三坟五典寄予了浓厚的兴趣。虽然被繁杂的世务所牵累,却勤勉刻苦毫不懈怠。于是编著了《四部要略》《净住子》,一并雕刻成一家之言,可悬诸日月,永垂不朽。既弘扬了洙泗之风,又阐明了迦维之化。病危弥留之际,所说的话充盈于耳。关于黜殡的请求,异常诚恳痛切。这难道不就是古人所谓立言于世,可以死而不朽吗!易名立谥的典仪,请按照前贤的规矩办理。谨以此状上呈。

吊文

贾谊

见卷第十三《鵩鸟赋》作者介绍。

吊屈原文一首 并序

【题解】

吊，一种追悼死者、致辞抒慨的文体。《吊屈原文》一作《吊屈原赋》，《史记》《汉书》的《贾谊传》均载。文前有序，为后人所加，字句根据本传而略有不同。贾谊因年少有才，针对时弊提出了一系列改革政治的建议，得到汉文帝器重，一年内由博士升任太中大夫。而这样一来，却招致朝中大臣谮毁，被外调为长沙王太傅。赴任途中，经过湘水，凭吊了屈原的自沉之处，悼古伤今，因而写下了这篇作品。作品继承《楚辞》"香草美人"的传统，连用许多比喻，对屈原的不幸遭遇表示了深切同情，对迫害屈原的邪恶势力表示了深沉愤慨。由于贾谊的遭遇同屈原有不少共同之处，因此作品既是悲悼屈原，也是悲悼自己。"使骐骥可得系而羁兮，岂云异夫犬羊"等语，还表达了作者不肯屈从于邪恶势力的气节，这同屈原的伟大人格和斗争精神是一脉相承的。本文是现存汉代表达"士不遇"主题的第一篇作品，对后来的同类之作产生了一定影响。

谊为长沙王太傅①，既以谪去②，意不自得。及渡湘水③，为赋以吊屈原。屈原,楚贤臣也。被谗放逐,作《离骚》赋,其终篇曰:"已矣哉④!国无人兮,莫我知也⑤。"遂自投汨罗而死⑥,谊追伤之,因自喻。其辞曰:

【注释】

①长沙:秦置郡名。汉初于其地建长沙国,治临湘(今属湖南),封吴芮为长沙王。太傅:官名。诸侯王太傅,对诸侯王尽辅导之责,但无任事之权。

②以:通"已"。谪:贬官。王傅的官职并不比太中大夫小,但因是王国之官,且无实权,故云。去:离去。此指离开长安。

③湘水:水名。在今湖南境内,北流入洞庭湖。

④已矣哉:犹言"算了吧"。

⑤莫我知:即莫知我,没有人理解我。屈原《离骚》原文为"国无人莫我知兮"。

⑥汨(mì)罗:水名。为湘江支流。

【译文】

贾谊做长沙王太傅,被贬谪离京后,心中快快不乐。等到渡湘水,作了一篇赋以吊屈原。屈原,是楚国的贤臣。被别人说了坏话,遭到放逐,作了一篇《离骚》赋,篇末写道:"算了吧!国内没有人啊,没有人能够理解我。"于是自投汨罗江而死。贾谊追伤此事,并用以自喻。其辞云:

恭承嘉惠兮①,俟罪长沙②。侧闻屈原兮③,自沉汨罗。造托湘流兮④,敬吊先生。遭世罔极兮⑤,乃殒厥身⑥。呜呼哀哉⑦!逢时不祥。鸾凤伏窜兮⑧,鸱枭翱翔⑨。阘茸尊显兮⑩,谗谀得志⑪。贤圣逆曳兮⑫,方正倒植⑬。世谓随、夷为溷兮⑭，谓跖、跻为廉⑮。莫邪为钝兮⑯，铅刀为铦⑰。吁嗟默默⑱，生之无故兮⑲！斡弃周鼎⑳，宝康瓠兮㉑。腾驾罢牛㉒，骖蹇驴兮㉓。骥垂两耳㉔，服盐车兮㉕。章甫荐履㉖，渐不可久兮㉗。嗟苦先生，独离此咎兮㉘！

【注释】

①恭：敬。承：承受，接受。嘉惠：美好的恩惠。此指皇帝的任命。

②俟罪：待罪。此指做官。

③侧闻：侧耳而闻，含有对屈原恭敬的意思。

④造：到。托湘流：谓把吊文托付湘流，即将吊文投入湘水之中。

⑤罔极：谓混乱无常。罔，无。极，准则。

⑥殒厥身：谓丧命。指屈原之死。厥，其。

⑦呜呼哀哉：祭吊文中常用来哀叹的词语。

⑧伏窜：逃避隐匿。

⑨鸱枭(chī xiāo)：猫头鹰，古人以为不祥之鸟，用以比喻恶人。

⑩阘(tà)茸：比喻不才之人。阘，小门。茸，小草。

⑪谗：进谗之人。谀：阿谀奉承的人。

⑫逆曳：倒拖着走，即不能顺正道而行。

⑬方正：品行方正的人。倒植：同"倒置"，谓位置颠倒，应居高位者反而屈居下位。

⑭随：卞随，夏末商初人。传说商汤要把天下让给他，他认为可耻，竟投水而死。夷：伯夷，商末孤竹国君长子。因与弟叔齐互让君位而出逃。后反对周武王发兵灭商，武王不听，遂愤而不食周粟，饿死于首阳山。二人在古代被目为贤士。溷(hùn)：污浊。

⑮跖(zhí)：春秋时鲁人。跻：庄跻，战国时楚人。二人都是反对统治者的平民领袖，在古代被诬称为盗，成为坏人的代名词。

⑯莫邪(yé)：古代宝剑名。传为名匠干将与其妻莫邪所铸。

⑰铅刀:铅质的刀,一割之后即难再使用。铦(xiān):锋利。

⑱吁嗟:叹词。默默:不得志貌。

⑲生:即"先生",指屈原。无故:谓无故而遇祸。

⑳斡(wò)弃:抛弃。斡,转。周鼎:相传夏禹铸九鼎,以像九州,后来又成为周的传国鼎,被目为国宝。

㉑宝:看成宝物。康瓠(hù):空壶,破瓦器。

㉒腾驾:即驾。罢(pí):疲劳,衰弱。

㉓骖(cān):古代驾车的马,除在中间驾辕的两匹外,再加的马匹称"骖"。这里即驾车之意。蹇(jiǎn):跛足。

㉔骥:良马。垂两耳:吃力的样子。

㉕服盐车:服,拉车。《战国策·楚策》:"夫骥之齿至矣,服盐车而上太行……中阪迁延,负辕不能上。"后"骥服盐车上太行"成为古代常用俗谚,比喻有才能的人被糟蹋。

㉖章甫:殷代的一种礼帽。荐履:草鞋。

㉗渐:渐进,逐渐。李善注:"冠当加首而以荐履,到上为下,故渐不可久也。"

㉘离:同"罹",遭受。咎:灾祸。

【译文】

恭敬地接受美好的恩惠啊,待罪长沙。侧耳听说屈原啊,自己沉入了汨罗。来到这里把吊文托付湘流啊,敬吊先生。碰上了混乱无常的世道啊,以致失去了他的生命。呜呼哀哉!竟碰上这么个不吉祥的时候。鸾凤逃避隐匿啊,鸱枭高高地翱翔。小门小草既尊且显啊,进谗阿谀的人昂扬得志。贤圣被倒拖着走啊,方正之士被颠倒安置。世人认为卞随、伯夷污浊不清啊,却说盗跖、庄蹻是廉洁之士。莫邪被说成钝剑啊,铅刀被认为很锋利。哎呀只有俯首低眉沉默不语,先生竟无故碰到了这样的祸患啊!周鼎被抛弃,破瓦器被当成宝物啊。驾起了疲牛,套起了跛驴啊。良马垂着两耳,吃力地拉着盐车啊。礼帽被当成了草鞋,渐渐地不可能支持多久啊。哎呀真真地苦了先生,怎么就偏偏碰上了这样的灾难啊!

　　讯曰①:已矣! 国其莫我知兮②,独壹郁其谁语③? 凤漂漂其高逝兮④,固自引而远去⑤。袭九渊之神龙兮⑥,沕深潜以自珍⑦。俪蝹獭以隐处兮⑧,夫岂从虾与蛭蟥⑨? 所贵圣人之神德兮,远浊世而自藏。使骐骥可得系而羁兮⑩,岂云异夫犬羊⑪? 般纷纷其离此尤兮⑫,亦夫子之故也⑬。历九州而相其君兮⑭,何必怀此都也⑮。凤凰翔于千仞兮⑯,览德辉而下之⑰。见细德之险征兮⑱,遥曾击而去之⑲。彼寻常之污渎兮⑳,岂能容夫吞舟之巨鱼? 横江湖之鳣鲸兮㉑,固将制于蝼蚁㉒。

【注释】

①讯:告。楚辞体例,赋末再概括一段,屈原《离骚》用"乱曰"二字引起。"讯曰"即相当于"乱曰"。

②其:语助词。

③壹郁:同"抑郁",忧闷之意。谁语:对谁说。

④漂漂:同"飘飘",高飞貌。

⑤固:本来。自引:自己引退。

⑥袭:深藏。九渊:九重之渊,指极深的渊。《庄子·列御寇》:"夫千金之珠,必在九重之渊,而骊龙颔下。"神龙:古以龙为神物,故称。

⑦沕(mì):潜藏貌。自珍:自己珍惜自己,保护自己不遭侵害。

⑧俪(miǎn):背离,远离。蝹(xiāo):一种像鳄鱼的水中动物。獭(tǎ):水獭,一种食鱼的小兽。隐处:隐居。

⑨虾:指蛤蟆。蛭(zhì):蚂蟥,一种吸血动物。螾:同"蚓",蚯蚓。

⑩使:假使。骐骥:皆良马。系:拴住。羁:马笼头。此谓给马套上笼头。

⑪云:语助词。

⑫般:通"斑",纷乱貌。离:同"罹",遭遇,陷入。尤:过失。

⑬夫子:指屈原。

⑭历:走遍。九州:指各国。相:辅佐。君:指贤君。

⑮此都:指楚国郢都。

⑯千仞:指高空。仞,七尺,一说八尺。

⑰德辉:道德的光辉。此指贤君。

⑱细德:卑劣的品德。此指无德之君。险征:危险的征兆。此谓有加害之意。

⑲曾:高。击:双翅击空,也即腾飞之意。

⑳寻常:古代以八尺为寻,十六尺为常。污渎(dú):死水沟。

㉑鳣(zhān):一种大鱼。

㉒制:受制,被欺负。蝼蚁:蝼蛄和蚂蚁。《庄子·庚桑楚》:"吞舟之鱼,砀而失水,则蚁能苦之。"贾谊《惜誓》:"神龙失水而陆居兮,为蝼蚁之所裁。"

【译文】

尾声:算了吧! 国内没有人理解我啊,独自抑郁能对谁把心事诉说? 凤凰展翅高高地飞走了啊,本是自己引退而远远离去。潜藏在九重深渊的神龙啊,深深地潜藏以自我珍惜。远离蜎和水獭以隐居啊,哪还会同蛤蟆及蚂蟥蚯蚓在一起? 所可贵的是圣人神圣的德行啊,远离污浊尘世而善自潜藏。假如骐骥能把它拴起来套上笼头,那岂不是同犬羊没什么两样? 在一片混乱中落下这个过失啊,也是由于夫子你自己的缘故。走遍九州以辅佐贤君啊,何必苦苦恋着这个郢都。凤凰翱翔在千仞高空啊,见有德行的光辉才肯下来。一见德行卑劣有危险的征兆啊,就搏击长空高飞远去。那宽不过寻常的死水沟啊,岂能容吞得下船的大鱼? 横行在江湖之中的鱣鲸啊,此时自然要受制于蝼蛄和蚂蚁。

陆士衡

见卷第十六《叹逝赋》作者介绍。

吊魏武帝文一首 并序

【题解】

魏武帝,即曹操。曹操生前只称魏王,曹丕称帝后,追尊为太祖武皇帝。建安二十五年(220)春正月,曹操病逝于洛阳(今属河南),享年六十六岁。临终前留下遗令,主要对如何安排他的后事作了具体安排。元康八年(298),陆机在秘阁看到了这篇遗令,有感而作了这篇吊文。吊文肯定了曹操的统一功绩和豪情壮志,对曹操的病逝备极同情,抑塞悲怨,溢于言表,其中也可能寄托着作者个人的身世之感。吊文认为曹操临终前的所作所为与其平生叱咤风云的雄姿极不相称,并叙写了曹操死后对其遗令的执行情况,流露出讽刺意味和惋惜之情。陆机之后,罗隐、司马光、苏轼等人也都对曹操临终留情于"分香卖履"之事持贬抑态度。其实,曹操临终不忘情于儿女私情,正体现了他往往率性而为并不矫情自饰的个性特征,是其人之常性的自然流露,并不值得大惊小怪。序文叙写有致,虽长而耐读,吊文却不免有繁杂之累。《文心雕龙·哀吊》评此文说:"陆机之吊魏武,序巧而文繁。"颇中肯綮。

元康八年①,机始以台郎出补著作②,游乎秘阁③,而见魏武帝遗令,怆然叹息伤怀者久之④。客曰:"夫始终者⑤,万物之大归⑥;死生者,性命之区域⑦。是以临丧殡而后悲⑧,睹陈根而绝哭⑨。今乃伤心百年之际⑩,兴哀无情之地⑪,意者无乃知哀之可有⑫,而未识情之可无乎?"机答之曰:"夫日食由乎交分⑬,山崩起于朽壤⑭,亦云数而已矣⑮。然百姓怪焉者,岂不以资高明之质而不免卑浊之累⑯,居常安之势而终婴倾离之患故乎⑰?夫以回天倒日之力而不能振形骸之内⑱,济世夷难之智而受困魏阙之下⑲。已而格乎上下者藏于区区之木⑳,光于四表者翳乎纤尔之土㉑。雄心摧于弱情㉒,壮图终于哀志㉓。长算屈于短日㉔,远迹顿于促路㉕。呜呼!岂特瞽史之异阙景㉖,黔黎之怪颓岸乎㉗!观其所以顾命冢嗣㉘,贻谋四子㉙,经国之略既远㉚,隆家之训亦弘㉛。又云:'吾在军中,持法是也。至小忿怒、大过失,不当效也。'善乎,达人之谠言矣㉜。持姬女而指季豹㉝,以示四子曰:'以累汝。'因泣下。伤哉!曩以天下自任㉞,今以爱子托人。同乎尽者无余㉟,而得乎亡者无存。然而婉娈房闼之内㊱,绸缪家人之务㊲,则几乎密与㊳!又曰:'吾婕好妓人㊴,皆著铜爵台㊵。于台堂上施八尺床、繐帐㊶,朝晡上脯糒之属㊷。月朝十五㊸,辄向帐作妓㊹。汝等时时登铜爵台,望吾西陵墓田㊺。'又云:'余香可分与诸夫人。诸舍中无所为㊻,学作履组卖也㊼。吾历官所得绶㊽,皆著藏中㊾。吾余衣裘㊿,可别为一藏,不能者,兄弟可共分之。'既而竟分焉。亡者可以勿求[51],存者可以勿违[52],求与违不其两伤乎[53]?悲夫!爱有大而必失[54],恶有甚而必得[55]。智惠不能去其恶[56],

威力不能全其爱。故前识所不用心⑤⑦，而圣人罕言焉⑤⑧。若乃系情累于外物⑤⑨，留曲念于闺房⑥⑩，亦贤俊之所宜废乎！"于是遂愤懑而献吊云尔⑥①。

【注释】

①元康八年：即298年，陆机时年三十八岁。元康，晋惠帝司马衷年号，291—299年。

②台郎：晋时称尚书郎为台郎。补：委任官职。著作：著作郎的省称。

③秘阁：国家藏书籍和档案的地方。

④忾（xì）：叹息声。

⑤始终：指生死。这里偏用"终"义。《孔子家语·本命解》："孔子对曰：'……故命者，性之始也；死者，生之终也。有始则必有终矣。'"

⑥大归：最后归宿。

⑦区域：犹言范围。

⑧临丧殡：来到停枢之处。谓向死者吊祭。

⑨陈根：隔年的枯草。《礼记·檀弓》："曾子曰：'朋友之墓，有宿草而不哭焉。'"郑玄注："宿草谓陈根也。"绝哭：不再哭泣。意谓死之已久，就不再哭泣了。

⑩百年：曹操死于220年，距陆机写此文的时间不到八十年，这里系举其成数而言。

⑪无情之地：谓秘阁不是丧殡之所，不是生悲动情的地方。

⑫意者：估计，猜测。者，语助词。无乃：莫非，岂不是。

⑬日食：即日蚀。交分：这是古人对于日蚀的解释。交，指日月相会。分，指日月分离。

⑭朽壤：古有山崩由于土壤朽坏的说法。

⑮数:天命,命运。

⑯资:凭。高明:指日。质:本质,实体。卑浊:指日蚀。

⑰常安之势:指山。婴:遭逢。倾离之患:指山崩。

⑱回天倒日:谓具有强大的力量。倒日,拨转太阳。《淮南子·览冥训》:"鲁阳公与韩构难,战酣日暮,援戈而㧑之,日为之反三舍。"振:奋起,振作。形骸:人的形体、躯壳。

⑲夷难:平定战乱。魏阙:古代宫门外的阙门,为悬布法令的地方。这里代指朝廷。

⑳已而:最后。格乎上下:谓其功劳巨大,上至于天,下至于地。此指曹操。格,至,到。上下,指天地。区区之木:指棺木。区区,小的意思。

㉑光于四表:即"光被四表",谓光辉普照四方。此指曹操。四表,四方以外的地方。翳:掩盖。蕞(zuì)尔之土:指坟墓。蕞尔,小貌。

㉒弱情:此谓疾病。

㉓壮图:壮志。哀志:此谓将死。

㉔长筭:高超的谋略。筭,同"算"。短日:谓寿命短促。

㉕远迹:远大的功绩。迹,功业。顿:困。促路:指短促的人生历程。

㉖特:只,只是。瞽(gǔ):目盲。此指乐官。古代乐官多以瞽者为之。史:太史,史官。这里专指史官,古代史官兼掌天文历法之事。异:惊异。阙景:指日蚀。阙,残缺。景,日光。

㉗黔黎:百姓。颓岸:指山崩。古以自然变异象征人事,日蚀、山崩被认为是灾祸的预兆。因而感到惊怪。

㉘顾命:临终时的嘱咐。冢嗣:长子。此指曹丕。冢,大。

㉙贻:留下。谋:这里指所交代的事情。四子:指曹植、曹彰等人。曹操之子除曹丕外尚不只四人,但临死时或只四人在旁。

㉚经国:治理国家。

㉛隆:兴盛。弘:大。这里是“远”的意思。

㉜达人:明智通达之人。谠(dǎng)言:正直之言。

㉝姬女:妾所生之女。李善注引《魏略》:“太祖杜夫人,生沛王豹及高城公主。”据此,则“姬女”指高城公主。季豹:幼子曹豹。按,据《三国志·魏书·武文世王公传》,杜夫人所生沛穆王名林,建安十六年(211)即已封饶阳侯。非曹操幼子。而曹操临终以年幼相托者为赵王幹。裴松之注引《魏略》:“遗令语太子曰:‘此儿三岁亡母,五岁失父,以累汝也。’”此子为陈妾所生,陈死后由王夫人养之。诸说不同,录以备考。

㉞曩(nǎng):往昔。

㉟同:谓与“尽者无余”的情形相同,即也碰上了这样的情况。尽:指死亡。无余:谓人一死,则一切俱无余存。下句意同此。李善注:“言人命尽而神无余,身亡而识无存,今太祖同而得之,故可悲伤也。郑玄《礼记》注曰:‘死,言精神尽也。’”

㊱婉娈:缠绵貌。房闼(tà):房屋。闼,门内。

㊲绸缪(móu):情意殷勤貌。

㊳几:近。密:细密,仔细。

㊴婕妤(jié yú):宫中女官,汉武帝时置。妓人:歌舞艺人。

㊵著:安置。铜爵台:即铜雀台,曹操建安十五年(210)筑于邺城(今河北临漳西南)。

㊶施:安置。繐(suì)帐:设在灵前的用稀疏麻布制作的幔帐。

㊷朝晡(bū):早晨和下午。脯:干肉。糒(bèi):干饭。之属:之类。

㊸月朝:每月初一。

㊹辄:就。作妓:表演音乐歌舞。

㊺西陵:即高陵,因在邺城西,故名。

㊻诸舍:各房,指众妾。无所为:没事做。

㊼作:编织。履组:有丝带饰物的鞋。组,丝带。

㊽绶:丝带,用来拴玉和印。

㊾藏(zàng):柜子一类储存物件的器具。

㊿裘:皮衣。

51亡者:指曹操。求:指嘱咐收藏衣裘事。

52存者:指曹丕兄弟。违:指未听从"可别为一藏"的嘱咐。

53两伤:李善注:"令衣裘别为一藏,是亡者有求也。既而竟分焉,是存者有违也。求为吝而亏廉,违为贪而害义,故曰两伤。"

54大:谓深沉、深厚。李善注:"言爱是情之所厚,故虽大而必失之。恶是行之所秽,故虽甚而必得之。故智惠不能去其恶,威力不能用其爱,故可悲也。"

55恶(wù):讨厌,不喜欢。

56惠:通"慧"。

57前识:指有先见的人。

58圣人:指孔子。罕言:很少谈到。按《论语·子罕》:"子罕言利与命与仁。"从上文"爱有大而必失,恶有甚而必得"两句看来,陆机或认为这是命运在作怪,因此"圣人罕言"恐指"命"而言。

59情累:感情上的牵累。

60曲念:婉曲缠绵的情念。

61愤懑:这里是郁闷、烦闷的意思。

【译文】

　　元康八年,陆机开始以尚书郎的身份出任著作郎,出入秘阁,看到了魏武帝临终前所作的遗令,叹息感伤了很久。有客人说道:"始终,这是万物最后的归宿;死生,这是性命所在的区域。所以到了停枢之处后就会悲伤,看到墓地隔年的枯草就不会再哭泣。现在你在魏武帝死后百年伤心,在这不该产生悲痛的地方悲痛,想来莫非知道悲哀在停枢之处可以具有,而不知道此后感情可以没有吗?"陆机回答说:"日食的发生是由于日月的交会分离，高山崩塌是由于土壤朽坏，这不过是命运罢了。然而老百姓之所以感到惊怪，难道不是因为太阳凭着高明的资质却仍不免于卑浊的牵累，高山巍峨居常安之势最后还是碰上了倾倒分崩灾祸的缘故吗？有着回天倒日的力量却不能在形骸之内振作，有着匡时救世、平定战乱的智慧却在魏阙之下受困。最后功劳巨大通天达地的人藏身于窄窄的棺木之中，光辉普照四方的人被掩埋在小小的坟丘之内。雄心被疾病所摧折，壮志因将死而终结。高超的谋略被短促的寿命所屈，远大的功绩被短促的人生所困。唉！岂止是瞽史对太阳的缺蚀感到惊异，老百姓对高山的崩塌感到奇怪呢！观察魏武帝临终时对长子曹丕的嘱咐，对四个儿子留下的交代，不仅离治理国家的谋略差得很远，离隆盛家道的教训也差得很远。又说：'我在军中，依法办事是对的。至于发的小脾气、出的大过失，不应当学习。'好啊，这是一个明智通达的人所说的话。抱着妾所生的女儿，指着小儿子曹豹，对着四个儿子说：'让他们拖累你们了。'于是流下眼泪来。可悲呀！以前以天下为己任，现在把爱子托付别人。人一死什么也不会剩下，现在的情形正与此相同；人一死什么也不会留存，现在正碰上了这样的情况。然而情意缠绵于内房之中，殷勤留意于家人事务，则是有些过于仔细了！又说：'我的婕妤和歌舞艺人，都安置在铜雀台。在台上正堂中放一张八尺长的床，挂上灵幔，早晚供上干肉、干饭之类的祭品。每月初一和十五，就向着灵帐表演音乐歌舞。你们要经常登上铜雀台，看望我的西陵墓田。'又说：'剩下的熏香可分给诸位夫人。各房的人没有事做，可以学着编织有丝带饰物的鞋卖。我一生做官所得的绶带，都放到柜子中。我遗留的衣物、皮衣，可放到另一个柜子中，不行的话，你们兄弟可一起分掉。'过后竟都分掉了。要死的人可以不这样要求，活着的人可以不这样违背死者的要求，而现在不该要求的要求了，不该违背的违背了，这不是两方面都有了缺陷吗？可悲啊！爱这种感情虽然深厚却必然失掉，讨厌这种感情虽然过分却必然得到。智慧不能除去讨厌这种感情，威力不能保全爱这种感情。所以有先见之明的人不在爱恶问题上用心,圣人也很少提起这个问题。像这样感情受外物的牵累,把委曲缠绵的情念留在闺房之中,即使是贤俊之士也是应当加以避免的吧!"于是怀着郁闷的情绪献上了这篇吊文。

　　接皇汉之末绪①,值王途之多违②。伫重渊以育鳞③,抚庆云而遐飞④。运神道以载德⑤,乘灵风而扇威⑥。摧群雄而电击,举勍敌其如遗⑦。指八极以远略⑧,必翦焉而后绥⑨。厘三才之阙典⑩,启天地之禁闱⑪。举修网之绝纪⑫,纽大音之解徽⑬。扫云物以贞观⑭,要万途而来归⑮。丕大德以宏覆⑯,援日月而齐晖⑰。济元功于九有⑱,固举世之所推⑲。

【注释】

①皇:大。末绪:指末世。

②值:遇。王途:指国家政治的道路。违:悖谬,不正。

③伫:久立,停留。重渊:九重之渊。鳞:指龙。古代传说,龙常潜伏在深渊里。古代又常称皇帝即位前为潜龙。

④抚:摸。这里是依托的意思。庆云:一种五色云,古以为祥瑞之气。遐飞:远飞,高飞。

⑤载:行。

⑥扇:播,显示。

⑦勍(qíng):强,劲。如遗:像抛掉东西一样。

⑧八极:八方极远的地方。远略:谓建立武功于远方。

⑨翦:剪除,消灭。绥:安抚。

⑩厘:整理。三才:指天、地、人。阙:同"缺"。典:制度。

⑪启：开。禁闱：本指宫禁之中。闱，宫中小门。这里指不能随便通行的"天门"，以喻不合理的典章制度。

⑫举：重新提起。修网：长网。网，影宋钞本《陆机集》作"纲"，近是。纲，指国家的纲纪。绝纪：断绝了的纲纪。

⑬纽：结。大音：高尚的音乐。这里指演奏高尚音乐的乐器，以喻礼乐。徽：琴徽，系琴弦的绳子。琴徽解散，谓礼崩乐坏。

⑭云物：天象云气。李善注："喻群凶也。"贞观：这里指清明的政治。《周易·系辞》："天地之道，贞观者也。"孔颖达正义："谓天覆地载之道，以贞正得一，故其功可为物之所观也。"

⑮要（yāo）：拦截。万途：指各地的割据势力。来归：归之于己，谓统一了北部中国。

⑯丕：扩大。大德：这里指最高的品德。《周易·系辞》："天地之大德曰生。"宏：广大。覆：庇荫。

⑰援：持，伴随。

⑱济：成。元功：首功，大功。九有：九州。此指全国。

⑲推：推崇，佩服。

【译文】

承接汉朝的末世，正碰上国家政治多有悖谬的时候。停留在九重深渊中以培育龙鳞，伴随着庆云而远举高飞。运用神道以施行德政，乘着灵风而广播声威。摧毁群雄就像电闪雷击，消灭强敌犹如抛弃东西。面向八方极远之地以建立武功，必定在消灭强敌后再施行安抚。整理天地间所缺失的典章，打开天地间曾禁止通行的门户。重新提起国家断绝了的纲纪，结上乐器上解散了的琴徽。扫除群凶以实现清明的政治，拦截万途以使各方势力来归。扩展大德以广为庇荫，伴随日月与之同放光辉。在九州成就伟大的功业，所以得到了全世间的推崇感佩。

彼人事之大造①，夫何往而不臻②。将覆篑于浚谷，挤为山乎九天③。苟理穷而性尽④,岂长筭之所研⑤?悟临川之有悲⑥,固梁木其必颠⑦。当建安之三八⑧,实大命之所艰⑨。虽光昭于曩载⑩,将税驾于此年⑪。惟降神之绵邈⑫,眇千载而远期⑬。信斯武之未丧⑭,膺灵符而在兹⑮。虽龙飞于文昌⑯,非王心之所怡⑰。愤西夏以鞠旅⑱,溯秦川而举旗⑲。逾镐京而不豫⑳,临渭滨而有疑。冀翌日之云瘳㉑,弥四旬而成灾㉒。咏归途以反旆㉓,登崤渑而朅来㉔。次洛汭而大渐㉕,指六军曰念哉㉖!

【注释】

①人事:人力所能及的事。大造:大功劳。

②臻:至。

③"将覆篑(kuì)"二句:此谓曹操雄心很大,想建立大功,就像从深谷倒土堆山一直要堆到九天一样。覆篑,倒一筐土。谓堆土成山从倒一筐土开始。篑,盛土的器具。《论语·子罕》:"子曰:'譬如为山,未成一篑,止,吾止也,譬如平地,虽覆一篑。进,吾往也。'"浚谷,深谷。挤,借作"跻",登,升高。

④理穷而性尽:这里谓事物的义理、人的本性都已穷究。《周易·说卦》:"穷理尽性,以至于命。"孔颖达正义:"穷极万物深妙之理,究尽生灵所禀之性。"

⑤长筭:高超的谋略。筭,同"算"。研:这里谓曹操虽有雄心和谋略,却无法虑及其死亡。

⑥临川:孔子曾在川上看到水流不停,不禁感叹道:"逝者如斯夫,不舍昼夜。"事见《论语·子罕》。

⑦梁木:栋梁之木。颠:倒下。孔子临死时唱歌,其中有句云:"泰山其颓乎?梁木其坏乎?哲人其萎乎?"事见《礼记·檀弓》。

⑧三八：即汉献帝建安二十四年(219)。

⑨大命：天命，上天赋予的权力和使命。艰：谓曹操得病，行使权力和政令发生困难。

⑩光：人生的光辉。曩载：过去的年代。

⑪税(tuō)驾：解卸驾车的马。车卸了马，不再乘坐，即指曹操死去。

⑫降神：此指曹操。《诗经·大雅·崧高》："维岳降神，生甫及申。"绵邈：远貌。

⑬眇：远。

⑭信：诚然。斯武：这一武功、功业。丧：消灭。《论语·子罕》："子畏于匡，曰：'文王既没，文不在兹乎？天之将丧斯文也，后死者不得与于斯文也；天之未丧斯文也，匡人其如予何？'"这里仿其句意，用"斯武"指曹操所建的赫赫功业。

⑮膺：受，当。灵符：上天的符命。曹植《大魏篇》："大魏应灵符，天禄方甫始。"在兹：在此。指曹操。

⑯龙飞：喻帝王即位。文昌：殿名。郦道元《水经注·漳水》："魏武封于邺为北宫，宫有文昌殿。"

⑰怡：高兴。

⑱西夏：指刘备。曹植《述征赋》："恨西夏之不纲。"鞠：告，即誓师的意思。旅：军队。

⑲溯秦川：指建安二十四年(219)三月，曹操率军自长安(今陕西西安)溯渭水西行，出斜谷(在今陕西眉县西南)以伐刘备事。溯，逆流而上。秦川，陕西渭水南北两岸，沃野千里，因为是秦的故地，称秦川。这里指渭水。举旗：行军作战之意。

⑳逾：越。镐京：周代都城，在今陕西西安西。这里代指长安。不豫：不愉快，帝王有病的代称。《尚书·金縢》："王有疾，弗豫。"

㉑冀：希望。翌(yì)日：第二天。瘳(chōu)：病愈。

㉒弥：长，久。这里是经历的意思。成灾：指病重。

㉓咏：咏叹，长声叹息。反斾（pèi）：指还军。建安二十四年十月，曹操回到洛阳（今属河南）。斾，旌旗。

㉔崤（xiáo）渑：崤山和渑池。崤山，在今河南洛宁北，西北接河南三门峡市陕州区界，东接河南渑池县界。揭（qiè）来：去来，偏用"来"义。

㉕次：到。洛汭（ruì）：洛水弯曲处。此指洛阳。大渐：病危重。

㉖六军：古代天子有六军。这里指曹操率领的军队。念哉：《尚书·大禹谟》："禹曰：'於！帝念哉！德惟善政，政在养民。'"帝念哉，谓舜帝要想想益说过的话。这里指曹操临死前对军士的教导嘱咐。

【译文】

要用自己的力量去建立大功劳，没有什么目的不能达到。倒一筐土进深谷之中，堆土成山一直要堆到九天。假如事物的义理、人的本性都已穷究，死亡岂是高超的谋略所能思虑？明白了在江边看到水不停地流何以会产生悲叹，栋梁之木本来也必然有倾倒的一天。建安二十四年这一年，行使权力和使命发生了困难。虽然人生的光辉夺目于过去的年代，这一年却将把驾车的马解卸到一边。天降神灵的时间非常遥远，出一个圣人要一千年长的时间。诚然这一功业不会消失，在这里接受了上天的符命。虽然龙从文昌殿飞升了起来，但并不是王内心所高兴的事情。愤恨刘备因而誓师出兵，沿渭水溯流而上把战旗高举。越过镐京感到不舒服，来到渭水边产生了疑虑。希望第二天就能够病愈，过了四十天却大病成灾。长声叹息挥师踏上归途，登上崤山径直向东而来。回到洛阳病情转向沉重，指着六军把心中话嘱托安排。

　　伊君王之赫弈①，寔终古之所难②。威先天而盖世，力荡海而拔山③。厄奚险而弗济④，敌何强而不残。每因祸以褆福⑤，亦践危而必安。迄在兹而蒙昧⑥，虑噤闭而无端⑦。委躯命以待难⑧，痛没世而永言⑨。抚四子以深念，循肤体而颓叹⑩。迨营魄之未离⑪，假余息乎音翰⑫。执姬女以嚬瘁⑬，指季豹而濯焉⑭。气冲襟以呜咽，涕垂睫而汍澜⑮。违率土以靖寐⑯，戢弥天乎一棺⑰。

【注释】

①伊：发语词。赫弈：盛大貌。谓曹操功劳盛大。

②寔：同"实"。终古：永远。

③"威先天"二句：张铣注："先天，谓威势为天下所先，而才德盖遍于当世。荡，动也。言勇气一鼓，动海拔山也。"

④厄：困境，灾难。奚：何。弗济：不能度过或克服。

⑤禔（zhī）：安。

⑥兹：这时。蒙昧：此谓疾重不晓事。

⑦噤闭：这里指开口说话困难。

⑧委：弃。难：灾难。此指死。

⑨没世：死。《论语·卫灵公》："君子疾没世而名不称焉。"永言：长言。此指临死前为身后事叮嘱不已。

⑩颓叹：此谓悲思昏倒。

⑪迨：及。营魄：魂魄。

⑫假：借，趁着。音翰：声音、翰墨。此指发表遗令。

⑬嚬（pín）：皱眉。瘁：悲伤。

⑭濯（cuǐ）：涕泣。

⑮睫：眼毛。汍（wán）澜：泪流貌。

⑯违：离开。率土：指一统天下。《诗经·小雅·北山》："率土之滨，莫非王臣。"靖寐：安眠。此指死去。靖，通"静"。

⑰戢(jí)：收敛。弥天：满天。此指天大的志向。

【译文】

　　君王盛大的功业，要达到实在永远都很艰难。威势为天下所先而才德盖于当世，勇力足可摇动大海掀动大山。困厄算什么危险而不能度过，敌人算什么强大而不能消灭。常因祸患而得到安福，步入艰危必定转危为安。到今天病重变得昏昧，担心无故开口说话都很困难。抛弃生命等着死亡来到的一天，悲痛将死而不住倾吐叮嘱之言。抚摩着四个孩子深深地眷念，抚摩来抚摩去悲痛得昏倒一边。趁着魂魄还没有离开躯体，趁着还有一口气赶紧留下遗言。拉着幼女皱眉悲伤，指着幼子豹涕泪涟涟。气冲衣襟呜咽不止，泪垂睫毛流满颜面。离开一统天下永远安眠，把天大志向收起带进棺材里边。

　　咨宏度之峻邈①，壮大业之允昌②。思居终而恤始③，命临没而肇扬④。援贞咎以甚悔⑤，虽在我而不臧⑥。惜内顾之缠绵⑦，恨末命之微详⑧。纡广念于履组⑨，尘清虑于余香⑩。结遗情之婉娈，何命促而意长。陈法服于帷座⑪，陪窈窕于玉房⑫。宣备物于虚器⑬，发哀音于旧倡⑭。矫戚容以赴节⑮，掩零泪而荐觞⑯。物无微而不存⑰，体无惠而不亡⑱。庶圣灵之响像⑲，想幽神之复光⑳。苟形声之翳没㉑，虽音景其必藏㉒。徽清弦而独奏㉓，进脯糒而谁尝。悼缥帐之冥漠㉔，怨西陵之茫茫。登爵台而群悲，眝美目其何望㉕。既睎古以遗累㉖，信简礼而薄葬㉗。彼裳绂于何有㉘，贻尘谤于后王㉙。嗟大恋之所存，故虽哲而不忘㉚。览遗籍以慷慨㉛，献兹文而凄伤。

【注释】

①咨:叹。宏度:宏大的气度。峻邈:高远。

②壮:惊叹大业的壮伟。允:诚然。昌:昌盛。

③居终:处在临终的时候。恤:忧虑。始:身后事的开始。指死后马上就要办的一些事情。

④肇:开始。扬:发扬。此指说明身后需要办的事情。

⑤援:引。贞:正道。指"持法是也"之类。咎:罪过,过失。指"小忿怒,大过失"之类。惎(jì)悔:教人悔悟。指以自己的得失成败作为教材教导曹丕等人。惎,教。

⑥我:指曹操自己。臧:善。

⑦内顾:指对于家事的顾念。

⑧末命:遗命。微详:细致详明。

⑨纡(yū):萦绕。广念:《艺文类聚》《太平御览》作"家人"。

⑩尘:烦劳之意。清虑:清明的思虑。

⑪法服:礼法规定的标准服,即礼服。这里指曹操穿过的礼服。

⑫陪:指姬妾陪侍。窈窕:美好貌。指曹操的姬妾。玉房:华美的房屋。指铜雀台。

⑬宣:布置。备物:一应齐备的物品。指曹操生前用过的诸多日用物品。虚器:虚设的器物。

⑭旧倡:旧时的歌妓。

⑮矫:举。这里是"带着"的意思。戚容:悲伤的表情。赴节:按着节拍歌舞。

⑯荐:进献祭品。觞:酒器。代指酒。此指向灵帐进酒。

⑰物:指曹操生前用过的物品。无微:没有哪一件轻微的物品。

⑱惠:通"慧",智慧。

⑲庶:希望。圣灵:指曹操。响像:声音形貌。

⑳幽神:指曹操。

㉑翳没：隐没。

㉒景：同"影"，身影。李善注："音以应声，景以随形，形声咸已翳没，影响故亦必藏也。"

㉓徽：弹奏。清弦：指筝、瑟之类的弦乐器。独奏：谓无人欣赏。

㉔冥漠：晦暗。

㉕眝（zhù）：远望。

㉖睎（xī）古：想慕古人。指想慕古人的薄葬之风。曹操《终令》："古之葬者，必居瘠薄之地。其规西门豹祠西原上为寿陵，因高为基，不封不树。"遗累：免除牵累。因厚葬不免被盗，故云。

㉗信：实在。简：简化，减省。

㉘绂（fú）：系官印的丝带，即绶。

㉙贻：留。尘谤：世俗和谤议。

㉚哲：贤哲。

㉛遗籍：指曹操的遗令。

【译文】

感叹宏大的气度如此高远，惊异伟大的功业确实昌盛。在临终时忧虑即将开始的身后事，在生命将要完结时把身后事加以说明。援引自己的得失成败对孩子进行教育，即使是我也有做得不好的事情。可惜对家事的顾念是那样悱恻缠绵，只恨遗令中的嘱咐是如此细致详明。广博的思念为履组所萦绕，清明的思虑为余香而烦劳。留下的一腔情意是那样殷勤深挚，生命何以这样短促而情意却是那样深长。生前穿过的礼服放在帷座之上，姬妾像过去那样陪侍在旁。虚设着生前用过的诸多日用物品，旧时的歌妓在哀婉地歌唱。带着悲戚的表情按着节拍歌舞，擦着眼泪把酒供上。物品没有哪一件不轻微却都存放在这里，人体都有智慧却没有哪一个不死亡。希望能再现圣灵的声音形貌，企想幽神能重现容光。假如形貌声音都已隐没，音响身影也就必然隐藏。弹奏乐器无人欣赏，供上干肉干饭有谁品尝。哀悼灵帐是那样晦暗不明,怨恨西陵是那样迷迷茫茫。登上铜雀台众人无不悲痛,纵目远望却不知望到何方。既已想慕古人免得留下牵累,确实省简礼仪实行了薄葬。那皮衣绶带能算得了什么,反给后王留下了谤议的对象。可叹对人生家人都存着眷念,所以即使贤哲也不能够淡忘。读着遗令感到慷慨异常,献上这篇吊文内心实在凄伤。

祭文

谢惠连

见卷第十三《雪赋》作者介绍。

祭古冢文一首　并序

【题解】

祭文是一种追悼哀痛死者的文体，有着浓厚的感情色彩，一般在祭奠时宣读。这篇祭文写于宋文帝元嘉七年(430)，其时谢惠连任司徒彭城王刘义康法曹参军。刘义康修治东府城，在护城壕中发现一座古坟，为之改葬，命惠连写了此文。此文在写作上颇受曹植《髑髅说》影响，命意并不新颖，但写得较有情致，文字简妙可诵，故《宋书》本传称"其文甚美"。张溥《汉魏六朝百三家集题辞》也说："《谢法曹集》，文字颇少，惟《祭古冢文》简而有意。曹子建伏轼而问髑髅，辞不逮也。"

东府掘城北堑^①，入丈余，得古冢^②。上无封域^③，不用砖甓^④，以木为椁^⑤，中有二棺，正方^⑥，两头无和^⑦。明器之属^⑧，材瓦铜漆^⑨，有数十种，多异形，不可尽识。刻木为人，长三尺，可有二十余头。初开见，悉是人形，以物柸拨之^⑩，应手灰灭^⑪。棺上有五铢钱百余枚^⑫，水中有甘蔗节，及梅李核瓜瓣^⑬，皆浮出^⑭，不甚烂坏。铭志不存，世代不可得而知也。公命城者改埋于东冈⑮,祭之以豚酒⑯。既不知其名字远近,故假为之号曰冥漠君云尔⑰。

【注释】

①东府:东晋南朝时扬州刺史的治所,在今江苏南京东,筑于东晋义熙十年(414)。顾野王《舆地志》:"晋安帝义熙十年筑,其城西即简文帝为会稽王时第,其东则丞相会稽文孝王道子府。谢安石薨,以道子代领扬州,第在州东,故时人号为东府。"这里代指彭城王刘义康。城:城墙。堑:壕沟,护城河。

②冢(zhǒng):坟墓。

③封域:封界。

④甓(pì):砖。

⑤椁(guǒ):棺材外面套的大棺材。

⑥正方:方向端正。

⑦和:棺材两头的木板。

⑧明器:用竹、木或陶土专为随葬而制作的器物。之属:之类。

⑨材:指木器。漆:指漆器。

⑩枨(chéng)拨:拨动。李善注:"南人以物触物为枨也。"

⑪应手灰灭:谓应手即破犹如灰灭。应手,随手。

⑫五铢钱:汉武帝元狩五年(前118)始铸的一种钱币,后来魏晋六朝都有铸造。

⑬瓣:指瓜籽。

⑭浮出:谓漂浮在水面上。

⑮公:指彭城王刘义康。城者:指掘城的工人。

⑯豚(tún):小猪。

⑰冥漠:晦暗沉寂之意。

【译文】

东府在城北挖掘护城河，挖下去一丈多后，看到一座古墓。墓上没有封界，没用砖砌，以木头为椁，椁中有两具棺木，方位端正，两头没有木板。明器之类，有木器瓦器铜器漆器，总共数十种，不少形状奇特，不能完全说出它们的名称。有雕刻的木头人，长三尺，大概有二十多个。刚刚打开棺木看见它们时，全都是人形，拿东西一拨动，随手即破就像灰尘散灭了一样。棺木上有五铢钱一百多枚，水中有甘蔗节，以及梅李核瓜籽，都漂浮在水面上，还没有朽坏。墓志铭已找不到，埋葬的时间不可得知。公命掘城工人改埋于东冈，用小猪和酒祭奠。既不知道死者的名字和埋葬时间的远近，因此姑且替他取了个名字叫冥漠君。

　　元嘉七年九月十四日，司徒御属领直兵令史、统作城录事、临漳令、亭侯朱林①，具豚醪之祭②，敬荐冥漠君之灵③。爰总徒旅④，板筑是司⑤。穷泉为堑⑥，聚壤成基⑦。一椁既启，双棺在兹。舍畚凄怆⑧，纵锸涟而⑨。匄灵已毁⑩，涂车既摧⑪。几筵糜腐⑫，俎豆倾低⑬。盘或梅李，盎或醯醢⑭。蔗传余节，瓜表遗犀⑮。追惟夫子⑯，生自何代？曜质几年⑰？潜灵几载⑱？为寿为夭⑲？宁显宁晦⑳？铭志湮灭，姓字不传㉑。今谁子后㉒？曩谁子先㉓？功名美恶，如何蔑然㉔？百堵皆作㉕，十仞斯齐㉖。墉不可转㉗，堑不可回。黄肠既毁㉘，便房已颓㉙。循题兴念㉚，抚俑增哀㉛。射声垂仁㉜，广汉流渥㉝。祠骸府阿㉞，掩骼城曲㉟。仰羡古风㊱，为君改卜㊲。轮移北隍，窀穸东麓㊳。圹即新营㊵，棺仍旧木。合葬非古，周公所存㊶。敬遵昔义，还祔双魂㊷。酒以两壶，牲以特豚㊸。幽灵仿佛㊹，歆我牺樽㊺。呜呼哀哉！

【注释】

①御属：与令史、录事皆司徒属官。领：兼任。统：统摄。亭侯：列
侯名。《后汉书·百官志》："列侯……以赏有功，功大者食县，小
者食乡、亭。"朱林：主祭之人名。

②具：备办。醪（láo）：浊酒。泛指酒。

③荐：献。

④忝（tiǎn）：愧。谦辞。总：统领。徒旅：徒众，工人。

⑤板筑：筑墙时先用两板相夹，以泥置其中，再用杵舂实。这里即
指筑墙。板，筑墙的夹板。筑，舂土用的杵。司：主管。

⑥穷泉：掘地及泉。言其深。

⑦基：墙基。

⑧畚（běn）：畚箕，用竹篾或蒲草编织的盛物工具。

⑨纵：放下。锸（chā）：铁锹。涟而：泪流貌。

⑩刍灵：茅草扎成的人马，为殉葬用品。《礼记·檀弓》："涂车刍
灵，自古有之，明器之道也。"

⑪涂车：泥车，以彩色涂饰，以像金玉。

⑫几筵：筵席。指墓中所设的灵座。

⑬俎（zǔ）：放肉的几。豆：盛干肉一类食物的器皿。

⑭盍：一种腹大口小的盛器。醢（hǎi）：肉酱。醯（xī）：醋。

⑮表：显露。犀：即瓜瓣。

⑯惟：思。夫子：指墓中死者。

⑰曜质：生命发出光辉。谓在世。

⑱潜灵：谓死去。

⑲寿：年岁长。夭：寿短。

⑳显：谓在世时声名显赫。晦：谓在世时默默无闻。

㉑姓字：姓名和表字。

㉒后：后嗣。

㉓曩(nǎng)：从前。先：先祖。

㉔蔑然：没有，无。

㉕百：泛指，言其多。堵：五板为堵。作：建筑起来。

㉖仞：古以七尺或八尺为仞。斯：皆。

㉗墉：墙。不可转：谓墙已筑好，不可曲转以回避坟墓。下句意同此。

㉘黄肠：以柏木黄心制的外棺。

㉙便房：古代帝王或贵族坟墓中供吊祭者休息用的小室。

㉚题：棺木两头。

㉛俑：殉葬的木偶或陶偶。

㉜射声：即射声校尉，官名。这里指射声校尉曹褒。《后汉书·曹褒传》："褒在射声，营舍有停棺不葬者百余所，褒亲自履行，问其意故。吏对曰：'此等多是建武以来绝无后者，不得埋掩。'褒乃怆然，为买空地，悉葬其无主者，设祭以祀之。"

㉝广汉：指广汉太守陈宠。《后汉书·陈宠传》："先是雒县城南，每阴雨，常有哭声闻于府中，积数十年。宠闻而疑其故，使吏案行。还言：'世表乱时，此下多死亡者，而骸骨不得葬，傥在于是？'宠怆然矜叹，即敕县尽收敛葬之。自是哭声遂绝。"渥：沾润。此指恩泽。

㉞祠：祈祷。府阿：官署旁。阿，转弯处。

㉟骼：枯骨。

㊱古风：《礼记·月令》有孟春之月"掩骼埋胔"，古风即指此。

㊲改卜：用占卜选择改葬的地点。

㊳轮：葬车之轮。代替葬车。隍(huáng)：没有水的护城壕。

㊴窀穸(zhūn xī)：这里即安葬之意。窀，长埋。穸，长夜。麓：山脚。

㊵圹(kuàng)：墓穴。

㊶存:存夫妇合葬之礼。《礼记·檀弓》:"武子曰:'合葬,非古也,自周公以来,未之有改也。'"

㊷祔(fù):合葬。谓本有二棺,今仍合双魂而葬。

㊸牲:供祭祀用的家畜。特:一头。

㊹仿佛:看不真切的样子。

㊺歆(xīn):鬼神来享受祭品的香气,称歆。牺樽:状似卧牛的酒杯。这里代指豚、酒。

【译文】

元嘉七年九月十四日,司徒御属兼直兵令史、统作城录事、临漳令、亭侯朱林,准备了祭品小猪和浊酒,敬献于冥漠君灵前。统领一帮工人,把筑墙的事管理。深挖护城壕,堆土夯筑成墙基。一椁已经打开,两具棺木在此。丢下畚箕无限凄怆,放下铁锹流下眼泪。草人草马已经朽坏,彩色泥车已经散毁。几筵糜烂腐朽,俎豆倾斜低坠。盘中有的放着梅李,盏中盛着肉酱酸醋。甘蔗留下几节,瓜籽余下一些。追思这位夫子,不知生在哪个朝代? 在世活了几年? 掩埋已有几载? 寿长还是寿短? 显耀还是隐晦? 墓碑铭志湮灭不见,姓名表字都未留传。现在谁是你的后代? 过去谁是你的祖先? 功名是美是恶,怎么全然不见? 百堵墙都已筑好,十仞高都已整齐。高墙不可曲转,深壕不可回避。黄肠已经毁坏,便房已经坍颓。摸着棺题涌起思念,抚着木偶增加悲哀。射声校尉留下仁爱,广汉太守传下恩渥。祈祷遗骸在官署旁边,掩埋枯骨在城墙曲处。仰美掩埋遗骨的古风,为君占卜选择改葬之地。用葬车转移北边城壕,安葬在那东边山麓。墓穴是新挖而成,棺材则仍用旧木。合葬并非古已有之,周公以后此礼始存。恭敬地遵奉过去礼仪,仍以两棺合葬双魂。酒用两壶,牲用一豚。仿佛可见幽灵,正在享用祭品。呜呼哀哉!

颜延年

见卷第十四《赭白马赋》作者介绍。

祭屈原文一首

【题解】

宋少帝即位不久,颜延之由正员郎出为始安太守(郡治在今广西桂林)。赴任途中,经汨罗江,为湘州刺史张邵写了此文。文章通过对屈原生平遭际的简括叙述,对其不幸寄予了深刻同情,对其志节做出了高度评价。"兰薰而摧,玉缜则折。物忌坚芳,人讳明洁"等语,熔铸了作者的人生体验,具有高度的概括意义。许梿《六朝文絜》评云:"古来文士之厄,大都如此。每读一过,为凄咽久之。"虽系应命而为,但言辞出自内心,笔端饱带情感,不同于寻常应命之作。

惟有宋五年月日①,湘州刺史吴郡张邵②,恭承帝命,建旟旧楚③。访怀沙之渊④,得捐佩之浦⑤。弭节罗潭⑥,舣舟汨渚⑦。乃遣户曹掾某⑧,敬祭故楚三闾大夫屈君之灵⑨:

【注释】

①有:名词词头,无实义。五年:当指宋少帝景平二年(424)。刘裕永初元年(420)即帝位,建立宋朝,至此五年。

②张邵:字茂宗。宋初被任命为湘州刺史。

③建旟(yú):谓出任湘州刺史之职。建,树立。旟,一种行军旗,用来指挥士兵前进。旧楚:指湘州。湘州原为楚地。

④怀沙之渊：指汨罗江屈原怀石自沉处。东方朔《七谏·沉江》：
　　"怀沙砾而自沉兮，不忍见君之蔽壅。"

⑤捐佩之浦：也指汨罗江屈原自沉处。捐，抛弃。佩，佩玉。浦，水边。

⑥弭节：谓停车。弭，止。节，度。此指车行的速度。屈原《离骚》：
　　"吾令羲和弭节兮，望崦嵫而勿迫。"罗潭：即汨罗江。汨罗江上
　　游名汨水，流经湖南湘阴分为二支，南流者名汨水，一经古罗城
　　名罗水，至屈潭两水复合，故名汨罗。

⑦舣(yǐ)：停船靠岸。渚：水中小洲。这里指水边。

⑧户曹掾(yuàn)：属官名。

⑨三闾大夫：屈原曾担任的官职，掌管楚王朝的宗族昭、屈、景三姓
　　之事。

【译文】

有宋五年某月某日，湘州刺史吴郡人张邵，恭敬地接受皇帝的任命，到楚国旧地湘州任职。访问屈原怀石自沉的深渊，找到屈原抛弃佩玉的水边。把车停在罗潭岸上，把船靠在汨水水畔。于是派遣户曹掾某，敬祭原楚三闾大夫屈君之灵：

兰薰而摧①，玉缜则折②。物忌坚芳③，人讳明洁④。曰若先生⑤，逢辰之缺⑥。温风怠时⑦，飞霜急节⑧。嬴芈遘纷⑨，昭怀不端⑩。谋折仪尚⑪，贞蔑椒兰⑫。身绝郢阙⑬，迹遍湘干⑭。比物荃荪⑮，连类龙鸾。声溢金石⑯，志华日月⑰。如彼树芳⑱，实颖实发⑲。望汨心欷⑳，瞻罗思越㉑。藉用可尘㉒，昭忠难阙㉓。

【注释】

①兰薰而摧：兰香而人多欲采摘，故云。薰，香。摧，折。

②玉缜则折：玉纹理细致，人皆宝而琢之，故有折者。缜，细致，谓
　其纹理细致。

③坚：指玉。芳：指兰。

④明洁：谓忠直。

⑤曰若：句首助词，无实义。先生：指屈原。

⑥辰：时。缺：谓时君之道有缺。

⑦温风：暖风，所以生养万物者。怠时：不及时吹来。

⑧急节：谓来得疾速。

⑨嬴：秦姓，指秦国。芈（mǐ）：楚姓。此指楚国。遘（gòu）：构成。
　纷：乱。王逸《离骚经序》："是时，秦昭王使张仪谲诈怀王，令绝
　齐交。又使诱楚，请与俱会武关，遂胁与俱归，拘留不遣，卒客死
　于秦。"

⑩昭：秦昭王。怀：楚怀王。不端：不正。

⑪仪：张仪，秦相，以连衡之策说六国，欲使六国背合纵之约以事
　秦。尚：靳尚，楚上官大夫。妒贤嫉能，进谗于怀王，使屈原被怀
　王疏远。齐、楚联盟，秦使张仪赴楚，诱怀王绝齐附秦。怀王上
　当后，怒而囚张仪，欲杀之。靳尚贪秦重赂，买通怀王宠妃郑袖，
　竭力为张仪开脱，致使秦反间之计获得成功。

⑫贞：正，正道直行，指屈原。蔑：无视，瞧不起。椒：楚大夫子椒。
　兰：子兰，怀王幼子，顷襄王弟。秦昭王欲与怀王会，怀王欲行，
　屈原认为秦乃虎狼之国，不可行。但子兰却劝怀王前行，终为秦
　所拘。事见《史记·屈原列传》。

⑬绝：断。谓离开。郢阙：楚宫。郢，楚国都，在今湖北江陵西北。

⑭干：岸边。

⑮比物：以物为比。王逸《离骚经序》："《离骚》之文，依《诗》取兴，
　引类譬谕。故善鸟香草，以配忠贞……虬龙鸾凤，以托君子。"荃
　（quán）：香草，即溪荪，俗名石菖蒲。荪（sūn）：即"荃"。同一香

草,《楚辞》有时称"荃",有时称"荪"。

⑯金石:钟磬类乐器。李善注引《吴越春秋》:"乐师曰:'君王之德,可刻之于金石。'"

⑰华:光辉,光耀。《史记·屈原列传》:"推此志也,虽与日月争光可也。"

⑱树:种植。芳:香。此指香草。

⑲实:是。颖:本指长出芒的谷穗。发:本指禾茎舒发拔节。这里均为蓬勃生长的意思。《诗经·大雅·生民》:"实发实秀,实坚实好,实颖实栗。"

⑳欷:悲叹。

㉑越:远。怀想古人,其思故远。

㉒藉用:《周易·系辞》:"藉之用茅,何咎之有? 慎之至也。夫茅之为物薄,而用可重也。"意思是,用白茅来衬垫祭品,这没有什么不好。这是慎重至极的做法。白茅这东西是微薄的,却可以派上大用场。这里谓屈原曾像白茅一样为世所用。尘:久。

㉓昭忠:昭明忠信。阙:同"缺"。

【译文】

　　兰草因芳香而被摧折,美玉因细致而被折断。东西最怕坚贞芬芳,人最忌讳光明皎洁。您这位先生,生不逢时碰上君道有缺。温风不能及时吹来,飞霜却来得异常急迫。秦楚两国构成祸乱,昭王怀王行为不端。好计良谋被张仪靳尚破坏,正道直行不见重子椒子兰。只身离开郢都宫阙,足迹遍及湘江两岸。香草荃荪被引以自比,神龙鸾凤视作同类相连。声名充溢于金石,志节光耀于日月。就像那种植的香草,蓬勃生长充满了活力。望着汨水心中悲叹,看着罗水思致遥远。取用一时可葆永久,忠信昭明永难缺失。

王僧达

见卷第二十六《答颜延年》作者介绍。

祭颜光禄文一首

【题解】

颜光禄,即颜延之,宋孝武帝时官至金紫光禄大夫。《宋书》本传说他"文章之美,冠绝当时",又说他"性既褊激,兼有酒过,肆意直言,曾无遏隐,故论者多不知云。居身清约,不营财利,布衣蔬食,独酌郊野,当其为适,傍若无人"。王僧达性情志趣与之相似,二人相契颇深,这篇祭文堪称知人之文。"气高叔夜,严方仲举。逸翮独翔,孤风绝侣。流连酒德,啸歌琴绪"云云,颇能概括颜延之之为人。"凉阴掩轩"以下数句,通过环境气氛的刻画,表达了对于亡人的深切怀念,具有良好的艺术效果,许梿《六朝文絜》评云:"追感凄怆,错落尽致,绝无支蔓之笔,故佳。"

维宋孝建三年九月癸丑朔①,十九日辛未,王君以山羞野酌②,敬祭颜君之灵:

呜呼哀哉! 夫德以道树③,礼以仁清④。惟君之懿⑤,早岁飞声。义穷机象⑥,文蔽班杨⑦。性婞刚洁⑧,志度渊英⑨。登朝光国⑩,实宋之华⑪。才通汉魏⑫,誉浃龟沙⑬。服爵帝典⑭,栖志云阿⑮。清交素友⑯,比景共波⑰。气高叔夜⑱,严方仲举⑲。逸翮独翔⑳,孤风绝侣。流连酒德㉑,啸歌琴绪㉒。游顾移年㉓,契阔燕处㉔。春风首时㉕,爰谈爰赋㉖。秋露未凝,归神太素㉗。明发晨驾㉘,瞻庐望路㉙。心凄目泫㉚,情条云互㉛。凉阴掩轩㉜,娥月寝耀㉝。微灯动光,几筵谁照㉞?衾衽长尘㉟,丝竹罢调㊱。览悲兰宇㊲,屑涕松峤㊳。古来共尽㊴,牛山有泪㊵。非独昊天㊶,歼我明懿㊷。以此忍哀,敬陈奠馈㊸。申酌长怀㊹,顾望歔欷。呜呼哀哉!

【注释】

①孝建三年:即456年。孝建,宋孝武帝刘骏年号(454—456)。癸丑朔:该月初一正逢干支的癸丑。朔,每月的第一天。

②羞:同"馐",鲜美的菜肴。酌:酒。

③道:指道理,即事物的规律。树:立。

④清:明。

⑤懿:美。

⑥机象(tuàn):谓《周易》。象,《周易》中统括一卦之辞。

⑦蔑:超过。班杨:皆汉代著名文学家。班,班固。杨,杨雄,一作"扬雄"。

⑧婞(xìng):刚直。洁:操守清白。

⑨志度:志向气度。渊:深沉。英:特出,超群。

⑩登朝:进用于朝廷。

⑪华:精华,精英。

⑫通:贯通。汉魏人才辈出,故言其才通汉魏。

⑬浃(jiā):通,遍及。龟(qiū)沙:泛指边远之地。龟,龟兹,汉西域国名。在天山南麓。沙,流沙,即沙漠。

⑭服爵:服饰和爵位。帝典:帝王的法制。

⑮云阿:云山之曲。谓其志高远。

⑯清交:高洁的交往。素友:情谊纯洁的朋友。

⑰比景共波：谓在一起游乐，同享阳光，共游波澜。景，日光。

⑱气：气概。叔夜：嵇康字叔夜，三国魏人，性倜傥刚直，为"竹林七贤"之一。

⑲严：严峻。方：比拟。仲举：陈蕃字仲举，东汉末年名士，与李膺等反对宦官专权，为太学生所敬重，誉为"不畏强御"。后与窦武谋诛宦官，事败被杀。

⑳逸：超绝。翮：鸟羽中的硬管。代指鸟翅。独翔：谓其孤介不群。

㉑流连：依恋不舍。酒德：晋刘伶有《酒德颂》，谓以饮酒为德。这里指酒。

㉒啸歌：长啸歌吟。琴绪：谓琴的意绪、意趣。

㉓游顾：犹游览。移年：逾年。从下文看，这里是快到一年的意思。

㉔契阔：偏义复词。这里偏用"契"义，指在一起。契，合。阔，离。燕处：快乐地相处。燕，安逸。

㉕首时：指正月。《春秋公羊传·隐公六年》："《春秋》虽无事，首时过则书。"王闿运笺注："首，始也；时，四时也……春以正月为始。"

㉖赋：赋诗作文。

㉗归神太素：谓人死后返本原，归于无形。太素，指构成宇宙的物质。班固《白虎通义·天地》："始起之天，始起先有太初，后有太始，形兆既成，名曰太素。"

㉘明发：天刚亮。晨驾：谓清早驾车前往吊唁。

㉙庐：指死者生前所居的屋宇。

㉚泫：流泪。

㉛情条：谓情理、情思。云互：如云之交错变化。

㉜凉阴：指阴冷的空气。掩：笼罩。轩：门。

㉝娥月：即月亮，传为嫦娥栖止之处，故称。寝耀：谓无光。

㉞几筵：泛指桌子，为死者生前披读典籍、赋诗作文之处。几，小

　椟。牍,古代写字用的狭长木板。

㉟衾:被子。袵:卧席。长:生,蒙上。

㊱丝竹:弦乐器和管乐器。罢调:谓停止了弹奏。

㊲览悲:犹言含悲。览,同"揽"。兰宇:芳香高雅的居室。

㊳屑涕:落泪。松峤:指墓地。古代墓地多种松柏等树。峤,山岭。

㊴共尽:谓都有死去的时候。

㊵牛山有泪:用齐景公登牛山感叹年华不能永驻而晏子予以劝谏事。《晏子春秋·内篇谏上》:"景公游于牛山,北临其国城而流涕曰:'若何滂滂去此而死乎!'艾孔、梁丘据皆从而泣。晏子独笑于旁,公刷涕而顾晏子曰:'寡人今日游悲,孔与据皆从寡人而涕泣,子之独笑,何也?'晏子对曰:'使贤者常守之,则太公、桓公将常守之矣;使勇者常守之,则灵公、庄公将常守之矣。数君者将守之,则吾君安得此位而立焉?以其迭处之,迭去之,至于君也,而独为之流涕,是不仁也。不仁之君见一,谄谀之臣见二,此臣之所以独窃笑也。'"

㊶昊(hào)天:即天。昊,大。

㊷歼:灭。明懿:明美。指完美的德行。

㊸奠馈:即奠祭。

㊹申酌:斟酒。

【译文】

宋孝建三年九月初一,十九日,王君以山菜野酒,敬祭颜君之灵:

呜呼哀哉!德要靠道来树立,礼要靠仁来显明。思念颜君才质之美,早年已广播声名。义理穷尽古经《周易》,文章盖过班固、扬雄。性情刚直操守清白,志向气度渊深超群。进用朝廷为国增光,实为宋代人物精英。才能足可上通汉魏,声誉及于龟兹流沙。服饰爵位虽依法制,志向却在九天云上。交往高洁友情纯真,共享日光同游清波。气概高于三国嵇康,严峻可比东汉仲举。气度超绝展翅独翔,风致孤高远离伴侣。流连忘返酒杯之前,长啸歌吟琴瑟之间。游乐观览已近一年,不分不离快乐相处。春风吹来正月之时,一起游谈一起赋咏。秋来露珠还未凝结,魂灵回归无形太素。天刚放亮驾车前往,瞻仰故居前望去路。心中凄恻双眼流泪,情思纷乱如云交互。空气清冷笼罩屋门,月亮不再发出光明。油灯闪烁微弱亮光,书桌前边谁来照明?被子卧席蒙上灰尘,乐器不再弹奏乐曲。饱含悲痛房室之内,泪落纷纷野外墓地。自古以来人都要死,牛山之上景公下泪。不是老天独不留情,灭了我这美德之人。这样一想忍住哀痛,满怀敬意献上祭品。倒上薄酒长相思念,四面顾望不胜叹息。呜呼哀哉!

《文选》著者索引

本索引以著者名按音序排列,同一著者名下各篇按页码先后排列,各篇名后为册数/卷数/页数。

《文选》篇名索引

本索引以篇名按音序排列，各篇后为著者及册数/卷数/页数。

C

D

J

P

Q

T

W

Y

中华经典名著
全本全注全译丛书
（已出书目）

周易	史通
尚书	贞观政要
诗经	徐霞客游记
周礼	宋论
仪礼	文史通义
礼记	老子
左传	孙子兵法
春秋公羊传	墨子
春秋穀梁传	管子
论语·大学·中庸	孔子家语
尔雅	吴子·司马法
孟子	商君书
春秋繁露	列子
说文解字	鬼谷子
国语	庄子
晏子春秋	公孙龙子（外三种）
穆天子传	荀子
战国策	六韬
吴越春秋	吕氏春秋
洛阳伽蓝记	韩非子
大唐西域记	山海经